U0470219

深圳重点题材创作扶持项目

第一部反映沿海经济特区青少年心理健康问题的长篇小说

风中的栀子树

安裴智 薛俊强 著

文化艺术出版社
Culture and Art Publishing House

图书在版编目（CIP）数据

风中的栀子树 / 安裴智，薛俊强著. —北京：
文化艺术出版社，2016.12
ISBN 978-7-5039-6219-6

Ⅰ.①风… Ⅱ.①安… ②薛… Ⅲ.①长篇小说—
中国—当代 Ⅳ.①I247.5

中国版本图书馆CIP数据核字（2016）第278125号

风中的栀子树

著　者	安裴智　薛俊强
责任编辑	程晓红　帅　克
装帧设计	赵　蠡
出版发行	文化艺术出版社
地　址	北京市东城区东四八条52号　（100700）
网　址	www.whyscbs.com
电子邮箱	whysbooks@263.net
电　话	（010）84057666　84057660（总编室）
	84057696　84057698（发行部）
传　真	（010）84057660（总编室）84057670（办公室）
	84057690（发行部）
经　销	新华书店
印　刷	国英印务有限公司
版　次	2017年4月第1版
印　次	2017年4月第1次印刷
开　本	710毫米×1000毫米　1/16
印　张	27.75
字　数	430千字
书　号	ISBN 978-7-5039-6219-6
定　价	39.80元

版权所有，侵权必究。如有印装错误，随时调换。

目 录

第一部分　成长的困惑

1. 生日会上的减肥插曲 / 3
2. 中学生自杀新闻 / 11
3. 蔡漫君的恶作剧 / 18
4. 美容减肥风潮 / 28
5. 网瘾辩论会 / 37
6. 牌局上的话题 / 45
7. 邢雯丽的心思 / 50
8. 泳池边的减肥话题 / 59
9. 相约私家侦探 / 68
10. 浪漫的回忆 / 76
11. 尴尬的性爱 / 84
12. 公园艳遇 / 89
13. 梦的意识流 / 96
14. 母女海外归来 / 103

15. "史狂人"大闹数学课 / 112

16. 心理辅导课 / 122

17. 钱邢情变 / 129

18. 汤姆森捅破麻纱婚 / 135

19. 价值一亿的绿帽子 / 141

20. 钱雯丽醉酒 / 148

21. "史狂人"被打残 / 154

22. 家长会关注"问题少年" / 162

23. "史狂人"自杀离世 / 168

24. 钱雯丽中考夺冠 / 177

第二部分　无果的迷情

25. 高中第一天 / 185

26. 情窦初开 / 191

27. 瘦身烦恼 / 196

28. 校花收到情诗 / 203

29. 钱金龙的烦恼 / 210

30. 慢性胃炎 / 216

31. 陶然的过激行为 / 221

32. 钱雯丽的身体 / 231

33. 问题少女唐晓慧 / 239

34. 悲痛欲绝 / 244

35. 胃下垂 / 249

36. 山羊奶 / 255

37. 信度逆反心理 / 259

38. 心理健康培训 / 263

39. 胃病与噩梦 / 268

40. 陶然的藏头情诗 / 274

41. 戴雯雯婚嫁钱金龙 / 278

42. 唐晓慧的噩梦 / 284

43. 甄爱升获评省优秀教师 / 290

44. 家长头疼的早恋问题 / 293

45. 30万酬金 / 300

46. 失败的较量 / 308

47. 瘪人意识流 / 315

48. 唐晓慧之死 / 320

第三部分　忐忑的恋情

49. 大学新篇章 / 327

50. 吕迪来信 / 332

51. 遗产8000万 / 336

52. 男女之事 / 343

53. 阅览室艳遇 / 348

54. 世界流行瘦美人 / 353

55. 女大学生宿舍的隐私 / 359

56. 晚来的初潮 / 365

57. 心理学博士的讲座 / 372

58. 初识郑昌兴 / 378

59. 健康快乐的大学生活 / 386

60. 现代审美误区 / 392

61. 女大学生怀孕 / 397

62. 徐令仪出家为尼 / 403

63. 迷茫的大四 / 409

64. 相爱的人热血流在一起 / 415

65. 钱雯丽重获新生 / 421

66. 甬道深处的阳光 / 425

后记

木棉花盛开季节的凋零
—— 长篇小说《风中的栀子树》创作谈 / 431

第一部分　成长的困惑

第 1 部分 基础理论

这是华南沿海一个湿润城市的初夏，连日的台风狂吹，使路边的一丛丛翠绿的栀子树东倒西歪。那风，猛烈地吹，打在洁白、鲜艳的栀子花瓣上，一朵朵洁白的栀子花纷纷掉落下来，洒落了一地。潮湿的地面，形成了一个白色的花毯。

1. 生日会上的减肥插曲

"祝——你——生——日——快——乐……"
"祝——你——生——日——快——乐……"

在橘黄色的烛光中，伴随着清脆悦耳的生日歌曲，钱金龙和妻子邢嘉琪双手打着节拍，面带微笑，专注地看着天真无邪的漂亮女儿，边晃动着身体边歌唱着。此时，女儿已经好长时间没合拢嘴巴，她总是那样甜甜地微笑着，显得十分开心。

她那对乌亮的大眼睛不时地在父母挚爱的眼神间游移。

三对充满幸福的眼神，交织在一起，营造出人间暖暖的气氛。

"好啰，切蛋糕了。"钱金龙做了个耸肩的动作，小孩一样欢快地喊着。他微微地盯着女儿，目光中带着期盼。就在这目光里，蕴藏着他所要表达的一切。三五秒钟后，他将目光缓缓地移到造型别致、秀色可餐的乳白色蛋糕上。随后，便紧盯在蛋糕正中央用红色果酱写就的"祝女儿邢雯丽十四岁生日快乐"几个大字上。

女儿已经十四岁了，上初二了——已经长大了。

在钱金龙眼里，女儿既是自己生活的希望，更是自己生命的全部。

女儿邢雯丽，虽说个儿有点矮，一米五六，是有点小小的缺憾，但遗传了父母各自的优势，生得俊俏，长得匀称；生性聪明，活泼可爱……又懂得体谅别人，是非常招人喜爱的那种女孩。

"爸爸，吃蛋糕。在人家过生日的时候就不要再想公司的事嘛。来，高兴点！"女儿用嗔怪的语调笑嘻嘻地说。钱金龙愣愣地盯着红色果酱的字，陷入对女儿精彩往事的回忆中，突然听到女儿的叫声，他的头轻微地晃动着，眼睛快速地眨巴着，三五秒钟才回过神来。

钱金龙立刻笑盈盈地双手接过蛋糕。一家人就在这样祥和欢快的氛围中为女儿过了十四岁生日。

托尔斯泰说："幸福的家庭是相似的。"可以说，这是世界上无数温馨家庭中的一个。钱家的温馨和幸福，不仅由于女儿在健康快乐中能成长得如此清秀可人，还在于她年龄不大，却很懂事、有礼貌，处处替父母着想，这一直是钱金龙引以为荣的地方。

钱金龙原本是要在酒店为女儿过生日的。

在酒店为孩子过生日，在南滨这座开放的沿海城市，相当普遍。对孩子的生日，家长们都很重视，他们不仅想大搞特搞，还有相互攀比的念头。钱金龙做梦也想体面地在五星级大酒店为孩子过一回生日，请来雯丽要好的同学和自己的亲朋好友，摆上十桌八桌，吃一顿山珍海味，再到 KTV 包房引吭高歌几曲。然而，钱金龙的想法一经提出，便遭到女儿的强烈反对。

女儿坚持在家里和父母一起简单地过生日。

钱金龙劝说了好几次，都没能成功。

无奈之下，钱金龙用了两天时间想出自认为别出心裁的新招数。

"雯丽呀，爸爸好歹也是个公司的老板，在社会上有一定的威望，有许多朋友与同事。如果在家里过，爸爸是不是很没面子？你就听爸爸的话，好不好？"钱金龙说话的语气，由最初的建议变成后来的恳求，他想通过这样的方式，甚至不惜装出一副可怜兮兮的样子——试图得到女儿的同情。"爸，这个问题你就别费心了，你开公司也不容易，挣的钱都是辛苦钱——供我上学已经花了不少，我长大了，不想再给你添麻烦。"

钱金龙看着女儿满脸认真的样子，也就不再提酒店的事了。

女儿越坚持在家里过生日，钱金龙就越觉得心里有亏欠——总觉得，有对不住女儿的地方。

他时常在心里盘算着——送什么礼物给女儿。

家里的东西应有尽有。

女儿什么也不缺,买什么好呢?

尽管公司的事务很繁忙,钱金龙还是抽出两个小时,驱车到本市最有名的蛋糕店,为女儿精心挑选了最漂亮、最好吃,也是最昂贵的蛋糕。

没到大酒店给女儿过生日,钱金龙总觉得心里有一种遗憾,他左思右想,不得其解。他左手托着女儿递过的蛋糕,像被定格在那里似的,一动也不动。

他就这样任凭思绪恣意地驰骋着,甚至于有点胡思乱想了。

"爸爸,你怎么又发愣了?快吃蛋糕呀,是不是公司的事太多,有些累了?要不你早点休息吧。"就在钱金龙想得正起劲时,耳边突然传来女儿的声音,他的身体不由得轻微地颤抖了一下,不过顷刻间,他便缓过神来。虽然刚才想得比较远,但他有一定的思想准备,外表基本看不出丝毫的失态来。"嗯,好吃!"钱金龙像是条件反射似的,把蛋糕送进嘴里。他咬了一大口,继续说:"雯丽,你觉得蛋糕怎么样?"女儿边往嘴里塞蛋糕,边快乐地用两只时而双眼皮时而单眼皮的眸子打量着父亲微微发愣的脸,说:"好吃!很不错,我都吃了三大块啦!"

女儿的鼻尖及左腮帮上都沾满了奶油。

钱金龙看到女儿的吃相,笑得差点喷出嘴里的蛋糕。女儿看着父亲少有的开心样,更是兴奋得合不拢嘴。

"雯丽,在家里过生日,你觉得快乐吗?"钱金龙忽然收起笑容,十分平静地问。

"在家里过,就只有爸妈和我,我觉得好温馨,真的好开心!"

"只要你开心就好,你开心,爸妈就很开心。你长大了,也懂事了许多,真是爸爸的乖女儿。"

"老钱,你过来看看我买的瘦身宝。专家说,这产品可神奇了。"妻子邢嘉琪不知什么时候已经吃完女儿的生日蛋糕,独自去了健身房。钱金龙环顾四周,找不到妻子,心里顿感一丝不悦。这种感觉,就像蜻蜓点水时激起的细碎涟漪,几乎不到十秒钟便消失得无影无踪。

钱金龙的心情很快恢复到常态,就像什么事都没发生过似的。

在钱金龙的内心,他还深爱着妻子邢嘉琪。这一点,不管什么时候他都不会改变。溢满心胸的真爱,可以让一个人变得更豁达、更宽厚、更善解人意，更坦然自若……

　　钱金龙很快便回过神来，他重新将目光缓缓地移到女儿身上说："雯丽，今天是你的生日。看会儿电视新闻，放松放松，爸爸去看一下你妈。""好吧！"女儿十分欢快地应着。

　　钱金龙略微皱了一下眉头，猛然转过身，向前倾着身子冲进健身房。

　　"老钱啊，快来看我买的瘦身新产品。"眼尖的妻子一瞥到进来的身影，便迫不及待地嚷嚷着："各种减肥广告充斥着视野，真是令人眼花缭乱；各种减肥产品铺天盖地，真让人无所适从。我还算幸运，在一位医学专家的指导与建议下，最终选择了这种神奇的组合产品，它由内而外双重去脂，效果十分明显。""老婆啊，说句实在话，你并不胖呀，正好！你是不用减肥的，我喜欢你这样的体型！"钱金龙就像做了错事的小男孩，有点儿怯生生地嗫嚅着，他先用投石问路的方法轻声徐缓地探问，直到最后那句才变得有力而肯定。"什么？你说什么？难道我不肥吗？肥，太可怕了，太难看了。你这样说，是不是没安好心？"邢嘉琪瞪着大眼睛愣愣地质问着丈夫。不知是因为激动，还是什么原因，邢嘉琪的两眼冒着火光，上下嘴唇也打着颤抖，这使得她姣好的面容因肌肉过度收缩而变得有点扭曲。忽然，她那饱含深情的双眼斜愣愣地盯着天花板，几秒钟后，她的嘴角开始微微地上翘，像是面带笑容。与此同时，她那双明亮而迷人的大眼睛轻轻合上，脸上带着醉人的表情，陷入到美好而悠远的回忆中。

　　这一优雅的姿势和动人的表情持续了不到五秒钟，邢嘉琪猛然睁开长睫毛的大眼睛，狂笑着，厉声说："减——减！一定要减肥！""老婆，你怎么啦？"钱金龙目睹妻子诡秘而丰富的表情变化后，一种说不清道不明的忧虑与恐惧油然而生了。他无奈地咽了一下口水。

　　不知什么原因，顷刻间，钱金龙的情绪又转入平静。

　　钱金龙重新用以往的目光打量妻子，她，1.68米；三围：85、60、90，是标准的魔鬼身材。她人长得结实丰满，面容姣好，偏瘦长的瓜子脸和水嫩白皙的肌肤，双眼皮的大眸子和天然长就的长睫毛，略比鼻宽的翘嘴巴和厚实性感的双唇，细密整齐而洁白闪亮的牙齿，挺拔通直的鼻型，使整个面颊显得颇为楚楚动人。

　　钱金龙倚着墙，默默地看着，静静地想着。他保持这一姿势足足有四十秒，直到邢嘉琪的表情趋于平和，他才用深沉、忧伤与舒缓的口吻说："老婆，你没事吧？是不是身体不舒服？今天可是雯丽的生日。"

此刻，钱金龙的大脑一片空虚，他不知从哪里问起，也不知从哪里谈起，总觉得心里不是滋味，总觉得有些不对劲的地方。在哪里，是什么，有些虚无缥缈，也有些迷迷糊糊……不管怎样，他是爱她的，在这个大前提下，钱金龙还能用备受压抑的情感做出温和的表情，说出徐缓的话语，和老婆进行心灵的沟通与交流。也不知怎地，话题忽然转到女儿的生日上，话刚出口，钱金龙又莫名其妙地戛然而止，他不想往下说。

他只是静静地伫立在门口，嘴角处挂着难以觉察的痛楚与无奈。

接着，他轻轻地咽了一下口水，眼睛顺势扫视着地板。

钱金龙尽量回忆着美好的往事……努力调整着糟乱的心绪，努力掩饰着压抑的情绪，努力摆脱着痛苦的表情，这些，都要在脸上一扫而空，绝不留下任何的痕迹。现在，钱金龙仍十分诚恳地站在健身房门口，表情泰然地听着老婆絮叨："我没事，很好。你看这产品，太让人激动了，内服排油脂，外练塑形体。我试了一下，感觉太棒了。"钱金龙抬眼瞧了瞧老婆那两片上下翻飞的性感嘴唇，觉得有点眼花缭乱。

一时间，钱金龙突然觉得大脑一片空白，一种昏昏欲睡的强烈感觉正漫上心头。

钱金龙实在听不进妻子的减肥经，在他的审美意识里，妻子嘉琪很苗条，也很标致。然而，不知什么原因，或是中了什么邪气——妻子就那么痴迷于减肥。他曾经开导过几次，也劝阻过几次，都不见效。

最后，只好作罢。

适才，妻子足足唠叨了十几分钟，侃侃而谈了减肥的妙处。

他仍旧没有心思听，甚至对这样的话题有些讨厌。

在漫长的等待后，钱金龙终于看到妻子的两片唇合上，不再动了。

他本能地判断，她的演说结束了。

在整个过程中，钱金龙或许出于礼貌，也或许出于真爱，即便是在他迷糊的时候，还总能不失时地微微点头，做出认真聆听的样子，嘴里不时发出"嗯——嗯——"的声音。

"金龙，你在听我说吗？"忽然，妻子脸上的肌肉紧绷着，俏皮的性感嘴唇高翘着，长睫毛的大眼睛圆睁着，正面盯着钱金龙，发出似笑非笑似哭非哭的声音。钱金龙一个激灵，大脑清醒后随口应着："是呀！是呀！我在听着呢！""算了吧！你肯定又开小差了。"妻子噘着嘴，表情趋于平静后，不悦地说。"今天是雯丽的生日，咱们多和孩子聊聊。"钱金龙语重心长地提示着。"那好吧，这次在家里过生日，雯丽好像很开心。她现在在做什么？""在客厅看电视新闻呢。"

妻子放下手中的瘦身器材，擦了擦额上的汗珠，结束了这次锻炼。

运动对于邢嘉琪来说，已是生活的一部分。她始终认为：作为女人，拥有漂亮的容颜和优美的曲线，既是一种荣耀，也是一种资本，是通往事业成功之路上的有力保障。对她来说，先天的条件已具备，她无疑是天下女人中最幸运的一位。因此，她总这样认为：既然大自然赋予自己如此丰厚的无价资本，保持它、培育它、利用它，使它发挥出应有的作用，绽放出更加迷人的光彩，就是一种责任与义务了。对于这一点，她有着比常人更为清醒的认识。因此，她对自身的资本，就倍加珍惜，并不惜付出一切代价，来实现自己的人生理想。

她这样想了，也这样做了。

最近这几年里，她几乎每天都坚持瘦身运动，从不间断，自然成绩斐然。

今天是女儿的十四岁生日，同时也就证实自己做了十四年的母亲。十四年了，孩子在不知不觉中长大，出落成大姑娘了。而在这十四年里，作为母亲，除了生她之外，想想自己，着实没有付出多少。不久的将来，女儿将要面对一个更为严峻的现实问题，这个问题的谜底，现在就藏在她的内心深处。她知道，那对孩子来说，将是一个残忍的惊天噩耗。不过也很难说，十四年来，自己很少关心过她，孩子对自己的感情到底有多深，天才知道。邢嘉琪起初感到有几分内疚，为自己没能尽到母亲的责任而难过。不过，想着想着，渐渐地，她开始感到几分解脱。说不准，对孩子来说是件好事……

邢嘉琪释然地思虑着，遐想着自己的未来，觉得一会儿是好事，一会儿又是坏事。不管是好是坏，现在，只能作为一个秘密，严严实实地保留在心底，绝不能让他们中的任何人发现，直到最后。

对于今天，她隐隐地觉得，极有可能是为女儿过的最后一个生日。

作为母亲，应该好好与孩子交流交流了！

现在，她真切地感受到丈夫的提示是那样理正词直，是那样合情合理。是他在暗示自己？还是发现了什么？感觉到了什么？这个，她可以暂且不理，更无所虑。因为她可以肯定自己的现任丈夫钱金龙还是深爱自己的。爱，可以让人着魔，也可以使人糊涂——她洞悉真爱的威力。因此，她要灵活自如地利用这亘古不变且能出奇制胜的力量。

对此，她有足够的信心。

"雯丽，在看电视吗？妈妈给的生日礼物喜欢吗？"邢嘉琪走着、想着、说着，便摇摆着宽厚性感的臀来到客厅。她说话的语气似乎比先前更加温柔，符合了母亲的身份，也符合了漂亮女人在语调及措辞方面的要求。

正在凝神看电视的女儿，听到如此温柔的声音，惊愕地抬头望着母亲，竟然有些难以置信。十几年来，有多少次，她刻骨铭心地感受到母亲对自己的冷漠，她虽曾思考过很长时间，但最终还是没能搞明白。有首歌唱得好："世上只有妈妈好⋯⋯"可她始终不想也不愿唱。因为在她的意识深处：她始终觉得，世上只有爸爸好。爸爸对自己的关心和爱护，是天底下最神圣、最崇高的爱。有关母亲对儿女的宠爱，她也听到过同学谈论的一些话题，多半是母亲无休无止的溺爱和女儿欲壑难填的牢骚。要亲身经历这些，对雯丽来说，是一种梦想，是一种未曾实现的美好愿望。她时常想：是不是自己做错了什么？还是哪些地方做得不够好，令母亲不高兴了？雯丽经常这样想，因此经常注意并改进自己的言行，长期以来，在许多方面她比同龄的同学要懂事很多，做事也卖力很多。

雯丽天真地认为，这么长时间的努力，在今天终于有了回报，母亲用这样温柔的声音询问自己，对她来说真是有些受宠若惊。瞬间，她的额上渗出细微的汗珠，同时心跳加快，四肢的动作也有些僵硬和不协调。她就这样手足无措、身体不听使唤地站立着说："谢谢妈妈！"她的语调饱含着深情，声音微带着颤抖，她本来是想多说几句的，不知什么原因，说出四字后竟再也说不出来。

在她的潜意识里，与亲生母亲说话，应该以一种撒娇的，甚至是不讲道理、肆无忌惮的方式。不知为何，雯丽面对母亲会变得如此紧张，就连她自己都觉得怪怪的。她努力稳定着自己激动的情绪，尽量使自己沉着起来。

雯丽非常有礼貌地请父母坐下来。

就这样，在客厅的一张三人沙发上，雯丽坐在爸爸妈妈中间。这时刻，对雯丽来说是最幸福的。

或许是因为这种幸福感来得太突然太强烈的缘故，雯丽激动的脸颊变得红扑扑的，乌黑透亮的双眸散发着熠熠的光芒，似乎有泪珠含在眼里，在初夜灯光的照耀下，显得更加楚楚动人。

雯丽一会儿看看妈妈，一会儿看看爸爸。渐渐地，她开始变得无拘无束起来。小孩的天性得到释放，动作变自然了，话题变丰富了。

"妈妈，你平时工作是不是特别忙？为什么总是一个礼拜才回家一次？有时候，一个月才回来一次。妈妈，我好想天天都能见到你。""傻孩子，妈妈也想呀？但是没有办法啊！妈妈的工作就是这样。""妈妈，我好想你。妈妈，我告诉你一个秘密：我发现，你长得特别漂亮。真的！""是吗？那就太好了，作为女人，漂亮是她的资本，也是她的福气！你说呢？""妈妈，我漂亮吗？""傻姑娘，你是妈妈生的，妈妈漂亮，你自然也就长得漂亮。不过，你现在还小，等将来长大了，会更加苗条更加漂亮的。""妈妈，刚才在电视上看到好几个减肥广告，做广告的阿姨都很漂亮。""那是自然的事。作为女人，光靠先天的资本是不行的，还需要靠后天的美容保养以及健身运动，这样才能使自己长久地拥有漂亮，只有这样，将来才会有出息的。""就像妈妈一样！""死丫头，又贫嘴了。妈妈老了，漂亮的容貌不长久了，所以要格外地保养。"

钱金龙一边静静地倾听她们母女俩聊天，一边有意无意地看着电视。

钱金龙从她们的谈话中突然意识到一个极其严峻的问题，泛滥的减肥瘦身信息，会不会对还未长大成人的小女孩产生负面影响？会不会出现减肥低龄化的趋势？

说句实在的，在这短短四十分钟里，他的确看到几则减肥、瘦身、排油、美容、矫形的广告，它们以内服、外敷、运动、手术等形式，以达到塑形瘦体的目的。不管有没有效果，有没有副作用，宣传得都很玄乎。再想想现实生活——在马路口、公交车站牌、手提袋、报纸上……随处可见这类广告……他想着想着，不禁打了个哆嗦，有点不寒而栗起来——如果真的那样，社会岂不是一个大染缸？此刻，在他意识深层迅速形成一个解决方案——要在这个社会中生存，当务之急，就必须让孩子获得抵制这类信息的免疫力，增加孩子对美丑及是非判断的能力。这种能力的提高，是一个漫长的与时俱进的过程，需要家长、学校、社会的通力合作——作为一个系统工程来做才能取得良好的教育效果。

想到这里，或许是出于本能的缘故，钱金龙忽地把目光转移到女儿身上。

2. 中学生自杀新闻

女儿今天很开心。

她已有好长时间没和自己的亲生母亲这样愉快地交流了。

虽然她们谈论的多半是女人话题，其内容也正是钱金龙所担忧的，但看到女儿快乐无忧的样子，钱金龙感觉还是很满意的。他深深地明白，拥有一个健全和睦的家庭，才能塑造和培养孩子完美健全的人格。

钱金龙曾和妻子交谈过无数次，让她把工作辞掉，回到自己的公司来上班。她就是不听，就是要到别人的公司上班。她在一个跨国公司做公关部经理。也不知为什么，她总是一周才回家一次。他问她，她总是说工作忙没时间回家。再问，她什么也不说。

他是深爱她的，他不愿因追根究底而撕破脸皮，坏了与她的感情。因此，他自己不知道事实究竟是什么，就只好作罢。

对于钱金龙来说，在外，他是个老好人，用一生的勤奋和十足的信誉赢得事业上的成功；在家，他是个"妻不管"，却胜似"妻管严"，用诚挚的爱心和宽博的智慧操持家务养育着儿女，用安分守己的处世哲学与求真善学的做事态度编撰和谐家庭的神话。现在，他所创造的神话故事正上演，在孩子过生日的当天夜晚，三口之家共同分享生日蛋糕，共享生日的喜悦……而后，一起观看电视，就共同话题亲热地交流，这真是一个其乐融融的家庭。

钱金龙两眼虽盯着电视荧屏，但他的注意力已经分散。他不时微皱额头，眉梢上提，眼窝凹陷，显出一副无精打采的样子。

他跷着二郎腿，左手放在右腿膝盖上，静静地，一动不动地坐着。

很显然，他的思绪已进入混沌迷茫的想象与回忆之中。

"爸爸妈妈，快看电视！一名中学生跳湖自杀了……"

钱金龙正想得入迷，突然听到"自杀"两字，像一声炸雷从心中掠过，在震惊之余，他那无神的眼睛，刹那间便绽放出温情而热烈的光芒，大脑随之变得异常清醒和活跃起来，他嘴里焦急地念叨着："谁自杀了……谁自杀了？"邢嘉琪也陡然挺直了腰板，身体直直地向前倾着，脖子长长地向前伸着，她那长睫毛的性感大眼睛放射着神奇的光泽，目不转睛地盯着荧屏。

据电视报道，南滨市五中一名高三学生，因不堪忍受临考前大量复习作业与模拟测试沉重的学习压力，加上较差的心理素质以及没能及时地进行心理疏导等主客观原因，于昨夜零点五十分跳湖自尽，被人发现时已气绝身亡。事情发生后，其父母在他的书包里找到一封遗书。

这是一起因人生观、价值观与世界观的迷茫而导致的中学生自杀的典型案例。

有关学生自杀的问题，已引起全社会的普遍关注。心理专家认为，在学校开展以"关爱生命，学会生存"为主题的未成年人心理健康教育活动，已经迫在眉睫了。对此，家庭、学校、社会都应引起足够的重视。

"爸爸妈妈，你看那位学生傻不傻，干吗要走那条路呢？"雯丽瞪着大眼睛，声调亢奋地说。"雯丽说得对极了。有什么解不开的结？再说，学习任务重，都是为他自己好，将来能上个好大学。但何苦走这条绝路呢？这对父母的伤害有多大？做父母的压力就不大？这家伙简直自私透顶，逆子一个……"钱金龙脸涨得通红，用铿锵有力的声音回应着女儿。

钱金龙显然有些气愤——话说到半截，嘴唇抖动了半天也没能吐出来。

"是啊！这孩子怎么能这样呢？真有点好坏不分，美丑不辨。他这样无缘无故地一死，把痛苦留给了父母，实属不孝啊，不值得同情呀。"邢嘉琪看着钱金龙，表情凝重地附和着。女儿忽然提了一下眼神，自言自语地说："爸爸妈妈，什么是心理障碍啊？""这样说吧，一般心理健康的人能处理好生活中的各种问题，譬如，能很快适应新环境，建立和谐的人际关系，根据情况随时调节并控制自己的情绪。如果在某些方面出现了偏差，就不能正确处理一些问题，这就是心理障碍。那位走上轻生之路的同学，就是不能正确地处理严格要求与成才之间的关系。心理在这方面发生障碍，引起疾病，最终导致惨剧的发生。如果那位学生能及时接受心理疏导，解除心理障碍，自然就不会有自杀的念头了。"钱金龙晃悠着头，一边眨着眼，搜肠刮肚地回忆着年轻时学过的心理课内容，努力收集着与心理障碍相关联的各种知识，想尽量给女儿一个满意的答复。

他说话的时候还夹杂着向前或向后的手势，大有在主席台上演讲的架势。

他就这样声情并茂、手舞足蹈地说着。

女儿双手托着下巴，几乎是一动不动地听着，她的两只美丽的大眼睛一眨不眨地瞅着父亲脸上抖动的肌肉，当父亲的厚嘴唇停止运动的时候，她便迫不及待地说："爸爸，你说得挺好！不仅说得好，而且具有演说家的潜质，你说的时候好有风度哟。""又耍贫嘴了，看把他吹得……"邢嘉琪满脸妒意地说了一半，便一转话锋，表情深沉地说："现在的学生都很脆弱，经不起丝毫的风吹雨打，就像树上的栀子花一样，风雨一来，就被打得飘落一地。因此，学校教育十分有必要开设心理健康这门课。""是啊，不过，话又说回来，学校也有学校的难处。家长、教育主管部门以及社会施加给学校的压力太大了，为了完成教学任务，为了提高升学率，学校加班补课或布置超量作业也是无奈之举，这样循环下去，学生的压力自然会加大。这有什么法子呢？既要提高升学率，又不让补课加重课业负担，学习内容又难又多，还要落实新课程标准。不补，课上不完，完成不了教学任务；补，又触犯规定，只好加大作业量，造成学生负担过重。学校工作也不好做啊。""哎，可怜的学生！难道就没有更好的解决办法？让学习过程变得没有压力，轻松又丰富多彩？""现在不是提出要进行课程改革吗？那是再理想不过了。不过，我们中国有十几亿人，严峻的就业压力就只能转嫁到教育上，谁受过高等教育，谁就容易找到工作；谁出自名牌大学，谁就容易找到好工作。……这是人人皆知的道理！这样的意识层层下移，从大学到中学，再到小学，现在你看看，就连一年级的小学生在双休日都被父母剥夺了自由活动时间，报名参加了各种学习班，生怕自己的孩子落后。都是这一思想在作怪！""说到底，都是因为中国人多啊！""人多是事实，谁也没办法让全国总人口量一下子变少。我们只能面对现实，不断提高自身素质，才能适应社会，应对挑战。我们只能顺应社会，而不是通过抱怨，让社会来顺应我们，这是不可能的！""你说的对极了！那位中学生就是不能顺应这个社会才自杀的！"

钱金龙和邢嘉琪对这一话题空前地产生了兴趣，两人就当前中学生的自杀现象及其诱因进行了热烈而深入的探讨与交流，双方都发挥出各自的演讲优势，施展了辩论方面的才能。

他们就这样有理有据地争辩着。

论题包含了对中学生自杀事件深层原因的探究和一些不良社会风气的弥漫对下一代人的影响的解析。再确切地说，是对自己女儿和她们这一代人的世界观、人生观、价值观、审美观等方面可能会产生深远影响的担忧。

坐在沙发中间的女儿雯丽早已退出辩论，对于这些深奥的辩题，她不清楚也不明白。只好老老实实地躺靠在皮沙发上尽量往前拉伸着脖子，一边听父母谈论，一边有心无心地看电视。

此时，电视新闻已经结束。

邢雯丽右手拿着遥控器，胡乱地选台，寻找自己喜欢的节目。而她的父母仍一言一语地交流着探讨着。四十分钟后，父母再也整不出什么谈资了，他们曾转移过几个话题，很快又山穷水尽了。

谈话渐渐地少了下来。

其实，他们也只是个空谈家，他们再怎么谈论，也谈论不出个所以然，世界依然照旧，太阳照样从东方升起。他们只能谈谈而已。谈得再精彩，站起来一转身就忘却，根本没有记忆的价值。

邢嘉琪渐渐感到无聊，转身回卧室处理自己的事情。

钱金龙瞧了瞧看得正酣的女儿，脑子顿感一片空白，他不知该想些什么，更不知该问些什么，只能静静地注视着。

渐渐地，一种意识从遥远的脑际飘忽而来。

他脸上的肌肉僵硬地紧绷着，只有一眨一眨的眼部肌肉有些活现。他梗着头，心里有说不清道不明的感觉，在女儿过生日的当天晚上，电视里播报学生自杀的新闻，内心隐隐约约总有些不吉利感。他定了一下神，在心里咒骂道："讨厌的新闻，该死的学生。"

骂了好几遍后，他再也找不出什么可以思考的话题，脑子里依旧是空荡荡的。

渐渐地，他的眼皮在不经意间变得愈加沉重起来，再看女儿时，她正好在打一个长长的哈欠。钱金龙猛然惊醒，发现时间已经很晚，女儿明天还要上学，她早该去睡觉了。他连忙催促女儿，女儿应声道："好吧！"

整个晚上，邢雯丽睡得很香很沉，而且还做了个十分甜美的梦。在梦境中，她用轻松欢快的"咯咯"声笑过好多次。在静谧的深夜，这充满幸福感的欢快笑声，穿过墙壁，越过客厅，透过装饰了枣红色木质墙围的隔墙，通过父亲熟睡的耳鼓，钻入他昏沉的大脑，并伴随着他潜意识里兴奋的记忆，一起跳跃着、欢腾着、冲撞着、滋扰着他还没平静下来的脑细胞。

这时父亲醒了，他似乎能感觉到朦朦胧胧的"咯咯"声，似乎又不能确定。

他下意识地举起手背揉了揉眼，摇了摇依旧发昏的头，又爆张开嘴，打了个长长的哈欠，双手向上极力地牵引着，似被无形的力拽着，肩胛骨自然从后背滑向顶端。

他伸了个长长的懒腰，活动了一下筋骨，顿觉周身舒朗了许多。

钱金龙突然皱起眉，梗着头，两只耳极力搜寻着来自外界的细微声响，他又听到模糊不清的"咯咯"声。他边屏息凝神边顺手推了推妻子，她的身体在一阵轻微的晃动后又复归沉寂，看来她睡得太死了。

他只好独自蹑手蹑脚地下床，借着从窗外投射进来的亮光，轻轻地推开两道房门，来到女儿的卧室。

女儿正趴睡在床上，裸着背，侧着头，眯着眼。那张因挤压而歪嚓的嘴，正呓语着蠕动着，发出时而清晰时而模糊的咂嘴声。此时，比母亲略逊一筹的肉嘟唇正略略地微笑着，嘴角被拉向两侧，发出"咯咯"的笑声。

钱金龙看了看女儿雯丽的睡相，微微地摇了摇头，又憨憨地笑了笑，而后弯下身帮女儿掖好被子，带上门，回到自己的卧室。

当明媚的阳光即将照耀大地的时候，邢雯丽正好起床，之后她在洒满晨曦的露台上活动着身体。周身的肌肉经过一整夜休养后，处处充盈着弹性与活力，她的面颊肌肉放松而富有张力，两眼黑白分明通透闪亮，水灵灵地眨动着，显得愈加朝气蓬勃活力四射。

一切迹象表明：刚结束的睡眠，质量不错！

当清晨第一缕阳光射进屋内的时候，父母亲已经起床。

保姆刘阿姨也已将香美可口的早餐摆放在宽大阔气的餐桌上。

一家人很快用完餐，之后又将忙碌各自的事情，这就是城里人的生活，也是城市有钱老板们的生活。

这家的女主人，邢嘉琪，是南滨市一家跨国公司的公关部经理，业务很忙，平时很少回家。难得回家一次，感觉就像做客一样，很快又会离开。

匆匆的早餐结束时，邢嘉琪用散发着法国香水味的香醇语气说："雯丽呀，妈妈上班去了。在家，要听爸爸的话；在学校，要听老师的话，努力学习哟！""我记住了！妈妈您放心上班吧！"邢雯丽深情地盯着妈妈，用朗朗的声音应着。"再见。"雯丽看着母亲摇摆的细腰和结实的肥臀，突然用些许沙哑的声音说:"再见,妈妈。"说时,表情有些木讷地目送着行色匆匆的母亲,随着"砰"的关门声,妈妈消失在紧紧闭合的门缝里。接着,她又隐约听到汽车的轰鸣声逐渐远去。此时,雯丽依旧那样惘然地凝视着门口,一秒钟,两秒钟……直至思绪有些混乱,于是她有意识地定了定神,两眼无神地看着满脸怆然的父亲,低下头轻声说:"老爸,我上学去了。""爸开车送你,好吗?"钱金龙转而欣喜地看着女儿慈爱地说。"不用了,爸爸。我还是乘公交上学吧。现在不是提倡么。""爸今天办事,正好顺路,就让爸送你上学吧!""不用啦,我们班许多同学都是乘车上学,都不要父母亲送。我也一样,不能让他们小瞧啦。"女儿说时还顺便做了个咧嘴伸舌头的鬼脸。接着,她的面部很快荡漾起饱含自信与感激的喜悦之情,在嘴角、在面颊、在眉宇之间……钱金龙看着女儿自律又要强的样子,面部也渐渐地带上了笑容。"爸爸再见,Bye—bye!"女儿用爽朗的声音打着招呼。"雯丽,路上注意安全……再见。"钱金龙眯着眼,语重心长地叮嘱着。"知道了。爸爸,放心吧!"

钱金龙左右晃动着脑袋,两眼怔怔地瞅着女儿,关切的目光追随着女儿移动的身影,直至消失在绿阴深处。

钱金龙深知女儿的性格:尚独立而又好强,讲规矩而又自律,明道理而有毅力。他清楚,这些个性品质,对女儿来说都是极其珍贵的,是一位想要成就一番事业的有志之士应具备的基本素质。正是因为这一点,他倍加喜爱自己的女儿,爱自己的女儿,女儿已经成为生命的组成部分。

钱金龙看着空荡荡的家,感觉有点失落。不过,他很快调整好情绪,满脑子思考着公司几天来的日常事务,筹划着公司即将进行的重要谈判。蓦地,他提起公文包,开车急匆匆赶去公司。

邢雯丽郁郁不乐地坐在公交车上,满脑子反复回忆着与妈妈再见时的情景。妈妈上班很匆忙,工作也很辛苦,常常因为加班而不回家。这已是家常便饭了。在雯丽的记忆里,是爸爸和自己相处的时间最长,她也是爸爸一手带大的。她总是弄不明白,妈妈为什么不到爸爸的公司上班?妈妈到底在忙些什么?她的工作真有那么忙?一连串的疑问,雯丽搞不清楚,她的父亲也搞不清楚。哎,真不知道妈妈是怎么想的!她就这样海阔天空地漫想着,时而平静如水,时而忧心忡忡地扭头瞥着窗外一闪而过的绿色丛林和远处逶迤的山岭。

车到站,又上来一群人。她没理会,只顾瞅着窗外摆动的树叶。

"早上好!雯丽。"

听到熟悉的清脆声音，雯丽倏地上扬了下眉毛，眼睛霎时圆睁，在她耸肩惊愕之余，闻声而望，思绪瞬时便回到了现实。

"噢，是吕迪？早上好！"

"早上好！"

"来！这儿正好有空位。"

吕迪迅速移动碎步。两人有说有笑地坐在一起。

"雯丽，两天不见，你发现我有什么变化？"吕迪激动地问。

邢雯丽听话似地瞪大眼睛，左看右看，没发现什么。于是，面带愠色地说："吕迪啊！你干什么这样装神弄鬼神经兮兮的。我看你还是原来的你，没什么变化呀？"

"你，你再仔细看看，真的没有丝毫的变化？"

邢雯丽锁着眉，用两颗圆睁着黑眼珠的大眼睛，上上下下仔仔细细打量着满脸窘相的吕迪，边噘嘴边摇头说："嗯，没，真的没有！"

"你呀，你呀，雯丽，你气死我啦！减了两天肥！你难道没看出我变瘦了？比以前更漂亮了？"吕迪颇为焦急地用埋怨的表情责问。

"什么？你说什么？你在减肥？你不胖呀？又这么小，减什么肥？"

"你真是少见多怪，现在的女孩子都在减肥！"

"我怎么不知道？……"

"你当然不知道啦，只知道看书，看书！都不知道现在女孩在追什么时髦！"

邢雯丽好像受到打击，颇为急切地说："我们这么小，根本就没有减肥的必要。那你说，现在女孩在追求什么？"

"其实我也不知道，反正大家都在减肥，我也就跟着减，免得将来后悔。"

邢雯丽心想，吕迪好像是一朵洁白无瑕的栀子花；而社会上流行的减肥风潮，犹如吹打在白色花瓣上的一阵阵疾风。她感叹道："哎，你们这些时髦的追捧者呀，我才不信那些。你没有看报纸，美国的科学家研究发现：最好的减肥方法就是科学地饮食与锻炼，每次都不要吃得太饱，有点饱的感觉就行啦。这样，不但能保持正常的体型和体重，而且有利于身体健康。其次，是适当地运动，譬如散步、跑步、打羽毛球……"

她俩聊兴正浓时，突然车子剧烈地晃动了几下，转弯驶近站牌。

"呀！到站啦！快下车。"

邢雯丽说着，便拉起吕迪冲出车门。

3. 蔡漫君的恶作剧

邢雯丽所在的南滨中学是这个沿海经济特区一所比较有名的中学,今年4月,刚刚通过粤省国家级示范初中督导验收,标志着南滨市这张闪亮的教育名片再一次迈上新台阶。

刚进校门,上早读的预备音乐响起。她俩快跑几步,一溜烟冲进教室。"哇,好险啊！差点迟到。"邢雯丽左手轻拍胸脯,带着轻微喘息声,边自言自语边低头迈着大步,蹑手蹑脚地回到自己的座位上。她弯着腰,迅速环视教室,都基本到齐了！只有坐在身后的吕迪的同桌没来。

大家都在认真地朗读,有读英语、语文的,还有读历史、政治的……

期末考试临近,同学们比平时明显自觉了许多！

邢雯丽顾不上多想,迅速掏出英语书便认真阅读起来。

她读得发音准确,吐字清晰,节奏明朗,铿锵用力。英语老师称她有一口标准流利的美式语言,这样发展下去,将来肯定能考上本市最有声望的外国语学校,老师对她很有信心。

读得正起劲时,邢雯丽突然感到有股迎面袭来的凉风和一缕暗淡的光线敏感地刺激着自己的神经。她本能地侧耳细听,是细碎的脚步声和推拉桌椅的"咯吱"声,乱响成一片。她有些不悦地嘀咕着:"是谁这样不拘小节,难道就不会轻声点？来迟了还有理由？"

随之扭头用厌恶的目光斜眼怒视。同时她也意外地发现,全班至少有六七位同学也用和自己一样的目光在瞋视那个不拘小节者。

邢雯丽心想,那几位同学应该与自己有着同样的心理。在这件事上,刹那间,她们六七个人结成了正义的同盟。她想到这里,顿觉有股正义感、道德感与骄傲感等错综复杂之情感混为一体的激动暖流,从心底弥漫到全身,她因获得这突如其来的成就感而下意识地长舒了一口气。这时,她情不自禁地会心微笑着,用余光轻瞥了下自己的同盟者,而后更加愉快地阅读起来。

她很快就读完一课书，在她正准备读第二课书的时候，班里发生了一件事情，这使她无论如何都难以进入阅读的最佳状态。

"哇，蔡漫君，你好酷噢！你这是在搞什么行为艺术？"

邢雯丽回头看时，吕迪正呆瞪着画有魅力炫彩眼影的大眼睛，惊张着涂抹了肉色水晶唇膏呈"O"字形的薄嘴唇，目不转睛地盯着她的同桌——蔡漫君，她的头离他的脸不到二十厘米，她以最佳的视角和最清晰的视距，仔细地观察和打量。这种专注的神情，绝不亚于年逾古稀的考古专家意外地发现稀世罕见的古陶器；这种惊喜的程度，也绝不亚于当年哥伦布发现肥沃丰美的新大陆。

邢雯丽看到吕迪的滑稽表情，有些惊讶地质问：

"吕迪，你在发什么愣呀？盯着人家，多不礼貌！"

"嘘。"吕迪打了个手势顺口呵道："不要动！"

"我怎么啦？不要这样看，好不好？"

蔡漫君自坐到座位以来，神情一直处于恍惚状态，虽然他手里拿了本书，但他的目光始终在书本上滑来绕去，不能进入角色。正当他心神不定之时，同桌小女生蓦地把香喷喷白嫩嫩的粉脸亲昵地凑近他的唇底，显得对他很感兴趣的样子。他早已被同桌的举动感动着，幸福着，因而也就屏住呼吸，一动不动地沉浸在难以言表的美妙感觉中。就在有些想入非非的时候，吕迪的那声"哇"吓得他头都在发颤，神志立刻清醒了。

那一声，音倒不大，还有些细，里外也充满着娇气、好奇、热情……以及说不上的柔情、妒意，甚或是挖苦的意味以及其他意想的混合体？不管是什么，对蔡漫君来说，这语言都有着威力无比的穿透力，能透过衣饰、肌肤和血脉，直达心灵深处，催生出浸润周身的舒畅感。他不管她怀有何种心态，只要能与异性进行心与心的亲近交流，在这个过程中，她在任何动机下的任何语言与举动、表情与姿态……对他来说，都不算什么！他要的是这种感觉，让他怦然心动和热血沸腾的感觉，即便被她骂一通，踢一脚，捏一把，或者其他什么的，他都甚感惬意。

尽管他爱听些浑话，也甚爱受些"折磨"，但今天这一声，确确实实地惊着了蔡漫君。他万分迷惑地探询："吕迪……又怎么啦？什么事值得大惊小怪的？"

"你的嘴角和脸上是什么？……哇！真恶心哪！是干了的哈喇子，

你——你早晨怎么不洗脸？"

吕迪专注地端瞧着蔡漫君脸上那长短不齐，颜色灰黄，还似乎有些干痂上翘的物质，甚感好奇。突然，她像悟出一道陈年未解的数学题一样，很有成就感地撇着嘴，兴奋地炫耀着，激动使她的话音既变调又高亢，也轻而易举地使声音传播到方圆五六米外的地方。这声音本身倒不要紧，要命的是内容，那"干了的哈喇子"，显得异常刺耳。

教室里朗朗的读书声戛然而止，立时消失得无影无踪。在不经意间，几乎所有同学都将头齐刷刷地转向蔡漫君，他真正成为万众瞩目的焦点。

紧接着，教室里又爆起嘻嘻哈哈的笑声和一些不太明确的谩骂声。

此时，吕迪因大惑不解而大惊失色地伸出舌头，缩着身，低着头，怯生生地晃动着烫了波浪卷的圆脑袋，环视四周，嘴里嘟囔着："怎么会这样呢？""怎么是这样呢？"

那时，蔡漫君的头脑已十分清醒，他正准备收回刚才狂乱的想法，打算认认真真地预习课文。猛然，吕迪凑近，并用小手指尖划拉自己的脸颊，感觉麻麻的，痒痒的，酥酥的，很是美妙。接着，她又冒出那句话，使得自己的回头率大增。

他有些飘飘然，顿觉心中溢出几丝窃喜。

他仍旧那样，昂仰着头，微闭着眼，面带笑容，还不时与注视他的同学进行目光上的交流，尤其是对于那些似乎含有秋波性质的目光，他会及时回报以甜甜的微笑。

这在蔡漫君看来，绝不是什么坏事，有这么多同学关注，他感到特兴奋。他应该感谢吕迪，是她让他成为全班瞩目的焦点。

这种行为与那些穿奇装异服，裤子上磨洞，留光头，刺个什么"忍"字文身等等小玩意儿的做法相比，效果是最好的。今天他是收到奇效了，省钱又省力。不过，这种出奇制胜的招数，只能使用一次，就像空城计，用多了会出事，会让人生厌，结果会适得其反，蔡漫君明白这一点。

他伸长脖颈，意味深长地看着已渐平息的课室，在桌底用手捅了捅吕迪，轻声问："真是那样吗？噢，不好意思。告诉你个秘密，不要告诉任何人，好不好？"

吕迪被捅后，身体不经意地颤抖了一下，连忙紧张地答："好！我保证！"

"昨天晚上，我玩了一宿电脑游戏，后来困极了，就趴在电脑桌上睡着了，醒来时，一看时间不早了，就匆忙冲到学校。"

"你爸妈不管？"

"还好，他们全出差了，真是千载难得的机会！"

坐在前排的邢雯丽有些不悦地用后背推了推桌子小声说："你们！能不能小声点？能不能别闲聊！"

"不好意思。"吕迪呢喃着，随即用手臂揉了揉蔡漫君，低语道："看书吧！别影响其他同学早读啦！"

蔡漫君"嗯"了一声，刚要拿起书，感觉肩上被实实在在地轻拍了三下。说是在拍，倒不如说"摁"更恰当。这种摁，使他明显感觉到一种温暖的、亲切的、友好与给予能量的意味。蔡漫君面带笑容，好奇地扭头看时，发现是班主任邱珍宇老师。

邱老师一向待人和气，对班级管理和教学工作很有一套。他虽然从来不向任何一位同学发火，但同学们最怕的、最尊敬的，也是最信服和最甘愿言听计从的老师，就是班主任邱珍宇老师。

蔡漫君万般难为情地低下头，用左手直挠着后脑勺，声音不大不小地打招呼："邱老师好——"

邱老师笑盈盈地看着蔡漫君，用宽厚的手掌再次重"摁"了他的肩膀，饱含了对这件事的责怪、理解以及对他今后的鼓励、信任……

蔡漫君似乎心领神会。

他更深地低着头，真切地感受到一股勃勃的暖流从丹田处正迅速升腾并传遍周身。

在不经意间，他的脸居然有些绯红。

这种带着友善的批评指正，其教育效果远远胜过传统的点名批评，它是用一个心灵与另一个心灵进行的亲密对话，因而不会让受教育者产生任何的逆反心理，是具有彻头彻尾改正功效的教育策略。

邱珍宇老师洞悉事件的全过程，也明白事情的起因：不在他，而在她，吕迪。他本来是想过去给她一个暗示和鼓励，当考虑到她是位女同学时，还是慎之又慎，让蔡漫君来代替了，真有点"项庄舞剑，意在沛公"之意。不过，这件事与他有直接关系，这样做也没有太冤枉他。邱老师在暗示蔡漫君的时候，两只眼却一直盯着吕迪，在这目光里，也足以让她感受到其中的特殊含义。

吕迪明白自己做了错事，也低下头深深地内疚起来。

这时，有几位同学探头探脑、幸灾乐祸地看着蔡漫君发笑。老师环视了四周，对蔡漫君轻声地说："快到洗手间，把脸给冲一下。我相信，你会下不为例的！"

蔡漫君听后，如释重负地"哎"了声，便弯着腰，低着头，一溜烟地窜出教室，直奔洗手间。

就在这时，早读结束的音乐铃声响起。

邱老师顺便走上讲台，做了简短的总结性发言，他丝毫没有提及刚才发生的傻事。

在课间十分钟，教室里乱闹成一锅粥，活蹦乱跳的，高声吆喝的，倾心交谈的，引吭高歌的，追逐打闹的……混杂在一起，交织成一片。

凡是人能想到的乱事，几乎都在这里上演着。

同学们以各自喜好的形式随心所欲地发泄，尽兴地释放着压抑和狂躁的情绪。雯丽属于平时文静内秀但随环境变化亦可活泼好动的性情女孩。然而就在此时，她显得特深沉，甚至有点儿沉默寡言。她怔怔地盯着天花板，微皱着眉毛，心事重重地问："吕迪，你刚才是怎么啦？惹得那么大的动静，我真服了你。"

"没什么！那家伙忒逗人，我实在是忍俊不禁哪！"吕迪用自豪和轻松的口吻应道。

"吕迪，你好酷噢！怎么能这样说我们老大呢？"张晟隔着好几排桌子朝她吼叫。

"不好意思啦。"吕迪笑着眯缝起眼回道。

"哇，你们看！谁来了，欢迎我们的行为艺术家——蔡漫君先生。"不知谁喊了声，随即乱响起"噢，噢，噢"的欢呼声。这时，有三五位男生和六七位女生特别明显地起着哄，他们弯着腰，双手轮动地敲击课桌，脖子一伸一伸地吼叫着。

教室里更加热闹了。

蔡漫君进门时听到这样的呐喊声，于是，两眼上瞪，嘴角高提，双手抬举，臀胯扭摆，两腿如麻花样一颠一颠地抖动，尽力摆弄着街舞的姿势，渐渐地，神采愈加飞扬。突然，动作戛然而止，接着，身体急速翻转一百八十度，来了个立正敬礼的标准姿势，而后，又缓缓地向前上方，举起右手嘴里念道：

"哈——大家好！我是蔡漫君，今天带给大家的是，足以让所有人能捧腹大笑的一个笑话。希望各位喜欢。"然后，他清了清嗓音，手舞足蹈地说："话说，明清年间，有一位相公……"

"哎，我说艺术家，能不能换点新的，每次就听这个，早就腻烦了……来，来，重来个新鲜的。"话刚出口就有人起哄道。

"来个新的？有！让我想想，哎，货不全了，改天吧！"

"让雯丽替你来一个！"看到邢雯丽郁郁寡欢的样子，嘈杂噪音中猛地窜出一声嘶喊，不知是谁的恶作剧。

这声喊倒不打紧，邢雯丽可真着了急，这也正好中了他人的圈套。

邢雯丽立时下意识地转身冲声源处嚷道："是谁在瞎搅和，我凭什么要替他？"

在这般喧闹的氛围中，邢雯丽身受感染，一扫刚才的沉闷心情，也变得活跃和开朗起来。

她人本来就长得漂亮，像她母亲一样的长睫毛和大眼睛，加上标准的瓜子脸，在任何时候，都楚楚动人，让人动情，尤其是在这火热的气氛中，加上适才的急躁辩解，使她白里透红的粉脸蛋变得红扑扑，越发显得惹人喜爱。

无形之中，她已成为同伴们关注的新焦点。

"让雯丽来一个，来一个……"大伙起哄道。

"为什么？"

"因为你坐在他前面！"

"这和座位有什么关系？你，这是什么逻辑呀？"

"对，是强盗的逻辑，我们是一群强盗。"有人大声插了句。

"那你为什么要脸红？"

"我脸红？谁的脸不在红，在这样热闹的氛围中。"

又有好几位同学你一句他一句地掺和着。

"好，大家一起来：邢雯丽来一个！"

"邢雯丽来一个！"

同学们就这样欢呼着，邢雯丽见大家这样看重自己，有些盛情难却，就落落大方地说："那好吧！我给大家跳个云南的孔雀舞怎样？"说完，不等大家应和就跳起来。

她的舞姿优美迷人，动作富有节奏与张力，看得好几位同学都拉直了双

眼,这时,不知是谁万分佩服地问道:

"雯丽,你舞跳得这么好,是跟谁学的……"

"自个儿瞎练的!"

"哇!真不简单。"

邢雯丽看到蔡漫君木木地瞅着墙角,走过去轻声道:"不好意思!其实……"

"哎,没什么不好意思,你帮我解围,我得感谢你才对!"蔡漫君略思片刻后接着说:"今晚我请客,你算一个……还有吕迪,总共六七位同学,一定要赏脸啊!"

邢雯丽看到蔡漫君满面诚恳的样子,又有几位好朋友参与,也就爽快地应允了。

"邢雯丽,再来个……"

不知谁又喊了半声,在他声音未落时,上课的铃声响了。老师伴随着狂热的吵闹声,笑眯眯地踏上讲台。

霎时,同学们就像被人使了魔法似的,教室里顿时安静下来。

在蔡漫君看来,以往精彩的物理课,从没有像今天这样漫长、无聊和煎熬。他呆呆地盯着像相声演员一样卖力表演的老师,几乎动用了眼、嘴、手、脚、腿与躯干等身体部位,处处显得滑稽可笑,他强忍了忍,借故环视着鸭子般伸长脖子听讲的部分同学,以及像小鸡啄食那样入神做笔记的多数同学,不屑一顾地缩起脖颈,漫无边际地望着天花板发愣。而后,又斜楞着眼,看了一下身旁的雯丽和吕迪,她们也是鸭子样伸长脖子在仔细地听,邢雯丽听得更认真,眼睛一眨不眨的。

蔡漫君直觉得可笑。

冥想时,他竟然真的抿嘴发笑。这一笑,两眼自然就眯成了缝。眼一眯成缝,他就清楚地觉得,思绪不断地陷入混沌的泥潭,意识开始变得模糊,两眼皮也开始趁着刚才的眯眼变得不听使唤,似有万钧之力压在上面,眼皮自然一合一合起来。

此刻,蔡漫君的深层意识还有几丝清醒。他特意将物理课本竖起,遮掩在脸前,左手臂横摆在桌面,索性将下巴支在手臂上,两眼一翻一翻地听讲。

渐渐地,似乎从遥远的意识深处传来一声怪叫,清晰地回荡在脑际:"朋友,放下手中的兵器,认输吧!"

"不！我怎能输呢？我要和你决斗！"

话音刚落，两人便厮杀在一起。

蔡漫君突然抓住机会，趁对方不注意时来了个连环鸳鸯腿，直踢中对手的心窝，对手惨叫一声，身体不由地向后倾倒，就在这千钧一发之时，他手中的兵刃像一道闪电脱手甩出，只听"啊！"的一声，削断了对手的大腿。

这招是他的压轴绝技，一般不会轻易使出来，只有在最危急的关头。

对方一旦中招，不死即伤。

"今天的决斗算你走运！"对手吼毕，扭头便消失在苍茫的夜色中。

梦境像是游戏，游戏也像梦境，不管自己身居怎样危急的关头，真正的自己永无战败之时。蔡漫君专心致志地玩着游戏，于恍惚间，自己竟成了游戏中的一位人物，成了所向披靡的盖世英雄，过了一关，又闯了一关……又一关……自己也说不清闯过了多少关，总而言之，有过不完的关津，杀不完的敌人，自然也获得数不尽的胜利。出现在游戏中的蔡漫君，挥舞着不断变酷的杀生剑，更换着不断奢华的决斗服，拥有着不断递增的虚拟财富。这些，都极大地满足着他的虚荣心和成就感。在这个领域的某段时间，他可以说是位成功人士。身在游戏中，他会视游戏过程及游戏中的财富与荣耀，为自己生命的一部分。

在梦想中他玩得很起劲，手和腿都动了起来。

平时上课常走神的吕迪，今天听得特专心，因而就没注意到蔡漫君的异常表现。只是后来，她在倦怠时的偶然一瞥中才发现他的异样，那家伙双眼紧闭，嘴唇翕动，哈喇子正从被挤压得有些变形的嘴角往下流淌着。吕迪好玩地咧了下嘴，用脚轻快地蹭了蹭蔡漫君的脚踝，不见醒，又用手臂重重地推搡了几下。

他睡眼惺忪地瞅了眼吕迪，抿起嘴笑了笑。

这家伙到底有经验，不像其他同学在遇到这种情况时会突然有一个大动作，以至于弄得全班同学捧腹大笑。他没有，只见他微微睁圆双眼，轻轻咂巴着流有哈喇子的厚嘴唇，顺手揩去嘴角多余的口水，晃晃头，缓缓地探起脑袋，渐渐地伸直腰板，就像什么事都没发生过，刚才一系列动作只是给人造成的假象，他是趴在桌上专心地做笔记，只是现在，才挺直了腰而已。

现在，蔡漫君的头脑依旧昏沉，只是比刚才好了一点儿，老师具体讲的什么内容，他依旧听不进去。正在他准备再次迷糊的时候，忽然，他发觉前排同学都后转过来，小脑袋紧凑一块儿在讨论什么问题，他连忙伸出脑袋装模作样地参与着。

"蔡漫君，你走神啦！是不是昨晚失眠啦？"雯丽看到蔡漫君一副无精打采的样子，关心地询问。

"他……昨晚偷菜去了。"吕迪斜眼瞅着雯丽插了嘴。

"得，得，大家伙儿赶紧讨论问题，不要议论我。"蔡漫君听见吕迪插嘴，脑子一机灵，醒了大半。他怕她再说什么馊语，情急中也不知该怎么引开话题。

物理老师在教室里转来转去，密切注视着各小组的讨论情况，随时发现问题，随时给予纠正。

五分钟的讨论说到就到，老师要进行提问了。

听到"提问"两字，蔡漫君虽说睡意全无，但头脑只清醒了一半，刚才的讨论内容，他根本就没听进去。情急之下，他连忙用手捅了捅吕迪，匆促询问刚才的讨论结果。

吕迪很乐意地低头简明扼要地告知蔡漫君，而后又迅速昂起头，就像无事发生似的。

物理老师往常是让组代表发言的，今天不知出于何种原因，他突然改变主意，用深藏在厚眼镜片背后的小眼睛扫视了一圈说："今天破例，我点名让同学回答问题。"

话音刚落，课室里便传来窸窸窣窣的声音，更有几位同学露出愕然的神情，头不由得往下缩了半截。

老师在讲台上看得真真切切，他迅速找到缩脖者，带着恶作剧的口吻一字一字地说："今天，我们请蔡漫君同学介绍本组的讨论情况，大家欢迎——"

在同学们的注目和掌声中，蔡漫君徐缓地站起，慢悠悠地晃着脑袋，在左手情不自禁挠自个儿后脑勺的同时，还用诡谲的目光环视了前方的老师和周围的同学，这一滑稽举动立刻招来周围同学开心的笑声和热烈的掌声。坐在左右的雯丽和吕迪看着蔡漫君奇怪的样子，甚为着急。

恰巧此时，蔡漫君用脚向吕迪传出求救信号。吕迪俯首简明扼要地提醒后，蔡漫君回答得虽不算流利，但还算完满。

老师笑眯着眼，关切地注视着蔡漫君，满意地点头说："回答得不错。虽然有点吞吞吐吐，但还算有理有据。老师真心希望你上课能打起精神，这样，你会有更大收获的。"

"谢谢，谢谢老师。"蔡漫君无意受到老师的表扬，脸顿时乐得缩成了一团。

此时，他已完全清醒。

他非常神气地再次环视教室后，刚想坐下，又赢来同学们热烈的掌声。蔡漫君说不上是激动，还是惭愧，坐下后却又把头缩回脖子，用眼角瞥着吕迪赶忙说："谢谢你，又救了我一次。"

吕迪会心地摇头应着："没关系，咱们是同盟者！"

"是的，同盟者！"

蔡漫君随即神气活现地挺直腰身，专心地听起讲来。

国家实施新课程改革以来，校园生活总体上是丰富多彩快乐充实的。这一点，蔡漫君深有体会，不过，他感受尤为强烈的是，改革使学生的地位不仅得到提升，而且还获得超额的尊重，身在这种氛围，他生活得舒坦且自由。蔡漫君时常这么认为：以前在家如果不怕父母，在学校肯定会怕老师。而今，谁也不用怕了。即便犯了错误，或是有意的恶作剧，老师总会好言相劝，动之以情晓之以理，进行说服教育的。

说句实在的，对待犯错学生，老师比学生的父母还有耐心！每当自己犯了错误，在老师办公室不仅能听到委婉耐心的劝说之词，而且还能喝上老师递来的矿泉水。这样的好事，何乐而不为呢？所以，蔡漫君就不停地犯错误，也就不停地受到温馨的说服教育和下不为例的苍白警告。不过，有时他也会感到深深内疚的，他清楚老师是为自己好，是为自己的将来负责，但他就是控制不住，那时那刻，他会怀着极复杂的情绪，觉得老师特可怜，特傻，特容易被欺骗。你看看今天的物理老师，自己明明睡了一节课，还居然得到他的表扬。

蔡漫君思前想后，也渐渐发现一些习惯一旦成瘾后就很难纠正，就如同自己上网玩游戏与课上恶作剧一样，他明知这样不好，可就是行不由衷。他感到很纳闷：闹不清事情的缘由与对错，当时自己究竟怎么啦？为何那么冲动？老师又为什么那样不厌其烦地教育自己？

他自个儿还认为：他与别的捣蛋同学的不同在于，有时候他会对自己的所作所为主动忏悔。在忏悔后的一段时间里，课堂上他都会抓住每分每秒，课余他也会认真完成作业。所以，他自我感觉还没有彻底堕落到无药可救的地步，这或许是老师教育他关心他鼓励他的根本原因吧！

那天邢雯丽的无意之语，不仅证实了他的推测，而且还给了他莫大的鼓舞：

"蔡漫君那孩子挺聪明，抓一抓，肯定是个好苗子。"

"挺聪明？"

"好苗子？"

蔡漫君反复思忖那几个字，心想："看来，我在老师心目中的形象还是不错的。我应加倍努力，做得更好才行……"

这个课间，蔡漫君没有参与吵闹，而是一个人趴在课桌上静静地遐想了一阵。不多时，他忽然觉得他的迷惑减轻了许多，心情也随之开朗起来。

他非常用心地听了几节课，感觉还是很充实的。

4. 美容减肥风潮

不知不觉就到了下午放学时间。

铃声刚落，蔡漫君就朝几位好友使了眼色，背上书包，独自来到校门口右侧五十米远的一棵大树底下，这是他们约好的地方。按照学校规定：放学后学生必须回家，不允许在校外聚集玩耍。这不，他们想出分头行动、化整为零、转移阵地的策略，学校领导、老师及值日的学生会干部，绝对管不到抓不着的。

蔡漫君站在树底下有些得意扬扬地等着。他看了看表：六点三十分。"他们该来啊！"他一边东张西望，一边自言自语着。"喂，张晟，在这儿呢。"眼尖的蔡漫君一看到张晟就喊。"嗨！"张晟边晃悠着脑袋，边指着十米远的背影嚷嚷道："那不是卢漪妮和温一迪吗？让她们快过来！"蔡漫君顺着手势便伸长脖子吼着："温一迪，快过来，有没有见吕迪和雯丽？""噢，刚才见她俩去了办公区！"温一迪招着手回答。

他们几个在树下，等了不到一分钟，就见吕迪气喘吁吁地跑过来说："咱们稍等一会儿,雯丽被班主任叫去,一会儿就来。"

在教学办公区,邢雯丽非常有礼貌地敲响班主任邱老师的办公室大门。邱老师正在处理一大堆事情,看样子,根本没有下班回家的意思。他看到进来的邢雯丽同学,连忙放下手中的备忘本,十分歉意地说:"雯丽同学,不好意思,要耽误你一会儿,就一分钟。""没关系! 邱老师。"邢雯丽爽快地应着。"最近咱们班要搞一帮一的帮扶活动,目的是让成绩稍差的同学尽快赶上,你作为学习委员,我想让你帮助蔡漫君同学,不知你愿不愿意?""没事的,老师。""那就好! 具体方案,我会安排好,到时再详细通知你。就这事,希望你能把它做好!""好的,通过参与,我会有所长进。邱老师,再见。"说完,便带上门,离开老师办公室,直奔校门口。

出于惯性,邢雯丽出校门便左拐,来到回家的站牌前。在候车的一瞬间,她猛地觉得好像有件事要做,到底是什么? 一时又想不起来。这时,她扭头看见吕迪正在校门口张望,才蓦然想起是蔡漫君请客的事。

她现在有些后悔,这种聚会,她一向是反感的,但人家诚心诚意地邀请自己,实在不忍心回绝,一旦回绝,肯定会招来别人的误解。在学校处理人际关系又不像在家里,你想怎样就怎样,想不做什么就不做什么,就像自己过生日一样,父母基本是按照自己的意思行事的。而在学校就大不一样,要想融入这个群体,就必须遵循这个群体的规则。这种浅显的道理,现在的独生子女都懂。这也就是许多小孩在学校既非常听话又讲道理,一到家就像换了个人似的真正原因。

规则不同要求不同,加上身在不同规则中扮演的角色不同,自然就会产生不同的行为。随着年龄的增长,孩子们逐渐明白,身在社会,一切事物的发生发展绝不会按照个人的意愿进行,而且更多的时候是抵触的,与个人意愿相违背的,这就要求个体学会处理好诸多关系,关系处理顺了,就能自如适应这个社会,处理不好,就会与这个社会格格不入,这就极容易造成心理伤害。

当代的大部分年轻人是深谙此理的。

邢雯丽现在就处于这样一个艰难抉择的十字路口,处在两种认识和观念的激烈冲突之中,拥有独特的个性,就有可能失去真挚的友谊;得到志同道合说得来的朋友,就有可能会牺牲自己的部分个性。除非极端圆滑世故的旷世奇人才能处理好纷繁复杂的诸多关系,但通常作为普通人,一旦进入社会,你做的，并不都是你愿意的；你不做的，并不都是你不喜欢的。这有些绕口令似的道理，邢雯丽耳濡目染也懂些。

邢雯丽看到吕迪焦急等待的样子，也不好再犹豫什么，连忙打着招呼："哈啰，吕迪。""真急死人啦！你怎么在这里？早出来啦？他们就等你一人！"吕迪急得一时语塞，边吞吐边想着后半句话。"我刚出来……差点忘了这事，不好意思啦，那咱们赶紧过去吧！""幸亏我来得及时，OK！"吕迪进一步补充道。

她们将到预定地时，看见蔡漫君正急得在树下绕圈子，他们几个也不安分地向四周极力搜索着，眼尖的蔡漫君一看到她俩就挥手喊："快过来，在这儿呢！"

蔡漫君郁闷地说："班主任找你啦？我还以为你不来了呢？打你手机也没人接。"雯丽本想再次推却，听到他如此伤感之语，违心改口，佯装歉意地说："不好意思，让大家等久了。""走，我们出发。"张晟满腔兴奋地说。"我们准备去哪儿？"温一迪不解地问。"我原计划去肯德基……看看大家有什么建议。"蔡漫君瞧了一下众人，用征询的口吻说。"那好啊，鸡肉是我的最爱。"张晟蹦跳着鼓掌叫道。"那是什么呀？垃圾食品！"卢漪妮蹙着额头明显不悦地反驳着。张晟扬着眉毛，用一副颇显学问的表情，振振有词地接住话茬："那是人们的误解！只是因为人家太有营养，热量太大，对中老年朋友来说，容易造成脂肪堆积，发胖，血脂变稠。所以说是垃圾食品；但对于需要更多热量的我们来说，怎么会是垃圾呢？""我们几位女生也支持卢漪妮的观点。"蔡漫君扫视过众 MM 后果断决定："张晟，那就不好意思啦，少数服从多数。咱们就吃本地特色菜，怎样？""好！"众人应和着。

他们一行人来到本地有名的一家特色菜馆，要了个包间。

邢雯丽坐在空调包房里，不由得联想起班主任邱老师的谈话内容，无形中也将那件事和吃饭这件事建立了某种联系，无缘由地扯到了一块，总觉得今天的请客是蔡漫君特意为她准备的，为了消除尴尬局面才邀请了其他几位同学。她越想越觉得不好意思，如果真是这原因，因为学习上的帮助而让人家请客，那多势利！那多功利！不过，话又说回来，蔡漫君现在还不知道关于一帮一的事情，班主任也还在酝酿之中，所以，能得出肯定的结论：这次请客应该和一帮一没有关系，这完全是个巧合。不管她怎样想，她总觉得有些歉意。于是，忐忑不安地对蔡漫君说："不好意思，让你破费了，其实没什么，都是应该的。""没事，这点小意思，客气个啥？"他呷了口茶，略微停顿了一会儿，接着说："我这人特节俭，平时很少花钱，过年的压岁钱现在还有5000块。所以，今天正好有个机会，大家乐一乐！"张晟瞪着圆溜溜的眼珠，十分羡慕地问："哇噻，这么酷！过年就能赚这么多？""好了，不要耍贫嘴啦！"吕迪带着不屑一顾的表情，用眼角不客气地扫了他一下，吓得张晟顷刻间便缩回脖子不再吱声了。"好了，我们给家里打个电话，说有活动，晚些回去。"温一迪打了个圆场，提醒大家道。

　　看到两位男生出了包间，吕迪颇有感慨地说："我们女人哪，活在世上真是可怜，都不是为自己活着，而是为男人的标准活着。将来一旦成家结婚，男人们不仅要求我们有能力会管家，而且还要求我们有漂亮的容貌和优美的身材。难啊，累啊！女人为了从社会中得到方方面面的主动权，就必须美丽，漂亮，性感……所以，社会上针对女人的产品非常多，光减肥用品，就令人眼花缭乱的。"

　　"是啊，所有女人都想努力塑造美的时候，女人间的一场美丽竞争便开始了，谁不努力，谁怠慢了，吃亏的终究是自己！"

　　"现在社会上有一种说法：有知识的女人，不如有魅力的女人，有魅力的女人，不如性感而能吸引有钱男人的女人，这些有知识有魅力又性感的漂亮女人，不仅能轻而易举获得事业上的成功，拥有大额的社会财富，而且还会受到世人的尊崇，成为生活的强者。太让人羡慕了。所以，说来说去，女人漂亮才是根本。"

　　邢雯丽听她们几个在热聊女人话题，起初还感新鲜。渐渐地，有关自己母亲狂热减肥和迷恋美容保健的身影浮出脑海，她为了能美丽漂亮，全身心投入，几乎放弃了在家庭中的责任及对自己的关心和爱护。

　　想到这儿，一种挟带焦躁与郁闷的悲痛阴影逐渐笼罩了邢雯丽的心头，她甚至能清晰地感觉到来自内心世界的不安与压抑，不断地感到窒息、愤怒和恐惧，同时，她也下意识地认定她的悲痛之源就是她们所谈论的话题。这种对女人话题莫名的厌恶感正一步步折磨着雯丽，令她如坐针毡，不由自主，尤其是在这样一个狭小封闭的包间。邢雯丽鼓足勇气嗫嚅道："好了，咱们能不能换个话题，咱们现在还只是个初中生，这对我们……"她吞吐不到一半言辞就被吕迪打断："咱们姐妹几个交换一下认识，谈谈各自的体会。咱们都是女性，聊聊对你只有好处没有坏处。何况，你最终也会成为女人并进入社会的。是女人就要面对残酷的现实。"

她们几个冲着邢雯丽有些不怀好意地笑了。

听罢吕迪所言,邢雯丽一时也不知孰对孰错,她的话虽也有几分道理,但还是觉得有些话不投机。在这点上,她与她的几个好朋友暂时失去了共同话题。此时,她清楚地觉得在社交场上的失落感正在油然而生,她感到茫然,感到不知所措。在反复思量之后,在个人感受与朋友情谊的取舍上,她决断地选择了后者,她不想失去她的朋友,尽管她对她们有不满意的地方。

吕迪虽然毫不留情地阻断了邢雯丽的话,当她看到雯丽的窘态后,她又保持了缄默,用自己的实际行动表示着对雯丽的尊重和适才莽撞之语的悔意。或许是因为她俩的缘故,女孩们逐渐偏移了话题,而且很快到了山穷水尽的地步。邢雯丽看着她们一时没了话题,在备受感动的同时,也感到很后悔,自己怎么就那么冲动?没一点儿涵养?怎么想什么就说出来呢?现在没了话题你看她们多难堪?想到这里,她不由得低下头,十分歉意地说:"对不起,我收回刚才的话,你们继续聊吧。""没关系,我们也是瞎侃而已,聊什么不是聊?"卢漪妮无所谓地应道。"我现在改吃素啦。减肥效果十分明显,仅一周时间,体重就减了四斤,我就吃点青菜什么的。"吕迪满脸自信地说。"你才减了一周?我俩已经快一年了,你看,我们的身材塑造得多棒!不过,我认为偶尔吃点肉,对身体也是有好处的,尤其是煲的肉汤和骨头汤之类。"温一迪很有成就感地炫耀着。"我们才这么小,真的有必要减肥吗?"邢雯丽抛开刚才的不快,带着几分迷惑发问。"有!太有必要啦。现在减肥图的是将来轻松。你想想看,现在不注意减,等到发胖把皮肤撑坏的时候,再减,不仅很费劲,而且瘦下之后皮肤会变得很松弛。如果真的成了那样,那多难堪,找男朋友都成了问题。"吕迪似乎有理有据地说。"是的,一点儿没错,吕迪讲得太对了。"温一迪像遇到知己一样急切地附和着。"真的有那个必要?不过,我们还小,将来,万一……"在邢雯丽自言自语的时候,服务员上来香美可口的饭菜。蔡漫君和张晟紧随其后,一进包间,蔡漫君就很豪爽地招呼道:"来,来,我们趁热吃,别客气!"接着,传情般看了眼众MM,又告服务生:"她们不喝啤酒,每人一杯鲜奶。"说时便用目光征询MM的意见。"我喝饮料!"吕迪顺口急切地应着。

张晟一看到这色香味俱佳的菜肴,馋水就在嘴里打转悠,在蔡漫君话音未落时,他便迫不及待地抓起筷子大口地吞着美味。

两位男生都大有狼吞虎咽的架势，而这几位 MM 呢？ 就一个比一个腼腆，吃相既文雅又让人着急。

吕迪小口地嚼着青菜，双唇紧闭，只有咬肌一鼓一鼓地动着；邢雯丽先是用小勺舀点菜汤，再夹少许菜叶放入小碗，低垂着头，让人不知道怎么回事就吃完了饭菜；卢漪妮的吃相与吕迪很接近，唯一不同的是，她还会用左手不经意地护住嘴巴，而后闭着嘴唇快速地咬动，在咽的时候，才把手放回到桌面上。

她们仨统统是素食主义者，只有温一迪荤素来者不拒，只是在吃肉时专挑瘦肉吃，吃相也不十分讲究，有时候会塞一大块到嘴里，张开大口使劲地咀嚼，偶尔还能看到嘴里翻动的食物。

张晟在狂吃的时候忙里偷闲，不忘仔细品赏坐在对面的几位 MM 的吃相，在尽兴比较中他越发感到好笑，忍了几次，有一次实在忍不住，他抿着嘴发出一个沉闷的笑声，嘴里的饭菜差点喷出来，他迅速咽下后，左手拍着胸脯说："哇，啊！逗死人了……"

蔡漫君满面诧异地问："你发神经？什么事让你这样乐的？"

"毛病！"

"神经病！"

"你干什么？发癫哩？"

几位小女生纷纷谴责张晟的这种怪异举动。

"Sorry，Sorry，"张晟赶忙用英语解围后又补充道："这也不能全怪我，你们的吃相太逗了，我……"

"？"吕迪愣怔了一下，等反应过来，便不等张晟说完，就气愤地质问："好你个张晟，你竟敢偷窥女生的吃相，谁让你看啦？……都看谁啦？说！快说……"

"都看啦。"

"哇，完了，这家伙全看到啦……"

"这也没什么！吃相不同，各有各的吃相才对哩。这是个性的体现，一样不就麻烦啦！张晟在看别人的吃相，他的吃相与蔡漫君也不同吗？一个文雅，有绅士风度；一个像没见过饭似的，见了饭就两眼发绿，狼吞虎咽的，成什么体统？"这句报复性的话让众 MM 怨气大消。

这时，张晟摸了摸脑门，突然感到不公平，于是万分委屈地说："我看你们了，你们也看我们了，这不就扯平啦，很公平吗！妮子刚才讽刺我，占了我不少便宜，这怎么算……"

温一迪激动得有些盛气凌人地吼着："你别在这绕口令，你这完完全全是胡搅蛮缠自找苦吃嘛！来来来，罚他喝杯啤酒……"

"喝——"

"快喝！"她们几位小女生也兴奋地附和道。

蔡漫君瞧着张晟，满怀正义感地说："那就喝吧，男子汉大丈夫的，谁让你惹我们的小公主……"

张晟一看这架势，躲是躲不掉的，无意中又额外讨到自己喜爱的啤酒喝，心里直乐得开花。他端起酒杯，朝每个小女生都敬了一下，四杯啤酒一饮而尽，兴奋得大叫："痛快！痛快啊——"

接下来，几个男男女女继续吼着唱着，在一片"哈哈"的开怀声中结束了这餐晚饭。

邢雯丽回到家时已是晚上八点钟，是保姆刘阿姨给开的门，她告诉雯丽，她父亲有事要晚些时候回来。邢雯丽应完声喝了杯矿泉水，就独自来到自己的房间。

在房间左侧墙壁的书架上，是摆得满当当的书。这是以前最能吸引雯丽眼球的地方。很多时候，只要她进来，总会站在书架前入神地端详一阵，摆弄摆弄书本，或者索性抽出一本翻阅一下，这已成为她的一种习惯性的动作。可是，今天她进来后，却直奔自己的漂亮小床，并顺势侧身弓躺在上面，不多时她又翻滚着身体仰躺在床上，两眼直瞪瞪地盯着天花板。她神情凝重，目光深邃，若有所思；动作僵滞，眉宇紧锁，如有所惑……

自从吕迪她们几个提到"漂亮女人"、"美容减肥"和"找男朋友"的话题后，她由最初的好奇到反感到冷漠地接受，心里开始显得极不平静，她虽没有直接参与讨论，一直保持着缄默，但她们的讨论内容，像带着磁性似的，一字不漏地吸入雯丽的心田，她不得不思考这个既渺茫又很现实的问题。在思绪里，她已按逻辑关系做了如下排序：美容减肥，漂亮女人，找男朋友。再经过一定的逻辑推理和如实分析后，她得出这样的结论：个人天生的容貌，已经固定，不可改变，要想使自己更靓些，就必须靠后天的努力，美容、减肥和锻炼。只有通过这种有效途径，才能改变容貌，进而改变命运，最终赢得爱情与事业上的成功。这就是女人和男人在认识上的不同，女人素性以漂亮为重，进而成功地获取情爱；男人本色以事业为重，进而自如地获取性爱。女人拥有情爱就等于拥有事业，男人拥有事业才能享受爱情。所以，现代女孩选择婚姻愈来愈看重男人的事业，现在男人选择婚姻也愈来愈在意女人的姿容。虽然许多男人和女人在寻觅爱情最初的征途中都带有浓厚的理想主义色彩，其过程也充满着坎坷的经历和惨痛的教训，但他们誓死不渝地坚持自己的观点，纵使迫不得已降低标准获得了爱情，但他们追求理想情爱的心愿及动力依然如故，只要时机成熟，她们和他们绝对会采取必要的行动，于是乎，社会上便出现了二奶与情夫。这可能是上苍的特意安排，对她们和他们不如意情爱的补偿。就拿一些女人来讲，情夫的出现既是她们所渴求的也是她们所痛心的，实属无奈之举，是她们的初次婚恋不如意的体现！或许她们在年轻之时，在实际生活的寻觅过程中没有发现符合自己理想的男人，高大健壮俊俏而不失男人味，睿智机灵沉稳而不失滑头相，殷实神通怜香不失专一心……这样的男人太少了，即使有也被那些漂亮女人抢劫一空，不得已自己只好降低标准委曲求全了。怀有这种心思的女人一旦在婚后遇到理想中的白马王子就极容易引发婚外情。所以说，女人面对为数不多的优秀男人，要想获得理想婚恋的成功，容貌竞争就显得尤为激烈！否则，只能认了那些虽符合自己婚恋标准但年龄偏大的二婚者，这种事情在生活中并不少见。

"女人一定要嫁得好"，这句成功女人的得意之语，无形中成了一些现代女孩的座右铭，她们为了弥补长相平庸天生的不足，不惜一切代价，通过运动、美容和减肥甚至整形等手段，力图使自己变得更漂亮一些，以获取理想婚恋的更多资本。

邢雯丽一边随意翻阅着情感类书籍，一边海阔天空地漫想着。她心里清楚，并非所有女人都是那样，现实生活中有平静的女人，她们默默守卫着纯朴平庸的恋情世界；也有争强好胜，属于女强人型的女人，她们孜孜追求着宏大完美的惊世真爱，但那毕竟是少数女人，并不具有代表性。

邢雯丽满脑子就这样狂想着，她不知道对和错，也不知道自己属于哪一类。在她的记忆里，她知道自己还属于小孩，离那些烦人的事情还很遥远。不过，周围女孩的"提前行动"无形中也给她造成一定的压力，一种竞争的压力。她偶尔也会担心：如果自己现在还迟迟没有"行动"，万一误了将来，那后悔可就来不及了。

她一时处在一种矛盾和痛苦的抉择中。

渐渐地，她仿佛看到自己的母亲十几年来忙碌减肥的身影，这就使她更相信女人美容、减肥是必须的。

这一点似乎已不容置疑。

九点半，钱金龙到家时，雯丽还沉浸在胡思乱想之中。但随着门锁轻微的碰撞声与钱金龙向保姆的询问声，她的意识又迅速从那悠长而遥远的思绪中扯回到现实。她冲出房门向父亲甜甜地问好。

在家里，邢雯丽基本上是快乐的开朗的。

一见到自己亲爱的父亲，她就快活得像一只小鸟一样，在宽大的客厅跑来跑去，一会儿帮爸爸倒水，一会儿帮爸爸捶背……

忽然，她瞪大眼睛冷不丁地问父亲："现实生活中，两位同样优秀有才华有魄力的女大学生在找工作时，公司会选择哪一位？"钱金龙脱口而出："当然是形象好的那一位！"随之他又略皱了皱眉，眨巴着眼睛反问道："你问这个干什么？"

"噢，是这个……我们正在搞一项社会调查。对，是社会调查！"

雯丽急中生智，在慌乱中竟也能编造出看似合情合理的真实谎言。现在许多学校在课改中都会给学生布置些类似这样的研究课题，让学生搜集整理资料，思考撰写研究性论文，这是新课程标准的部分要求。这样的事，钱金龙耳闻目睹得多了，如今这种体现教学新理念的作业布置在自己女儿身上，钱金龙真的感到几分欣喜，它不仅可以提高孩子的综合能力，而且能使知识变得活起来，更能有效地激发孩子探索知识的欲望。基于这种考虑，钱金龙对女儿刚才突然的发问自然就没放在心上。

雯丽听到父亲对这个问题的肯定回答，更进一步确信了吕迪她们所谈观点的正确性，能打动人的好形象首当其冲的是一个人的身体曲线，这也就增加了雯丽下一步减肥的信心和决心。

5. 网瘾辩论会

第二天上学时，邢雯丽早已把昨晚彻夜难眠所想之事搁置心底，因为作为好形象的第一步——减肥，不仅需要勇气和毅力，而且需要时间和精力，雯丽视学习时间为生命，她打算让中学时期对美容和减肥的心理冲动，仅仅作为一种美的意念，尘封在心底，只作为来日对陈年往事的一段回忆。

邢雯丽照例坐公交车上学，照例重复着以往的生活规律。随着期末复习及考试的临近，在她的日程安排表上，似乎明确标注着各种学习计划，她的确做好了应对期末考试的各项准备，很明显她不想让这件事影响到自己的学习情绪。

当邢雯丽入神地坐在教室的时候，她觉得自己心情爽朗，思维敏捷，头脑清晰。看到同学个个精神抖擞，看到花木棵棵葳蕤多姿，看到蓝天朵朵游云舞动……一切都那么和谐美丽，一切都令她心旷神怡。

这几周，可能是专心致志地投入的缘故，雯丽感觉时间过得飞快，生活充实愉快，收获又颇为丰厚。

上体育课的时候，她决定好好放松一下。

学校的体育场馆，是前两年才投入使用的，不仅按教学要求备齐了所有体育器材，而且件件都是品牌货。今天他们这节体育课是在体育馆的一楼上。课间十分钟，同学们都早早地聚集到那里。体育馆左侧毗邻的是块绿地，周围有半米高的不锈钢护栏，绿地中央种植着一簇簇开得正艳的栀子花，四周点缀着不知名的大叶子绿色植物，火辣辣的一抹红色在油绿绿的叶子映衬下，俨然构成一道亮丽的风景，此时有一行身着艳服、活泼开朗的女孩儿穿梭其中，完全构成一幅美妙的画卷。

她们的体育老师姓尹，一米八，高大壮实，肌肉发达，极富力感，从他裸露的臂膊上清晰可见块块隆起的肌肉轮廓。他凭借自己强健的体魄，每每上课都会多示范，在学生中形成良好的口碑，是极受学生欢迎的一位体育老师。

每当训练完规定的教学内容后，总有十多分钟的自由活动时间，这时尹老师总会用低沉而富有穿透力的磁性声音宣布："好，同学们，刚才训练得很不错。现在是自由活动时间，解散——"老师话音刚落，同学们便欢呼雀跃起来。一群男生朝喜爱的单双杠处奔去，一群则在操场中心变着花样儿玩排球；女生则在另一处玩呼啦圈或跳皮筋绳。只要学校有，在安全第一、利于教学的原则下，你想玩什么体育项目都是可以的。至于基本的体育安全注意事项及相应的保护措施常识，平时在课上老师也经常强调一些，同学们按要求做得还算不错，从未犯过类似于下楼扭脚这样的低级错误。

尹老师对这届学生还比较信任。

同学们在自由活动时间，尹老师一直操着心，他那双眼皮的大眼睛时刻似鹰隼一样不停地扫视着整个学生运动区域，只要学生的运动项目可能存在潜在的危险，他就会冲过去进行技术指导。

"赖晓孜，加油！加油啊！"一群小女生的呐喊吸引了邢雯丽的目光，她索性走过去凑热闹。

只见几位男生个个以臂当腿，以手当脚，头朝下，屁股蛋朝上，两腿一弯一曲地竞走着，走在第一位的正是赖晓孜。有位小女生驼着背弯着腰，舞动着半握的拳头，晃动着身体，声嘶力竭地吼叫着。邢雯丽真疑心她是经过专业训练的啦啦队成员，如果再稍加调教，她定能成为国内一名出色的啦啦队队员。在邢雯丽充满遐想的时候，那位小女生的呼喊声有些变调，多少会让人发生误解："赖晓孜，加油！赖小子，加油啊！"喊着喊着，或许她也发觉变了味道，于是又改口为："晓孜，加油，小子，加油！"邢雯丽听到这样的呼喊感到十分好笑，不由得想："赖晓孜的父亲怎么会起这样一个容易让人误解的名字？"不过再细细一想，这名字的寓意还十分的丰富，晓，有知道明白之意；孜，意为努力不息。连起来应是知道要不断努力之意，这，或许是他父亲起这名字的初衷吧！按理说，应该是不错的名字。不想，因同学发音不准或有意地读为"赖小子"，这是他父亲始料未及的。就在邢雯丽天马行空般想象的时候，传来一片欢呼声，"赖小子"真的第一个冲到终点，赢得男女同学的一阵热烈掌声。

在单双杠运动场地，激烈的杠上动作——双脚倒挂，角逐已到决定胜负的时刻。此时体育老师早已悄然站在比赛同学身旁，密切关注他们的一举一动，不时纠正可能会出现的危险动作，同时老师也做好了遇到危险时的应急措施，厚实的垫子已铺在单双杠下面。

刘凯龙同学与体育课代表张晟同学要以杠上双脚倒挂的时间长短来争夺本次比赛的冠军。裁判员一声令下，比赛双方倏地窜上单杠，双手紧握，身体先笔直地悬挂在空中，而后腰部猛地发力，两腿直冲天空，当脚脖子碰到横杠时立刻向小腿方向翘起，双脚便像钩子一样牢牢地粘住单杠，随之两手徐徐经过小腿大腿及腰身后交臂松松垂吊在头下，全身重量便落在脚腕处。两人几乎以同样优美的姿态与节奏完成了一系列准备动作。

在周围同学的一片叫好声中，真正的决赛开始了。

"一、二、三、四……四十、四十一、四十二……"围观同学齐声喊着，集体做着裁判。

这时，同学们都紧张地观察着比赛者的身体反应，呐喊的声音一浪高过一浪。快数到六十的时候，刘凯龙同学的大腿开始抖动，于是同学们便开始喊："刘凯龙加油，刘凯龙，加油！"当数到八十一的时候，他的腿抖动得厉害，这时刘凯龙连忙在空中打了个手势，候在两旁的男生马上把他从杠上抬了下来。与此同时，大家伙儿也明显感到张晟同学的双腿也抖得愈趋繁多。雯丽看到这样的情形也紧张得和其他同学一道齐声喊叫："张晟，加油！"张晟倒悬在空中，看到班里的靓女们为自己鼓掌呐喊，很受感动。他咬着牙，聚集着全身的能量在努力坚持着。当数到一百二十二的时候，他实在坚持不下去，也被两名同学抬下单杠。这当口儿全场又猛地爆响起一阵阵冲天的掌声和欢呼声，张晟同学打破了班级倒挂的纪录，荣获杠上倒悬第一名的美誉。

吕迪两眼放光地瞧着被同学搀扶着的张晟忙跑过去喊道："张晟，你好棒哟！"她的有些变调且刺耳的女高音一下子压过所有同学的呼喊声，可能是因为这个原因，全场顿时安静下来，欢呼声没有了，其他的嘈杂声也没有了。吕迪莫明其妙地回头看了看，不由得倒吸了口气，感到此刻的操场显得有些寂静，寂静得甚至让人感到有些死气沉沉，她正准备说第二句"张晟你好帅啊！"话到嘴边，被吓得咽了回去。

体育老师看到这样的尴尬场面赶紧站出来打了个圆场，他用激动而洪亮的男中音说："今天的体育课，我们几位同学都给大家带来了欢乐，也让老师和同学们开了眼界，我们是不是应该感谢他们呀！"

"是的——"接着便又响起了长久不息的掌声。

"老师，您也给大家露一手吧！"在一片掌声中，不知是谁恶作剧似的，用不高不低的嗓门喊了一声，使原本将要停息的掌声又雷鸣般地响起。尹老师略带愕然地环视了人群，看到有位同学手里提着个独轮车，灵机一动、面带微笑地说："那我就给大家表演独轮车过独木桥吧！老师献丑了。"尹老师接过独轮车时，早有几位同学将身边一块长二米宽约四十厘米的木板架在两块摞起的砖头上，两头各用一小段木块做了个小斜坡。尹老师一抬腿，用屁股夹着独轮车一扭一扭地在操场转了一小圈。而后在同学们目瞪口呆的表情和声嘶力竭的喊叫中，独轮车一走一停地缓缓地上了独木桥，也在同学们瞪眼屏息的关注中驶过了独木桥。

尹老师放下车子举起双手，做了个胜利的姿态。立时有几位男同学和女同学从人群中走出来站在老师周围唱着，跳着，叫着，笑着……

更有几位同学都笑出了眼泪。

体育课结束时，大家玩得既开心又尽兴。在集合老师总结宣布解散后，同学们又从好几条通道成群结队地涌进教室。

邢雯丽跟随一帮小女生绕过一簇青翠欲滴的植物，经过几株开得正艳的栀子花树，穿过一片绿得亮眼的草地，径直朝教室方向走去。邢雯丽边回忆刚才老师的精彩表演，边饶有兴趣地回味着读音酷似"赖小子"的"赖晓孜"这名字，觉得中国语言的谐音太厉害了，由于发音或音调的不同，可以彻底改变原有的含义，从而给人造成一定的误解。赖晓孜是个很不错的男生，为人朴实善良守信，是大家心目中公认的好人，根本和"赖小子"不沾边。邢雯丽不知道刚才喊叫的那位小女生是无意的还是有意的，不管怎样讲，她突然间觉得这个名字挺有意思的。恍惚间，也就不由得联系到自己读小学时的旧名——邢姿美上来：邢，可以谐音到体形；姿，指容貌、身姿；美，有美丽、好看和完美之意。合起来即为：作为女孩子，父母希望自己长得漂亮苗条。古人所云的"窈窕淑女"即姿美之人，文雅安静而美好的女子。这也说明从古到今人类对女性永恒不变的审美追求。

邢雯丽在和她们并行之时也说笑着，闲聊着，漫想着。

她在想的时候总感觉时间过得飞快，从操场到教室这长长的一段路，在不知不觉中就走到了尽头。

邢雯丽惊喜地发现同学们经过一节课的锻炼，虽说体力上有所消耗，感觉有点累，但在精神上明显振奋了许多，个个看起来都两眼发亮，生气十足。

下节是班会课。

当上课的音乐响起的时候，教室里依旧弥漫着浓浓的带有乌烟瘴气感的愉快气氛，还有几位同学在班主任邱老师走上讲台之时，依然发出朗朗的笑声和其他类似于"嗡，嘤"的窃窃私语声，同学们自由地快乐地等待着班会课的来临，因为以往的班会课是完全民主的开放的，它是由学生组织和主持的，所有同学随时都可以无拘无束地参与讨论，老师只是站在旁边，偶尔做些点评或发表议论什么的，以便引导学生完成班会课内容。总而言之，在同学们的印象中，班会课就应是这个样子。正因为有这样的意识，尽管上课的音乐已经响过，但教室里的热闹情景仍在继续。

邢雯丽茫然地看着老师，而后又摇头晃脑地瞧过周围的同学，低声询问前排的女生道："今天是第几组主持班会？"

"该是第八组了吧，是的，如果我没记错的话！"

"第八组组长不是尹佳琳吗？她怎么坐在那儿没一点儿反应啊？"

邢雯丽着急地伸长脖子向尹佳琳传话："快！该你们组主持班会了！"

"是的……但老师说：今天他要说件事，我们组改为下周！"

"噢！"邢雯丽像是明白了似的，边缩脖子边转着身体应着。

就在这时，大多数同学也发觉今天有些反常，都不知该做些什么，于是班里渐渐地宁静下来。

班主任邱珍宇老师紧锁眉头，显得心事重重地对大家说："今天的小组主持暂停！下面我要给大家讲个故事，是个真实的故事！不……"话音未落，教室里便一片哗然。"嘘！"好多同学发出这样的口令，顿时教室重归宁静。邱老师看着同学们，继续深沉地说："最近，咱们市电视台举办了《网络游戏到底对青少年会造成什么影响》的主题活动，我发现有位家长特可怜！他的孩子整天沉溺于网络游戏已无法自拔，到昨晚电视播出为止，那孩子已经五天没回家了，真希望那孩子能看到电视，尽早回家。孩子是父亲的唯一希望，那位父亲在接受记者采访时，我能感觉到，他的心在颤抖，他已经处于绝望的边缘。他最后一次见儿子时是这样说的：'儿子，你不想上学，想玩游戏，爸爸就认了，我给足你每天玩游戏和吃饭的钱，你白天想怎样玩都可以。不过，爸爸只有一个要求，晚上能回来吃饭睡觉。'这是一位绝望的父亲对儿子的最后要求，他对儿子已经不抱有任何多余的希望，只求能看到儿子活着回来，而不是像电视新闻所报道的那样中学生因连续几天几夜玩游戏而猝死网吧，等待的是他的尸体。只求晚上能见到自己的儿子！就这点可怜的愿望，这位父亲都很难如愿以偿。可以说，是网络游戏毁了他儿子的一生，也彻底浇凉了这位父亲对儿子炽热的心。我正好把它录了下来，不过，不是很全，大家先简单看看。"邱老师在述说的时候，声音有些哽咽，似乎还有泪水在眼眶里打转。全班所有同学都目不转睛地盯着屏幕，默默地听着，无声地看着。

教室里安静极了。

邱老师咽了一下口水，接着说："电视台连线到北京的心理学专家，专家针对这种情况也提出了不少好的建议。但这位父亲说，在早些时候，他也咨询过全国有名的专家，使用过这些方法，但都没能收到好的效果。是不是说，就真的没有更好的办法来拯救这位中学生？我想，请同学们来出出主意。"老师说到这儿，戛然而止，只是用期盼的目光温情地注视着每一位同学，此时早有同学迫不及待地讨论开来，他们争论得特激烈，讨论得特认真，不时因为一个相异的观点辩论得面红耳赤。

邱老师看到同学们专注的神情，忐忑的心略略平静下来。

"我们组认为，那位父亲应该带他儿子去进行心理咨询，弄清楚他儿子到底处于什么样的心理状态，然后对症下药。我想，这位同学会慢慢好转的。"第三组代表在得到一个方案后便急匆匆地发表了他们的看法。

"这方法那孩子的父亲已经试过，他请教过全国著名的心理专家，但效果不明显，还出现了更为严重的反弹，他的逆反心理愈甚加重。"

"他上网成瘾，无药可救。上了瘾，就是一种病，瘾字不就是病字旁吗？是病，光靠心理咨询当然不行啦，应该去医院治病。"

"那去什么科呢？"

"当然是精神科！"

"他又没有精神病！怎么去精神科？"

"上瘾就是病，就像吸毒一样，必须强行治疗！"

"现在，儿子长得比父亲高，体重也超过了父亲。他根本不听他父亲的话，哪里会配合去医院治病？况且，那学生一直认为自己压根儿就没病。"

"那该怎么办？"

"那就派人把他抬到医院，关起来，强行治疗不就行了？"

"医院会接受吗？会不会出现更糟糕的后果？"

"这个谁也保证不了，但起码能保住他的性命。刚才老师说了，我也在报纸上看到过：有些学生连续上网好几天，几乎不吃不喝，最后猝死在电脑前。这样的事情最近在全国屡屡出现。"

"那位父亲就是担心他的宝贝儿子丢掉性命，最后才不得不妥协的，不上学可以，还给他足够的钱让他吃好玩好，只求他能晚上活着回来，就怕他有什么意外。可怜天下父母心啊！"

"从刚才的片子看，那位父亲是很爱他的儿子的。为了儿子的成长，曾经在两年内为儿子转了四次学，最后一次是全封闭的寄宿制私立学校，总希望在好的环境中能让儿子重新振作起来，但结果都失败了。儿子在私立学校期间，有一次是周日复校，他告诉父亲他要去上学，父亲给了他足够的生活费用，可是他根本就没去上学。班主任老师还以为他又转了学，后来才发现，他儿子连续上了五天五夜的网，玩了五天五夜的游戏……鉴于这种情况，我们组一致认为，他儿子不是块上学的料，就不要难为他了。他喜爱网络，可以让他经营一个网吧或进职校让他学习网络游戏的设计等等，这不就是人尽其才吗？"

"让儿子考上大学是父亲的拳拳之心，儿子根本领会不了，真是个不孝之子。你要知道，现在有多少贫困家庭的孩子想上学还上不起呢？社会就是这样不公平，想上学的没钱上，不想上学的强行上，结果不是逃课就是玩自杀。"

"我们应该理解大人，领会大人的一片良苦用心，更加刻苦努力地学习，才能对得起父母的养育之恩，绝不能像那位好坏不分美丑不辨薄情寡义的儿子一样！"

邱老师听到同学们热烈而尖锐的辩论，很受感动。他本来想在班会课结束时重点提一下："我发现，我们班有十一位同学经常在夜晚玩游戏，真心希望他们能从这件事中吸取教训。"后来话到嘴边却始终没能出口，他觉得不说比说的效果好，他还深信他的学生会做得更好。课结束时邱老师用愉快的声音总结道："谢谢大家！提出这么好的建议，我一定把同学们好的建议转达给那位父亲。"接着，他又用低沉的声音继续说："其实，那位父亲是我多年的好朋友，对于他儿子的问题，我也出过不少计策，但都没起什么根本作用。真心希望大家的建议能使那位同学回心转意悬崖勒马。谢谢大家！"邱老师饱含真情的言辞深深打动着每一位学生的心，当老师讲完时，教室里突然爆响起震耳般的掌声。

老师低头沉思了片刻，稍后又仰起头环视着同学们说："又快到期末了，老师真心希望大家能抓紧时间提早动手，也真心希望我们班的每位同学，能在期末考试中考出好成绩。为了提高我们班的整体成绩，我们计划搞一帮一的帮学活动，这无论对帮的同学，还是被帮的同学，都是一种促进和有益的活动。下面，我宣布帮学名单：赖晓孜帮张晟，邢雯丽帮蔡漫君……"

当蔡漫君听到自己名字的一刹那，不觉心头一热，精神陡地振作了起来，似乎应验了邢雯丽以前说过的"好苗子"那句话，觉得自己在老师心目中确实不是被遗忘的人，他感到由衷的欣慰。邢雯丽是他们班上为数不多的连续四次统考排在前三名的学生，她不仅长得漂亮，而且聪慧伶俐，组织能力也很强。邱老师安排邢雯丽来帮助自己，就是对自己莫大的鼓舞。蔡漫君想到这里，情不自禁地看了眼如此看重自己的老师和热情乐于助人的邢雯丽，感到深深的内疚，他为自己所做过的事而后悔莫及。

蔡漫君也觉得今天的班会课在很大程度上是针对自己开的，他曾有段时间迷恋网络游戏，到了近乎身不由己的发狂地步，不过后来他还是控制住了自己。记得有一次，父亲发现自己经常玩游戏到深夜，就强行规定每晚八点必须回家，晚饭后父亲就把自己锁在兼卧室的书房里。晚九点左右，自己竟能从事先在窗户与对面树干间拉好的一根绳子上爬过去，再从树上滑下偷偷去网吧玩游戏，到天快亮时，再爬上树，通过绳子溜回到自己床上。第二天上学时，父亲用钥匙打开房门，见自己躺在床上，父亲还一时冲动表扬了自己。现在回想起来还真是惭愧，感觉也挺后怕的，白天看那绳子高高悬挂在三层楼的上空，再给自己几个胆也不敢爬过去；晚上也不知哪来的勇气，竟然敢那样做。想到这里，不由得使他想到因通宵上网早晨着急上学，没来得及洗脸，留在脸上的干哈喇子被同桌吕迪吃惊发现时的情景。在蔡漫君尽情回忆的时候，他早已暗下决心，要尽自己最大的努力改正存在的毛病与不足，绝不辜负老师尤其是那位"美女老师"对自己的殷切期望。此时，他还庆幸的是自己能遇到这样好的班主任老师。不然，自己也会像刚才那位学生一样而执迷不悟。

这次班会课在同学中的反响很大，在之后的一段时间里，班级整体情况都有一定程度的好转，尤其是那几个爱上网玩游戏的学生，后来听他们的家长讲，他们的确收敛了不少，更有几位学生已将原来玩游戏的时间都用到学习上，喜得家长给班主任打来感谢与咨询电话，询问他到底使了什么法术，能让孩子有这样大的变化。

6. 牌局上的话题

星期六早晨八点钟。

班主任邱珍宇老师独自坐在自己的办公椅上，眉头紧锁，表情凝重，身体一动不动地陷入沉思。他回忆着种种触动他心弦的故事，到底是什么原因让这些青春年华的少男没命地玩游戏；让这些妙龄的少女跨越年龄痴迷于美容与减肥？虽然他们或她们只是少数，只是个别现象，但对这些家庭来说，因孩子贪玩游戏或迷恋减肥而影响到学习，甚至于荒废学业，那损失，将是全部，将是百分百，将是关系整整一代人的大事。每当他看到家长因自个儿不争气的孩子捶胸顿足失声痛哭的时候，作为孩子的班主任，他总觉得自己有摆脱不了干系的责任，甚至是全部的责任，因此他时常为不能及时说服教育好这些问题孩子而自责与内疚。他不知道为什么非要把这些责任都统统揽到自己身上，难道就因为是孩子的班主任？

他在苦思冥想的时候，不经意间环视了一下能容纳五十多人的空荡荡的大办公室，今天是周日，办公室尤其显得异常空旷与孤寂，这也使得他的心情越发沉重。

他就那样一个人静静地端坐着，深深地思考着。

上次班会课只是一个比较成功的案例，要彻底根除学生的种种陋习，光靠一两次班会课是根本不行的，必须有一个详尽、系统、切实可行的教育方案，必须有来自于家庭、学校、社会和本人的配合，才能有彻头彻尾的教育效果。作为一个小小的班主任，自己能胜任并把这事做好吗？

他真不知道现代都市里的中学生是怎么想的。

"邱老师，加班呢？"正当他想得有点发愣之时，两位进来的同事打断了他的思考，邱珍宇满脸忧郁地打着招呼："不是。""哎呀，刻苦什么呢？来，放松放松！咱们玩玩牌吧！""三缺一？""正好！洗手间还有一位呢。"

两分钟后，人到齐了。他们四位因两地分居而暂时"无家可归"的"天涯沦落人"聚在一块玩起了升级游戏扑克牌。

邱珍宇本来对牌没什么特殊爱好，只是在孤独闲暇时玩玩，水平一般般而已。在玩的时候邱珍宇才发现他们仨的水平和自己都不差上下，虽然他们四人的水平都很一般，但四个水平都很一般的人遇到一起，就是对手，就是劲敌。这样的玩法也是刺激的，也是有兴趣的。

经过一阵激烈的较量，两队几乎打了个平手。

"哎，你们有没有发现，现在中学生的思想比咱们那时候复杂多了！"邱珍宇昏沉着头，边打边插了句话。无形中转移了大家的兴趣，也许是玩累了的缘故，大家紧紧抓住这个话题，迅速展开了交流。

"现在中学生的思想是挺复杂的，主要是他们的情感太丰富，太成熟。哪像咱们那时候，多单纯啊！记得我上初中那阵子，都是两人共用一张大课桌。说来也怪，老师都会安排男女生共用一张桌子，而几乎所有男女共用一张课桌的都会在桌子中间用铅笔画一根线，我们称它'三八线'。上课的时候，双方是不能越过那根线的，谁的胳膊要是不小心越过了那根线，对方会毫不留情地用胳膊肘把你推到线外才肯罢休。下课的时候，男生女生各玩各的，除非有'公事'要办，否则很少说话。现在回想起来还怪有意思的。现在的孩子就不同了，他们根本不知道'怪'是什么？听私立小学老师讲：现在一年级小学生就出现搂搂抱抱的现象，被抱的女孩或男孩的父母经常会到班主任那儿去告状。小学如此，中学就更不用说了，那天中午我随学生处主任巡查时发现：一位女生竟然在众目睽睽之下，坐在一位男生的怀里有说有笑的，而其他同学对此完全熟视无睹，主任生气地质问那位女生：'下来！你这是干什么，什么形象，什么影响？'那位女生愕然地看着主任，急中生智地说：'我，我实在没地方坐。'主任气急败坏地看着许多空座位说：'这么多空座位没你坐的？完全是思想问题。到我办公室！'那女生一看惹得主任生了气，就悲悲戚戚地说：'主任我知道错了，是我全错了，下不为例。好不？'说时便从男生腿上滑到地上，扭身坐到旁边的椅子上。你说说，怎么说现在的年轻人？"

"有时候回忆总是美好的。记得上初二时，乡里演电影，那时候电影是很稀罕的，三五个月才能碰上一次。同学们想看电影的迫切心情老师也可想而知，那天最后一节正好是政治课，政治老师知道这事后，乐了，他抓住这个契机让学生们背十道政治题，背过了才可以吃饭和看电影。于是，老师坐在教室门口二郎腿上翘，堵住了门，背过一个放出一个。时间一分一秒地过去了，眼看着背过的同学都走了，时间也快到电影开始的时间，教室里还有十多位同学没有背过那十道题。正好我们数学老师的侄儿也在其中，他的胆儿比我们大。他走到门口佯装背书，在趁老师不注意的时候，从老师胳膊肘下窜出教室撒腿就跑，老师回过神一看：'妈呀，不好，有人跑了！'于是转身就追，追到五十米远的地方，由于天已暗下来，加上数学老师的侄儿跑得过快过猛，不小心绊倒在花畦里，老师紧跟着也绊倒在那里，正好抓住他的双脚，老师边使劲扯拽边高兴地大喊：'你跑，你跑！我看你往哪里跑，不背过书就想看电影？'说着就很得意地把他'押'回教室。我们几个看到老师真的生了气，就吓得你看我我看你地躲到教室的角落里，暗地里窃笑，这实在太好笑了。到电影结束时，老师才把我们放出来。这件事印象太深刻了，现在回想起来还历历在目！"

"儿时记忆犹新的一件趣事，发生在初一第二学期。那天班里转来两名城里的洋学生，一男一女。女的梳着两条长长的羊角辫，穿着时髦的花格子衣服，与乡村的女孩子相比，有鹤立鸡群的感觉，大家都觉得她很靓，很容易吸引乡下孩子的眼球；男的留着我们都不敢留的长发，身着时髦的喇叭裤和的确良衬衣，他的着装与乡村自制的土布衣服相比，也是格格不入。对于他们二位，所有同学都是敬而远之。后来发生了件事，让我们觉得特搞笑。那时放学是需要站好队，等老师训完话后，再排成一行才能离开学校，出了校门再由街长负责，不到自家门口是不能散队的。那天在放学整理队形时，城里来的女生忽然用阴阳怪气的城里腔调大声说：'报告老师！'老师急忙问：'什么事？'她说：'刚才我上厕所时，他突然从背后抱住我的胸部。'老师居然没听明白，同学们也没听明白，因为城里话大家实在听不惯，听起来很费劲，加上她所说的事乡下人闻所未闻，城里女生只得又说了一遍大家才略知一二。她第二遍话音刚落时，大家便随着她的手指方向一起瞧着那位城里来的男生，城里男生踮着脚尖笑眯眯地说：'没有啊？我只是路过顺便把手放到她那儿而已，真的没有碰她！我发誓……'老师听后有点发懵，感觉真是无可奈何，因为这事在他的从教生涯中压根儿就没发生过，属于新鲜事物。不管这事儿是否发生过，那城里女孩能大胆地说出来，对乡村学生来说都是绝对稀奇的，老师自然也没有好的解决办法。当时学生们听明白怎么回事后，都笑得肚子发痛啊！这是我记忆中最浪漫的事，现在想起来感觉那女孩也挺单纯的。"

"记得在我上小学时，全国正盛行应试教育，教师有绝对的权力管理学生，打学生也是合理合法的。家长见了老师往往会说：'麻烦你把咱家娃娃管好，不听话，你就打！'记得上小学三年级，我们那数学老师特能抽烟，不论什么时候看见他嘴里总是叼着一根用学生作业本卷的旱烟，'吧嗒，吧嗒'地吸着，上课也不例外。这老师的烟瘾与众不同，打人的方法也与众不同。有一次，一位男生自个儿承认没完成作业，被叫到讲台后，老师将学生的头夹在裆部，往下褪开点学生的裤子，照着白花花的屁股就是扇，打得'啪啪'的声音是震天的响。上初中时，还遇到一位特损的政治老师，有一日老师问：'谁的作业还没背会？'其他不会的同学都不敢举手，只有一位诚实的学生举了手，结果被叫到讲台上辱骂，老师用手死死掐住学生的脖子，勒得学生连气都上不来，因呼吸困难发出'呼哧，呼哧'的喘息声，这个特损的老师用另一只手拍着学生的脑袋说：'这家伙不会背还在这儿乐得笑！真不要脸！'那学生脖子上的掐痕四五天才痊愈。事例太多啦，往事真是不堪回首……现在好了，在实行新课程改革后，学生的人格与权利得到充分的尊重，学生几乎成了教师心中的上帝，老师是为学生服务的，现在的学生多幸福啊！"

"谁让你那么早出生呢？除此之外，那个时候的条件还很艰苦。不过现在不少乡下学校的条件依然是很艰苦的，尤其是贫困山区的学校和我们小时候的上学条件并无二致，它们比大城市的学校整整落后了三十年，甚至还不止。说起往事，现在回想起来还真有两件事是令人难忘的。第一件是初中时的经历，我们所在的是乡里的重点学校，有一半的学生需住校。我们住的一排砖砌的窑洞，一半是用作男生宿舍，另一半是用作女生宿舍。宿舍里有填实的土炕，土炕上铺点麦秆，然后就将被褥铺在其上，夏天炕上简直是跳蚤的窝，咬得人睡不成觉，有人索性就睡到平房顶或外面的乒乓球台上。睡到平房顶上的照例一边是男生另一边是女生，而且做到井水不犯河水，那时是不懂男女之事的，显得比较单纯。有一天晚上运气不好，睡到半夜突然下起瓢泼大雨，整个房顶乱成一锅粥。睡在外面的不安全，睡在屋里的也不太安全，不仅有被摔下的危险而且还需要一定的勇气，他们是睡在离炕面约二米高的衣物架上，衣物架是一根长一米的木棍，它横插在墙里，一边各露出半米，然后在木棍上打眼穿上钢丝，就是衣物架。上衣物架睡觉前需和墙那边的学生说好一起上，不然，松动的木棍上下晃动，既难上又存在危险。睡在悬空二米的衣物架上的学生，一定要有个好的睡相，绝不能随意翻身，危险就不用说了。下的时候还要说好一起下，不然你下了墙那边的学生会倒霉的，这时口水战肯定是不可避免的，睡在上面还真需要一定的技巧和胆量。至冬天，宿舍里是没有火炉的，在数九寒天经常能看到在炕头有凝冻的冰块，风从没有玻璃只挂了几块纸片的宿舍窗户上横扫而过，'呜呜'的大风也自然从我们睡觉的头顶呼呼掠过。晚上解手时，由于宿舍区没有厕所，唯一的厕所是在离宿舍区二百米外的操场的斜角处，这段路弯弯曲曲，崎岖不平，在没有路灯的漆黑夜晚，上个厕所是需要战胜恐惧与寒冷、克服困倦与尿急的。为贪图方便、追求省事，在投机心理的驱使下，冻得瑟瑟发抖的个别男生索性就站在宿舍的窗户上，向外小便。而女生呢？则会到宿舍侧面的一个斜坡上来解决。小便很快被冻成一根冰棍，由于上的人多，小便或层层堆叠，或蜿蜒绵长。翌日清晨，在每个男生宿舍窗户外都有一潭浊黄色厚厚的冰层，在女生宿舍的侧墙边，则延伸出一条近十米的冰蛇，它弯弯曲曲，一直流淌到我们的课室门口。每天早操排队的时候，就有部分同学站在黄色的冰层上进行立正和稍息。同学们心照不宣，老师也看在眼里明白在心里，也没说什么。另一件是让人气愤的恶作剧。那时候学生穿皮鞋的很少，不是不想穿，而是穿不起，偶然见到一个穿皮鞋的，那几个捣蛋鬼学生心里便愤愤不平。于是在一个漆黑寒冷的冬夜，不知谁晚上偷偷在皮鞋里撒了泡尿，由于天冷，这一泡尿到天亮时就被冻成冰块。早晨起来那同学要穿鞋时一看，'哇！是哪个缺德鬼干的？'就气得破口大骂，其他同学出于好玩，都纷纷凑过去看个究竟，顺便也替他谴责一番，真是又气又好笑。结果，那位学生因没有鞋子穿而耽误了早课。后来，班主任老师查了半天也没查出个所以然。直到中午，家长又送来鞋后，那同学才悻悻地回到教室。"

"哎，你咋讲得这么恶心！哪有这样的学生生活？是瞎诌的！"

"哪能呢？是我亲身经历的事啊！讲究实事求是！我又没说谎！"

"咱们不要在这儿忆苦啦！谈点正经事好不好？"

"这不是在进行今昔对比吗？通过对比发现问题与不足。可现在学生出现的问题咱们小时候压根儿没经历过，咱们经历过的，现在的学生也不可能经历，所以我说老黄历是不能用的，我们必须不断地学习，学习，再学习，寻找，寻找，再寻找，解决现在学生问题的新思路、新方法。"

"你说得太对了！我们应具体问题具体对待，不妨尝试着进行个案研究，肯定能发现解决问题的突破口。"

"哎，打几啦？吊主！玩牌啊？不要光顾侃呀，看牌！"

"噢，你吊几啦？"

"红桃 K！"

"哇！又赢啦，又升一级！"

邱珍宇玩牌的时候，心中萦绕着学生的事，有些走神。玩牌结束时，对方领先一级。

不管输赢如何，今天他们玩得很尽兴，聊得也很痛快。

7. 邢雯丽的心思

星期一，下午三时四十分。

邱珍宇老师课毕回到办公室，正好放在办公桌上的手机响了，他顾不上放下手中的教具，就赶忙抓起电话。在做班主任工作以来，他的事情不仅变得特别多，也特别杂和乱，而且时常还很紧迫和重要，时刻都可能有急事找他，有时候还真耽误不起，因此他养成了除上课外手机随身带、铃响随时接的习惯，对手机铃声的敏感源于他对班主任工作的热情与执着，也源于他对自己学生的关怀与爱护，只要铃声响起，他总是以最快的速度接听电话。

打电话的是蔡漫君的父亲，问他有没有时间，想和他聊聊。家长主动提出这样的要求，作为班主任老师一般是不好回绝的，他肯定是为孩子的事而来。"蔡漫君近期表现得还不错，他父亲可能是为什么事而来？"邱老师边整理教具，边思索着。从内地借聘到南滨这所沿海的特区大城市任教以来，他的生活节奏明显加快，为了适应生存环境，邱珍宇老师逐渐养成了"一心二用"甚至"一心三用"的习惯，以有效地提高工作效率。

"邱老师，电话！"

他没来得及询问是谁，就匆忙跑到办公电话前，抓起话筒。电话是学生处主任打来的，让他过去说有事商量，他的大脑空白还不及细想，就直接转身，大步来到学生处主任办公室。

下午四点十分，邱珍宇老师夹着一摞表格回到办公室，一位戴着金丝边眼镜、气宇轩昂的中年男人站在办公室门口，彬彬有礼地探问："请问邱珍宇老师在吗？"邱老师一愣神，便下意识地问道："您是？""太巧啦！我是蔡漫君的父亲……"邱珍宇老师立刻紧握住蔡爸爸的右手，万分歉意地说："不好意思，让您等久了！""没事，是我打扰您了。"

双方坐定后，蔡漫君的父亲看着邱老师，真诚地说："最近，我发现孩子的行为习惯、学习的主动性比以前好多了！电脑游戏也不怎么玩了，真是太感谢您了。""没什么！都是老师应该做的。蔡漫君改了不少毛病，我们也很高兴……现在关键是，如何让这些优点巩固下来，形成习惯，才是最重要的。""是呀！我正是为此事而来。你看我们家长还需要做点什么，尽管吩咐！"

"吩咐不敢！咱们共同配合，把孩子的学习质量搞好，行为习惯养好，就是共同的心愿。"邱珍宇清了清嗓子，继续说："我认为应注意以下几点：第一，略加鼓励的原则。孩子改正了不少缺点，大人喜在心里，但不可在孩子面前过多表现。如果大人当着孩子的面欣喜若狂地大加表扬，孩子就会认为他的所作所为已经让大人十分满意，不需任何努力了，这就容易形成骄傲自满的心理情绪，孩子会倒退到原来的状态，甚至会更糟，这种事例以前也发生过。第二，一切照旧的原则。影响孩子心理正常发展的主要障碍是电脑游戏，现在孩子主动克服了，此时，父母不要把家里的电脑藏匿起来，或拔掉网线，这样做容易引发不信任感，导致逆反心理，父母一定要相信自己的孩子。第三，创造积极环境的原则。在这个时候，不妨给孩子买几本比较好的图书资料，或在孩子的卧室放置几盆他喜爱的花卉，甚至在饮食上也可以做一些特殊安排，用家长默默的行动支持，为孩子做一些有利于学习和成长的后勤工作，这对孩子也是一种莫大的表扬。千万不要进行金钱奖励，这会怂恿出新的毛病出来。这样的教训以前也发生过。第四，密切配合的原则。努力做好及时与孩子、老师和学校的沟通工作，密切观察、及时反馈、真实交流孩子的异常行为表现和心理变化。第五，家长垂范的原则。父母要求孩子做的，父母必须身体力行，父母禁止孩子做的父母必须避之三舍。我们从全方位来给孩子营造一个良好的学习、生活与成长的环境氛围，使孩子的身体与心智能健康全面地发展。""邱老师，您说得太好了，您的一席之言使我茅塞顿开！""不好意思，这是我的一点拙见，如有更好的建议，您可以提出来我们共同商榷和讨论……"

"邱珍宇，电话！"听到同事的呼唤，邱珍宇忙噎回后半句话，满怀歉意地说："对不起，我去接个电话。"

邱老师接完电话，他们又深聊了十几分钟，蔡漫君的父亲才心满意足地离开了老师办公室。他对这次学校之行颇为满意，对于孩子的教育，他满怀信心。

进入期末复习后，同学们学习的自觉性都大幅度提高了，邱珍宇明显感到在班级管理上要比平时轻松许多。对班主任而言，这是一年中可以忙里偷闲的几天，也是一年中最忙最累工作开始的前奏。因为在期末，不仅要进行各学科成绩的汇总、排名与成绩登录工作，而且要对每一位学生的评语和繁多的学籍档案进行填写，这会让班主任老师累得喘不过气来，尤其是实施新课改方案以来，班主任的工作量空前地加大，填写符合每位学生实际情况的评语，要展现班主任的文采和洞察事物的能力；将评语等内容抄写到不同的册子上，要体现班主任的耐力和孜孜以求的精神；将各科成绩没有误差地填写到每位学生的档案表上，要体现班主任认真的态度和细心的素养；通过家访做思想工作，引导学生养成良好的行为习惯，让后进生转化为优等生，最终大面积地提高全班学生的学习成绩，要彰显班主任的才气和魄力。平时学生有了思想问题或生病住院什么的，班主任要进行耐心开导、嘘寒问暖与悉心照料，以展示班主任超人的精力和全局的意识。完成这些工作，都需要班主任花费大量的时间和心血。在学校，除了教学工作，班主任还充当着学生父母的角色。

紧张时，感觉光阴总是飞逝的。

眨眼间，期末考试已经结束，学生在等待放暑假了。

这几天，除了讲评试卷外，又没什么新学习任务。因此，邢雯丽感到特别轻松。她到图书馆借了五六本名著，想趁这个机会补充点"营养"。说来也怪，不知为什么，她对文学尤其偏爱，每当她品读名著时，总容易被小说里跌宕起伏的故事情节所感染所陶醉，不管是情意缠绵的，还是惊心动魄的，不管是科幻推理的，还是纪实写真的，总能紧紧吸引着她的好奇之心。情投意浓之时，她时常因小说里那优美的言辞而激动不已，这些优美的词句和紧扣心弦的情节深深感染着她、鼓舞着她、打动着她，让她惊奇、让她痴迷、让她留恋，也让她明白了不少道理，让她燃起新的希望之焰。她曾经在日记里不止一次地写到，非常佩服那些小说家的构思能力、组织能力和想象能力，也希望将来长大后能成为一位有创造力的作家。

她对文学的偏爱，可能是与生俱来的，继承了父亲对文学的痴迷，也可能是后天所成，她虽然拥有一个完整富裕的家庭，但她自个儿并未感到过幸福，父亲是爱她的，她能饱尝到浓浓的父爱；母亲是个不爱家的女人，纵使在家也是沉湎于美容和减肥运动，对她的爱也是极其有限的，这正是让邢雯丽感到郁闷甚至痛苦的地方。她想摆脱这样的心绪，只能采取回避的方法，她在生活的寻觅征途中找到了，那就是阅读小说，她在小说里找到一种心灵的解脱或情感的寄托方法。在小说的情感世界里，不管故事情节怎样，总能使人看到或感到一种或好或坏的结局，总能使人感受到一个人生命轨迹中完整的心理历程，小说情节是小说人物完整生命及情感世界的浓缩，完全可以作为自己人生之旅的参考和借鉴。在现实生活中，她自己正行走在与小说相似或相悖的人生旅途中，虽然她不清楚自己将要面对的是什么？但在小说的情感世界里，自己仍可以找到一些心灵的关照与慰藉。尤其是当她想到她的母亲——一个很少给予她母爱的母亲时。严格意义上讲，她几乎没有享受过母爱，没有吃过母乳，少有切肤之爱，少有畅怀之嬉，几乎是保姆和父亲带大的，因为她的母亲是一位忙于工作、时常不回家的女人。

在邢雯丽的人生记忆里，那种能感觉到刻骨铭心的温暖而带有芬芳的母爱，只有偶尔的几次。正因为她的情感世界中缺失了母爱，所以生活中遇到的许多事，都让她感觉迷茫和困惑，总觉得有些情感的失落。尽管她的家庭相当富有，可以说要什么有什么，基本能满足她的需求，除了在别的孩子眼里是最廉价、最不值得珍惜和多得有点腻烦的母爱外，她的生活已不缺少任何物质东西。她所缺失的，是一种说它廉价就廉价、说它无价却必不可少的属于精神层面的东西，无法购买、替代与补充，因为那东西的无法满足，她开始有意识地拒绝父亲对自己的关爱，她长大了，不想让父亲为自己过多地操心。因为她心里明白：她成长的这十多年，几乎全是父亲在照料着自己，在养育着自己，太多太浓的父爱，使她同样感到对父亲有着无法偿还的感情及物质的债务，这使她感到深深的内疚和不安。现在她终于长大了，也终于明白了一些道理。尽管父亲付出的相当于别的同学父母的双倍，甚至更多，但她总能朦朦胧胧地感觉到，爱的缺失或情的匮乏。随着年龄的不断增长，她的矛盾心理在不断加重，时常会有不愉快的情绪，而要摆脱它。唯一的办法是沉浸在小说跌宕起伏的故事情节里。她的心灵，她的情绪，才能找到些许的慰藉。

下午活动课时间，邢雯丽独自在操场散步。

她静静地感受着和畅微风的吹拂，默默地赏玩着绿色宜人的景致……在这远离喧嚣与纷争的静谧环境中，可以让人忘却现实生活中的郁闷与不快。所以只要她有心情有时间，总会独自来这里散步，这对她来说，也可算作是一种享受！

吕迪远远看见邢雯丽，便一路小跑过来，带着怨气问道："雯丽？怎么一个人在散步！哎，可以叫我一声吗？"邢雯丽在恍惚间，用眼角的余光瞥到一位穿着时髦、姿态性感、曼妙迷人、活泼开朗的女孩，不觉眼前为之发亮，便不由得回头张望起来。猛然间，似乎是激起了女性本能的妒意，她在顷刻间仰首伸眉，用一双明亮神气的大眼睛仔细打量时，才发现是自己的好朋友吕迪，于是因吃惊而语无伦次地反问道："怎么会是你？吕迪？原来这么靓！奇怪！在教室我怎么没发现，尤其是你的着装，多雅气，多合体。是谁给你买的？你自己？哎！是这样，教室，有些闷热，我一个人出来透透气。"邢雯丽在不经意间已将话里掺和进少许合情合理的谎言。

吕迪看到邢雯丽的窘相，有些愕然，以为是自己招呼得太突然而惊着了邢雯丽，于是十分歉意地说："对不起！打扰你了，不好意思！""没事的！你看起来可真漂亮。这衣服多得体，你自己买的？"邢雯丽重复道。"我自己哪会呢？是我妈妈给买的。她有时候可真让人讨厌，买的衣服总不是我特别喜欢的！"吕迪说着便噘起了小嘴，露出满脸的不悦。少顷，她突然翻着眼皮，带着惊喜补充道："真的，很漂亮？那我的美容减肥还有些效果！"

"真的！你可真幸福！"雯丽重复道。

"说到哪里啦，咱们彼此彼此！雯丽，我真为你感到高兴，祝贺你哟，取得这次期末考试班里第一、年级第三的好成绩，就连班主任老师都以你为荣呢，说你为咱们班争得了荣誉。我听班主任讲，要推选你参加我校优秀学生'星星之光'奖学金的评选活动。我估计，你肯定没问题，大奖非你莫属，你学习成绩这么好，真让人羡慕死了。"

"哎，这有什么用呢？我现在只剩下学习了。"邢雯丽唏嘘地自语着。

"你怎么了？有什么不痛快的事吗？"

"没，没什么，我很好。你怎么样，考得如何？"

"就那样！现在成绩还没公布，只有你们这些尖子生有消息传出。我好也好不到哪儿，坏也坏不到哪儿。我不是这块料，一切无所谓啦。"

"你怎么能这样说呢？你脑子这么聪明，将来肯定行！"

"噢！我想起来了，听小道消息讲，蔡漫君这次考得不错，老师在办公室提到他，也表扬了你。"

"是吗？那家伙脑子挺好的！"

在操场，她俩就那样慢悠悠地并排走着。

在不远处的足球场上，会聚着来自四面八方的同学，他们将要进行一场班级之间的友谊足球联赛。在赛场的外围，逐渐增多的啦啦队以及围观的同学，将比赛的火热气氛不断推向白炽化。此时，空气中弥漫起越来越浓的紧张与欢快的气息，充分昭示着他们正享受着快乐与幸福的生活。

邢雯丽看着密密匝匝的一排人墙说："咱们去草坪那儿。"

在操场的拐角处，有一块郁郁葱葱的绿化区。在它毗邻足球场方向的一边，生长着一排排盛开了粉红色碎花的宽叶子植物，它使这个不起眼的拐角变得异常美丽而温馨。邢雯丽和吕迪沿着操场跑道溜达着，来到这片漂亮的绿地。她俩不约而同地伸手抚弄着凝脂般娇嫩可人的花瓣，情不自禁地感叹起花朵水汪汪的美丽和精妙绝伦的造型，它的凝脂般的润泽和富于秩序感的美丽，不仅源于不乏娇柔的自然造化，而且源于历经风雨沧桑的磨炼。

吕迪凝视着花蕾浅浅地笑了笑。因为她知道：花的美丽是为了展示自己，吸引更多传粉的蜂蝶，与女人的美丽如出一辙。只不过，花是没有情感的，它是自然的绽放，而人的美丽，则掺和了许多情感的因素，变得丰富复杂甚至带有虚假的成分，变得有些扑朔迷离。随着近几年各种医学整形美容技术的成熟，以及人造美女时尚的流行，世界似乎就要在一夜间进入到美女时代。而自己作为这个时代的一员，也正紧紧追随在这个绚丽的时代潮流中。

吕迪看着邢雯丽，庄重地回味着她刚才愕然的神情，这种回味竟给自己的心灵带来一阵强烈的慰藉和几丝成功的喜悦感。有诗人说过：女人是水做的，而水，是极具可塑性的，是可以多样变化的。所以，女人通过美容和减肥时常改变自己的外观形象，就是天经地义的事了，只有这样，才不至于给别人造成"审美疲劳"。

"审美疲劳"一词在这个时代叫得如此响亮。作为女人，要彻底避免给别人造成"审美疲劳"，必须从小做起，时常关注，才能卓有成效。

"人比花美？还是花比人美？"吕迪笑着提出一个让人迷惑的问题。

"当然是人比花美啦！"邢雯丽脱口而出。吕迪像遇到知己般急切地应道："我也是这个观点，咱们真不愧是好朋友，我始终不赞同在文学作品中时常用花的美丽来比喻人，什么'如花似朵'的……"

她俩抚着花枝继续朝前走着，吕迪边看边富有激情地吟咏道：

　　大风起兮云飞扬，吹打栀花落满地。
　　鲜花少女孰美兮？草木焉可比佳丽！
　　伊人笑于花丛兮，粉面桃花貌若仙！
　　用心减肥盼靓兮，不落潮流身变细。

"你小子才气不小哩！吟的是什么诗体啊？怎么怪怪的，噢，虽然用得不地道，但还是挺好听的！"邢雯丽瞪大了眼睛，疑惑地询问着。吕迪看了她一眼，淡淡地答："瞎诌吧！不成体的，高兴而已。"

她们绕过花丛，走进草坪上的羊肠小径，悠闲地坐到一条大理石凳上。邢雯丽望着周围的景致，心情稍稍有所平静，不知咋地，她瞅了一眼吕迪，当她看到吕迪穿着母亲买的衣服时，在她的潜意识里就又激起几波涟漪，刚才无意听到的半句话，开始在她的脑海里浮现，旋转，并时不时刺痛着她的心，使她不能平静，甚至感到一丝焦虑，这是一种由衷的羡慕感和不可名状的失落与孤独感。"吕迪，你好幸福啊！"邢雯丽入神地盯着不远处的花丛，低声自语着。"怎么会呢？烦恼的事多得很！你学习成绩那么好，家境富裕人又长得靓，应该比我幸福多了。你看远处，那儿，他们踢得还真激烈。我才不想那么多，活着就要开心些，得过且过吧。来，笑一笑！想那么多做什么，天又不会塌下来。"吕迪晃动着圆脑袋，东拉西扯地唠叨着，接着她又回头瞧着雯丽重复道："来，笑一笑，没什么大不了的！"邢雯丽叹了口气，看着草地听话似地微微嘻笑了一下。随即她们彼此倾心微笑着注视了片刻，通过这种方式表达着她们之间纯真的友谊。

事实上，从小学开始，她们就在一个学校，到了初中又是同班同学，可以说她们还是相当熟识的，她们曾在一起嬉戏过、学习过、交流过、共勉过、进餐过、哭泣过、打闹过……是相互熟知的挚友。但随着年龄的增长，纵然她们仍在一个班上，也没更多的时间深入接触，她们开始忙碌各自私密的事情，在一起的时间相对减少，彼此间也便有了一些小秘密。但不管怎么说，她们还是一起玩大的好朋友，感情的基础还是很坚实的。

吕迪在回忆往昔的时候，她俩都静默地注视着远处沸腾的足球场，随心聆听着远处小女生们的尖叫声和男生们的怒吼声。

此时此刻，她俩的心绪正逐渐随着运动场内的气氛而起伏波动着。

这是一个晴朗的午后，在她俩身旁不远处是火爆激烈的球赛，外加满目的绿色、点缀的鲜花、幽静的蓝天、浮动的白云和温柔的阳光。这样的环境，这样的气氛，足以让任何人的神经为之兴奋，也足以让任何人抛开脑海中浮荡着的不愉快记忆，完全融入到这个充满活力与朝气的氛围中，进而让心情变得开朗和愉悦起来。

当阵阵微风吹过，丝丝清凉的感觉袭上心头时，吕迪颇有感慨地自语道："考完试感觉清爽多了，心情也变得格外舒畅。你说呢？""我也一样！可以有时间看看小说，做些自己喜欢的事情。"邢雯丽用同样欢快的语调回答，接着她又看了一眼吕迪，低下头，瞧着草坪，笑眯眯地说："我感觉，上次吃饭时你们讨论的话题，也有一定道理，女人漂亮，确实是成功的资本之一。""那当然啦，是被实践无数次检验过的真理。女人要漂亮，脸蛋靠美容，身材靠减肥，这是真理，好朋友不说假话的。"邢雯丽眨着眼，有点嗫嚅地问："我现在非常相信这个理，可是，听大人们讲，中学生不适合减肥，会对身体造成伤害的。"吕迪听到这里，像资深望重的专家那样，看了看邢雯丽，眨了眨眼，滔滔不绝地说："这就是代沟，父母总会有这样那样的顾虑。尽管如此，他们总还是希望自己的孩子健康漂亮的，这又是共同点。我们所采用的方法还是恰当可行的。现在的减肥方法有好多种，从大的方面看，有吃药类、运动类、针灸类、按摩类、素食类、饥饿类等几大疗法。前几种需要足够的时间、金钱和精力，对我们中学生不适合，后两种素食类和饥饿类疗法，目前在大中小学校女生中广为流行，甚至还波及部分男生。尤其是对于我们这个年龄段的人来说，最容易出现减肥效果。我采用的是吃药排脂与后两类相结合的办法，说是吃药，其实是可饮用的药茶。至于副作用，我才不管那么多！""如果是后一类，那饿起来不难受？""刚开始会有点，可以喝点水，过一阵就没了感觉。再坚持，你就是不吃不喝也不会有任何不适感，而且小腹还会鼓鼓的，不到万不得已，绝不进食。我就是这样过来的。不信你可以试试，这是最安全也比较有效果的一种。""我看你现在的气色、容貌和身材，都很不错!""那当然啦,怎么? 开始羡慕啦? 你可不要将来后悔噢。你学习成绩那么好,再加上姣好的容貌与体形,将来,肯定是一代名流,或商界精英或学界通人或艺苑名媛或风华绝代。肯定是大红大紫之人,事业鼎盛家庭幸福。你将大有发展前途呢。"邢雯丽听后兴奋地喃喃自语着:"我这身材行吗? 个子也有点矮!""没问题! 减肥之后,兴许还会长个子! 实在不行,还可以将身体拉长,不就长高了? 你要相信现代科技。"吕迪充满自信地劝解道。"那就太好啦! 哎? 这个暑假你有什么打算?""我爸爸准备带我们全家到新马泰转一圈。你呢?""我还没想好,要不,就在家看书呗? 或者试着减减肥,谁让我对旅游不那么感兴趣呢?""你真的准备减啦?""是的,心里已经有这想法了,什么时候付诸行动,我还说不准。"

几分钟后,她们离开那块草坪回到了教室。

邢雯丽坐在座位上,心情久久难以平静。她试图通过翻阅小说来让心绪宁静下来,但不到三行就再也读不下去,这使她大吃一惊。以往当心情些许狂躁的时候,她拿起小说便会很快进入到专心致志的学习状态。"今天的表现的确有点反常。"邢雯丽自言自语着。她在混乱翻腾的思绪中用心寻觅着制造混乱的信息内容,感觉一切都那么虚无缥缈,游离不定。尤其在刻意稳定情绪上,总感到力不从心,静不下来,甚至愈这样做,愈是适得其反。她索性不去管它,也和其他同学一道,尽情地说,尽情地笑,尽情地动作着,尽情地释放着自己的情绪。

临下课时,教室里几乎吵闹成一锅粥,老师制止了好几次,也不起作用。一天的最后一节课,全班同学几乎是在浮躁和吵闹中度过的。在同学们放学离开课室后,邢雯丽发现不知哪位捣蛋鬼在废纸上写的打油诗:

试毕乱如麻,
课室闹翻天。
校规何所依?
谁知少年心。
临假心荡漾,
梦回九州游。
月后归来兮,
相聚谋新知。

8. 泳池边的减肥话题

  几小时后，邢雯丽到家时，父亲也刚好进门。
  不等车窗完全打开，父亲就迫不及待地探出脑袋向女儿打招呼。邢雯丽也为父亲在这样难得的清闲时间能早回家而激动不已。雯丽突然觉得好开心，有点儿不能自已，于是，疯狂地冲到她老爸身边，用欣喜的腔调向父亲撒娇撒痴。她本来想像小时候那样跳到老爸身上让老爸把自己抱起来，甚至骑到他肩头上拽着父亲的双耳来点过激的动作，雯丽似乎做好了跳跃的准备动作，身体前倾腿脚弯曲，双臂略带环状地前伸，做好了抱和被抱的姿态。她冲到距父亲一米远的地方，站住了，她没有跳起来，而是静静地站在那里，冲老爸甜甜地微笑。在准备跳起来的刹那间，她清楚地发觉父亲变老了自己也变大了，她有些心疼有些于心不忍，生怕那样的举动会伤着父亲；同时也有些不好意思，在不知不觉间觉得自己已长成了大姑娘，一种羞怯感霎时萦绕在心间。
  父亲愣了下，而后非常开心地拍了拍女儿的肩膀，说说笑笑地回到家。
  保姆刘阿姨听到汽车声，立即沏好新茶，等钱金龙和雯丽进屋的时候，已将热腾腾的茶水摆放在茶几上。
  相互问候后，父女两人便慵困地坐到客厅的真皮沙发上。
  钱金龙用力舒心地向后靠着，在沙发上伸了个长长的懒腰，气力所到之处，周身的关节便发出轻微的"啪啪"声响。接着，他欢快地扭动着腰椎，默默地享受着那股传遍全身的莫名的松弛感与舒适感。在这期间，雯丽自始至终且笑容可掬地瞧着父亲，等父亲动作一结束，她便跟着学了一遍，她的动作有些滑稽，但都是很认真的。正因为如此，才逗得父亲很开心地说："学了一天累坏了吧，来，爸爸给你按摩按摩。"雯丽蓦地扬起眉毛愉悦地说："谢谢老爸，我已经好了，期末考试结束。今天我们过得太舒服啦，我可以有时间看看小说，又没什么作业。"

父女二人品着香茶，女儿徐徐地道着学校发生过的琐事，还把那首不知名的打油诗吟给父亲听。父亲时而微笑，时而又皱起眉头。当他凝目注视女儿时，总是显得那样的慈祥，那样的爱怜。

当钱金龙听女儿讲，这次期末考试她很可能会取得班级第一、年级第三的好成绩，并极有可能被推荐参加学校优秀学生奖学金的评选活动时，他激动得长时间都没合拢嘴。他不停地用慈祥的目光抚摸着引以为荣的女儿的面颊，重复好几遍地夸奖着："不错！真是爸爸的好女儿，多懂事的孩子。"

今天，钱金龙显然有些激动。他的激动，一半来自于女儿的懂事和她所取得的优异成绩，一半来自于自己多年的辛苦努力以及与妻子反复周旋才营建的相对和谐、稳定的美满家庭。

钱金龙乐呵呵地瞅着女儿，殷勤地为女儿沏着茶削着苹果，用实际行动表示着父亲对女儿的一种特殊奖励。女儿雯丽由于心情也非常愉快，自从回家后始终像小鸟一样在客厅轻快地飞来飞去，并叽叽喳喳、有声有色地把学校发生的故事向父亲娓娓道个不停。

当雯丽悬河泻水一样说完，无意间端详刘阿姨时，猛然发现她新换的衣服是那样得体、雅致，虽说布料和花纹有些普通，但款式与颜色的选用和搭配，却显得极为和谐与大方。雯丽虽然对穿衣打扮不十分推崇，但出于女性的本能，对漂亮衣物或它的巧妙配搭总是情有独钟的，也总是极其敏感的，尤其是对她周围的同学与好友来说更是如此。

雯丽触景生情，不由得想起吕迪的新衣服，那是吕迪的妈妈为吕迪买的漂亮新衣服。雯丽还依稀记得，她当时真是羡慕死了，看到吕迪日渐变得美丽，她有点惊呆，有点不敢相信自己的眼睛。虽说自己的学习成绩比吕迪好，组织能力也比她强，但这并不能填平她心理上的失衡。甚至有时，雯丽会觉得吕迪因漂亮而比自己更胜一筹。吕迪的漂亮是由于她母亲的精心照顾和所购买的服饰款式高雅大方，这一点，恰恰是雯丽所缺失的，也是她的妒忌之源，缺失母爱是雯丽引发痛苦的硬伤。每当想起此事，雯丽总会感到些许的压抑，有时还会压抑得喘不过气来。她不敢奢望母亲能给自己多少关爱，付出多少情感，只希望每天能看到她，就心满意足了。然而，就是这样的底线愿望，都使她一次次落空。

雯丽扫视了下一百四十多平方米的家。在家里，有保姆刘阿姨、父亲和自己。虽然父亲对自己也能关心备至，但这种关心始终是残缺的，不完整的。

正是由于这个原因，她总觉得家有些空空荡荡，即使有再多的人，如果没有母亲在场，雯丽的这种感觉会依然存在。

她思考到这里，用婉顺而略带伤感的口气问父亲："老爸，我妈什么时候回来？大概有好几天都没见到她啦！"

"是啊，我们通过几次电话，她总是说工作忙回不了家。雯丽，是不是想妈妈啦？"

"那倒不是！我现在长大了，但我心里总觉得缺失了什么。我妈不会有其他的事吧？"

"应该不会吧！说来也奇怪？最近有一段时间没回家了……好啦！雯丽，你就不用操心啦，先去书房看会儿书吧，我有你妈的消息会告诉你的……"

雯丽犹豫着点了点头说："好吧！我等你的好消息。"

说完，转身去了书房。

宽松舒适、雅致幽静、摆放整齐的书房弥漫着淡淡的书香味。平日里，雯丽喜欢这样的处所，只要有时间，她总会整日浸泡在这里，忘记时间的流逝。但今天，她觉得心慌乱得很，怎么也平静不下来，吕迪崭新的漂亮衣服，一直在她的脑海间跳跃、晃动，想起母亲的身影，进而引发了缺失母爱的心痛感，一起缠绕在心头，交织着，撕扯着，渗透着，融在了一起。雯丽有些神经质地抖动了下手臂，闪电般地抓起电话迅速拨着号码。刚开始，她的手指飞快地在数字按键上跳跃，"嘀嘀"的拨号声连成一片，到最后两位号码时，她的动作明显地缓慢下来，只发出十分舒缓的"嘀，嘀"声。突然，她若有所思地将手指凝滞在空中，定格在了那里，唯有圆睁的双眼快速地闪动着，嘴角还带着点抽搐，发出轻微的哽咽声。随着她眼皮的抖动，母亲的形象似闪电般在脑海里显现。她朦朦胧胧地感觉到母亲平日里对自己的冷漠，这种痛苦的感觉随之变得清晰起来，遭遇过的谩骂、莫名的奚落、挖苦、惩罚及漠然不理的情境一时都浮上心头。她眨了下眼，一颗圆滚滚的泪珠滴落在电话机上，这使她清醒了许多。她按键的手臂在空中晃动了几下，划出了一条不太优美的"S"形弧线，而后便徐徐落在电话机旁边，给母亲拨的最后一个电话号码最终没能按下去。这时，她突然又想到了父亲，父亲的微笑、温暖的话语和轻柔的抚摸，使她感觉无比亲切和温暖，霎时，她的内心被这股暖流浸润得无比明亮和透澈，每一根神经，每一粒细胞，都清晰可见。在这种亮光的耀射下，神经变得兴奋起来，她低着头独自愣愣地微笑了一下，脸上的肌肉迅速变得有些松弛。她挺着腰向后用力伸了伸，同时也扭了扭些许僵硬的脖颈，浑身顿觉舒服了许多。

周身松弛之后，雯丽下意识地在案头抽了本书，随意打开一页，是郁达夫的《故都的秋》，这是个名篇，以前就听说过。她端着书，有意无意地阅读起来：秋天，无论在什么地方的秋天，总是好的。对于秋，总是一样的能特别引起深沉、幽远、萧索的感触来。读到这里，雯丽不禁为作家丰富细腻和充沛饱满的感情所折服，她用"多愁善感"四字来概括此时此刻的郁达夫，是再恰当不过，他是爱秋天的，尤其是北国的秋天，如能留得住，他愿意把寿命的三分之二折去，换得一个三分之一的零头。而且还能从文章中感受到秋天是"灰沉沉的天"、"一阵凉风"和"尘沙灰土的世界"，感受到"中国的文人学士，尤其是诗人"的"颓废色彩"，感受到秋天草木凋零的悲凉……不管她认识得是否正确，考虑得是否周全，她仍然要生出许多的感触来，这些感触触发了她更深层次的思考，思考虽然有些伤感，但能使头脑清醒许多，也能使心情略微舒朗一些。

念到此刻，她不禁又想到了父亲，养育她爱护她关心她支持她鼓励她包容她的父亲。她身不由己地轻轻退出书房，来到客厅。

宽敞明亮的客厅。

父亲独自双手抱头，双目微闭，身体松松垮垮地躺靠在沙发上，一动也不动。雯丽静静地站在客厅的角隅，表情深沉面容严肃地瞻望着父亲。她不知道父亲在想什么。是不是和自己刚才的询问有关？她不敢确定，但她可以判断：此时父亲的心理正处于矛盾和痛苦之中。触景生情，她开始为父亲的痛苦而感到悲伤，也为刚才自己的问话而深深自责。她觉得，现在自己应该为父亲做点什么。她突然想出个主意，于是，蹑手蹑脚地来到厨房，给父亲沏了杯绿茶。然后轻轻地来到客厅，放在父亲面前的茶几上。她尽管动作很轻，但发出的些许噪音仍然惊扰到了父亲。钱金龙轻微地睁开发困的眼睑，看到女儿时，他突然圆睁起双目，随即又直起身体，笑眯眯地问："雯丽，你不是在书房看书吗？什么时候出来的？""老爸，我给您沏了杯茶，趁热喝吧。"雯丽说时，特意加重"您"字的发音，字字充满着真挚的情感和浓浓的孝意。父亲有些莫名其妙，他搔了下后脑勺，用带着愕然和不可思议的目光怔怔地看着女儿，语无伦次地说："这，不，真是真是孝顺的闺女，会关心爸爸啦！

好，我喝！我喝……"雯丽看到父亲呷了口茶，便甜甜地笑着说："老爸，你工作太忙！一定要注意身体噢。"钱金龙抬头看了眼女儿说："真是个乖孩子，爸知道啦！哎，刚才我打电话了，你妈又加班，今天不回家。对不起，雯丽……""没事的，老爸，只要能看到您我就很开心。老爸，不要想那么多。开心点，笑一笑？"钱金龙听话似地对女儿微微笑了笑，女儿也满脸喜气地冲父亲灿烂地笑着说："这样才够帅气的。累了就早点休息。老爸晚安，睡个好觉。""晚安！"

雯丽迷迷糊糊地睡到第二天日高三丈的时候，隐隐约约还梦到许多的人和事，具体是什么？一个也记不清，大脑意识一片混沌。她揉着惺忪的睡眼，笔直地躺在床上，长长地伸了个懒腰，随后又趁势翻了几个滚，大脑才清醒了大半。

这是雯丽自期末考试结束睡的第一个安稳觉。

她迅速套好衣服，在卧室轻轻地踱了几步，身体一晃，偶然看到书桌上留的便条，是父亲留给自己的，上面写着：

宝贝女儿：

  爸爸上班去了，祝你今天过得愉快！

父亲即日

雯丽拿着便条冲出卧室，高声询问："刘阿姨，刘阿姨，我爸爸什么时候上班的？"刘阿姨正在整理家什，忽然听见雯丽的喊声，就赶紧应道："啊，雯丽，醒来啦。你爸爸去了有半个钟头，他告诉我你最近很累，让我不要叫醒你，好让你睡个好觉。"

"他中午回来吃饭不？"

"不回来！他说晚上才回来。"

"好，谢谢刘阿姨。"

平日里，雯丽上学起不来时，总是刘阿姨叫醒的，这样，足以保证雯丽每天都能放心大胆地睡个安稳觉，又不至于耽误上学。正因为有刘阿姨操心，雯丽上学才从未迟到过。由于雯丽的母亲经常不着家，刘阿姨在家打点家务时，在生活上自然对雯丽照顾得不少，故此，雯丽和刘阿姨间的关系处得非常不错。

雯丽从内心深处对刘阿姨心存感激。雯丽向刘阿姨道谢后，便来到书房。此时电话铃声响起，雯丽顺手抓起话筒，是好友吕迪打来的，她已约好几位朋友，计划下午去游泳馆游泳，问雯丽去不去。在雯丽的意识里，本无所谓去不去，对于这样一个难得的休息日，她还没来得及仔细考虑。正好有朋友相约，也就半推半就地答应了。她们在电话里约好时间及聚集地点，雯丽都一一记在心里。

吃完刘阿姨准备的早餐，又邀请刘阿姨在小区空中花园的运动区打了半个钟头的羽毛球，直到两人都大汗淋漓时，才作罢。回到家，雯丽舒舒服服地冲了个凉水澡，又在书房静静地看了一个小时的书，读了好几位文学大师的十几篇散文，有徐志摩、郁达夫、陈西滢、朱自清、王统照的文章。这些文章都很真诚、自由、散淡。有侧重于抒发性灵的随笔，有表达"富贵于我如浮云"思想的精品，有文采秀丽朗朗上口的美文……这对雯丽来说，无疑是精神上的一种享受，也是一次文化大餐。之后，她脸上逐渐绽出了心满意足的表情，心情也随之舒朗起来。她下意识地哼起小曲，接着又索性将音箱打开，用电脑播放着舒缓优雅的轻音乐，使整个身心和思绪都沉浸在美妙的旋律之中。

午饭后，邢雯丽匆匆忙忙收拾好必带物品，便告别了刘阿姨，骑自行车慢悠悠地来到约定地点——市游泳馆。游泳馆的入口处，站有七位同学，其中三位男生四位女生，他们与雯丽都是同班同学。这次门票实行 AA 制，大家将钱统一交给本班生活委员罗纯纯，由她统一购票。随后，这些少男少女便有说有笑地进入游泳馆。时间不长，她们个个身着泳装，英姿飒爽地来到游泳池畔。

今天来馆游泳的人不算多，除泳池边站立着的零星散客外，还有正在泳池中央拼力挥臂蛙泳的两位青年，手臂击打水面，溅起阵阵浪花，在日光的辉映下，亮得有点儿耀眼。邢雯丽穿着红色花纹的泳衣，双手抱胸，两眼漫不经心地望着池水中亮得晃眼的波纹，正沿着池边，腼腆地迈着碎步，颤悠悠地走着。她皮肤白皙，肥瘦适度，在举手投足间处处都散发着少女特有的朝气与活力。跟在邢雯丽后面的是吕迪和卢漪妮，她们两人个头相当，都比雯丽略高些，最吸引人的是她俩的纤纤细腰，恰到好处的臀围比例，十分鲜明地烘托出较为圆润饱满的身体。或许是弹性泳衣的缘故，她们身体的曲线尤为清晰。满肚子馊水的张晟一瞥见她们,便不由得惊呼道:"哎哟! 脱了校服……我都快认不出你们了? 还是这样好,这样好啊!"卢漪妮咯咯地笑着,径直走到邢雯丽身边,并不理会那些男生。俩小女生结着伴儿,一起顺着泳池边,滑落到清爽的水里。雯丽倒吸着气,唏嘘地叫道:"水里好凉爽啊!"卢漪妮闻声扬头看了眼张晟,冲他们几位男生大声嚷道:"快下来呀!"张晟应了声,仍然乐此不疲地在听身旁的吕迪讲故事,不知讲到何人何事,顷刻间逗得几位男生哄堂大笑起来。突然,吕迪收住话茬,在池边稍稍扭转了几下腰肢,便一个猛子扎入水中,四位男生迅速反应后,也鱼贯般"扑通,扑通"跳入水中,头钻出水面时,身体离池边已有八九米远的距离。在南方大城市长大的孩子,水性都不错。接着,他们一人占了一个泳道,竟向深水方向游去,击水声混合着小女生叽叽喳喳的吵闹声,在整个泳池上空回荡,他们的参与使游泳馆热闹了许多。

她们在水中尽情地嬉耍,一会儿如游鱼般穿梭水中,一会儿像浮萍般漂荡水面。翻滚的浪花似怒放的秋菊,片片菊瓣又以抛物线的形式在空中划出优美的弧线,而后,纷纷溅落到水面和她们富有朝气的面部。吕迪在一片浪花中猛地憋住口气,往深水方向下潜一米许,像鱼儿般游出几米开外,探出脑袋后,又来了个标准的蛙泳动作,头露在水面,身体静静地伏在水下,接着,粗壮的大腿向外张开后又急急地收缩,像青蛙一样健硕有力地一蹬,身体便又向前游了一大截。她往前游了十多米,又返回到泳池边,大声嚷嚷道:"你们快游啊,不要光站在那儿唠嗑,游泳是很健美的。"说罢,便顺着泳道向深水区游去。"我们得适应会儿。"三位小女生倚在池边练习了一会儿潜水,接着,在浅水区横着泳池游了几个来回。

大约过了半个钟头,游泳的人渐渐多起来。在浅水区,霎时站满了许多水性平庸的玩水者,他们朝着不同的方向恣意地游着,密密麻麻的,只有深水区的人要相对少些。此时,整个游泳馆完全热闹起来,侧耳细听,人声嘈杂,眉睫之内,人头攒动。

这里,真正成了水上乐园。

四位小女生玩倦后,索性来到泳池边的座位上休息。

她们买的一大堆食物和饮料,满当当地摆放在圆形的塑料桌上。

邢雯丽刚游完泳,还有点儿气喘吁吁,她缓慢地端起饮料小口儿呷着,喝喝停停,不时留意地看了她们几眼。她们仨正端起饮料仰头大口大口地喝着，抓起食物毫不遮掩地大口大口地嚼着。邢雯丽在留意观察时，还细心比较了她们的姿容，她们仨不仅长得既漂亮又苗条，是时下最流行的美女体形，而且个头也都差不多，四女生当中只有自己的个头稍矮，比吕迪整整矮了半头。从体形上来讲，相比之下，自己就有点欠缺，尤其是自己的腰不十分明显。虽然每次体检的结果是胖瘦适中的标准体形，但在别人眼里，她可能就是标准体形中偏胖的那一类。"正如吕迪所说的，自己该减减肥了。"邢雯丽触景生情，陷入无限的遐想之中。

此刻，吕迪她们仨正低着头凑在一块窃窃私语着，好像在交流什么减肥与美容的心得体会。

邢雯丽坐在圆桌对面，听不甚清楚，她索性将椅子搬过去，也和她们凑在一起，倾听她们的议论。

吕迪津津乐道地谈论了些国内外电影明星的身材特征以及她们所采用的减肥秘方；卢漪妮随后介绍了纽约以肥臀为时尚的审美信息，列举了一些美女明星引领时尚的资本是她们硕大性感、洋溢着青春活力的臀部的事例，以及她们由普通人一夜走红的成功秘籍。至此，她们讨论得出结论：西方妇女盛行两种主流的审美时尚，一种是真正意义上的以瘦为美的审美观，通体纤细，苗条婀娜，甚至有减肥到瘦骨嶙峋以走猫步为审美时尚的极端个案；另一种是以壮为美的审美观，细腰肥臀，凹凸有致，甚至有锻炼到呈现块状肌肉以崇尚健美为宗旨的个性追求，审美的多元化导致个性的自由化，最终形成现在这样缤纷多姿五彩斑斓的现实世界。世界上有不同的民族，由于他们所处的地域、文化、生活习惯、宗教信仰不同，因而会自然形成各自不同的审美习惯与审美观点，这是历史的必然，客观的使然。但无论如何，人类对自身美的追求终归是以瘦而健为标准。随着人们生活水平的日益提高。可以看出，健身减肥，不仅是女人的专有话题，而且是整个人类未来的永恒话题。也就是说，男人也需要减肥的！对于减肥实质的理解和减肥程度的把握，因人而异，存在着分歧，其效果也迥然。减肥，关键是度的问题。

邢雯丽第一次听到这样深奥玄虚颇有哲理的观点，一时觉得还很新鲜，等她听出个所以然的时候，她已产生了自己的独特看法，她虽然并不完全赞同她们所阐述的某些观点，但对减肥这一话题还有一点儿兴趣。她伸长脖子目不转睛地接着听，生怕漏掉一个字。

此时此刻，吕迪讲得有点着迷，她激动地莞尔一笑，摇着湿漉漉的头说：

"外国人如此，我们中国人对于减肥就更加着迷，我们随便翻一翻报纸，随意打开电视频道，随时留意一下公交站牌的广告、人们的手提袋……到处都能发现减肥的广告。进而再看看大街小巷，也随处可见形形色色的美容机构与减肥场所。门庭若市、顾客如云的客观事实，就是证明，就是根据。现实也进一步证明，女人减肥是正确的，是亘古不变的真理。我们减肥的举措自然也是正确的，今日不减更待何时？"

"我在网上了解过，在生活中目睹过，也听身边的亲朋议论过，现在是需要美女且美女辈出的时代，各种各样的才艺比拼和选美选秀赛事，催生出一大批才貌出众的美女明星。随之，她们迅速依托并利用这个光环，取得事业上的快速成功，成为同龄人的佼佼者。在能使事业成功的机遇面前，事实证明，美女们总有比普通人更多的优势和能力去把握机遇拥抱成功。作为女人，不减肥和美容，就会落后于这个时代，就会被这个时代所抛弃！姐妹们，你们说是不是？"

邢雯丽眨巴着眼，迷惑不解地问："有如此严重吗？"

"当然有啦！你随便到大街上问问，哪个女人不减肥？！我想，你妈妈难道不减肥？"卢漪妮反问道。

"我妈是在减肥！"

卢漪妮带着不屑一顾的表情瞧了眼雯丽，信口开河道："这不就对了，女人不减肥，十有八九会在社会上混不开。难哪！做女人难，做漂亮女人更是难上加难。但是，难上加难之后，就是幸福，无穷的幸福！"

这时，仨男生冲她们吼道："下来吧，聊什么聊的，在哪儿不能聊？美女们快下水吧。"

美女们也似乎觉得聊的时间够长，好像连话题也快聊尽了。不知为什么，男生们一吼，她们几个爱叽喳的小女生立刻停止话题，乖乖地向池子走去。吕迪走到池边，前后左右，一圈一圈地扭了一会儿细腰，突地一个翻滚扎入水中，一口气游到泳池对岸。她们仨依旧在浅水区左右纵横地游玩着，显得异常开心。邢雯丽在游玩的时候，并没有忘记思考刚才的话题，她那双长睫毛的大眼睛在泳镜下恣肆地端瞧着不同年龄段的女人胴体，关注着她们的容貌长相及身体曲线。结果发现，漂亮女人还真不少。由此可以看出，刚才吕迪的话还是有一定事实根据的。相比之下，自己的体形在游泳的女孩子群体中，只能算中等都还有些勉强的那种。

就在邢雯丽胡思乱想的时候，他们三男三女不知啥时候凑到一起。男生们强烈建议：要和她们四位小女生进行游泳比赛，女生们欣然应允。

考虑到安全等因素，比赛就在浅水区进行。

比赛开始后，他们几个年轻人就像鱼儿一样在泳池中纵纵横横地穿梭起来。如果要单论水性，他们几个都不差上下，学校里开设过游泳课，他们都取得了不错的成绩。但有的人胆儿大，有的人胆儿小，胆儿大的可以在浅水区与深水区之间变着花样尽情地恣意地游来游去；胆儿小的，像邢雯丽、卢漪妮和罗纯纯，只敢在浅水区玩。游的时候，脚时不时地碰一下池底，这样才觉得踏实。如果脚一旦碰不到池底，感觉就会发慌。这样说来，游泳其实也是锻炼胆量和勇气的运动项目，有胆有勇的人自然学得快。不过，邢雯丽把这神秘的胆和勇理解为一个人的心态，有了好的心态，什么问题都自然会迎刃而解。她这样理解了也便这样做了，可以游好几个来回，脚不碰池底心也不慌乱。她用力地划着水，时间不长，便觉得周身的肌肉有酸酸麻麻的肿胀感觉。尽管如此，她仍然坚持着，自从吕迪说了游泳是最能健身瘦体塑形等话后，邢雯丽游泳便特用功，每一动作，她都做得很标准很到位，她也希望自个儿的付出能得到预期的回报……毕竟，爱美之心人皆有之，这是人类的天性。邢雯丽自然不会例外。

三个小时很快就过去了，游泳结束时，她们几个玩得都特尽兴，感觉虽然四肢发软心力交瘁，但都觉得意犹未尽。

9. 相约私家侦探

两天后，学生们到校开完毕课典礼，暑假便正式开始了。

在离校的时候，他们都拿着自个儿的期末考试成绩单，大多数同学会把成绩单随意往书包里一塞，便头也不回地径直走出校门，似乎显得有些急匆匆。不到半小时，整个校园便沉寂下来，偶尔会看到有几位学生悄无声息地出现在校园的一些角落里，或楼道里，或树阴下，或草坪中……

此刻，在学校的二楼会议室，正紧张召开着二十人左右的学生会议，会议由教务处主任主持，参会的是初二的两位年级长与从该年级十个教学班的期末考试总分排名前六十的学生中遴选出的英语佼佼者，他们即将参加由法国巴黎友好学校邀请并组织的为期十五天的中法学生夏令营，这是一个重申注意事项、安排并办理护照等相关事宜的临时紧急会议。

邢雯丽作为幸运学生的一员，静静地端坐在会议室"O"型会议台的一侧，平静地看着主任，认真地听着，并不时地做着记录。会议开了约三十分钟，时间不长就结束了。

在这二十位幸运者中，有几位是雯丽比较熟悉的，像一班的佘淑雯、六班的赵雅诗及吴奕安，其余的，都只是见面能认得，名字却不怎么能叫上，或名字虽能对上但不很惯熟的同学。散会时，同学们彼此点头，相互打了招呼，用目光传递着各自的喜悦之情，或用欢快的语调、激扬的语言，与各自熟识的朋友亲切地交流。在这样的氛围中，雯丽自然深受感染，她也不自觉地用类似那样的语调与周围的同学和老师相互致谢，彼此热情地交流着。

同学们三三两两地离开了会议室。

邢雯丽和她熟知的几位朋友走在一起，相互开心地攀谈着畅想着即将目睹并参与其中的浪漫且充满艺术气息的巴黎生活。想到这里，她们几位小女生就显得特激动，佘淑雯同学还模仿歌德的《湖上》(Auf dem See)诗句的特点，即兴赋诗一首：

  新的喜悦
  从知识的海洋汲取
  恩师浇灌我心田
  红袖填香
  读书与生命相伴
  哪怕沿途布满荆棘
  我的心哟
  止不住地狂跳
  黄金般的美梦
  于今拥有
  耕耘播种

必有丰硕的收获
这里是梦的起点
学子们展翅飞翔

同学们听罢,立刻送去一阵喝彩。邢雯丽听到如此感情真挚的诗句,深受感染,诗兴大发。她望了望天空,眨了眨眼,随口吟诵道:

那是奋斗后的喜悦
像春天草原上奔腾跳跃的鹿群
拍打着胸襟
撞击着心灵
更是那一阵欢欣里
有昔日的努力
是它
构成我生命的乐章

邢雯丽在小学六年级时,曾参加过市里组织的中小学口语作文大赛,荣获过一等奖。其他几位同学也和她有着相同或类似的经历。这些诗文虽然还很稚嫩,但毕竟是发自她们幼小心灵的一种真情实感的流露与抒发。今天,她们灵感突发,确实是因为内心的高兴。

吴奕安欣赏完两首诗作后,也不甘示弱地哼诗一首:

仰望苍穹
游云淡淡
碧空幽幽
旅人心旷神怡
远眺满目葱郁的山影
心怀欢愉清澈明净
幽雅的环境
跳动的心灵
翱翔的梦想

成功的喜悦
　　人生贵在拼搏
　　永不休止地前行
　　生命的旅途
　　无限光明

　　"哎哟,是哪位在吟诗?雅兴不错嘛!"从会议室出来的教务主任听到如此铿锵上口的诗句,带着惊喜与微笑,特意转道朝她们走来,他迫不及待地想探个究竟。

　　当他看到三位小女生时,便用一脸的惊愕与无限的感慨真诚地说:"后生可畏呀!我们的小才女!太好了,太好了……"

　　仨小女生听到说话声,齐回头同声问:"张主任好!"

　　"你们还没离校?原来在这里切磋才艺,不简单啊,好好努力,将来肯定会有大作为的。我是搞文学的,你们有什么需要帮助的,尽管来找我,我也可以加入进来,咱们一起深入交流,共同提高。好不好?"

　　"谢谢主任!"

　　"谢谢主任的好意!"邢雯丽满面春风地问好,同时,佘淑雯和吴奕安也礼貌地看着主任不断地点头致谢。

　　谢别主任后,她们仨在操场绿地的树阴下继续闲聊了近半个小时,才分手回家。

　　邢雯丽到家时已近日落,父亲还未下班。

　　保姆刘阿姨给雯丽做了一杯现榨的鲜果汁。雯丽呷了口,便冲刘阿姨笑了笑,而后就端着杯子无所事事地转悠着,看看鱼缸中丰满大肚的福寿鱼,捏捏盆栽橡皮树那肥厚的叶片,走到露台,嗅嗅茉莉花那淡淡的沁人心脾的芳香,望望远处城市那朦胧的一抹青色,坐坐随风摆动的藤制吊椅,扭扭些许发痛的腰肢,她的确有些歇不下来,很快就转遍了家里的角角落落。

　　她第二次转到书房时,看到电脑,猛地感觉眼前发亮,像是记起了什么似的。她迅速打开电脑,戴上耳机,津津有味地观看起时下网络流行的一部青春恶搞电视剧。不久,便进入佳境。根据剧情的变化和音乐旋律的起伏,雯丽有节奏地晃动着脑袋,跷着二郎腿。偶尔静止不动时,她还会引颈瞪目,屏息地观看电脑的液晶显示屏,并不时发出一串"咯咯"的笑声。

半个钟头后,门铃响了,钱金龙风尘仆仆地回来。

邢雯丽听到响动声,摘下耳机,转身冲出书房,一溜烟便闪到父亲身旁,她笑眯眯地拉着父亲的左手,另一只手顺势接过他右臂弯里的公文包,她就那样拉着,径直把父亲拽到客厅中央的皮沙发上,端起专门为父亲沏的热茶。父亲品了品,便饮了口看着女儿温和地说:"是不是有事要说?""你怎么知道的?""你一说话就露馅了!'你怎么知道?'不就说明有事要说?你呀,这点小把戏,爸爸一看就明白……""真的有好事要告诉你,我,我要出国了,要去法国巴黎!""哎哈,怎么回事?我怎么不知道?这事情应该是我比你先知道才对!""懵了吧,又不是家庭去旅行,你怎么会先知道?我们学校派了二十名同学去法国巴黎参加友好学校的夏令营,是从期末考试总成绩在全年级前六十名且外语水平特好的同学中挑选出来的,我正好被选中。就这样了,学校让我征求家长的意见,你同不同意?""当然同意了!这是好事啊!真不容易!老爸肯定支持你。什么时候动身?""大约二十天左右,因为要办理护照、签证什么的,听说还是比较麻烦的。""好啊,好!不愧是爸爸的好女儿,好好努力,爸爸永远都支持你,要不,咱们到外面饭店,庆贺庆贺?""好吧!听老爸的。"听到女儿爽直的回答,一种无名的自豪感从心底油然而起,在吃饭问题上钱金龙和女儿是少有默契,这是父女间唯一的缺憾,今天女儿破天荒地应允,钱金龙甚感兴奋,在言行举止上不由得透露出孩提时的行为或举动来,仿佛是他又回到了二十年前。

雯丽用座机给母亲打了几个电话,一直占线,再到后来,是关机,想必,是手机没电了。钱金龙皱了皱眉头,心情陡地沉静下来,他看了看女儿,深沉而果断地说:"你妈妈可能在加班,不用等她了,咱俩先去。"

雯丽无语地点了点头。

他们父女俩来到离家不远的一处豪华酒楼,点了四道精美的小菜和一小锅排骨汤。钱金龙还特意为自己点了瓶茅台酒,他本来是不沾酒的,今儿特高兴,来点酒也无妨。

在柔和舒缓的音乐声中,享受着酥嫩焦软香气四溢的美味,感受着激荡在胸怀中的喜悦,一切烦闷与不快的心绪,眨眼间就消解得无影无踪。钱金龙抚搓着微微绯色的双颊,用带红眼圈的慈祥目光端瞧着女儿兴奋的面颊,此时的女儿,显得更加活泼可人,两只透亮的大眼睛,正散发着来自天赋的睿智之光和不可掩饰的自然灵气。钱金龙爱怜地瞅着女儿,不禁莫名其妙地微笑了，谁也不知道他为何而笑，这种笑意不仅包含着喜色而且还有淡淡的苦涩和成分复杂的情感因素。钱金龙微笑过之后，猛然给自己灌了口闷酒，便哈哈大笑起来。雯丽看在眼里，一时纳闷地问："老爸，你在笑什么？""什么？我笑了吗？没什么，我今儿特高兴。是不？""我也是！老爸，老爸您没醉吧？""没有的事！也是，也是太高兴，是的，太高兴！我太高兴……"

晚上大约十点钟，父女俩回到家时，邢嘉琪还未回来，这是她又一次连续一周未回家了。钱金龙记不清这样的事有多少次，不过，感觉最近这样的事发生得有点儿频繁，刚刚发生过的今儿又发生，两次几乎连在了一起。钱金龙想到这里，满脸都显得闷闷不乐。

邢雯丽也是一脸的严肃相。

父女俩坐在沙发上相对无言。

这时，保姆刘阿姨出来说："就是刚才，孩子妈来过电话，说她又要加班，回不了家，让你们多保重身体。"雯丽听到刘阿姨的叙述，表情显得有些平静，她悄无声息地回到卧室睡觉去了。

钱金龙独自坐在沙发上，思绪混乱，说不清，理还乱。他破例连抽了两支中华烟，皱起眉头想着心事，他觉得，自己没做错什么，也没惹恼过夫人。想当年，雯丽出生取名时，夫人哭着请求，说什么她三代单传，说什么邢家无后，硬要让雯丽姓邢，钱金龙想到自己弟兄好几个，加上不管迭啥都是自己的亲骨肉的思想，就让雯丽姓了邢，取名邢雯丽。虽然钱金龙对妻子的要求感到有些吃惊，然而，他毕竟深爱着自己的妻子，为了疼老婆，钱金龙就同意了，这是出于对妻子深深的爱恋和真切的同情。在家里，钱金龙对比自己小十岁的漂亮妻子百般呵护，从未让她生过气，一切都是由着她的性子来，吃什么，穿什么，用什么，玩什么，一切都满足她的要求。十几年过去了，钱金龙越来越觉得不了解自己的妻子，她的异乎寻常的举动以及不合常理的处事方式，愈来愈使钱金龙感到纳闷，是自个儿的要求变高了？判断出现了偏差？还是什么……他时常这样反问自己，最终还是搞不懂他们两人究竟是谁发生了变化。

他无力地躺在沙发上，想着，想着……渐渐地就进入了梦乡。

他说不清自己是在现实生活里思想着，还是在梦境里思想着。总之，现实和梦境就那么巧妙地联系在一起，又不知不觉地融合为一体。

天亮时，钱金龙发现自己睡在沙发上，身上多了件毛毯。他顺手揭开毛毯，揉了揉眼，便下意识地转到女儿雯丽的房间。

女儿睡得正酣，被子被蹬开，裸露着大腿，小嘴梦呓着，还处在甜美的梦乡。钱金龙悄然地替女儿掖好被角，带上门，退出房间。他胡乱地吃了点保姆准备的早餐，便驱车匆忙去了公司。

雯丽睡到早晨十点钟，起床时觉得精力格外充沛，大脑思维也异常清晰，昨晚应该是睡了个难得的好觉。她想着便精神头十足地到露台上去伸自己的懒腰。

早晨八点钟，钱金龙第一个来到公司。今天除了要主持董事会议外，还要签署一个重要的协议。因此，他提早过来再做些额外的准备。他的办公室在办公大楼的顶层，作为公司总裁，他喜欢这种居高临下鸟瞰全城的感觉。

这段时间，公司事务比较杂乱，业务相当繁忙，业绩在节节攀升，人气在天天汇聚，一切数据都表明，公司已步入正轨，进入良性状态。作为私企老板，钱金龙越干越有劲头，越干越有魄力，他对公司的未来充满着信心。

十一点左右，钱金龙办完两件事：一是与一个跨国公司签署长期的供货协议，事情进展得非常顺利；二是在董事会上商讨了公司发展的五年规划以及亟待解决的一些问题，从各方面反馈的数据看，公司目前正处于高效运行阶段，各董事成员对此都感到十分满意。

回到办公室，女秘书给钱金龙送来一杯咖啡，这是他的惯例：一般在会议或活动之后，他总要喝杯咖啡来提提神，这或许是他与众不同的爱好。他轻轻呷了口，端起杯子走到宽大通透的落地玻璃窗前，皱着眉头凝望远处那层层叠叠以及消失在阴霾和雾气里的城市建筑。每当他站在这里眺望的时候，总有一种莫名其妙的感觉，大脑思维异常的活跃，思绪也总会变得特别清晰，不论对付何等困难他总能想出一些好点子，公司的许多重大决策都是这样酝酿出来的，而且都还是能给公司带来经济效益正确的决定。不过，今天例外，刚办完两件大事，他暂时没有新的想法。此时，他默默地站在玻璃窗前，大脑一片空白，他什么也不想，什么也不做，就是那样静静地，一声不吭地伫立着。

突然，他似乎是忆起了什么，迅速转身拉开抽屉，拿出名片夹，找到一张背面印有许多业务内容的普通名片。依名片上的简单介绍，看样子这人还是位经验丰富的侦探高手。钱金龙按照上面的电话号码拨过去，接电话的是位男士，说话干脆利落，思维相当敏捷，钱金龙猜测这位就是名片的主人。他简单把要办的事情向对方作了说明，对方一听便吹嘘道：他在这方面更专业，说算是找对人了。他们在电话中谈好价后，钱金龙便将妻子邢嘉琪的照片等资料传真给对方，要求在六日内有详细的调查结果，对方满口答应。

这件事表面上进行得很顺利。

钱金龙躺靠在宽大的老板椅上，合着双眼，在心中反复祈祷着，千万别发生什么事情，但愿调查不出什么结果。说真的，虽然他和邢嘉琪已经这样了，夫妻生活时有时无，甚至还会长时间地断开，但他也不想看到那一幕，红杏出了墙。想到这里，他的表情越来越严肃起来，嘴角开始抽搐，眉宇愈加紧蹙，他想搞明白，妻子究竟在干什么？到底出了什么事？令她这样长时间不回家？！他的思绪像是被什么东西牵拽着，他不由自主地想到那一幕，或者是那样的一种可能，这，对他来说，都是莫大的耻辱。随即，他又否定了自己刚才的想法，他在自我安慰着，自我释怀着，他不愿意想到那一幕，更不愿意看到那一幕。这时，他躺靠在老板椅上的躯体渐渐直立起来，脑袋像出壳的乌龟头一样尽力地伸着，身体像伸懒腰的猫一样舒展地弓着。蓦地，放在膝盖上的手闪电般地抡起，重重砸在宽大结实的老板桌上，歇斯底里地一声狂喊："不！不可能！不要啊！"说完，就顺势伏在老板桌上号啕大哭起来。

隔壁的女秘书听到董事长办公室传出异样的响动，立即冲进去，诚惶诚恐地问："董事长，您怎么啦？身体不舒服？"说着，就去搀扶董事长。钱金龙头也不抬地说："我没事！对不起，打扰你们了，真是对不起！"

女秘书给倒来一杯热水，钱金龙喝了几口，感觉好些。

钱金龙强装微笑地看着女秘书，平静地说："谢谢你！我想一个人安静一会儿！"女秘书悄声退出后，钱金龙盯着轻轻合上的门，有些发呆，这不由得使他联想起遥远的过去。

10. 浪漫的回忆

那是十多年前的事了。

那年，公司还处于创业发展阶段，各项业务拓展迅猛，订单数量直线上飙，各部门急需大量的人才充实公司的团队，于是举办了一次大规模的人才招聘会。

钱金龙至今还记得很清楚：有一位大学刚毕业、芳龄二十岁的女孩，是落聘中的一位，但她出人意料地径直来到公司总经理办公室，再次推荐自己。这种不认输，倔强得有点不合常理的反常举动，引起了钱金龙的兴趣。钱金龙认为：这种反常理的认知方式是逆向思维的一种表现形式，在商业活动中往往会收到出奇制胜的效果，在这点上，与自己的思维方式产生了共鸣。钱金龙在公司发展的许多关键时期，就曾多次运用这种逆向思维做出过一些出其不意的决策，才使公司迅速摆脱困境并得到长足发展。在连上几个台阶、各项业务步入正轨后，公司的实力明显有所增强。因此，他当时就对这位与自己有着某些相似思维方式的年轻女大学生产生了好感，于是，当即就给公司人事处打了电话。她，这位年轻的女大学生被破格录用，暂且在办公室做秘书工作。

在随后的工作中，钱金龙注意到这位女大学生不仅相貌姣好，楚楚迷人，纤腰肥臀，性感十足，个头高挑，婀娜多姿，而且言谈有度，得体大方，待人有礼，灵慧温柔，是时下美女中的佼佼者。钱金龙在感慨万千的同时，对这位美女兼才女的年轻女大学生不禁有几丝好感。而这位年轻女大学生似乎已与钱金龙这位年轻的领导心照不宣，她经常借工作之便向领导嘘寒问暖，暗送秋波。

那年月，钱金龙刚刚三十出头，不仅长得眉浓脸方，唇厚鼻阔，体貌敦厚，肌肉发达，精力充沛，朝气蓬勃，透射着阳刚之气，而且他目光锐利，思维敏捷，遇事沉着，冷静果敢，实属经商智力超群的成功人士，女孩子心目中英俊潇洒才貌双全的白马王子。由于专心于事业的缘故，钱金龙还未涉爱河。

这对年轻人的偶遇，正好打破了双方内心的宁静。

经过三个月的相处，钱金龙对这位主动、热情、大方、迷人的女大学生开始情有独钟。而这位女大学生也似乎在情感上向钱金龙发起了攻势，她时不时会借工作之名去董事长办公室，想尽一切办法去接近他，或含蓄，或隐晦，或直白，或彰显，从不同角度，用语言、用物品、用身体、用自己的女性魅力，去吸引，或引诱，或挑逗，或怂恿钱金龙，以使他们两人的情感发生碰撞，直至摩擦出爱的火花。

那是一个星期五的下午，钱金龙正独自在审阅一个工程预算方案，这位女大学生像往常一样，敲门后径直来到总经理办公台前，甜甜地说："董事长好！别累坏了身体……喝杯奶茶吧！"

钱金龙应声时，只见这位女大学生身着卡腰的超短牛仔裙和宽松的真丝短袖衬衣，衣摆系在裙腰里。这一松一紧，使得腰显得尤为纤细婀娜，臀显得更加圆浑饱满；这一松一紧，自然也使得胸部被衬托得高挺结实，双腿被渲染得修长撩人……再外加一头蓬松有造型的烫卷、高挑笔直有个性的鼻梁、似隐似现能妩媚生情的酒窝、厚实红润散射着性感的小嘴，以及在柳叶状清晰眉毛映衬下的双眼皮长睫毛水汪汪有神气的大眸子……都无不恰到好处地烘托出她姣好白皙动人心弦的瓜子脸与散发着少女浓郁气息和迷人风采的性感曲线。

她落落大方地绕过老板桌，依着钱金龙的身体，将一杯热腾腾的奶茶放在他面前，她的带有弹性的高挺胸部，松软又结实地蹭在钱金龙的肩头，似乎是不经意的，又似乎是很经意的，钱金龙说不准，也说不清楚。

钱金龙顺眼瞥了下闪现的清晰乳沟和乳峰。

就是这轻轻的一瞥，使得钱金龙的心跳在加剧，热血在沸腾。更让钱金龙难以忍受的是垂压在自己肩头那松软温暖散发着淡淡清香的乳房，压得那样长久，那样温柔。也就是在那一刻，钱金龙真正感觉到自己是被一道电弧击中的，有一种强烈的兴奋感，从那个点上，迅速传到了心底，又从心底迅速传遍了全身，他进而强烈地感觉到，心脏在迅猛地跳动，血液在疯狂地奔腾……呼吸因它而变得困难和急促，意识因它而变得混沌和阻滞，体温因它而变得跳跃和灼热……一切都因它而变得失去了控制。他霎时又觉得自己是在一片玫瑰色的花海之中，正践踏在松软滑腻厚实润泽的花瓣上，他举目四望，天地共色，一望无垠。

他在冥想中尽情地呼吸着弥漫了芬芳的空气，尽情地徜徉在鲜花铺就的山涧小径上，尽情地享受着花的芬芳与花的温润，也尽情地享受着花地空气的潮湿、燥热、骚动与疯狂……接着，钱金龙又觉得意识逐渐清晰起来，周围仿佛没有一个人，远眺四野，尽是无边无际的玫瑰花瓣，在这个世界中，他起初带有几分惊恐感与寂寞感的神经，变得异常兴奋起来。就在这时，从遥远的玫瑰花丛中迎面走出一位光彩靓丽的少女……紧紧偎依在钱金龙的肩上，她的淡淡的玫瑰色肌肤，像花瓣一样滑腻润湿，她的幽幽的玫瑰香气息，像花香一样撩人心醉。尤其是这气息，直冲钱金龙的脑门，再经鼻腔直达肺腑，既令他飘飘欲仙，也令他陶醉窒息。

在这个空旷寂寞的玫瑰色世界里，只有他们两人。

钱金龙睁眼细瞧时，竟是公司新聘的女大学生，他有些震惊，更有几分欣喜，在这个冥冥的情感世界里，他有他乡逢知己的感觉。

他本想拒绝这种诱惑，却感到无能为力。

女大学生伸出花瓣一样细腻的手指，先牵住钱金龙的手臂，进而勾住钱金龙的脖颈，她大胆泼辣带有挑逗性的眼神和举动，让钱金龙的神经亢奋不已。顿时，钱金龙觉得有股滑腻腻、暖洋洋、麻酥酥的快感迅速传遍了周身，他虽在内心深处保留了一丝理智，但在女大学生的主动进攻下，那丝理智被冲动急速瓦解……在情感的涌动下，他索性开始面对事实，任由美女如何折腾，自己只配合，不反抗。

就在钱金龙将女大学生下意识地揽进怀里时，她的另一只像蛇一样的手臂立时紧紧地绕住他的身体，她便偎在他的怀里，两人拼力地抱在了一起。与此同时，女大学生陶醉般地合上双眼，张开肉感的粉唇向钱金龙的脸颊徐徐靠拢，就在碰触的刹那间，钱金龙强烈地感受到玫瑰花的香气扑鼻之际，双方的手臂突地一起发力，连吻着的唇、高挺的胸部、圆浑的臀……都紧密地黏在了一起，她的整个身子连同她的灵魂都一下子融进了钱金龙的躯体之中。

钱金龙微闭着双眼，顿感大脑一片空白，一片渺茫，一片混沌……惊得大声疾呼女大学生的名字。

"总经理,您是在叫我吗?"

女大学生说着,再次噘起肉感的小唇,紧贴到钱金龙长满稀疏胡子的下颌。他再一次真真切切地感受到女大学生的温暖与湿润,他有些陶醉。当他清醒过来时,她已骑在他的腿上,用双臂缠住他的脖颈,脸贴着脸,身体贴着身体,吻得让他近乎窒息。

他想叫停,但这种美妙的感觉又使他欲罢不能。

此时,他身体的每一个细胞,都处于兴奋状态。在这种兴奋状态中,他只剩下了一个念头,让事情继续发展,恣意进行……想到这里,他顿时打消了所有的顾虑,以万分坦然的心态直面现实。

在不知不觉间,钱金龙的上衣已被除去……只见那位女大学生裸骑在钱金龙的大腿上,饱满挺拔柔软温润的乳房紧贴钱金龙的胸膛。此刻,她的双手紧紧搂抱着他的头颈,嘴对着嘴,歪斜着头颅,用力吮吸着、搅动着、撕咬着、撩拨着湿润芬芳滑脱酥软的粉红色舌尖……

在不经意间,钱金龙的舌尖滑过女大学生洁白细密的牙齿,接着两舌头在经历轻微碰触后,又相互紧紧地深深地环绕搅动在一起。……在一阵拥抱相吻之后,两人的激情高昂到了极点,女大学生难耐周身火辣潮湿的煎熬,钱金龙也深感下身鼓胀燥热的难受……也不知是在何时,钱金龙情不自禁地伸手揉搓着爱抚着女大学生富有弹性的胸部。女大学生翕张着双眼,软瘫在钱金龙的怀抱里,不时发出娇滴滴的呻吟声。在一阵摩挲之后,钱金龙的手继续下探,穿过柔软平坦光滑细嫩的腰部,带着麻麻酥酥的电击感,又滑过穹隆般凝脂感觉的腹部,到达一片既茂密又葱郁的神秘地带,钱金龙的每一细微动作,都伴随着女大学生欢愉的呻吟声,正是这一声紧接一声的呻吟声,彻底唤醒了钱金龙周身的每一粒性细胞……

钱金龙是第一次享受这种奇妙的感觉,仿佛自己置身于一个柔软酥麻愉悦的世界,一个无比透明的空间,身体的每一根神经都可以看得见,绷得很紧,每一次轻微的兴奋,都会让它颤悠悠地震荡。身体的每一粒细胞,在震荡中就像被电流击过似的,在轻轻地跳动,还释放出令人迷醉的物质。突然,细胞像球一样剧烈地跃动起来,全身的肌肉随之紧紧绷起,一股热流带着强烈的电击感,似风暴般从心底旋起,以排山倒海之势传遍了全身。空气为之凝固,细胞为之停滞,神经为之松弛,钱金龙霎时感觉自己像是放了气的皮球,肌肉松弛,精疲力竭。这种感觉,是从丹田处冷不丁产生并迅速漫过大脑的。

现在，钱金龙和女大学生一起在她高涨的呻吟声中松软地瘫倒在老板桌上，在她臀部所在的位置，还留了摊殷红的鲜血。可能是疲惫不堪的缘故，钱金龙起初带着木讷的表情愣愣地看着美丽的女大学生，而后又变得兴奋起来，他躺靠在老板椅上，面带微笑地看着平躺在宽大老板桌上一丝不挂还笑盈盈的女大学生。四目凝视之后，突然女大学生从桌上爬起，不遮羞地走到钱金龙身旁，坦然地坐到他的腿上，勾住他的脖颈，一言不发，似乎两眼含着泪花……接着，她仰头翘嘴吻了他的脸颊，又紧紧吸了吸他的嘴唇，许久才放开。

她默默地坐在钱金龙的膝上，用醉意般朦朦胧胧的大眸子仔仔细细地端详着钱金龙，而后十分动情地说："我爱你！钱总经理。自从见到您的那一刻起……今天，我终于如愿以偿地把我的第一次，以及整个身体，都献给了你，我是自愿的，没有胁迫您的意思……您，可以爱我，也可以，不爱我。有这一次，我已经很知足了。"说着，有几滴豆大的泪水从眼角滚落下来，瞬间便消失在衣襟之间。钱金龙看得很清楚，他爱怜地抚摸着女大学生，一言未发。他在思考她所说的每一句话，他也在回忆刚才那一摊殷红的鲜血、洁白优美的曲线、富有弹性的光滑肌肤、饱满浑圆的性感肥臀、高耸柔软的乳房和那娇滴滴令人心醉神迷的呻吟。

……

他轻微地皱着眉头，仍旧郑重地端详着女大学生……片刻，他面带着笑容，轻轻地扶起她，帮她整理好衣服，用发自肺腑之语说："饿了吧！咱们到外面吃点东西……"

"好吧。"

俩人到街头一家豪华的餐厅点了几道很讲究的菜肴。吃饱之后，钱金龙便驱车送她到她的住处，没有激动人心的吻别场景，没有难舍难分的告别画面，没有多余的语言交流……他们只是简单地挥挥手再见后，就各自回家休息去了。

在之后的一段时间，他俩正常地交往、工作和生活，女大学生没有出现过任何异常，以发生过性关系为由向钱金龙提出钱财婚约升职等附属要求，那件事就像一场轰轰烈烈你情我愿畅快淋漓的一夜情，就像一场离奇浪漫迷离恍惚乐在其中的梦境游……

他们的生活仍像以前那样淡淡地过着，该送茶时就送茶，该送报时就送报，该汇报时就汇报……

钱金龙看在眼里，思考在心里。

这位女大学生没有像社会所传闻的那些女人那样刁蛮、诡秘、自私、贪婪……也没有像社会所传闻的那些漂亮女人那样依仗姿色水性杨花、施舍肉体巧取豪夺……她，在这件事上，始终保持着沉默。

以前，由于偏听偏信，对女人尤其是漂亮女人，钱金龙始终是有戒备心理的，在事业的创建阶段，他一直保持着独身。这种想法，在这一刻，发生了改变。钱金龙认为，这位女大学生，是与众不同的，她很纯真，很执着，很爱他……他以为，他找到了真爱。尤其是当他想到，她说她爱自己的时候，他不禁有些感动，他再次认为，他们间的感情是真挚的，她是冲他本人而来，而不是冲总经理的位置而来。在现代这样的大都市，有这样的品德与修养，注重真情实感的女孩子，越来越少了。

经过再三的考虑，他决定向她求婚。

那是个星期一的早晨，钱金龙特意买了二十支玫瑰花，在上班期间，手捧鲜花，在员工的惊愕、猜疑与喝彩声中，缓缓来到女大学生面前，将大束玫瑰花献给万分吃惊又似乎有所意料的她。钱金龙当众明确表白自己的感情，这位漂亮的女大学生，将是自己的未婚妻。

女大学生激动得泪痕满面。

在众员工的一片欢呼声中，俩人紧紧地拥抱，深深地长吻。

半年后，他俩结了婚。这位女大学生做了专职太太，她，就是钱金龙的现任妻子，邢嘉琪。

钱金龙和邢嘉琪结婚不到十个月，雯丽出生了。

钱金龙在老家请来刘阿姨做保姆，专门服侍哺乳期的邢嘉琪。至雯丽三岁时，邢嘉琪说在家闷得慌，要去上班，也不愿意在老公的公司，想凭自己的实力到外面闯一闯，于是，就应聘到一家实力雄厚的跨国公司，做业务部经理。

在婚后的几年，俩人恩爱有加。钱金龙对自己漂亮性感的妻子非常满意，虽说后来身居董事长一职，但在生活作风上，却严以律己，感情相当专一。邢嘉琪除了迷恋美容与瘦身外，多数场合的表现举止稳重，为人踏实。钱金龙相信自己的判断，对妻子也就听之任之了。

钱金龙想到这里，不由得面带起笑容，他悠然地躺靠在老板椅上，伸了个懒腰，而后，又踱步到落地玻璃窗前，久久地凝视着远方。

这时，电话响了，钱金龙接了便匆匆来到公司会议室。这里，各部门经理及部分高层领导已经到场。他在会上做了重要指示，会议开了五十分钟，结束的时候，已是中午十二点十分。该安排的公司事务，都已布置妥当。

中午十二点半，钱金龙驱车回到了家里。雯丽正在帮助刘阿姨准备午餐。在刘阿姨的指导下，雯丽还动手炒了一道菜，甜菜心黑木耳炒牛肉片。这是雯丽第一次下厨，很紧张，也很激动。菜一上盘，她就端进餐厅，大呼小叫地拉着父亲的手，让他品尝自己的手艺。钱金龙表现出很吃惊的样子，小心翼翼地夹菜，放入口中，刚一咀嚼便瞪大眼睛点头称道："好！香！是醇香味！手艺不错……真是聪明的孩子，学啥像啥！"雯丽没吱声，只是看着父亲的吃相，傻傻地笑着。

等刘阿姨上齐菜后，他们共进了这一餐。

这顿餐，雯丽吃得很香甜，钱金龙吃得也很开心。

午餐结束后，在雯丽的书房，钱金龙告诉女儿说，最近几天要出差，如果有时间，今天下午可以带她去游玩。

雯丽平日里只顾埋头读书，玩的时间非常有限。加上这几天在家里，除了尽情地看书和朋友聊天外，也没什么可乐的，确实也觉得腻烦。现在的孩子，说是幸福，其实也挺可怜的……穷有穷的可怜之处，富有富的可怜之处，可怜的原因可能有千万种，但可怜的表现形式却大同小异。雯丽的可怜，不在物质，而在情感。可以说，她以前就去过许多国内的名山大川与风景名胜，她也拥有自己喜爱的许多物质东西，不过，她对这些身外之物，兴趣并不浓厚。目前，她更关注的是，父母所给予自己的情感，尤其是这段时间母亲经常加班以来，这种感觉就尤为强烈。

经父亲这么一说，雯丽几乎高兴得跳起来。她蓦地站起，在父亲脸上亲了口，笑着说："谢谢老爸！"

说完，就飞快地冲进自己的小房间，准备必需的物品。十分钟后，身着运动装，头戴遮阳帽，肩背网球拍的雯丽，就站在父亲面前。

把所携带的物品放到奔驰车的尾座后，他们便驱车来到本市有名的休闲娱乐中心——翠谷度假村。

度假村位于市中心东北方向约三十公里处的翠谷山麓。周围群山环抱，地势舒缓；丛林遍布，葱翠欲滴；山涧飞瀑，百鸟啁啾；高湖碧绿，云雾缭绕，幽深莫测……专家称此地为天然氧吧，其空气等级，世界独一无二。于是，商家开发出许多度假闲暇娱乐健身的好处所，供城里人享用。

钱金龙将车停泊在半山腰一个网球场的停车处，此处雾气氤氲，空气清新，是锻炼的绝佳场所。

邢雯丽从车里一探出脑袋就欢呼雀跃起来。

她大口大口、近乎贪婪地呼吸着带有雨露和负离子的新鲜空气，双目远眺层峦叠翠的远山，激动地大喊："哇！太美了！我站在这儿，爸爸给我拍张照。"钱金龙拿出带广角长镜头的数码相机，给女儿拍了几张，还打开自拍功能留了个合影。

钱金龙晃动着相机郑重地问："雯丽，喜欢这相机吗？"

"喜欢，太喜欢了！"

"那，这相机就归你啦！"

"是吗？太谢谢老爸了！"

"先熟悉熟悉，去巴黎的时候带上它，给咱多拍几张照片回来……巴黎是艺术之都……巴黎圣母院、卢浮宫、埃菲尔铁塔、凡尔赛宫、维纳斯女神以及米开朗基罗的雕塑，都要去看看，它又是极神秘的城市，要用心体会，它集凄迷绚丽卓越宏伟于一身，既是画家与诗人笔下的'绝代佳人'，又是波德莱尔眼中的'万恶之都'，也是全世界最不保守的城市，拥有浪漫，充满感性，又不乏文化和物质的享受……"

"听您说的，那儿太好了！谢谢！我不会让爸爸失望的。爸爸，您对巴黎了解得可真详细。"

"那当然了。爸爸不是向你提过，你老爸年轻时留学巴黎，获得博士学位……后来回国，开了我们这个公司。难道你忘了？"

"这个我记得。这次，我到巴黎，一定要好好品味它，好好欣赏它，多拍些照片回来。"

"好啦！保管好相机，咱们打球吧！"

"好喽！"

他们在网球场玩了近两个小时，父女俩早已是大汗淋漓。由于雯丽球技平平，失球的比率大，捡球的机会自然多些，所以，体力消耗是非常大的。结束时，她已累得两腿发软，有些举步艰难了。钱金龙球技较高，又懂得如何节省体力，虽然年龄较大，但仍旧精神十足。

父女俩到度假村的望景大酒店，点了几道纯正的野味，什么野山菌、蕨菜、野菜根、野兔肉等。雯丽是素食主义者，这几道野味菜，都是她的最爱，或许是累了饿了的缘故，雯丽不说也不笑，只顾动箸夹菜。她尤爱吃蕨菜，一大盘子，几乎都是她一个人吃的，还破天荒地吃了些野兔肉。

钱金龙看在眼里，是喜在心里。

看到女儿今天如此好的饭量，喜得钱金龙时不时微笑着瞅上女儿几眼，也时不时向女儿极力推荐着美味："来，这道菜更好吃！是这儿的招牌菜，据说，吃了可以败火！"说着，就给女儿夹了过去。

雯丽也不客气，用筷子接过，放到嘴里，嘴巴边咀嚼边嘟哝："嗯，确实不错……老爸你也趁热吃吧！"

"好。"

钱金龙听话似地夹上菜。

这时，服务员又上来一道热气腾腾乳白色的野味汤，随着袅袅升起的蒸气，鲜美醇厚的野味扑鼻而来。雯丽顿感有津液在舌根打转，便迫不及待地用汤勺盛了一碗，顾不上烫嘴就吸溜着喝了几口，感觉味道清爽极了，她陶醉般闭上眼，晃着头，啧啧赞叹道："鲜！纯！"雯丽品尝之后，一时间反应过来，连忙也给父亲盛了一碗，不好意思地笑着递了过去。父亲依旧开心地微笑着，他优雅地用汤勺舀了一勺，呒吸着，并不时地点着头。

这顿餐用了四十多分钟，是雯丽吃得最饱的一次，也是钱金龙感觉最畅快淋漓的一次。

11. 尴尬的性爱

他们驱车到家，是晚上八点。邢嘉琪正好从健身房出来，汗淋淋的。雯丽高兴地向妈妈问好。邢嘉琪也是一脸的欣喜,她连忙吩咐刘阿姨,给父女俩倒茶,说完,就匆匆忙忙去盥洗室冲凉去了。二十分钟后,邢嘉琪穿着睡衣,披散着蓬松的卷发来到客厅。

　　钱金龙盯着妻子端详了片刻。发现,经过高级美容后,她面部的肌肤呈现凝脂样半透明状白皙水嫩的效果,似乎还胜过刚出生婴儿的皮肤。在深层美容的作用下,邢嘉琪看上去只有十八九岁。有一次上街,遇到一位久别的朋友,称赞说:"哎呀,你女儿都长成大姑娘了!"一句话,弄得钱金龙很是尴尬。虽然妻子比自己小十岁,但还在传统夫妻年龄差的合理范围内,仍是同辈人,与社会上的一些差好几轮的老夫少妻相比,他们的夫妻年龄差还真不算什么。只是,由于妻子美容的缘故……每当这时,钱金龙只好硬着头皮解释,解释了老半天,对方还是有些将信将疑。虽然相信邢嘉琪不是自己的女儿了,但朋友还是用异样的目光打量着自己,嘴上不说,心里却犯着嘀咕:"这个钱金龙,看似挺老实,竟然带着小情人逛街,真是风流倜傥啊!"每每遇到这样的眼神,钱金龙也只好继续解释道:"这是孩子她妈,比我小十岁……"此语一出,对方定会吃惊甚至大声惊呼道:"哇,怎么保养得这么好!看上去会如此年轻!……可否传授点美容经验,让我那口子,也年轻年轻?"

　　面对这种解释,钱金龙在用词上,简直到了字斟句酌的地步,他不说"这是我妻子",而说"这是我孩子她妈"。用这种反复推敲语,一来可以减少误会,不要让对方产生其他歧义;二来有可能做到让对方一次就搞明白,不要让对方问这问那,自己再解释来解释去的。

　　钱金龙边想边坐在沙发上瞅着妻子,他发愣的眼神,弄得妻子不好意思地赶紧打岔道:"赶快趁热喝茶!"钱金龙回过神来,端起茶杯抿了口,再次斜眼窥视坐在身旁的妻子,她的胸部高耸有形,隆起的球状结构清晰可见。

　　钱金龙有段时间没有亲近老婆了,当他看到沐浴后的妻子,身体难免有些发热或心跳加速的生理反应,但他一想到,她在外面有可能出现的糟糕一幕时,他的心情便陡然冷却下来,立刻恢复到平日的平静状态。"没有的事,只是自个儿一时的臆测,怎么能当真呢?……不会的……没有的事……"钱金龙自我安慰着……

　　邢雯丽坐在父母对面,看到父亲愣愣的表情,以为发生了什么事,情急之中,赶忙插话道:"妈妈,告诉您一个好消息,学校推荐我免费去参加中法学生的夏令营活动，要去法国巴黎十五天！"

"那太好了！这个暑假，你过得可充实多了，真是妈妈的好女儿……不错，妈妈支持你！"

"谢谢妈妈！"

"几时去？"

"本月二十号，还有四天。"

"太不巧了，正好我要去美国出差，明天走。雯丽，妈妈就不能送你了。"

"没事。妈妈你工作忙，我能理解。"

一家人聊了近四十分钟，后来，雯丽感觉发困，就去了自己的房间。

钱金龙和邢嘉琪心照不宣地聊了会儿，也回到自己的卧室。

在宽大的席梦思床上，本应上演久别胜新婚、夫妻团聚的精彩一幕，那是人间真正的爱情，那是使俩人心心相印的黏合剂，那是人类生生不息的主要动力之源……就是这么重要的东西，属于钱金龙的，现在出了问题。

邢嘉琪第一个光溜溜地钻进纯天然蚕丝双人被中。钱金龙洗漱完毕，也赤条条地钻进被中。他轻轻地拉起被角，罩住了整个身体。

今天的运动，使钱金龙的性欲大大增强，尤其是看到妻子出浴后白皙的肌肤和高耸的胸部时，他就进入到性亢奋状态。在内心深处，他极度渴望得到妻子的爱抚，但是，另外一种心境，妻子不贞的可能，同时也在困扰着他。两种心境撕咬着，冲突着，斗争着，妥协着，犹豫着……使钱金龙的内心，时刻处于尖锐的矛盾与痛苦之中。

尽管如此，当钱金龙无意碰触到妻子凉爽滑腻的皮肤时，还是有很大的生理反应，他明显感觉到全身的燥热不安。他神经质地轻轻爱抚起妻子光滑有形的背部，再经过腋部，滑至极具弹性高挺的前胸。在这里，他触摸到两个坚硬突兀的东西，在他的触摸中，坚硬突兀的东西在颤巍巍地抖动。随着一声娇喘，妻子邢嘉琪转身紧紧抱住钱金龙饱满结实的胸部，她用她那富有弹性的双乳顶着他的前胸，让他感受着她的温暖、柔软以及可能带来的快感。钱金龙左手托住妻子的脖颈，右手绕住妻子的细腰，抚摩片刻后，右手便顺着背部的曲线滑至浑圆的臀部……妻子开始在钱金龙的怀抱中，扭动，呻吟。

突然，钱金龙感到，有另一只手，也在妻子裸露的肌肤上移动，似乎不是自己的。在恍惚中，钱金龙看到有一个陌生男子，正托着自己妻子的脸，在狂吻。他的左手，也在不时地抚弄着妻子细长光洁的脖颈和弹性十足的胸部，接着，他熟练地褪去妻子身上的蚕丝被，褪得她一丝不挂地平躺在床上。接着，陌生男人的手开始下滑，再次在妻子饱满的胸口不停地揉搓，妻子在他的揉搓中娇喘息息地扭动，而后是剧烈地扭动，并发出高昂欢愉的浪叫声……蓦地，在妻子的恣情欢笑中，那陌生男人将丑陋之躯，压在妻子白皙光洁的肉体上，疯狂地运动。

钱金龙的大脑一片混乱，有一股强烈的愤怒感从心底突然窜出，他猛然大喝一声："滚，滚开，滚得远远的！"随着撕心裂肺的喊叫声，钱金龙的性冲动荡然消失。

妻子被这一声惊着，急忙松开手，惊奇地问："你，你，怎么啦？我怎么啦？"钱金龙赶忙定住神，深表歉意地应着："不，不管你的事，不是说你……"妻子惊魂未定地说："吓我一大跳！你工作太累了，咱们还是早点休息吧？"

钱金龙无语，继续抚弄着妻子。俩人相互抚摸着他。他在妻子的不断扭动中，伏下了身体……就在他准备再次深入的时候，他又真切地感觉到那陌生的丑陋男人的存在，对自己妻子正进行着与自己相同的动作。他想极力摆脱这种可怕的念头，于是，闭上眼睛，用力一挺。就在那一瞬间，钱金龙明显感受到自己的空虚与软弱，下体的胀痛感魔术般地消失了，消失得无影无踪，消失得完完全全。这种空虚感与软弱感，是来自于脑海，是来自于心灵深处，是来自于意识深层……钱金龙无力地翻下身，一言不发。在他的人生经历中，这是他第一次遇到这样的疲软，彻头彻尾的疲软。

钱金龙朝着墙的方向侧身躺着，妻子从后面轻轻地搂抱着他。他，仍旧一言不发。在他内心深处，正翻腾着无以言表的痛楚。这痛楚，又把他带到十多年前。那时候，他还算是个小伙子，他的妻子还算是个小姑娘。自从他们第一次有过云雨后，邢嘉琪经常找理由，寻借口，创造各种俩人独处的机会，在办公室、楼房顶、公园里、别墅中……亲吻爱抚，疯狂造爱。她总是那样的积极主动，似乎对于性，她总是永远不满足似的，每次都显得迫不及待。直至后来，结了婚，仍然如此……但到了近几年，情况发生了根本性变化，钱金龙由被动者变为主动者，妻子由主动者变为被动者。起初，钱金龙还不以为然，随着妻子加班频率的增多，加班时间的延长……这才引起钱金龙的合理猜测。

尽管是猜测，还没有被证实，就已使钱金龙产生了严重的心理负担。

作为成功的上市公司的私企老板，依他的实力、地位和魅力，完全有可能像众多的经理老板一样，包二奶，养情人。但钱金龙与众不同，他的实在、忠诚、做人的标准及对妻子的爱恋，使他一直恪守着婚姻的道德底线，没有越雷池一步。

这，在这个时代的所有老板中，该是绝无仅有的。

难道这个时代不需要他这样的好人？真的是好人难做了？

钱金龙胡思乱想着，真是彻夜难眠呀。

第二天七点左右，妻子邢嘉琪起了个早，她要赶早晨飞往美国的航班。匆匆洗漱完毕后，她便驱车去机场了。

钱金龙和女儿都是早晨九点起的床，之后，他们父女俩在小区的健身场地锻炼了半个钟头。大约十点钟，钱金龙告别女儿赶去公司了。

这几天，邢雯丽在家除了看书，就是看电视剧，也没有出去找同学玩，所以，感觉时间过得飞快。转眼就到了雯丽去法国的日子。那天，钱金龙起了个大早，特意将女儿随身携带的物品检查了一番，看有没有因纰漏而忘带了什么东西。之后，他又到书房拿出那部长镜头带广角的数码相机，放进女儿的旅行箱包中。等女儿起床后，钱金龙有些诡秘地问："雯丽，去法国要带的东西都准备好了吗？""三天前就准备好了！爸爸，这就不用你操心了！""带上相机，你可要给老爸多拍些照片回来。""哎呀，忘了。"雯丽一拍脑袋惊呼道，说完撒腿就冲进书房，她翻腾了老半天，最终垂头丧气地来到父亲身边，闷闷不乐地说："相机找不见了！那天，打完网球，我记得是带回来呀？不会是……"钱金龙笑眯眯地说："就知道你粗心，我已经把相机放进你的旅行箱啦。""老爸，你真坏！你怎么不早告诉我一声，让我白找了半天，还真以为是那天忘在哪里了……""这是给你一个小小的教训，以后做事，再也不能丢三落四的……这是个习惯问题。养成做事缜密的好习惯，对于你将来的工作与事业，是大有裨益的，尤其是做高级管理者！""好啦，譬如说，在洽谈业务时忘了带某个重要文件。我都记住了，从小事做起，养成做事缜密的好习惯。""哎，还有，记住，上飞机前，一定要把相机放进你随身携带的手提包中，不要忘了。""好了，保证忘不了！"

说完，钱金龙帮女儿将旅行箱放到奔驰车的后座，驱车把女儿送到了学校。

在学校大门口。一些送孩子的家长们，三三两两地交谈着。钱金龙和其中一位熟识的家长，互打招呼后，将车停泊在离校门口不远的停车场，随后，便和女儿来到学校的教务处报到。

接待他们的是教务处张主任，这次中法学生夏令营的带队领导。钱金龙和张主任亲切握手后，随即寒暄了一阵。接着，张主任向邢雯丽和钱金龙介绍了注意事项，并办理了相关手续。

邢雯丽从教务处出来，与几位熟知的同学打过招呼后，又跟随父亲来到学校不远的一家超市买了些用品。

大约是在早晨十点左右，二十多位去往巴黎开展中法学生夏令营活动的师生出发了，豪华大巴在孩子们与自己父母亲的依依惜别中，驶出校门，直奔机场。

12. 公园艳遇

钱金龙送走女儿后，不知怎地，总觉心里空荡荡得难受。于是，他给公司的值班经理打过电话，安排好下午要办的事务，便驱车来到素有天然植物园之称的城市中心公园。

停泊好车，钱金龙悠然自得地踏进公园。

公园里各色植物，葳蕤多姿，蔚然成林，天然的与人工的，相得益彰；四处游人，自由散步，本埠的与外埠的，和气致祥。近处，在浓荫下形形色色的观赏石凳上，坐满了休闲纳凉的城中人，有手持公文包稍作歇息的中年人；有相见恨晚卿卿我我互诉衷肠的恋中人；有年届耄耋颐神养性的老年人；有东张西望观胜览景见多识广的外地人……远处，如巨浪般连绵起伏的绿茵草坪上，星星点点坐满了成堆成群的休憩者，他们将防潮布或床单什么的，铺在草坪上，或躺或坐。有的，干脆就径直平躺在刚刚修剪过仍还散发着青草香味的绿地上，头枕着手臂，仰望着蓝天和浮动的游云。他们，或许是外来打工者、离退休员工、工薪阶层……也或许是政府官员、公务员、事业单位的职员。在这轻闲一刻，身居此幽静清爽的自然环境，以放松自己。他们才是真正会享受生活的人，而不像一些私企老板或高级管理者，整天沉溺于办公楼及繁琐的事务中，就算在休闲娱乐之时，也不忘筹谋自己的生意。譬如钱金龙，他的脑袋似乎有永远想不完的事，似乎永远没有清闲的时候。虽然他们这类人，休养放松的方式与普通百姓不同，多半是在环境优雅、靓女如云、消费高昂、服务周到的场所，是普通老百姓难以企及的地方。但钱金龙仍然觉得，这种大众化、平民化、自然而然的休闲方式，来得更直接、更亲切，也更能起到放松的效果。虽然有些拥挤，有些吵闹，甚至有时还会遇到些不拘小节，素质低下，乱扔、乱抛、乱吐，搞点破坏的不雅市民。但这些，都不妨碍休闲者的雅兴。

钱金龙平日里很少来这种地方，他第一次深入感受这样的氛围，欣赏这样的环境，感觉还是蛮新奇的，甚至还有点儿喜欢。他满怀欣喜地随意选了个空位坐下，感觉在满目绿意和充满朝气与活力的城市中心公园，他的心情放松了许多，顿感胸中的烦闷、焦虑、痛苦、压抑、忧愁、苦恼，都消失得无影无踪。

钱金龙独自静坐在那儿，东望一会儿，西瞧一会儿，感觉惬意极了。

就在此时，一位衣衫褴褛的行乞老者，来到钱金龙面前，施揖后，拉响了欢快悠扬的二胡曲子。钱金龙不觉一怔，心里嘀咕着："这是怎么回事？"他微微欠身询问："老前辈，你为什么要行乞？难道你的儿子不养你？"那位行乞老者表情略带痛苦，但仍然面无表情地说："我……我儿子，在一次矿难中死了……老伴也因忧伤过度走了……就剩下我老命一条……行行好，给点吃饭钱吧！行行好……"

钱金龙曾无数次捐助过灾区，也无数次捐助过失学儿童，捐建过希望学校，也捐资过社会福利院，但他从来没有遇见过这样可怜的老者。在平日里，他开着高级轿车，住在高档社区，坐在宽敞明亮的顶楼办公室……这样的情景，自然不可能遇到。

钱金龙想到这里，一种深深的怜悯之情油然而生，他迅速从钱夹里抽出两张百元大钞，双手递给老者。那位行乞老者见钱，便瞪大了眼球，双唇哆嗦着，双手颤抖着，许久都没能说出话来。他忽然双膝一软，跪倒在地，用紧张和颤抖的声音说："活菩萨，大好人。发财！事事顺利！谢谢！"起身时，拿在手里乞讨用的铁皮小桶，因剧烈震动，发出"丁零咣当"的声响。钱金龙看在眼里，痛在心里。他深知，这两张百元大钞，并不能解决这位乞讨者的根本问题，但这两张百元大钞，对乞讨者来说，可以起到一丝慰藉，起码能在短短几天里，解决个温饱问题。

钱金龙突然感觉有点儿力不从心，他无奈地目送着蹒跚远去的老者，皱了皱眉头，轻微地叹息了一声。

几分钟前，他是带着忐忑之心，来环视周围绿色的，来享受荡漾微风的。几分钟后，虽然还有刚才些许不愉快小插曲的影响，但置身于这样的氛围，一种爽朗的情绪很快就占了上风。

他仍旧静静地坐在那里，尽情地欣赏着周围的美景，有自然的风景，也有由人构成的风景，它们融为一体，相得益彰，共同构成温馨美丽的景致。

在钱金龙不远处的一棵大棕榈树下的石凳上，正偎依着一对年轻的亲密恋人，他们搂肩搭背，头紧凑在一起，似乎正嘀咕着什么甜言蜜语。钱金龙深情地羡慕地望了望他们，在内心深处祝福着，愿有情人终成眷属。他们的出现，使得钱金龙的思绪回溯到十多年前。那时候，他自己也正处在富于激情的年龄，敢想，敢做，而且不计后果。记得那个晚上，也就是在那棵棕榈树下，年轻的钱金龙端坐在石板凳上，恋人邢嘉琪骑坐在他的大腿上，胸对着胸，脸对着脸，嬉戏调情，拥抱长吻，情意缱绻，爱意绵绵。在当时无人的这个公园角落，在夜幕的掩护下，在绿叶的陪伴下，在风儿的吹拂下，在恋人的配合下，在自己的冲动下，他俩爱的激情燃烧到极点，就在那个夜色朦胧的浓荫下，在那个石凳上，他们边聆听令人心醉的万籁之音，边痛快淋漓地造爱。

他们爱得十分尽兴，爱得彻头彻尾，连同压抑在心底那陈年骚动的情思，都如翻箱倒柜般酣畅淋漓地宣泄殆尽。之后，他们相互依偎着，相互爱抚着……沐浴着骀荡的晚风。

到很晚时，他们才回到他们的居所。

也就是在那天晚上，钱金龙输出了比平时更多的生命物质，从而使邢嘉琪怀孕了，那孩子，就是邢雯丽，乳名姿美。

从严格意义上讲，雯丽应该是个私生子，她不是男女结婚后爱的结晶，而是男女结婚前激情澎湃的产物。邢嘉琪是挺着大肚子做新娘的。他们结婚不久，雯丽便出生了。这种事，在南滨这座国际化的大都市，已不是什么新鲜事。尤其是现在，这个流行男女同居的时代，挺着大肚子做新娘，好似已蔚然成风，成为一种时尚。

钱金龙依稀记得前段时间报纸上刊登过的新闻：五一小长假期间，挺着大肚子结婚的新娘竟有八百对之多。八百对，对这个具有一千三百万人口的开放城市来说，不算什么，也不足为奇。就像电视黄金时段的一些广告词：拒绝简朴，提倡奢华。对于广告内容的诱导，人们都见怪非怪了。钱金龙不知道，也很难说清楚，这类新鲜事，是好事？还是坏事？是社会文明的进步？还是倒退？若是按照一种时髦的哲学观点：存在的，就是必然的。既然是一种必然，那就是合乎常理的，没什么好新奇，更没什么好怀疑的了。

不过，话又说回来，不管怎样，对于钱金龙来说，都已不是什么新鲜事了，因为他，已经开了未婚先孕的先河。

钱金龙在漫想的时候，也留意到，坐在树丛石凳上的，多半是成双成对的年轻恋人，唯独他自己是独身。此时，不远处，有一对年轻人正注视着他，指指点点，不知在说些什么。

钱金龙似乎觉察到自己坐错了地方，赶忙起身，来到一片开阔的草坪上。

远眺前面的小山坡，草色葱郁可人，正好人不多。钱金龙边赏边行，不知不觉便来到那个小山坡。

他就像不拘小节的年轻人一样，径直坐到草地上，兴奋地聆听起叽叽喳喳的鸟鸣声以及微风掠过树梢发出的"唰唰"声。他看上去是在无所事事地东瞧瞧，西望望，无聊地寻觅着鸟鸣声，索然地搜寻着林中跳跃欢腾的雀儿，偶然瞧见一只，还未等他看清，倏忽又不见了。他像天真无邪的孩儿一样，寻找着，寻找着……寻累了，就索性平躺在草地上，看着蓝天、白云、树梢。

在这里，他感觉心静如水，万分惬意。

"先生，我可以坐这儿吗？"正当钱金龙闭目养神、尽享天籁之音的时候，一丝甜甜的语声飘进耳朵。他赶忙睁开双眼，看到一位时髦的靓丽美女，站在自己面前。他突然翻起身坐好，微笑着说："当然可以。"

于是，那位美女便坐在离钱金龙二米远的草地上，双手抱着膝盖，两眼极力远眺着前方。五分钟后，那位美女突然发话："先生，我们好像在哪儿见过，我总觉得您挺眼熟的。"

"是吗？这怎么会呢？"钱金龙不冷不热地应酬着。

"是不是在哪一个交流会上，具体什么，我也记不清了。"

"哦？"

要回答这些无聊的问话，钱金龙心里觉得有些不爽，但出于礼貌，还是哼哼了一下。

他心里清楚，依自己的相貌、气质和十分上档次的穿着打扮，任何人都会判断出：他，绝不会是普通的工薪阶层，也不会是公务员或事业单位那些吃财政的国家公职人员，尽管自己很失绅士风度地躺在草坪上。对于那些颇有眼光，又有很深社会阅历的人来说，一眼就能看出，他，是一位老板。

说实在的，他的确有老板的气质，老板的谈吐，老板的体形，老板的素质……

在现今这个商品时代，老板似乎已是金钱和财富的代名词，也是才华和能力的代名词，更是地位和尊严的代名词。在就业形势日趋紧张以及生活成本愈来愈高的今天，老板在某些女孩心目中就是能使自己一夜彻底改变命运的救世主，就是思想解放的女孩子，在抛弃年龄与辈分藩篱后趋之若鹜甚至激烈角逐的对象。所以，身居这样的时代，有能力有魄力，思想又前卫的男性，最容易生出三角恋、四角恋，什么二奶、三奶、情妇、一夜情，这样或那样的绯闻出现，就不足为奇了，对于花花心肠或情感立场不坚定的老板来说，出现这种桃色事情，也就在情理之中了。

钱金龙暗自思忖着这位美女的来意，不管她有什么意图，他都能稳坐钓鱼台，做到坐怀不乱。

那位美女犹豫了半天，接着叨唠道："我是 HL 国际公司公关部经理。我好像记得，咱们有过一次业务往来的，我对您的印象极其深刻，所以，刚才路过，一眼就认出您来了。"

钱金龙皱了皱眉头，思索了一小会儿，点点头回答道："好像有这么回事儿，有些印象，是去年发生的事吧！"

"噢，想起来了。是去年三月份的一个合作洽谈会。"

"不好意思，刚才的表现，让您见笑了。"

"没关系！您经常来这儿吗？"

"不，第一次来。"

"我也是。今天正好外出办事。走一走，正好活动活动筋骨。看到这个公园不错，就进来转转。正好就遇到了您，也算是咱们的缘分吧！"

钱金龙微微笑着点头回答："可能是缘分吧。"

"对面有个不错的咖啡厅，咱们喝杯咖啡好吗？"

面对美女的盛情邀请，再鉴于业务上的往来关系，钱金龙也不好拒绝，就勉强答应了。

他们来到公园对面一个二楼的小咖啡厅，择窗户的位置坐下。由钱金龙买单，给每人点了杯加糖的浓咖啡，又点了几盘风味小吃。俩人面对面坐在座位上，海阔天空地寒暄起来。

"咱们聊了这么长时间，小姐，怎么称呼您？"钱金龙说着说着，忽然转了话题。他觉得，既然在业务上有着千丝万缕的联系，出于礼貌，应该了解对方的尊姓大名。靓女听后，只是莞尔一笑，并不直接作答。她低下头，侧转身，从垂挎在腰际的月牙形高级坤包中轻轻抽出一张名片，双手递给钱金龙，笑盈盈地说："先生见笑了。"

钱金龙双手接过，非常郑重地捧在手心，仔细端瞧着：

戴雯雯，经济学博士。HL国际公司公关部经理。

钱金龙抬起头，笑微微地说："原来是戴小姐，久仰大名，今日一见，有幸有幸。我叫钱金龙，南方振华实业集团董事长。曾留学法国，博士学位。"钱金龙客套后，赶忙递上自己的名片。戴小姐慌忙站立起来，双手接了。看罢，深情地说："钱董事长，认识您我非常的荣幸。今天，能这样近距离长时间较深入地与您接触，才算是真正地认识了您！"钱金龙也立刻站起来，嘴里应酬道："彼此，彼此。"说完，两人第一次紧紧地握了握手。

坐定后，戴小姐笑眯眯地看着钱金龙，用感情很充沛的语调说："您长得很帅气，很有男人的魅力和品位，我第一次见到您的时候，就被您的气度和才学所吸引，只愁没有机会认识您。当时我就想，如果有下次机会，我一定不会放过。今天的碰面，实属巧合，也算是缘分。您说呢？"

"是吧，戴小姐。您过奖了。"

"我想冒昧地问一句，您不介意吧？"

"不介意！说吧。"

"钱董事长，请问，您有几个情人？恕我冒昧……这，这纯属您的个人隐私……我，我只是……"

"没有，一个也没有！"

"这怎么可能呢？你怎么会没有情人呢？"

"？……"钱金龙不语。

"你看,我怎么样? 我做您的情人好不好?"钱金龙吓一大跳,他有些语无伦次地说:"这,这怎么可能? 怎么可以? 这不可以! 我有老婆和孩子!"

"没关系! 我只想做您的情人,不会威胁到您的老婆,您真是个好男人,天下难找的好男人……"

"好了,我还没想过情人这个念头。时间不早了,我想,我还有事……我真的该走了……"

"好! 既然您真的有事,我也不勉强。希望咱们真的有这个缘分,没能嫁给您,能做您的情人,我也就心满意足了。如果您需要我,随时可以给我电话……"

"好了。谢谢你的热情,Bye-bye!"

钱金龙飞快地逃离咖啡厅。

他觉得,刚才的事发生得太突然,太让人没有回旋的余地。钱金龙虽然听说过:现在的女孩,说话很直白,他耳闻过,也目睹过,但到了真的在自己身上发生的时候,他还是有些发懵,有些不可思议。钱金龙承认,戴小姐是属于那种才貌双全的漂亮女孩,她思想前卫,泼辣敢为,性格外向,阳光可爱,她在有限的时间里,抓住机遇,言简意赅,高效率地倾诉自己的感情,是无可厚非的。如这事发生在十多年前,自己定会毫不犹豫地接纳这份一见钟情式的爱恋,毕竟自己对戴小姐还是颇有好感的。可偏偏,现在的自己,是有家室的人,是有责任感的人,不能背叛自己的妻子,不能给自己的孩子制造感情灾难。太多的不能,涌现在钱金龙的脑海,尤其是对自己妻子的忠诚。妻子? 他不由得想到了自己的妻子,经常难以谋面的妻子,她究竟在忙些什么? 她现在在美国的何处? 是为公事? 还是为私事? 情事? 他不敢多想,也不想多想,他想得有些愤怒了。他想转移自己的思维,想想戴小姐吧! 也不知她婚否? 如果她是有老公的人,试想想,如果他们间真的有了事,那她的老公岂不是被自己戴了绿帽子? 自己不就成了罪魁祸首? 将心比心……男人啊,自己最怕被人戴了绿帽子,可总想着给别人戴绿帽子。

钱金龙边走边想着,自己可谓是事业有成才貌双全的成功男人,自然也是美女们追逐的目标,是时下公众心目中极容易发生移情别恋的高危人士。

"只有自己立场坚定,身正影直,才能活得堂堂正正……"钱金龙思忖着。

钱金龙依稀记得,前些年,在男人中流行一种说法:漂亮女人只可做情人,不可做老婆。要做老婆，就要有戴绿帽子的心理准备。

想想我们的生活，不正是这样吗？

而自己，正是娶了个当下所谓的漂亮女人，现在，不正处在这样的煎熬中，担心被人戴绿帽子？

"哎，时代变了，观念变了，价值观变了，审美观变了……人也变了。"钱金龙自语着。

看看网上：社会上一些高学历的白领丽人，勇于直面惨淡的爱情，她们主张独身，永不做别人的老婆，只渴望做有钱人的情人。她们中的一些人，还竟然编出只做情人的十大理由，撰成小文，在一些杂志上发表，真是林子大了，什么鸟儿都有。刚才碰到的戴小姐，是不是这类人呢？

钱金龙胡思乱想着，思绪乱糟糟的。

他匆匆地穿过公园的那片小树林，来到停车场，开着奔驰车匆匆地回到家里。

13. 梦的意识流

在宽敞雅致的家庭办公场所。

钱金龙静静地躺靠在老板椅上，细细地品味着未加糖的纯咖啡。

身后，是整面墙的书柜，满当当的。身前，是一张两米有余的老板桌，什么电脑、传真机、可视电话、公司文件和一件做工有些粗糙约45公分高的竹制弓箭雕塑，整齐有序地摆放着。

钱金龙微闭着眼，陷入沉思之中……

他觉得，今天下午，虽然经历了一些让人吃惊的事情，但不管怎么说，自己的心情还是颇为愉快的，那是一种新奇的、刺激的、爽朗的感觉。

他在兴奋之余，不知怎地，被一种神奇的力量，带到一个陌生的世界。

那里，树木高大，枝繁叶茂，郁郁葱葱；青青草地，连绵起伏，绿草如茵；园中小湖，碧波荡漾，波光粼粼；水中倒影，动静虚实，相映成趣……这里，每个人，都显得悠闲自在，轻松快乐。

他以为，自己是到了传说中的世外桃源……

在他不远处，有几个小男孩，正在大声叫卖着鲜花或其他一些什物。

钱金龙一边心不在焉地欣赏着周围的美景，享受着带有泥土芬芳的清新空气，一边漫无目标地沿着公园那条用青条石铺就的小道，慢悠悠地走着。

"叔叔，买鲜花吧……买一束吧！"一个小姑娘，抱着一大束鲜花，又热情又费力地叫卖着。

钱金龙爱怜地看着小姑娘，不禁生出许多的同情和怜悯来，他的眉宇间，带着淡淡的忧愁，而后，他又微微地笑着，愉快地买了一束。

他抱着鲜花，凑近鼻根闻了闻，清凉的幽香，沁人心脾。

他有些陶陶然。

"先生，买顶帽子戴吧！现在时兴带帽子……"钱金龙耳边又传来小男孩童真的声音。一位大约十三四岁，学生模样的男孩，右手晃动着一顶造型别致的绿帽子，左手还拎着估计是装满绿帽子的大塑料袋，正冲钱金龙叫卖着。

男孩见钱金龙有些发愣，再次叫卖道："先生，买顶绿帽子吧！"

钱金龙万分好奇，快走两步，一看，果然是顶绿帽子。他有点儿神经质地倒退了几步，心想："怎么回事？"他稳住神，小心翼翼地问："小朋友，你怎么净卖些绿帽子啊？这怎么让人戴呀？"小男孩振振有词地回答："我爸爸说了，现在流行戴绿帽子……你看看，他们都买了。先生，您也买一顶戴吧！"钱金龙左右看时，只见林中行走的所有男士，都戴了顶绿帽子，而且以戴绿帽子为荣。钱金龙心想："这世界究竟怎么啦？"一时间，他又想起，现今在上流社会中，颇为火爆的换妻俱乐部……于是，心慌得很。他不由得加快了脚步，想尽快逃离这个鬼地方。

那小男孩在他身后紧追不舍，不断用哀求的声音叫卖着："先生，买顶绿帽子，买顶绿帽子戴吧！"

接着，小男孩的声音，突然变得洪亮和浑厚起来，他大声地嘶喊："先生，买顶绿帽子戴吧！先生，买顶绿帽子戴吧……"

这恐怖的声音，在整个公园里回荡着，也冲撞着钱金龙的耳鼓。

钱金龙双手紧捂着耳朵，快速地奔跑着。

大约跑了很长一段时间，钱金龙停了下来。他前后左右看了看，不见小男孩的踪迹，于是，放心地坐在路边的石凳上休息，嘴里不停地嘀咕着："怎么搞的，公园的保安这么没有责任心，应该好好管管……这，简直是扰民。真是毛病！卖什么东西不好，偏偏要卖绿帽子。难道不知中国人怕戴绿帽子吗！鬼才会买你的帽子，真是神经！神经病！"

他一想到刚才的遭遇，就有些气愤，几乎快要骂娘了。

这时，身后突然传来说话声。钱金龙转身看时，只见不远处的石亭中，有六位戴绿帽子的中年男子，正围着石桌津津有味地狂侃着。钱金龙虽觉得忒好奇，但也没敢贸然前去，仍旧坐在原位，尽心尽力地窃听他们间的对话："现在，男人时髦找情人，找得越多，找得越小，越能说明你这个男人有能耐有本事……"

"一流男人找小情人，二流男人找换妻俱乐部，三流男人找黄片看，四流男人蹲到街头找美女看，五流男人在家守着老婆转……"

"没有情人的男人，也叫男人？"

钱金龙一听，不觉一怔，吓得大气都不敢喘，赶忙屏住呼吸，继续听他们闲聊。

"是呀，现在老总们身边女的都那么多……一个男的找十个八个情人，如果都是已婚的，那就有十个八个男的要戴绿帽子！你没注意到中国的贪官，一双规，总能查出一大堆的情人，十个八个可不止呢？哎，那些受害的男人啊，谁让你们自己那么无能呢？"

"瞎扯什么呀……这叫流行，流行你懂不？……没听说，那些有地位有身份的人，都流行换妻了，还成立什么换妻俱乐部你懂不？你咋信息这么不灵通？……"

"哎，被你言中了。现在不是流行戴绿帽子吗？这叫有自知之明。你看看，咱们不就每人买了顶绿帽子戴着吗？哈哈哈……"

"说实在的，情人多了也痛苦……现在，不是说男人在找情人，女人也在找情人，她可以缠住你不放，让你做她的情人！"

"哎，只有我们这些无能之辈，只能在这儿品头论足了，有本事，你给我找找看……"

"……"

钱金龙实在听不下去，心里愤愤地骂着："这是帮什么鸟人，在谈论什么乌七八糟的话题，真不知羞愧……"

就在钱金龙感觉愤愤不平的时候，他突然隐隐约约地觉察到有股能量，在向自己靠拢。接着，便嗅到一股浓浓的法国香水味。钱金龙一个急转身，便被吓了一大跳，不知什么时候，一位丰腴靓丽、穿着吊带裙的美丽少妇，已背坐在石凳的那一头，少妇裸露的松软白皙并富有弹性的后背，正冲着他散发着醉人的能量。那少妇低着头，瀑布般的秀发散乱地垂挂在面前。她静静地直立着身躯说："先生，我已经注意你很久了……你英俊潇洒，有能力、有魄力、有事业……是我仰慕已久的男人。让我做您的情人吧！"

钱金龙听后，浑身不由自主地哆嗦了几下，便抖着身体怯生生地问："你，你是人？还是鬼？……我，我怎么感到你怪怪的……"

"臭男人。我当然是人啦，还是漂亮的女人。你这人怎么说话的？嗯？"

"我，我不需要什么情人。我有，老婆和孩子……"

"不要，也得要！你是逃不掉的。"

说着，转过身，将瀑布般的秀发，抛向脑后，露出姣好的面孔。

钱金龙一看，更傻了眼。他惊恐地喊道："老，老婆！怎么会是你？你怎么在公园里找情人。"邢嘉琪一看，是自己的老公，不由得惨叫一声，吓得撒腿就跑。钱金龙紧追不舍，边跑边大声嘶喊："老婆，别跑！别让我戴绿帽子。"

洪亮的呼喊声，在整个公园里回荡。

那些戴绿帽子的男人，闻声围拢过来，一见到钱金龙就喊："大家快来看呀！这里有没戴绿帽子的男人！"一时间，人们都好奇地从公园的角角落落里钻出来，围住钱金龙，指指点点，窃窃私语。这时，又有十多位卖绿帽子的小男孩，从四面八方赶来，他们站在人群的不同方位，此起彼伏、有呼有应地喊："先生，买顶绿帽子戴吧！买顶绿帽子戴吧！"

钱金龙紧捂耳朵，声嘶力竭地喊："你们这群疯子，滚，滚开！……"

人们好像充耳不闻似的。

人越围越多，他们，也附和着卖帽子的小男孩在狂喊："买一顶……买一顶绿帽子戴吧！"嘶叫声震耳欲聋。

钱金龙抱住头颅，发疯似的大喊："……啊，救命啊。"

他边喊边扭动起来。突然一晕眩，他睡醒了。

他瞪着惊恐的双眼，轻轻地扭转头，看了看四周，一切照旧。

原来，是做了场可怕的噩梦。

他有些气喘吁吁地回到卧室，旋开室内的壁灯，在亮亮堂堂的卧室，走动了几圈。而后，披上睡衣，倒了一小杯法国红葡萄酒，呷了几口。

此时，已是凌晨四点。

钱金龙独身躺在宽大的席梦思床上，艰难地睡着。

他迷迷糊糊地躺到早晨九点钟才起床。

这几天，钱金龙一如既往地生活着。一天复一天，总显得忙忙碌碌的。

一天早晨，他像往常一样，坐在宽大的办公室，思考着重大问题、批阅着紧急文件、规划着发展蓝图。作为公司负主要责任的领导，他把公司打理得井井有条。在南滨这个国际化的大都市，他的公司虽不算大，但它从事的是朝阳产业，加上公司员工超强的团队精神，公司的整体面貌，充满着朝气与活力；公司的各项业务，也都显示着勃勃的生机。

正在钱金龙沉思的时候，电话铃响了。

他随意抓起电话，话筒中传来浑厚的男中音："喂，是钱董事长吗？"

"是。您是哪位？"

"我是私家侦探，您那儿方便吗？"

"方便。"

"我现在向您汇报我们得到的最新情况。不过，有些事情，您还得有心理准备。我们连续跟踪了四天，发现您妻子经常住在公司的公寓楼里，并与三个男同事有着较为亲密的往来。前几天，她与一位男同事一起去了美国的洛杉矶，至今未归。现在，掌握的情况就这么多，要彻底查清楚他们到底是什么关系，您还得给我时间。"

"好，我给您时间，希望能尽快搞清楚。"

"我往您的邮箱，发了几张他们的照片，请您查收。"

挂了电话，钱金龙打开自己的邮箱，看到了私家侦探提供的照片资料，总共有四张：

第一张是半身像。照片中的妻子显得十分惹眼，她的手非常娴熟自然地摆放在一位男子的腰际，正回头甜蜜地笑着；那位男士背着身体，看不清面孔。依照片中的光线判断，应该是在晚上。

第二张是在泳池拍的，人都是正面，全身。妻子穿着泳衣，摇摆着标准三围的魔鬼身姿，微低头，边走边爽朗地笑着。和她走在一起的，是一位身材高大魁梧，酷似混血儿的外国男人，他的左手放在妻子的肩上，像是在边走边高谈阔论着什么。依泳池的光线看，也应该是在晚上。

第三张是在餐厅。妻子一边大笑着，一边端着勺子喂那男子喝汤。依光线判断，应该是在下午。

第四张是在夜晚。妻子公寓的窗户上，映出两个人相拥相抱的影子，是男是女难以判断。

钱金龙看罢，愤愤地在心里骂道："贱货！这就是加班？分明是幽会！"

钱金龙郁郁寡欢地瘫坐在老板椅上，久久地凝视着窗外。在他的意识深处，有一种极不祥的预感，他最揪心的事，就要成为事实。他痛苦地静坐在那里，思绪如翻江倒海。在不经意间，他再一次想起那句在男人中流行过的俗语，漂亮女人只可做情人，不可做老婆。

女人因为稀世的漂亮容貌，加上无双的天禀聪颖，很容易成为公众人物，因而，也很容易成为众男子追逐的对象，纵使她已经初为人母，也绝不会逃脱追逐者的目光。因为在他们看来，女人的漂亮容颜，就是上帝赐予人类的一份厚礼，尤其是漂亮女人中的公众人物。她既然是上帝赐予人类的厚礼，那她的容貌、姿色，包括身体，就很难为一人所独有。历史上，对这类美女的争夺，是通过流血牺牲战争；现实中，对这类美女的争夺，是按照价值规律，财富在不断变换的新格局中重新分配后，公平竞争的，谁有财力，谁有实力，谁就有可能获得这份礼物。

就像奥运会某项世界纪录的刷新与保持，你凭你的实力刷新了世界纪录，但总有一天，会有一个人刷新你的纪录。这种惨烈的竞争，时刻都有可能拉开序幕。十多年前的钱金龙，以绝对的财富优势，击败了情敌。十多年后，出现了更有魅力和财富的情敌，又以绝对的优势击败了钱金龙，赢得了这场爱情的胜利。

这，既是生活残酷的一面，又是生活真实的一面。

这，是现代爱情，却似乎符合着商品市场的某些规律。

钱金龙是商人，是商界的精英。他深谙其中的道理。

钱金龙万分颓丧地旋开音响开关。顿时，房间里回响起贝多芬的第五交响曲《命运交响曲》。旋律遒劲，节奏铿锵，催人奋进。在所有的乐曲中，钱金龙最爱听这首曲子。依他的话说：他能从中找到力量，找到灵感。

他软软地平躺在老板椅上，双目紧闭，完全将自己浸泡在音乐的旋律中。在音乐中，他不停地回忆着过去，思索着将来；思念着孩子，留恋着妻子。而后，他索性将思绪定格在妻子身上。妻子？人常说：一日夫妻百日恩。他们结婚已经十多年了，孩子都十多岁了，可钱金龙总觉得，他们的夫妻恩情，在逐渐地萎缩，都快荡然无存了。自从妻子经常性地加班加点以来，已经有些年头了。这些年来，钱金龙忙于公司事务，始终没有怀疑过妻子。都只能怪自个儿疏忽，没有注意发现妻子的异样举动……直到近段时间，他与妻子的夫妻生活形同虚设时，才引起钱金龙的高度警觉。是否在此之前，或许更早的时候，自己已经被人生硬地戴了顶绿帽子，也就不得而知了。

这是完全有可能的事。

钱金龙越想越悲伤，越悲伤越后悔，越后悔越内疚。这种带有内疚性质的后悔，是发自他的内心深处。

他将手抵在额头，头颅低垂在胸前，久久地，一动不动地坐着。

他清楚地觉得：他的人格和尊严，在绿帽子的阴影笼罩下，已被侵蚀，已被吞噬……最后，消解得荡然无存。

事情虽然还没有最终的确切结果，但钱金龙的糟糕预感，却十分的强烈。

他长长地叹了口气。突然闪过一个念头，他要报仇，他要惩罚那个第三者，狠狠地惩罚。接着，又转念一想，妻子这样的婊子行为，值得自己这样做吗？有这个必要吗？话又说回来，你凭什么惩罚人家？人家一没偷，二没抢，是俩人自愿的，那照片不就是很好的说明？自己妻子对自己都很少有的暧昧举动，在别的男人身上频频出现，能说明什么？说不准，还是自己妻子勾引人家的，你惩罚人家干什么？不是自找没趣？……如果真是自己妻子主动找的，那对于色男来说，岂有不上钩之理？到口的美色不食，那是什么？傻蛋！

钱金龙站在不同的角度，思前想后，胡思乱想着。他越想脑子越昏，越想脑子越惑。

他索性燃了支烟，边吸边在办公室踱来踱去。而后，又走到落地大玻璃窗前，极目远眺。

在《命运交响曲》旋律的熏陶下，钱金龙的心情渐渐趋于平静。

这时，有架飞机正好从办公楼的上空飞过，也从钱金龙的视线中飞过。

不知怎地，他突然想到了自己的女儿。于是，悄无声息地转身到老板台前，拨通了国际长途，拨通了女儿的手机。

钱金龙抓起电话，用无比温和慈祥的语调问："喂，是雯丽吗？我是爸爸，你现在好吗？""是爸爸呀？我正在巴黎的埃菲尔铁塔上，从这里鸟瞰巴黎城，真是壮观极了！爸爸，这里有法国的老师带队。我们很安全，你放心好了。""安全就好，爸爸也没什么事，只是随便问问。一定要吃好，玩好，尤其要注意身体噢。""好了，明白了。爸爸，我要挂电话了。爸爸，再见！"

钱金龙放下电话，心中多了份喜悦，情绪比刚才好了些。他又拨通内部电话，让服务员送来一杯热咖啡。自个儿躺在老板椅上，边听音乐，边喝咖啡。

这时，钱金龙的心情，已基本恢复平静。情绪的波涛，终归风平浪静了。

14. 母女海外归来

下午五点多，钱金龙接到一个电话，是公司大股东尹老打来的，他约钱金龙六点到本市有名的凯旋利餐厅三号房天仙阁会面。

凯旋利餐厅是一家外资企业，位于市中心凯旋利大厦的顶层，六十六楼，是全市最高最豪华的餐厅。这里，配有五星级的餐饮休闲设施，拥有高素质周到规范的服务人员。餐厅大体呈椭圆形，四周墙壁及部分房顶，是用特殊钢化玻璃做的。置身其中，就仿佛进入到琼楼玉宇的蟾宫，仿佛进入到浩渺苍茫的宇宙。尤其是在夜晚，这种感觉更是畅快淋漓。俯视，闪烁的霓虹街灯与万家灯火尽收眼底，让你有临风欲飞的快感；仰望，幽深莫测的苍穹及璀璨夺目的群星，近在咫尺，让你有畅游太空的奢望……

幽雅的环境，能给人愉快的心神；绝妙的设计，带给你无穷的遐想。这，如仙境般的世外桃源，是商业洽谈、高级会晤、情人幽会、休闲观光的好去处。

钱金龙驱车准时到达天仙阁时，尹老已先到一步。

他们面对面坐在紧贴钢化玻璃墙的餐桌两边。初次坐在这里，实实在在地感觉，墙壁是透明的，屋顶是透明的，没有窗帘等多余的饰物，人就恰似坐在六十六楼的边缘，感觉是悬挂在半空，晕眩感不时涌上头。可令人奇怪的是：晕眩感所带来的恐惧，又恰似好奇的诱饵，能迫使人们直面险境，你会不由自主地俯视观望，那星星点点蠕动着的光流和闪烁在黝黑神秘中的亮光，那是熟识的，又是陌生的。此时此刻，是它，带给了你无尽的联想……

看罢，想罢，聊罢，他们点了三道小菜一份汤，每人还要了杯鲜榨的果汁和一杯法国红酒。

边吃边看，边继续寒暄着。

坐在高楼玻璃边缘用餐，不仅能给人一种全新的体验，而且能对人的感觉、心理素质、意志和胆量进行一定的挑战。

在这样的场合用餐，不仅饭菜的风味很独特，而且饮食的环境特刺激，加上周到体贴温馨舒适的服务。因此，新奇与喜悦感，混合着些许恐惧与忐惕感，能给人留下很深的印象。

钱金龙是第二次来这里。这次来，还坐在原先那个位置上，仍然心有余悸。

俩人推杯弄盏后，几杯酒水下肚，话便滔滔不绝起来。

钱金龙挺着红脖子，真诚地说："尹老，说实在的，您是我的长辈，咱们是忘年之交了。我打心底里感激您对我的关怀、帮助和支持，在公司发展的各个关键时期，您都能及时地指点谜团，使公司的发展步入正轨，稳步上升，才有现在这样的规模。我真诚地敬您一杯！"

"您客气了！哎，我老了，干不了了。只能指望你们这些年轻人。作为股东，作为投资者，只有仰仗你的魄力和科学的经营，才能使我的投资有高额的回报。我以我的老经验，给公司的发展提点建议，都是分内的事情。我能有回报，才是真的。应是我该好好地感谢您才对。"

"尹老，您客气了，也过奖了。您有丰富的商战经验。以后，我还应向您多请教才是。"

"不客气。这是我分内的事。在利益面前，咱们是同舟共济的一家人。"

"一家人，是一家人。"

"哎，有件事，我想和你聊聊，也是我约你的原因。听公司的人说，你最近情绪不大好。是吗？有这回事？"

"不好意思，都惊动您老了。一言难尽啊！不过，也没什么大不了的事，绝不会影响工作的。请您老放心。"

"我不是那个意思！看着你郁郁寡欢的，我心里难受啊！是不是夫妻情感上的事？"

"哎，惭愧，惭愧哪！"

"这有什么好惭愧的，这又不是你的错，你还是重感情的。好样的！我虽然老了，但对你们年轻人所发生的事还是能够理解的，这是这个时代的审美潮流。什么开放、前卫、自主、个性、虚荣、创新、多元……似不可抗拒的洪流，冲击着人们的传统观念和意识形态，使人或多或少发生了潜移默化的改变。她也可能是时代的受害者。我们遭遇事情，不要怪别人、怪环境、怪社会、怪时代，只能怪自己，要进行深刻的内省，而后才能有良性的转机。这一点，我还是有经验的，一点儿也不落后。虽然常人言：男人要以事业为重，要先立业后成家，这话一点儿不假。但是，要正确理解，谨防偏颇……一定要处理好事业与家庭的关系，找准他们的平衡点，否则，就会因立了业而毁了家，或因成了家而毁了业。对现代人而言，事业的基点是赚钱，赚钱的基点是欲望，欲望的基点是女人，或男人。在有钱、过上体面的日子后，便开始了新的追求，要在心理和生理上寻求满足。如果处理不好，就会出现第三者，就会出现家庭问题。对于水性杨花的人来说，更是如此。"

"哎，您算是言中了。后悔当初没听您的劝阻，才酿成今天难堪的局面。现在想来，有些话，还是非常有道理的。比方说：漂亮女人只可做情人，不可做老婆。今天，我算是真正理解了它的含义。可青年人就偏爱……哎，过去的事，就不再提了。找老婆啊，只要长相说得过去，贵在善良实在，会体贴人，能做家务，就是好女人，不要有太多的苛求。美貌，只不过是过眼的烟云，虚的！"

"你呀，终于悟出了些，说明你成熟了。我是过来人，遭遇和感触都与你一样，才有这点儿宝贵的经验，人呢，在年轻的时候，就是执迷不悟，这是年轻人的通病，他们总是认为，漂亮的女人就是优秀的女人。哎，不说了，逢到这事，你也不要太伤心，说不定，还是件好事。要再找的话，有我在。这次肯定给你介绍个满意的、贤惠的，有个姑娘……"

"现在，事情还没有最终的结果。等情况弄清楚了再说，不过，我还是要感谢您老的好意的。"

"那好吧。金龙，在这上面观夜景，真的很迷人哟。你看那流动的灯河，闪烁的光亮，还有远处那天地交融的盛景，真的像郭沫若诗歌《天上的街市》所描写的那样：远远的街灯明了，好像闪着无数的星星。天上的明星现了，好像点着无数的街灯……"

"我们不能不折服，诗人对事物敏锐的观察力和丰富的想象力啊！"

"商人的敏锐感，在某些方面，与诗人有异曲同工之妙。商人在事业上的成功，获取高额的投资回报，也源于丰富的想象力和敏锐的观察力，对未来市场敏锐、准确、科学、真实的预测和分析。所以，有本书上说：许多成功的商人，都喜欢读名家诗作，我想，原因就在于此。"

"您老的想象力也够丰富的，能从诗词欣赏联想到商业活动。"

"是啊，这是一生养成的职业习惯。不过，话又说回来，它们之间确实存在着内在联系。"

"这是事物普遍联系的哲学观。"

钱金龙和尹老，边喝边聊，边吃边瞧，一聚就是三个半钟头，在他们不得不分手的时候，真还有点意犹未尽的感觉。

晚十一点半，钱金龙回到家，保姆刘阿姨习惯性地沏了壶茶。钱金龙有每日喝茶的习惯，十多年来都坚持不辍。他仍像往常一样躺靠在沙发上，端起茶杯慢慢地呷，边呷边整理着杂乱的思绪。

他觉得，今天与尹老的交谈，使他受益匪浅，从中明白了许多道理。

他在回想的时候，不知忽然忆起了什么，迅速从沙发上弹起，快步走进书房，弯下腰，低着头，仔细查阅写在台历上的记录。嘴里嘟哝着："明天。对！是明天下午一点十分，到飞机场接女儿。"之后，他变得有些兴奋，甚至在走路的时候，口里似乎还哼着小曲儿。接着，他打开数字电视，查看包括气温、气压、湿度等气象资讯，确信明天是个风和日丽的好天气后，他就不由得大声叮嘱刘阿姨："小刘，明天雯丽从法国回来。上街买点好吃的，多炒几道菜。一定不要忘记了。"他再三地叮咛，直到刘阿姨用红油笔记到记事本上，才罢休。在这件事上，钱金龙多少显得有些婆婆妈妈。

接着，他又踅转到女儿的书房。看看这儿，动动那儿……而后，便无聊地透过落地玻璃窗，愣愣地仰望起幽深的苍穹。许久许久之后，他从抽屉里抽出张纸，用书法笔写了下面几句：

拳拳的眷念萌生了
便是心海无尽的情愫
梦中的凤愿涌现了
身体便澎湃着激情的浪潮

遥想那刻骨的情思
定是世上最美丽的一瞬
那眉宇间淡淡的忧愁
抒写着无边的牵挂
天各一方的心
正传递脉脉倾诉的电波
纵想此时此刻
定是仰望皓月
那盘静凉的银镜
向我们传递爱的讯息

写罢，钱金龙会心地笑了笑。

他将写有诗作的纸片，整齐地摆放到桌面后，才回到自己的卧室。

第二天，钱金龙起了个大早。在去公司上班前，他还特意换了件新款的外套，显得精气神十足，也顿感年轻了许多。

大约早晨八点，他已驱车到了公司，独自坐在宽大的办公室，将手头要办的公务，做了认真周密的安排。九点钟，员工开始上班，秘书小张照例给董事长送来杯热咖啡。当她推开董事长办公室的时候，她看到董事长正专心致志地批阅昨天送交的文件，有四五本已经审阅完毕。她有些吃惊，又有些不好意思地招呼道："董事长，早上好。打扰您了！今天，您这么早来上班？"钱金龙边审阅文件边抬头回答："噢，中午有些小事，早来加点班。嗯，对了，通知各部门经理，十点开会！""是！董事长！"说完，就退出董事长办公室。

钱金龙同各部门经理，开完一个新项目可行性分析会，又安排好公司一天的工作后，在十二点半，驱车从公司出发，四十分钟后，赶到了机场。

雯丽坐的航班正在降落。

钱金龙站在出口处，来来回回地踱着方步，两眼紧盯着出口通道的尽头。

当第一位旅客出现的时候，钱金龙不由得踮起脚跟，伸长脖子，瞪大双眼，屏住呼吸，目不转睛地搜寻着，搜寻着女儿雯丽的身影。

一小群人，出现了；又一大群人，出现了。

钱金龙迅速地扫视着，没有女儿的身影。

接着，更大的人群出现了。

钱金龙左左右右地转动着脖颈，瞪着圆溜溜的黑眸子，一眨不眨地巡视着，搜索着。

这次，他同样是徒然。

此时，他明显感觉到，心跳加速，呼吸紧促。额上，也渗出涔涔的汗水。他仍旧专心地注视着，企盼着人群中出现熟悉的身影。

他又失望了。

他有些疑惑，是否自己弄错了航班，或日期，或时间什么的。现在，他似乎有些松懈，有些无精打采。他松松垮垮地站在那儿，斜视着电子显示屏上的提示："本航班延误三分钟。"此时，他的目光，少了原有的犀利，变得有些暗淡无光了。

他慵懒地支撑着身体，两只无神的大眼睛，直瞪瞪地瞧着出口。

又一群人出现了，规模不大，只有八九人。

在这群人中，钱金龙一眼就认出熟悉的身影，女儿雯丽。霎时，在他的内心深处，思维的涟漪在荡漾着："那是雯丽！确实是雯丽，女儿回来了！"

此时此刻，他下意识地张开抖动着的双唇，跟随心中那声音一起呼喊："雯丽，老爸在这儿！在这儿……"远处的女儿，似乎听到了呼喊声，驻了足，头在空中前前后后，扫视了个来回，而后，又继续往前走着。到近五十米远的地方，她终于听清楚，也看清楚，她有力地拉着行李箱，快走几步，冲到父亲面前，做了个跃跃欲抱的架势。就在转念之间，她踮起的脚跟，又徐徐地落下，她带着发自内心的甜蜜微笑，对父亲说："老爸，离开这几天，我好想你……"起初声音有些哽咽，话到最后时又突然变得有些激动。

钱金龙一边专注地端详着女儿，一边也相当真诚地点头回答："爸爸也是。"

突然，雯丽转过身，向身旁的佘淑雯和吴奕安介绍道："这位是我老爸！"两位同学几乎是异口同声地说："叔叔好。""好！好！都是聪明可爱的孩子。"钱金龙笑着说。之后，两位同学也相互介绍了自己的父母。佘淑雯的爸爸和吴奕安的妈妈，和钱金龙相继握手后，又在机场出口处，稍许寒暄了几句，便向带队的张老师道了谢，接上自家的孩子回家去了。雯丽不知怎地，执意要与那些没有家长接的同学一起，坐校车回学校。钱金龙没办法，只好驱车尾随其后，在学校接上女儿回到了家。

在宽敞舒适的餐厅。

保姆刘阿姨已经准备好丰盛的午餐，大大小小十道菜，色香味俱佳，热乎乎地摆放在宽大的钢化玻璃面餐桌上。钱金龙已洗漱完毕，端坐在餐桌旁准备用餐。雯丽面对可口的佳肴，吃的欲望并不浓，她正不停地忙着摆弄从法国带回来的礼品，欢天喜地地跑来跑去。她从旅行箱里抽出一条高级丝巾，也不管三七二十一，就系到正端着菜的刘阿姨的脖子上。她看着刘阿姨的窘相，嘻嘻地笑着，嘴里欢快地叫着："好看，佩戴着丝巾，真的好看！不信，你可以照照镜子！这是真正的出口产品，在国内买不到这个质量的。"刘阿姨两手忙乎着边走边兴奋地说："谢谢雯丽的礼物！我现在正忙，一会儿，肯定好好照照镜子。戴着雯丽买的丝巾，刘阿姨肯定年轻了不少。"雯丽听后，也不言语，只是抿着嘴怔怔地瞅着刘阿姨。而后，她又弯腰取出一条高级真丝领带，也不管父亲同不同意，就在他的胸前比画着。钱金龙不知说什么好，只是默默地盯着女儿，带着嗔怪说："雯丽，听话！先吃饭，吃完饭再摆弄你的礼物好不好？不然，饭菜会凉的！"雯丽似乎没有听见，她依然在动作着，直到在父亲的脖子上，打了个漂亮的领带结才回到餐桌上。钱金龙笑眯眯地端详着女儿，赞许道："真是个乖孩子，都给爸爸买礼物了，好！不错，真是长大了，会体贴大人了。"

此时，刘阿姨已将骨头莲子木耳萝卜汤和泰国香米饭，盛到每个人的面前。钱金龙有些急迫地夹起青菜放入口中，嘴巴一边咀嚼，一边咂咂吧吧地响着。

就在他们吃性正浓，准备好好用餐的时候，门铃响了。

三人都不约而同地扭头，注视着大门。

雯丽放下筷子，带着疑惑，走过去。看过猫眼，她迅速旋开防盗铁门的门闩惊呼道："是妈妈，妈妈，回来了！"

邢嘉琪肩挎新款坤包，手拉橙色真皮旅行包箱，在满面春风的面容中，透露着些许的疲倦。

钱金龙见状，只是木木地站在那儿，瞪着眼，张着嘴，似笑非笑地瞧着妻子，脸上瞬息掠过一丝儿欣喜。保姆刘阿姨先是一愣，而后，迅速接住邢嘉琪手里的旅行箱，又帮她倒了杯凉白开，笑着不吭声地站在那儿。雯丽边帮妈妈收拾东西边兴奋地问："妈妈，正好！我们一起午餐吧！""雯丽，妈妈吃过了。你们趁热吃吧。你几时回来的？""刚才！""刚才？说不准，咱们坐的飞机是先后降落的。真是……早知道,咱们是可以一起回来的!""也是的。妈妈,我在巴黎,给您买了瓶法国香水。""姑娘长大了,懂事了。你们赶快吃吧!"

邢嘉琪喝过凉白开,就去收拾东西准备冲凉。她有一天冲凉两到三次和喝凉白开的习惯。她总认为,这样不但有利于减肥和美容,而且对身体也大有裨益。因此,她每天起床后和晚睡前,都要喝一杯。

妻子的突然出现,不但没有给钱金龙带来意外的喜悦,反而勾起他无尽的愁绪,他的情绪在动荡着,他的思绪在翻滚着。面对妻子,心中激起的不只是困惑、迷茫……甚至还有发自内心的痛楚;面对妻子,他也不知该说些什么,更不知该怎么说。他只能低着头,缄着口,眼皮不眨地快速吃着。

这几天来,一些极其矛盾和痛苦的想法,一直在困扰着钱金龙,可不管怎么想,他,还是深深爱着她的。

雯丽看到父亲一脸的严肃相后,也不敢再吱声,只顾低下头,悄无声息地吃着。她吃的并不多,一小碗大米饭,些许青菜,几块牛肉,一中碗骨头萝卜汤。自从雯丽和吕迪卢漪妮她们深入接触后,在她的意识深处,潜意识里,就有意无意地控制着自己的饮食,吃到有饱的感觉时,就会主动放弃,拒绝再吃任何的东西。

这是一个潜移默化的不知不觉的过程,雯丽根本意识不到自己所发生的变化。

钱金龙偶然瞥见女儿已停箸,忙招呼道:"雯丽,再吃点。你看这道菜,味道真的不错。"

"爸爸,我吃饱了,真的不能再吃了。"

"哎?怎么饭量都不及以前了?再吃点,要不,喝点汤?"

"不!一点儿也吃不下了。"说完,就去欣赏鱼缸里翩翩游动的小鱼儿。

雯丽瞪着大眼珠,戏耍地盯着鱼儿隆起的红眼泡,还用手指轻轻地敲打着鱼缸,逗得鱼儿游来窜去。

用完餐,刘阿姨在忙着收拾餐桌。

钱金龙坐到客厅的真皮沙发上,看着天真无邪的女儿说:"这几天旅游,有何感受?"

"法国太美了!确实像您以前所说的那样,艺术之都,自由之都。巴黎什么人都有,什么怪事都可能发生。世界万象,人间百态,应有尽有。但一切又都显得极其自然。我在巴黎街头，看到有人在搞行为艺术，他们在自己的皮肤上涂上颜料，做成具有历史沧桑感的铜雕效果。然后，站在街边一动不动，俨然就是一件铜像作品。刚开始，我们真的这么认为，后来，发现他动了一下，吓了我们一大跳。你说那人神经不神经？"

"在巴黎，那是件很正常的事。哎，我看看你拍的照片。"

"卡都拍满了，大约有一千张吧。拍得还是不错的！"

"蛮自信的，咱们过去看看。"

父女俩来到书房，在电脑上欣赏雯丽拍的照片。

"许多地方都还是老样子，你拍的地方，我以前都去过，人家巴黎就是这样，有保护文物的意识。"钱金龙边看边自言自语着。

这时，邢嘉琪正好冲完凉，听到他们父女俩的交谈，也来到书房凑热闹。她从他俩背后伸长脖子，看着电脑屏幕上的照片，发自肺腑地感叹道："哇！拍得真不错！有这么多，真不简单！"她边看，边不停地发出"啧啧"的赞叹声。雯丽文静地冲母亲笑了笑，便腾出自己的位置，让父母亲一起欣赏自己的佳作。

欣赏完毕，钱金龙及时打岔说："这几天，你们旅途都累了。什么事都不要做，中午睡个好觉！""好吧！"雯丽边打哈欠边应诺着。语毕，她到浴室匆匆冲了个凉，便回到自己的卧室，睡着了。

钱金龙与妻子打过招呼，便驱车回到了公司。

邢嘉琪独自躺靠在床头，随手翻阅着当天的报纸。感到疲倦时，已悄然地进入了梦乡。

有三天时间，邢嘉琪没有上班。在家，她除了健身、减肥和美容之外，就是睡觉和看电视。三天后，她正常上了班，照例是几天才回家一次。在回来的这几天，雯丽除了和朋友们玩耍外，其余的时间，多半是看书和睡觉，而且午觉时常会睡到下午五点左右，似有恶补睡眠的势头。

这样的生活持续了好长时间，直至暑假结束。

这个假期，在雯丽的生命里程碑上留下了极深刻的烙印，创造了她生命中的许多人生经历：第一次享受到学校实实在在的物质荣誉两方面的奖励；第一次离开父母和同学老师们，漂洋过海达十五天；第一次实现和同学老师们一起出国到法国巴黎的愿望；第一次在父亲的主动授权下，随心所欲地使用几万元的数码相机；第一次感受到在父亲眼里，自己已是大人的奇妙体验；第一次真正注意到父母之间微妙的情感变化；第一次感受到父母的情感变化给自己的心灵所造成的伤害与震撼，第一次关注到自己在家庭问题上的迷惘与困惑。虽然目前是比较轻微的，也是较为短暂的，但，关注父母情感关注家庭命运的念头在雯丽的意识深处开始萌生。

15."史狂人"大闹数学课

开学几天来，邢雯丽和其他同学一样，都还沉浸在假日的美好回忆之中，直到一周过后，她才渐渐进入到角色。

就在邢雯丽进入学习状态的第二周，班里转来一位新同学，这是他们班自开学以来最引人注目、同学们议论最多、影响最大的一件事。转来的是位男生，名叫史匡胤。人长得虽谈不上英俊，但高大魁梧，说话瓮声瓮气的。据说，以前在私立学校待过，后因与同学们不和，被迫转学。不知什么原因，就转到他们班。他有一个最大的毛病，爱做恶作剧，说话带刺儿，时时出语伤人。很快，在同学中，就有人根据他名字的谐音，起了个外号"史狂人"。这个外号很快在同学中传开，后来，简称"狂人"。

"狂人"刚来不到一周，记得那是个阳光灿烂的早晨，邱珍宇老师像往常一样，站在讲台上专心致志地讲课，同学们听得也比较认真。讲到一半时，下面突然传来一阵骚动，后四排约十多位同学，都不停地看着第三排的一位男生发笑，更有二位同学，还用手指指指点点，好像在介绍着什么。邱珍宇实在看不过眼，就蓦地停顿下来，本来有些吵闹的课堂，立时安静得有些悄无声息。邱珍宇老师在讲台上也感觉到了异样。他轻轻地踱步从讲台上下来，走到第三排，发现蔡漫君的背上贴着一只用绿色水彩笔画的乌龟，约八厘米长，正伸着脖子，四肢一前一后，慢腾腾地爬行着。邱老师顺手取下"乌龟"，又仔细端详了片刻，随后，把纸片举在空中，兴奋地说："同学们，我发现了一只乌龟，你们看，它似乎正在缓慢地爬行……"

此时，寂静得有些窒息的教室，刹那间爆响起雷鸣般的吵闹声、喝彩声、鼓掌声、拍打声……混响成一片。背上爬过"乌龟"的蔡漫君，笑了两声，似乎明白过来，有几分纳闷地问："我的背上，怎么会爬着乌龟？"

邱老师听闻后，用调侃的口吻说："这说明生态环境良性发展，人与动物和睦相处了。"

邱老师看了眼坐在蔡漫君后面的史匡胤，饶有风趣地说："同学们，你别说这只龟，画得还确实不错……栩栩如生。真心希望乌龟的主人，能管好自己的小宠物，别让它乱跑！好不好？现在，我们继续上课。"

混乱持续了五分钟，时间不算太长，权当是一堂课中的一个小插曲，提一提同学们的神。

课间十分钟，同学们仍兴致勃勃地谈论着乌龟的话题。

蔡漫君带着怒气地拿起"乌龟"，正要质问史匡胤，他一看，乐了。原来，在"乌龟"的斜下方写着"史匡胤"三字，他十分纳闷地问史匡胤："咋的？自己整自己？""没。龟不好？吉祥动物！千年乌龟万年鳖，长寿！谁不希望！""这……这也有点儿道理……你，你这人真独特！"

张晟、邢雯丽、吕迪……也过来凑热闹。史匡胤看着自己人气旺了，就乐呵呵地瞅着大家伙儿，不停地自言自语着："龟好，龟好，能长寿！"邢雯丽碰了下吕迪问："这人咋的啦？"吕迪不在意地回答："能咋的，好玩呗！"

这个课间，"乌龟"成了大家开心谈论的话题。

整个"乌龟事件"，是史匡胤一手策划的，邱珍宇老师心里明白，但他没有明确表露出来。因为，他想通过一些暗示，让史匡胤有所改进。

其实，"乌龟事件"严格来讲，只能算作一次恶作剧，而"狂人"真正显狂，是在一次用高倍显微镜观察蛙皮肤上皮细胞的生物实验课上。

该实验分三个步骤，全部由学生操作：

一、提取蛙皮肤的单层上皮细胞。

二、取出上皮细胞并制片。

三、在高倍显微镜下观察蛙上皮细胞的形状、结构、色彩等。

史匡胤、张晟、蔡漫君、邢雯丽、吕迪及尹佳琳六人一组。

实验前，老师详细讲解了实验的方法及注意事项。讲完后，给每组发了一只用水清洗过的蛙、一杯清水和高倍显微镜等用具。之后，各小组要严格按照实验要求，完成三个步骤的实验任务。

青蛙发到各小组后，整个实验室顿时热闹起来。

青蛙是在一个烧杯里，实验时，需要用夹子将蛙取出，再放入有清水的烧杯中，是要让蛙龟裂的皮肤脱落到水中，这一过程大概需要五六分钟。

在此期间，史匡胤一直弯着腰，俯着头，伸着脖子，两眼一眨不眨地盯着杯中的青蛙发呆。张晟坐在史匡胤身旁，有些愕然地问："你，这是干什么？没见过蛙？""不是！我发现，这只蛙长得比你帅气！"史匡胤头也不抬地哼着，"毛病！青蛙怎能与我相比！你这纯粹是找劈啊。"邢雯丽看着张晟，笑盈盈地说："你俩不要斗嘴啦！好不好？真是头发长见识短。"

张晟看着雯丽，平息了心中的怨气。

史匡胤并不理会，只顾入神地端详着青蛙的动作和表情。

与此同时，邢雯丽等其他同学也正认真地观察蛙入水后的皮肤变化。五六分钟后，大家发现水中有隐隐发亮的悬浮物。在邢雯丽的组织下，大家开始取出上皮细胞并制片。青蛙被闲置在一旁。

史匡胤不知什么时候，也不知从什么地方，弄来两只蛙拿在手里把玩。邢雯丽看时，只见史匡胤将两只蛙，肚皮贴肚皮，脸贴脸地捏在手里，嘴里喃喃地说："抱紧些，亲个嘴，生个小宝宝出来。"吕迪听着有些可笑，愤然地问："公母都搞不明白，你变态啊？""自然界的一般规律：小的为母，大的为公。嗯，我特意找的一对，这你都不懂？"史匡胤边玩边答。

吕迪用眼角瞥了下，也懒得理他了。

"哇，真好看！原来是这样的形状。"邢雯丽对着显微镜津津乐道。蔡漫君贴着雯丽的脸挤过去说："快，让我瞧瞧！"他看了几秒钟，满脸激动地说："谁带纸了？我把它的样子画下来！"吕迪将纸递过去，蔡漫君专心地描画着蛙的单层上皮细胞的纹理。

此时，史匡胤正聚精会神地玩弄着青蛙。他将蛙的大嘴用力掰开，将手指插入蛙的口腔，看到蛙难受的样子，他有些兴奋。

老师走过来询问各组的实验情况。

史匡胤赶紧将蛙藏入口袋，装作观察的样子，没有被老师发现。他狡黠地自语道："哇！好险啊！"

老师看到各小组已完成制片，要求各小组长将蛙放入讲台的大容器中。容器中有许多只蛙，是做各种实验用的，有的实验是用乙醚麻醉蛙后做活体解剖的，有的实验是用解剖针进行双毁髓法处死蛙后解剖的，都是为了让学生了解动物的内部结构、反射及神经系统的活动情况的。

蛙，属于消耗品。没有谁会私藏，也没有准确数目可言。

史匡胤私藏的两只蛙，自然没有被老师发现。

老师离开后，史匡胤又将蛙拿出来玩耍。其中一只蛙因被玩弄过度，有些奄奄一息。吕迪看着蛙，眨巴着眼说："好可怜呀，哎！"接着，她眼珠一转，看着蔡漫君问："上次咱们吃的田鸡腿，是不是蛙腿做的？""田鸡腿？蛙腿？嗯，大概是一回事吧，一生一熟而已！"蔡漫君皱着眉毛边想边说。吕迪瞪大眼睛吃惊地说："那，它是可以吃的。"

史匡胤听到，十分兴奋地接腔道："田鸡腿，我这里有四只田鸡腿！谁吃？是清炖的还是烧烤的？"说着，就从手指缝里拉出一条动弹着的蛙腿，轻轻一用力，一只活田鸡腿便拿在手里。而后，他微笑着，向大家展示有些发白、还挂着几缕肉丝、但仍然在不停地抽动着的活田鸡腿。

尹佳琳看后，连忙捂住嘴做出呕吐状，还发出惨烈的叫声："啊，好恶心！你真残忍！"就在尹佳琳惨叫的同时，史匡胤已将另一只蛙的两条腿连同屁股一并，与上半身撕开，蛙的内脏顺势从指间滑落出来，吊挂在空中，左右晃动着。蛙的心脏在空中摇摆的同时，仍然一鼓一鼓地跳动着。身体一分为二的蛙，在史匡胤的手掌中痉挛着。

史匡胤手里拿着蛙的活尸秽物，面带笑容地向大家展示着。

尹佳琳真的忍无可忍了。

随着一阵呕吐声，她迅速猫着腰，捂着嘴，冲到实验室一侧的水池处，吐出些浅黄色的酸水水。

经他们这一折腾，本来热闹的实验室，顿时肃静下来。生物老师警觉地走过去厉声问："史匡胤！你在做什么？"史匡胤晃动着手中的蛙腿，振振有词地回答："我顺便研究研究蛙腿的肌肉结构。这没有错吧？怪她胆子小，这事和我无关。"

"还说和你无关，谁让你拿蛙了？"

"我自己到讲台上拿的，你不知道？"

"我当然不知道。"

"那是你的问题！我还以为，是你默许我可以玩蛙呢？"

"你，不要绕开话题！"

"我没绕啊？你不让我玩，就不玩呗！"

史匡胤说着，就把两只死蛙轻轻一抛，丢到讲台上放活蛙的大容器中。生物老师上前阻止时，已晚了一步。只好仰着铁青色的脸，气呼呼地说："史匡胤！你！"

"我好好的……在呢！……不要这样叫我的名字，我受不了。"

"……"老师瞪了他一眼，无话可说。

生物老师又快速走到水池处，轻扶着尹佳琳问："你没事吧？"

"老师，我没事。不好意思，我看到那秽物就恶心。"

"这事不怪你，就怪老师没注意到史匡胤。要不，喝点水？放松放松！"

"老师，我没事了，谢谢！"

生物老师又走到史匡胤身旁。

史匡胤翻着眼皮问老师："老师，我做错了吗？"

"你做得一点儿也不对！"

"那我知错了。"

"知错能改就好！希望下不为例！"

"我保证！"

"我相信你。"

这事就这样平息了。

课下，同学们都议论纷纷。

有几位同学就愤愤地骂："史匡胤，真是个狂人，疯子，神经病！"

因为他做事的行为和方式，总是与众不同。这样，"狂人"的称谓渐渐得到大家的认可。

说起"狂人"，起先是在班里，后来是在全年级，成了无人不知无人不晓的"大名人"，他敢和老师对着干，而且，弄得老师都哑口无言，这是"狂人"的独家本领。

给他们上数学的，是位刚毕业不久的女研究生，个头和初二的学生差不多，身材瘦小，线条清晰，凸胸翘臀，娇小玲珑，多少有些可人。女研究生在近三周的教学中发现，每次总有两三位同学不完成作业，而且，每次都是那几位，这其中就有史匡胤。于是，在课下，老师分别和史匡胤等同学进行了个别谈话，情况还算不错。

可后来，女研究生的遭遇，却让人始料不及。

那是"狂人"第一次显狂，是他转来的第三个星期三的数学课上。当时，女研究生老师对班上交作业的情况进行总结："我们班的作业情况，整体不错，大部分同学都能认真、正确地完成，只有极个别少数同学，多次不完成作业，老师真心希望……"老师的话音未落，"狂人"稳稳地坐在座位上就突然冒出一句，打断了老师的讲话："老师，你这不是在说我吗？你就明说得了，绕那么多弯子干什么？"

老师张开的嘴没能合拢，愣愣地给噎在那儿，有十几秒钟。这是她从教以来，第一次遭遇这样出乎意料的反问，有些不适应，也没能反应过来。她抿着嘴，头在空中颤抖般地点了几下，语重心长地问："那你能说说，接连三次不交作业的理由吗？"

"老师，我凭什么要给你交作业？"

"任何一位同学，都不需要为我交作业，是为你自己交作业的！"

"老师，你这不是胡说八道吗？明明是给你交的作业。怎么说是为我自己呢？鬼才会给自己交作业的！好，你说的，给自己交作业。我自己会对自己说：'不用交作业了'，那你为什么还找我谈话，在班上含沙射影地说我，这是为何？不矛盾吗？"

"好了，这个问题，课下再说。我们现在讲新内容好吗？"

"老师，不好。怎地？你怕了？心虚了？不说了？……"

老师没有直接回答史匡胤的无礼问题，而是，抑扬顿挫、表情丰富地讲开课了。

"老师，我抗议！刚才的问题还没结束。不经我同意，就转移话题，我强烈抗议！"

这时，全班所有同学，都向"狂人"投去鄙夷的目光。有的同学甚至忍无可忍，发出了谴责的声音。邢雯丽作为"狂人"的组长，也愤怒地抛出一句："史匡胤！你干什么，扰乱课堂！"

在一片呵斥声中，史匡胤虽然停止了询问，但他又将下巴颏抵在桌面，两眼向上翻着，盯着老师丰腴的胸部，头还随着老师讲解姿势的变化，一左一右地晃动着。正在讲解得有些忘情的女研究生老师，突然注意到史匡胤那异样的目光，语速顿时缓慢下来，她的思维有点儿混乱，脸上也显露出难堪的红晕。

女研究生老师突然停顿住，有些失态地说："史匡胤！请你注意看黑板！"

"我在认真看呢？我发现，你个儿虽小，但胸部还挺发达的……"

话音未落，全班就爆出雷鸣般的"哈哈"声。

站在讲台上的未婚女研究生老师，脸唰地红到了脖子根。她觉得，这是她有生以来所遭遇的最为严重的羞辱，也是对这类学生教育的严重失败。她在讲台上忽地晕眩了一下，差点昏倒，她急忙用手扶住讲台，缓了口气，用恳求的语调，断断续续地说："……请，你，注意文明用语……注意自己的行为……按照，中学生的行为规范，来要求自己……"

她深知，面对义务教育阶段的初中生，未成年人，又面对这样一位性格怪异的男生，作为老师的她，一不能骂，二不能打，三更不能将多次扰乱课堂秩序的他赶出教室。他，史匡胤，虽然经过众多老师多次耐心细致的教育，循循善诱的谈心……但，冥顽不改的史匡胤，仍然我行我素，而且，还大有愈演愈烈的势头。面对这样一位学生，老师无能为力，学校也无能为力，不能将其开除。恶习难改的"狂人"，使学校的一切规章制度，在他面前都彰显得苍白无力。

"没有教不好的学生，只有不会教的老师。"

女研究生老师在漫想之中，忽然忆起教育专家的至理名言。立刻调整了下情绪，她强忍着被羞辱的悲痛，不知是笑还是哭地看了眼全体同学，哽咽地说："我们继续讲课吧……"

剩下的二十分钟，她是在艰难中度过的。她真不知道自己是怎样熬过那漫长的二十分钟。她只觉得，自己已被史匡胤犀利无情的目光，剥落得一丝不挂，完全没有教师尊严地伫立在众目睽睽之下，经历着一生从未遭遇过的凌辱。而自己，又根本无法反驳和辩解，更谈不上什么惩罚，这也使她深深感到自己的软弱与无力。一种委屈和无奈感，在走出教室的刹那间，以泪水的形式爆发出来，涌出眼眶，如连珠的线挂满面颊。

她跟跟跄跄地冲进办公室，扑倒在自己的办公桌上，俯下身，轻声地哭泣，好似心中的一切怨恨、委屈与不快，通过哭泣这唯一的途径，统统都能被泪水冲刷殆尽似的。她想着想着，夺眶的泪水便泉涌般倾泻起来，在顷刻间，沾湿了面颊、纸巾和衣服。此时，周围的同事，都纳闷地看着她奇怪的表情和反常的举动，不知该怎样安慰才好。还是邻桌的老师熟悉她，对她显示出更多的同情和关照。他鼓足勇气后，问："你怎么啦？是不是身体不舒服？……受什么委屈啦？"

女老师抽噎着说："没什么！被这帮学生给气的……"

当邻桌的老师弄明白事情的大体缘由后，气愤得要去找史匡胤算账。其他教师闻讯后，也纷纷诉说自己的类似遭遇，并显示出更多的同情与无奈。

作为教师，其职业特点决定，面对那样的学生，在起不到任何教育效果的情况下，你所受到的羞辱，甚至是人身的攻击，都只能在息事宁人的前提下，忍气吞声。心中虽有不平，只能作为一次教训或痛苦的记忆，埋藏在心底。

最后，那位女老师只能按照程序，向班主任老师做了详尽的反映。

班主任邱珍宇老师全面了解了事件的详情，又询问了几位科任老师，对史匡胤的劣迹，有了更细致周详的掌握。

邱珍宇老师感到，几位科任老师反映的情况是非常严重的。因为他所带的班级，是全校的文明班集体，每次考试，班级总成绩都排在全年级之首。史匡胤的问题，如不能及时处理，会在同学中引起极恶劣的影响，他一个人，便有可能搞坏班风和学风，最终导致班级总成绩下滑。从而影响到全班所有同学的利益，影响到全班所有同学的前途，影响到全班所有同学家庭的幸福……这对大多数同学来说，是不公平的。

这是邱珍宇老师最担心的事。

邱老师越想，心情就越沉重。他在办公室如坐针毡，眉头紧锁，一言不发。在他的脑海里，浮现着各种各样的解决方案，结果，都被自己一一否定。苦思冥想后，最终形成两套解决方案。首先是，进行学校、班主任、家长、学生、心理咨询老师的五方会谈，以共同教育的手段，敦促史匡胤改正缺点。其次是，按照物以类聚人以群分的观点，建议学校将史匡胤调到适合他的班级去，以保证学校文明班集体，广大学生的正当利益不受侵犯。虽然他这样想明显过于自私，其他班主任老师也不会答应，有些不妥，但是要凭借实力，像史匡胤这样的学生，成绩差，人品差，是根本不可能分编到自己班上的。他根本弄不明白，学校领导为何要把这样一位半路转来的学生，安插到他班上。依照我们的教育现状，学生入学前，往往会进行分班考试，按照成绩高低进行编班。

邱老师认为：教育界的这种潜规则做法，并非全无道理。人在社会中，有自己的定位，学生在学校，也应有自己的定位，都是凭靠自己的实力进行的。一个优秀的人，应该在一个优秀的团体中，受到优秀的教育，最终才能成为一个优秀的人才。谁说不是呢？我们很难想象，一位极平庸的人在一个极优秀的群体中和一位极优秀的人在一个极平庸的群体中，会有怎样的结果。

或许，将史匡胤调到适合他的班级去，对他来说，是最合适不过了。

这种可能，似乎又极其渺茫。

邱珍宇老师认真地盘算着，权衡着……

不管怎么想，他还是要做最差的打算，积极准备五方会谈。

在会谈前，他还想和史匡胤进行一次深入细致的促膝谈心，以进一步了解他的心理情况。

邱珍宇老师冒着被举报的危险，将史匡胤停课一节。在单独的办公室，他与史匡胤进行了一次交谈。

邱珍宇老师扶了扶眼镜，皱着眉头说："小史啊，来，坐，坐！喝杯水……"史匡胤不搭理地坐下，端起一次性纸杯，喝了一大口，大有理所当然享受这种待遇的意思。

"小史，你知道吗？你刚来的时候，给我的印象是：活泼又聪明，好动而不失礼的男孩，我特喜欢像你这样的学生。记得当时，学校问我，要插一位学生进班，我是满口答应的。我希望，我的感觉不会错，你说是吧？"

"是个鬼，学校领导的话，你敢不听？你不答应行吗？不要在我面前卖好，没用！……"

"你这样对我说话，我可以不在意。但是，你有没有想过，你这样的言行，会有损于你在同学心目中的形象，会……"

"不要说了！哎，邱老师，我尊重你，但你今天这样绕弯子，又文绉绉地，想说的话又不敢说，我就觉得恶心，更压根儿让我瞧不起你！瞧不起老师这个职业！"

"这好痛快！……那你说说，这几天的事，尤其是今天发生的事。你有没有伤害到别人？"

"没有！我为什么要伤害别人？"

"你有没有说数学老师：'你个儿虽小，但胸部还挺发达'之类的话？"

"我当然说了……难道我说错了？老师平常不是教育学生，要尊重客观事实嘛。"

"生活中有些事实，受社会道德的约束。说出来的，虽是事实，但它又是严重违背伦理的，这是浅显易懂的道理！你要明白：你严重伤害了你们的数学老师！你这是对她的不尊重和侮辱！你怎么还说没伤害别人？这话你能说吗？"

"老师，这就奇怪了？我实事求是地说，这有什么错？何况，老师又没教我，哪些事实，可以实事求是；哪些事实，不可以实事求是。我这是对她的赞美！"

"什么？赞美？……你，这是是非颠倒，胡搅蛮缠！知道吗？"

"是尊重事实……哪个女孩不希望自己的胸部丰满、挺拔？我说老师，'胸部发达'，和说她'长得漂亮'，意思不一样吗？都是赞美的话！"

"这……"

"老师，好了！在我上课期间，你把我叫到这里，说这些无聊的话题，你这是违法的。知道不？我可以举报你！但看在你我的关系上，我就饶了你这一次。不过，下不为例！"

"哎，你这孩子，怎么说话！真是狡辩！我简直无法和你沟通！"

他们交谈了四十分钟。

邱珍宇始终觉得，自己总被史匡胤引入一个思维的怪圈，越辩越迷惑，越辩越辩不出事情的对和错，越辩越觉得被他忽悠了一番，也被他教育了一番。

他有些垂头丧气地坐在办公室，独自瞎想着。

说句大实话，史匡胤说的也不无道理。但是，依他这样的年龄，在那样的场合，说出那样的话，总觉得怪怪的，于情于理都是不能容忍的。虽然，刚才的谈话，邱珍宇是有些被动，但直觉告诉他，史匡胤在世界观、人生观和审美观上，肯定存在认识上的严重问题。他在上课时，接二连三出现反常举动，而他自己既无法辨识行为的好坏，又无法控制自己的举动，就是这种病态心理的外在反映。

邱珍宇老师琢磨着，回忆着其他几位老师对史匡胤不良行为的反映，以及女研究生所受到的人身攻击，当众的侮辱，就更加坚信自己的判断。于是，他拿起笔，起草了一个呈文，把事情的缘由做了大致的介绍，把它送交到学生处，请求召开学校、班主任、家长、学生、心理咨询老师的五方会谈，共同商榷解决方案。

16. 心理辅导课

第二天下午三点，五方会谈如期举行。

在班主任邱老师介绍史匡胤存在的主要问题时，史匡胤曾几次打断讲话，进行无理的辩驳。最后，史匡胤的父亲，忍无可忍地出面制止时，竟也遭到儿子的谩骂。学生处主任实在看不过眼，厉声呵斥道："史匡胤，你口口声声地说，你没有错，我看你现在的行为表现，就不符合中学生的行为规范，不符合中学生文明礼貌的基本要求。我现在看得很清楚，你是在狡辩。史匡胤！根据这一点，我就可以处分你！"

还是主任的话具有震慑力，史匡胤吓得缩回脖子，不敢吱声。最后，在确凿的证据面前，他承认了自己的错误，尤其是承认了，在课堂上当众羞辱女研究生老师的事实。学生处主任当时就责令史匡胤写一份深刻的检查，并向女研究生老师当面赔礼道歉。

史匡胤离开后，他们几位就刚才介绍的情况，进行了具体深入的分析研究。

史匡胤的父亲，显得有些伤心又有些激动地说："孩子出现这样的事情，多谢各位领导、老师和专家的帮助。你们这是在救我的孩子呢，太谢谢你们了。都怪我！匡胤这孩子，都是我给宠的。以前他想要什么，想做什么，只要我能办到，都依着他。想不到，想不到，却养成了这样任性的坏毛病。现在，他长大了，还经常和我顶嘴，甚至，有一次，还和我动了手……"说到伤心处，他不禁老泪纵横，泣不成声。

邱珍宇老师坐在史匡胤父亲的对面，看到这样的情景，赶紧递过纸手帕。史匡胤的父亲抽泣了几下，接着说："前几年，孩子爱玩什么称霸的电脑游戏。在游戏中，他就是老大，想打谁，就打谁。也爱看什么黑社会，枪战片。我呢？看着孩子玩得高兴，只要他安分在家待着，不在外面给我惹事，也就没管他。真想不到，他在家里也会出事。后来，我发现他脾气变了，变得性格古怪了，经常和我拌嘴。再后来，就没心思学习。刚开始，我还以为是学校的环境不好，给他转了几所学校,也去过封闭式管理的私立学校,结果,都不行,到咱们学校还是这样。这孩子,是不是没救了。求求你们,想想办法,救救我家小胤吧。"

"该管的,我们都管了,该教育的,我们也教育了。他是怎么回事? 根本就听不进去。而且,对立情绪很严重。该怎么教育呢?"邱珍宇自语道。

学生处主任眨着迷惑的眼睛问大家:"我教了三十年书,头一次遭遇到这样的学生,是不是他哪些方面有问题?"

"不,不会有问题的! 他能吃能睡又能运动,脑子也一切正常,不会有问题的!"小胤父亲连忙解释道。

研究生毕业的心理健康老师"嗯"了声,清了清嗓子表情沉重地说:"看到孩子的种种表现,又听了大家的介绍,我初步判断,史匡胤不是一般意义上的淘气捣蛋。当然啦,这只是我个人的判断,不一定准确……这?"心理健康老师欲言又止。

小胤的父亲,眼睁睁地盯着心理健康老师,十分焦急地问:"啥呀,你不用顾虑的! 尽管说,这都是为孩子好呀,我能撑住! 没事。"

"那好吧。我就谈谈个人的看法。根据他的行为和言行举止,我判断,小胤患有严重的中学生强辩逆反心理症和早期青春型精神分裂症。所以,史匡胤必须去医院精神病科,接受检查。早期精神分裂症患者,往往具有'温柔化'的外在表现,很难被人觉察。如果发现及时,积极配合治疗,会很快痊愈的。如果等到有明显的精神分裂症状表现出来时再治疗,到那时,会很难的。这是我个人的看法,我也真心希望你家小胤没事。不过,查一查没有坏处!"

"真的有这个必要?"小胤父亲着急地问。

"真的,有必要!"心理健康老师肯定地回答。

学生处主任环视会场之后,看着小胤的父亲说:"多亏她提醒! 这样也好,带孩子去看看。没问题,那更好;有问题,就及时治疗。我们都是为孩子好,你说呢?"

"那是,那是的! ……"小胤父亲慌乱地点着头说。

第二天一大早,史匡胤就极不情愿地被父亲拽到市第一人民医院精神病科接受了检查。等各项测试结果出来,医生的话,进一步证实了史匡胤确实患有轻微的精神分裂症。

医生建议他,立即住院治疗。

小胤在父亲的强迫下，办理了入院手续。

班主任邱珍宇老师听到史匡胤住院的消息，不知是激动，还是悲伤，他似笑非笑、独自无语地坐在办公电脑前，将头俯在桌上，戴着耳麦，开足音量，破天荒地听起流行歌曲。

他的思绪，陷入迷惘的沉思之中，足足有一节课时间。

下午三点钟，学校领导、学生处主任、班主任邱珍宇老师以及班委会成员邢雯丽等共十二人专程到市人民医院看望了住院接受治疗的史匡胤同学。

班长代表全班同学，送上同学们亲手折叠的，象征史匡胤十四岁的千纸鹤，并用十四个字，两句话，表达了同学们的一片真情：

初识情深杜鹃园
静养康愈众望归

史匡胤的精神虽有些分裂，但在很多时候，是非曲直，还仍能辨识。他听罢学校领导的关切之语和同学们的真情之语后，情绪显然有几分激动。在面部声色中，他清晰表露了内心的感激之情。班主任邱珍宇老师，也耐心鼓励史匡胤：一定要相信科学，积极配合医生的治疗，争取尽快康复，早日重返校园。

从医院出来，无论是老师，还是学生，他们的心情都显得有些沉重。老师们怎么也不明白，现在社会发达了，生活条件好了，孩子却生出这么多问题。

邱珍宇老师想着，小时候听也没听说过，见也没见过的事情，在自己当教师的最近几年，都屡见不鲜了。同时，他也发现，现在学生的心理，是由单纯变得愈来愈复杂，是由开放变得愈来愈"封闭"，行为上表现为开放，心灵上表现为封闭。作为老师或家长，要想了解自己的学生，了解自己的孩子，了解他们的内心世界，现在是变得愈来愈艰难。如果不具备一定的察言观色的阅人能力和洞察秋毫的心理学知识……要了解孩子们，似乎显得难以实现。

学生的心理在改变，老师的教育方式、教育理念、教育策略，以及除专业知识外的管理知识、组织能力也要跟着改进，并时时保持更新，才能做到与时俱进。

邱珍宇老师从史匡胤的事情中，又一次受到了深刻的教育。

他以前，只是针对史匡胤的淘气和逆反性格，按正常人的要求，进行说服教育的，忽略了他在心理上的问题。现在想来，要不是心理健康老师提及，谁也不会想到，他会患精神分裂症。幸好，还算发现及时，他在医院调整些许日子，便会痊愈。否则，好端端的孩子就给毁了。

邱珍宇想着都有些后怕。

经过这件事后，邱珍宇觉得，自己在教学育人理念上，又成熟了许多，他打消了建议学校将史匡胤调到其他班级的自私念头。在他心中，正酝酿着如何将心理健康教育引入课堂教学的想法，让类似于史匡胤那样的，心理或精神有问题的学生，能防患于未然。虽然，学校设有心理咨询室，但学生由于种种原因，或羞耻，或不屑去咨询，甚或，自个儿根本就不认为自己会在心理上有什么丝毫的异样，自然就无须去咨询。这样的事例，已屡见不鲜，就像喝醉酒的人，总说自己没醉酒似的；整日沉迷于网络游戏的人，总也不认为自己的行为有什么偏差。可见，如果完全依靠自觉的力量，去纠正自己行为或心理上的偏差，似乎不太可能。只有借助外界专家的力量，用合理科学的理论分析，用"旁观者清"的思维，才能引导并纠正"当局者的迷"，才能彻底纠正学生在心理或行为上存在的问题。有些问题的解决，甚至需要耐心细致或漫长时间的等待。譬如说，解决青少年普遍存在的逆反心理问题，就不是一蹴而就的事情。既然是这样，那么，就不可能只依靠相信学生的自觉和学校每年举办的一两个心理辅导报告，而必须将这种心理教育和心理监督工作常规化、日常化，让它变成一门课程，让学生经常性地受到教育。只有这样，才能在潜移默化中影响并指导学生个体的行为。

邱珍宇想到这里，他决定向学校提交报告，建议学校每两周开设一次心理健康教育课。

作为课程来讲，它比讲座更具有针对性和系统性。心理学教师要根据所授对象的年龄层次和知识结构，以及凸现的具体问题进行科学、合理的分析，然后进行有目的、有计划、有步骤的心理学知识辅导。他的建议，可以说是学校课程设置上的重大改革。学校能否采纳，邱珍宇心里根本没有底。不管怎么说，他决意报告还是要打的。

他要做的第二件事，是邀请具有研究生水平的心理学老师，给他们班学生先上一节心理健康教育课。不管学校能否通过和采纳他的建议，他的教育教学的创新想法，首先要在他的班上得到实施。

就在邱珍宇产生此想法的第二天下午的班会课上，研究生学历的心理健康老师，就给邱老师班上的学生上了节别开生面的心理辅导课，用列举大量生活事例、与心理学理论相结合的方法，帮助同学们认识并解决在学习生活中遇到的种种困惑和有可能产生的一些心理问题。在以"豁达胸怀，直面生活"为主题的整个班会课中，学生们兴趣颇浓，论辩思维活跃积极，回答问题热情主动，甚至，还能推心置腹地与老师进行交流。

有的同学问：他一看见老师布置的作业就头痛，总有不想完成作业的抵触情绪。请问，这是怎么回事？

有的同学问：他很怕考试，一考试就紧张，一紧张就发挥不好，发挥不好就必然考不好，越考不好也越怕考试，形成这样的恶性心理循环。求问，这个问题该如何解决？

有的同学问：父母不让他干这干那，对他总是凶巴巴的，他现在都不想回家。请问这种想法是否合理？

有的同学问：他父母都是工薪阶层，工作很辛苦，而自己上学不仅要花费父母大量的积蓄，而且，将来大学毕业还很有可能找不到工作。与其那样，不如现在就辍学就业，说不准，还能学到一门手艺。在这种强烈意识的支配下，他的学习成绩在不断地下滑，很是苦恼。请教，这该怎么办？

有的同学问：他父母是开公司的，有好几个工厂，上不上学，考不考大学，找不找工作，对自己都无所谓，自己完全没有学习的动力，过一天算一天，这种想法一直笼罩着他的意识，左右着他的思想。请问这种心理正常吗？

有的同学问：他玩过几次网络游戏，结果上瘾了，一发而不可收，自己明知不好，也想改，可总是身不由己，控制不住自己，很痛苦。请问，这该怎么办？

……

林林总总，学生共问了三十几个问题。

在这次班会课上，老师就共性和特征较为明显的十种心理问题进行了简要的解答说明，其余的问题，安排在课下及下一次班会课上解决。

邱珍宇看到同学们主动提了那么多问题，甚是欣喜。他很欣赏地站在讲台上，向每位同学投去信任的目光。他的眼神里充满着浓浓的自信，流露出准确判断后的胜利喜悦之情。

在此后的两周里，邱珍宇观察到，自己班的学生在行为习惯、课堂表现、作业完成、相互交往等方面都有明显好转的迹象，尤其是班里，像蔡漫君、吕迪等几位容易出格的学生，搞恶作剧或做些与学习无关的事情都减少了。他们在行为举止上，都收敛了许多。

整个班风和学风，都有日趋改善、蒸蒸日上的新气象。

后来，邱珍宇为了表达对心理健康老师的感激，还特意邀请她去上档次的咖啡屋，喝过咖啡，俩人的正常交往，变得较为频繁。

自从邢雯丽掌握了一些心理学知识及更多释放情绪的方法后，在学校、家里、公交车上，随时都在使用学到的知识，并不时传授给他人以及自己的父母。

她显得更加快乐、天真和无邪。

有一天，钱金龙因为生意上的事，心情烦闷，到回家时，步履显得有些沉重。雯丽从父亲微妙而异常的举动上，看出他情绪上的变化。

她非常欢快地接过父亲手中的公文包，挽着父亲的手，让他坐到客厅的沙发上歇息，并及时地沏了壶绿茶。看着父亲强装微笑的面孔说："老爸，你是不是在想着心事？还有些棘手？……"

钱金龙瞪大了双眼，连忙辩解道："没，没什么事。这些小事，难不倒老爸的！你怎么知道？……"

"我看出来呗！"

"你能看出来？不可能！"

"这叫察言观色知情绪。我们心理健康老师教的。你行走时，步履凝滞，显得沉重，虽然面带微笑，但眉宇间有些许的皱纹，是淡淡忧愁的表征。这些外在特征，都是心情烦闷、具有轻度焦虑心理症的外在表现。解决的办法是，正反、逆向、或角色置换思考问题，听音乐，找人聊天谈心，散步，登高，蹦迪等形式以放松，可缓解郁闷焦虑的情绪。老爸，我现在就给你放一段轻音乐。"

钱金龙看着女儿，迷惑地笑着问："你现在行了啊！能看到老爸的心里啦！完了，你老爸心里再也藏不住什么秘密了。哎，姑娘真是长大了，会体贴大人了。好吧！就听会儿音乐。"

吃完刘阿姨准备的晚餐，雯丽陪父亲聊了会儿天，看了会儿电视，又替父亲捶了会儿背。之后，钱金龙真的觉得，有思维开阔、心情开朗、精神放松的感觉。他饶有风趣地说："看来，老爸以后得向你学习了。说也怪，感觉真的好多了。"

雯丽带着自豪感说："那还用说，教我们的心理健康老师，是研究生毕业的。"

邢雯丽今天的表现，使钱金龙甚感欣慰。同时，也使雯丽自个儿产生了不少的成就感。

他们各自都快乐着、兴奋着、幸福着，度过了一个甜美的带着好梦的夜晚。

翌日，邢雯丽及全班所有的同学，在上邱珍宇老师的课时，都甚感异常。

上课铃响后，邱珍宇老师面带微笑，轻松自如地走上讲台，用真诚的语气说："同学们，早晨好。"听到老师的问候，几乎所有的同学都面面相觑起来，而后，不约而同地迅速扭头，看看教室后面，没有发现听课的老师，于是，更加满脸疑惑地"啊"了一声，便齐刷刷地，把目光聚集到邱老师那溢满灿烂笑容的脸上，显得恍然大悟似的，用兴奋洪亮、微带颤动的声音和语调清脆地喊道："老师，早晨好。"

同学们坐定后，邱老师用热情的目光扫视全班同学，语速不急不缓地说："古人云：'三人行，必有吾师。'我们这么多品学兼优的同学，其聪明才智加起来，肯定远远胜过老师。老师也已发现每一位同学身上的闪光点。决心虚心向大家学习。今天，先拜大家为师。从今往后，每次上课，我都会说：'同学们好。'我们从此都相互学习，好不好？"

随着一阵沉寂后，不知谁喊了声"好"，打破了寂静，接着，突然掌声雷动起来。

邱老师微笑着注视着全体同学，用朗朗的声音说："各位同学们，现在咱们就新课内容展开交流和讨论，进行相互学习……"

这节课，同学们真正成为学习的主体，每位同学都颇觉新鲜，参与的热情十分高涨，很多同学都积极发表了自己的认识和看法。邱老师也从学生的发言中得到不少收获。

这是真正"教学相长"的一节创新实验课。

17. 钱邢情变

女儿雯丽的变化，给钱金龙带来莫大的兴奋，也在一定程度上改变着钱金龙。

这天上班时，他破天荒地边开车边哼着小曲，怀着爽朗的心情来到单位。在进门的时候，还特意给值勤的保安送去甜美的微笑和真诚友善的一个挥手。接着，又迈着轻快的步伐，穿过办公楼大厅，乘上通往办公顶楼的豪华电梯，再经过两旁摆放着鲜花和绿色植物的通道，来到属于自己的董事长办公室。

他躺在舒适的老板椅上，闭着双眼，嘴角轻微地拉向两边，久久地凝固在那里，恰似一尊满脸堆笑的蜡像。

到公司职员上班时，办公室小张的敲门声才使他重新回到现实。

钱金龙非常客气地招呼小张坐下，还亲自用纸杯给她沏了杯热茶。董事长的反常举动，不仅让小张感到受宠若惊，显得手足无措，而且有些诚惶诚恐，心里不停地犯着嘀咕："今天董事长怎么啦？对自己是好事？还是坏事？"她在漫想时，也不由得脱口而出道："太谢谢董事长啦！这样烦劳您，真是不敢当啊。"钱金龙愉快地说："这没什么，都是应该的！你平时对我可没少照顾的！来，先喝点。热热身子，再谈工作。"

小张汇报完工作，钱金龙在办公室活动了会儿筋骨，感到全身有点发热时，才作罢。之后，他一边品着咖啡，一边凝视着窗外。瞧着城市苏醒后进入喧闹状态的街道，感受着弥漫在空中、紧张而有节奏感的气息；想着下面苍苍茫茫的人海中，活动着的，有他的女儿和长时间都未曾谋面的妻子。不，妻子也可能和自己一样，已"脱离尘世"的喧嚣，车里来车里去，远离匆匆上班的人群，坐在高耸入云、干净整洁、摆满高科技用品和现代新款家具的办公室里，也正俯视着芸芸众生……或许，还正蜷缩在床上，什么男人的怀抱里，做着春梦！

那她，现在在哪儿？是不是已另攀高枝了？

钱金龙漫无边际地瞎想着……

此时，一种难言的剧烈忧愁感正袭上心头，弥漫了脑际。他使劲地皱着眉头，表情显得相当深沉。他用从女儿那里学来的方法，努力调节着自己的情绪。随后，钱金龙仔细审阅了几个文件，研究分析了一个合作项目，通知召开了一个紧急会议……他全身心地进入到工作状态，忘掉了刚才袭上脑际的浓烈而深沉的忧虑和痛苦。

就在他的心情渐入平静，准备稍做休憩的时候，突然，电话响了，是为他服务的私家侦探打来的。他们的通话时间约二十几分钟。通话的内容虽在钱金龙的预料之中，但是，当他听到预料被确认的事实时，也着实产生了一种发自内心的震惊。这震惊彻底让他凉透了心，伤透了心；这震惊也让他感到被羞辱到了极点，堂堂董事长的老婆，有了外遇，自己稀里糊涂，不由分说地被人生硬地扣了顶绿帽子，而自己长时间以来却浑然不知。

真是可悲可耻啊，荒唐到极点……

此时，先前做过的梦，又浮现在脑际，公园里许多以戴绿帽子为荣的男士，在高谈阔论，自我调侃。而自己，被几个小男孩追着戴绿帽子……难道，梦真的应验了？那梦，就是一种征兆？十几年哪……十几年的夫妻感情，难道，说没就没了？什么一夜夫妻百日恩，扯淡去吧……她，她外遇的情人，是谁？是什么人？

钱金龙迅速地思索着，谜团，如雪片般落下。而自己，一时间，如坠入到令人寒心的迷宫一样的皑皑世界中。

他打开电子邮箱，几幅终生都不愿意再看到的画面跃到眼前：在一个看上去十分华丽的卧室，自己老婆赤裸着身体，正和一位身体高大魁梧、类似于混血儿的男人躺在一起……老婆，正侧回着头，张着嘴，像是发出高昂的欢愉的声音。另外几张，也是类似的图片，只是时间不同，地点不同罢了。

人啊，往往就是这样：对于这种事，在事实没有确定之前，往往是气愤异常，甚至暴跳如雷；而当事情真的被确认，成为事实的时候，反而显得比较稳定，可能是因为绝望吧。

钱金龙就是这样，他的心，已经被麻木……已经没有愤怒，没有怨恨。他就像看别的色情照片一样，专注地欣赏着老婆和别的男人裸体躺着的各种动作和表情。

几张照片中的男人,应该是同一个人。有张照片,还拍到了那男人的正面。

钱金龙迅速用电脑放大了陌生男人的面部图像,是混血儿,像是黑人与白人的混合血种:皮肤比黄种人黑些,比黑种人浅些。看上去,身体肌肉发达,体格健壮。

不知为什么,钱金龙突然冒出一个奇怪的念头:是不是混血儿的"那个地方"也相当发达?让自己的老婆乐不思蜀?

他无意地抓了把自己的裆间,有些疲软。

他轻轻地长叹了一声,心情突然变得复杂而不稳定起来……

这时,他猛然想起女儿雯丽,想起女儿甜甜的笑容和纯真善良的眼神。她,如何面对这个残酷的事实?这会给她的心灵造成多大的伤害?

想到女儿即将要面临的遭遇,钱金龙伤心到了极点。他往后仰了仰身体,几乎是平着躺在老板椅上,朝天沉闷地叹了口气,双目微闭,眉头紧锁,内心极度的痛苦,无以言表。

"大哥,我回来了!……"

正在钱金龙痛苦难耐之际,随着敲门声,飘进急促而豁亮的声音,话音落时,人已推门而入。

他是公司的二把手,总经理史文钧,是钱金龙无话不说、无话不谈的铁杆兄弟。早年与钱金龙一同留学法国,回国后俩人携手并肩创立了这个公司。他刚出国考察回来,这不,一下飞机,就到公司看望他大哥,钱金龙。他兴致勃勃地推门而入,本想给大哥一个惊喜,不想,却被眼前的一幕震慑住了。他蓦地驻足,像一尊雕塑一样,静静地伫立在那里。他清楚地看到,大哥痛苦地躺在老板椅上,眼角似乎还挂着晶莹的泪花。他猛地向前快走两步惊呼道:"大哥,大哥?你,你怎么了?……"

钱金龙正紧闭双眼,思绪翻腾地想着问题,突然的敲门声和破门而入的脚步声惊扰了他,他腰部一挺,身体便从老板椅上弹起,立刻变得满心欢喜地说:"兄弟,你回来了……太好了,太好了……我,早就想你了。考察得怎么样?还好吧!看看你,变瘦了……"钱金龙一口气说了一大串后,似乎还有没说完的话挂在嘴上,他张开的嘴翕动着,两眼深情地望着自己多年的兄弟,欲言又止。

史文钧又向前快走两步，搀扶着钱金龙说："大哥！出什么事了？"

"公司没什么事！是，是大哥无能啊。"

"到底怎么啦？快告诉我……"

"难以启齿啊。……我，我，被人戴了绿帽子！"

"嫂子她？她怎么，怎么能有外遇？确切？"

"千真万确！"

"什么人这么大胆，竟敢做这种伤天害理的事情。大哥！你放心，小弟带人去摆平他……看他，还有没这个胆！"

"罢了，是你嫂子勾引他的。你知道，她就是那样的人，凭自己长得漂亮，又有些水性杨花，真是应了那句俗话：'漂亮女人只可做情人，不可做老婆。'哎，都怪大哥一时糊涂，悔当初……"

"那也不能就这样便宜了她……我带人去把他做了罢了。"说着，就欲返身离开董事长办公室。

钱金龙一把拦住道："好老弟！先别冲动。来，来，坐到沙发上，咱们慢慢聊！"

他们兄弟俩，先后坐到办公室沙发上。

钱金龙深沉地说："她找的，不是一般的普通人，是她的上司，南粤某跨国公司中国分公司的老总，净资产有六十几个亿，保镖一大堆，你能做得了他吗？""难道，就这样算了？忍气吞声？""是她，为了钱，先勾引人家，我们能怎么办？能去修理她？到这份上，对于那样的女人，对我来说不值得。真是，错误的选择，就必然有错误的结果。""真是可恶，可恶至极！"史文钧咬牙切齿地说。"好了，咱们先不谈这事，你刚回来，做大哥的，还没为你接风呢？正好，快到吃午餐的时间了，咱哥俩，到外面喝两盅。"

他们驱车到一家西式餐厅，择靠窗的座位坐下，点了几道特色菜和一瓶XO。钱金龙看着闷闷不乐的史文钧说："老弟，你在想什么呢？""我想……嫂子，怎么能这样……忘恩负义呢？她由一个打工女，到董事长的太太，还有什么不知足的，还要寻外遇，给大哥您戴绿帽子。真是有些恶毒，天理难容啊！""来，咱们喝酒，别提她了。哎，这次出去考察得怎么样？""那边公司实力还算雄厚，项目还非常具有前沿性和市场诱惑力……如果六千万美元的合作项目成功，对于咱们公司的发展，可以说，起了推波助澜的推进作用，我们的规模又可以扩大一倍……""好啊，你办得不错，辛苦你啦！合作成功后，我们再给你摆庆功宴。来，先干一杯。"

钱金龙呷了一大口酒，顿感脸红脖子粗，话便多起来：

"咱们公司在国内还算有些规模。咱兄弟俩，再努力一把，扩大公司经营范围，向海外发展，向世界各国发展。把公司办成集团式跨国公司，向世界五百强企业挺进……来，为我们的宏伟目标干杯！"

兄弟俩在勾画公司宏伟蓝图的同时，举觞称庆，一瓶 XO 也悄然下肚。

这顿餐，他们足足吃了八十分钟。

而后，史文钧因刚下飞机，钱金龙命令他回家休息。他自己又匆匆忙忙地返回公司。

钱金龙回到办公室，躺在沙发上有些昏昏沉沉地睡了半个小时。

突然，被一阵电话铃声惊醒。他有些踉跄地走到办公桌前，拿起电话，话筒里传来"嘟嘟，嘟嘟"的忙音，对方挂了电话。钱金龙在心里迷迷糊糊地骂了声："是谁，这么缺德，打扰我休息，真是讨厌。一接就挂，简直是骚扰电话……"他有些意识模糊地索性坐到老板椅上，平躺在上面，十分纳闷地看着天花板。这时，电话铃再次响起。他蓦地抓起电话，又是忙音。

"真是神经！这是什么人？"

他脑子一激灵，睡意全无，思维顿觉完全清醒。他轻微皱了皱眉毛，眼珠转动了几圈，向上翻页，查看了来电显示。他蓦地一震，眼睛放光似地盯着话机，是妻子，邢嘉琪的电话号码。

"她为什么在我接时，就挂断了呢？"一种疑虑，霎时涌上心头。

钱金龙立刻回拨过去，强忍着怒气说："喂，是嘉琪吗？有什么事，你怎么，好长时间也不回家？""我，我，我，对不起你！……"邢嘉琪又断断续续地接着说："……我不知该怎样向你解释。我对你还是非常感激涕零的……"

说实话，虽然妻子有了红杏出墙的不轨行为，不知什么原因，钱金龙却依然爱着妻子邢嘉琪。他听到这里，也基本明白了弦外之音。

私家侦探提供的几张妻子的裸体画面，又呈现在眼前……

也不知是从哪里来的无名怨气，迅速占领了钱金龙的脑海，他用发自肺腑深处，深沉而有力的语调骂道："你这个婊子！为什么要背叛我？为什么要无缘无故地给我戴绿帽子。我哪一点对不住你？嘉琪，不管怎么说，我是爱你的……"他的愤怒，在妻子的声音面前，又逐渐化为一种哀求，他有些哽咽地说："咱们结婚都十几年了，怎么也是有感情的。你想想，雯丽知道后，该有多伤心……"

话筒的另一端，起先是一阵沉寂，而后，又传来低低的缓缓的声音："感情？又不值几个钱，我更没时间去理会雯丽的感受。为了钱，为了地位，为了荣耀，为了我的理想，我只有依靠我的美貌，去奋斗，去争取，去实现。现在，机会终于来了。我别无选择。人生，本来就是一场游戏，为什么要当真呢？我承认，是我利用了你，对不起。不过，我会给你补偿的……"

钱金龙万万没能料到，陪伴他多年的妻子，竟然能说出那样冷血无情的话来，真是不可思议，他不由得打了个冷噤，继续思忖道："是什么力量，改变了她的人生观？世界观？价值观？"他在电话里，有几分哀婉地吼道："咱们家又不缺钱，你那样做，简直就不是人，一点都没有人的思想和情感，我以前，怎么就没有看出来呢？……""你那点钱，能干啥？还有脸说。再说，你看不出来，那是你的 IQ 低，怪谁？"之后"啪"的一声挂断了电话，话筒里又传来"嘟嘟"的声音。

钱金龙举着电话筒，脸色铁青，像一座石雕样地站在那里，一动不动。

他怎么也搞不明白，有过肌肤之亲的夫妻感情，在金钱、权力和荣耀面前，会变得如此脆弱，不堪轻轻一击，便訇然解体。

钱金龙清楚地记得，幼时学过的做人处事的哲理佳句："不以盛衰改节，不以存亡易心。"三国蜀相诸葛亮的千古至文："士之相知，温不增华，寒不改叶，能四时而不衰，历夷险而益固。"……

古人说得多好啊。我们这个重感情的民族文化，传到邢嘉琪的身上，怎么就彻底变质了呢？

钱金龙在纳闷的当口儿，重重地将话筒扣在话机上。仿佛这一切怨恨的根源，都来自话机似的，这重重的一扣，就可以消解满腹的怨气。他愣愣地站在那儿，只觉得，头有点发昏，思绪却如翻江倒海般地流淌着，似乎忆起了数不清的往事；又似乎，一件也不能确切地想起。现在，他的两眼明显有些暗淡无神。似乎他还觉得，楼房的地板，在轻微地颤抖并旋转着；天花板的图案，在模糊地晃动并重叠着；墙角线如鱼尾般地摆动，显然有些晃眼。双脚像踩在云雾上，软软的，轻轻的，麻麻的，感觉十分明显。钱金龙紧握拳头，举起双臂，朝天花板无力地抖动了几下，身体便笔直瘫软地向后倒下，几乎是松软地躺倒在老板椅上。

他,紧锁眉头,双目紧闭,像睡熟似的。

大约过了三十分钟,钱金龙徐缓地站立起来,打开音箱。顿时,办公室回响起美妙的旋律。

他冲了杯咖啡,坐到沙发上,边品味边思索着。

经历过一阵激烈的思想波动和痛苦的艰难抉择后,他似乎想明白了一些道理,显得不那么痛苦了。

人们常常讲,遇到困难和问题时,关键是要有应对的正确方法和策略。只有这样,才能迎来战胜困难的勇气。如果一味地消沉和陷入不能自制的痛苦之中,只会换来更大的困难和更加棘手的问题,也只会换来对手的嘲讽和鄙视,其结果,只会使你自己越陷越深,不能自拔。对于解决问题是无济于事的。所以,必须直面困难和问题,勇敢地接受生活的挑战。只有这样,才能驱退你的对手或敌人,才能得到正义者的尊敬和支持……

钱金龙在商海拼杀了多年,阅历颇丰,对于如何调整处于困境中的心态,他最是心知肚明的。

18. 汤姆森捅破麻纱婚

下午五点左右,钱金龙身着运动装,到公司的健身中心打了一个小时的保龄球。手气还算不错,球进得多,打歪的少。经过一阵汗水淋滴的运动后,钱金龙只觉得筋骨舒展,精神倍增,刚才的不快与痛苦,已变得似隐似现,忧虑也淡化了许多。

下班回家时,女儿雯丽也刚进门不久。

钱金龙喝过茶吃过饭,雯丽也难得清闲地在看电视新闻。

钱金龙没加干涉,他静静地坐在女儿身边,一声不吭地陪着。

他的思绪在奔腾着。

女儿大了,应该知道事情的真相。况且,这事,包也包不住的。只是,这事，钱金龙不知该怎样向女儿开口。

此时，邢雯丽正目不斜视地盯着宽大的液晶电视显示屏，津津有味地看着老片《廊桥遗梦》。

钱金龙仍旧静静地坐在女儿身边，紧张地想着心事。时不时，也偷看女儿几眼；也时不时，瞟几眼电视屏幕。这部电影，虽然他以前看过几次，已有些淡忘，今天重新看来，依然有些新鲜感。钱金龙看着看着，索性就抛开"杂念"，专心地看起来。这是一部一见钟情式，浪漫、真挚、感人的外遇爱情影片，对罗伯特·金凯来说，是典型的第三者插足；对弗朗西斯卡来说，是她，生硬地强奸了自己丈夫的意愿，悄无声息、不由分说地，给丈夫扣了顶绿帽子。

不知为什么，影片还被冠以经典的爱情剧。据说，它的价值在于向观众指出了一种人生的选择，一种人生理想。

果真是这样吗？钱金龙真是想不明白。

雯丽看得正起劲，不由得询问道："爸爸，你看他们间的感情故事，还挺动人的，足以感染每一位观众。你说是吗？""小孩子家不懂事，瞎说什么呀？""报纸上都这么评论的，难道说错了？""好了，把电视关了，或看看其他台，这个对于你不适合！真的，雯丽，听爸爸的话。""哎，看了电视，我突然想起件事。我觉得，有好长时间没见我妈妈了。她忙什么？怎么不回家？""雯丽……这个么……噢，我，我打过电话啦，她出差。对，是出差去了……""我都快想不起她长什么样了，她经常化妆啦，美容又整容啦，时不时会改变一下。真怕有一天会认不出她来，真的会淡忘掉她原来的样子。""是吗？怎么会呢？她是你妈妈呀？不过也好。""爸爸？不对呀，今天你怎么怪怪的？""爸爸？爸爸怎么会怪怪的，还不是老样子？哎，对了，现在几点了？正好！你看看爸爸公司做的广告，怎么样？"钱金龙打岔道。

说完，他拿起电视遥控器，换了台。这时，正好插播电视广告。雯丽一看，便瞪大了双眼惊呼道："策划得不错，效果蛮好的！爸爸办公司，真是越办越有经验！""又耍嘴皮子，哎，忘了告诉你件事。你史文钧叔叔从美国回来了，还给你带了件礼物。爸爸忘在了办公室。明天给你捎回来。这几天学校怎么样？""还行，挺好的。""那就好！早些睡觉吧，明天还要上学。""嗯。"

第二天清早，雯丽早早地上学去了。

钱金龙没有早起，特意睡了会儿懒觉。到九点时，他才慢悠悠地去了公司。员工们已经在岗，人人都按部就班、各司其职地认真工作着。

钱金龙视察了一遭，便满意地回到办公室。

史文钧总经理的办公室就在他的隔壁，他们正好碰了个正着。

兄弟俩在亲热地寒暄之后，史经理向钱金龙汇报了他的工作思路：其中之一，想在今天早上，召开部门经理以上的高层会议，共同讨论六千万美元合作项目的事宜。

钱金龙对他的做法感到非常满意，也对他的想法极为赞赏……

钱金龙回到办公室不久，服务台王小姐打来电话，说有位姓余的律师要见他，是邢嘉琪的私人律师。钱金龙允诺后，在自己的办公室接待了拜访的律师。来人话不多，开门见山说明来意后，就请钱金龙在离婚协议书上签字。钱金龙仔细阅览了离婚协议，什么感情不和，什么夫妻性生活不协调等词，让钱金龙觉得很不舒服。说句实话，为了家庭，为了事业，为了公司……钱金龙确实一心一意地扑在了公司，有冷落妻子的嫌疑，夫妻生活时间不固定，也没一定的规律，往往匆匆了事。他没有想心思变花样来享受男女的性爱生活，是不是这个缘由？钱金龙在脑海里迅速地分析着。他把协议轻轻地推给余律师说："这个，我现在不能签，让她亲自过来，我有话要问她，烦你转告你的委托人。请吧。"

送走余律师后，钱金龙没有太大的情绪波动，他已经痛苦到极点，有点儿麻木不仁了。他想着，或许老婆邢嘉琪和那个混血儿之间的感情，真的就如同美国作家罗伯特·詹姆斯·沃勒笔下的罗伯特·金凯和弗朗西斯卡。但，那是处在特殊时期的特殊恋情，与自己的遭遇有着本质的不同。他想着，他与弗朗西斯卡的丈夫，是否有着相同的命运，都被老婆戴了绿帽子。但似乎，又有所不同，弗朗西斯卡的丈夫，只是戴戴绿帽子而已，而他，先是被戴绿帽子，而后是离婚，比对方遭遇悲惨多了。他想着，不管怎么说，他要勇敢地面对这个事实，面对这个残酷的现实，因为，还有女儿需要他照顾，还有许多事需要他去做。

早上十点多的高层会议，钱金龙做了不短的发言，他踌躇满志，言语激昂。时刻都鼓舞着每一位经理，激发他们能信心百倍地，耐心、细心、用心、踏实地完成每一项工作任务。

开完会，史总经理来到大哥钱金龙的办公室，关心地询问他生活上的问题，有需要帮忙的，让大哥尽管吩咐。钱金龙有些难为情地把刚才邢嘉琪的私人律师来过的事，描述了一番。然后，叹了口气说："完了，彻底完了，这婚是离定了。不过，事到如今，我现在也想通了。"他咽了下口水，接着说："谢谢你的关心，不愧是我的好兄弟。""大哥，咱兄弟如同一家，你的事，就是我的事。大哥的遭遇，就是我的遭遇。不能太便宜了那小子，不修理他，难以解恨。""好啦，老弟的心意，我明白。我觉得那样做，不妥！感情这事……哎，我就是担心雯丽，怕她接受不了……好了，不说这事。我们谈谈工作吧！"

他们兄弟俩，就公司的发展规划，做了更为深入细致的分析和交流，达成一定的共识。

几天后，钱金龙在上班的时候，突然接到一个陌生电话。对方的中国话虽然讲得很蹩脚，但言语中充满着傲气、霸气和挑衅的口吻："喂，你是钱金龙吗？"

"是。你是谁？"

"你的情敌，约翰·汤姆森，中文名字，刘东方。我给你三天时间，考虑与你妻子邢嘉琪的离婚问题，如果你同意，我会给你一个亿，作为补偿；不同意，我就用这一个亿，收购你的公司。你认真慎重地考虑考虑。希望你有自知之明。三天后，她的律师会过去的……"

不等刘东方说完，钱金龙怒气中烧，很不客气地呵斥道："混账东西！你以为，用钱就可以摆平一切吗？……"

"签与不签，在你……看着办吧！Bye-bye。"

对方笑里藏刀地说完，就挂了电话。

钱金龙听后，对离婚本身，并无特别的悲伤，因为妻子邢嘉琪，已彻底背叛了他，夫妻间已没有任何感情可言，更为重要的是，这件事已彻底刺痛了他的自尊心，他感到很悲愤。刚才刘东方的语气，让他觉得极不舒服，那是对他的人格进行挑战，也是对他的公司实力进行挑衅。

这是他最不能容忍的。

他愤愤地看了眼话机，抡起手臂，真想把它一股脑儿摔到地上，仿佛那个叫刘东方的杂种，就藏匿在话机里。但他，很快就打消了摔的念头，手臂在空中晃悠了几下，又徐徐地放下。

他转身站在落地的玻璃窗前,凝视着。下方,是忙乱有秩序的街景,远处,是一抹黛青色的山影,在朝阳煦暖金光的照耀下,越发显出勃勃的生机。上方,是湛蓝的幽深莫测的苍穹,看上去,也风景绚丽迷人。但,它们往往在美丽的外表下暗藏着致命的玄机,甚至成为人类谈之都不寒而栗的难解之谜。在大自然当中,往往越是美丽的地方,危险似乎也越大,像百慕大三角海域的风景,像海底盛开的海葵以及晶莹剔透翩翩而舞的水母……在它们看似美丽的外表或景象之中,都有可能暗藏着会对人类构成致命伤害的因素。美丽的女人,似乎也有着同样的隐喻特征,就像他漂亮迷人、魔鬼身材的妻子邢嘉琪。

邢嘉琪和钱金龙,已有十多年的夫妻感情,按照中国人对婚姻的说法,已到了麻纱婚的地步。

麻纱,柔软轻盈,遇火即燃,妻子邢嘉琪外遇后的情感烈焰,焚烧了他们之间的原始爱情,使得十多年的婚姻感情,烟消云散,视同陌路。

钱金龙痛苦地燃起香烟,紧皱起眉头思忖着,在离婚协议书上,签还是不签?他又努力回忆着他们近几年的婚姻生活,回忆着前几天电话中妻子说过的每一句话,回忆着那杂种带有威胁性的言辞。最终,他得出了结论,他与邢嘉琪的婚姻,已经走到了尽头,双方之间,已经没有任何感情可言,更谈不上什么爱情。

即使他不在离婚协议书上签字,也无回天之力来挽救他们之间的爱情,没有爱情的婚姻是悲惨的。到头来,受伤害的只能是自己,又何必呢?

在这种情况下,离婚,才是最明智的选择。

钱金龙猛地吸了口烟,随着沉闷的叹气声,从齿缝和嘴角,喷薄出浓浓的白色烟雾,在空调风的作用下,白雾在空中打了几个卷儿,便向四周扩散,越散越淡。最后,融入室内的洁净空气中,消失得无影无踪。过后,在空气中留下淡淡的烟味。

钱金龙接连抽了三支,在尼古丁的作用下,他的大脑似乎清醒了许多。

他带着些许的微笑,懒懒散散地斜靠在老板椅上,两眼盯着放在桌上的一盆君子兰发愣。

心想:君子兰,理应有君子的某些特性,不然的话,人们为什么会叫它君子兰。自古以来,士人,以君子的言行约束自己,以君子的处事标准作为人生的座右铭,这也一直是中国人做人处事的基本原则。不做小人,要做一个高尚的人。高尚的人，必做高尚的事。那么，什么是高尚的事？把自己的妻子，拱手让给一个杂种样的男人，是不是高尚的事？让妻子强死强活地留在自己身边，没有情感可言，在各方面，又不能使她满足，是不是高尚的事？对妻子而言，追求自由幸福的生活，而抛弃前夫另寻新欢，是不是高尚的事？……

这是一个优胜劣汰、竞争惨烈，能者上、庸者下的商业社会。

爱情，是否也潜移默化地遵循了这一法则？

呜呼……到底什么是高尚的事？什么是卑劣的事？这在钱金龙本已混乱不堪的脑海里是彻头彻尾地想不清楚了。他一阵欣喜，一阵悲戚……他就那样沉沉地漫想着，思索着……不知是什么诱因，他突发奇想地，把离婚规则与商业规则联系在一起，觉得有些好笑，但也有几分道理。不是吗？一个高傲儒雅气质脱俗的女孩，在足够多的金钱的作用下，都能让你随意玩弄尽情摆布，你说，什么是圣洁的爱情高尚的事，什么是龌龊的勾当卑劣的事。说不清楚，也道不明白。

在讲求能者上庸者下，竞争上岗和实行末位淘汰制的现代管理时代，这种思想意识，是否也浸染到了婚姻和爱情领域？他，钱金龙，是否已被邢嘉琪从爱的感情世界里淘汰出局？成为这场婚姻之争情感之战的下岗者？而具有竞争实力的杂种，刘东方，在邢嘉琪的婚姻舞台上，闪亮登场，成为这一轮爱情竞争的优胜者？这，似乎已成为事实。尽管人们不愿意承认，婚姻的游戏规则与商业的游戏规则，有些相似，但事实上，在现实生活中的许多离婚动机，正是出于这样的考虑，只是不愿意明确表白罢了。

什么感情不和，什么夫妻性生活不协调……全是浑说，你，邢嘉琪，现在不是找到了，既能让你舒服透顶，又能让你过上更优越生活的如意郎君吗？这，不是能者上，庸者下，是什么？……

想到这里，钱金龙明显感到，阵阵的悲伤感袭上心头……

虽然，钱金龙在事业上是相对成功的能者强人，但在与邢嘉琪的爱情之争上，是失败的下岗者，是庸者……

所以，他必须面对事实，面对生活，去探究爱情失败的原因；去寻找，纵使身无分文也能让女人爱得死去活来的秘籍和手段。

作为男人，拥有强健的体魄，就如同女人拥有漂亮的容貌，是博得女人欢心的第一要素。

到钱金龙这样的年龄,如果身体平平,再娶一位精力旺盛,对性爱欲壑难填的女人,还要想使她不出轨,似乎有点儿不大可能。

想到这里,钱金龙长长地舒了口气,脸色缓和下来。

作为男人,作为成功的男人,拥有强健的体魄和充沛的精力,是显得何等的重要啊。

因此,今后必须多加强体育锻炼……只有通过锻炼,拥有壮实硬朗的身体,才是爱情制胜的法宝……

想到这里,钱金龙立刻安排好公司的一切事务,驱车到具有城市绿洲之称的绿湖植物园的名人高尔夫球场,它位于市中心的一座土石混杂、山顶树木茂密、山麓绿草茵茵的山梁上。此处,风景旖旎,薄雾氤氲,湖光山色相映生趣,空气清新,视野开阔,是休闲纳闲的绝佳去处。

他熟练地将车停泊到停车场,带好随身携带的物品,踏进球场。

钱金龙大口地呼吸着沁人心脾的天然氧吧,顿感从丹田处向上至头顶,都被弥漫着淡淡的舒适的清凉感,仿佛身体的每一根神经,每一个细胞,都得到山涧水气的浸润,传递着前所未有的松弛感和舒服感。

他用力地收着腹部,贪婪地呼吸着。

接着,他和工作人员笑眯眯地打过招呼,热情地出示过自己的贵宾卡后,进入场地。

他打打停停,玩了近三个小时。

在绿湖山庄,用过有特色的野味;在绿湖健康会所,休息了近四个小时。

夜幕降临时,钱金龙才驱车缓缓地回到家里。

19. 价值一亿的绿帽子

第三天,早晨十点左右。

钱金龙和史文钧总经理,正仔细地讨论并审查一个合作项目,服务台打来电话,说有姓余的律师要见他。同意进入后,余律师直奔钱金龙的办公室。

钱金龙看也没看具体什么内容，就在离婚协议书上签了字，从余律师进来到离开，整个过程不足一分钟，就连他自己也说不清是什么原因，致使自己这样爽快地签了字……似乎先前所有不能签的理由，霎时都变得毫无意义。

他几乎是不假思索地办完了这件事，仿佛所发生的事情，与自己毫无关系似的。

之后，他和史总经理，继续讨论着公司的事务。

等史文钧弄明白怎么回事时，就有些愤愤地质问道："大哥，刚才您签的，是不是离婚协议？"

钱金龙不以为然地回答："是的。"

"你，你就这么轻易地签了？不教训教训那杂种？"史文钧不可思议地询问。

"她已经到了这等地步。我们已经没有任何感情可言，我就是再不愿意，不签，又能怎么着？她不照样跟人家睡吗？这只能给我带来更大的耻辱！长痛不如短痛。离了，我也算解脱了。她愿意干什么，也与我没了干系。那杂种还威胁说，如果我不签，他会用一个亿来收购咱们公司。综合各种因素，我觉得，签是上策。现在，我都想通了，那样的女人不值得留恋，可就是苦了我的孩子雯丽啊。"

"那小样的，还能由了他！吹牛吧！"

"管他是不是吹牛，到了这地步，这协议我也是要签的，我不能容忍被戴绿帽子！"说时，钱金龙一拳砸在办公桌上，气得眼珠都快出来了。

时间不长，他的眼神便暗淡下来，在他的内心深处，不只是看在孩子的分上，他还是喜欢邢嘉琪的。只是，事情已到了无法挽回的地步，作为大丈夫，只能作出这样痛心疾首、悲壮决然的决定。事情的发展已经十分被动，是她主动提出离婚，于他已是很没面子。为了挽回更多的面子，只能尽量装出不屑一顾的表情，装出也挺主动的样子，装出很不在乎的心态。于是，他只好轻轻地随手一签，聊以自慰。

钱金龙看了看窗外的一抹山峦，继续说："签完离婚协议，我只觉得如卸千斤重担，一身的轻松啊。所以，没必要找那杂种算账。哎，还有，不管是不是当真，如果我签了，那小子会用一个亿来作为补偿，天下奇闻！一个亿作为补偿，你信吗？天方夜谭！除非，他是个疯子！……"

"大哥，你不要说了。我知道，你心里不好受！你是强装的。我真不知道，该怎样帮你才好！我想起来了。我认得一个同事，比你小十三岁，未婚，给你联系联系怎样？"

"你的心意我领了，我想冷静一段时间。这事暂且不考虑。现在我想，如何让女儿雯丽正确地接受这个事实，这才是燃眉之急的大事……"

"嗯，也有道理。大哥，您一定要保重！如有什么需求，您尽管吩咐小弟！"

"好的！"

办完离婚手续的第二天早晨。

钱金龙仍像往常一样，在办公室静静地审阅文件。公司财务总监带着几分惊喜，又有几分慌乱地打来电话说："董事长，您好，有个问题我得向您汇报。""请讲！""有项巨额不明资金，注入咱们公司账户，数额太大，相当于咱们公司流动资金的两倍，是一个亿。太奇怪了！"

钱金龙听后，不由得一愣，心跳顿时加快，他心想："天方夜谭的事，真的发生了。那杂种的？为了个女人？真他妈的大方。如果真的用那一个亿来收购我的公司，岂不麻烦大了？"他胡乱地想了一通，接着镇定地说："这事我清楚！先把那资金冻结起来，听候处理！""是的！董事长。"

挂断电话，钱金龙的心里久久难以平静。

他觉得：这钱，是自己耻辱的象征。是刘东方凭借其强大的经济实力，用这一个亿来炫耀爱情争夺战的胜利，显示着胜利的必然性和不可抗拒性。同时，也是给败北情敌以愉快的羞辱，算是代价，算是补偿，算是怜悯，算是施舍……都可以，是有钱人玩弄的一场新游戏。总之，这能充分地证明，在这场爱情争夺战中，你是失败者，理所当然的失败者，这一个亿，实实在在的资金，就是很好的证明。当你在慢慢地使用这一巨额资金时，每一次消费，都会让你心痛，都会让你感到不舒服，感到羞辱……这花不完的钱，会让你心痛到永远。

这就是刘东方对付情敌温柔歹毒而又善意的良苦用心。

钱金龙琢磨了片刻，拨通了刘东方的电话："喂，请问是刘东方吗？""你是……噢，想起来了。情敌，对吗？什么事？""请收回你的资金！""噢，收到了？那是不可能的。收回来，我就用它收购你的公司，我说话算数的。这钱，你慢慢地花吧，用心地花。哈哈……""你这是瞧不起我。""你自己想去吧，这我就不必说了。我用了你老婆，算是补偿。我是出于好心好意的，用这一个亿，给你买了顶华丽的昂贵的绿帽子，还合适吧？哈哈哈，你小子遇上我，算是幸运……我有的是钱。关键是，这钱，能带给我快乐，能带给我自豪感。你们中国人就是怕戴绿帽子。其实，没什么好怕的，想开点不就行了？哈哈哈……"钱金龙实在听不下去，狠狠地骂了句："卑鄙无耻！""没什么卑鄙的事……这世界就是，有钱能使鬼推磨……不是吗？哈哈哈。"

不等钱金龙再分辩什么，刘东方就挂断了电话。对于这类人，像钱金龙这样的中型股份企业的老板，根本无法与之相抗衡，就犹如鸡蛋与石头的关系，钱金龙深知这一点。

不幸遇到这种后院起火的事情，也只能算自己倒霉。

人在生活中，能不顾一切做的事，有二件，一曰好色，二曰贪财。

刘东方正是这样的好色之徒。

钱金龙打完电话，心情变得极为不爽。

他在想如何处置这笔资金，如果留着自己用，那真的被刘东方言中了！

该怎么办？

在苦思冥想之际，他想到了许多因父母离异、婚外恋、未婚先孕、父母双亡等原因产生的无家可归而进孤儿院的孩子，他们被家庭遗弃，被世人鄙夷，生活在情感匮乏的可怜状态中。他们应该得到社会的关注和世人的同情。因为，他们本身是无罪的，无过错的。

钱金龙坐在办公桌前，怀着很不平静的矛盾心情，仔细拟定了一个捐赠方案：将一个亿，分为十等份，分别捐给十座大城市的孤儿院、残疾人学校和社会儿童福利院。

他让史文钧总经理到办公室，简单说明了事情的经过以及自己的想法。史总经理对此深表赞许。接着，俩人商定了捐赠的日期和细节的筹划，由史文钧总经理出面负责，择钱金龙与邢嘉琪结婚的日子，为捐赠仪式日。

在史文钧总经理的组织下，整个捐赠仪式进展得相当顺利，全都采取低调处理，不声张，不做任何形式的舆论报道。如果非报道不可，只能用模糊概括的手法，绝不做细节及具体数额等详细情况的披露。

有一天，邢雯丽放学回家，兴致勃勃地舞动着手中的报纸，连蹦带跳地蹿到父亲面前，掩饰不住内心的激动，用清亮欢快的声音问："咱们市里出现了位大慈善家！他向残疾人学校和儿童福利院捐赠了一大笔钱，今天班会课时，老师还让我们认真讨论学习。"说时，就把当天的报纸塞到父亲的手里。雯丽看着父亲在认真地阅览报纸，便补充道："我们班同学和老师，都很敬佩这位慈善家。我长大了，也要像他一样，多行善事。"

钱金龙边看报，边点头。而后，他皱了皱眉头，表情随之变得严肃起来。他慢慢地吐着字，小心翼翼地说："雯丽，来坐下，爸爸给你说件事！""什么事？好事吗？"雯丽显得迫不及待地挨着父亲坐在沙发上，接着，她看了看四周反问道："哎，怎么好几个月都没见着我妈妈了？""我正要说她！我想，你现在已经长大了，对是非也有一定的明辨力，你还懂得一些心理学知识。我相信，你会正确对待这件事……""到底什么事？我能接受的……你说！不要放在心里，那样会很痛苦的。""我问你几个问题，你喜不喜欢爸爸？""爸爸，当然喜欢了，我从小到大几乎都是您照顾我，是不是你们……""是的！你妈妈和我离婚了，你跟我。你放心，我会做好一切的……照顾好你……""好了！我明白了。你们离婚了，是吗？""是的，对不起！孩子，是爸爸无能啊。""我早就有预感，也经常做这样的噩梦……今天，噩梦变成了现实……你们是怎么搞的？爸爸，我知道，是不能怪你的……你也不要太伤心，想开点。"说完，就呜呜地哭泣起来。钱金龙看到女儿的冲动表情，慌乱地抚慰道："孩子，你，你没事吧？一定要想开！""我只是觉得有些突然，一下子接受不了。不过，以前也是经常由你来照顾我的。我想，很快就会自然的……老爸，你也不要太难受，放松点。我发现，你的脸色有点难看，哪里不舒服？来，喝点热茶……"

雯丽说着，就给父亲沏了杯热茶，顺手递了过去。

"不要想得那么多，身体要紧！要不，早些休息？"雯丽继续安慰着。

钱金龙看到女儿的情绪趋于平静，心里也渐渐地踏实了下来。

只是，他一看到女儿，就觉得心里隐隐地难受，觉得对不住女儿。想到这里，便也劝慰道："雯丽，你也不要想那么多，早些休息吧！""好的！"雯丽似乎明白了父亲的用意，刚把与母亲离婚的事，向自己挑明，如果父女俩一直纠缠在这样的话题上，只能生出更多的愁闷和痛苦。

雯丽独自回到自己的房间，和衣躺在床上。

恍惚中，她独身来到一个陌生的城市，这里的街道、楼房、行人，就连树木和花草，都是陌生的。

她，没有和任何人讲话。也没有任何人和她讲话，甚至是用眼角瞥她一眼。

她就这样孤独地踽踽而行着……

也不知为什么，她蓦地来到一个长满树木和鲜花的幽静的山谷。这里，天，出奇的蓝；花，出奇的艳；叶，出奇的绿；林，出奇的密；泉，出奇的清。雯丽环顾四周，只望见一只蝴蝶，在空中翩翩飞舞，除了她自己，再没有什么活动的生物。一阵山风吹来，她抖了下身体，突然生出莫名的恐惧，全身不由得哆嗦起来。她顺势来了个深呼吸。霎时，恐惧感奇怪地消失了。这时，在心底又莫名地生出几分愉悦感来，渐渐地，她喜欢上这个幽静的处所。于是，她开始弯腰采摘那些水嫩欲滴的山花……花越采越多，越多也越艳起来，不知不觉，她就采摘了一大把。她挑选出最艳的一朵，插在自己的头顶，高兴地朗朗大笑起来。

清脆的笑声，在充满鲜花的山谷里回荡着，回荡着……

这时，那只蝴蝶翩跹地飞舞过来。她开始在开满鲜花的山坡上，追逐那只飞舞的蝴蝶。她飞快地跑着，不断地舞动着手臂，却怎么也抓不着。刚才采摘的大把鲜花，因奔跑而撒满了整个山坡，根本分不清，是自然生长的，还是刚才掉落的。突然，有一小块藏匿在花丛中的石头，突兀出来，绊了她一脚，她的身体便像掉了线的风筝一样，急速地笔直地摔倒在地上，头惯性地深埋在花丛中，胸也因用力着地而隐隐地痛着。这时，她一个侧转身，吃惊地发现，刚才绿葱葱的山谷，消失了……

她举目眺望，整个山谷几乎是寸草不生，没有了花草，没有了树木，没有了那只舞动着的蝴蝶，甚至连山风都没有了，空气凝固了，时间静止了。

这，绝对是一个人迹罕至人烟稀少的荒凉之地。

就在她纳闷的当儿，突然感到有阵山风袭来。她蓦然回首，只见一群野狼，正冲自己扑来。她惊吓得惨叫一声，转身便跑。这时，空气似乎变得黏稠起来，她费力地抬足，拼命地迈步……不知怎地，可就是跑不动，就像是掉在松油上的甲虫，腿脚不停地运动着，却无论如何也不能向前迈进一步。眼看野狼就要猛扑过来，她已能清晰地看到野狼在奔跑中伸出的、随着身体而摆动的，猩红色流着馋水的舌头……剩下四步，三步……就要扑到她的身上。

她正焦急地看着，无奈地等着，拼命地动着……

就在刹那间,她的脑子猛然生出个奇怪的念头:要是能飞起来,那该多好啊!

就在她想象的时候,第一只野狼已经冲上来了。

与此同时,她用力地蹬了一脚。奇怪的事情发生了,她的身体,正如她所希冀的那样,浮在了半空。真险啊!野狼尖锐的牙齿,距她的皮肤不到三厘米远。

野狼仍在下面用力地跳蹿着,嘶鸣着……却始终未能咬住她的皮肉。她似乎想摆脱这样的困境,想腾云驾雾般离开这个鬼地方。于是,吃力地在空中奔跑。倏忽间,她不知怎的,就悬在了自己家的上空,野狼同样尾随其后,做着徒劳无益的举动。

正在雯丽焦急万分的时候,她看到了母亲邢嘉琪。

于是,她大声地呼叫母亲。清澈而嘹亮的声音,响彻在城市的上空。

邢嘉琪看了眼雯丽,漠然地说:"你是谁?"

"我是你的女儿啊!……快救我!"

"你从未吃过我的奶,怎么会是我的女儿?……吃谁的奶,谁就是你娘!你是吃奶粉长大的……哈哈。"

就在此时,一只野狼一跃而起,咬住了雯丽的左脚,紧跟着,第二只也蹿上来,咬住了雯丽的右脚……她忍住剧痛,两眼泪汪汪地,凄惨地求着妈妈过来救自己。邢嘉琪好像微笑着,正饶有兴趣地欣赏着这精彩的一幕……

雯丽看到越来越多的野狼,正扑到自己身上,撕咬着,吞噬着……

她一惊呼,用尽全身的气力,从狼嘴里拉出自己的双腿,瞅准空隙,拔腿就跑。

尝到甜头的狼群,更凶猛地紧追不舍……

她一不小心,双脚踏空,掉进一个漆黑的地洞,身体正急速地下降着,由于失重的原因,她感觉揪心的难受。

她感受着前所未有的恐惧。情急之中,她几乎用尽了全身的气力,想再次飞跃起来……但她最终还是绝望地惨叫了一声,身体便重重地摔到了地上。

雯丽连忙爬起来,摸了摸身体,晃了晃头,一切都好!她只觉得额头渗出涔涔的汗水,心脏扑通扑通地跳个不停。她下意识地旋亮床头灯,小心翼翼地看了看自己的房间……

还好，一切正常，只是一场噩梦而已。

这一夜，她彻底失眠了。

经过一段时间的调整，雯丽的情绪已趋于平静。她逐渐承认并接受这个事实，只是比以前更觉得，父亲太辛苦，太可怜。在平时的日常生活中，她更加体贴自己的父亲；只是在她的眉宇间，平添了不易觉察的淡淡忧愁……

钱金龙在朋友们的帮助下，到公安局将女儿邢雯丽的名字，正式改为钱雯丽，并重新办理了身份证。

钱金龙离婚的消息，在他的朋友圈中不胫而走……

许多新老朋友都对他的不幸寄予了同情和关心，并纷纷打电话安慰他。

作为公司的主要股东，能积极为公司出谋划策，对钱金龙也颇多关注的尹老，听到他离婚的消息后，亲自来到公司，对钱金龙进行开导，在心理上安慰他，在事业上帮助他，在生活上关照他……

尹老想为钱金龙重新张罗婚事，为他的个人问题献计献策。钱金龙对尹老的行为感激涕零。但是，在婚姻的问题上，钱金龙婉言谢绝了尹老的好意，他怕女儿难受。要再娶，也得等女儿再大些，征得她的同意后，再娶不迟！

之后，钱金龙请尹老吃过午餐，俩人才挥手告别。

20. 钱雯丽醉酒

父母的婚变，给钱雯丽的心理留下了微妙而深沉的不可愈合的创伤。这创伤，虽然在她的行动和外表上，没有丝毫的表露，但在她的潜意识深处，有一种发自心灵内核的忧郁，伴随着躁动不安和恐惧战栗的情绪，已在无声中生根发芽，渐渐地支配着她的灵魂，左右着她的灵魂，使她的意识形态、世界观、审美观，发生着潜移默化的变化。

这种改变，是由内而外，发自内心彻头彻尾的根本性变化。就连钱雯丽本人也浑然不知。

她仍像往常一样：上学、玩耍、上网、看书、听音乐……生活似乎还是老样子；她的表现和行为也似乎是老样子，一切照旧！

但有时候，一些极细小的，甚至是不足挂齿的小事，却能强烈地触动她的心灵，使她感受到强烈的震撼。

这种突变，是不为任何人所能觉察的，自然包括她自己。

那天，强劲的西伯利亚寒流，横扫了大半个国家。雯丽所在的南国南滨都市，气温一下子骤降了几度。

入冬后，平日里仍着夏装的许多年轻人，有玉臂纤纤、细腰楚楚，走路随臀一起摆动，穿着浅蓝色喇叭形半短裙的靓丽小女孩；有本已是短衣短裤，却还挽起裤管、撩起衣襟，上下抖动而暴露肚脐的不耐热的壮实小男孩……在寒冷袭来之后，身体明显都包裹得严实了些。

一时间，满眼都是长衣长袖，蛮有南方人过冬的情调。

学校的学生，差不多都换上了冬服，平驳领单排四粒扣改良的深蓝色西装校服。但仍有为数不多的几位男女同学，还是一副盛夏的装束，坚持挑战着自己耐寒冷的极限。在别人的眼里，那看来显得十分单薄的短衣短裤，紧贴着身体的肌肉，在奔走中随着身体左右上下一晃一晃地抖动着，更让人生出几分担忧，真怕他们被冻着。如果恰巧碰到这样的学生，就有老师不时地关切地询问几句："穿得太少了！小心着凉！""穿这不冷？还是加些衣服吧！当心感冒。"

确实，他们的装束，与这个时节、气候和环境，格格不入，因此，就显得特别抢眼，即使相距甚远，但只要目光所及，就会像宇宙中的黑洞似的，磁性般强烈地吸引着来自人们的好奇目光。几乎所有目睹过的人，都会情不自禁地，怀着好奇的心态，想多看他们几眼。这些人，不知是想哗众取宠，有意吸引人们的眼球，还是张扬个性，坚持自己的独特审美？不知是因疏忽而忘记带衣服，落得后悔莫及，只能忍受寒冷的境地，还是为博得同学、老师的同情与怜悯？……

其真正的原因，不得而知。

在几位敢于与寒冷较量的同学中，就有雯丽的好友吕迪。

吕迪和其他几位身着夏装的女同学一样，是为了能继续展示自己优美迷人的身体线条，展示自己夺人耳目的美丽容颜。尤其是在冬天，当别的女同学被冬服遮掩住昔日靓丽身姿的时候，正是她们大显身手、凸显美丽、张扬个性、吸引眼球的最佳时机……冬天的阵阵寒意，对她们来说，似乎是件非常好的事情。她们宁愿忍受让自己瑟瑟发抖的寒冷，也不愿意穿上可以让自己暖和但要牺牲部分魅力的冬服。

有时候，靓丽的女孩子往往就是这么固执，就是让父母放心不下。

吕迪正是这样。父母百般地劝说，千叮咛万嘱咐，好说歹说，她死活就是不穿。眼看着早晨的气温在不断地下降，这可急坏了她的母亲，她特意在单位请了假，迅速回到家，取了女儿的衣服送到学校。那时还没下课，吕迪母亲拿着衣服，在教室外等了二十多分钟，直到下课时，才把吕迪叫出来。当母亲看到嘴唇都有点紫青的女儿时，心疼地说："孩子，没冻坏吧？你看看，早晨让你穿，你硬是不穿！快穿上，暖和暖和。"没等母亲说完，吕迪就径直地打断道："我又不是小孩子，冷热还不知道？我不想穿！""乖女儿，听妈的话，穿上。别冻坏了身体。你看看，都流清鼻涕了。算妈求你了，好不好？"吕迪极不高兴地瞧了母亲一眼。当她瞥到母亲那双饱含着慈爱的深情的眼睛时，她的内心柔软了。吕迪略微停顿了一会儿，说："那好吧！谢谢妈妈。"吕迪当着母亲的面，穿上了厚实的外套，顿感有股热流，迅速蔓延到周身。她看着母亲，微微地笑了笑。母亲看到女儿的表情，笑逐颜开地说："怎么样？不冷了吧？好啦，用心学习，听老师的话！女儿再见！""再见，妈妈！"

吕迪目送着母亲下了楼，而后，表情有些悻悻地回到教室。

吕迪穿了件白底粉红色图案的运动装。在衣服的烘托下，她的脸色显得更加水嫩透红，靓丽悦目。在那一瞬间，教室里的所有同学都向她齐刷刷地投去或惊愕、或爱慕、或嫉妒的目光。这种复合型目光，源自吕迪天生的丽质、幸福的生活和瞬息的巨变，给周围同学引起异样的审美感受，造成或轻或重或深或浅的心理触动，使他们都陷入各自不同程度的想象和回忆中。

在所有的同学中，受刺激最大的，莫过于钱雯丽。

看到吕迪的母亲，这自然使她想到了自己的母亲；想到了听别人讲的自己从未吃过人奶的幼年时期；想到了夜夜是父亲伴自己入眠，白天一直和保姆相依为命的童年时期；想到了每每是父亲陪自己逛公园玩耍，和长时间都很难谋面，也似乎很少见母亲笑容的少年时期；想到了没有丝毫情感，决然地抛弃父亲和她，也无任何仁爱之心，首先提出离婚的母亲……想到这里，雯丽的心情顿觉异常的难受。

与吕迪相比之下，她怎么也想不通：她为何会遭遇这样的母亲。

雯丽先前也曾奢望过：能享受到像吕迪那样的母爱。因而，她在自己的母亲面前，尽力地表现着，努力地讨好着，处处懂事，显得很有礼貌；事事勤快，显得很能任劳；次次考试，成绩很是优秀。她在每件事上，都不懈地努力着。然而，她等到的却是父母的离婚。她的奢望以及美好的愿望，似乎都已变成水中的月，成为可望而不可及的事，变成只能永远留存在心底、永远难以实现的美好回忆。

这也使她彻底地绝望了，成为心中永远的痛。

看到吕迪沐浴着四溢的母爱，在她心中激起的已不是羡慕，不是忌妒，不是愤怒，而是深深的无奈和长长的叹息。这种无奈和叹息，夹杂着自己对人生、对审美、对生命的意义与本质的理解上的错位。在潜移默化中，无情的现实似春雨润物细无声地浸染着雯丽的心灵，使她在浑然不觉中，内心与性格悄悄地发生了改变……

在这种颓废情绪的支配下，雯丽昏昏然地上了几节课。

她也似乎觉出了自己的些许异样，也曾尝试用所学的心理学知识，进行过心理调整。结果是，徒劳无益。似乎这些方法，都只是说给别人听的，都只是对别人起作用。就像年逾花甲的老中医，给别人看病，一看一个准，轮到自个儿时，则束手无策。

中午休息时间。

钱雯丽看到别的同学都去吃午餐了。她自个儿觉得心里憋得慌，一点儿食欲都没有。于是，她鬼使神差般，破天荒地向门卫撒了个谎，表情沉稳地出了校门。径直来到一家离学校不远的超市。

她漫无目的地转了一遍。

当她看到卖酒的专柜时，不觉眼前一亮。心想："那可是个好东西，说不准喝上点，兴许还会豁然开朗起来，会忘记过去，忘记一切不痛快的事情。自古及今，有多少人借酒浇过愁，又有多少人，因酒后灵感爆发而留下千古佳作。所以，喝些酒，并不是什么坏事情。"

想到这里，她也不讲什么品牌，随手就买了一小瓶外国酒和一包口香糖，便匆匆来到离学校不远处的一个小花园。

择一阴凉处的长凳坐下。

就这样，一个妙龄少女，破天荒地，在自己的书包里藏匿了一瓶酒。在一处无人的静寂的绿阴下坐着，一种惆怅感与苦闷感，还夹杂着不可名状的冲动感，漫绕在她的心头。她下意识地掏出酒瓶，旋开瓶盖，仰起脖颈……顿感一股浓浓的辛辣感和灸热的火烧感，掠过喉咙，直穿鼻腔，强烈地刺激着她的鼻腔黏膜。紧接着，又有一种带着鼓胀感和麻醉感的气浪，透过后脑勺，旋过一个圈，直逼额头……几乎是在刹那之间，她的眼角被憋出两行泪珠，沿着脸颊滴落在地上。

雯丽有些龇牙咧嘴地咂吧了下嘴巴，怔怔地看着酒瓶。

这是她头一次喝酒，火辣辣的酒精，灼得喉咙有些发痛，发麻……

当她仔细端瞧那清澈透明的洋酒时，仿佛心中的种种不快之感，又涌上心头。而眼前，这有些辛辣的东西，恰好能帮助她摆脱心中的苦恼。

她的心情，就像大海中漂荡着的落难者，突然发现足以救命的稻草时的那种感觉。

她怔怔地盯着酒瓶，两眼渐渐地发出亮光，嘴角也随之绽放出几丝笑容。

她幕地仰起脖颈，像喝矿泉水似的，喝完了那瓶酒。

她带着微笑，挺着红润的面色，踉跄着走出了那片林子，走出了那个小公园，直奔学校。

快到校门口时，她缓缓地停下来，驻足片刻。张开嘴，把手挡在嘴前长长地哈了口气，于是，她怔了一下，随之又想起了什么。

她从挎包里干脆利落地掏出几片口香糖，轻轻地推入嘴里，边走边大口地咀嚼起来。

她迈着软绵绵，又有些轻飘飘的脚步，来到教室，径直坐到自己的座位上。

喝完酒的钱雯丽，粉面透红，脸部那特有的红润，就像刚跑完一百米，甚至是一千米后，由于剧烈地运动而洋溢在脸上的那种红色，根本没有显露出像一般人喝醉酒那种涨到脖根的暗紫红色。是第一次喝酒的缘故？是身体的缘由？还是她嘴里咀嚼着的几大块口香糖，混合了酒气，散发着一种奇怪的香甜味……是这种气味，刺激了她的皮肤的原因？

总而言之，仅靠钱雯丽的面色，谁也判断不出：她是喝过酒的，而且是空腹喝的。

在这种肤色和气味的掩护下，没有谁会怀疑，此时的钱雯丽已喝得酩酊大醉。

随着酒精不断地渗入到雯丽身体的每一个细胞，酒精开始不断地侵扰着她的意识，朦胧着她的思想……

下午，在邱老师的课上。

邱老师虽然发现了钱雯丽的一丝异样，但最终也没能判断出她有什么特别的不同。只是觉得，她的面色比平常更加楚楚动人。他在慌乱中偷偷地看了钱雯丽几眼，作为男老师，他是不敢盯着她多看几眼的。于是，他就站在讲台上，忙着讲开了新课。

钱雯丽用手扶着下巴，眼睛一眨一眨地听着。

此时，正在听讲的钱雯丽，渐渐地觉得：头昏沉得厉害，意识一片迷茫，身体也异常疲软……她的弯曲的腰杆子，像面条一样耷拉在课桌与课椅之间。

不知什么时候，又好像是在不经意间，她的身体，轻轻地、软软地、绵绵地，滑落到课桌底下，弯曲着躯体，侧躺到地上。

正在面朝黑板写字的邱珍宇老师，骤然听到一阵骚动。他一扭头，便惊慌失措地冲下讲台，声色急促，紧张焦虑地问：“她怎么啦？怎么啦？”

邱老师和同学们一道，在忙乱中扶住钱雯丽……等靠近后，他们便闻到一股奇怪的酒味。邱老师端详着钱雯丽那有些发白的脸面，立刻吩咐班长道：“快，快叫校医！”

班长得到指令飞奔而去。

邱老师利用这个空隙，用手指掐着钱雯丽的人中穴。由于上唇的肌肉受到了牵引，她的嘴唇微微地翕动，露出一小团白白的东西。邱老师的大脑，猛然闪过一个危险的念头……他赶忙用手掰开她的双唇，发现了她含在嘴里的口香糖。于是，邱老师毫不犹豫地伸出左手，猛夹钱雯丽的牙关，迫使她张开了嘴巴。里面的一大块口香糖，清晰可见；一股浓烈的酒臭味，在没遮拦的嘴巴间，喷薄而出，呛得邱老师差点背过气去。

邱老师侧转头，大口地喘着粗气。他带着吃惊和不可思议的表情，责问周围的同学：“她，她怎么喝酒？啥时喝的？你们怎么也不向我反映？”

周围的同学面面相觑着，也不敢吱声。

这时，校医赶过来。

钱雯丽被众人放到担架上，她被抬放到校医室的病床上。医生们忙着听诊，量血压，打吊针……

安排妥当后，邱老师向学校做了汇报，又通知了家长。就这样，邱老师在一片忙乱和惊诧中，结束了课程。

21. "史狂人"被打残

在教学办公区，邱老师的办公室门口。

邱珍宇老师昏沉着脑袋，思绪茫然又有些焦头烂额地遇到一位"陌生人"，自称是史匡胤的父亲。邱老师用手指敲了敲脑门，眨了眨眼，"噢"地恍然大悟道："想起来了！想起来了，你看我这记性，孩子怎么样？""孩子现在好了，彻底好了！噢，您看，这是医院的出院证明！他的精神分裂病好了！"父亲近似疯狂地抖着医院的出院证明，兴奋地说着。邱老师接过证明看了一眼，和颜悦色地说："那就好！好了就好。"史匡胤的父亲瞅准机会赶紧插话道："我从医院一出来就直奔学校。早来一会儿，就少耽误一会儿学习。""他来了？""来了！哎，快过来……见过邱老师，向邱老师问好！"父亲急切而兴奋地呼唤着儿子，史匡胤迟缓地挪动了几步，翻了翻眼皮，面露出似笑非笑的表情，看着邱老师，但不言语。邱珍宇的心里不由得掠过几丝忧郁，面对这位半路转来的有门子的关系户，也不好多说什么。他看了看父子俩，平静地说："赶快进教室上课吧！"

史匡胤的归来，使邱珍宇原本乱糟糟的心情变得更加凌乱。他在心里甚至埋怨这个来的不是时候的史匡胤，简直就是忙里添乱。他坐在办公椅上，情不自禁地仰起脖子，往肚里灌了几口纯净水。被水浸润过的喉咙，顿时滋润起来，因着急没来得及喝水而有些沙哑的嗓门儿，暂时恢复到原本圆润浑厚的程度。

不足两分钟，他又急切地离开办公室，到校医室看望酒醉未醒的钱雯丽。

在医生的帮助下，钱雯丽吐了一些，又打了会儿吊针，神志渐渐地清醒过来。

校医看到钱雯丽的神情，舒了口气，对邱珍宇说："她不只是醉了，还有些酒精中毒的症状，好在不严重！"邱老师"嗯"了声，点点头，没再言语。

这时，钱雯丽的父亲钱金龙风风火火地赶到。一见邱老师，就用发抖的声音问："雯丽，她怎么啦？怎么样？""不知什么原因，她竟然独自吞下一小瓶白酒，有些酒精中毒。不过，不打紧。"邱老师略微怔了一下，继续问："是不是家里发生了什么事？"钱金龙苦涩地似笑似哭地展露了下表情，算是回答。随即，便扭头看着躺在病床上的女儿。雯丽在朦朦胧胧中，似乎也瞧见了父亲。于是，她微微地睁大眼睛，没有说话，只有豆大的眼泪顺着眼角流淌而下。钱金龙凝视着女儿，也没有言语，只是鼻子一酸麻，眼角也滚落下一串泪珠。

邱老师和校医见状，知趣地退出病房，只留下钱金龙与钱雯丽父女二人。

钱金龙坐到女儿身旁，紧攥着她的手，动情地说："是爸爸对不住你。"钱雯丽似乎已经意识到后果的严重性，她喃喃地说："爸爸，对不起……我，我只是觉得心里难受……喝了点酒……想不到会……这样，让您伤心了。"钱金龙看着清醒过来的女儿，用万分真诚的口吻，一字一字地说："雯丽，你就是爸爸的一切。如果你要是有什么三长两短，那爸爸活着也就没啥意思。""对不起，爸爸，我错了。"

钱雯丽看到父亲含泪说出这样的肺腑之言，感动的泪水如涌泉般泻出。至此，她已完全明白自己生命的双重意义，不仅是为自己而生，而且是为父亲而活。所以，她必须坚强地面对现实生活，面对现实生活中的各种困难和突如其来的种种打击。雯丽看着无比慈爱的父亲，猛地扑到他的怀里，带有放纵，也带有发泄般地哭泣起来……突然，她止住哭声，擦了擦眼泪，笑着对父亲说："爸爸，你放心，这种傻事，是第一次，也是最后一次。我以后绝不会再做了……我爱你，爸爸。"钱金龙笑眯着眼，乐呵呵地说："好女儿！"就再也说不出什么话，似乎他想表白的一切，以及一切一切的感情，都寄托、蕴藏在"好女儿"三个字中。

两天后，钱雯丽的酒劲彻底散尽，精神状态也基本恢复到常态，只是，脸上褪去了本来的天真笑容，取而代之的是眉宇间淡淡的不易觉察的忧愁。

她经常沉静地坐在座位上，甚至连走路时，也处于沉静思索的状态。

邱老师起初并不以为然。

直到两周后，邱老师终于发现：虽然钱雯丽的行为表现一切如故，但在她的脸上，时常会浮现出一种淡淡的忧愁相。这时，邱老师已了解到钱雯丽经历家庭变故的遭遇，对她的不幸，也深表同情。他心里过意不去，便和心理老师商量，以游戏或无意谈论的方式，诱导钱雯丽解除心理的疑虑。

试过几次，只是在辅导时能奏些效，过后，又很快恢复到原样。五六次下来，虽有些改变，但不明显。

钱雯丽的改变，使班主任邱珍宇老师异常地焦急，这样一位品学兼优，在各种考试和竞赛活动中，为班级争得不少荣誉，也为邱珍宇老师脸上增添不少光彩，被老师们寄予厚望，希望她能考上本市有名的重点中学，被老师们一致视为掌上明珠的学生，却意外地陷入到遭遇家庭变故所带来的情感困惑中，而影响到她的学习成绩。

邱珍宇老师想到这里，不免生出一些悲悲切切的感触来。

经过一段时间的心理疏导后，钱雯丽的性格没有多大的改变，照旧沉默寡言，但学习的劲头更足，她对学习似乎有股痴情的狂热，在昼昼夜夜，甚至是每时每刻，她总想挤出哪怕是些许的时间，来看书，尤其是文学书籍。

自从钱雯丽发生醉酒事件后，钱金龙时常留意着女儿的情感变化，他也发现了她的异样，尤其对文学作品的狂热。

热爱文学，并不是什么坏事。钱金龙是这么认为的，邱珍宇老师也是这么认为的。

忙完钱雯丽的事后，邱老师刚想舒口气轻松一下，没料到，有关史匡胤扰乱课堂教学的告状，又使他愁上心头。

此事不平，则乱大局。因为史匡胤上课时的一举一动，会影响到周围同学的听课质量，也会影响到授课教师的情绪，从而影响授课的质量。正是由于这个效应，邱老师感觉特别的焦虑不安。但是，他也有几分无奈和无助。

自从史匡胤出院复学后，精神分裂的病症是减轻了，但他本身固有的说话带刺儿，喜好恶语中伤人的讲话风格和不辨善恶与场合随时自创恶作剧的行事方式，却怎么也改正不过来，这可能是天性，也可能是后天娇生惯养的衍生品。

当心理辅导老师摊开双手，表示她也无计可施的时候，邱珍宇老师顿时觉得有些绝望，真的再也找不到解救史匡胤的良策。那一刻，邱老师的思绪一下子便陷入到混沌之中……这种感觉，就像一位走投无路的人，满怀信心地去投奔一位好友……到那儿才发现，他的好友也已家道败落，沦落得和自己一样处境时的心境。

邱老师漠然地望着苍穹……

它湛蓝幽深，浮着缕缕薄云，不知被什么力量拉成细细的长长的条纹，就连远处的云彩，也被扯成一丝丝一缕缕的形状，像是被一把硕大无比的梳子梳理过似的。

　　邱老师凝望着神奇莫测的天空，充满忧郁的表情逐渐地舒展开来，似乎还面带着微笑。这，就是大自然的力量，它可以涤荡和净化众生的心灵，使人的胸襟变得更加坦荡；它可以驱逐和消融内心的阴霾，让明媚的阳光重新照亮你的内心世界。邱老师的心情豁然开朗后，他就找史匡胤的父亲来了解史匡胤的相关情况，然后在知彼知己的情况下拿出对策，通过学校的努力和家庭的配合，双方共同教育，让史匡胤改正毛病。

　　在两天后的一个下午，史匡胤的父亲如约而至。在交谈中，史匡胤的父亲几次重复："我家孩子绝对没有问题。至于其他的毛病，是学校教育的事，与家长无关。"邱老师耐心细致地解释说："孩子的病，是好了。但要纠正孩子说话带刺和恶语伤人的毛病，还需要得到家庭的配合与支持。不然，我是担心，这样下去，形成习惯，将来孩子进入社会后，会吃亏的。""能吃鸟亏！这叫说话有分量，有力度，有震慑力！你们老师就是幼稚，永远不会了解社会。邱老师，你只管教好你的书，至于这方面的事，你就不用瞎操心了！""可是，他现在这样，将来真的就害了他呀！"邱老师本来还要向他的父亲反映他扰乱课堂纪律的事，但话到嘴边，他却突然改变了主意，把话咽了下去，自己也不知道该说什么好地嘟囔了几下。"好了，以后没事，你就不要耽误我的时间！我有事要走了！"

　　他们间的交谈，在很不友好中不欢而散了。

　　在此后的几天，邱老师真的陷入了困境中。因为这段时间来，有不少学生和老师，到学生处反映过他班的纪律问题。尤其是在学校的一次纪律检查中，他的班不幸上了黑名单，强行整顿的班级之一。这对邱珍宇老师来说，是莫大的羞辱，自从他从北方来到这所特区学校担任班主任以来，他所带的班一直是学校的先进班集体和文明班集体。而今，突然被沦为学校最混乱的班级之一。为此，他深深地苦恼着！在上有压力、下有阻力、中间又不配合的情况下，邱老师有时真的有老鼠进风箱，两头受气，出力又不讨好的感觉……

　　他的心，一时间感觉凉丝丝的。有一种悲凉感，从心底里油然而生。

针对班里的种种突出问题而开的几次主题班会如期进行。之后，班风及部分问题学生的表现都有所好转，但以史匡胤为首的几个调皮捣蛋鬼、顽固分子，依然我行我素。邱老师使完了浑身的解数，试过了可能奏效的各种解决办法，包括各级各类教育心理学专家提供的具有一定针对性的研究理论和解决问题的应对方法。他发现，在实际的操作中，仍是那样不顺畅，几乎是理论归理论，实际归实际，完全是两张皮。

邱珍宇老师想来念去，再也没有什么好的解决之策。觉得有些无可奈何了。

在这几个顽固分子中，他最担心的是史匡胤。因为他的言语和为人处世的方法，实在让人看不下去，也有些难以忍受。但是，毕竟他是学生……邱珍宇老师仍然不厌其烦地对他进行说服教育，同时，也为他捏了一把汗。

在这座人口流动性很大，人员构成又极其复杂的现代化国际性移民城市中，邱珍宇老师的这种担忧并不是没有道理的。依他的直觉，再依史匡胤的为人和性格，史匡胤在社会上碰钉子是难免的事。

史匡胤的社会遭遇，真的被邱老师言中了。

事情发生在星期天的下午，天正下着蒙蒙的细雨。当史匡胤告别玩了大半天的朋友，独自走在回家的路上，那是一段较为悠长的林间小道，正是人迹稀少的时候。史匡胤舞弄着从树上扯下的枝条，边跳边跑地玩弄着。一不小心，枝条抽打在一位过路的青年人的脸上，青年人"啊"地惊呼一声，驻足揉着脸颊，并狠狠地瞪了史匡胤一眼。还未等这位青年人发火，史匡胤却来了精神，他还以为是在学校，面对的是位老师。于是，出言不逊地破口大吼道："看什么看！小心你爷爷挖了你的眼珠！臭打工的！"说完这句话，他就怀着类似于大便后的快感，连眼角瞧也不瞧地仰头继续朝前走。

因为史匡胤从被抽的这位青年人的打扮上判定出，他是位打工仔。于是，言语就有些放肆。

他的判断，一点儿也没错。在这座沿海的开放城市，有许多年轻人是打工一族。他们远离家乡，因生活的漂泊、身份的模糊而产生深深的焦虑与自卑情绪，尤其是收入微薄的非城镇户籍的弱势打工者。他们或许正在为自己的生计奔忙着，焦虑着，或许正处于极度的苦恼和痛苦之中，或刚被老板炒了鱿鱼，甚至于连晚上睡觉的地方都没了着落。也许史匡胤所骂的这位青年打工者就是这种情况，加上处于这样一个阴雨连绵的傍晚，说不准，正窝了一肚子的火没地方发泄。恰恰就在此时，却又背运地遇上这等侮辱人格的倒霉事，脸被小家伙抽了，人被小家伙骂了。这小家伙不仅没有赔礼道歉的意思，反而还要恶语伤人，让自己当回孙子，甚至要被挖眼珠，接受自己最过敏的词——臭打工的。青年打工者愤怒地瞧着这位极度伤害自己自尊心的小家伙，小家伙的恶语所激起的怒气，就像往火堆里猛然泼洒了一瓢油似的"腾"地燃了起来。青年打工者随手提起路边一根撑树的长木棍，嘴里咕嘟着："……我操你妈的！"说着就朝着正得意洋洋的史匡胤平平地抡过去，这一棍不偏不倚，正好打在史匡胤右侧的髋关节上。只听史匡胤惨叫一声，就昏倒在地上。打工者报了仇，便扔下木棍，看也不看地抄草地上的小路，拐到其他地方逃之夭夭了。

此时正值黄昏，在这段偏僻的岔道小路上，来往的行人就更加稀少。史匡胤在地上躺了十几分钟，渐渐地苏醒过来。他企图站立起来，还未等他动弹，一股刺心的疼痛，霎时从大腿的根部传遍全身，疼得他几乎再次昏厥过去。此时，史匡胤不仅感到异常的恐惧和后悔，还有一种不祥的预兆一时间也袭上心头。他似乎觉得，凭自己的能力走回家已不太可能。在这危急时刻，他的第一反应是赶紧通知自己的父亲。于是，他哆嗦着从口袋里掏出手机，给父亲打了电话。

二十分钟后，父亲赶到。

父亲带着哭声惊呼道："胤儿……你怎么啦？谁打你的？儿呀……"

有些发懵的父亲，情急之下也乱了分寸，几秒钟后才回过神来。父亲在匆忙中打了120急救电话和110报警电话。几分钟后，他们几乎同时到达出事的地点。警察们拍了照，又询问了些情况，接着，史匡胤被120急救人员火速送往医院。当警察再次详细地了解史匡胤出事的细节时，父亲只知道儿子是被人打的，其余的什么事也不清楚。

此时，天已大黑，雨仍细细地下着。在这样的场合、这样的时间取证，去寻找犯罪者的蛛丝马迹，似乎有些困难。看来，只能从史匡胤的嘴里了解真实的情况了。

史匡胤的手术是连夜进行的，进展得很不顺利，结果也很不乐观，他不是被人打断了股骨，那好办，打钢针箍石膏，很快就会痊愈如初的；而是被人打碎了股骨头，并且周围的软组织也严重地受损，这条腿不残也是跛瘸的。医生们奋战到大半夜才做完手术。此时，史匡胤的下半身，已彻底被钢板和钢筋固定得浑然一体，自然一动也不能动了，只有这样，髋关节处的股骨头及其软组织才容易愈合。

史匡胤笔挺地躺在病床上，紧闭着双眼，目前，他还处于昏迷阶段。

几小时后，麻药散尽，那种疼痛和煎熬是可想而知的。苏醒后的史匡胤，是异常地痛苦，也万分地后悔，只是因为自己的一句粗野之语，竟落得如此的下场。现在，一阵接一阵的疼痛袭来，史匡胤疼得龇牙咧嘴，嗷嗷地乱叫。父亲本来想询问事情发生的经过，看到儿子这般模样，也就不敢吭声了。

父亲只是默默地坐在床边，不停地抹着眼泪，满脸都表现出无可奈何的样子。

第二天早晨十点左右，两位公安人员来到史匡胤的病房，向他询问一些线索。史匡胤看着警察有些怯懦，断断续续地说："……我，我好好地，在走……突然，就被人打了一棍，是谁？……不认得，我也没看清……"警察从史匡胤闪烁其词的言语和游离不定的目光中判断出，他说的不全是实话，还有些隐情没有道出，于是继续追问："你现在都伤成这样子，肯定也希望将凶手抓捕归案。只有你把真实而详细的情况告诉我们，我们才能将打人者抓捕归案。"

史匡胤停顿片刻，犹豫着说出了事件的全部经过。警察做好笔录，就离开了。

不知是谁透露的消息，邱珍宇老师一闻知史匡胤被打一事，心就不由得揪起。小史的遭遇，不幸被他言中了。邱老师用一种极其复杂的心情重新审视了史匡胤的遭遇，心想：如果这事发生在上学期间，发生在校园里，自己要负多大的责任？史匡胤的父亲能饶了自己吗？想到这里，他不由得忆起自己上中学时学校发生过的一件事情：七位小男孩，在老师不注意时偷偷地溜出校门，到离学校不远的池塘里抓小鱼儿玩。结果，有一位学生溺死在池中。事情发生后，有权有势的父亲见到正在上课的班主任老师，当着学生的面，就是一阵耳光和拳脚相加，还逼迫班主任老师跪在地上向他认错，硬说是他害死他的儿子。这事情后来闹得沸沸扬扬，学校最终也认定这位班主任老师负有全部的责任，因为他是位班主任，每月多拿了二十元的班主任津贴，理应照看好所有的学生，现在出了人命，全部责任不是班主任能是谁呢？结果，那位班主任当着众领导的面下了跪，写了检查，自己掏腰包赔了几万，还因此丢了工作。他到教育局想讨个说法，根本就没有结果，无奈之下，喝老鼠药自尽了。邱珍宇自从当班主任以来，一想到此事就有点不寒而栗。所以，他在当班主任期间，一直很小心，很认真。或许正是因为这样，他所带的班一直是优秀班集体，他本人也多次被评为市里的优秀班主任。

邱珍宇想了一会儿，很快调整好自己的情绪，立即向学校领导做了汇报。学校决定派办公室主任、学生处主任、班主任邱珍宇老师以及班委会部分成员，一道再次去看望住院治疗的史匡胤同学。

那是邱珍宇老师得到史匡胤被打消息的当天下午，他们一行十多人便来到医院，看望正住院治疗的史匡胤。

一进病房，几乎每个人都被眼前的情景震慑住了，史匡胤的整个下半身，都被石膏和钢架箍得不能动弹，只有头能前后左右微微地晃动几下。听主治的医生讲，史匡胤在床上这样一动不动地要待好几个月。因为骨头愈合后，受损伤的软组织恢复得较慢，而人一旦站立起来，几乎全身的重量，就会转移到股骨和软组织上……这样不利于股骨头及周围软组织的痊愈。了解病情的严重性之后，几乎所有的老师和同学都对史匡胤发生的遭遇深表同情。

史匡胤两眼泪汪汪地看着邱珍宇老师，断断续续地说："我，我很后悔……您以前说的，有道理……我现在，才想明白！但，但后悔已经来不及了……"说完，就放声地痛哭起来。邱老师听后，心里十分酸楚，也跟着掉了几颗泪珠，心想："人啊！为什么非要等到有了血的惨痛教训的时候，才会明白过来一些道理？要是事先能明白，那该多好啊！史匡胤本是个好孩子，人长得帅气，脑子又好使……就，就是用不到正经的地方。可是这样的家庭教育……真的，真的是害了自己的孩子啊……"邱珍宇老师怀着特别复杂的心情对史匡胤说："积极配合医生的治疗，静心养病，会好起来的。到时，我来接你回学校，好不好？"听了邱老师的话，史匡胤感动得泣不成声……

这时，医生过来提醒：病人的情绪不能太激动。

接着，他们和史匡胤简单地寒暄后，一行人便在沉默中离开病房回到了学校。

邱珍宇老师皱着眉头径直回到自己的办公室。

他静坐在办公椅上，又一次因史匡胤的事而陷入沉思：自从任教二十年来，所带的学生也近千号人，像史匡胤这样因一句恶语中伤人的话而遭受如此伤害的，还是头一遭。他又想：怎么如此倒霉的事，偏偏让史匡胤给碰上了呢？听医生讲，这极有可能导致终身残疾啊！现在，家家都只有一个孩子，是独生子。一旦孩子出现什么问题，或者更糟糕的什么事情，这对整个家庭来说，简直是灭顶之灾！也或许，正因为是独生，孩子多半会娇生惯养……性格自然会任性恣肆，再加上现今复杂的社会状况，如果运气不好，碰上，惨剧便会发生。史匡胤正是这样。

如果史匡胤平时讲话能做到礼貌用语；如果那位年轻人不是刚被炒了鱿鱼，心情还不算太坏；如果他们俩人一前一后相隔甚远，史匡胤舞动的枝条根本就不可能摔到那人的脸上；如果史匡胤压根儿就遇不到任何人，在那细雨朦胧的黄昏，小道上就只有史匡胤一个人……这些许许多多的如果，如果有一条能成为现实，史匡胤仍旧会像其他孩子一样若无其事地，像往常一样该怎样就怎样地上学。可是，不管怎么说，史匡胤偏偏就遇上了，像是被什么力量有意安排好似的。就这样，在夜幕下的细雨中，不该发生的事情发生了，而那人，罪魁祸首，却消失得无影无踪，没有任何的线索，哪怕是一点儿蛛丝马迹，统统的没有。

这，不能不说是命运的有意安排，是人生的一场重大灾难啊。

22. 家长会关注"问题少年"

自从邱老师从公安刑警那里了解到史匡胤出事的缘由后，他的思绪，就如同江涛般翻滚不已。他深刻地体会到，时下提得很响的一个词"学会生存"，太有广而言之的必要性了。在这四个简简单单的字符中，包含着极其深奥的人生哲理，有宏观的，也有微观的；有具象的，也有抽象的。字，看起来很平凡，含义却高深莫测。

有些人活了一辈子，至死都不明白其中的奥妙，稀里糊涂，不明不白地活着。有时候，只是一个劲地纳闷：自己怎么回事？总是事事不顺，如此倒霉和背运呢？他根本就不知道：要学会生存，必须先学会做人，学会有修养地待人，学会博采众家所长，虚心地学习他人成功的经验和方法。要做到这一点，首先就必须有正确的学习观、认识观，然后才能去做事，静下心来，专心地学习前人、总结今人、借鉴他人、了解周围人的成功经验，为你所用。这种粗浅的道理，就连地地道道的农民，甚或是生长在乡村僻壤斗大字不识几个的文盲，也明白。所以，一般来讲，只要通过学习，了解并学会一些做人的道理，往往就会懂事，这便是平常所说的知书达理。这里的"知书"二字，就是通过学习以懂得某些道理之义。像史匡胤这样的学生，不管是向人学习，还是向书学习，都早已失去了所有的兴趣，甚至还滋生出不少的逆反情绪。最终导致知识面相对狭窄、看问题也自然片面的客观事实，常常连最基本的道理都明白不了，怎能去谈"达理"呢？

邱老师两眼呆滞地盯着窗外那随风摇曳的树叶，思绪漫无天际地游弋着，久久都回不过神来。

在意识深处，在那遥远的地方，他仿佛听到一个低沉又浑厚的声音："邱珍宇，史匡胤的事已成事实，你应该进行亡羊补牢式教育，把史匡胤出事的缘由，告诉全体同学，让他们真真正正地从中受到教育。"另一种声音又接着说："史匡胤已经够可怜的，再以他的遭遇来教育其他的同学，是不是有点残忍？不人道？"

两种意识，在邱老师的脑海里，冲突着、交融着、妥协着……

邱珍宇的思绪，明显有些乱糟糟。

他下意识地从抽屉里拿出一盒带把香烟，叼在嘴上慢悠悠地吸着。他本没有吸烟的习惯，自己一般也不会专门去买烟抽的。这盒烟还是一个月前从朋友结婚的宴席上蹭来的，之后，就一直躺在他办公室的抽屉里。只是近段时间来，学校烦心的事情比较多，他也就学着吸烟人的样子试着吸开了。不过，没有瘾，只是在心情烦闷或者想问题时，偶尔来上一根，刺激刺激大脑。

说来也怪，就在他凝望远处的葱郁绿色并一口接一口吸烟的时候，他的思绪逐渐地变得清晰和明朗起来。

于是，他顺手扔掉吸剩半截的香烟，扭头回到办公室的座位上。

在就近的一次班会课上，邱老师用低沉而徐缓的语调和清晰而豁亮的声音，字字如落盘的珠子般叙述道：我从市公安刑警那里了解到有关史匡胤出事的详尽经过。现在，陈述事实如下……现在，我再宣读一遍《中学生日常行为规范》，第一条：自尊自爱，注重仪表；第二条：诚实守信，礼貌待人。现在是以小组为单位的讨论时间，请同学们根据老师提供的两则信息，自由地、尽情地发表自己的看法。

这次班会课，邱老师讲话不到十分钟，讨论却进行了十五分钟，自由发言也是十五分钟。临下课时，邱老师也没有对全班同学的讨论结果进行终结性点评，只是随意地布置了一道作文题：《由这件事我所想到的……》。

在同学们讨论和自由发言的这三十分钟里，邱珍宇老师始终揣着沉甸甸的心，惴惴不安地在教室里踱来踱去。他的神色，活脱儿是一位战事相当吃紧的指战员，在十万火急的危急关头，低着头，迈着步，凝神贯注地思考着对策。不过，他现在所想的，不只是史匡胤的事情。因为史匡胤的灾难已经发生，已经无法挽回。对邱珍宇老师来说，唯一能做的，就是去医院看望他，说些宽慰和鼓励性的话而已，其余的，就什么也帮不上了。他更想的，也是他的心情为之沉重和苦思苦想的事是：绝不能让类似的事件，在他的班级再次重演，要让全班所有同学都能从史匡胤的遭遇中吸取教训，进行亡羊补牢式的教育，这是邱珍宇老师的职责所在。

尽管如此，邱老师仍然担心班里那些没有引起足够重视的个别捣蛋学生。担心他们在今后的生活中可能会遇到一些麻烦或伤害。或许，对邱珍宇老师而言，这种担心和疑虑纯粹就是多余的，纯粹就属于杞人忧天。可是，不管怎么说，作为孩子们的班主任，邱珍宇心里时时刻刻总是揣着父亲对于子女的情感，用这样的情爱，来对待他班的每一位学生。

正因为如此，他平常总是担忧着、警惕着，努力把工作做得更扎实些。

两天后的下午，学校召开了学生家长会。

学生家长们或开车，或坐公共汽车，或步行，都按时来到学校的大会议室。

一时间，校园里人声鼎沸，喧闹嘈杂，显得热闹非凡。

部分早来的家长，还特意到自己孩子所在的班上去转悠。恰巧碰到自己孩子的，就和自己的孩子亲昵地说上一阵；恰巧碰到孩子的老师的，就和孩子的老师东一句西一语地寒暄几刻；恰巧碰到昔日的朋友或同学的，就哈哈地笑着高声地言语着，然后，就像上面来的大领导一样，挪着方步，悠闲地视察着学校的教学环境、教学质量、校园文化……然后随意地发表一通评论：对学校工作满意的，就咧开嘴笑着说："不错，学习的环境和氛围，都比我们那时的好。真不错！"遇到既缺乏大爱之心又喜好吹毛求疵的家长，他会拉长面孔很不客气地教训老师一通："我家孩子最近迷上电脑游戏，没心思学习，你们要好好地教育他，才算你有所作为，才能对得起你每月的工资，那可是我们纳税人的血汗钱啊！"或是撇着唾沫四溅的薄嘴唇愤愤地骂道："这是什么鬼地方？你们老师是怎么当的？没能力把我家孩子教好，就不要做老师，你这是误人子弟，造孽啊……"

当然，这类家长是极其难遇的，但，确实也是有的！

在这类家长的心目中，不管自己的孩子怎样，是不是块学习的料，只要往学校一送，老师就有义务把他的孩子教育好，托管好。一旦孩子出现问题，哪怕是一丁点儿的，老师都有不可推卸的责任，尤其是班主任老师。谁要是一不小心惹上那些有钱有权有势的家长，他们会时常抓住这位老师的小毛病，纠缠不休，甚至凭借他的社会影响力到学校的上级主管部门去举报。最终，层层压下来，总是弄得老师失魂落魄唯唯诺诺的……而往往怀揣这类想法的家长，他们的子女在思想品质和学习习惯等方面，往往会不尽人意。并不是说老师对他们的孩子不好，在课堂上自然是一视同仁了，由于这类孩子的家长，时常会有这样或那样霸道的、不讲理的想法和做法，这种想法和做法总会在潜移默化中传递给他们的孩子，这类孩子的行为习惯有问题，也就是情理之中的事了。然而，依目前我国的教育现状，孩子们还必须在一个近五十人的大集体中共同学习，在这种情况下，每位同学具备应有的自律性和学习态度就显得至关重要了。

因家庭教育有问题而衍生的问题学生，总让老师们牵肠挂肚，甚至于惴惴不安。

今天的家长会，从某种意义上讲，正是针对他们开的。

钱金龙按时来到学校后，并没有急于见自己的女儿，而是径直走到学校的大会议室，坐在前排中间的位置上。

家长会是按时开的，由校学生处主任主持。按照会议日程，首先是几位学生家长代表做教子有方的经验交流，其次是具有研究生学历的心理咨询老师做教子有方的理论与事例相结合的学术报告，再次是家长讨论及答家长提问。参会的家长似乎都很热情主动，相互间都攀谈了许多掏心窝的话，也向心理咨询老师诉说了心中的一些困惑，心理老师都做了令家长满意的答复。

"史匡胤事件"，作为一条新闻，在本市的各大报刊上都被做了不同程度的匿名报道。接着，有关子女教育和文明待人的方式和方法，很快成为社会各阶层人们的热点话题。在一些网站和私人博客上，相关讨论帖子的点击率也在直线上升。这件事，很快就在这座城市，甚至更宽广的区域范围内传开了，几乎是家喻户晓了。今天来的家长，自然也不例外，各自都针对自家孩子的一些劣习，进行了深思和分析，想了许多对策。许多都是有备而来，在交流中，家长们都提出了一些相当有水平的问题。

这次家长会举办得非常成功，依学生处主任的话说：这是他当主任以来，家长会最成功的一次。

在以后的好长一段时间里，学校的教学秩序井然，学习风气良好。许多班主任都长长地舒了一口气，看着同学们能自觉地学习，礼貌地待人，老师们相互碰面时，常会舒心地相视一笑。那种滋味，就像猛然间中了五百万福彩大奖似的。

老师啊，就是这样：不管学生对他们如何，只要学生能进步，就是他们最大的心愿和乐趣。

钱金龙自从和妻子邢嘉琪离婚后，就时常在沉默寡言中，极其敏锐地关注着自己的宝贝女儿雯丽。因为在他的内心深处，时刻都为女儿担忧着，怕她会因父母离异的伤感而产生某些心理病症。

在离婚后的好长一段时间里，钱金龙几乎每天都是赶在女儿之前回家，然后殷勤地为女儿取下肩上的书包，温情地为女儿揩去脸上的汗渍，关切地向女儿嘘寒问暖，在生活上和心灵上，尽量给予女儿更多的关心和温暖。每当女儿出入各个房间，或面对面用餐的时候，钱金龙都特别留意观察女儿的一举一动。

最后的结果表明：一切基本照旧。

这时，钱金龙的心才逐渐有些踏实。不过，那天女儿醉酒时的反常举动，着实吓了他一大跳。当班主任急促地打来电话，十分婉转地述说钱雯丽的情况后，钱金龙的大脑的确慌乱了一阵。他清楚地记得，当时脑袋"嗡"的一声……胀胀的，麻麻的感觉，就像是一股凶猛的潜流，在脑海里翻腾着，冲撞着，试图冲破头颅的桎梏，获得一个自由的升腾。钱金龙强忍着悲痛和担忧，下意识地驱车赶到学校的校医室。当他看到女儿平静地躺在病榻上，晶莹剔透的药液正"滴答，滴答"地流入女儿身体的时候，他说不上是难受还是欣慰，汪汪的热泪忍不住夺眶而出，滴洒在自己的衣襟间，也滴洒在病床及女儿雯丽的脸庞上。当时的钱金龙，感觉是那样悲恸和煎熬，几乎觉得世界的末日已将来临。随后，女儿酒醒后所浮现出的愧意及灿烂的笑容，又恰似一道刺眼的阳光，驱散了他心中沉重而浓烈的雾团，让明媚的阳光照耀到广博无垠的内心世界，他之前的担忧感和忧郁感才烟消云散。经过这件事后，女儿雯丽很快又恢复如初，完全没有任何的异样。后来，又听女儿说，她的同学史匡胤被打致残。钱金龙听后先是一惊，接着他又关切地询问了事件的一些细节。他略皱了皱眉头，没放在心上。后来，事情的原原本本，又被报纸披露，直到最近，钱金龙去学校开过教子有方的家长会后，才开始明白：孩子的性格及许多习惯的养成，都与家庭的教育息息相关，对于孩子的一些恶习，学校只有在家庭的有力配合下，共同教育，才能收到良好的教育效果。

至此，钱金龙才恍然大悟……

他重新审视了自己多年来的言行表现：深知自己婚姻的不幸，肯定会给女儿造成或多或少的影响和伤害。而他现在，就要通过个人的身体力行，从心灵上、感情上……倍加关怀照顾自己的女儿，力争把这种不良的影响和伤害降低到最小程度。

值得钱金龙庆幸的是，学校及时开了这么一个会。正因为这个家长会，他才会恍然地醒悟过来，他才会有意地去关注女儿身心所发生的细微变化，他才会有可能将出现的一切坏苗头，都努力消灭在萌芽状态……在此后的每一天日常事务中，钱金龙除了考虑公司，就是考虑女儿的生活与学习。有关自个儿再婚的终身大事，他根本无心顾及，也没放在心上。对于公司和女儿，在某些时候，甚至是大多数时候，他考虑更多的是自己的女儿，对自己女儿的担忧和关注，是随着日益临近的中考与日俱增的。这种发自内心深层的忧虑和关注，其能量来自于身体的内部，又同血液一起，时刻都流淌在钱金龙的血脉里，时刻都渗透到钱金龙周身的每一个细胞里……

这是一种无法割舍的父女之爱。

在钱金龙的关怀和疏导下，女儿钱雯丽总算平稳地度过了因父母婚变而有可能造成心灵创伤的危险期……

让钱金龙深感欣慰的是：女儿的性格特点、认知方式和行为习惯，在这场家庭灾难中并没有发生多大的改变。

23. "史狂人"自杀离世

光阴荏苒，转眼就过了半年时间，已是鲜花盛开的第二年初夏。进入六月，淡淡的栀子花的芳香弥漫在南滨这个城市的各个角落，令人心旷神怡。

先前受伤住院的史匡胤同学，经过医生们的精心医治，虽然断裂的髋关节骨头已经愈合，但髋关节软组织严重损伤，以及所造成的股骨头大面积缺血而引发的股骨头坏死，对医生们来说，再也无回天之力了。

出院后，史匡胤在家又静养了三四个月，始终，还是未能彻底痊愈。他只是短时间站在那里不动，看上去像是个健全人，但只要时间一长，或者是稍微地走动，他的髋关节处就会产生钻心的疼痛，依现在的医学水平，这种病根本无法彻底根治。也就是说，史匡胤实质上与残疾人并无二致。

他，只能与拐杖为伍，度过一生了。

为了减轻史匡胤的心理负担，他的父亲又重新疏通关系，在离家较近的一所初级中学，以残疾人的身份，为史匡胤办理了入学的相关手续，只是没能在初三继续上学，而是留了一级，重新上了初二。

入学那一天，史匡胤右手胳膊窝撑着从医院买来的不锈钢拐杖，面带忧郁、压抑、悔悟和绝望的痛苦表情，在父亲的陪同下，走进学校，走进课室。当全体学生闻知班里要转来位拄拐棍的残疾人同学时，所有人的眼睛都为之一亮，像配合默契似的，都平静地屏住呼吸，急切地等待着这位新同学的到来。教室里是死寂般的沉静，静得都让人不敢大声地喘气。就在史匡胤出现在教室门口的那瞬间，一声炸雷般的哄笑，夹杂着"嘶嘶"混浊模糊的窃语声，响彻了整个教室，就连刚进教室门的班主任老师以及史匡胤的父亲等人，都不由得吓了一跳，倒吸了口冷气。此时的史匡胤，心陡地一沉，钻心的悲恸感强烈到了极点，也悔恨到了极点。他由欢蹦乱跳的正常人到现在这副模样，身心经历着天上人间的两重心境。他明白，自己在同学们的眼里，已属另类，已是猎奇甚至是闲谈取乐的对象。他悲痛地流下悔恨的眼泪，只能将无尽的苦水吞咽到肚里。接着，他在一片鄙夷和非议的目光中，来到自己的座位，中间靠墙的位置。虽有些偏，但出入比较方便，是不是班主任老师也考虑到自己的瘸腿，特意安排的座位？还是……史匡胤说不上是感激，还是耻辱，他在胡思乱想中又一次滚落下温热的眼泪。他的父亲离开时，他也没看父亲一眼，只顾低下头，默默地忍受着痛苦交织着懊悔的双重煎熬，大脑是一片的空白。

在复学后的几天里，老师和同学们对史匡胤的学习、生活都比较关照。如果作为正常人，能得到这样的关照，应该会感到如阳光照耀般温暖。在这样的集体中生活和学习，应该是十分幸福和幸运的。但是，史匡胤现在是一个残疾人，他的内心感受已经与过去大不相同了。以往，他体验过捉弄弱者和残疾人的快感；而当下，他正在体验着真正的残疾人在别人鄙夷目光中承受歧视的更大痛苦……在这骤然的变化中，他的心理还转不过弯，还只能处在一种极度扭曲畸形的变态心理之中。

虽然几个星期过去了，史匡胤还是没能适应这个环境，周围的一切还是猛烈地刺激着他，让他伤感，让他痛心，让他自惭形秽和痛不欲生！如果他一出生就是这个样子，他也就没什么感觉了，自然能适应这个世界。可他以前偏偏是一个正常人，是一个爱做恶作剧，欺弱凌残，淘气十足的正常人。现在，突然变成了他自己所痛恨和瞧不起的残疾人。人生完美的乌托邦，像一件价值连城的精美瓷器，刹那间，被摔成碎片，化为乌有。天上人间的情感落差所造成的心理失衡感，瞬息占领了他的心灵。在史匡胤看来，别人的关心与讥讽一样，犹如一把尖利的刀叉，割剜着他痛苦的心，让他痛上加痛，雪上加霜……

他已深深地觉得，自己实在不能适应这个世界。甚至，他开始痛恶这个世界，痛恶自己的父亲，痛恶一切过分关心和怂恿溺爱过他的人，也痛恶那些健康的活蹦乱跳的男生和打扮得花枝招展朝气十足的女生……

就在此时，他想到了死。

死，这是一个多么可怕和神圣的字眼。在这个世界里，人人都怕死，可人人都得死。死亡，就像一张大网一样，将地球上的人类和一切生命体牢牢地网住，然后，一个一个地处死，谁也逃脱不掉。

史匡胤想到死，是在一天的中午。

有几位同学要去操场玩耍，其中一位说："叫上史匡胤一块去……"另一位说:"他是残疾人,你不嫌弃他?麻烦!""算了,还是咱们几个去玩吧!"说完,他们就冲史匡胤笑笑,没言语什么,飞也似地冲出教室。他们的对话,史匡胤听得很清楚。句句都像是一把把椒盐,重重地泼洒在他本已破碎流血的心口,尤其是"他是残疾人,你不嫌弃他?"这句话,本是同学无意中说的,但对于情绪低落甚至于有些灰心丧气的史匡胤来说,就犹如晴天霹雳。

正是说者无意,听者有心。

这句无意之言,直接要了史匡胤的命,使他萌生了死的念头。

史匡胤在这几天,做了藏而不露的深沉思考。他固执地认为:死,是他目前唯一的最佳的选择。对于受过刺激的人来讲,死的想法一旦形成,就有不可阻挡之势。紧接着,他又考虑了采取怎样的死法,怎样的死法比较神圣而高贵。他突然想到中国历史上,一些末代皇帝、贵妃以及大臣们的死法,自刎,毒酒,自缢。前两种都不合适,只有后一种,自缢,比较容易操作,死法也比较体面。他还想到诗人阿九在《寻找灵魂》和《告别灵魂》中的一些诗句:

> 今天晚上,我的灵魂像一片纸
> 掉在灯火通明的大街上,丢了。
> 我看见许多兜售灵魂的人站在路边,
> 我肯定就是他们将它捡走。
>
> 我的处境立即有别于一般的麻烦:
> 因为伤心和痛悔,我
> 也丢了,所以无法亲自将它找回,
> 因为一个丢了的人是不能寻找他的失物的,
> 否则他们可能真的从此一起丢掉。
> ——《寻找灵魂》
>
> 没有灵魂的日子,
> 其实也非常快乐。
> 我也许不回来了,
> 我也许并不知道要去哪里?
> ——《告别灵魂》

他决定告别这个承载灵魂的肉体，去寻找那个确实已丢掉的但是属于真正自己的那个灵魂。

于是，在某一天的晚上，等父亲熟睡之后，史匡胤在自己的卧室实施了他蓄谋已久的悲壮计划，只留下半页纸的遗书，便撒手而去。

此时，海边刮来的台风肆虐地吹打在史匡胤家楼下院中的栀子树上，把一朵朵洁白的花朵，无情地打落在潮湿的地面……

第二天早晨，史匡胤的父亲发现自缢身亡的儿子，悲痛欲绝……
在整理儿子的遗物时，发现了他的遗书：

爸爸：

　　你好！自从腿部受伤后，我几乎成了废人。生存在这个世界上，压力太大了……总觉得自己活着实在没什么意义。死，也许是唯一的解决办法。这样，一切烦恼，就会消失得无影无踪。

　　爸爸，请原谅我。也请你不要伤心，这是我自己的选择。也许，我根本就不应该来到这个世上。现在，一切已经这样了，已经无法改变了……在离开之际，我唯一感到对不起的，是关心过我，爱护过我的老师们，尤其是以前的班主任老师，他对我太好了，不像别的老师，歧视我。现在，想起邱老师教育过我的话，觉得太对了。可惜，可惜……我没有听从，已经晚了。对于父亲你，有时候，是怂恿了我的坏毛病。自从被人打残后，我就全明白了，你有一定的责任……对于你，我无话可说！对于你的养育之恩，我无法回报。不过，我会在另一个世界默默地为你祝福的……

　　再见了，所有关心过我的人，包括你，父亲，再见……永别了！

　　　　　　　　　　　　　　　　　　悔之晚矣之儿　史匡胤于深夜

半页纸的遗书上，泪痕斑驳，有好几处被泪水浸染过，字迹显得水汪汪一片，很模糊。我们可以想见，史匡胤是饱含着热泪和怀着无限的悔恨，颤抖着拿笔的手，哆哆嗦嗦写就的，字迹潦草，线条涩滞，语句哽咽，悔意绵绵……

史匡胤的父亲看到儿子的遗书后，双手剧烈地颤抖着，泣不成声，两行老泪如不断线的珠子，从四个眼角宣泄而下。忽然，他"哇"的一声哭出，声音如惊雷炸开，震醒了周围的邻舍。

"儿呀！是爸爸对不住你啊，我的宝贝儿，你醒醒……"

凄惨哀婉、声嘶力竭的中年男人的哭号，犹如一枚重磅炸弹，在宁静祥和的公寓楼里，四散炸开。

几乎与此同时，周围的人们一下子都明白了史宅所发生的事。对于平日里上班紧张，见面机会较少，素有老死不相往来的城市居民来说，闻到如此凄凉的哭喊声，一种发自本能的同情心，也会油然而生。他们不顾忌死人晦气的迷信讲究，纷纷伸出援助之手，帮助史匡胤的父亲为儿子料理后事，还用温暖关切的语言，去抚慰这位丧子之父的悲痛心灵。

史匡胤自杀的消息不胫而走。不出一天时间，全市各大新闻网站、报纸电视、微信微博等媒体平台，都相继刊登、播放、转发了这条中学生自杀的新闻，有的还以解说、评论等形式分析了中学生自杀的社会成因。

史匡胤，这个曾经三次上过报纸的名字，又一次成为人们街头巷尾和茶余饭后热议的话题，进而又成为专家讨论和学者关注的社会焦点人物。

有关社会教育、学校教育、家庭教育以及它们之间的辩证互补的话题，再一次被南滨的市民提起、议论、评论；本市不少专家学者，长篇累牍，用洋洋洒洒几万字的论文述说着自己独到的教育理念。有关单亲家庭和独生子女教育的学术研讨会，也在不同的地方、不同的时间相继召开。在这个经济突飞猛进，高科技产品愈来愈智能化和生活化的时代，彻底解决中学生心理健康之问题，在中国，乃至于在全世界，都成为横亘在人类教育学者和专家面前的一道难以解密的难题。

随后，在沿海等经济相对发达省份的许多中小学校，学生心理咨询室的悄然设立，就成为一种必然，也成为学校对学生进行思想品德和心理疏导教育的重要部门之一。心理咨询教师，也往往是由具有研究生以上的高学历专业人士担任，通过开展各种各样的心理辅导，定期或不定期地对学生及家长进行心理辅导，或举办教子有方等形式的指导活动，逐步使学校的教育在塑造学生完美人格方面不断趋于完善。但是，在南滨这个日益发达和开放的国际化现代城市，作为社会基本单位的家庭，却遭受着前所未有、形形色色和轻重不同的侵扰，因家庭破裂或发生意外灾难而成为单亲家庭的子女数量在与日俱增。这些学生的心灵，或多或少，会处于偏执狂或一定程度的扭曲和痛苦的状态中。学生人格的残缺或畸形，常常具有一定的隐蔽性和潜伏期，它在个体行为上的表现，又往往与个性的表现混杂在一起，极容易被父母、老师所忽视。从而，这也就给学校的教育带来新的挑战和危机，因老师一句不中听的言语，学生纵身跳楼；因老师一句严厉的教育，学生服毒自尽；因一次考试的偶然失利，学生上吊自杀；因一次初恋的失败，学生割腕自绝……所有这些轻生的理由，相对于父辈们，为了生存、为了养育儿女，在竞争日趋激烈工作压力日趋严峻的社会大潮中所遭受的种种苦难和面临的异常困境来说，这算什么？简直不足挂齿！而对他们，那些学生，幸福的一代人，竟成了结束自己生命的理由？

可笑啊！可悲呀！无知啊！

不管孰对孰错，事实上，不管学校做了何种努力，更不管是因为何种原因，只要死了学生，学生所在的那所学校，一时间，总会成为媒体和公众议论的对象以及矛头的众矢之的。有关学校教育的不是，如捕风捉影吹毛求疵般被媒体发现，并被其无情地曝光……一时间，学校在无数的压力和指责中诚惶诚恐地谋求生存；老师在小心翼翼和提心吊胆中教书育人，学生出现的些许小问题，老师只好视而不见，唯恐得罪学生，生怕惹祸上身。对于实在看不过也躲不过的大问题，只好改批评为鼓励，绕弯子含沙射影地进行批评和教育。悟性高的，也就领会了；悟性差的，也会相视而笑，相互点头佯装听懂。这将是怎样的批评，怎样的鼓励啊！我们的老师，人类灵魂的工程师，在这个教育改革和教育观念大转变的浪潮中，给弄糊涂了，也被个别学生的自杀事件和其在社会上所引起的强烈震荡波，震昏了头，吓破了胆，有些不知所措和缩手缩脚了。

这绝对是一个黑色的月份……

最近，本市接二连三地发生中学生自杀事件。

政府高度重视，担心可能会引发什么蝴蝶效应……于是，一份份要加强教师法治观念提高教师整体素质的红头文件，自上而下传至学校。

接着，各种培训、会议、讨论、心理讲座……便一个接一个地召开。邱珍宇已连续好几个双休日，都在接受这样的学习和培训。他有些茫然，更有几分恐惧。

当他不由得忆起自杀身亡的史匡胤同学时，心里就不停地犯着嘀咕："这孩子……怎么会这样，为什么要自杀？"

他无论如何也想不明白：现在的部分中学生，情感会脆弱到如此的地步。流传已久的"好死不如赖活"、"好汉不吃眼看前亏"、"忍辱负重"和"韩信胯下之辱"等能体现中华民族顽强生存能力和意志品德的千年古训，怎么传到他们这里就丧失殆尽了呢？这种缺乏像草原狼一样具有忍耐、顽强、智谋、进取和锲而不舍精神的人，一味地趋向于温顺、享乐，脆弱得似羔羊一样的人，在世界经济一体化，又俗称"狼来了"的今天，又怎能和一群恶狼样的地球人相抗衡？现在，还一味地迁就、依顺、怂恿……羔羊式的心态，将来他们怎能适应竞争日趋激烈的社会？

邱珍宇再一次地陷入到深思之中……

邱珍宇在听报告时，思绪开了小差。他又不由自主地忆起自己和心理辅导老师以及学校的部分领导，在教育和开导史匡胤同学中所倾注的无私的心血和劳苦，在史匡胤自杀的那一瞬间，都化为徒劳，甚至还背上了不作为的罪名。他又想起，自己为了教育别人的孩子而将自己的孩子抛在一边，全身心地投入满腔的情感和精力，对史匡胤进行耐心细致的教育和心理疏导，回报却在转瞬间付之东流……

他皱了皱眉头，伤心地落下几滴滚烫的泪水。

这几天，邱老师的日子不好过，几乎所有老师的日子也都不好过，尤其是班主任老师，在管理学生时，都觉得有些战战兢兢，生怕一时口误，出言重了伤着学生的自尊心，从而酿成终身遗憾的大祸。

邱老师心里明白：对于个别死钻牛角尖特犟拗或有严重心理问题的学生，对于他们各自的缺点，在老师提醒过几次而不见改正迹象的，便可熟视无睹地睁只眼闭只眼，也不可强令他改正错误，万一生出是非，都是你班主任老师自个儿的责任，吃不了兜着走。有了成绩，又和你屁不相干。这样的蠢事，傻子才会做！

邱老师在残酷的现实生活面前，逐渐学得有些世故和圆滑，甚至有些老练。

至此，他终于明白了一些道理：人在社会生存的基本规律是优胜劣汰，适者生存；竞争上岗，能者上，庸者下。实在因为能力之故不能有轰轰烈烈事业的，也但求能在碌碌无为中寻得平平安安，能平平安安地做事从某种意义上讲就是有所作为，现实不是吗？至于学生，他们品行道德的高下，将来自会有人来管，凡是与社会法律法规和伦理道德背道而驰的行为或做法，长此以往，拒不悔改的，定会受到公众的严厉谴责，或法律的制裁，甚至是剥夺生命的惩罚。学生将来都是社会人，又不是生活在脱离现实生活的真空世界。试想一下，如果一个在成长中从未受过任何批评与挫折的青年人，他一旦步入社会，谁又能保证他事事都一帆风顺？甚至听不到任何的逆耳与谗言之语？如果真的听到了，或发生了，他又怎能一下子适应存在流言蜚语甚至尔诈我虞的社会生活呢？现在，过分地强调，对学生必须是和风细雨式的温柔教育，教育效果还必须是不落下一个差生的唯美教育，这不仅不切实际，而且可能大大地超越了现实，五个指头还不一般齐呢。就像在任何的社会形态，都不可能让民众获得均等而体面的好工作一样，由工资的差异所形成的社会地位的差异，就如同因学习成绩的差异而形成的上名校与非名校的差异一样，都是客观的事实。如果教育不能让教育者了解客观事实……长此以往，只会给受教育者造成假象，其伤害也就更深远，更广泛。

所以，面对学生，对学生进行挫折教育，不仅是必要的，而且是必须的！

邱老师还明白：总有极个别通过耐心地劝说和开导教育，根本就不起丝毫作用的学生。他们甚至于还觉得：使了浑身解数而感觉黔驴技穷的老师很好玩，知道老师拿他是没有办法的，也不能怎么样。所以，说起话来就有些放肆。听说三四年级的小朋友都敢对老师发狠说："我就是不做作业，你再这样催促我，甚至批评我，我就告校长，让你下岗！"如果遇到一位不明事理的校长，学生告状后，吃亏的肯定还是老师。邱珍宇不觉苦苦地笑了下，心想："何必呢？"可他又转念一想："教育局、学校、家长都向老师要成绩，学生不仅不配合，还有一定的抵触情绪，而且弄不好，还会受到学生的恐吓。如果当了真，遭到校长的惩罚，挨了批，扣了奖金不说，甚至，还会因此而失业，这就得不偿失了。可毕竟，老师是天底下最神圣的职业，要不辱这个称谓才行，用自己的良心做事，让别人说去吧。唉，学生不想做作业，贪玩、娇柔、任性，教育又不见成效，这，可该咋办？……"

邱珍宇老师一时陷入到痛苦的境地……

他又不由得想起史匡胤的遭遇和史匡胤的父亲对自己的态度；想起报纸

上所说的那几位老师，因几句恨铁不成钢的话，却竟然成为了学生自杀身亡的诱因；想起了因过于沉重的学习压力、考试失利、就业无门以及畏惧步入社会，而自杀身亡的学生……

邱老师心里不禁一震，又不由得想："对于那些心理有缺陷、病态或畸形的学生，为了能延续其生命，还是不理不管为上策；对于那些能明白事理又勤奋好学的学生，为了能使其成为人才，还是要严格要求不懈教育的，让他们尽量成为所在群体中的佼佼者。这或许就是所谓的因材施教吧。"

上面要求：绝不放过一个差生！让这种纯粹理论化和理想化的口号，统统见鬼去吧！还是从实际出发：是块学习好料的，我们就精雕细琢……这就叫：上有政策，下有对策。

邱珍宇迷惘地抽着烟，久久地凝视着窗外。

在骄阳的照耀下，一群身强体壮的年轻农民工，正在建筑工地上拼力地舞弄着钢筋或吃力地搬运着沉重的建筑石料。此时，不远处也正好有三五位学者模样的青年人，正在街心公园的小道上跑得汗流浃背，气喘吁吁……

邱珍宇心想：社会往往就是这样的不公平。那些对学习根本就不感兴趣的个别富裕家庭的孩子，却要在家长们的鼓动，甚至强迫下，非上学不可。到头来，这些孩子只好采取出工不出力的怠慢做法，上课睡觉，作业敷衍，自由散漫……甚至还生出一些是非来，你老师又不能咋的；而许多天资不错求学若渴的贫困人家的孩子，想上学却又因为种种原因上不起，只好依依不舍地告别学校，提前进入社会。为了生存，他们四处打工，以出卖自己的体力为生。也有的边打工边上学，偶尔也会有事业有成的，比如说他自己……

邱珍宇老师不自觉地按照自己的思维模式思索着，联想着……

他还觉得，他是按照自己的努力所能及的安全的教育方式，按照所有一线老师所共识的教育模式，凭着良心，没日没夜地拼命地工作着。他爱自己的职业，更爱自己的学生，他也始终不懈地努力着：要让所有的学生都能有所进步。但他仍然践行，仍要坚持必要时放弃个别以保全大局的做法。从某种意义上讲，在精力有限的情况下，讲究放弃，就是顾全大局的表现。就好比行军打仗，在生死攸关的危急关头，果断地放弃个别伤病员的生命，甚至主动地牺牲个别战士的生命，以保证整个军队的进攻速度或有效的战斗力，是不失为上策的一种决策。这种做法，虽对个体的学生而言，由于存在怪癖的生活习惯、偏激的主观认识、懈怠的学习行为，会给他们的人生造成小小的缺憾，但对班集体和整个学校而言，却是大有裨益的，可以完成上级下达的各种教学及考试任务。学校是一个大集体，为了实现集体的共同利益，教师和学校不得不从集体的整体利益考虑，进行教学的统筹和必要的取舍，从大处讲，这种做法又是合乎逻辑，也是合乎常理和这个时代的总体要求的。更何况，就业的渠道千千万万条，条条都能通往成功之路，关键是看自己如何把握又如何努力的。实践也多次证明：许多学习成绩并不特别优秀的学生，进入社会后，他们也能成就一番事业。这样的例子，真是不可枚举啊。

过了几天，南滨中学校党委邀请南方大学应用心理学研究与咨询中心副主任、教授顾晓君，为全校学生做了一场别开生面的心理学健康讲座。次日的《南滨特区报》在2版的"特区要闻版"作了报道：《心理健康讲座走进南滨中学》：

【本报讯】（记者 王大枫）进入六月"考季"以来，我市多所中学出现了学生轻生、放弃生命的现象，引起了南滨市社会各界的强烈关注。为了引导中学生树立健康的人生观，珍爱生命，昨日，南滨中学邀请心理学专家、南方大学应用心理学研究与咨询中心副主任、教授顾晓君，为该校学丝举办了题为《现代中学生面临的三大心理矛盾及其应对措施》的讲座。顾晓君指出，中学生阶段正是人格处在发展和定型的关键时期，所以，学生既要学好文化知识，又要注重人格品质与行为习惯的培养，走一条健全的成长之路。

据介绍，自从史匡胤自杀事件发生后，南滨中学就设立了专门的心理咨询室，配备了心理咨询专职教师，经常对学生进行心理辅导，深受学生喜爱。同时，该校注重平时应急逃生训练，广泛开展生命教育大讨论等各种活动，在对学生进行人格培养和人文教育方面办出了特色。

24. 钱雯丽中考夺冠

时光虽然流逝，生活却仍照旧。

当夏日一抹初升的骄阳重新照耀大地,浓密翠色的树叶又婆娑起舞之时,邱珍宇老师正在自家的客厅里忐忑不安地踱着碎步,焦躁烦闷的心绪鲜明地溢于言表。

今天是中考放榜的日子。

他时不时焦虑地凝视着电脑屏,市招考办的网页,在静静地闪烁着。

这种带有焦躁不安的期待,酷像一位初次参加战役的指挥官,急切地盼望前线的战况消息一样。

忽然,电话铃声响起。邱老师犹豫了片刻,他蓦地抓起话筒,小心翼翼地问:"喂,您好……""邱老师,放榜了。你们班考得不错!""谢谢!我现在就去看!"

邱老师扑向电脑桌,打开网页,乐得蹦起来喊道:"出状元了!出状元了!"邱老师的爱人闻声从里间屋出来,惊诧地问:"你怎么啦?什么出状元啦?这么大呼小叫的……"邱老师顾不上和爱人论理,只管盯着她说:"出状元了……我终于带出状元了。我的班出状元了,我们学校从未出过状元……这下出了……出了状元……"邱老师激动得快要说不出话来。

几天后,确切的结果出来:邱珍宇所带的班级,总分稳居全市第一;本班的钱雯丽同学摘取全市中考第一名的桂冠。

勇夺市里中考双冠的邱珍宇老师,几乎高兴得不知东西,走起路来总觉得有脚底生风的感觉。

钱金龙是在第一时间得到女儿雯丽中考夺冠的消息。他当时激动的心情绝对难以言表。他隐隐约约只觉得心脏在猛然间被加速,疯也似地狂跳,几乎上窜到嗓子眼儿,憋得喉咙都胀痛得难受;全身的血液,也似滚滚的长江之水,急速倾泻般奔腾,汹涌澎湃般流淌。被充足的血液、过量富氧的红细胞和营养物质滋润着的皮肤,犹如一抹绯色的朝霞,映红了钱金龙的脸颊。

他挺着像喝过酒似的涨红的脸,向史文钧总经理,向办公室、策划部、销售部等几个重要部门的经理,传递了他的喜悦之情。同时,他也推掉了一个不合时宜的重要会议,独自急匆匆地驱车赶回家,向女儿表示自己的祝贺。也许,他的做法有些张扬,对女儿的祝贺,表现得有些冲动。但对于他目前的现状,处于单亲家庭中的雯丽来说,能取得如此辉煌的成绩,实属不易。作为父亲唯一的、也是全部的希望和情感的寄托,女儿雯丽能取得这样的成绩,怎能不令他欣喜若狂?

回到家,他压抑住心中的喜悦,用非常沉稳与平和的表情向女儿传递这一激动人心的消息时,不想,女儿却用略有几分欣喜的口吻说:"我都知道了,是邱老师告诉的。我以前那样努力地学习,今天取得这样的成绩,也算是在情理之中的事了。"钱金龙稍稍一愣,震惊地看着有些自负的女儿,断断续续地说:"好样的……有自信心……继续努力,真不愧是爸爸的好女儿。"他带有几分失落感和浓浓的喜悦感,怔怔地端详起自己的女儿,女儿长高了,变瘦了,脸庞更加秀气娇美了。虽然面相还显点稚气,但已透射出深思熟虑后的那种沉着与成熟、机警与睿智之貌,完全是一副小大人的模样。这又使得钱金龙不经意地想到自己那充满成功和自豪感的童年及少年时代,这可能就是所谓的遗传,是冥冥之中神灵的有意安排。

在无神论与有神论之间,他更坚信后者的存在。

在幼年时的记忆中,他接受过以中国传统文化为主体的禅学;青年时留学欧洲,又接触过以基督教为主体的神学。无论是禅学还是神学,他都笃信不渝。

在这个花花绿绿的现代都市里,有各种各样的诱惑,时刻都可能会吞噬掉年轻人的心,尤其是年轻女孩子的心。而他的雯丽,像是获得免疫似的,一直能自觉地远离各种诱惑,一直能自觉地走在正道,这似乎也是神灵的有意安排。虽然,它让钱金龙遭受过戴绿帽子的磨难与痛苦,但在另外的方面,又给予他一定的补偿,这种补偿是最大的,也是最有意义的。想到这里,钱金龙自然流露出几分欣慰与满足感。他慈祥地望着女儿,脱口而出道:"今天中午,爸爸请客,为你所取得的优异成绩,表示祝贺!""还是在家吃吧!外面的饭,我吃不惯,再说,好啦……我就喜欢吃你做的!"雯丽看到父亲刹那间凝固的笑容,就像被使了定形法似的,咧开的嘴、眯着的眼以及因微笑而挤压出的几道皱纹,都清晰而牢固地被定格在那里,真像是永远笑哈哈的弥勒佛。她连忙刹住话茬,一转话题,给圆了过去:那句"我就喜欢吃你做的!"清晰明了,像把解锁的钥匙,"啪,嗒"一声,打开了紧箍钱金龙心绪的思想之锁,释然了他心中充盈着的疑虑感和失落感。凝固片刻的笑容,继续在钱金龙的脸颊上灿烂地展现。

钱金龙真切地听到女儿的要求,那是如此欣赏自己厨艺的要求。他备感激动。一时间,感觉就像坠入时光隧道,霎时回到了少年时代。他边击掌边跺脚,完全像小孩一样兴高采烈地说:"好咧!爸爸就为雯丽一展厨艺……"

说完，他就兴冲冲地跑进厨房，忙乎开来。

保姆刘阿姨给钱金龙打下手。雯丽什么也不做，无聊地在客厅看着电视。

做饭时，钱金龙不禁想起，女儿的近几次生日餐也是由自己掌的勺。对于女儿的这点怪脾气，钱金龙早已习以为常。何况，这又不是什么恶习，自然就由着她的性子来。钱金龙几乎使出了浑身解数，拿出了炒菜的看家本领，每道工序都做得严谨有序，疏而不漏，先放什么、后放什么以及到什么火候放，尽量讲究科学，恰到好处。他早年留学过欧洲，经常一个人做饭，对菜谱也颇有研究。结婚后，又经过几年的锻炼，炒菜做饭的水平，不能说炉火纯青，却也是十分了得的。

他做饭干净利落。时间不长，几大盘色香味俱佳的菜肴，就摆满了餐桌。

这一餐，雯丽吃得直咋舌。钱金龙吃得也很尽兴。

几天后，在本市有名的一家酒店，钱金龙宴请了女儿雯丽所有的任课老师以及教务处学生处的二位主任。

餐桌上，钱金龙紧紧攥住班主任邱老师的双手，久久都没有松开，还说了许多感激涕零的肺腑之言。同时邱老师也回敬了不少谦虚的客套之语，俩人谈论得甚是投机。

邱老师很高兴与钱金龙交谈，因为他清楚，钱金龙是本市有名的民营企业家，和市委书记及市长都有很密切的往来，自然也是本市有身份有地位有头面有财富的风云人物。今天，他这样一位整日与孩子为伍、不谙世事、清贫的中学教师，能与钱金龙这样的社会上流人士长时间地握手，就使得身份普普通通的邱珍宇老师有受宠若惊的感觉。

中考结束第十五天。

钱雯丽突然收到本市声望最好的一所高中的录取通知书。她顿觉欣喜若狂，这是她理想中的高中学府，也是许多中考生梦寐以求的学校。在这座开放的沿海都市，随着经济的迅猛发展，外来务工人员的快速增加，城市人口的急剧膨胀，使得学校的学位日渐紧张，尤其是高中的学位，已出现严重的短缺。

上学难，已成为这个时代不可争辩的事实。

钱雯丽完全凭借自己的实力，稳稳地考入这所口碑好信誉高质量优的名牌中学，心中就不由得陡地燃起更为远大和灿烂的理想之光。不知什么时候，或许是在此时此刻，她已在心中暗下过决心：她要凭借这一强大有力的教育平台，考入中国，乃至世界一流的大学。每当念起此志，她的心中就会涌动出一股激动的暖流，瞬间荡漾在她稚嫩而又充满斗志的脸上。

在她心中充盈着浓郁的喜悦之情时，她总会想到自己的父亲，这是给予她表率、鼓舞、帮助、支持、关怀、父爱、温暖、强大精神安慰和进取动力的父亲。

她下意识地抓起电筒，一股脑儿把喜事禀告给父亲。

父亲闻知后，欣喜若狂的程度远在女儿雯丽之上。这种欣喜，就像初次指挥并取得战役胜利的指战员，他的喜悦，应该远在普通士兵之上。

父女俩都在为自己的卓绝才能和广博智慧欣喜着、欢呼着、庆祝着……

雯丽在这次人生之役中的首次捷报父亲功不可没，他作为一名高瞻远瞩的指挥官，不仅给女儿指明了前进的方向和突破重围的薄弱环节，而且培养了她百战不殆、智勇双全的自信心和沉着谋事遇事从容的忍耐力。女儿所取得的成绩，从某种意义上讲，主要就是家庭教育的结果，是父亲对女儿教育的结果。这种教育，包括了对女儿的性格和行为习惯的养成，以及为人处世适应社会能力的教育与培养，以及其他的方方面面。只有有了这样的教育基础，在学校，才能成就女儿今日的佳绩，勇摘中考之冠的综合能力。这一点，任何人都是不能随意否定的。

人的各种能力，只有通过相互的作用、彼此的平衡与统一的协调，才能表现出优秀的品质。任何一种能力的欠缺，或是出现些许的问题，都将导致前功尽弃。比如说，学习成绩好，但为人处世的能力差，或适应社会的能力差，或心理素质差，或身体素质差，都有可能出现弃琼拾砾的事。再比如，适应社会的能力差，不能融入社会，再优秀的人，也会被这个社会所淘汰，他们班以前的那位史匡胤同学，不就是很好的例子？完全以自我为中心，义气行事，行为与做法和社会的伦理道德、文明礼仪相距甚远。最终，不是出了事？导致放弃生命？

这就是家庭教育没有塑造好孩子的性格，甚至怂恿了孩子的缺点，进行了误导。在孩子的这段人生战场上，作为指挥官的父母亲，没有指挥好，或错误地指挥所酿成的恶果。

钱金龙心怀浓浓的喜悦之情，思绪也久久地陷入到深刻的反思之中……

在冥冥中,他似乎能感觉到因家庭的破裂给女儿所造成的心理创伤,虽然目前在女儿身上还没有明显的外露,但这种创伤肯定会存在的!

这是钱金龙所担心的,也是他日夜所揪心的事。是女儿顽强的性格品质和忍耐力,良好的心理素质和意志力,化解了、平衡或掩饰了心中的痛楚?还是……

想到这里,钱金龙的心中不由地涌出一阵阵酸楚,眼睛也不自觉地掠过几丝惊恐与不安。

女儿越优秀,他的担心就越沉重……

钱雯丽这种善于掩饰和压抑内心痛楚的性格,对于发自内心的微妙变化,深藏不露……

具有这种性格的人,一旦思想有了什么变化,由内而外,潜移默化。在旁人,甚至是自己都浑然不觉的情况下,往往已执拗得难以改变。

钱金龙漫无边际地遐想着……

不管他怎样想,想得多么可怕,多么令人担忧。女儿夺得中考之冠并被轻松录取到市里最优质的中学的事实,还是让钱金龙的心似吃蜜般甜美。

在中考后的好长一段时间里,钱雯丽都没有和任何一位同学来往过,她只是静静地待在书房或客厅里,默默地看自己心仪的电视节目,大门也不想出,一种焦虑和担忧感时常挂在她个性要强的脸上,直到中考结果出来。此后,她愉快而惊喜地接过好几位同学的来电,也主动给往日的好同学去过几个电话,互问询问了各自的考试结果。到临发录取通知书时,他们间的交往明显增多,得知他们班的罗纯纯和她考到同一所高中;张晟、卢漪妮和尹佳琳被录取到也很不错的另一所中学;吕迪去了职校;蔡漫君考得较差,听同学讲,他准备出国上高中……

高中开学前,他们几位好朋友相约到翠湖植物园游玩过一次。那是一个依山势而建的天然植物园,好几座山峦连绵相接,天然的人造的景观,相映成趣。他们沿着蜿蜒的石径,竞逐爬山。累了,就择一阳坡,在山草茂密的树阴下就座。或聊天,或谈心,或眺望,或赏景,或追逐游乐,淋漓尽致地玩了足足有五六个小时,直到随身携带的野餐食品被吞食殆尽。

聚会结束后,钱雯丽以中考第一的理由,在山下的特色餐馆请了客。

第二部分 无果的迷情

25. 高中第一天

> 九月的阳光灿烂明媚
> 九月的天空湛蓝深邃
> 九月的空气清新流畅
> 九月的学生欢快奔放
> 九月是一个收获的季节
> 也是一个充满喜悦的季节

澎湃着的心情可以使呼吸急促，荡漾着的思绪可以使诗情勃发。

钱雯丽静静地坐在奔驰车的副驾位置上，若有所思地注视着车窗外飞流而逝的树影。一首小诗不经意间在她的心头默默地流淌，这是一种发自内心的不易察觉的淡淡的喜悦，同时也有一种不可名状的微笑，浅浅地洋溢在她姣美的面庞上。

车在高速公路上行进，风驰电掣般驶向钱雯丽理想中的南滨高级中学。

那是一个远离市区近四十公里的超大规模的全寄宿制公立中学，建校已有近百年的历史。这所地处乡镇的百年老校，在改革开放中不断地发展壮大，迅速成长为市、省乃至全国都颇有影响力的一所集团化、现代化和国际化的品牌名校。校园内古木参天，环境幽雅；红楼绿树，掩映生辉；文化橱窗，精致美观，内容丰富，奇趣悦目；莘莘学子，谈笑而过，睿智通达，溢于言表……

应接不暇的新生事物纷至沓来，钱雯丽深深地被所见所闻的第一眼景致感染着，感动着，来不及思索和反应。

一位领导模样戴眼镜的老教师冲着钱雯丽激动地说："这位就是钱雯丽同学！欢迎状元来到我们学校。"其声，在温和中透露着磁性；其语，在亲切中充满着期望。就是这声音，迅速把钱雯丽因兴奋而有些混乱的思绪，拉回到清晰的现实状态。她立刻眯起眼，边微笑着，边看那位领导老师，腼腆地点了点头。那位老师慈祥地看了一眼钱雯丽，说："好样的！选择这里，你是不会后悔的。"随即，他把手伸向站在钱雯丽身旁的钱金龙，紧握住他的左手，轻声而坚定地说："谢谢，谢谢您的支持！这位是孩子的班主任，甄爱升老师。"

钱雯丽懂事地向老师问候："甄老师好！"

"好！欢迎钱雯丽同学，我是你们的班主任老师。今后，有什么困难可以找我。报完到，就可以给你安排住宿房间了。请随那位瘦高个的女老师过去，她会为你安排的。"

钱雯丽和父亲跟随着那位女老师，拾级而上。

钱雯丽远远地望到，在一个缓坡之上有大片的学生公寓楼，在淡粉色的楼墙主色调中，夹杂着些粗粗细细宽宽窄窄浅蓝色或纯白色的横竖线条，在窗户阳台茂密葱郁花草色的点缀下，整幢楼越发显得淡雅、素净和赏心悦目。

钱雯丽提着部分行李快走了几步，紧跟在瘦高个老师的身后。她急切地想知道，在这幢漂亮的女生公寓楼里，她的房间将会是什么样子。

雯丽晃着因激动而略显红扑扑的脸颊，左顾右盼着，有些贪婪地搜集着周围的一切信息……

她的宿舍在三楼靠里的位置，远离楼梯过道。虽有些偏，但以幽静见长。是休息、读书和思考的好去处。她喜欢这个房间。正当她怀着焦急、犹豫和忐忑之心漫天猜想的时候，瘦高个老师已推开房门。突然，从里面冲出一个洪亮、惊喜而熟悉的声音："呀？钱雯丽！我是罗纯纯！这太碰巧了！咱们还是同一个宿舍的。快！快，进来。你是这床，我下铺……"罗纯纯的声音从里到外都透着激动的气息，话还没说完，她就跳下床冲到门口，一边帮钱雯丽拿东西，一边将她拉进了宿舍。

宿舍里，墙面洁白干净，床柜摆放有序。全木制的床架，做工精致，敦实厚重，给人以亲切舒适之感。带奥运图案底纹的粉绿色窗帘，在户外阳光的映照下，隐隐约约地透露出阳台花草的一抹青绿色，再加上同室女友嘻嘻哈哈的喧闹声和空调均匀的"嗡嗡"声……就共同构成了310房间的欢快气氛。

罗纯纯的下铺。

在一张崭新的棕榈床垫上，端正地摆放着一张虽普普通通但字迹整齐清秀、语言朴素温暖的明信片，上面写着：

钱雯丽同学：

　　欢迎你来到我校高中部就读！这里是你理想的起点，也是你放飞梦想的最佳处所。我们全体生活老师，衷心祝愿你能在这里生活得健康愉快和谐幸福，也衷心祝愿你能在这里实现自己的人生理想。

全体生活老师

　　钱雯丽将明信片轻轻地摆放在床头的书架上，迅速环视了一下宿舍，满意地将自己的行李物品堆放在棕榈床垫上。而后，她冲罗纯纯微笑着说："纯纯，早来啦？咱们这叫做缘分。刚才来的时候我还在想咱俩能否分到一个房间。不料，真的便成了事实。"罗纯纯像是受了鼓舞似的，动情地对室友们说："这位就是钱雯丽同学，市中考状元，这位是钱雯丽的父亲。"钱金龙边仔细地观察女儿宿舍的环境，边专注地倾听女儿与舍友们的交谈，猛然间听到罗纯纯的介绍，他一激灵，赶忙面带微笑地向女儿的室友们诚恳地点点头。罗纯纯随即转身向钱雯丽和她的父亲介绍道："这位是肖慧美，这位是黄卓莹，这位是刘荫雪，这位是熊莹雯，这位是曾玉珮，这位是唐晓慧……"她几乎是用一口气介绍了同宿舍的其他六位同学。

　　一时间，钱雯丽觉得房间的和谐氛围明显地浓郁起来，说话也就无拘无束了。

　　钱金龙看到女儿雯丽很快融入到这个小集体，来时的忧郁感和担心霎时一扫而空。他满心欢喜地看着女儿和舍友们和睦融洽地交流，于是，找准话茬，放心地向女儿吩咐过一些注意事项后，就匆匆地赶回了公司。

　　钱雯丽和所有刚入学的高一新生一样，差不多都是第一次离开自己的父母亲。她们这些娇生惯养、生活在富裕环境中的"富二代"独生子女，第一次独立生活在一个陌生的集体环境中，多少会产生些惆怅、寂寞、不适应、恋家、难以释怀和思念父母之情。一些娇惯成性、情感细腻的小女生，在父母离开后，还怀着极其复杂的心绪两眼汪汪地趴在自己的床铺上呜呜地抽泣，或者受周围一些情绪的感染，表现出郁郁寡欢的神情，怅然若失地呆愣着，显得蔫不唧儿，没了精神头，像是被霜打了似的。雯丽虽然也生活在富裕的家庭里，但由于父母亲感情的缘故，她从小就养成了自立生活和独立处理事务的能力，当她独自远离父亲，来到这所寄宿制高中时，她只是觉得环境有些改变，心里感觉并没什么大的不适应。对于部分具有淘气贪玩本色的"野小子"们来说，到了这里，没了父母亲的管教，犹如一匹脱缰之马，自由欢快地在校园里尽情地玩乐，或交友或打闹，或运动或调侃……以至于误了吃饭忘了睡觉，不得不在老师们的反复督促下，才恋恋不舍地放弃手中的玩活，去做他们应该做的事情。

在大多数南滨市的高中学校，学位日趋紧张，城市正处于办学规模急速扩张的发展时期。一批怀着不同目的和有着不同家庭背景的莘莘学子，有幸进入到这所百年名校开始了他们的高中生活。他们的到来，也给这所特区名校带来了前所未有的新气象……

因为明天是高中生涯的第一节课，钱雯丽特别地在心。她按照学校的作息时间表，在临睡前特意将闹铃调到早晨六点十分，这样，加上洗漱和吃早点的时间，正好能在上早读前从容地赶到教室。

第二天，在起床的铃声响起的时候，钱雯丽在迷迷糊糊中翻身爬起，见同室的几位已做好了洗漱的准备，唯有唐晓慧和熊莹雯仍在抱头大睡。钱雯丽出于善意，轻轻地推她二人，说："学校的起床铃声都已响过，赶快起床，不然会迟到的……"唐晓慧睡眼蒙眬地哼着："被窝里正暖和着，让我再睡会儿……你们先走……不要吵我！"接着，翻了个身，背对着钱雯丽又呼呼地睡着了。钱雯丽欲言又止，手僵在空中，没再去理会她，扭转身，出房间去洗漱了。

洗罢脸，吃罢饭，钱雯丽与罗纯纯她们一行按时赶到教室，早读正好开始。

班主任甄爱升老师已站在教室门口，温柔的目光注视着每一位朗朗早读的同学，并向他们送去淡淡而真挚的微笑。

钱雯丽坐定后，瞧见黑板上写着："请预习英语第一课。"她环视四周，同学们基本到齐了，唯有唐晓慧和熊莹雯等几位同学还没来，她没多考虑，就迅速拿出书翻到第一课，发现与初中课本相比，难度增加了许多，许多单词和好几种句型都是陌生的。接着，她又拿出电子英汉辞典，边读边查，将课文连读几遍，直到能熟练朗诵为止。这时，她舒了口气，用眼角瞟了下都还很陌生的同班同学，有一位个儿高挑、大眼浓眉、帅气十足的男孩，吸引了钱雯丽的注意力。她不由得多看了几眼，顿有一种无名的感觉从心底滋生而出，这种感觉是她以前从未有过的。她发现，自从步入高中的第一天，感觉自己突然就长大了许多，也成熟了许多。她有点儿奇怪，不知自己这到底是怎么啦，也说不上什么原因。钱雯丽正在疑惑之际，这种刚刚萌生的奇妙感觉又突然消失了，而且消失得彻头彻尾，无影无踪。与此同时，有一种被压抑的感觉突然笼罩在她的心头，妄想统治她整个的心灵世界。在她正有些想入非非之时，忽而又觉得内心变得坦荡无比，甚至波澜不惊。当她再去看那位高个子大眼睛的男生时，心已平静如水，没了感觉。她平静地收回目光，专心地预习，潜心地思考，心胸状态又复归为纯真。

此时，她又能把全部的精力投注在学习上……

自从雯丽把目光从那位高个子大眼睛的男生身上收回后，就一直在专心致志地预习。等到目光再次移开书本，她瞥见唐晓慧和熊莹雯正耷拉着脑袋，从教室的后门溜回自己的座位，并忙乱地掏出书本遮挡在脸前，两眼却从书本的外缘向周围快速地扫视着。钱雯丽借此顺便向她俩投去目光，六目相遇，相互都做了稍稍点头状，算是打过招呼。但大出雯丽意料的是：唐晓慧没等她点完头，就急忙把目光移走，她那圆溜溜的大眼睛一直在同班的男生身上转悠，像是要发现什么秘密似的。

打过招呼，钱雯丽有些郁闷地把目光重新移到书本，继续她的预习。

自从父母离异后，一种带有深深痛楚感与压抑感的情思，就不时地萦绕在钱雯丽心头，使她不由得忆起自己的母亲以及那时团圆的家庭生活，想想现在残损的家庭以及可怜兮兮的父亲，要逃避这些不快的记忆，只有将全部的精力都投入到紧张的学习之中，在忙乱的学习状态中，这些不快的记忆才能被深深地埋压在心底，才能在一定时间里销声匿迹。雯丽正是为了寻求心里的平静和安宁，她试图通过努力地学习，忘我地学习，专注地学习，想尽可能长久地维持这种平静与安宁的心态。在后来的日子里，或许正是因为她对学习的专注和痴狂，也或许是对另类审美标准的迷恋、痴情、沉醉与被同化等原因，她在无意识中达到了一种废寝忘食的境界，吃饭感觉不到香甜了，再精美再可口的饭菜，对她都失去了吸引力。

在根深蒂固的意识深处，她始终认为：吃饭只是维持生命的基本需要，而不是一种享受。当一个人为了躲避某种痛苦，时常将誓念放在学习上，对吃都失去兴趣的时候，那她又怎能激发起性的欲望从而对异性产生好感呢？雯丽这些长久以来潜移默化式的心理蜕变，完全是在无意识和出于本能的自我保护之意念中，自然而然产生的，甚至对于她自个儿来说，也根本无法觉察。这种发自内部的性格及心理的改变，在一定的年龄阶段，还根本不会显露出来，更不会在行动上有所凸显。正因为如此，任何人，包括她自己，都不会有所知觉。这种心理变化的长期潜伏性所引起的行为变化，还极有可能会被误认为积极的或好的一面，被人们所肯定，也会让人感到欣慰，甚至津津乐道。就像在小的时候，你对异性不感兴趣，那是正常的；如果到了高中阶段，在人体的荷尔蒙分泌的旺盛阶段，你对异性仍不感兴趣，甚或无动于衷，没有丝毫的反应，那就是有问题了。虽然高中生是不应该谈异性朋友的，那是因为要学习、要集中注意力、要长身体，所以必须要克制那种冲动，抑制那种欲望。在有那种欲望的前提下，进行必要的克制与抑制是正常的。那种欲望因克制而不被显露和因根本就没有而不可能被显露，是完全不同的两回事。根本没有或甚为微弱，则预示着一定的心理问题，变态的或扭曲的或生理的不健全等等，都是一种病态的征兆。不管怎样说，依目前的标准衡量，钱雯丽的心理及行为的表现，还是符合常规的，她在老师与家长眼里，仍旧是个能考出优异成绩的好学生和听话的乖学生。

等吃中午饭的时候，钱雯丽听罗纯纯讲：唐晓慧和熊莹雯早晨被学生处主任抓了个正着，因为是第一次，就只做了批评教育，没有扣个人的品德分和班级的"八项评比"总分。

在当周的班会课上，班主任甄爱升老师临时任命了刘利胜为班长、钱雯丽为学习委员以及其他的一些班委会成员，任期三个月。三个月后，在学生间都相互熟识的基础上，再进行民主竞选。同时，班主任还介绍了涉及每位同学和班级总分的"八项评比"活动、请假制度以及校纪校规等相关条文，从佩戴校卡到衣着打扮，从文明用语到男女生发式等等要求，老师都做了很详尽的解说。

在此后的一段时间里，同学们都做得相当不错。

学校依靠丰富细致民主科学的校纪校规管理制度和"八项评比"活动，有力地塑造了同学们在行为习惯和品德修养等方面的良好形像。

这是一所依法治校的全国示范校。

初来乍到的高一新生，似乎对学校各方面的规章制度还不熟悉，但时间不长，他们在各种各样的检查评比活动中，在班主任每时每刻的谆谆教导以及无处不在的校学生会成员的监督与督促下，就逐渐适应了学校的生活。个别同学的过分行为收敛了不少。但好景不长,随着同学们对学校规章制度的熟悉,随着他们自身心理与生理的日益成熟,新的问题自然应运而生了。他们似乎早已明白了许多道理,明白了在繁重的学习之外,除了运动和玩乐,他们还要做一件大事,需要有时间和异性朋友们接触,哪怕是说说话聊聊天什么的,也能在内心产生十分惬意的感觉。

这种美妙的感觉,在唐晓慧身上体现得尤为明显。

26. 情窦初开

一天,晚自习后。

唐晓慧一进宿舍就委屈得大喊起来:"完了,完了,那个该死的陶然,简直气死我了!"同室密友们都以为发生了什么要命的大事,全都惊愕地看着唐晓慧。钱雯丽第一个问:"你怎么啦?到底发生了什么事?"其他同学也都七嘴八舌地询问:"又咋啦?""啥事?说给姐妹们听听,看能否帮着你!""看你这人,平时挺痛快的,今天咋吞吞吐吐的?""那个陶然怎么你了?用不用向学校老师反映?""没,到没什么大事。他小样的,敢把我怎的,鸡毛蒜皮的小事……得,不提啦!"唐晓慧嘟囔着,始终没能说出个所以然。

原来,唐晓慧想讨好班长刘利胜同学,就趁课间周围同学不注意的当儿,在刘利胜刚才看的书本里夹了个纸条,上面写着:

> 我是本班一位漂亮的MM,很欣赏你的帅气和过人的才华,实在想和你交个朋友,不知你是否有此想法。我知道我这种做法实属冒昧,但我实在抑制不住对你的感情,我喜欢你。如你也有此意,请在今晚九点三十分时脑袋在空中顺时针旋绕三圈。这时,我就会用热辣辣的目光注视着你,你就知道我是谁了。

> 喜欢你的MM

唐晓慧像做贼似地偷偷地完成了一系列动作，怀着一颗疯狂乱跳的心，充满自信心地等待着那一时刻的到来。

上课铃声响后，同学们从外面涌进教室。刘利胜和陶然是临桌，他俩一前一后回到自己的座位上。不知什么原因，陶然偏偏要借刘利胜的书抄笔记，正好是唐晓慧放纸条的那本。刘利胜喜欢把老师补充的内容都批注到课本的空白处，很多同学也都有这样的习惯。这个可恶的陶然，三翻两翻就找到那张纸条。看过后，他竟然十分老练，不作声地把那纸条转移到自己的书本里，继续装模作样地抄笔记。那可是个万能纸条啊，没有署名写给谁，也没有署名是谁写的。这种做法，绝对是一个能保全自己的万全之策，即便不成功，纵使出现比今天更为糟糕的差错，也不会暴露自己，真是个绝妙的做法。唐晓慧不禁为自己绝顶聪慧的做法而叹服，在这方面，她自个儿认为：自己绝对是个天才。快到预定的时间，她明白，计划实施已经败北，可她仍然十分关注刘利胜的一言一行。实在出乎意料的是，那个可恶的陶然，竟然在九点半准时将脑袋在空中顺时针绕了三圈，随后，他那贼溜溜的双眼开始向四周环视，看看有没接头的暗号。那双热辣辣的眼睛，将唐晓慧吓得低下了头，正眼也不敢瞧一眼。她心里不住地想："那家伙对待朋友也太卑鄙了吧，实属见利忘义重色轻友的那类人。他的做法，实在让人鄙视！"

就是这个陶然，搅乱了自己的绝妙计划。

唐晓慧不幸碰到如此倒霉的事，也应该算作天灾人祸吧！不管怎么说，陶然真不该这样做啊。他起码应该将那纸条原封不动悄悄地还给刘利胜才对！因为那是属于刘利胜的纸条，做还是不做，以及该怎样去做，都应该由他来决定，你陶然算什么呀，怎么能由你来决定？更不应该冒名顶替啊！

"想想也是，好险呀！幸亏想得周全。如果真的署了大名，那可就惨了！"唐晓慧在悲伤愤恨之余，也不禁为自己能留这一手而暗自庆幸着。

下课后，唐晓慧怀着死里逃生般复杂而又美妙的感觉，独自到操场，沿着跑道走了一圈，慢跑了三圈，将体内多余的能量消耗殆尽后，才满身轻松地回到宿舍。

唐晓慧洗漱完毕，和衣躺在被窝里，翻来覆去怎么也睡不着，刘利胜那高大英俊的身影一直在她的眼前晃动……

她沉思片刻，大脑逐渐生出一念头：她想让同室密友们判断一下自己的选择，刘利胜是否是班里最潇洒最靓雅的男生。想到这里，她有些兴奋地对头对头睡觉的邻居肖慧美小声嘀咕道:"慧美,我问你个问题,看你有没有眼力。""说说看。""你认为咱们班哪位男生最靓?""最靓,你指哪一方面?""什么英俊呀潇洒呀等等,从综合方面去衡量。给他们一个分值,看看哪个男生的分数最高。""我想想看,这个……不……那个……差点,我想,目前看,还是丁之翀不错!"

"你俩在嘀咕些什么? 什么男生的,怎么也不告姐妹们一声啊?"耳尖的曾玉珮听到她俩的嘀咕声有些不悦地牢骚着,她这一声不大,却像是一针兴奋剂,完完全全地注入到每位小女生的血液中。对于一个个情窦初开的少女,第一次解脱父母的管束,聚在一起,去谈论都很憧憬的敏感话题,怎能不变得兴奋起来? 就连钱雯丽这种对男女之爱不太开窍的小女生也产生了想凑热闹的强烈欲望,她不假思索地加入到同室密友们的大讨论中。

"满分应该是刘利胜!"

"应该是丁之翀!"

"都不对,我认为应该是陶然!"

"这三位也应该分出高低啊。"

"现在,进行举手表决,同意刘利胜的举手……"

"四位。"

"同意陶然的……"

"三位。丁之翀自然是一位了。"

"表决结束,刘利胜得四票,陶然得三票,丁之翀得一票。"

唐晓慧听到刘荫雪的统计结果,像是中了头彩似地兴奋地说:"我们宿舍一致公认百分百男生为刘利胜,九十分男生为陶然,七十分男生为丁之翀……"不等唐晓慧说完,罗纯纯就插话道:"干脆! 这就作为他们三位男生的外号,姐妹们看怎样?"雯丽听后便忧心忡忡地接着说:"现在可好,我们是在给那些男生们打分。说不准啊,那些男生们,也在给咱们女生打分呢? 闹不好,咱们还有不及格的。"钱雯丽的一番话使得宿舍里沉寂了好一会儿,最后还是唐晓慧打岔道:"所以啊,咱们就要想法子使自己变得更漂亮更美才行哪。""是呀,谁让咱们是女生呢?""要想让自己的皮肤好,首先要保证充足的睡眠。时间不早啦,接下的话题,我们以后再讨论吧!"肖慧美做了总结性发言。

话音刚落宿舍顿时就寂静下来,不时还传来轻微的鼾声。

第二天是数学课。

唐晓慧两眼不时地瞟着百分百男生，心里禁不住荡漾起一阵阵暖流，有股难以言表的异样感觉，正从心底漫流过，它感染着正在萌发的心境，使心境中的某些物质迅速苏醒并不断地膨胀着，这是一股发自内心深处的情感潜流。是它，令她呼吸急促，令她窒息难忍，令她全身颤抖……

在无限的遐想之余，唐晓慧的面颊在不经意间已是一片绯红。

同桌的七十分男生看到唐晓慧面部的异样反应，轻声地问道："是不是身体不舒服？发烧啦？"说时便伸身触摸唐晓慧的额头。唐晓慧一愣，"啪"地打在他的手上，愤愤地说："干什么？七十分的！想揩油？""我以为你病了，关心关心你！哎，刚才听你说什么'七十分的'，什么意思？""就是你！""我？我什么是七十分？分还挺高的……还没考试就……""请丁之狲同学注意力集中！"老师停住讲课，温和地提醒道。"老师，我……我注意力是集中的。我发现她……她发烧，像是病了，我这是在关心同学啊……""我没病……他……""她还说我什么是七十分的……真不明白……"

全班同学"呼啦"一声，几乎都转身把目光聚集到他俩身上。

310宿舍的女生们听到"七十分"之类的词，乐得前仰后合，笑得鼻涕都流了出来。她们的异常表现，也使得其他的同学感到莫名其妙，惊奇得都不敢笑出声来，以至于纳闷了好一会儿。

"刚才是个小插曲……放松之后，我们继续上课……"

老师看了看表，又带着表情手舞足蹈地讲开了。

由于受刚才情绪的影响，唐晓慧原计划借向刘利胜问数学问题之际，拉近他们二人间感情的想法暂时搁浅了。

在课间，唐晓慧懒洋洋地趴在课桌上，将头深深地埋在臂弯里。此时，百分百男生刘利胜的身影，正清晰明朗地浮现在她的脑海。他的形象是那样亲切，那样令人心醉神往，以至于错把幻境当现实。在幻影里，她非常愉快地和百分百男生促膝谈心。他们谈笑自若，心心相印。在梦境里，她是幸福的，也是非常愉快的。然而，就在睁眼之间，她却要面对现实。现实中活生生的百分百男生，就在眼前，就在咫尺之遥，就在伸手可及的位置。而她，却感到非常遥远，远得难以企及……

她越想接近他，也就越怕接近他。一时陷于越怕也就越想的矛盾心境。

有时候，人就是这么奇怪，实在有些反复无常和难以琢磨。

在一阵最温情也是最惨烈的思想斗争后，唐晓慧暗地里还是下定决心：绝不能错过与百分百男生正面的情感交流机会。

她已做好了充分的心理准备。

终于在第三节的课间十分钟，她非常诚恳地恭敬地向刘利胜同学请教了些数学问题，无非是数学老师课上讲过的好答也能显出提问者水平的幌子问题。

唐晓慧在完成她醉翁之意不在酒的行动后，长长地舒了口气。接着，她深深地伸了个懒腰，索性将手臂平摆在课桌上，闭着双眼，又将下颌搁在叠着的手腕上，腰椎自然呈弓形，用力地向里弯曲着，使得她浑圆肉感的臀鲜明地向外凸显着，从而清晰地勾勒出躯体的优美线条来。

唐晓慧在所有接近百分百男生的点子中，也用到了钱雯丽同学，想请她传话给百分百男生，让他到平时人迹罕至的实验教室，以创造出他们二人约会的最佳环境。在只有他们两人的场合，她才能把满腔的情感娓娓道给百分百男生，才能真正赢得他的好感，才能最终得到他的整个心灵世界……

中午十二点，在餐厅。

唐晓慧特意坐到钱雯丽对面，边吃边说："吃罢饭，回教室还是宿舍？""宿舍。""俗话说：'饭后百步走，能活九十九'，我有个想法，吃毕饭，咱俩能否到学校小花园里走走……活动活动再回宿舍？"钱雯丽转了圈眼珠，愉快地说："行！"

她们沿着校园的绿阴小道，边赏景边交流。

唐晓慧开门见山地询问："咱们都是一个宿舍的好姐妹，我有件事想请你帮忙……""可以，说说看。""这个……怎么说呢？我想约刘利胜出来……谈个事。我直接说，又不好意思。还想请你帮忙给传个话。""可以！又不是什么难办的事。""是的。你告刘利胜说：'今天下午活动课时间，到六楼的第三实验室，有人找，不问，你就不要说是我。'""公事？私事？"钱雯丽单纯地问。"公事吧？"不等钱雯丽反应过来，唐晓慧立刻表现出既天真烂漫又很诡秘的神情说："噢，雯丽，你真是我的好姐妹……Thank you very much!"

下午活动课时间，钱雯丽按时传话给刘利胜同学，他没细问什么就转身冲出教室，直奔六楼的实验室。

这次幽会使唐晓慧感到分外伤心，刘利胜根本就不喜欢她，而是在暗地里喜欢着钱雯丽。

这样的打击是沉重的，也是非常现实的。但是，唐晓慧并没有气馁。她相信自己的魅力，相信自己的能力。她要等待时机的来临，从根本上赢回这位百分百男生的心。

唐晓慧痛定思痛，在重新审视自己后发现，自己在某些方面的确不及钱雯丽，譬如说学习。除学习外，自己也有一定的优势，譬如说身材，就比雯丽的苗条、丰满。就凭这一点，在整体的外观形象上就有先声夺人的气势。俗话说，身材好，就是大效果好，而能给人留下美好印象或浪漫感觉的，就是这种大的效果，优美迷人的曲线，凹凸有致的身材，不知为什么百分百男生没有欣赏到她的这一点。其次才是容貌，她俩在容貌上不差上下，甚至在某些时候，她还比钱雯丽略胜一筹，因为她的眼睛大，如能稍加修饰，加长眉毛什么的，就更能显得楚楚动人。可能是自己没有修饰，百分百男生没有看到这一点。最后才是学习，学习好算什么呀。古人云：女子无才便是德，只要有好的容貌，将来嫁一个有地位有钱的好男人，不照样过上流人的生活？这样说来，钱雯丽的优势也不算什么呀！

做女人，关键是要有女人味。女人味的主要体现之一是身材，也就是我们平常所说的曲线，它才是衡量女性美不美的重要标志。

唐晓慧坚信：通过减肥、瘦体，自己完全可以达到最完美的三围比例 3∶2∶3，这真是魔鬼般的身材啊。

不管怎么说，在自身的改造上，唐晓慧对未来充满着必胜的信心。

这是一个需要美女而美女又辈出的时代。一个女孩子，只要是位美女，就完全可以凭借自身雄厚的固定资本，身材加容貌，在机遇来临的时候，一夜间成就自己的辉煌人生。无数的事实都已证明：这是一条亘古不变的真理。

上课的时候，唐晓慧就这么海阔天空地瞎想着。她坚信这一点，数不清的美女们也都坚信这一点。

27. 瘦身烦恼

随着人们生活水平的提高，饮食上的贪婪和对食品营养与美味的不懈追求，导致了人体美感的"普遍丧失"，苗条或婀娜的身姿被梭形或水桶形的体形取而代之，接下来便是扑面而来的肥胖问题，一浪高过一浪的减肥瘦身风潮迅速成为人们的话题。从此，在营养美味与美貌身材两种诱惑面前，人们就很难做出抉择，尤其是对既崇尚美丽又馋嘴好吃的女士们来讲，真是个痛苦的考验。专家学者们也臆想着能有二者兼得的良方。于是，形形色色的减肥产品以及五花八门的宣传广告，顶用的不顶用的，都铺天盖地般充斥着大街小巷的各色商铺与传媒平台。

中学生生活其中，耳濡目染，深受影响……

高一310宿舍。

唐晓慧正向同室密友们展示着国外的美女明星杂志，那些外国美女们个个细瘦高挑，纤腰束胸，亭亭玉立，冷艳迷人，曲线优美，婀娜多姿……几乎全是完美的三围比例，有的甚至达到3：1：3的程度。真叫这些小女生们艳羡不已也惊叹不已啊！

唐晓慧看到室友们的热情甚高，便大发议论和感慨道："哎呀，明星呀明星，你们的美丽简直就是自然的造化，鬼斧神工的杰作。优美匀称的身材，真是无与伦比啊！""好啦，不要抒情啦。我好像在哪里看过，现在所谓的明星美女，她们在没成名前，也和咱们一样。只是在成名后，经过科学的瘦身、美容、锻炼，重塑了如今迷人的身段。不过，她们现在仍要不断地坚持，才能防止身体比例的失调。"曾玉珮大有研究过的架势，滔滔不绝地说了一大通。"噢，原来如此呀？那我们也可以拥有那样的身材了？"钱雯丽疑惑地问。肖慧美听后，索性撩起衣襟，露出肚皮，既冲动又伤感地说："你那身材，已经够完美的了，不肥不瘦，正好！倒霉的是我。你看我这腰，都有波浪了。得赶快减减肥了。""那咱们必须赶紧行动啊。听专家讲，在咱们这个年龄减肥，最容易出效果。如果到我妈那个年龄，减肥都白搭，那身材，太可怕了，简直一个水桶形……"黄卓莹说时在空中不停地比画着，引得大家不禁发笑起来。

"我妈的体形也跟你妈的差不多……"

钱雯丽听到"我妈"这个词，不由得伤感起来，她们后面的讨论内容再也听不进去……

她不由自主地想起自己的母亲邢嘉琪，虽然母亲已和父亲离婚，但母亲的身影时常还会浮现在自己的脑海。母亲的体形倒是保持得好，近乎完美，可又有什么用呢？……如果自己的母亲也拥有像别人的母亲那样的体形，说不准，还是件好事。现在自己起码还能拥有一个完整的家。自己还能再见到妈妈吗？想到这里，钱雯丽情不自禁地觉得有些伤心、痛苦，一丝忧郁的心情挂满面颊。

不知什么时候，也不知是谁问道："雯丽，你怎么啦？是不是身体不舒服？"钱雯丽晃了一下头，抿着嘴笑着说："我没事，我在听你们的讨论。"

这是一场有关时尚审美问题的大讨论，宿舍所有成员，都热情高涨、兴趣浓厚地参与进来。

在相当一段时间，都市的各大中学都刮起一股史无前例的减肥瘦身风。不仅波及女生，也波及个别男生。在这个审美有些迷茫甚至趋向混乱的年龄，好多同学像赶潮流似的，盲目地加入到这个减肥运动当中。不少中学生都陷入这样的审美误区，只要是瘦的，就是美的。这种思想观念的蔓延，就像风吹草籽般迅速播撒在这座城市的角角落落，就连幼儿园的小朋友都会对妈妈奶声奶气地说："妈妈我吃饱了，不敢再吃，我怕长胖……"

虽然减肥的理念已根植人心，但由于饮食的缘由，大部分人的减肥效果并不尽人意，只有那些身体基础条件好的或减肥决心特大的，才会收到一定的减肥效果。

310宿舍的小女生们经过一个月的减肥锻炼和节食行动，战况平平。肖慧美体重反弹，腰部变粗；唐晓慧瘦了三斤，但三围照旧；钱雯丽没有参与减肥，整日埋头看书苦读，体重反而锐减了四斤；其余几位，没增没减，保持原貌。

减肥成绩虽然喜忧参半，但小女生们的减肥毅力和信心仍旧十分高涨。

在这个追求瘦身纤体的审美时潮中，谈论减肥效果，自然是女人们时刻都挂在嘴边的永恒话题，也是女人们为之奋斗不息的理想之一。作为中学生，由于受物力、财力、规章制度及时间的局限，小女生们的减肥形式主要是节食。

起初，钱雯丽对减肥并无多大的兴趣，但由于她痴狂的学习热忱，混合了因父母离异所造成的忧郁心理，以及由此而产生的郁闷与执着的性格，恰恰有利于她良好的节食减肥效果的形成。这种效果，也恰巧迎合了她内心深处某些难以释怀的情愫，对时代审美观念的认同。这是一种与之完完全全的心理共鸣。虽然她还不清楚自己也是在减肥，甚至她根本就不承认她减过肥，她确实没有用实际行动参与过减肥，但她的实实在在的减肥效果与减肥信念，的的确确又是真实的,是发自内心深层的……

由此说来,钱雯丽的减肥信念,完全是在不知不觉的无意识中形成的。

周五晚上。

钱雯丽从学校回到家,钱金龙吃惊地发现:女儿消瘦了许多。他异常难过地瞧着女儿说:"雯丽啊,怎么?你瘦了这么多?是不是身体不舒服?要不,明天,爸爸带你去看医生,好不好?""我根本没病!挺好的……没有生病,只是学习有些紧张。"钱金龙有些将信将疑地问:"是吗?我看……""老爸,喝茶!你看,我是不是挺健康活泼的?我们宿舍那帮女孩子在搞什么减肥,我才不跟她们比。不过,老爸,我没减,身体倒是苗条了许多。""不要这样讲啊?依爸爸看,女孩子还是要丰满些才对!能吃,多吃,营养才能全面,身体才能发育良好。你现在正是长身体的关键阶段,要多吃才行啊!来来来,这个营养丰富,你多吃点……"钱金龙在婉转地教育女儿时,还忙不迭地给她夹了块乌鸡肉。"我已经饱了,都有点撑的感觉,不能再吃了。古人的健身之道,饭吃七分饱,对身体才会有好处。这块肉你吃好了!"没想到女儿接住话茬,反过来是教育了父亲。钱金龙无可奈何地将肉放回菜盘里,看了女儿半响才说:"我看你还没怎么吃就饱了,这可是你最爱吃的菜啊。在你小的时候能吃一大碗的!现在长大了,倒还不如小的时候?""老爸,我真的饱了,再吃,胃会被撑坏的。好了,不要再谈论这个话题,好吗?"钱金龙看到女儿的态度如此坚决,他带着嗔怒也带着心疼说:"好吧!不过,一定不要减什么肥。""知道,我才不减呢。我这不……正好?"

吃罢饭,钱金龙有些郁郁不乐地回到书房,随手从书架上抽出本书,胡乱地翻阅着,女儿显得有些瘦弱的身影由不得在他的脑海里闪现……

他合上书,心神不安地踱步到落地玻璃窗前,独自凝望着远处深邃的夜空。

他回忆起与妻子的初次相爱、女儿的出生,再从发现妻子有了外遇到女儿雯丽的消瘦,一系列往事,使他的思绪像被一根无形的线牵拽着、撩拨着,使他的思维变得活跃,让他的思绪浮想联翩,令他的内心痛苦不已,也迫使他更加珍惜眼前所拥有的一切。女儿雯丽,他一生中全部的和唯一的希望与寄托,那应是一个身体健壮、丰满匀称、聪明活泼、知识渊博的形象。现在,除身体上的缺憾外,女儿的一切发展得都令人惊羡。尤其是在学习方面,中考斩获全市状元,这就充分地说明了她的聪明与睿智,是有天赋的。唯独是,女儿每况愈瘦的身体让他放心不下。他无论如何也想不明白，进入高中就这么一段时间，女儿的身体会消瘦了这么多？是学校的饭菜质量问题？是女儿学习紧张的缘故？还是女儿的身体出现了疾病？如果真的是身体原因，那得赶快去医治，绝对不能再耽搁啊！

钱金龙不敢再想。他突然决定：明天，就是明天，他要带女儿去医院体检。

第二天，在钱金龙的百般劝说下，女儿钱雯丽才怏怏不乐地陪他参加了连同保姆刘阿姨在内的全家体检活动。

三个人在南滨市人民医院的各大门诊科室穿梭往来，整整忙碌了大半个上午。

确切的体检结果出来，是在次日的下午，是钱金龙亲自去取的。对于每个人的详尽情况，所体检的各项具体指标，不懂的，钱金龙都详细地询问了专家大夫，尤其是女儿钱雯丽的，专家的最终结论是，基本正常。

钱金龙：甘油三酯（TG），2.4mmol/L，总胆固醇（TC），6.4 mmol/L，略有超标……钱雯丽：红细胞比积（PCV），0.37L/L，略有偏低，还有好几个项目，是在正常标准值与偏低值的临界点上。确切地说，女儿虽营养有些不良，但其余的主要指标均未见异常。

钱金龙拿到体检报告，知道女儿雯丽的身体虽无大碍，但在营养方面确需不断加强的事实时，他突然间深深地感到：在自己这样的富裕家庭，女儿竟然出现营养欠佳的身体问题，不啻是一种讽刺。他在自嘲了一番后，详细地回忆了女儿钱雯丽这十几年来的饮食状况。与别的孩子相比，小的时候，她没有享受过母乳，是靠奶粉喂养大的；她对吃没什么特别浓厚的兴趣，不爱吃零食不消说，就是一日三餐，吃什么饭，对她都无所谓，大人做什么，她就吃什么，这本不是什么坏习惯。不挑食，爱吃素食，不多食荤，这可能是女儿在小的时候觉察到家庭关系紧张而形成的生活习惯，算是个毛病；也可能是受前妻邢嘉琪减肥思想的影响，在女儿的心中潜移默化有些根深蒂固了吧，算是个毛病！其次是饭量，按照一般女孩子的标准，她应是在标准偏下的状态，也算是个毛病！

关于女儿的营养问题，这些年来，钱金龙一直都在注意着，家里从未缺过国内外的各色高档营养小吃，什么核桃仁、开心果、栗子等等，近二十几种的干鲜水果食品，从不间断地摆放在客厅茶几上的果盒里，也摆放在女儿雯丽卧室的书桌旁，可女儿就是很少有主动吃零食的习惯，每次都是在钱金龙的催促下，才勉强吃几粒。钱金龙真的搞不明白，在这个物欲横流、追求享乐和个性的现代文明社会里，竟然会有对吃都失去浓厚兴趣的富家女孩子，只有想吃吃不上的，哪有面对各色好吃不想吃的？钱金龙就是想不通。他一直认为，人，对什么都可以失去兴趣，就是不能对吃失去兴趣。而这位对吃都失去兴趣的人，竟然出现在自己的家庭里，还竟然是自己的女儿？！

钱金龙对吃可是既有一番研究，又有着浓厚兴趣。在吃上，他不仅吃遍猪兔狗鸡羊牛肉，而且吃过鹿蛇穿山甲北极熊、野鹅雁鸭与羚羊等等普通动物与国家明令禁止的保护动物，还有各色珍贵的深海鱼肉。什么清蒸、油炸、煲汤、炖炒、烧烤等吃法，他都已品尝过。人类对各色美味的追求，总是永无止境的，而自己的这些良好的禀性，怎么就没有遗传给女儿？真算是一大损失，可似乎又是在冥冥之中。神，因自己的贪吃，将这种惩罚降临到自己的女儿身上，是女儿代替自己接受了这样的惩罚！

钱金龙茫然地想到这里，一种负罪感、一种深深的自责感、一种深沉的难过感以及难以言语的愧疚感袭上他的心头。在女儿身上，他已倾注了全部的心血，女儿就是自己的一切，就是自己全部生命意义的所在，就是自己所有理想、信念、事业与追求的归宿。钱金龙沉重地想到女儿营养不良的问题，想到由营养的不良可能引发的种种后果。他可没有像医生说"一切正常"时那种轻松的心态，而是意识到事情的严重性。此时，他的心情显得格外的沉重。

钱金龙想着想着，他那带着心痛感的思绪有点儿混乱。无意识中，他踱进女儿雯丽的房间。他静静地端详着女儿瘦弱俊俏熟睡着的面庞，接着，又情不自禁地弯下身，在女儿的额头轻柔地吻了几下，两行爱怜的热泪顿时夺眶而出。不小心，有一滴洒落在女儿雯丽的脸颊上，激起了女儿充满美好与浪漫想象的梦呓的波澜。

钱金龙的担心，暂时还没有影响到女儿的情绪……

她还能像往日一样随心所欲地生活。那是一个与现实生活并无二致的神秘世界，仿佛就是真实存在着，只是有些奇怪罢了……

钱雯丽与父亲来到一家高级餐馆。

在一间贵宾包房的餐桌上，摆满了形状奇特、色泽诱人，可以使人满嘴生津的美味食品，这是父亲为庆贺女儿获得市中考状元特意摆设的，也算是给女儿的礼物的一部分。

钱雯丽破天荒馋得口水直打转。她毫不客气地抓起一块说不上的美味食品，就塞进嘴里，那种酥软、醇香、爽口甜美的感觉，沁人心脾，令身体的每个细胞都兴奋不已。

她体验过酒醉，听说过茶醉，今天又亲身经历着食醉，行为难以自控，不停地想攫取食物。每吃一口，都令她陶醉神迷，情不自禁地想继续吃。于是，她就不停地取，不停地吃。而桌上的美味食品，就是不减，不仅不减少，而且味道愈来愈香醇，她有些欲罢不能，也自然而然地想到中国神话里的情境，莫非真是在仙境？

正疑惑间，她忽然发现对面的父亲，已真的不是自己的"父亲"，而是一位身着古装相公服，手执折扇的陌生小伙子，他正朝自己友善地笑着。

钱雯丽正想质疑，那相公在原地却突然淡淡地消失了，就像是一个剪影，渐渐地与后面的背景融为一体，只留下一股扑面而来的浓浓花香。雯丽再次环视四周，发现刚才吃饭的其他客人，不知什么时候也都隐去，只剩下孤孤单单的自己。雯丽似乎能感觉到周围人的存在，就是看不见。

此时，她开始怯懦起来……随后，又不知是什么力量驱使她壮了胆，寻那花香而去……

钱雯丽一心想探个究竟，于是她鬼使神差地举步摸索着前行。她穿过碎石铺就的弯曲小径，绕过一畦花树，来到水池旁。发现花香出自水池后假山旁的一棵花树，不知是什么花，她压根儿就没见过。

她猛吸了几口芬芳。突然发现水中的倒影里还有另外一位女子的影子，她体胖如牛，奇丑无比。雯丽毛骨悚然地猛一回头，发现并没什么人啊。她再仔细看时，原来那胖女子就是她自己。

她一声惊呼，晕倒在地。接着，身体便像皮球一样在地上边滚边弹了起来。她在惊醒之余，出于本能，自然没有忘记拼力地阻挡迎面撞来的东西，生怕碰伤自己的头。就在身体被高高地弹起，而后又头朝下旋转着落下，头颅快要砸向地面的一瞬间，她的手臂用尽了全身的气力，使劲一推地面，人球转了个角度，头总算是躲过了与地面的撞击。但由于刚才的用力过猛，人球再次被高高地弹起，在空中打了个转儿，降落时还被卡在一个大树杈上。钱雯丽又拼出全身的气力，一转身，挣脱了树杈，人球掉在地上。一旋转，竟发现自己原本是站在庭院的中央，而且根本不胖，是相当苗条。

她又回到餐厅，在大堂的衣镜前照了照，镜中是一个苗条如柴火，除了骨骼没多少肉的纤弱女子，她面容消瘦，棱角分明，四肢修长，身材曲线有些过分婀娜。她走了几步,万分纤细的腰肢,颤巍巍地扭动着,像是要折了似的,多少会让人生出一些担忧来。这时,从树上掉落下几片落叶,落叶激起的微风,竟突然将她吹向天空,她像氢气球一样慢悠悠地漂浮在空中。几秒钟后,身体又像变戏法一样急速地降落,她被抛落在一潭近乎冰封的水中,刺骨的寒气无孔不入地侵蚀着她的身体,一直浸透到骨髓。

此时,周围瞬时变得一片漆黑。

她吓得不由得惊叫:"救我,快救救我!"

钱雯丽忽然从床上翻身坐起。她轻轻地揩拭着额上的冷汗,发现自己的两条腿不知什么时候已暴露在被子外面。

她重新掖好被子,试着入眠,却怎么也睡不着。

这时,已是深夜两点。

28. 校花收到情诗

第二天,钱雯丽早早地起了床,坐公交车赶在上课前回到了学校。

进入高中,随着学校必修课难度的加大以及选修课内容的拓展,学生的课业负担明显沉重起来。这恰巧迎合了钱雯丽的性格,她整天沉醉在对知识的理解、联想、思索与回忆当中,自然也乐得其所。这期间,她经常抽时间写些美文,竟也在市里的报刊上发表过几篇,还在一次现场口语作文大赛上荣获过二等奖。

正当钱雯丽沉浸在朱自清的美文之中时,罗纯纯的一番话使她欣喜了好一阵,也使她纳闷了好一阵:"雯丽,想什么呢? 哎,告诉你一件事,不知你知不知道?""什么事? 说吧!""你被所有同学推举为学校的校花……""开什么玩笑…… 不会吧!""那些男生们暗地里也给咱们女生打过分,你的分数超高,你在男生眼里是个小天使。其他宿舍的女生也都在拼命地减肥。她们的奋斗目标,就是你。后来不知怎地,男生女生沟通了信息,这不,你就成了公认的大美人,咱们的校花了。好事情,我向你表示祝贺!""我……

我根本没有减过肥，也根本不需要减肥。怎么成了她们减肥的榜样了？"

在一种混乱的、畸形的甚至扭曲的审美标准下，美的，可以说成丑的；丑的，也可以说成美的。也可能，有些事情根本就没有美与丑之分。譬如，人体的胖与瘦，美与丑的结论，不就是人为臆造的？更何况，众口还可以铄金呢。在这种丰富的、多元的、追求时尚的审美背景下，中学生的这种审美观与价值观的形成，极有可能是他们对社会的一些现象进行了片面的甚至是歪曲的理解所造成的。比方说，形形色色的减肥、纤体、美容与整形广告以及由此引发的瘦身美颜风潮，各种各样的不同年龄层次的选美选秀活动以及由此引发的群体模仿效应，日趋繁多、以性爱床戏为观看噱头的言情类影视作品以及由此引发的对自由滥情的追求与对伦理底线反思的热潮，五花八门、新颖独特的现代行为艺术、人体造型艺术、装置波普艺术，以及由此引发的或审美迷茫、或审美疲劳、或审美亢奋等艺术问题、社会问题的大讨论，都会冲击着中学生原有的审美观、价值观、道德观，最终导致两代人之间在审美和认知上出现一定偏差，从而在各自的心理上产生愈演愈烈的代沟。

钱金龙对女儿心痛般的担忧以及女儿钱雯丽意外被全体同学公认为大美人和校花的事实，就是两代人在审美观念上有偏差的最好证据。

尽管被公认为大美人和校花的钱雯丽并未把这种荣耀看作是真正意义上的荣耀，但在她的心灵深处，或多或少还是产生了一些感触，为因专注学习而造成减肥效果找到一种合理的、顺乎审美时尚标准的心灵慰藉的依据。

在这种思想的熏染下，钱雯丽逐渐认识到，女孩子体形瘦瘦的，不仅很正常，而且还是每位小女生梦寐以求的减肥效果，那种通过减肥或其他的方法，能使身材苗条的女孩是幸运的；那种不用任何的减肥手段，自然而然就能保持优美身段的女孩，简直就是上帝的宠儿！是天之骄子！

她甚至还朦朦胧胧地以为，自己就是上帝的一位宠儿。

在一种不很成熟的审美标准的评判下，被公认为校花的钱雯丽，在这样一所校纪校风还算严明，学生恋爱之风还不算太盛的公立名校，因体瘦苗条和学习成绩斐然而闻名的她，不仅在心理上获得极大的满足，而且也在生活上实实在在地招来男生们突如其来的爱情攻势，成为男生们的"众矢之的"。这些多余的事项，虽然也给她生出了些许愉悦之外的烦恼，但更多的是给予了她一种成就感和苗条即美的坚定信念。

周二，第三节课间操时间。

钱雯丽正准备回教室，同宿舍的肖慧美气喘吁吁地跑来，吐着粗气说："雯丽，下面物业办公室有你的挂号信。"她吸了口气，进一步解释道："如果是平信，我就替你捎了回来，但它是挂号信，必须自己签名。"钱雯丽带着漠然的神情，疑惑地反问道："是吗？谢谢！"

她觉得，有好些日子没有收到过信件了，更别说是挂号信。

你可别说，现在蓦地提起信件，有时候还真的感觉有些陌生，甚至还会生出一些新鲜感来。现在的世界，多半流行发电子邮件、手机短信，或者干脆就直接通话。

谁还写那玩意儿？信多慢啊！

在任何人眼里，信件的结局，就如同电报一样，终将会退出通信的历史舞台。

钱雯丽带着几分好奇和激动的心情来到学校的物业办公室，签名后，她取到两封挂号信，是本市的。

她有些忐忑和焦虑地打开其中一封，竟然是本班男生写的：

亲爱的钱雯丽小姐：

请恕我如此冒昧地给你写信，这完全是为情所使啊。

你在我眼里，真的是位天使。

自从我认识你的那一刻，你的美丽形象就时常萦绕在我心灵的深处。我时时刻刻都梦想着、渴望着……能与你在一起。

让我拥有你，让你也拥有我……

虽然，我们现在还处于高中阶段，学习生活十分紧张，不是谈情说爱的时候，但我爱你！我要说出来，我要让你知道，我是爱你的。不管你持有何种态度，我都会默默地注视着你，为你付出我的全部情感和心血。我想，在不久的将来，你会理解、相信并领悟我的一片真心的。

下面是不才小作，抒情诗一首，以表达我对你的爱慕之情：

茫茫人海里，有幸遇见你

像寻到初春杨柳枝头的第一片嫩叶

令人欣喜、神迷、痴狂

在那一瞬间

是你给了我

生活的勇气和无尽的希冀
发自心灵深处的呼唤
喷薄而出
我爱你——雯丽

爱慕你的本班小男生　陶然

钱雯丽看罢信，已是面红耳赤……

她胡乱地将信件折叠好，慌里慌张地塞进自己的衣兜里，快走了几步。但还是按捺不住心中的好奇，她急匆匆地走到楼梯的僻静处，情不自禁地拆开第二封信：

雯丽密友：

你好！好久未见我的好姐妹，真的十分想念！

你在那里生活得可好，学习紧张否？

本来是要给你打电话的，但总觉得有些不好意思开口，不知怎地，就选择了写信。

有些事情总想找好朋友倾诉，想听听亲友们的意见。想来想去，最终还是想到了你。你毕竟是我的好姐妹，我想，你的建议应该最中肯，也最有参考价值。

来到职校，我被公认为是女生中最漂亮的一位，是件最让人得意的好事，时常受到男生们的不断追捧，自然就不知不觉地恋爱了。

他是我们班的一位男生，大胆而有魄力，第一次见面，就趁没旁人的时候，抱住我的腰深深地吻了我……我觉得，那种感觉舒服极了；第二次见面，……就让我，全身酥软，舒服至极；第三次，我们就尝试做了那事，虽然有点痛，但痛着并万分快乐着，令我有些神魂颠倒，也舒服异常。

我发现，现在，我根本就离不开他。

我俩整日无心学习，只想着那事。

我是不是爱上了他？这是不是叫爱情？

我感到很迷茫啊。

我不敢向我的父母提及此事。只好向好友你寻求指点，希望能得到你的高见。内附两张他的照片，以作参考。

你的好朋友　吕迪

钱雯丽同样迷茫地看完好友吕迪的信件，心中不仅充满了疑惑，而且有些不可思议的感觉。她想不到昔日的好朋友，竟会这么早这么快地坠入情网，而且还有点难以自拔。她虽然还不能明确地判断出吕迪做的是否正确，但对象谈得如此之快，她有些不大赞同。钱雯丽顺手抽出信封里的照片，那是一位个子高挑、眉清目秀、男子汉味十足，挺帅气的小伙子，吕迪心目中的白马王子。钱雯丽没知觉地瞧了几眼，将照片送回信封，无比深沉地掏出手机，开机特意给吕迪发了短信：

吕迪闺蜜：
　　你好！来信收悉。
　　对于你信中所提一事，我再三斟酌，认为有些草率，请慎之又慎。

你的好友　雯丽

就在钱雯丽正准备关机之时，短信铃声响起，她以为是吕迪的回复，急忙按键打开短信：

　　我是位靓靓的健壮的111，非常喜欢靓靓的迷人的101，我们是天造地设的一对情侣。
　　我会用我的真心换取你的真情。
　　如你愿意，请回复1；如需再考虑，请回复2；如现在不想考虑，请回复3；如感觉不合时宜，请回复4；如想知道对方姓名，请回复5。

敬仰你的同班同学

钱雯丽愤愤地关掉短信显示窗口。而后，她转念一想，若有所思地回复

了5。不到十秒,接收短信的铃声响起,她忙不迭地打开:

雯丽:
  好!你的建议,我心领了!
  十分感谢你的提醒,谢谢!

你的好姐妹 吕迪

刚看完,她又收到一个短信:

雯丽:
  我心中的恋人。
  我是丁之翀,谢谢你的垂青相看。我会加倍努力,绝不会让你失望的。

爱你的男生

  钱雯丽看罢短信,气就不打一处来。
  她不由得思忖道:"……丁之翀,这小子,看起来挺老老实实稳稳重重的,想不到,花花肠子还真不少,挺多情的……"她随即回复道:"哎,是丁之翀?谢谢你的美言。我不明白,请教些问题:什么是健壮的111和迷人的101?"
  时间不长,雯丽便收到回复:"111代表男生,101代表女生……不是很形象吗?这可是我的发明专利!聪明吧!"
  钱雯丽沉思片刻,恍然大悟地舒了口气,面颊带着些许的红晕,手忙脚乱地回复道:"丁之翀,看来,你是满肚子的坏水水……在此,我想回复3,请你以后不要用短信骚扰我!……"
  不到两分钟,雯丽又收到新的短信:"这?我还以为咱俩有缘分呢……和你开个玩笑,不要介意。我会不断努力,争取能得到你的信任与好感。"
  钱雯丽快步回到教室,直视着丁之翀迎面而来的目光,狠狠地瞪了他一眼。丁之翀嬉笑着自觉理亏似地缩回脖子。

下节是英语课。

钱雯丽像往常一样轻松地翻开课本。突然，从里面掉下个小纸片，上面有几行工工整整挺秀气的钢笔小楷字。钱雯丽像是意识到什么，她急忙用手捂住，生怕被别的同学看到。她略微摆动了下脑袋，用眼角的余光向四周扫视了一下。还好，没有人注意到她的细微举动。钱雯丽将书平放在课桌上，左手护着纸条急速地瞧了几眼：

雯丽：
　　好！我这人很直，有话就明言了。
　　我知道，许多男生都对你情有所钟，他们几乎要蠢蠢欲动了。我对他们的轻浮举动和擅自做法感到气愤。
　　你是我遇到的最让我心动的女孩，我不想失去你的爱，更不想让他们捷足先登。因为爱，毕竟是自私的。
　　我只想让你明白：在这个世界上，在数不清的男生中，我，是最疼爱你的一位。我们才是天设地造的一对，你说是不？
　　……
　　这一切，都是我的真情表白。
　　我想大声地对你说："雯丽，在我的人生旅途中，不能没有你！"

　　　　　　　　　　　　　　　　　　　　日夜思念您的人　刘利胜

看罢纸条，钱雯丽并没有多在意，她已经麻木了，已经习以为常了。

她轻轻地将纸条夹进书本，边听课边思考刚刚发生的一些事情。

她怎么也想不明白：仅仅在这一周之内，围绕她就突然莫名其妙地发生了这么多奇怪的，甚至是无聊可笑的事情。她怎么也搞不明白：现在的这帮男生，究竟怎么啦？究竟要干什么？他们像是商量好似的，一时间，一齐向她发动情感的攻势，这是为什么？是因为，她被推举为校花吗？还是什么原因？

雯丽不敢多想。她连忙撤回刚才的思绪，把所有的心思都用在听英语老师的讲解上，还不时地做着笔记。

课间休息时，钱雯丽以公事之名约刘利胜到教室外走廊的拐角处，将那纸条完璧归赵。她微笑着深表歉意地说:"谢谢你的这份真情……只是,只是我现在,会令你失望……还是以学习为重吧!"说完,就转身返回到教室。

此时,钱雯丽的心绪,在她后来的一首小诗中得到了真实的描写:

> 相思的迷情是突如其来的洪流
> 令人窒息不知所措
> 那份情那份义我虽得罪不起
> 也只得说
> 非常抱歉和对不起
> 对于你们的所作所为
> 我只是
> 感觉困惑和不可思议
> 因为在我的心灵深处
> 真的不懂
> 情为何物
> 纵使不幸
> 被丘比特之矢射中
> 我也感到一片茫然

29. 钱金龙的烦恼

晚自习后,在310宿舍。

唐晓慧有气无力地推开宿舍门,无精打采地站在同室密友们面前。

她扫了一眼,喃喃自语地愤詈道:"……这帮王八蛋!臭111的!真是牛逼死了……"罗纯纯眨着眼皮,迷惑不解地问:"晓慧,怎么啦?谁是'111的'?"曾玉珮不等唐晓慧解释,就抢先答道:"你不知道?真是老土啊!现在流行管男生叫111,管女生叫101。是男生和女生的代码……好像是男生们最先这样叫的,然后才流传开来。"

钱雯丽听到111和101,不由得想到丁之翀的手机短信。这种事,又不好意思直白地告诉她们,只好搁置在心底当秘密保存着。钱雯丽会心地冲曾玉珮笑笑,诙谐地问:"用111和101来分别表示男生和女生,倒是挺形象的。是谁这么'聪明'啊……""这个不清楚!都传凶啦……"黄卓莹突然插进新话题:"听说咱们隔壁的几位女生,都谈上对象了?这事你们知道不?""对呀,现在竞争这么激烈,下手晚了,就没有好的111了……""哎,这个世界优秀的111怎么就这么少呢?那咱们的压力可真是太大了!""昨天看了报纸,说咱们市男女的比例严重失调,像咱们同龄的男女比例为3:8,想找到对象难啰!想找到称心如意的优秀对象,更是难上加难啰!"

宿舍里顿时沉寂了片刻。

这时,钱雯丽用细细的慢慢的声音打破沉闷道:"没那么悲观吧?""你是校花,学习成绩又那么好。你当然不用发愁啦……哎,雯丽,你是不是谈上对象啦?能不能告诉姐妹们,你的111的名字?""没有,真的没有!大家可不要胡思乱想啊,只想安慰大家,不要太悲观,我们还小呢,应该以学习为主。""你可要让着姐妹些,不要把帅气的111全独吞了。""大家都说到哪里去?我现在还没有这个心思。"唐晓慧望了大家一眼,愤懑地说:"现在虽是个竞争异常惨烈的时代,但这个时代,时时刻刻又都充满着机遇。机遇稍纵即逝,一旦错过,后悔都来不及。时下,假如能碰上如意的男生,不妨就先谈上,等将来有了更好的111,还可以重新选择。这样,我们不就有了更多的回旋余地?""嘿,这真是个不错的主意。怪不得好多女生都在谈男朋友,她们是不是也都出于这样的心态啊?""说不准,说的也有一定的道理。不过,作为女生,最重要的,是不能忘记减肥、瘦身和美容。自个儿漂亮了,还担心找不到优秀的男生?到那时,不是咱主动,而是男生们主动找咱哩。"

熊莹雯看到唐晓慧郁郁不乐的样子,将讨论的话茬一转,突然冒出一句关心的话:"晓慧,有什么不顺心的事吗?是谁欺侮你啦?""没有啦,是……是回来的时候,他们扮鬼脸,吓了我一跳……没什么,其实,挺开心的……"唐晓慧自己都不知怎地就顺口撒了个谎。

她真的不想让同室的密友们知道自己心底的秘密:曾几次向百分百男生刘利胜发出爱的信号,信号次次都中断,都没了音讯。也就是说,是她在主动地追求一个男生,苦苦追了半天,人家对她的示爱,没有反应,这是她不够女性魅力的事实！这是她缺乏女性吸引力的证据！这样丢人现眼的丑事，怎能让同是101的对手们知道？岂不被她们所耻笑？

正是出于本能的考虑，唐晓慧在下意识间就编出个合情合理的谎言。

虽然唐晓慧在追求爱情的征途中，一挫再挫，可她并没有气馁，尤其是倾听了同室密友们的聊天后，她的立场更加坚定，她的信心更加十足。为了能得到爱情上的成功，她甚至决定改变求爱的策略和目标。

在恋爱问题上，她就是这样一个个性鲜明的倔强女孩。

其实，唐晓慧长得只是略显丰腴，除此而外，还是凹凸有致楚楚可人的，这是另一番迷人的风韵。只是在以瘦为美的审美标准下，她还存在着一丝缺憾啊。如果，审美的标准发生些许的改变，唐晓慧长得并不逊色于钱雯丽，而是更胜一筹。那校花，也就非她莫属了。如果这种假设成真，追求唐晓慧的靓靓的111，将会络绎不绝，得到百分百男生刘利胜，也绝不在话下，那她将是何等的光彩！

唐晓慧白日梦般地遐想了片刻。她回过神来，感觉现实依旧是那样的残酷。

几周后。在一次活动课上。

钱雯丽远远地看见唐晓慧和陶然亲昵地走在操场旁边的浓荫小道上，像是在边走边说着什么，俩人的关系显得甚为暧昧，配合得也甚为默契。不久，钱雯丽就听说，他俩恋爱了，也听到，自己是冷美人的传闻。

钱雯丽并没有因此而难受，而是一如既往地沉浸于对学习的浓厚兴趣之中，显得更加形销骨立香消玉减了。

那几位曾向钱雯丽示过爱的111们，后来打听到自己的竞争对手后，还在私下里模仿欧洲流行过的古老习俗，进行过一次决斗。因为动静较大，后被学校的领导发现，结果，刘利胜和丁之翀分别给予警告和记过处分，他们的检查被张贴在校园的公告栏内，以儆效尤。

唐晓慧曾在一段时间里对钱雯丽心怀敌意，时不时瞅准机会对她进行冷嘲热讽。自从听说她是冷美人的传闻后，唐晓慧才消除了疑虑，与她和好如初了。钱雯丽则凭借优异的成绩以及经常为宿舍、班级踏实认真服务的态度，赢得了全体同学的信赖。在后来的民主选举中，她被全票推选为班长。

在刘丁二人决斗事件发生后的一周，学校的宣传栏布置了一期"中学生早恋弊大于利"的专刊。紧接着，学生处又发起了"中学阶段是否应该谈恋爱"的班会大讨论。同时，校心理咨询室不仅贴出了随时欢迎同学前去咨询的通知，还开通了情感热线电话。总之，学校为解决中学生的早恋问题做好了一切的心理疏导准备。

在大讨论周的班会课上，先是班主任甄爱升老师情真意切感人肺腑的动员讲话，接着，老师便介绍了一些不胜枚举的中学生因早恋问题而严重影响学习或酿成不良恶果的真实案例，而后是各小组的自由讨论时间。

在这次班会课上，同学们对什么是爱情、什么是早恋以及早恋有可能产生的不良后果和负面影响，都有了更加清晰明了的认识。在一定程度上，遏制了愈演愈烈的早恋现象。

在当今这个时代，家长与老师们已能越来越明显地感觉到有关青少年盲目减肥、狂热追星、性犯罪、无厘头自杀、上网成瘾、早恋甚至堕胎等等问题。此类问题层出不穷，且有愈演愈烈之势。足以引起专家、学者们的普遍关注，以及每一位家长的高度警觉。

钱金龙忙乱地开完公司的两个紧急会议后，便疲惫地踱进董事长办公室。他躺靠在松软舒适的老板椅上，孤独地凝望着墙角那盆含苞欲放的花树发愣。在娇艳的蓓蕾中，他仿佛看到女儿雯丽那张可爱迷人的面颊和那副让人担忧且心痛的瘦弱身躯……此时，一滴苦涩的泪珠，在不经意间，竟滴落在红褐色锃亮反光的办公桌面上，迅速凝合成一个鼓鼓隆起的小水泡。

他下意识地拭了下眼角。

女儿的身影，霎时在他脑海里变得颇为清晰起来。他略微晃了下脑袋，大脑中出现了类似蒙太奇般神奇的组合效果……

这时，他突然想到了好朋友，本市二院有名的消化科主任医师、专家、博士生导师史芜鼐医生。可以说，他们是多年的老相识了。只是，最近公司业务繁忙的缘故，有一段时间没有联系了。

他迅速拨通了电话：相约在老地方见面。

晚上七点钟。

钱金龙和史芜鼐教授准时到本市有名气的伊人酒楼，三层临窗的309号餐桌。

钱金龙除了礼节性的寒暄谈笑外，眉宇间始终笼罩着几丝淡淡的忧愁。这引起了史芫鼐教授的关注。

史芫鼐教授关切地问道："老钱，你怎么啦？是不是有心事？有事就说吗！看老朋友，能否帮上你的忙。""哎！其实也没什么事，不就是为女儿的事操心！女儿自从上了高中，我发现她瘦了很多。到医院体检，也没发现什么？只是，有些营养不良。我怀疑她是在有意减肥。这样下去，可怎么了得？"

"她体重多少？"

"1.60米，才90斤……而且，还可能在继续……"

"是典型的偏瘦型体格，她现在的年龄正值身体发育的高峰期，也是第二性征不断完善的关键时期，如不采取些措施，将来很有可能会造成发育不良，导致性冷淡，甚至不孕不育症的发生。"

"会有这么严重？"钱金龙瞪大了眼珠，焦急而吃惊地反问了一句，而后又自言自语道："她到现在还没来那个……"

"那就要赶快采取些措施。你的女儿，就是我的女儿。我听你说，都觉得心疼，你明天，噢，不，这个礼拜六，你带女儿到二院找我，开几服中药调理调理，就会好的。"

"她现在是不想吃饭，饭量特小。不想吃该咋办？"

"不想吃，是身体的内分泌失调、肠胃功能紊乱而导致的食欲不振。调理好了，她的饭量自然会大增。这你放心吧！这不是个什么大问题。"

"那，太感谢你了！"

"咱们是多年的老朋友，说感谢就见外了……"

几句客套话过后，钱金龙和史芫鼐又碰杯共饮了半瓶茅台酒……

直到晚上九点半钟，俩人才红着脸告了别。

钱金龙晃着昏昏沉沉且翻腾着乱糟糟思绪的脑袋，步履蹒跚地沿着五光十色的街道，慢悠悠地走回家。

自从和妻子邢嘉琪离婚后，在偌大的别墅里，就只有钱金龙、女儿雯丽和保姆刘阿姨仨人。尤其是雯丽上高中后，更多的时间，就只有钱金龙和保姆俩人。钱金龙为人正派，诚实专一，他与保姆相处几年却也相安无事。为了女儿的身心健康，为了这份真挚的父女之爱，他甘愿忍受成熟男人在得不到爱时的痛苦与折磨，他默默地忍受了生活中的一切苦难。

这样说来，钱金龙真不愧是一位伟大的父亲啊。

喝完保姆精心泡好的解酒茶后，钱金龙心事重重地来到书房。

他静静地坐在落地灯锥形光晕里的靠背椅上，深深地回忆着朋友史芫鼐专家对女儿雯丽发育不良的严重后果的预测，不由紧张得有些呼吸紧促。此时，在他的内心深处，不断地深情地呼唤着女儿雯丽的名字，专注地为她祷告着："上帝啊，保佑我的雯丽，平平安安，健健康康的。尽快让她丰满起来吧！尽快让她多吃些有营养的食物吧！上帝，我，钱金龙求您了……保佑她吧……"

他祈祷了足足有一刻钟。

而后，钱金龙又神经质地打开电脑，搜索着"身高与体重的比例标准"，在众多的网址中寻索着有用的信息。他在一个叫"弓人小语"的博客网站里找到一组公式。于是神情庄重地在纸上算着：

体重指数 BMI ＝ 体重（公斤）÷ 身高（米）的平方，即：雯丽的 $BMI = kg/m^2 = 45/(1.6 \times 1.6) = 17.57$（正常体重：体重指数 ＝ 18—25）

钱金龙木讷地盯着自己画在纸上的算式和符号，自言自语着："嗯，离正常体重指数（BMI）的最低标准还差0.43，是有点儿偏瘦……不过，多吃些美味可口的饭菜，补充些营养，或许会像史芫鼐教授所说的，这不是个什么大问题。"

因为在钱金龙的潜意识里，充斥着对女儿雯丽深深的爱恋和无尽的担忧。这种情怀，或许是天下多数父母共有的可怜之心，也可能是钱金龙才特有的一种父爱的眷恋方式。

这种父爱，在情感上类似于溺爱，但又绝不等同于一般意义的溺爱。

钱金龙就是怀着这样一种极其复杂的心态，在深夜的橘色灯光下，对女儿的身体状况进行了深沉的思考。

30. 慢性胃炎

三天后，钱雯丽周末回家。

钱金龙特意吩咐保姆，采购了许多最有营养的稀有贵重的食品原料：什么猴头菌、燕窝、鱼翅、熊掌、鳖鱼、扇贝等。由钱金龙亲自下厨，对照食谱上的制作方法，煲了道用文火煮了六个小时、极富营养的中药滋补汤，炖了锅木瓜鲜奶燕窝粥，还烧了三盘色香味俱佳的荤菜，枸杞烧鲫鱼、五彩鸡肉片、香菇炒鹿肉，以及两盘精美的野味素菜。

他满怀信心地招呼女儿吃饭，不停地为她添汤加菜。

体格愈加"苗条"的雯丽，面对如此丰盛的晚餐，却没有多大的胃口，只喝了一小碗汤，吃了一小碗进口香米和些许的荤菜、素菜。吃的虽然已比平时多了许多，但在钱金龙眼里，女儿还应再吃点。

他怀着一口吃个大胖子的情结，规劝女儿道："雯丽啊，你还没吃饱吧！听爸爸的话……好乖乖……再把这点给吃了……你没发现啊，爸爸做得好香耶！……""是的！老爸的厨艺是见长了许多啊。可是，我已经吃得够多了。人家是女孩子嘛，哪能和你们男的比。不过，你也不能吃得太多。俗话说：垫饥三分饱啊。一定要小心脂肪肝、高血脂和高胆固醇。""没事！吃饭，就一定要吃饱吃好才行。俗语讲：人是铁，饭是钢。吃不好，又怎能好好工作呢？""老爸，吃完，我陪你到小区里走走，散散步。饭后适当的运动，是有益于身体健康的！"

钱金龙本想说服女儿再多吃点，不想，却被伶牙俐齿的女儿说服成饭要吃三分饱了。

他放下本来还想吃的碗筷，陪女儿出门溜达去了。

父女俩徜徉在富有对称和秩序美感的欧式私家花园中。在和煦夜风的吹拂和宝贝女儿的陪伴下，钱金龙突然生出莫名其妙的感触，觉得在这个世界上，唯独他的独生女儿雯丽是他最亲的亲人，是他生命全部的意义所在和生活不竭的动力渊源。

此刻，在钱金龙的内心深处，正翻腾着无法割舍的父女情结，它迅速占据了他的整个意识。他本想和女儿好好地谈谈，甚或是拉些家常，以便更进一步促进与女儿之间的情感。但突然觉得，有一种说不清道不明的紧张感，正袭上心头，使得到嘴边的话怎么也说不出来。

他只好默默地陪着女儿，在花园中漫无目的地走着……

他们来到路边的木质靠背椅上坐下来。

钱金龙抬头凝望着西边落日映照的那一片红彤彤的天空。思考片刻后，终于打开了话匣子，他非常开心、默契地和女儿交谈着。

钱金龙和女儿这种良好的父女关系，在当今这个极易产生代沟的年代，无疑是许多人艳羡的事，也是钱金龙在与妻子离婚后，唯一感觉欣慰的事。

钱金龙先是询问了一些女儿的生活与学习情况，而后，又交流了各自对社会的一些现象以及审美时尚的看法。最后，又抛砖引玉到中学生的减肥问题上。钱金龙在言辞中轻微地流露出女儿是因故意减肥而导致消瘦的明确态度，但女儿只承认自己目前是有些消瘦的事实，彻底否认了消瘦原因是她有意减肥的说法。

接着，钱金龙又有意绕了个大弯子，循序渐进地谈到第二天要去看医生的事。他简要转述了史芃肃医生的观点，最佳体重指数应维持在20.8，在这个标准之上，身体的各个机能器官才可以正常地发育成熟。否则，过于偏瘦的体质，将会影响身体各机能器官的正常生长发育，尤其是，对于处在成长发育阶段的女孩子来说，就显得更为重要。

钱金龙没有露骨地提及，将会影响到第二性征、生育，甚至可能会导致性冷淡的严重后果，而是用相对委婉或暗示的方式，十分婉转和含蓄地在多次的重复说教中点到为止。雯丽起初不同意父亲的观点，始终认为自己没病，不需要去看医生。但她还是看在父亲拳拳之情的份儿上，动了恻隐之心，勉强答应了父亲的要求。

在当晚的日记中，钱雯丽写了如下的诗句：

　　迷茫困惑的灵魂消失在暗夜
　　内心深层透射着缕缕亮光
　　那不是慈父精心呵护的行程

　　　　倔强的主张
　　　　迎风中艰难地踽踽而行
　　　　没有力量可让我驻留片刻

　　　　在岔路的异途中
　　　　回望忡忡的忧心
　　　　和拳拳仁爱情怀的父亲
　　　　因悲伤而撕碎的心
　　　　撒落在旷荒的原野
　　　　我无尽的伤痛
　　　　化作晨露融入大地
　　　　仰望浩渺的天河
　　　　独步于理智的独木桥
　　　　人间至纯至美至善至真的情
　　　　使心灵颤抖不已
　　　　我迁就、顺从、选择
　　　　父亲的心愿

　　第二天，钱金龙按照事先约定的时间，携女儿来到市二院消化科专家门诊室，史芜鼐医生的办公地点。史医生经过仔细地望、闻、问、切，经过做彩超，进一步确诊钱雯丽患有轻微的慢性胃炎。看在多年朋友的份儿上，史芜鼐没有开价格昂贵的进口西药，而是抓了三十服一疗程的有利于保健养胃的精制中药。

　　在此后的一段时间，雯丽每天都要按时服下一小碗黑浓浓苦辣辣难以下咽的中药汤剂。平时在校的时候，是由保姆煎熬好药后，再放入保温杯，由新雇用的司机开车送到学校，保证在饭前让雯丽服下这碗温热的中药。

　　在几天后的更多日子里，钱雯丽服完中药后已没有了饥饿的感觉，中午饭自然也就免吃了，只是在用晚饭的时候才会略微吃点。

　　这可能是由于，在这场以瘦身为美的审美时尚和以节食为主要措施的中学生的减肥瘦身风潮中，钱雯丽已深受感染，在潜移默化中达到了根深蒂固的地步。虽然她始终都不认为自己有过故意减肥的行为，但怕胖和自觉控制食量的想法，却从未消除过。而这次以治疗慢性胃炎为主要形式，以增加她的体重指数为治疗目的的医治措施，又使雯丽的思想处于极度矛盾和麻痹的状态之中。她一方面想治好自己的胃病以增加体重，另一方面又担忧在增加体重的同时会带来身体上的肥胖。这种深埋在内心底层的矛盾情绪，造成了一种错误的想法，现在喝的，正是治疗胃病的药，只要不饿，少吃一餐饭也没有多大的关系，反正服了治胃养胃的中药。

有了这种思想作祟，就使得雯丽逐渐养成了中午喝药不吃饭的恶习。

久而久之，习惯成自然。她的饭量更是锐减了许多。

一个疗程下来，她的胃炎不但没有好转，反而有加重的迹象。

心急如焚的钱金龙在医生们的善良建议下，对女儿的治疗方案做了些许的修改，原有中药配方中一些草药的剂量加大，又入了几味新药，使配方能更好地对症下药。

在第二轮三十天的疗程中，钱雯丽感受到中药浓烈的苦辣味和惊人的威力，她看到中药就想呕吐，吞下中药就觉得火辣辣翻江倒海般难受。但为了治病，她还是闭着眼咬着牙吞过几次。或许是忍受不了这般煎熬，也或许是认为自己的病本不是什么病，根本就无须治疗。真的不知出于何种原因，我们的雯丽开始趁司机和同学们不注意的时候，偷偷地将中药倒进事先准备好的塑料袋中，然后，再佯装喝完药的样子，以博取所有人的信任。

钱金龙听了雇用司机的汇报后，愁云密布的脸上，顿时显露出欣慰的表情，这就恰似一道充满希望的曙光照耀在他的心田。

他的心绪很快就恢复到平静状态。

钱金龙神情专注地坐在办公椅上，仔细地审阅着公司的各类文件，不时地在文件上书写着各种指令性的批示。

正在这时，公司总经理史文钧紧锁着眉头，满脸愁苦地走进来。把钱金龙吓了一大跳，忙问："出了什么事？"史总唉声叹气地简单介绍了事情的缘由。钱金龙当时就准了他的请求，还给了他一些力所能及的帮助。

原来，史文钧总经理在国外上学的小儿子，在上周六，伙同另外两名中国留学生，轮奸了两名同班的中国留学生。一名受害的中国女学生向警方报了案，随即，三名轮奸犯被当地警方拘捕。警方已通过大使馆通知了所有涉案人员的亲属，史文钧正是被通知的人员之一。

史文钧在接到通知的当天下午，便急匆匆地出国探望他的儿子去了。

钱金龙听到这件事后，也感到大为震惊。他在为事件本身气愤的同时，也为史文钧的儿子捏了一把汗，他根本不知道等待他们的，将会是什么样的法律后果。钱金龙怀着极其矛盾的复杂的心情，对这一国际案件做了简单的假设性的回顾和判断，丢尽中国人的脸自不必说，如果真的要判刑，那史文钧儿子的一生，将会有一个沉重的包袱和永远洗刷不净的阴影。

出于对朋友的友谊和同事的感情，钱金龙还是默默地为史文钧的儿子做了能平安无事的衷心祝福。

钱金龙鸟瞰着马路上忙忙碌碌密密匝匝的人流，眼前的景象将他从沉思中拉回，脑海中又清晰地映现出前妻邢嘉琪和甜心女儿以及她日渐消瘦的身影……此时，有两滴苦涩的泪珠，不由得从他的内眼角缓慢地涌出，迅速擦过脸颊，滚落在灰色的大理石地板上，只留下两行水印在脸上。

他似乎感觉猛地清醒了一下。于是，他用手背下意识地拭了下眼角，又坐回到老板椅上，心不在焉地盯着文件发愣……

他怎么也搞不明白，现在的年轻人究竟怎么啦？为何净做些让人摸不着头脑的傻事？从听说中学生因课业负担过重而跳湖，到嫌弃老师管理过于严格而愤然自残，到女儿的初中同学因被打残而自尽，到中学生连续逃课通宵上网而猝死网吧，到留学异国他乡做轮奸同胞姐妹之事而拘捕待审，再到自己的宝贝女儿无缘无故地节食减肥而形销骨立……这一切，都太让人痛惜扼腕！

一系列发生在周围身边的鲜活事例，让钱金龙顿感发懵……

他完全像是一位来自遥远国度的客人，对我们这个世界的一切，都感到极为陌生。

他怯怯地睁着两只小眼睛，小心翼翼地真切地关注着身边所发生的一切细微小事，惶恐和紧张，使得过于敏感的神经紧绷得"噌，噌"地作响。尤其是对于他的宝贝女儿，他在内心极其敏感地关注着，而在他的言语和行动上却表现得有些愚钝。这种内外截然不同的心理状态，不仅是对一个人的心理承受能力的严峻考验，更是对一个人是否有浓浓爱心的极限挑战。钱金龙正是凭借这份浓浓的炽烈的父爱，才消融了内外截然两重天的心理状态有可能给正常人的心理造成创伤的坚冰。

他默默地忍受了、化解了因妻子的背叛而导致家庭的破裂所带来的剧痛与矛盾的心绪，以及因女儿坠入审美误区而香消玉减给他带来的焦虑、痛苦和暴躁情绪。他以一种新的姿态，随时都以一种慈祥、温和、达理的脾性和女儿民主、友善地商讨任何事情，这才是他能在这种家庭背景下保持这份真挚的父女之情的奥秘所在，也是女儿能在失去家庭后，基本能以稳定平和的心态夺取中考桂冠，稳稳地步入特区重点名校，且始终能成为一名佼佼者的真正原因。

钱金龙深深地思索着……

虽然，现在是遇到了一些问题，但他坚信，这些问题，在不久的将来，都会迎刃而解的。

31. 陶然的过激行为

与此同时，远在市郊的钱雯丽，正和室友唐晓慧兴致勃勃地走在通往宿舍的人行小道上。

钱雯丽的左手托着三本精装书籍，她边欣赏着校园美景，边津津有味地回忆着刚才那节精彩的生物课。兴头所致，她不由得脱口而出道："做老师真的挺伟大的，我将来就想做一名老师！晓慧，你说呢？"唐晓慧望着远处一幢参天高楼发呆，被钱雯丽这样一问，便有些不知所云地答到："什么？你说什么？做教师？鬼才做这个职业，下贱！我一想起老师的贱样，就觉得呕吐！你，你怎么会有这样可怕的想法？太可怕了吧！"唐晓慧看着钱雯丽十分吃惊的样子，随即又补充道："噢，对不起！又不是说你下贱，不好意思，是你误解了。""做老师不好吗？""我……我反感这个职业……老师太熊啦！而且，胆子比鼠小，没地位，做的事又特下贱，不做作业他还求着你做。古人云：打死不做孩儿王啊！"

钱雯丽瞪大了眼珠，张开的嘴唇翕动了几下，始终没有言语。

唐晓慧自知，就这个论题，她俩的确话不投机。

她也不再吭声，只是在紧张地回忆着前天晚上发生的那一幕……

可以说，唐晓慧和陶然的恋爱关系和情感交流的场合，一直都处于"地下状态"，只有极个别感觉特敏锐的好朋友，才能朦朦胧胧地感觉到他们之间的秘密。

他们除了双休日在市区约定的老地方幽会外，在学校寂寞的这五天，对他俩来说，也是一种煎熬！

有一天，陶然突然发现学校有一处不被人注意的课外活动教室，可以作为俩人约会的场所，便把这令人惊喜的发现告诉了唐晓慧。结果她欣然应诺。

于是，在学校，他们就有了处秘密的幽会场所。

那天，甄爱升老师值班。

晚自习后，按照学校的规定，要求值班教师在教学楼里巡视一遭，查看是否存在安全隐患。

当甄老师巡视到六楼时，他隐隐约约听见有女孩子娇滴滴的说话声。起初，他以为是耳鸣。正当他准备离开时，这种声音又一次传来。他再一次凝神屏气，确信这声音绝不是自己的耳鸣所致。于是，甄老师快步沿着通道向尽头走去，他边走边仔细地辨识着那声音的来源。可就是转了一圈，也并没有发现有任何的异常情况，难道说真的见鬼了？就在甄老师准备离开的时候，有一间教室里传出桌腿磨擦地板的轻微的响动声，凭经验判断，这声响绝不是老鼠或猫等动物所为，而是人所为，他非常确信这一点。凭着教师的职业感和使命感，甄老师觉得：他有权利和义务制止一些事情的发生，尤其是对于他的学生。他似乎已经预感到即将要发生的事情。于是，他表情沉着地凝视着那间教室的大门，脑子飞快地旋转着，思考着相应的对策，他打亮了走廊上的灯管，接着试图推开发出声响的教室门，没有成功，他又敲了几下，也不见反应。

他掏出值班随身携带的钥匙，旋开了教室的门锁。

借着朦胧的夜色，虽然有些看不清楚，但仍能清晰地看见教室后面有两个应该是惊惶失措的黑影。

甄老师思忖片刻，就在准备开灯的那一瞬间，他清楚地看到黑影似箭般蹿上教室的窗户，并声色俱厉地疾呼道："甄老师！别开灯！开灯，我就从这跳下去！"甄老师伸在空中的手被这一声喝住，抖抖地定在空中，几秒钟后才缩了回来。他定住神，用缓缓而镇定的声音问："你是哪个班的？是不是陶然？""不要胡乱猜疑！马上给我出去！你要是敢把这事说出去，我就立刻跳楼自杀！你会因此而下岗的……"说时，那个黑影的身子已转到窗外，悬在六层楼的上空。甄老师一听这句话，顾不上再理论什么，已给吓出一身冷汗，他忙说："别！千万别！……快，快进来，我走……我不说……我保证！你快进来……""你马上消失！……""好的！我走……"

甄老师擦了把额上的虚汗，沿着楼梯飞快地边下边祷告着："千万别出事……平安无事，平安无事！"

十分钟后，甄老师向宿舍区打过电话，询问他们的检查情况。回馈的信息是：除三名同学办了病假手续被父母接走外，其余的都在。

……

唐晓慧回忆着那天惊险刺激痛快淋漓的一幕，激动得嘴唇有点发抖。她似乎想对雯丽说些什么，几次话到嘴边，始终都难以开口。她看了钱雯丽几眼，猛地冒出一句："不过，现在工作这么难找，有教师这么个工作，也能凑合。""不管怎么说，我认为，老师的职业还是崇高的，国家还在不断地提高教师的社会地位。"唐晓慧一反常态，她饱含满腔的同情心，真切地感叹道："教师社会地位的提高，永远只是说在嘴上，喊喊口号而已。他们哪有什么社会地位？！只能两头受气，是个活出气筒！不过，我有时也觉得，老师们挺可怜的，他没日没夜地为我们瞎忙乎，受我们的气不消说，挣的钱还不如我妈多。""你妈是？"不等钱雯丽说完，唐晓慧就自豪地抢了话茬说："她是公务员，那工作，轻闲得要命，工作起来还挺神气的，显得很是尊贵。"

不知怎地，话题就鬼使神差地转到唐晓慧的母亲上。

看到唐晓慧眉飞色舞的高兴劲，不知是激起了钱雯丽的醋意还是揭起了她的旧伤痛，她只觉得内心一阵难过，话语便渐渐地少了下来。

唐晓慧是个善于察言观色的女孩。

她发现了钱雯丽的表情变化，于是打岔道："昨天结束的第五届校辩论赛冠军，就有你和罗纯纯等四位。咱们宿舍好厉害哟！听说，还要代表学校参加全市的中学生辩论赛？""是的，到高中，我也是第一次参加这样的赛事，只是运气好而已。市里的比赛，大约是在十五天之后。"钱雯丽兴致勃勃地介绍着。

"我好羡慕你，学习好、口才好、人缘好，又是校花，你十全十美了。"唐晓慧满怀醋意地说。

钱雯丽微微地笑着看了唐晓慧一眼，没有言语。

此时，雇用司机正好赶到。

钱雯丽趁热服了药，在宿舍躺了十分钟。而后，到饭堂打了一小碗汤和一碟炒粉，算是交代了午餐。

甄爱升老师用完午饭，决定去加班批改作业。吃过之后，他便朝宿舍区的反方向——教学区走去。

刚绕过一幢楼，迎面撞见不是他班但是他所带的两名男女学生，正手拉着手，亲昵地朝他走来。

甄老师迅速闪过一个念头，真想好好地训导训导他俩。但又一想：今天碰到这样的事，有些措手不及，他到底该怎样做？他的心里，一时真还没有谱。他飞快地思忖着："如果他俩不好意思地松开手，那就打个招呼，放任自流；如果他俩若无其事地继续着，根本就没把你老师放在眼里，那就继续教育教育他们。"

他在心里盘算着，便走了过去。

那对男女学生在猛然间看到甄老师，惊愕的表情一闪之后，双方都笑眯眯地向甄老师打着招呼："甄老师好！"俩人紧握的手，丝毫没有松开的意思。甄老师的目光有些愕然，他把到嘴边的话噎回去，强装笑颜回复着："大家好！"

甄老师怀着极其复杂的心情，看了那两位同学一眼。而后，立刻收回目光，眼望着远处的树木急速地快走了几步，仿佛是自己做了什么见不得人的事情。

甄老师回到办公室，恰巧碰到几位正在闲聊的同事，他便也感兴趣地凑过去插入自己的话题："你们说得太对了！我在校园里也遇到过几次手拉手的男女学生，见了我，仍然是若无其事的样子，这太不像话了！""是啊！到该整治的时候了。不过，话又说回来，什么年代的中学生不谈恋爱？这是人的生理成熟时的必然反应。记得当年我上高中的时候，还给一位女同学写过情书呢？现在回想起来，觉得还挺有意思的。""咱们那时候多半是处于地下状态，见了老师哪还敢拉手。""时代不同了。现在的中学生成熟得早，思想也开放。他们认为男女学生拉拉手，不是什么大事。咱们老师必须转变观念，适应这个现实。只要他们正常地交往，不影响学习，不出什么事，这是人家的自由。有时候干涉得太过了，产生逆反心理，反而会出事，弄假成真的。

报纸上登过中学生堕胎的事件,就是家长、学校过分干涉,使他们产生逆反情绪所致。"

"记得我上高二时,我们班就有一对学生情侣,关系一阵好一阵坏的。有一天,在政治课上,他们俩在教室后面亲昵地小声嘀咕着。不知什么原因,情况骤变,那女生拽过男生的一本厚厚的参考书就抛上了天花板,紧接着又把课桌上所有的书都推到地上,教室里顿时就乱作一团,老师也无可奈何,都是老油皮了。下课后,我们几个好朋友又把他俩凑合到一块,男的请我们到外面吃了顿饭,他们又和好如初了。这样的事情发生过好几次。那时候,我是觉得他们挺好玩的。他俩最终都没能考上大学。后来,我们再也没联系过,已经有十个年头了。""老师没有……""老师管得都烦死了,教育不过来,没有办法,教育又不是万能的!""他们有没结婚?""后来回老家时,听同学讲:高中毕业后,他俩就分手了。"

"我上高中时,也有同学谈恋爱的,但没出现像你说的那种情况。不管怎么说,现在的学生是难教又难管了,教育越来越成为一门艺术,是一门综合性很强的艺术。""是的! 我在内地还遇到过这样的事情:有位学生家长打来电话,说孩子都高二了,学校怎么连一次家长会都不开啊? 这句话可把我给问懵了,学校一学期要开两次家长会,两年差不多七八次之多,怎么说没开呢? 后来才弄明白:每次家长会,那位成绩较差的学生怕父亲责问,每次都花钱从外面请位假家长来开会,或者,干脆就打来电话说正在谈生意,脱不开身,又或是出国在外,回不来。那学生编故事骗了老师整整两年时间,好惨啊! 班里五六十位学生,做老师的又不能一一去核实,来开家长会的是真家长还是假家长? 哎,不诚信,真让人头痛啊!""我是遇到过成绩单有冒充家长签字的,但还没碰到像你说的那样玄乎的事。""这完全是真实的,绝不掺杂任何虚假的成分。"

"是啊,像早恋、撒谎、恶作剧,都是中学生易犯的通病,我们上中学时都已经历过。现在,他们又出现了新问题——减肥风。不仅女同学在减,男同学也在减。有几位家长向我提及此事,就是两眼泪汪汪,我也感到力不从心。""我认为,减肥风的恶劣影响,远不在早恋问题之下。""是呀,咱们应该把这些问题尽快向学校领导反映,让大家来共同商讨对策,总比一个人苦思冥想好!""说的也是。"

学生处主任了解到情况后,经校行政会议研究通过,决定将学生的盲目减肥和早恋问题，作为近期学生工作的重点来抓。

接着发生的一件事，更让学生处主任觉得这项工作的必要性和紧迫性。

那是在召开行政会后的第二天中午。

学生处主任协同甄老师等班主任，对全校八十个班的以"珍爱生命，勇于承担社会责任"为主题的黑板报进行评比检查。当一行人来到高二五班时，眼前的景象让主任大为恼火，有位女同学侧身坐在一位男同学的大腿上，俩人相互搂抱着，几乎是脸贴着脸在高声地嬉闹着，周围有近十多位同学，有的在看书或做作业；有的在听 MP3 或闭目养神；有的在冲那对嬉闹着的男女学生发笑并不时地皱起眉头……

"有这么多同学在，你俩在做什么？成何体统？赶快下来！"主任厉声呵斥道。

看到走到眼前的学生处主任，那两位同学愣了愣，女同学从容地从男同学的大腿上滑下来，低头坐到旁边的座位上，男同学望着主任狡辩道："我们没做什么呀？她没地方坐，就坐到我腿上，就只是聊聊而已。"主任气得脸色铁青地说："有这么多座位，没地方坐？有这样聊天的？还嘴硬！""……""你俩马上到我办公室！我们需要好好地谈一谈！"

那男生看到主任真的生了气，吓得低下头，不敢言语，乖乖地随主任去了办公室。

在黑板报检查当周的双休日，所有的班主任老师都乘车到就近的龙山度假村，开了半天有关如何应对学生盲目减肥和早恋问题的经验交流会。

在此后的一段时间，学校的宣传栏又出了一期如何正确对待减肥和早恋问题的专刊，用正面的或反面的例子教育学生；学校的广播站也凭借自己的优势，利用闲暇的课余时间，用抒情的语调向全体同学传达了对待减肥和早恋问题的明确态度；学校的团委也利用下午的活动课时间，在多功能报告厅给同学播放这方面的电视纪录片；学校的办公室还聘请了国内外知名的心理学专家和青少年问题教育专家，给师生们做了几场精彩的报告课。除此之外，各班还召开了这方面的主题班会课。

信息以全方位、立体、多角度、高频率的形式，刺激着每一位学生的敏感神经，通过现场的、电视直播的、耳闻目睹的或亲身经历的直接和间接的形式，使每一位同学都能明白其中的道理，使每一位同学都能从中受到教育。

这样的活动持续了近一个月。

在活动中，有位同学在班级的日志中留下这样的诗句：

霎时间，流动的天空中
氤氲着浓浓的
爱与美的哲学气味

精灵一样的风吹拂着
那一张张年轻的面颊
感动着一颗颗燥热的心

也许渐悟出人生禅理
一种嫩绿的正能量
融入生命鲜活的机体

一切秽浊的想法被吞噬
明亮的目光和清澈的灵魂
展现出青春的活力与朝气

感谢勤劳哺育的园丁
在那灯光摇曳的深夜
他们耕耘并期盼着丰厚的收获

本次活动与上次相比，不仅规模宏大、动员充分、参与面广、参与人数众多、持续时间较长、学习效果良好，而且在一定程度上真真切切地扭转了日益扩大和蔓延的减肥与早恋之风，为学校今后的教育教学工作，夯实了良好的环境基础。

在神圣的中华大地上，类似于这样的"整风运动"，在不同时期、不同行业，以不同程度、不同形式，从不间断地重复上演着。这种"运动"的动机，源于人自身固有的原我性的惰性和劣根性。因此，在不同场合的大班制的现代教育活动中，为了在相对稳定与统一的环境中，谋求每位同学都能获得更多的知识积累，不得不用条文相近、强度不同的规章制度、条条框框，去约束那些富有个性、超出常规的思维或举动，以保证绝大多数同学能有一个良好的学习环境。

自从上帝不公平地有个性地创造人类之后，人与人之间存在的种种差异，就无时无刻不在影响着人的能力与水平的发挥。而在现实生活中，人，却要在同一生存状态下，通过竞争，去寻找、去追求个体感觉相对优厚的生存质量。要赢得这样的待遇，唯一的实现途径，就是教育。只有通过教育竞争，进而通过能力竞争，才能获得社会相对优越的岗位，这似乎已是现代人皆知的真理。

因此，寄希望于学校，由学校来培养出具有综合能力和竞争实力的人才，就实实在在地摆在世人的面前。在我们这样一个人口众多、优越的就业岗位无法满足每一个人的要求的发展中国家，要赢得这种待遇，唯一的解决方案，就是竞争。要竞争，人们自然会把目光汇集到教育上。

人们对社会教育资源的苛求和教育资源间愈演愈烈的竞争态势，势必会提升学校的教学质量，这是一种必然。

这种社会竞争的重担，不可避免地会转嫁到学校的肩上，而教师，又是这个重担的直接承受者和教学质量的提高者。这样一来，学校的教师面临着来自于社会的、家庭的、学校的、学生的、同事的、自己的多重压力。他们在承受种种压力的同时，也在各种压力的缝隙中，艰难地前行着、生存着。在教学目标的实施过程中，老师所面对的是活生生的人，是最难加工、最难改造、最难提高质量的"特殊产品"，更何况，学生有自己的思维、自己的心态、自己的脾性、自己的活动方式和情感世界，其中，最令教师感到头痛的是学生的思想和行为。而思想和行为的养成，有来自于家庭的、社会的、本人的多方面的因素。有的甚至已经积习颇深，形成了陈规陋习，以至于造成部分学生在认识观念上时常与父母、学校及社会的要求相抵牾。

面对这样一个庞大的学生群体，要想让他们的思想步调一致，达到共同提高、多出成绩、出好成绩的目的，定时定量地开展类似于这样的教育运动，不仅在所难免，而且也有一定的必要性。

甄老师眯着眼，满心欢喜地注视着朗朗早读的学生，蜜饯似的心美妙得难以言表。

他仰望着窗外葱郁的栀子树，不由得忆起一个月来，在"整风运动"中历历在目、如雨后春笋般变化着的鲜活的形象。

在接下来的周一升旗仪式上，值周校领导在全校师生面前，宣读了市第五届中学生辩论赛冠军得主钱雯丽等三位同学的名字。其中，钱雯丽还荣获市中学生辩论赛最佳辩手的称号，由校长亲自给她们颁奖。

在3600名师生热切艳羡的目光注视中，获奖者款款走上主席台，在一片热烈真挚的掌声中接过了荣誉证书。

可以说，这是学校自参加市辩论赛以来，第一次取得团体冠军的优异成绩。

甄爱升作为钱雯丽的班主任老师，当然喜不自胜。

由于史总经理外出，公司的一些事务便暂时落到董事长钱金龙的身上。对女儿雯丽的关注，只是停留在雇用司机每日的情况汇报上，在确信万无一失的情况下，没有像往日那样用多余的心思去考虑女儿的身体问题。

钱金龙也不止一次地做过这样的思考：人类对于儿女的疼爱，甚或是溺爱，是出于情义？出于基本的道德？还是出于爱恋？出于原始的本能？这其实是根本无法说清楚的，它是一个复合体，是由许多说不清道不明的因素支配并驾驭着人的思想意识，才构成这样一个充满爱的和谐世界。

当然，也不排除人性中丧失爱的一类人，譬如说，他的前妻邢嘉琪。

不知怎地，意识转来转去，就又想到这个令他伤感的名字上。钱金龙的情绪顿时一落千丈，思绪也变得阻滞起来。

他简直无法再进行海阔天空式的深入思考了。

他无奈地放下手中的文件，转身去眺望玻璃窗外的风景，这是他的习惯动作，也是他的思绪陷入混乱时唯一的解脱办法。

此时，正有一丝白云从他眼前徐徐地飘过，像奔跑着的人形。

他蓦然生出许多好奇的想法。眼睛顿时为之一亮，他便仔细地端详起来。在意识的深处，他幻想着：那人形状的云就是他自己。在获得一种超自然的能量后，他具备了非凡的才能，一种可以变换自身形象的，能穿透任何物体的本能。

他像一位正在欣赏雨后天霁的彩虹的天真小男孩，漫天遐想时，竟也有些飘飘然。

他站在三十几层楼的玻璃窗后面，目光注视着右手的食指和中指，舌顶上腭，凝视贯气，手掌缓缓地移向玻璃。他幻想着能有一个奇迹出现，手指能轻松地穿越玻璃。在猛然地运动后，手指受阻。钱金龙明显地感到指尖传来碰触所造成的微痛时，他可爱地笑了笑，摇着头又坐回到老板椅上。

随着敲门声，进来的史文钧总经理让钱金龙大喜过望。

他瞪着双眼，焦急地迎上去。第一句就是询问他儿子的情况，到他们这个年龄，有什么事，还能比儿女的事更为重要呢？

史文钧带着几分疲惫，用掺杂着些许狡黠的语调兴冲冲地说："托您的福，办妥了。没事了，什么事也没有了。""那就好，哎，那些可怜的姑娘啊！""那畜牲！太让人生气了！好好的事不做，干吗……整这……事已至此，我用二十万美金……作为对她们的一点补偿……以后，有机会，我还会补偿她们的……"

钱金龙看了史文钧一眼，温和地说："刚下飞机？要不，先回去休息，明天再上班。"

"没事！我的精神状态还行。这几天，让您一个人操心，也累坏了吧！"

"嗨，没事的。"

史文钧总经理走后，钱金龙长长地吁了口气，不由得想起自己的女儿。又由女儿想到被史文钧儿子强奸的那两个女孩。

此时，在钱金龙的眼前仿佛展现出三位身强体壮的男性留学生，在异国他乡的某一个角落，正禽兽般残忍地蹂躏着自己的同胞姐妹，那是与他们同班同乡的留学生。她们用那因远离父母而无助的哀求的眼光，双目饱含着泪水，徒然地向兽性发作的三位男生恳求着、求饶着，而他们熟视无睹地凶残地轮奸了她们。她们那绝望的悲怆悯然的目光，穿越时空，飞跃重洋，滑过树梢，透过玻璃，历历在目般显现在钱金龙的面前。

恍惚间，那凄凉的女孩形象倏忽间变成了女儿雯丽。钱金龙大惊失色，像是被雷电击中般身体抖地一震。顿时，他怒眼圆睁，定神凝视，眼前的幻影，瞬息变得虚无缥缈起来。

他紧锁眉头，表情异常沉重地注目着门口，似乎那三位作孽的家伙就要从这扇门走进来，他似乎也做好了要扑过去把他们扯成碎片的架势。

几秒钟后，钱金龙突然将拳头狠狠地砸向桌面，咬牙切齿地自语道："王八羔子！"

32. 钱雯丽的身体

这时，电话铃声响起。

钱金龙气冲冲地抓起话筒，是朋友史芜鼎医师打来的，他非常关切地询问了女儿雯丽的近况。

钱金龙道谢后，如实做了回答，服药后体重胖瘦保持原状，饭量似乎比先前小了点，但精神头好像比以往强了些。按照史医生的解释：中药一般要在几个疗程之后，才会凸现疗效。在服药期间还需认真观察，发现异样情况，再调整治疗方案。最后，他还反复强调："一定要按时间顺序煎药，要按时按量服用。"

听了史医师的嘱咐后，钱金龙沉吟了片刻。

他凝思默虑地回忆了女儿近段时间来周末在家时的种种表现，并没有发现有什么异乎寻常之处。

他忽然想到了什么。蓦地从抽屉里取出电话本，迅速拨通了一个号码。在一阵漫长的"嘟嘟"声后，传来女儿的班主任甄爱升的声音。

他与甄老师虽然在一块吃过几次饭，算是有过一些交往，那是一位十分热爱学生的优秀教师，当时女儿的病况还未表露出来，自然也就谈不到这方面的话题。在几句客套话之后，钱金龙直奔主题。他仔细询问了些女儿在学校的种种表现，当得知女儿已代表学校参加过市中学生辩论赛并获得团体冠军，她本人也荣获市中学生辩论赛最佳辩手称号时，钱金龙顿觉有股令人激动的暖流，从心底猛不防地冒出，在周身的血液中急速地奔腾着，弥散般感染着身体的每一个细胞，使得心脏一阵紧似一阵地狂跳不已。

钱金龙依稀地记得，这是他第二次体验这种因骄傲而激动的感觉。

他接听话筒时似乎还喘着粗气。

他依然觉得甄老师的声音是那样温和而实在，每一句，每一字，都让他舒坦，都让他信服。

不知什么时候，钱金龙在不知不觉中说了许多"是"、"嗯"、"好"等唯唯诺诺的词，这些，都是他极少说的生僻词。因为在他的生活中，根本就不需要这些词。在他突然意识到这一点的瞬间，他有几分迟疑。而后，他又有更多的欣喜，这毕竟是和宝贝女儿极其相关的事，这些……又何妨呢？听甄老师的口气，女儿雯丽现在正在进行期末考前的紧张复习，一切表现都令老师们感到满意。

这一点可以用来解释：可能是因为女儿学习太辛苦，所以，她才瘦了许多，这是正常的。

接着，钱金龙向甄老师简单述说了女儿雯丽的病情。甄老师听后感到大为吃惊，他立时提高嗓音，有点结巴地反问道："是这样吗？"

甄老师平日里关注更多的是学生们的学习，对于他们的生活，尤其是住校女生近乎隐私方面的秘密细节问题，他自然不可能觉察到，谈不上了解，也就无从去关心了。

雯丽作为学习委员，不仅要参加许多大型的学生团体和竞赛活动，每天还有紧张的功课学习，其压力自不消说。在征求钱金龙的意见后，甄老师表示会在雯丽的生活方面，想方设法给予更多的关注。

钱金龙欣然应允。

在钱雯丽意识的内核，她始终认为：自己的身体状况良好；瘦，是一种时尚潮流，其他女生，盼还盼不来呢？她们吃什么减肥药，使用什么减肥器械，不就是为了能瘦吗？

她根本就想不通：父亲为什么这样怕自己瘦呢？还让自己喝什么调理肠胃的中药，这岂不是让自己喝增肥药吗？

虽然她不赞成刻意去减肥，但是，更不赞成有意去增肥……

还是顺其自然吧！她一直这么认为着。

但为了不使父亲难堪，她还是配合父亲做了些违心事。

现在，期末考试在即，紧张的复习已经开始。鉴于期末学习紧张和这般心理作用的缘故，她时常趁雇用司机和宿友们不注意的当儿，将中药暗暗倒入事先准备好的小塑料袋中，然后再装扮成刚喝完的样子。事后，再把装药的塑料袋偷偷地扔掉。

在吃饭问题上，她仍然坚持自己的原则：不饿就不吃。吃，就吃到有饱的感觉为止，绝不多食一口。

由于学习紧张的缘故，有时饥肠辘辘感来临，她正忙着看书，忍过十几分钟后，便没了饿的感觉。于是中午饭便吃到下午，两餐合一了。

这样的事，由最初的偶然发生，到最近的时有发生。她的身体状况在服用三疗程的中药后，不仅未见好转，而且有进一步恶化的势头。只是，我们的主人公雯丽浑然不知，仍是固执己见罢了。

人往往就是这样，当局者迷。

人到了执迷而不悟的地步，外在的任何合理的意见、想法等建议，对他来说，都只是耳旁风，根本就听不进去，更别谈什么采纳，这是人类本性上的共同弱点，也是人的自我保护意识、自尊心、审美观、安全感等诸多心理因素的需要，是人的心理在行为方式上的一种外化体现。人往往总是坚信自己的思想和行为方式是正确的。当认为自己正确的思想和行为方式受到外界因素的干扰或阻挠时，一种企图维护自认为是正确的想法和行为的强烈的辩解意识，或者说是逆反心理便油然而生了。这就是平常所言的狡辩心理，或反叛行为和意识。它的产生，从本质上讲，不是人性的污点，而是人性的优点，是个体刻意维护独立人格的衍生品。它的产生是在特定的社会环境或家庭环境下，一些不符合人性发展规律的现象，诱惑了、规范了、制约了、强制了主体正常的思想或意识，也或者是主体不健全的扭曲的思想或意识最终促使这种性格的萌生。譬如说，身处单亲家庭环境中的孩子对于爱的缺失所形成的心理问题，这并不是孩子本身的罪过，恰巧是因为家庭，这个让孩子无法改变的环境所为，孩子想追求完整的爱，然而却被这种环境制约了、强制了。她想维护自己独立的人格，却使自己的心灵发生了扭曲。唯一的解救办法是：创造出能让孩子产生强烈心理共鸣的环境或契机。通过心灵的剧烈震撼力，来校正或弥补缺失的爱，进而达到解决单亲家庭孩子心理问题的目的。

但是，要找到这样一个能让心理有问题的孩子产生心理共鸣的环境或契机，是谈何容易的事。

让钱金龙痛苦、始终想不通的，就正是这一点：他找不出女儿雯丽节食或是说厌食的真正原因。

我们很难想象，在这个开放前卫、追求享乐的现代都市，还有不爱吃的人。

吃，是一门艺术，也是人享受生活的主要方面，痛快在嘴上，食尽人间美味，一直是生活中一些人的追求目标。

君不见，任何一座城市，大大小小的食府，高档的、普通的，乃至大排档和街头小吃，其生意是何等火爆，就不难理解这一点了。

我们只相信：生活中有人因经济条件的制约，有想吃而吃不到的美味；却很难相信：有能吃到，却不想吃的事实，除非他有病。这虽是一句不客气的粗话，却也道出了实情。对吃都失去兴趣的人，或多或少，在心理或生理上，会有这样或那样的毛病。

又逢周五，钱金龙习惯性地提前吩咐保姆，煲了一道说不上名，据说是极富营养的汤，和一种性温和、甘香可口、能养胃健胃的粥，其原料都是从国外空运过来的。还有几道制作精美、色香味和营养都俱佳的小炒，这是钱金龙特意请专门从事营养学研究的专家为女儿精心设计的滋补食谱。

可以说，除了饮食，钱雯丽还是一位非常懂事和优秀的孩子，她聪明、知礼、自律、谦虚的本性和品行，一直是钱金龙引以为荣的资本。

唯独她的饮食，太不尽人意，成了钱金龙操心不尽、放心不下的一块心病。

家家都有本难念的经。他的这部经，简直念不下去了。

周末回家的雯丽，依旧像小鸟一样欢快地述说着学校发生的诸多新鲜的事情。钱金龙就像一位专心听讲的小学生，他一言不发，只是静静地听着。时而会用眉宇间带有淡淡忧愁的双眼看着女儿，时而会抿着嘴微微地笑着。

雯丽说到动情处，忙不迭地从背包里拿出装有市辩论赛获奖证书的牛皮纸袋，让父亲猜，钱金龙心知肚明，却佯装好奇的样子，猜来猜去，怎么也没猜中。

因为钱金龙明白女儿这一点，在许多时候，他们父女之间是可以坦诚相待的，这源于他们之间良好的相互尊重和信任关系。如此说来，他们之间虽有代沟，但代沟不算太深！

钱金龙知道女儿荣获这样一个大奖，她肯定会告诉自己的，他也料到，今天会有这样的一幕。

女儿眨了眨狡黠的眼珠，蓦地抽出证书，想给父亲一个惊喜。钱金龙万分欣喜地接过烫金的证书，向女儿动情地竖起大拇指说："行！真不错，这才是我钱金龙的闺女……在爸爸眼里，你永远都是第一……在任何方面……都是，来，我们为你取得的成绩祝贺一下！"

父女俩来到餐厅，钱金龙亲自盛了两碗新煲的营养汤，温情地对女儿说："来，我们今天以汤代酒，为你的团队荣获冠军，干杯！"

雯丽瞧着乳白色且散发着沁人心脾香味的浓汤，皱着眉头发着愣。

钱金龙盯着女儿，边微笑边催促着说："这是件喜事，来，为你表示祝贺！"

"嗯。"

雯丽瞧着袅袅升腾的散发着香味的热汤，一个劲地皱眉头，仿佛端在她手上的不是一碗汤，而是能让女孩长成肥婆的催化剂。她虽然没有像其他同学那样，有明显想吃减肥药、减肥茶或者是想通过使用什么减肥器械达到减肥目的的念头，但作为现代女孩，在以男性所崇尚的瘦长苗条为审美标准的时代，她也耳濡目染地知道了许多。这种信息，以记忆的形式固化在钱雯丽的灵魂深处，使她在不知不觉的无意识中就转化成她自己一言一行的座右铭。对于今天要喝的这碗过于有营养的肉汤，是她最犯忌的事。但看在父亲如此热情和自己艰难地取得的好成绩的份上，她也就认了。

不过就这一次，她在心中暗下了决心。

在父亲恳切的目光的注视下，钱雯丽缓慢地端起碗，艰难地喝完了汤。

钱金龙看到此情此景，激动地夸奖道："好样的，好样的！就这样，你真是爸爸的好孩子！"说时，钱金龙条件反射般地直往女儿碗中夹菜。

女儿动箸小吃了几口，便声称饱了，都有些撑了。

钱金龙纳闷地看着女儿想："没怎么吃啊，就撑了？"

之后，不管钱金龙如何耐心地劝说，女儿雯丽就是不吃。

最后，可能是女儿实在是觉得盛情难却，才答应稍稍歇息一会儿再吃，算是给了父亲一个台阶下。

时间不长，雯丽声称要去书房边听音乐边喝汤，她想有一个属于自己的空间。"女儿大了，只要能吃，还有什么条件不能答应的呢？"钱金龙这样想时，便应允了女儿的要求。

又过了几分钟，女儿雯丽举着空碗，高高兴兴地从书房里出来，边走嘴里边嘟囔着："太撑了，撑死人了！"

钱金龙看到举在头顶的空碗，兴高采烈地说："好，爸爸陪你到外面散散步，帮助消化消化……"

一小时后，父女俩散步回来。

雯丽去了书房。

钱金龙去了洗手间。

钱金龙在解手时，他意外地发现：坐便池水面隐约漂浮着一层细碎的发亮的圆状物，在灯光的照耀下闪烁着熠熠的光泽，还有一股不易察觉的淡淡的香味，正从便池中隐隐地飘散出，萦绕在厕所的空气中。

他好奇地低下头，仔细辨识后，进一步断定出，那发亮的东西是油花花……

钱金龙狠狠地皱了皱眉头，接着又全神贯注地端详了一遍，时不时翕动着鼻翼，倒吸气般地嗅了嗅。至此，他完全可以判定出，那个发亮物和散发着的香味，是倒入便池的饭菜所致。他进而凭直觉判断，这倒入者，非女儿雯丽莫属。

在他逐渐回忆了刚才女儿用餐时的种种行为和表现后，对自己的判断更加确信无疑。

他在匆匆小便时，大脑忽而一片空白，忽而杂乱如麻，有种又气又好笑的感觉萦绕在心中，并纠缠着他的心绪。

在女儿成长的过程中，不论遇到什么问题，钱金龙都从未对女儿发过火，女儿也从未对他撒过谎。

在他的印象深处，女儿始终是单纯的、诚实的、个性鲜明的形象。

今天发生的事情，令钱金龙震惊，也令钱金龙重新审视了女儿和对女儿的教育问题。

钱金龙紧锁着眉头，透过洗手间的窗户，眺望远处的高楼、绿树、群山，感觉依旧是那样清晰、明朗。他撇了撇嘴，带着似笑非笑的表情，下意识地深深吸了口厕所中混合了洗漱台旁那盆茉莉花香以及便池中油花花味道的空气。转念一想：就算是女儿真的把自己最后盛的那碗营养汤倒进了便池，又能怎么样？何况女儿已经有言在先，吃饱了，还吃撑了。是你，是你这个做父亲的，强行劝说女儿再喝一碗的，说得再严重点，是你完全没有尊重女儿的意愿，用一种命令的语气，命令女儿吃的。她在盛情难却又实在吃不了的情况下，才想出这一招，难道真的全都是女儿的错吗？不，不！所以，这根本的问题，不在女儿，而在你自己，钱金龙的身上。

他静静地站在厕所里，思前想后，浮想联翩，感觉自己对女儿的一些做法越来越专横跋扈、独断专行，有欠妥当。可是，话再说回来，女儿的确是吃得少啊，她真的是没吃什么就饱了呀？耶？是不是女儿回家前，已在别的什么地方吃过什么东西比方零食什么啦。

女儿都这么大了，自己穷担心什么？她还能饿着不成？瞎操心！

钱金龙接着又进行了一番自我批评，他的思绪顿觉豁然开朗。

他抿着嘴，笑着来到书房。

女儿正背对着自己。她的左手臂压着书本，右手轻快地点击着鼠标，正专注地在网海里搜寻着数据，直到钱金龙悄无声息地站到她背后时，她才有所觉察。女儿用一双充满深沉思考的眼睛，瞅了父亲一眼。父亲顺势微微地点了点头，两只宽大的手掌，轻而实地放在女儿的肩上，似摁似拍地说："好样的，继续努力。不错，好孩子，不过……"

他咽下后半句话，轻轻地带上门出去了。

作为期末考前的放松和宽心活动，这个周末，在保证女儿能按时喝药的前提下，钱金龙建议并安排了父女俩的度假计划，到海边的别墅去看海、玩海、吃海，其重点自然是前两项。

他们观看了旭日东升时血染海面蔚然壮观的景象；观看了落日西下时晚霞满天所织就的金色童话般的梦幻世界；他们还乘坐了快艇，似箭般划过海面，描绘出道道优美的弧线，在奔腾中体验了飞跃的感觉，在被劈开的四溅的浪花中感受了嬉戏大海的乐趣；他们还来到就近的岛屿，弃艇上岸，在螃蟹、海贝等海生动物爬行过的沙滩上追逐嬉戏，在伸手可及的长满果实的低矮的丛林中散步，在树影婆娑的温热沙砾的阴凉里赤足漫步，在岛屿主峰的最高一块岩石上极目远眺苍茫浩瀚的蓝色海洋的深处，尽情体验任由阵阵咸涩的海风吹乱发丝却浑然不觉的惬意感……

这个周末，父女俩是快乐的，尤其是对钱金龙的宝贝女儿雯丽而言。

这效果，既是钱金龙所预想的，也是他所迫切需要实现的。

自从女儿上高中后，由于她的学习压力变大、思想负担加剧，对于生活中一些问题或现象的理解或认识，可能产生情绪化的片面理解。因此，出现了有意节食的怪异行为。

钱金龙坚信自己分析得很正确，也确信通过旅游散心法，可以缓解女儿的病情。

他的这种推测，也是不无道理的。

一般来讲，人的压力一旦增大，思想就会产生包袱，就会出现心情不佳、食欲不振等情况，这是人人皆知的真理。但是，倒着推理过去，由出现的食欲不振问题，顺藤摸瓜地推导出思想压力过大的原因，并用通过单一的散心的方法加以解决，显然有些牵强，也欠科学的依据。

但钱金龙在情急之中，凭借生活经验就认定了这个理，也是情理之中的事。

可女儿在这两天对吃依旧那样吝啬，动辄称饱的事也时有发生，钱金龙的内心企盼着他的举措能见到疗效，女儿的吃饭问题能得到彻底的解决。

在此后的一周时间里，同学们都全身心地投入到紧张的期末复习与备考的准备活动中。光阴在同学们忙碌的身影中，在不经意间，悄然飞逝……

转眼间，就到了期末的成绩发放和试题讲解的时间。

那天，据灵通人士打探回来的消息称：这次期末考全年级的第一名，仍是中考状元钱雯丽同学，这在同学们中间并没有引起什么波澜，因为在他们的心目中，钱雯丽这次期末考第一，是理所当然的事，如果"钱状元"不是这次期末考试的第一，那才是能引起波澜的新闻。

所以，这次期末考试，对要强的钱雯丽而言，确实是一种无形的并且巨大的压力，她明白这一点，因而，她时刻都在提醒着自己：要化压力为动力，努力刻苦地学好每一门功课，稳健扎实地对待每一个知识点，她为征服这一无形的高峰，为释怀这一永不休止的压力，付出了沉重的代价。那就是她的身体，不用减肥也会自然消瘦的身体。

钱雯丽在医生建议下服用了三个疗程的中药后，不仅未见好转，而且体重减轻的趋势日见明显。

不是因为用功学习考了第一，身体才消瘦的，而是因为她的思想意识受到社会上一些负面观念与风气的影响，致使她在审美观上产生了误区，身体才每况愈下的。要得到根本性的治愈，就要改变流淌在她的潜意识深层，甚至深入骨髓的片面的扭曲的审美观。

对于心理顽疾的治愈，有时会出现似乎是难于上青天般不可企盼的态势，无从下手；有时也会出现迎刃而解或自然烟消云散、出乎意料的奇迹。要出现这样的奇迹，关键是，要找到能够在病员的心理发生多米诺骨牌效应的突破口或契机。

话又说回来，在大多数同学的眼里，钱雯丽还是一位被荣耀的光环笼罩着的幸运儿，她不仅成绩斐然，荣获过中考状元、辩论赛冠军、辩论赛最佳辩手、全年级近千号人考试排名第一等荣誉,而且还有令人艳羡的富裕、厚实的家庭背景。

她对学习的浓厚热情和所取得的优异成绩,与时下部分的官宦富商子弟形成了天地般的反差,那些或厌学、或贪玩、或任性、或自私、或摆阔、或纵欲、或放荡、或冷酷的纨绔子弟习气在钱雯丽的身上荡然无存。

在这一学期里,钱雯丽几乎包揽了班级和学校的各项大奖。钱雯丽成为同学们学习的榜样和羡慕的对象,而她的事迹也成为老师们闲聊时引以为荣的谈资。从此,钱雯丽在学校开始有了坚挺的人气指数。只要是钱雯丽参与的事,不管是谁,都会对她投以温暖、热情、体贴、信任的目光,或额外的超乎寻常的行动上的支持。

在各种荣誉光环的冲击和照耀下,钱雯丽渐渐成为同学们崇拜的人物,而她,也感受到一种成分复杂的爱。

同学们对于钱雯丽的学习能力的羡慕,在她们这一特殊的年龄段,在部分同学内心,似乎都是与对钱雯丽身体曲线美的欣赏同步的,尤其是她在被公认为是"校花"以来。这就自然而然造成两方面的误解:对其他同学而言,仿佛钱雯丽先是因为有了这么一副纤细美妙的身材,才使得她在学习上能有一番作为的。她们仅仅看重了钱雯丽外在的东西,趋而学之;对钱雯丽自身而言,同学群体的这种注视,就恰似一针强心剂,从外而内,进一步强化了钱雯丽对自己魔鬼身材的认同。从某种意义上讲,这就更加怂恿了钱雯丽"以瘦为美的女性审美信念"的形成,直至这种观念在潜移默化中植根于骨髓,内化到细胞。

"祸兮福之所倚,福兮祸之所伏。"福与祸这种相互依存、相互转化的辩证关系,在以后的钱雯丽身上得到充分的体现。

33. 问题少女唐晓慧

在试题讲解后的第二天傍晚,钱雯丽一个人在宿舍整理东西。

突然，唐晓慧撞开宿舍门冲进来，趴到自己的床铺上嘤嘤呜呜地哭泣起来。哭声悲悲凄凄甚为伤心。

被此景惊愕得不知所措的钱雯丽，急忙用一双圆溜溜的疑惑不解的大眼睛上上下下打量着唐晓慧，张开的嘴半天也没能说出话来。钱雯丽瞬时定了定神，反应过来后，才轻轻地走到唐晓慧身旁，抚慰着她的肩膀小声询问道："发生了什么事？晓慧。"此时，唐晓慧并没有吱声，只是一声接一声地哭泣。良久，她才吁了口气，愤愤地骂道："这没良心的小白脸，什么东西！竟骂我是肥婆，他妈才是……""他怎么会说你肥婆？是不是开玩笑呀？"唐晓慧蓦地用一双仇恨的眼睛盯着地板，咬牙切齿地说："要是他敢背叛我，非宰了这王八不可！""到底出了什么事？他，怎么你了？""倒没什么，他和我在操场散步，竟然盯着别的女生发呆，我说他怎么到处乱发情，他就冷不丁地骂我肥婆，而且还拒不承认错误，我轻轻地给了他个巴掌，他竟然敢踢我的屁股。就这样，我一气之下就跑了回来。我告诉你了，你可要替我保守秘密哟。""那当然，他怎么会这样呢？既然不和，就别理会他算了，一个人多好，多自在啊。"唐晓慧自言自语着："这个你不懂，好了，给你说了也白搭，还是不说好了，省点力气。那好，你赶快上晚自习去吧！放假前，又没什么事，看大片，没劲！……""那我就先走一步，你一会儿过来噢？"

钱雯丽百思不得其解地信步朝着教室方向踱去。心中的悬念随着脚步的移动似滚雪球般越来越大，沉重而实在地堵在她的心口。她现在对男女之事并没有丝毫的热情，更不可能产生什么共鸣，她的这种操心，完全是出于舍友间的友谊和作为班长的职责。

她在感到压抑的当儿，边走边迅速地调整了自己的心绪，望了望远处的风景，想了想自己的心思。很快，她便把刚才那种恼人的思绪抛得一干二净，像扔废弃物一般，从自己的记忆中剔除掉。因为来自于别人情感间的烦恼对自己来说几乎是毫无牵挂和情感可言的，它来去得都很匆匆。至此，她可以用一种清新明朗的开阔心境，欣悦地踏进教室，回到自己的座位上。

钱雯丽在目睹了室友唐晓慧轰轰烈烈的甜蜜爱情的发生过程和些许的情感挫折历程后，在她平静的心池中并没有激起任何向往或是畏惧的涟漪，带来的只是一种淡淡的好奇心。她虽听说过男女生会怎样怎样的事，又是会如何如何美妙和富有吸引力……但在她的内心世界，永远是波澜不惊。这类有可能会刺激她大脑皮层的信息，都如同泥牛沉大海，不仅有来无回，而且会消失得无影无踪，根本不可能产生让她付诸行动的任何动力。

钱雯丽对男女之事的这种态度，在别人眼里可能是一种单纯的表现，但在她的感情世界里，完全是一块还未滋生出男女之爱细胞的处女地。

钱雯丽在教室里平静地看了十五分钟大片后，才将班级缺勤同学的情况向值班老师做了汇报。

甄爱升老师听说唐晓慧的身体有些不适，感到甚为担心。

他想到一年来与同学们和睦相处的时光以及所得到的真切回报，全年级三十个教学班，他班在这次期末考试中总分名列第一，心中就不由自主地荡漾起一股股暖流，令他兴奋、令他欣喜，也令他心中充满了无穷的力量……

甄老师满怀信心地给生活老师打过电话，询问了310宿舍的详尽情况。

最后，他决定亲自去看望唐晓慧同学。

在女生活老师的陪同下，甄老师轻轻地敲了三下310宿舍的房门，不见动静。接着又重重地敲了三下，同时用温和的语调喊道："唐晓慧在吗？"

还是不见动静……

甄老师简单询问过生活老师后，在确信屋里有人的情况下，他的心里顿时一阵发慌，一些朦胧的不祥的念头在他的脑际闪来闪去，让神经变得异常的紧张。

他立刻决定让生活老师打开房门。

就在房门即将打开的一瞬间，从310房内猛然冲出一句："你们干吗？给我出去！"

这突如其来的吼声，犹如一响炸雷，在甄老师焦急而慌乱的思想意识中爆开，顿时懵了的甄老师，酷似一尊表情惊愕的塑像，怔怔地伫立在310宿舍门口的暗夜里。

半晌，他才反应过来。

"我是甄老师，你没事吧？"

"你才有事呢？我可什么也没穿，在被子里噢，有种的，你就进来，我就敢告你性骚扰。我就是这态度，你能把我怎么着，把我开除？没种的，就别影响我睡觉！赶快从门口消失吧……"唐晓慧像是受了一肚子的委屈，在被敲门声惊醒的一刹那便突然地爆发出来，心中忽然被煽燃起愤恨的元名野火，一时间炙烤着她的灵魂，她完全像一头丧失理智的母狮子，似乎要把满腔的愤恨和无尽的委屈都统统泼洒到这位平日里令她尊敬的老师身上,来求得以吐为乐的快感。

仿佛使她的情感遭受痛苦的不是那个陶然,而是眼前的这位班主任老师。她做出一副不顾一切只想孤注一掷发泄情感的架势,目中无人地朝着宿舍房门歇斯底里地狂吼着……

甄老师迅速调整好情绪,在有充分思想准备的基础上,又经历了第二次令他出乎意料的震撼心灵的经历。他遭受到同样的待遇……

甄老师表情痛苦地凝望着苍茫的夜空,一种不可遏制的愤怒感在他心头悠然飘过。他沉重地低下头,徐徐地转过身,默默地朝着教室方向走去,边走边自言自语道:"没事就好! 没事比什么都好啊!"

嘴上一时痛快的唐晓慧,话一说完就有些后悔。

她在黑暗中扭了扭脖子,头脑似乎一下子变得较为清醒,她也似乎已经意识到自己刚才是对谁都说了些什么……她也似乎是受到某些良心的谴责……

她下意识地抹了抹嘴,迅速坐起来,旋亮电灯,拿出手机,写了如下短信:

尊敬的甄老师:

您好! 由于最近我心情不好,十分十分地抱歉,我刚才似乎在睡梦中迷迷糊糊地骂了您,严重伤害了您的自尊心……我感到深深的内疚,并衷心恳求能得到您的谅解。

您的失礼学生 唐晓慧

在回教室的半道上,怒气未消的甄老师在郁闷中收到学生唐晓慧的认错短信,顿感心头的怨气、疑惑不解与委屈,都统统地烟消云散了。而另一种想法夹杂着些许疑虑、怜悯与同情的成分,在甄老师明朗宽阔的心底冉冉升起,是一种善念:"可能是她心情不佳,也可能是她身体不适才引起脾气暴躁的。等她情绪稳定后,一定要找她谈谈,什么事弄得她这样呢?"甄老师边走边思忖着。

第二天早晨,甄老师在过道上碰到唐晓慧等几位学生,她们都用甜甜的响亮的声音向他问好。

"甄老师您好！"这带有神圣称谓的散发着迷人能量的音符，在甄老师的心底久久地回荡着，激扬起阵阵温暖的涤荡灵魂、催人奋进的感觉。等其他几位同学走过后，唐晓慧突然放慢脚步。接着，她转身缩回脖子，十分狡黠地对甄老师说："我……我也说不清什么原因……感觉像是在梦中……我希望，您能宽容……不要放在心上……"随即，她莞尔一笑，溜之大吉。

甄老师堆着笑脸神情专注地在倾听唐晓慧的解释。心想："这就是答案了，原因，她自己也说不清楚。说不定，她是患了梦游症呢？骂就骂了，即便是杀了人，又能奈何？法律又管不了梦游症患者。何况，你自己又不能断定她患的就是梦游症，这不成了诽谤吗？岂不是被人家耻笑？弄不好，还以为是你自己有问题。算了，不想这事了！反正自己又没损失什么。反正，她表现得还算正常，这就好。"甄老师用哑巴吃黄连有口难言的心态和阿Q时常所采用的方法对自己安慰了一番。

于是，他用放宽后的心情，笑眯眯地瞅着学生离去的背影和远处郁郁葱葱的树林。

他很快调节好自己的情绪，便又投入到紧张的工作中去。

中午，钱雯丽收到雇用司机送来的第三疗程的最后一服中药汤，匆忙处理完毕后，便躺倒在床上休息。

在狂躁不安的思绪中，她又不自觉地忆起昨晚唐晓慧说的事，也不由得为自己坚定的立场以及各方面的优越条件而暗自庆幸着。

虽然近段时间来，钱雯丽陆陆续续地接到过一些男生的求爱信。但她都对他们所谓的美意婉言谢绝了，因为她根本就想不通，男生女生在一起会有什么新奇的感觉，书上瞎诌的那种浪漫感觉和她所观察到的类似于唐晓慧昨晚遭遇悲痛的感觉，二者形成天地般的反差，使钱雯丽在身体发育初期所萌生的那点男女之爱的火焰，在鲜活的事实面前，被彻底地泯灭，这又迫使她的心灵回归到孩提时代，那是一个神秘、虚幻而又充满传奇色彩的世界。

34. 悲痛欲绝

由于公司新业务的拓展，连日的劳顿，几乎耗尽了钱金龙的全部精力。
在难得清闲的一个明媚早晨，他懒洋洋地睡到早上十点钟。
起床时，他意外地发现令他感到难堪、羞耻和悲哀的景象，四十多岁的男人竟然会遗精到床上。
一种迷惘、困惑、狂躁、悲痛交织着的复杂心绪，令他伤感。一时间，那种惙怛伤悴的泪水，竟也从这位事业成功人士的眼角，悄然滑落……
自从妻子因外遇离婚一年多来，为了顾及女儿的感受，在她没到成人年龄之前，他决意一直过着独身的生活。长期通过意志力克制的节欲方式，使这种源自生理机体的压抑感和原始本能的冲动感，在无形中就转化为一种对心理和生理产生深深痛苦和折磨的力量，但钱金龙为了坚守父女间这份纯真的挚爱，他甘愿忍受了一切苦难。
或许是压抑太久的缘故，坐在床沿上的钱金龙陡然生出一股难耐的燥热感，坚硬、胀痛、敏感、欲罢不能、渴望痛快淋漓的下体感觉，清晰、明朗、强烈……他连忙翻身下床直奔洗手间。在小便时轻微的碰触所带来的刺激，使他勃然兴奋……
有两滴飞溅到洗手间的地板上。当钱金龙有些不好意思地弯腰拭擦时，当携带生命能量和散发着体温的手，在即将触及那生命物质的刹那间，那两滴饱含生命能量的物质迅速见长，不消一刻钟，竟幻化成三个人形。钱金龙在惊魂之余，不由自主地想到了聊斋人物，吓得他连连倒退了好几步，险些摔倒。
他稳住神，定睛细瞧时，那三个有着乌黑透亮大眸子的漂亮女孩，竟酷似自己。他将信将疑地壮了胆，战战兢兢地问："……你，你们是谁？……"其中一位笑眯眯地说："我们是您的女儿们呀？爸爸，我们好想您啊！"
这时，钱金龙松了口气。他平心静气地打量着天外来客的"女儿"：最大的，体格健壮，无腰无臀，面貌姣好；中间的，上半身相当丰满，两只大眼睛透彻净亮，还有一对迷人的小酒窝；最小的，娇小可爱，身材苗条，有一种淡淡的微笑时刻都挂在脸庞。钱金龙看罢，逐渐对她们有了好感。他轻轻地应声"哎"了一下，算是承认了自己的三个女儿。

三姐妹欢欣鼓舞地又叫了声"爸爸"，便想扑到钱金龙的怀抱。就在她们移动脚步的一瞬间，情况发生了奇妙的变化。最大的和中间的这两女儿，身体急速地膨胀，身体由纺锤形变成轮形，最后竟像氢气球一样悠悠然地飘浮起来。大惊失色的两个女儿哭喊得泣下沾襟，等惊骇发呆的钱金龙反应过来时，眼见两女儿已飘浮在天花板上。钱金龙猛扑过去，拼力死拽，却没有拉住。在一片的哭喊声中，她们便飞出窗户，消失在苍凉的天空……

钱金龙有些悲痛欲绝……

等他回过神来想去关注三女儿时，没想到原以为身体比较瘦弱的她，在脚步移动后却朝着相反的方向，变得愈加清瘦无比，体轻于鸿毛，就连钱金龙在轻微呼吸以及身体在缓慢运动时产生的微风，都足以使女儿飘飘欲动。钱金龙拼力地抱住女儿，呼天抢地地说："宝贝！你是我唯一的女儿，我的命根子！你可不能再飘走啊！……"话音未落，女儿已从他的怀抱中滑脱，轻轻地浮在天花板上。钱金龙满脸泪痕，扑通跪倒在地，仰天长嚎道："上帝啊，求您救救我的孩子吧！"

钱金龙几乎用尽毕生的力气号啕大哭着，哭声悲天悯人，足以感天动地……

接着他憋足了气，长啸一声，长长的呼吸令他大口大口地喘着粗气。急促的呼吸又把他从睡梦中憋醒……

钱金龙一个翻身从床上坐起，发现额头、手臂全身都是虚汗淋淋的。

他依稀地记得刚才梦境中的怪事。

于是，他急忙去查看被单，真的有遗精的斑痕！钱金龙不由得紧张起来……

接着，他又冲进洗手间……

发现：现实生活一切照旧，记忆中所发生的事，只是梦幻而已！

不过，他确确实实是憋着一泡尿的。

这天，钱金龙起床的时间与梦境中的时间相同，都是十点钟，可能是一种巧合。

他木讷地坐在床上，想再次回忆梦里的事时，却很难详尽地忆起。

他颓然地在阳光透射着的卧室里扭了扭腰，而后到餐厅用了些早已准备好的早点，便驱车去了公司。

或许是这个梦的缘故，在此后的一段时间里，钱金龙特别留意女儿的生活，将更多的精力和情感从公司转向自己的女儿。

期末考试结束后，雯丽放假在家。

钱金龙对女儿留意观察后吃惊地发现：女儿在服用三个疗程的中药后，病情不仅未见好转，而且还有日益加重的迹象，饭量虽依旧，但总是没怎么用餐就声称"都吃撑了，撑得有点儿难受"之类的话。钱金龙觉得：这不是什么好兆头。接着，他又自然而然地忆起班主任甄老师的反映和自己前几天的观察判断，那三个疗程的中药，女儿就没喝多少，由起初的倒药发展到现在的倒饭，这就是病情加重的反应和证据！

钱金龙向史芜鼐教授反映自己女儿的病情时，正好得知全国各地著名的肠胃科专家在本市开学术研讨会。于是他们相约明天，一起带雯丽去看病。

第二天清晨，钱金龙催醒女儿说，全国著名的肠胃科专家在本市开学术研讨会，已经联系好让专家学者们给她看看"胃病"。钱雯丽揉着惺忪的睡眼，迷惑不解地问："我没病呀！老爸，我好好的看什么病？""你不是总说胃撑吗？好了，不管怎么说，查查也没关系啊，有病治病，没病防病嘛。这个机会难得，还多亏你史叔叔呢！""我真的很好，根本就没病，那好吧！去就去一趟！"钱雯丽看到父亲的表情如此哀切与真挚，心肠软柔慈善的她就又一次勉强答应了父亲的恳求。

他俩来到市人民医院。

门诊大厅里已密密匝匝挤满了闻讯赶来就医的患者。雯丽挂的是特诊号，又有史教授从中帮忙，自然提前取了个首号，一来就看上了病。

经过几番不同门诊间来来往往地穿梭检查，很快钱金龙便等到女儿的体检结果。

在专家医师办公室，一位特有名气的肠胃专家右手拿着一张彩超片和X线钡餐检查资料单，表情深沉而严肃地说："这位病人，胃部下垂达9.5cm，属于中度胃下垂。胃下垂只是一种症状，而不是一种独立的疾病。依目前的医学水平，是无法彻底治愈的。治疗主要以功能锻炼和饮食调养为主，只要……"钱金龙一听到"无法彻底治愈"这几个字,便顿觉脑袋"嗡"的一声,憋胀晕眩的感觉迅速吞没了所有的意识。他呆呆地看着专家的嘴唇,翕动了好长一会儿。至于说的什么,他根本就没能听进去。这种打击,对钱金龙来说绝不亚于闻知妻子有了外遇。他下意识地猛然冒出一句:"医生,求您了,求求您治好我家雯丽吧……求求您了!……"

专家无奈地真诚地点了点头,无语。接着,他便转身继续忙别的事了。

晚上,在本市最高档自然也是最漂亮和最富有特色的一家宾馆酒楼,钱金龙宴请了与史芫鼐要好的几位国内国际知名的肠胃专家。在举觞互敬之际,大家共同商榷了钱金龙女儿的胃病问题。

一位德高望重的专家娓娓道出胃下垂的实质:"胃不好,有先天方面的因素,但更多的是后天方面的因素,不正确的饮食习惯以及本人较差的体质都有可能导致。这种不能称之为病的病,目前还只能依靠中药、补中益气汤来健脾补气,或用辅助物理的疗法,上胃托以及加强身体的锻炼,特别是腹部肌肉的锻炼。当然,还有一些西医疗法比方做手术什么的,我本人较为赞同中医疗法加身体锻炼和心理疗法的结合治疗。种种做法都只能是减轻病痛的一些措施,真的要依赖医疗手段得到彻底治愈,在目前的医学水平下,还无法解决,只能……""只能什么?没事!您说,我可以接受,也有一些经济条件。"钱金龙目不转睛地盯着专家那深邃睿智的眼睛,一字不漏地认真听着。专家认真地看了一眼钱金龙,清了清嗓子,一字一句慢悠悠地说:"这有些难度,解铃还需系铃人。只能依赖病人的真心配合,再外加细心的调养和锻炼,使肝胃、膈胃韧带功能逐步增强,从而提高膈肌的悬吊力,达到慢慢完全康复的目的。这是需要时间、精力、金钱、耐力、关爱和毅力的。""这好办!"钱金龙有几分激动地抢了话茬。

"往往这类病人,在她的潜意识中或多或少都会有一些心理问题,相当执拗……"

"不可能,我女儿活泼、开朗、好学、与人融洽相处,不应该有什么心理问题,绝不会有的!"

"没有,那更好。"

"不如这样,正好利用这个假期,让病人住院进行集中治疗……"史芫鼐医师凝神贯气地听取众位专家的分析结论后,突然冒出这样的想法。

此言一出,众专家们连声叫好。钱金龙也觉得有几分道理。

专家们又经过好一阵热烈的讨论后，最终达成共识，形成了一整套治疗方案。

　　钱金龙听后有些感激涕零。他连忙向专家们道谢，临别时，还送给每位专家一个厚厚的红包。

　　钱金龙亲自护送专家到下榻的酒店后，就独自开着奔驰向家里驶去，他有些激动不已，觉得自己坐的不是车而是穿行在湍流间的一叶小舟，那种轻快的感觉，无与伦比。

　　几位专家的一席话，使钱金龙仿佛看到了一线希望，那是一个身体发育良好、健壮丰满、开朗活泼的女儿形象。钱金龙想到此情此景，禁不住热泪盈眶。不知何时，他的脑海里在倏忽间又飘来一位干瘪如柴、倔强任性的女儿形象……也不知何时，他眼角流淌着的已由刚才激动的泪水转化为深深担忧与痛苦的泪水……

　　就这样，钱金龙在悲喜交集的眼泪中驾车回到了家。

　　进家门之时，他特意拭干了眼泪，转为春风满面的样子。

　　此时，女儿早已进入了睡眠。

　　钱金龙喝完保姆现煮的牛奶后，拖着疲惫的身体躺在床上。

　　此时，夜已经较深了。外面的鸣虫不时传来此起彼伏的吟叫声，有的似酣畅淋漓，有的似悲悲切切。他听着听着，便进入朦朦胧胧的梦乡。

　　睡梦中，他依稀记得，为了照顾好女儿的身体，他特意辞去了公司董事长的职务，整日一心一意地服侍女儿。女儿的病情日渐好转。不出一个月，她的体重便恢复到正常水平。梦境人物的感情缱绻缠绵，故事情节也跌宕起伏，虽然惊险连连，但也不乏喜剧的色彩。

　　钱金龙是被自己的阵阵笑声惊醒的……

　　醒来后，钱金龙极度纳闷地搔着后脑勺，想力图挽留住即将消失殆尽的梦境，也想再次细心地品味梦中的每一个情节。他紧紧地皱起眉头，使劲地回想着，尽管他是那样卖力，可惜只回忆起辞掉董事长的事和自己开心的笑颜，其余的都化为朦胧而模糊的感觉，始终都没能清晰地记起来。于是，他干脆放弃了对梦境的回忆，自个儿眯着眼平躺在床上，反复思忖着辞去董事长的事，反复回味着自己刚才开心的笑。他真切地发现，自己爽朗的笑声都源自于女儿的健康，而女儿健康是自己辞去公司董事长职位，对女儿精心呵护和照料的结果。

经过几十秒钟的深度分析,他迅速将自己的思维锁定在辞去董事长的事上。

能成为公司的董事长,是他多年奋斗的目标和结果……也是他人生的价值和意义所在……现在,他突然要考虑辞掉董事长的职位,不得已而为之的事,他真的有些难以接受,真的有点儿依依不舍,真的……但梦境中所描绘的美好画面,女儿健康快乐的形象,又使他忍俊不禁,这种意识像是带着强大的磁场,牢牢地吸引住他的思想和意识,令他不住地想到自己可爱的女儿,健康快乐的女儿。

想到这里,他的脑海里蓦然飘过一种念头,公司的这点儿牵挂算做什么呀?更何况,自己的股份已占公司股份的70%,即使自己不是董事长,不照样可以控制公司?做和不做,又有什么关系呢?

35. 胃下垂

钱金龙海阔天空地想了半晌,觉得头脑有些发胀。

于是,他索性躺在床上伸了个懒腰,又打了几个滚,在身体发力伸展时,躯体的各个关节都发出轻微的"咯巴,咯巴"的声响,不仅令他身体的血脉畅通,而且也让他身体的每一根神经都感觉轻松畅快。

他头脑清醒地在卧室的阳台上扭了扭腰和脖颈,便精力充沛地来到客厅。

女儿的出现,令钱金龙一阵儿欣喜,同时也带来几分紧张和忧伤感,他不知该如何去面对女儿以及如何把事实的真相告诉女儿。就在他正处于两难境地时,他的脑际猛然飘过一个使他万分吃惊的念头,因女儿身体消瘦食欲不振所导致的胃下垂,是学习的思想压力过大所造成的。如果让女儿辍学,没了学习的压力,她自然会心情舒畅食欲大增,渐渐地,这胃下垂不就不治自愈了?

于是,他亲切地将女儿唤到身旁,小心翼翼地询问道:"爸爸与你说件事！"

"什么事？"

"你是爸爸唯一的女儿，依咱们家的经济实力，你完全没必要再上学，上学还不就是为了将来能找份工作？你现在别上学，就直接到爸爸的公司做个部门经理什么的。锻炼上几年，然后，爸爸就把公司交给你，由你来做董事长。这是个再好不过的好主意。"

钱雯丽不可思议地盯着父亲，瞪大着眼，哭丧着脸，表情僵硬地反问道："你，你没事吧？……"说着，顺势将手放到父亲的额头上自言自语着："不烧啊？"接着她缓了口气说："爸爸，你是知道的：学习就是我的一切，是我的生命，我怎么能不学习呢？"

"宝贝！你知道吗？你就是爸爸的一切，爸爸的生命所在啊，爸爸看到你因学习而累坏了身体。心痛呀！"

"既然我是你的生命，而学习又是我的生命，你怎么会有让我辍学的念头呢？"

"这？"钱金龙欲言又止，他真的不知道该说些什么好。

钱金龙在绞尽脑汁思考着……

他该如何说服自己的女儿呢？

当他看到女儿坚决而倔强的表情时，他始终没能想出更好的语言或更好的办法来说服女儿。他不由得埋下头，轻轻地长叹了口气，有些无可奈何地说："好吧！我尊重你的选择，学习照旧。不过，有一点，你必须听爸爸的。"

"只要能让我学习，什么条件，我都答应。"

钱金龙骤然紧皱起眉头，慢慢地轻轻地低沉地说："这是昨天医院的体检结果，还有彩超照片，专家们确诊你的胃部有问题，必须住院接受治疗。""我的胃没有问题啊，只是觉得有点儿胀闷不舒服而已。""那就是症状，你的胃已中度下垂，必须立即住院治疗。"钱雯丽看着体检报告，满脸疑惑地问："下垂？怎么个下垂？""医生说了，这不是个疾病，只是症状。只要住院配合医生的治疗，很快会康复的。你现在准备准备，爸爸陪你一起去。"

"我不想去那里，不要去那里！"

"咱们不是说好了吗？爸爸陪你去。"

"要去你自己去！"

"好，好！不要着急，我去打个电话。"

当钱金龙看到女儿噘起生气的小嘴，表露出发怒和快哭的样子，他在犹豫的刹那，心都快碎了。说实在的，他也不想把女儿送到那个鬼地方，实在是没办法的办法哪。情急之下，他突然想起一个主意。于是匆忙转身，到书房给史芜肃医师去了个电话，他本想征求专家们的意见，看看能否在家里调养。他还没多解释，史医师的一席话却让他感到极为震惊并猛然清醒了许多，也就更坚定了住院治病的信念和决心。

"现在做的是救人命的事情，绝不能迁就……"

唬懵了的钱金龙，在大脑的一片空白中也极速地进行了番思考：住院治疗所提供的各种设施与条件，家里自然是远远达不到的，这肯定会影响疗效。再说，这种不是疾病的症状，目前还无法根治。专家们所采取的一些措施，也只是尽力而为的事情，严格地说是一项医学实验，是验证专家的治疗设想或方案的医学实验。要让他们谈根治，没有谁敢打保票。要是在家里条件无法保证的情况下，专家们根本无法做到尽力而为。

钱金龙似乎明白这一点。

在一种极度痛苦的抉择中，他毅然选择了住院治疗。

在一阵漫长的沉默后，钱金龙几乎是用哀劝的口吻又一次去说服自己的女儿。女儿总是坚信自己没病，至少没什么大病，她施展了辩论赛的口才，与父亲展开了一场唇枪舌剑……最后，经历漫长的对峙和哀婉的促膝相谈后，女儿对住院虽没有明确地表态赞同，但总算不再反驳了。这，或许是一种默许吧！

这时，及时赶到的史芜肃医生给钱金龙解了围。

在两位成熟大男人的轮番说教下，钱雯丽在被半哄半推的状态中，坐上车，来到市人民医院的一处既幽静，设备又先进的高级病房，这是一套设施齐全的独立病房。

起初，这里的一切还令雯丽感觉新鲜、好奇，虽说外面的走廊里有来来往往的各色病人，但雯丽还是觉得，只要待在自己的病房，就会形成一个封闭而安静的空间，她可以做她想做的事情。

起初心理上的恐惧、害怕、担心……渐渐地淡忘了。

几天后，她对这个地方不怎么反感了。

轮班为雯丽服务的两位护士，都是年轻貌美、身材匀称、丰满有致的少妇，这是专家们的特意安排。他们企图用这样的垂范，从思想源头上去感化雯丽，让她认识到丰满也是一种美，由内及外，进而改变雯丽的身体状况，让她的体重增加。护士们对雯丽异常亲昵的态度，令她心里感到无比温暖，也异常的甜美。有多少年了，雯丽只是在一种单一的父爱环境中生活、成长，她无数次地渴望过拥有真正母亲式的爱恋，一次次却都令她感到失望，令她感到伤神，令她感到神经错乱。久而久之，她用一种坚硬的外壳包裹了自己的情感，将全部的精力都倾注在忘我的学习之中。她觉得，只有在忙碌的学习状态中，心理才能进入相对安宁与和谐的境地。今天，雯丽所感受到的类似于母爱的浓浓的情感洪流，已让她的心灵震撼不已，这种情感的洪流，似一束炽烈的阳光，穿过茫茫的重重叠叠的阻隔，直接照耀在包裹心灵的硬壳上，它以无比强大的能量，穿透着它，软化着它，从而使她的灵魂在感情上能与外部世界逐渐进行信息的沟通，这，不能不说是个好迹象。

几天的治疗，应该说是初见成效的，钱雯丽已能在护士们的精心指导下做到按时服药，还很配合治疗，做些相关的健身运动和气功推拿等。

这对钱金龙来说，不啻为一件高兴的事。

在这个物欲横流文明发达的开放都市，金钱的万能作用几乎体现得淋漓尽致。金钱所带来的地位感、荣耀感、尊严感以及所换来的贴心服务，都使住院治疗的钱雯丽享受着一种特优厚的待遇。这种享受生活和服务的感觉，在雯丽稚气的思想里总认为应该是件自然而然的事情，是社会现象的必然存在。因此，在她稚嫩的心灵深处总想着不依赖于父亲的庇护也能换取别人的同情和关怀之心，尤其是在情感上，她渴望得到纯真的情感。那些掺杂有金钱成分的虚假情感，或一些殷勤周到的服务，都令她反感，这是自小根植在她心灵深处的人生信条，也是她刚强的性格和特有的思维方式所形成的性气，甚至也是长期生活在这种特殊的家庭环境中所铸成的一种处事信念。

她就是这样，一个在感情和认识上极其特殊的女孩。

金钱可以换来优裕的生活条件，同时，金钱和优裕的生活条件也可以影响或改变人的某些情感，使之发生扭曲或变形，或向令人欣喜的方面发展，或向不尽人意的方面发展。钱雯丽生活在极端富裕的家庭环境中，打小就养成了享受生活和享受服务的习惯，这并不是什么坏事！恰恰是件好事，这使她拥有了细腻的情感、恬静的举止、优雅的气质，本可以朝令人欣喜的方面发展，但父母的离异，家庭的破裂，这似乎又是拥有金钱和优裕生活条件者的衍生物，它对这类人的子女的影响是巨大的，尤其是处在情感发育成熟之际的少男少女们。作为少女的钱雯丽似乎就处于生活条件无比优裕但家庭并不怎么美满的环境中，正因为如此，才形成了她狂热追求至纯至美至真情感的心理。这是她的一种潜意识，是连她自个儿都不清楚不明白不承认的潜意识，有时候就表现在她不明不白地在乎一些事儿，这是人在情感极端匮乏时所采取的自我保护性的措施，是人格中某些已扭曲变形的病态部分的外在表现，譬如钱雯丽对吕迪同学的母亲所表现出来的那种敏感、对纯真情感的渴望、对掺杂有金钱成分的虚假情感的憎恶……

不过话又说回来，这些有缺陷的情感往往会被主体不自觉地隐匿起来，不易被外人觉察，甚至包括她自己。

如果单单从令人垂涎的优越的家庭条件来讲，钱雯丽是幸福的！她除了每天要配合护士做完必做的事情外，其余的时间，她可以看书，可以在电话里和同学聊天，可以到医院的中心小花园里散步……

几天后她有些不适应，但仍可以忍受。

两周后，随着对周围环境的熟悉，钱雯丽开始觉得有些烦躁。

当她看到来来往往进进出出的都是病人时，她感觉自己除了瘦得苗条外，身体其余的特征都是正常人的样子。

"既然没病，干吗要住院？"

钱雯丽心中蓦地涌出这样的念头。这种念头随着时间一天天的流逝而与日俱增着。

这或许是极其偶然的巧合。

一天中午，钱雯丽从外面逛回房间时，她亲眼看到为自己服务的那名护士不像对自己那样友好地对待其他病人，这令雯丽感到极为吃惊。瞬时，在她的心目中，护士的美好形象陡然黯淡下来。她连忙快走几步，悄然从那名护士的身旁溜进自己的病房。不多会儿，刚才那名对别的病人还恶言恶语的护士笑容可掬地来到她的房间，向她嘘寒问暖，甚是殷勤。

这名护士就是轮班为钱雯丽服务、曾让雯丽备感亲切的两位年轻貌美、身材匀称丰满的护士中的一位。

在好奇心的驱使下，钱雯丽精心设计的巧妙对话让护士在不知不觉中道出了实情。

原来，这一切都是父亲钱金龙的精心安排，就连护士的一些基本的微笑，都是用金钱换来的。这些完全虚假的所谓真诚的微笑以及所见所闻的一些自认为是遇到关心她的好心人的善意举动，都是假的！钱雯丽历历在目的回味，正严重地刺伤着她稚嫩天真的心灵。

她顿时难过到极点，情绪也低落到极点。

在这样一个用金钱买服务的年代，这本已不足为奇。可对在富裕的家庭环境中生活成长、心灵无比善良稚嫩且渴望在现实生活找到理想主义真爱的钱雯丽来说，这是她最反感最厌恶的。

当钱雯丽报之以真诚的微笑而得到的却是用金钱买来的虚假的微笑时，强烈的心理失衡感给她的打击无疑是沉重的。于是，她的心理便从一个极端走向另一个极端，开始将别人的一切友善都归结为是在父亲特意安排下的一种施舍。

钱雯丽真心爱着自己的父亲，这绝对无可置疑！但她也绝对鄙视在父亲操纵下的这种金钱交易式的感情施舍。这种心态，或许源于母爱缺失后的逆反心态，或许源于对父亲同情与怜悯的心态，也或许源于对父亲的金钱、劳动成果的尊重心态……

而父亲的这些举动，或许是源于对女儿的疼爱之心，也或许是源于对女儿欠缺的家庭情感进行补偿的心态……

有着拳拳之心的父亲，在认识和情感表达上与女儿产生了分歧。

这种补偿与施舍，在父女情感认知上的矛盾和对立，其实在短时间内，是根本无法调和的。

尽管医师和护士们在物质利益的驱使下，在言行举止上，甚至在心绪上，都对钱雯丽表露出一定的真情实感，他们所赋予雯丽的爱，也可以说是钱金龙对女儿爱的延伸，是父亲对女儿爱的另一种补偿形式。但这种本意是出于真诚的爱的表达形式，在一种不正当的操作模式或违背服务对象性格及心理承受底线的情形下实施，只会产生严重的副作用，适得其反的效果。钱雯丽的抵触情绪与日俱增，由最初的不配合锻炼到拒绝服药，再到对住院环境的极端仇视。

无论他们怎样地劝说或解释，对钱雯丽都无济于事。

她总是闹着要出院。总是声称"我又没病，为什么要住院？"还以"你们这样做，限制了我的人身自由，是一种违法行为！"作为基本观点，与医师、护士以及她的父亲展开了一次次激烈的唇枪舌剑和行动上的对抗。

隐藏在钱雯丽内心的那种瘦即是美的审美意识，正被抵触情绪重新煽起，而且愈演愈烈。可以说，一种与现实措施相对抗的强烈的逆反情绪，支配了钱雯丽的精神世界，使得他们想利用假期集中治疗的方案遭遇流产。

在这近二十几天的治疗过程中，各种治疗方案和措施不仅没有延缓钱雯丽的病情，反而使得她的病情进一步恶化，已发展成重度胃下垂，下垂达十二厘米。

无可奈何之下，专家组重新建议：应先解决病人的心理问题，再通过慢慢地调养，以达到对下垂的胃进行提升的目的。

钱金龙知道医师们是很努力的，他也知道治疗失败的症结所在。他对女儿爱之太深，也恨之太深。对于女儿的不配合，他虽万分痛心，但又不能对女儿说什么，更不能有什么埋怨，只能将满腔的苦水吞咽到心中，也只能将更深沉更炽烈的爱展示给女儿……

36. 山羊奶

钱金龙自始至终都将全部的精力和心血投注在对女儿的密切关注和无微不至的关爱上。他一刻不息地想方设法、绞尽脑汁、不惜一切代价地寻找诊治女儿思想问题进而医治身体疾患的一切良方。

虽然已是旧历年的小年，从医院接女儿回家的钱金龙，却陷入一片茫然的境地。他根本没有心思去张罗新年的事务，而只是简单地吩咐保姆去自行操办。

回到家的钱雯丽言语减少。她整日呆坐在封闭的书房里，或埋头看书，或上网查找资料，对学习痴狂的态度，一如既往。

钱金龙每每看到女儿瘦弱的身躯，总是看在眼里，痛在心里。

钱金龙想通过旅游的方式让女儿散散心，他考虑良久后满怀信心地问女儿："雯丽，这个年，爸爸带你去夏威夷怎样？""这个，还是在家里过吧！家里就挺好的。"忙于看书的钱雯丽听到询问声，仰头看了一眼天花板，表情还算平静地答应道。

钱金龙再三劝说，甚至还恳求了一番，女儿都以高中学习紧张为由搪塞了过去。

这天晚上，钱金龙彻夜难眠。在朦胧中，他依稀做了个类似以前做过的梦，他辞掉董事长一职，去专心照料女儿的生活，女儿的病情日渐好转。

这个梦对钱金龙来说，无疑是个好兆头，他怀疑这是主宰人类命运的神灵在冥冥之中的某种暗示。不然，怎么会在一个月内做同样的两次梦呢？

钱金龙在心中暗暗地询问自己，他反复盘算着……

在新春的第一次董事会上，钱金龙神情庄重地宣布了一条惊人的消息，决定辞去公司董事长一职。

在一阵骚动和喋喋不休的规劝之后，钱金龙主持了最后一次董事会议。通过董事投票的形式，选举产生了公司新一任董事长。史文钧任董事长。新一任公司董事长的成功选举，对钱金龙来说，真是一块石头落了地，他顿觉神清目爽，心情也变得无比开朗起来。

在新的学年里，钱雯丽对学习似乎表现得更加痴迷、更加投入。她是将自己全部的情感和精力都倾注在学习上，对周围发生的一切，似乎表现得视而不见。

当放假前因感情闹僵而有些不和的唐晓慧和陶然手拉着手、若无其事地从钱雯丽身旁走过时，钱雯丽只是木然地看了他们一眼，完全没有心思去考虑唐陶二人风云变幻的情感历程。

而唐晓慧却有些不好意思地对她莞尔一笑，算是给了好朋友一个解释。

钱雯丽对唐陶二人麻木不仁的态度，或许源于校园中司空见惯的学生情侣悲欢离合的情感故事，也或许源于她本人坚定的爱情信条，甚或是源于她本人因心理发育不成熟导致的在认识上的茫然无知……

钱雯丽这种春情未动的情感表露，根本无法进行是非曲直的评判，只能简单地说，她在一些特定的时间和场合在某些方面表现得相对单纯些。但她的言行和举止，如用另外一种评价标准去衡量的话，却是符合特定的规定和要求的，她在学校就不愧是位好学生。

因学习而赢得崇高威望的钱雯丽，不愧为是学生梦寐以求的目标榜样，是老师、领导引以为荣的骄傲资本和彰显教学成果的希望之星。

当老师和校长得知钱雯丽身患胃病时，都给予了她更多的关心和帮助。

连续多日来，每当中午十二时，校长都会和钱雯丽面对面共进午餐。校长的鼓励甚或是命令，或多或少都对雯丽产生些作用，她虽吃得有些少，但总归还能吃点，这已是件非常了不起的事情。

"雯丽，你真不简单！我好羡慕你哟，校长都得陪你吃饭哩。"在回宿舍的途中，同室密友罗纯纯无不感慨地说。

她们并肩拾级而上。钱雯丽凝望着远处那一抹翠绿的山影，皱了皱眉头，叹着气说："哎，没什么好羡慕的。我总觉得烦心的事特多，摆也摆不脱，只有在学习的时候才能体验到一丝儿清静。"罗纯纯听后，若有所思地回复道："说的也是，我也有同感。不过，除了学习，什么旅游、登山、蹦迪、看电影等等什么的，也可以放松放松身体。""你说的那些，我大多不喜欢。没办法，性格决定命运，我只有学习。""我认为，你没必要那么辛苦，学会放松，也是生活的内容之一。""是吗？""想想看，你家那么富有，你根本不用发愁将来上大学找工作什么的，根本没什么后顾之忧啊。所以要学会享受生活。""我这就是在享受生活啊，难道读书不是一种享受？""听说你的胃不太好？""医生说是胃下垂，不想吃饭，身体也胖不起来。""那不正好减了吧？别人拼命减还瘦不下来呢，你这是歪打正着。怪不得你体形如此苗条。"钱雯丽将信将疑地看了罗纯纯一眼，呢喃地问道："是吗？"随之，她的脸上泛出淡淡的红晕，好似一抹霞光照耀在她的面颊，她的神经明显地活跃起来。于是，非常开心地微笑着说："医生们说我这样不好，我爸爸也极为担心。我不明白，他们在担心什么？""他们总是这样，他们是什么年代的人啊，和咱们有思想代沟！有些问题是无法沟通的。""也是的！""好啦，我们有我们的审美标准。路总会在自己的脚下延伸，你说呢？"

她们俩就这样闲聊着回到了宿舍。

在接下来的一段时间，每当中午十二时，校长都会坐在钱雯丽的对面，在闲聊中轻松愉快地共进午餐。

校长随口拉了些家常，他嘘寒问暖地询问道："雯丽，进入高中阶段，生活还适应吧？"

"还算可以……"雯丽有些紧张地盯着饭菜，轻声细语道。

"如不符合口味，我让厨师专门为你做些可口的。如何？"

"还可以……谢谢！"

"你是一位优秀的学生，是学校的光荣与骄傲。不过，在学习好的同时，身体也得好。身体毕竟是生活快乐的本钱。这段时间，学校有羽毛球比赛、排球比赛、篮球比赛,你报了哪一个项目啊?"

"我?"

"好吃!先趁热吃!"

校长在谈笑间仍津津有味地吃着。钱雯丽愣愣地瞥着校长的吃相,不时地皱起眉毛……

"吃!雯丽趁热吃些。"

"我都吃饱了,喝了碗皮蛋瘦肉粥。"

"饱了?"校长纳闷地反问道。接着,他略微清了清嗓子说:"年轻人应多吃些才行。"

"校长慢吃!"说完,雯丽便起身告辞了。

校长面露窘色地望了一眼钱雯丽,到嘴边的话又轻轻地咽回肚里。他不由得想起钱金龙那悲悲凄凄的诉苦声和无可奈何的叹息声,一种深深的同情、惋惜和愧然之情便油然而生。

他的脑子在急速地旋转着,渴望能在意识的涡流中寻觅到解决雯丽吃饭问题的良方。在一阵眩晕感传来后,校长颓然无神地停住思索,在一片茫然中回到办公室。

卸任后的钱金龙并不轻松。他力尽所能,忙于通过各种关系、各种渠道打探医治女儿胃病和思想问题的权威信息以及良方良药。

他首先采纳了朋友史芫鼐医师的建议,在女儿学习紧张、压力增大、有些厌食、饭量锐减的情况下,要保证她身体能摄取足量的营养物质,就必须采取必要的措施,以防止因学习紧张而拖垮女儿的身体。

按照中医学的辩证理论和现代营养学的研究发现,一种放养在山野里吞食旷野百草嫩叶的山羊,能孕育出性温热营养丰富的山羊奶。这种山羊奶醇香可口祛病养身,不仅能起到保胃养胃作用,还能及时补充人体所需的多种营养物质。

钱金龙听后情绪大振。

在朋友们的帮助下,在离城市约二百公里的一处深山里,钱金龙找到一户农家,由他们精心喂养了两头体强膘厚的纯种山羊,每天产鲜奶二公斤。他再花钱买了部车,由雇用司机每天专程送奶到女儿寄宿的学校。

为了消除女儿的疑虑,钱金龙还不得不谎称羊奶是从学校附近的一处送奶公司订购的。

在鲜奶滋养下的钱雯丽，脸色由先前的灰黄色逐渐转变为白里透红的健康色。虽然她的食量依旧，早晨一个蛋、中午一碗粥、下午一口米，虽有点儿少，但每天二公斤的鲜奶，保证了她身体的营养需要。

在安排好女儿基本的生活保障后，钱金龙开始着手寻找另外的诊疗方案。

37. 信度逆反心理

周二早晨，他正准备出门，电话铃声响起，是公司新任董事长史文钧打来的。

"大哥，您好。"

"你好。"

"告诉您一件好事！中国最权威的心理学专家，是我的一位朋友的爱人的表哥。我已和他取得联系，您方便的话，我们约个时间见个面。"

"好啊！是天大的好事。我随时都方便。能见面当然更好。兄弟，太谢谢你了。"钱金龙一听，兴奋得神经直颤抖。因激动而有点儿语塞的他不由得提高了嗓门，这种于刹那间获得的喜悦心情绝不逊色于当年的范进中举。

"不用客气，咱们之间还说你我吗？"史文钧在电话里笑着谦虚道。

钱金龙立刻改变主意。

他回到书房，从书架上取出那本"朋友的爱人的表哥"写的学术论著，这是钱金龙所仰慕的国内知名的心理学专家。以前苦于交际面的狭窄，没能认识这位专家。今天，托朋友的福，终于能牵上线。这种意外之喜，使得钱金龙原本复杂而沉重的心绪变得较为轻松和开朗起来。他神色飞扬地坐在电脑前，简单翻阅了一下这本学术论著，它的理论见地独特、前卫，针对性明确。他粗略地了解后，显露出有的放矢的表情，面部开始荡漾着微笑。而后，他在书房里踱来踱去，用一种焦急大于激动的神色注视着书架；注视着书房那幅从国外购回的巨幅风景油画；注视着窗外那在微风中摇曳着绰约风姿的嫩绿色的片片树叶；注视着挂在书房的那张女儿八岁生日时拍摄的带着甜蜜微笑的相片；他环视了一下书房，眼睛又重新远眺窗外的风景。他像是在寻找着什么，两眼又有点茫然若失的神色。

他轻轻地稳了稳神，长伸了一下懒腰，索性坐在电脑桌前，打开了电脑。

钱金龙在自己的博客网站和MSN聊天群里发出过救治女儿胃病的恳求帖子。

他快速浏览了一下回帖，几乎都是表示惋惜和无可奈何的帖子。只有个别的回帖谈了一些治病的偏方，都是钱金龙早已熟知、疗效又平平的私家秘方。也有一两位病症类似的患者谈了他们久治难愈的无奈经历，钱金龙都怀着同病相怜的深痛心态，礼节性地给他们和其他人回了帖。

按照钱金龙的要求和史文钧的安排，那位"朋友的爱人的表哥"乘机专程与他们会晤，要翔实了解钱雯丽的心理症状。

在心理学专家到来之前，钱金龙还需做些准备。他吩咐好保姆后，便又匆匆忙忙地出了门。

下午四点钟。

钱金龙和史文钧分别驱车赶到机场，按时接上他们尊贵的客人朋友，那位"朋友的爱人的表哥"。一阵寒暄后，他们又驱车赶回市区的一家高档宾馆，那位"朋友爱人的表哥"的下榻处，顶楼的一间小型总统套房。

在该宾馆的酒楼包间，被雇用司机从学校接到这里的钱雯丽，正有点儿惴惴不安地等待着……

她扫了一眼优雅安静的包间环境，心情愉快地呷着服务小姐送来的茉莉花茶，不由得想起父亲在电话里的声音："今天见面的是一位同在法国留学过的亲密朋友，有好几年都没联系过，他最近刚回国，一块儿相互认识了解一下。"正是冲着能了解西方文化这一点，钱雯丽才同意过来的。不然，说什么她也不会参加这样的晚宴。自从上次发生"强行住院治疗的事件"后，钱雯丽便成熟了许多，在对待父亲的要求和建议上，她提高了警惕，凡事做到三思而后行。尽管她仍深爱着自己的父亲，也以有这样的父亲为荣，尽管她自己也还是位听话的孩子，但对于父亲小题大做，对自己身体的病症无中生有的猜想和滑天下之大稽的一些治疗措施以及在一些事上过分袒护的做法大为不满。

就在钱雯丽胡思乱想的时候，钱金龙和两位朋友的到来打断了她的漫想。

她礼貌地向父亲的朋友们都问了好。接着她便向父亲的这位"法国留学归来的亲密朋友"询问起国外的许多事情，包括文化和风俗人情等等。事先有所准备的心理学专家巧妙地将话题引到国外的饮食上，又将话题引到雯丽的吃饭问题上，并不时地给她夹各式美食。钱雯丽在口口声声的感谢和堆脱中，还是将可口的饭菜原封不动地放在身边的小碟中，她只喝了一小碗粥，仅此而已。

钱雯丽在吃饭问题上好像表现出一定的厌食情绪，无论父亲或父亲的朋友如何劝说，她始终都未动箸，只是声称自己来时已经吃过，并且吃到撑的地步。

晚宴结束后，钱雯丽被送回学校。钱金龙和两位朋友在宾馆顶楼总统小套房的客厅相互交流了各自的看法。

"根据钱董事长的介绍和我的观察，发现雯丽的行为表现属于青少年普遍存在的逆反心理中比较少见的理智型信度逆反心理。它以自我调节和自身的成长进步为目的，有着异常牢固的情感体验。譬如对学习表现出强烈的执着与痴迷，这类人一般是学生中的佼佼者和榜样。其次，她还带有轻微的偏执狂精神病倾向，有时候会表现出性格上的固执，譬如在审美上认瘦才是美的死理，别人很难改变她。按照巴甫洛夫的观点，这类病人一般发生在不可遏制型的人身上。据调查发现，许多大科学家、艺术家等名人，都不同程度患有这种病。对于钱雯丽而言，只要加以合理的引导，譬如用内观疗法、系统脱敏疗法、自我催眠疗法、支持性心理疗法、思维阻断疗法，都会起到积极的疗效，应该对人生不会有太大的负面作用。现在我们要解决的最大的心理问题就是改变她瘦才是美的思想认识。"那位"朋友爱人的表哥"，表情凝重，每一字每一句，都好像是经过充分酝酿和斟酌过似的，情真意切。他言语中带着理性充满着真诚，在分析雯丽的心理病况时，思维敏捷，语言犀利，分析透彻，深入细致。他的话语活像一把手术刀，正一丝不苟地解剖并分析着雯丽的情感结构与心理架构。

史文钧不无惋惜地叹息道："是啊，她在学校的确是一位极其优秀的学生。只可惜，在吃饭问题上，思想出了偏差，盲目瘦身减肥，误入歧途，造成这种特殊的个性缺陷。由于心理的作用而导致身体的发育不良，这会严重影响到孩子各方面的健康发展。"

"这病能治好吗？还得麻烦您，只有您才能救治我家雯丽……"钱金龙虽有几分激动，但整体情绪仍旧低沉凄楚，他情不自禁地用哀求的口吻询问着。

"我们肯定会尽最大的努力,这一点,您放心!要彻底治疗,咱们还需密切配合。"

"那是肯定的。"不等专家说完,钱金龙仿佛觉得他的应诺就是一剂治疗女儿思想问题秘方的药引,可以起到药到病除的神奇功效。

"这是些资料,里面画红线的,是您需要按资料的要求做的。另外,还需孩子亲自到我的科研所接受一段时间的集中思想干预治疗。您看方便否?"

"为了治病,自然听您的安排。只是……"

"有困难吗?"

"我是怕女儿不肯去,她对这事相当敏感,也相当厌烦,以前为了治病,我们的做法欠妥,可能伤了她的心……"

"您说的有道理,方法不当,可能激化矛盾,从而使病情加重。要使用计策,有时候善意的谎言是必须的。能否假借旅游的什么名义,让她自愿到我那儿。等思想上的结解开了,即使她知道这本是场骗局,她也会理解您的良苦用心的。"

"真是个好主意。"

"现在,我们需想出个天衣无缝的好主意,让女儿心甘情愿地到他那儿接受治疗,绝不能再让她产生任何的副作用。"

他们仨经过四小时的认真讨论和周密安排,终于想出一套可行的诊疗方案。

此时,钱金龙紧蹙的眉毛和绷紧的神经终于松弛下来,他舒展的面颊渐渐焕发出红润的光泽。

在告别时,钱金龙非常真诚、开心地向这位新结识的心理学专家朋友道谢,表示了自己的感激之情。

两天后,心理学专家朋友乘机返回。钱金龙按照事先的约定,紧锣密鼓地进行着下一步相关的准备工作。

他们的最佳方案是说服校长,以学校考察、活动等名义,让雯丽和部分同学到首都心理教育科研所进行为期几天的考察学习。在神不知鬼不觉中,让雯丽接受初期的心理干预治疗,所有费用自然由钱金龙承担。

钱金龙按此方案亲自去了趟学校,他诚恳委婉地提出自己的希望。校长听后,很是支持。

几天后,在校学生处的组织下,开展了全校性的"学生心理健康文明月活动",并在品学兼优的学生中评选出六位学生心理健康宣传干事。计划利用五一黄金周长假,到首都著名的心理教育科研所接受为期六天的心理健康教育技能培训。在严格的层层推选下,钱雯丽等六位同学,在同学们妒羡的目光中,顺利当选。

38. 心理健康培训

周末,钱雯丽兴高采烈地哼着小曲,踏着现代舞的节拍蹦跳着回到家里。

此刻,钱金龙正坐在客厅的沙发上专心地看报纸。当他突然看到女儿满面春风地出现在眼前时,蓦然欣喜的表情,就像中了特等奖彩票似的,他那因欣喜而紧凑在一块儿的脸部肌肉使本来不大的眼睛眯成了一条细缝,他急忙站起来,摆出十多年前拥抱女儿的姿势,脉脉地注视着……

钱雯丽狡黠地冲到父亲身旁,用嬉笑般的语调,俯着头对父亲悄悄地说:"老爸,告诉你个好消息,我被学校选中为校学生心理健康宣传干事,全校只有六位。老师说我口才好,能言善辩,有优势胜任这个工作。听说,五一黄金周期间还要免费到首都著名的心理教育科研所去参观培训,是乘坐飞机去的。"

钱金龙瞪大了双眼,惊奇地张开嘴,轻轻而悠长地反问道:"是吗?太了不起了!我的宝贝女儿。"说时瘪着嘴,不紧不慢地竖起大拇指。

自从那次"强行住院治疗事件"发生后,女儿的情绪一直处于低落状态,虽然学习的热情依旧,但不苟言笑的表情使得钱金龙的内心感到异常愧疚和焦虑。今天,他又重新看到女儿性格中活泼开朗的一面,钱金龙的心顿时似被蜜饯浸泡过一般,甜蜜蜜的感觉美妙得难以言传。他好长时间都咧着嘴,怔怔地冲着女儿傻笑。在充分享受精神喜悦的同时,他也不由自主地想象着,虽然这种喜悦带有很大的操作性和部分虚假的成分,但这种能让女儿快乐的带有善意谎言的措施,又有何妨呢?

钱金龙边瞧着女儿,边努力地思忖着……

"老爸,我们学校还准备评选学校的形象大使。你说,我能选上吗? 我可是公认的校花呢?"

"学校的形象大使? 有什么条件?"

"学习成绩优,外语水平高,交际能力强,身体健康,有一定的艺术表演才华。"女儿一口气说出一大串的评选条件,眨巴着眼瞧着父亲,好像他就是学校形象大使的评委似的。

"你分析下自个儿的优势是什么,劣势又是什么。凡事,重在参与。至于能否评上,要用一颗平常的心态去面对,你说呢?"

"书上总是这么说⋯⋯"

"我相信,我家雯丽一定行!"

"是吗? 太谢谢老爸啦!"

五天后,在学生处主任的带队下,钱雯丽等六位同学乘机飞往首都,开始他们为期六天的学习和培训。

钱雯丽出发后,钱金龙立即向在首都心理教育科研机构的"朋友爱人的表哥"去了电话。双方在周密的安排中依计划从容行事。

在家焦急等待的钱金龙有些坐卧不安。当天,他也乘坐另一趟航班飞到了首都,在女儿下榻处不远的一家宾馆酒楼住了下来。钱金龙的行动需要相当保密,绝对不能让女儿发现。一旦女儿产生了怀疑,这次耗资巨大的诊疗行动,就极有可能前功尽弃。

钱金龙明白这一点,但他又不得不冒这个风险。

他在谨小慎微中小心做事,并和专家们密切配合,共同商讨除原计划外,突如其来的变故的应对策略,及时调整对女儿的心理干预方案。

几天下来,钱雯丽几乎是在不知不觉中接受了治疗,在思想认识的一定层面,她树立起了正确的人生观、价值观和审美观。

虽然思想问题还没有彻底地根治,也不可能在一蹴而就间彻底根治,但对于这种病而言,这六天时间已经取得了非常不错的疗效,钱金龙清楚这一点。

培训结束后,按原计划,学校还委托首都心理教育科研机构给这六位同学颁发了"学生心理健康宣传干事"荣誉证书。

比女儿早一个航班返回的钱金龙,佯装着急的样子,既给女儿打过电话,又驱车来到机场去迎接女儿。

钱雯丽在老师和同学们的簇拥下，坐车返回了市区。

钱雯丽作为父亲的掌上明珠，生活在那样一个极其优越的家庭环境中，她却没有养成一般意义上所说的富家千金那样，完全仰仗父亲的权势和财力，追求奢华享乐、骄横跋扈的生活作风和娇滴滴、任性、自私、放纵的脾气性格……这不能不说是件好事。但过分强调自立、拒绝接受父亲任何额外帮助的行为，也会导致父亲的不悦，甚至于是对父亲善良心灵的一种挫伤或打击。

如果有这样的条件不去利用，有这样的帮助不去接受，这不能不说是一种资源的浪费，也不能不说这样的人有"特殊的个性缺陷"。

接受亲友感情或物质的帮助，只要在一定的"度"内，不超过实际生活能力的，就是正当、合理的，譬如腰缠万贯的人给女儿的生日礼物可能是块镶嵌有二十四颗钻石的瑞士手表，而工薪阶层的人给女儿的生日礼物可能是块价值二百元的普通手表，两者同样是珍贵的。反之，则正如孔子所说的要"克己复礼"了。

钱金龙忆起往事，有多少次自己殷切的爱心遭遇女儿的拒绝。主要表现在用车接送她上学的问题上。

那次女儿去巴黎考察返回，也就是在那个机场，女儿不愿意搞特殊，硬是要乘坐学校的巴士回家，钱金龙好说歹说也无济于事，最后只能一个人开着车尾随其后。他不知领教过多少次女儿的这种倔强的脾性。

有人说女儿做得对，也有人说女儿做得不对。

其实所谓的是非曲直，在不同的衡量标准下，其结果又是迥然不同的，这要看具体的情况而定。

这次女儿的"配合和听话"，给了钱金龙很大的面子和信心……他在内心暗自把这一切归功于这次成功的心理治疗。

他喜在心里，只是闭口不谈。

他怀着从未有过的爽朗心情，驱车把他们一一送回到各自的家里。

培训合格并取得"学生心理健康宣传干事"荣誉证书的六位同学，在此次文明月活动中，充当了宣传员和及时向学校反馈学生中普遍存在的何种心理问题倾向的角色。其中备受关注的钱雯丽同学扮演了双面角色。她既是这项活动的咨询对象，也是这项活动的被咨询对象。这种双重身份的获得是建立在钱金龙拥有强大的社会活动能力和雄厚的经济实力的条件下，精心设计和学校密切配合的结果。

另外，配合钱雯丽心理治疗的相关资料与措施，在校长的应允下，以绝对保密的形式，通过钱金龙的饭局，层层传递到所有的任课教师手中。

班主任甄爱升老师自然也得到一份。

按照钱金龙的意思，在新学期班委重组竞选时，钱雯丽只竞得学习委员一职；在学校形象大使的评选活动中，她继续败北，这是钱雯丽自上学以来，在学校和班级的大型选举活动中仅有的两次重创，其中学校形象大使的失利对她心灵的触动颇大。一向被誉为校花和才女的她，怎么也不会想到学校形象大使的荣耀会和自己擦肩而过。

她在伤感颓丧之余，也重新审视了自己，对以瘦为美的审美信念产生了怀疑。

在甄老师的帮助下，钱金龙如愿以偿地完成了对女儿雯丽的思想干预诊疗的部分计划，而且在表面上已初见成效。

在形象大使竞争失利的那天日记中，钱雯丽这样写道：

> 今天天气晴朗，空气清新，应该是个令人快乐的日子。
>
> 可我，就是高兴不起来。
>
> 在我狭隘的"意识圈"中，原以为被称为才貌双全的自己，是上帝所赋予的纤细婀娜的体态和清癯秀丽的容颜，是时代审美的代表，是万人仰慕的偶像。我坚定的审美信念，为何与"公众的审美标准"发生相左之差？是我的审美标准出现了偏差？还是公众的审美标准失之偏颇？我所与众不同的，是个性的张扬？还是体现了后现代的美学理念，没有深度和讲究符号漂移等观念的践行？后现代的审美标准作为时代的审美潮流，错了吗？还是我的理解出了错？还是我的审美理念是新新人类在审美层面上的一次恶搞？还是新的审美浪潮来临前的征兆？……
>
> 这些，令我迷茫，令我糊涂，也令我着迷……
>
> 人类审美意识的洪流总是滚滚向前，从现代到后现代，再到……我不敢去想，也不知该做何抉择。
>
> 我只觉得脑袋膨胀得发痛……思维四处弥漫，了无边际……
>
> 我不想做何选择，是因为我不知道该如何选择……
>
> 只想任其发展，是因为路总是向前延伸的……迎接我的总是新生的事物。

审美问题，要说，其实是说不清的。
我用一首小诗来表达我此刻的心情：

别了，历史长河中美丽的浪花
你的光彩与荣耀
将定格在历史教科书的一页
从此，在美的历程的寻觅之途
未来的重荷又将由少男少女们背负
视线穿越几重缤纷的梦幻
探察人类灵魂美丽的瞬间
我们将永远肩负起这样的重任
人类美丽之旅的开拓者

别了，那曾经制约我的清规戒律
昔日的辉煌与过失
已滑向滚滚的历史车轮
抛弃吧，时代之必然
未来的潜规则在新新人类的思想中蔓延
意识飞跃几重未知的文明之巅
捕捉异域智慧生命审美的碎片
路漫漫其修远兮
吾将上下而求索
踏上灵魂自由的征途

——钱雯丽　于周二夜二十三时

在审美文化时尚中浸淫得透彻淋漓的钱雯丽，坚信并身体力行着自己的某些观点，就犹如对自身生命价值的认同，甚至在更多的时候会凌驾于生命的价值之上。

经过一系列高水平、大剂量、超强度、全方位、潜移默化式的思想诱导，钱雯丽在意识形态的一定层面已经认识到自己存在的某些问题，并有意识地着力纠正着。这正是钱金龙他们努力的结果，也是让钱金龙备感欣慰的地方。

在时间日复一日的交替中，钱金龙热切地盼望着所希冀的奇迹出现……

钱雯丽自从担任"学生心理健康宣传干事"后，在浑然不觉中她已运用所学的心理疏导知识化解了自己心中的部分疑团与困惑。在性格上逐渐趋向于童年时的开朗、活泼与好动。由情所驱，她开始光顾学校的运动场馆，参加诸如羽毛球、排球等运动项目。

由于运动量较以往加大，因此，她的饭量在原有基础上也有所增加。

39. 胃病与噩梦

又是一个周末，钱金龙和保姆一起忙里忙外地给雯丽张罗了一桌虽不算丰盛但绝对很有营养的晚餐。他们摒弃了油煎热炒的传统做法，以避免造成营养损失，也避免油煎中产生的有害物质对身体造成的危害，而是运用煲与蒸的方法，加工制作各色食品。

经营养师指点后的钱金龙，对食品营养学的研究，从某种意义上讲，是远在一般的厨师之上……

他不仅是一位叱咤商海、经验颇丰的董事长，而且也逐渐成为一名讲究饮食营养、体现食疗文化的美食专家。

准备好晚餐的钱金龙静静地坐在客厅的沙发上，不停地眨巴着眼睛，略显紧张地看着墙上的挂钟，那"嘀嗒嘀嗒"的声响，犹如一股奇异的力量，正无情地撩拨着他慌乱而紧绷的心弦。

那短短的时钟与长长的分钟所处的位置，是该到女儿下校车回家的时间了。

钱金龙左右轻轻地晃了晃结实的躯体，这情景多少让他有些坐立不安。

他看了坐在不远处的保姆一眼，似乎想说什么，又似乎无话可说。保姆被这种目光笼罩着，有些窘相。于是，她悄然地低下头，看着放在膝上的手指，并不时地搓弄着食指。几分钟后，她像是明白了什么似的，快步走到屋外，伸长脖子，使劲地张望着。钱金龙紧盯着保姆移动的身影，像是被她的什么东西牵拽着，他的目光由室内移到室外，那被灿烂阳光照耀着的保姆身上。

"回来了，雯丽回来了！"

保姆一声惊叫，钱金龙顿时扯回思绪，在大脑皮层的兴奋下，他挺身朝向大门冲去。

女儿身着浅蓝色的校服，手拿羽毛球拍，蹦跳着、笑容灿烂地正冲着父亲钱金龙发笑。钱金龙瞧着女儿这种久违了的开心表情，从中读懂了女儿的心情，同时他也惊喜地发现了女儿的变化⋯⋯

他在心中不由得默默地对"朋友爱人的表哥"表示深深的谢意。

钱金龙面带微笑，热情洋溢地注视着女儿，亲切地询问道："在学校过得怎么样？羊奶够不够喝⋯⋯想回家了吧！"女儿莞尔一笑，有些悻悻地抿着嘴说："又是这几句，都成台词了！""不是吧？我怎么没觉得！""我长大了，请爸爸放心⋯⋯"

"噢，快进家⋯⋯准备开饭！"

今天的晚餐可能是做法独特的缘故，清醇可口的饭菜，迎合了女儿雯丽的胃口，也可能是新鲜感使然。她的胃口"大开"，吃了满满两小碗，这已经是很不错的表现，比起以往此时的饭量，已大了近两倍多。

钱金龙看在眼里，心中不由得一阵窃喜。

他不敢多看女儿一眼，唯恐打搅正处于平静心态中不知不觉进餐的女儿。他自己则低着头，缩着颈，万般小心地吃喝着，还故意吃出些声响，表现出津津有味的样子，企图用自己的行动所营造出的这种食欲氛围去刺激女儿的胃口。

女儿在时断时续地吃着⋯⋯

钱金龙在心中焦急地叨念着："女儿⋯⋯吃吧！快吃！再吃一口，上帝保佑⋯⋯再吃一口⋯⋯"

两小碗过后，钱金龙紧张地期待着，祈祷着⋯⋯

女儿果然不负所望，她又徐徐地端起碗，盛了起来。

钱金龙大喜过望。他微微地看了女儿一眼，温柔，还有些腼腆地抿着嘴笑了笑。此刻，他的额头上立时渗出了涔涔的汗珠。他下意识地用手背拭了下额头，又低着头，带着响声地吃着。

女儿吃完第三碗，钱金龙再劝时却怎么也劝不动了。女儿隔着衣服，摸着圆鼓鼓的肚皮，带着餍足感，笑眯眯地说："今天又吃撑了……"

钱金龙笑而不语地看着女儿，对于女儿今天的表现，他已知足了。

他看着桌上的饭菜和身旁的女儿。半响，才若有所思地说："吃完，爸爸陪你到外面走走。打打羽毛球怎样？""好呀！我在学校练的，提高了不少……"

在别墅的小花园里，向西，能看到隐去半张脸的太阳，余晖的万道金光映红了天边的朵朵白云，形成了一幅美妙的落日图卷。

钱金龙惆怅地向西边端瞧了一会儿。

这时，一阵丝丝的凉风吹来，温暖、惬意、舒适之感从钱金龙的心底暗暗升起。他怀着无比爽朗的心情，陪女儿在青翠欲滴的草坪上踱着方步，并满怀深情地对女儿说："今天的天气真好。"女儿笑着"嗯"了一下，接着又补充道："咱们玩羽毛球吧？这是你的球拍。"她蹦跳着倒退几米后，左手一扬，右手挥过球拍，嘴里喊叫："老爸！接球！"

钱金龙在一片慌乱中接过球，一种幸福的喜悦感顿时传遍全身。

他幻想着：仿佛自己进入了时光隧道，时间倒流到十几年前。就在这块草坪上，就在这个位置，他和自己心爱的妻子，现在是那杂种的女人，也打过羽毛球。实在记不清有多少次了。那时候，他们还没有雯丽，前妻邢嘉琪还是一位少女，活力四射，风姿绰约，性感迷人……

在这里，不知给了钱金龙多少个销魂之夜啊……

他越想越激动，越想打得越起劲。

渐渐地，他不由得把女儿幻化成当年的邢嘉琪，一下子进入到一种无比幸福的境地。

"老爸，能不能让让我！……要打死我哩？"女儿边捡球，边大声地发着牢骚。

钱金龙猛然清醒，他迅速佯装出接不住球的样子，顺便还表现出因接不住球动作显得失控的滑稽之态。逗得女儿哈哈大笑，她激动的泪珠都从眼角滑落到青青草叶上。

突然，钱金龙看到女儿佝偻着身躯，面色有点儿苍白，她半蹲半站地伫立在那儿，起初还以为是笑弯了腰。而后钱金龙才意识到，女儿真的是直不了腰。他大惊失色地冲过去，丧魂般喊道："怎么了，雯丽？"

"肚子痛！"

"肚子痛？"

"往下坠得痛！"

"……"

此时，钱金龙才陡然意识到女儿已下垂了十多厘米的胃。这种病，医生曾经告诫过，吃饭不能太饱！饭后不能有太剧烈的运动！但又要适时地锻炼身体，尤其是要着重对腹肌进行锻炼……

医生告诫过的禁忌，自己怎么一高兴就忘记了呢？真是……

钱金龙爱怜般心痛地看着女儿，不由得自责了一番。

通过电话，按照医生的吩咐，他迅速将女儿搀扶到家里，让她平躺在床上。在经过敷贴等一系列措施后，女儿很快就能下地走路。除有些不适外，坠痛的症状消失。十几分钟后，钱雯丽又逐渐恢复到常态。

经过这样的遭遇，外加钱金龙的精心呵护，钱雯丽从此变得格外小心，这种过分的小心，于病况是不利的。一方面，她堂而皇之地找到一个在任何时候都能拒绝吃饭的理由，毕竟这个时代仍然崇尚女性以瘦为美的审美标准，这种时尚的审美洪流还无时无刻地冲击着、浸染着钱雯丽的心灵，尽管她进行过心理咨询，尽管她还是位"心理健康宣传干事"，处在这样的时代，倘若你自身没有抗体，未能获得这方面的免疫能力，仅凭采取的某种措施，这又有什么用呢？另一方面，本来就对体育锻炼不太感兴趣的钱雯丽，出于病情的顾虑，就更加害怕锻炼，虚弱的体质自然也就更加深了病情。

我们的主人翁钱雯丽及她的父亲却浑然不觉……

这样，钱雯丽无意识地陷入到一个恶性循环的泥潭。浑然不解的钱雯丽，随着胃病的加重，开始对自己的身体感到迷茫，她不知道是该瘦点好？还是该胖点好？

在自身的审美问题上，由于受不同要求和标准的影响，她完全迷失了方向。

……

于是，她开始觉得有些无所谓了。

无论是来自父亲、长辈、朋友、老师、同学等方面的审美要求，她都充耳不闻，放任自流。

钱雯丽的这种心理变化，我们很难断言或判定它是好的或是不好的。好坏问题是只能放在某一特定的审美标准、审美环境或情境下进行评判才能得出的结论。标准太复杂，结论自然就丰富多样了，这是一般的常理。

钱雯丽似乎明白这些道理，所以才出现她对一些事情开始无所谓的态度，这是她的心理决定，也是她的心理反应。

而对女儿身体绝对不能无所谓的钱金龙，经过严肃、认真、慎重的考虑，一种后怕，甚至是一种恐惧感，便时时萦绕在他的心头。女儿生命的全部意义、未来发展、身体状况的信息正以各种形式，充溢在钱金龙的内心、灵魂及意识的深处，几乎左右了他的精神世界。

这种强烈而结构成分极其复杂的父爱，是在前妻移情别恋后，一直洁身自爱的钱金龙在生理及心理上的衍生物，他不知不觉地将自己生命中的全部爱，都统统倾注到女儿身上。因此，可以这样说：钱金龙对女儿钱雯丽的爱，已彻彻底底，渗透到周身每一颗细胞核之中。

钱金龙觉察不到，钱雯丽也感受不到。

钱金龙蒙眬中觉得：那是在一个地旷人稀，类似于天涯海角的边陲小镇。那里，天蓝地绿，芳草依依，丛林环抱，泉水潺潺……优美的景色，宜人的环境……正是能让人的本性得以痛快展露的人间天堂。

在那里，只居住着他与邢嘉琪……

有一天，天气尚好，温热晴朗。

钱金龙突然觉得自己周身燥湿，情浓至极……

其中一个自己说："你应该娶她为妻！"于是，他不由自主地向邢嘉琪求了婚，她居然答应了。钱金龙一把将嘉琪揽在怀里，在她额头上轻轻地吻了几下，像西方电影描述的那样，托起自己的情人，走向卧室。

那是一个明朗、清晰的处所，能令人记忆清新，历历在目……

钱金龙焦急而小心地抚摸着"情人"的手臂。在倏忽间，他们都变得赤条条。钱金龙没觉得纳闷，一切都似乎显得有条不紊，顺理成章。"情人"的面容俊俏，丰满匀称，前凸后翘，性感十足，正冲钱金龙浅浅地微笑着。就在一眨眼间，"情人"变得虽有点儿瘦骨嶙峋，但曲线有致，小巧玲珑，更有一番迷人靓丽的姿容。钱金龙定睛细瞧时，仍旧是位体态丰腴，敦厚可爱的形象。他心中不由得大喜，刚想上前，她却又幻化成皮包骨头的样子，这令钱金龙大惊失色。就在他的食指碰触"情人"的刹那间,她又恢复到壮实苗条的模样。钱金龙瞅准时机,一缩手,把精光光的"情人"搂在怀里。就在这一瞬间,一声炸雷般的吼叫传入耳鼓:"钱金龙!那是你的女儿!"第二个自己愤愤地说着,说完,便怒目圆睁地瞪着钱金龙。钱金龙惊得一个哆嗦,连忙推开"情人",发现那"情人"确实是自己的女儿。钱金龙带着哭腔一声惨嚎:"啊,我都干了些什么?都是爸爸不好。""什么好不好的?你并没有做错什么啊!"

钱金龙抹掉眼泪,仔细端详。原来,刚才抱在怀里的确实是前妻邢嘉琪。钱金龙抖着身子不解地问:"嘉琪,你,你什么时候回来的。刚才发生了什么事?你,你怎么会在这里?到底发生了什么事?""我,我本来就在这里。""不!你,你这个骗子。你不是跟着那个杂种跑了吗?绝情地和我离了婚吗?""是的,你胡说些什么啊?我是你的女儿,我爱你!我将来要生好多好多的孩子,健健康康的、聪聪明明的、快快乐乐的孩子。""不!不可能!绝不可能……"钱金龙吼了几声,一声比一声显得有气无力。这时,一道蓝光闪过,钱金龙看到一副骷髅架子在窗外面不远处的草坪上蠕动,吓破了胆的钱金龙大喝一声:"鬼呀,有鬼啊!"身体在一声惨叫中弹起,赤裸着,飞也似地狂奔着……

钱金龙独身躺在加宽的高级席梦思双人床垫上,双目紧闭,两腿摆弄着飞奔的动作,急速地运动着。轻柔的北极绒薄被如翻江倒海般抖动……

他蓦地停止动作,笔直地挺起身,坐在床上。他眨了眨有些发涩的眼睛,大口大口地喘了喘粗气。

良久,他才揉了揉额头,背靠在床头,若有所思地回忆着……

几滴不易觉察的泪珠正从他的眼角经面颊悄然滚落。

"我,这是怎么了?好似在梦中。好几年了……是到该有个女人的时候了……不知,雯丽她……哎!"他长长地吁了口气,喃喃地说。

他就那样愣愣地坐在床上,想着女儿的胃病;想着昨晚那个离奇的梦境;想着自己的前妻;想着自己未来的妻子;想着自己在为女儿寻求医治胃病良方中那些艰难的旅程;想着自己公司的未来;想着……

40. 陶然的藏头情诗

早上十点钟。

钱金龙静静地坐在客厅宽大的真皮沙发上。刚买不久的鹦鹉眨着圆溜溜的小眼睛，很警觉地晃了晃它那长有鹰钩喙的头颅，用可爱的声音向主人问道："早上好！"钱金龙很感兴趣地凑过去回应了句"早上好！"接着，他便顺手给鹦鹉喂了些食，又加了些水。

自从钱金龙辞去公司董事长一职闲暇在家后，鹦鹉就成为他最爱的玩物。他经常调教鹦鹉说话，还教些简单的英语，甚至还和鹦鹉开些玩笑。

他自觉乐在其中。

不知什么时候，鬼精的雯丽已悄然站在钱金龙的身后，笑盈盈地看着他说："老爸，早晨好！你又在逗鹦鹉玩啊？"钱金龙被这突如其来的声音吓着，头不由得抖了一下。转身时，他面带微笑，不好意思地看着女儿说："起来啦？睡好了没？""好什么啊？做了整晚的梦，紧张死了。"钱金龙听后不觉一惊，他情不自禁地反问道："你昨晚做梦啦？""是呀。这有什么好奇怪的。只是，梦的内容有点儿奇怪！"钱金龙想着自己昨晚的荒唐梦，焦急地盯着女儿问道："什么梦？""我……我梦见我有了后妈，她对我挺好的……后来……""后来怎样？""后来，我妈回来啦……然后，你们仨在吵架……"

钱金龙舒了口气，非常感兴趣地听着……

等女儿讲完后，钱金龙陡然沉下脸，微皱着眉宇，询问道："你梦见你有了后妈，你还高兴？""亲妈不要我……有个后妈，这才是个完整的家……""完整的家？……"钱金龙微声重复了几遍，顿时两眼便绽放出几道恍然大悟后的光泽。接着，他亲切地对女儿说："宝贝，咱们吃早饭去。"

钱金龙在漫无边际地回味女儿的话外之音时，心里不由得洋溢起暖融融的舒服感。

说来也巧，此时电话铃声响起，是公司大股东尹老的电话。

"尹老您好！好久没联系了，最近身体可好？有什么事吩咐要做吗？""我倒没什么事，只是你的事让我牵挂不下。上次给你提的女孩，人家非你不嫁。孩子的工作做得怎么样了？""现在，孩子不成问题，只是……"

"只是什么？""年龄不配啊……""都啥年代了，还有差三四轮的夫妻，你们差不到一轮算什么啊。我都给你提过三四次了，人家可是位痴情女子，钟情于你，与嘉琪不同。你可不要伤了人家的心，先见个面好吧？就这么定了，不见不散！""这……"尹老挂了电话。钱金龙怔怔地将话筒举在耳边，愣在那里，说不上什么激动，也说不上什么忧伤。

此刻，他的大脑一片空白……

良久，在钱金龙的内心深处才逐渐泛起几缕青春的朝气，它在心海里徐徐地升腾、扩散……浸染着他的肌体和灵魂。而后，他眨了眨正在不断充满着活力与朝气的眼球，有一种说不出道不明的喜悦之情，霎时在他的眉宇间淡淡地展露出来。

雯丽看到父亲的神情，以为发生了什么事，她焦急地询问道："老爸，谁的电话？"

"没，没什么……是你尹伯伯的电话。"

"哦？"雯丽微微地皱了下眉头，转身去了书房。

钱金龙怀着浓浓的心事在客厅里踱了两圈，接着又无聊地伺候自己的鹦鹉去了。

在书房。

雯丽正全情投入地欣赏外国名著，蓦地被一阵恼人的短信铃声惊着。她极不情愿地拿起手机。

打开短信，首先映入眼帘的是个方形图案：分上下两部分，上部为111，下部为101。这使钱雯丽又不自觉地忆起半年前在学校流行过的对男性与女性的代称，后来这种不雅的代称很快就销声匿迹了。而今出现在她手机上的这种在原有基础上的创新组合图形，又让她……当思想单纯、保守的钱雯丽看懂之后，不禁有些面红耳赤起来，她多少显得有些慌乱……她本想立刻删掉这下流的短信，但手还是情不由衷地摁了翻页键，眼前的情形大为改观，是一首优美的抒情诗：

我似火的热情澎湃万丈

不容置疑的真心似一轮皓月
能照出我对你的挚爱
梦寐以求的奢望
没有什么诱惑
可以让我停息追求的脚步

有时间可以作证
流逝的沧桑岁月
定会在我轻轻的一吻中
焕发出勃勃生机
你美丽的容颜
定格在我的双眸里
绽放出更加诱人的光彩

　　钱雯丽在津津有味地欣赏诗作之余，细看里面加粗了的字，不由得吃了一惊，竖着念居然是"我不能没有你"。此信没有落款，号码也不在认识之列。
　　钱雯丽看着想着，忽而觉得呼吸一阵紧促。情急之下，她迅速按了删除键，并随手将手机扔到书桌上。心绪有点儿杂乱的钱雯丽再也看不进书。她索性将书合上，听起了流行音乐。
　　大约过了四十分钟，手机短信的铃声再次响起。钱雯丽怯生生地端起手机，疑惑地打量着、思忖着……钱雯丽慢腾腾、小心翼翼地打开短信，这次是朋友唐晓慧发来的。当她看到熟悉的手机号码时，顿感神经松弛了许多，而当她轻快地瞥过显示屏后，神经又立时紧张起来。
　　"看到短信了吧！那多有创意！是我男朋友发给我的……怎么样？"
　　雯丽看罢，有种无名的怨气从心底腾地升起，她真想狠狠地骂唐晓慧几句。但此念头一闪而过……她霎时又觉得：这没什么，这是他们之间的事情，和自己并无关联，自己只是在分享朋友的感觉而已，又何必动粗动怒呢？想到这里，她的心情渐渐平静下来。接着，她不自觉地拿起手机，从废件箱里调出刚才删除的短信，打开又重新看了一遍。
　　那方方的图形，在钱雯丽凝神的片刻间，仿佛在她的脑际幻化出唐晓慧和陶然，男在上女在下的壮观场景，这就是男女之事。有关造人之法，钱雯丽在以前学的生理课中也了解过。至此，她对自己从哪里来以及男人女人为什么要结婚等等小时候经常困惑的问题有了较为明晰的认识。

唐晓慧发在她手机上的四四方方的图形，就是造人的方法及过程。

钱雯丽坦然地看着图案，又坦然地进行了一番创造性的思考……

不过，在她心中激起的涟漪，随着思考的终结而终结，又消失得无影无踪。

此刻，她正心平如镜地礼节性地回复了短信，用平平淡淡的语气说："收到！谢谢。"

周一的中午。

喝完羊奶的钱雯丽正呵着气朝教室走去。她远远地望见唐晓慧迎面而来，大脑中顿时映现出手机短信里那方方正正的图案，进而臆想到男上女下运动着的一对儿人体，她自感有些不好意思。

于是，钱雯丽有意地放慢了脚步，思忖着该如何绕过唐晓慧。眼尖的唐晓慧早就看见了雯丽，她正加快脚步朝着钱雯丽走来。

"看来是躲不掉的！"钱雯丽边想边硬着头皮和她搭讪着。

也说不上什么缘由，在同宿舍的几位同学中，她和唐晓慧的关系最为密切。晓慧不仅长得漂亮、苗条，而且心直口快，和雯丽无话不谈。雯丽虽看不惯她的一些做法，也或许正是因为这一点拉近了她俩的关系。

唐晓慧笑嘻嘻地打完招呼后，还神秘兮兮地凑近钱雯丽的耳边说："我手机里还有几则成人笑话，你想不想看？"钱雯丽灵机一动赶紧打岔道："不！不想看！那有什么好看的？怎么一个人？""哪能呢？陶然已在餐厅打好饭等着我。我们都快成一家人了。""这几天学校在查早恋，你们也注意点……""怕什么？又没犯法。能把我咋的？"唐晓慧几乎是咬着牙恶狠狠地说着，语气坚决而肯定。

钱雯丽看着她翕动着的厚嘴唇，不知该说些什么好，她扭头看着花圃中的青青绿草，随口应着："那你赶快去吧！"唐晓慧一扫刚才的狠相，用甜甜的声音微笑着说："好吧！你也要多注意身体！"

钱雯丽无数次目睹过唐晓慧面部的风云变幻，对此她已习以为常。此时，她正惦念着早上的几道作业题，她思索着便来到了教室。

41. 戴雯雯婚嫁钱金龙

此刻，在市区的一家普普通通的咖啡屋，在尹老的精心安排下，钱金龙正和那位非自己不嫁的老处女戴雯雯幽会。

坐在钱金龙对面的女子，眼大眉浓皮肤白皙透红，甲字形脸在一头波浪形卷发的烘托下更增添了几分妩媚与风韵；女子个儿虽不及嘉琪高，但胸部爆满，腰细臀阔，身材比嘉琪有过之而无不及；她单手托着下颌，眨着动情的眼睛，久久地凝视着钱金龙，嘴唇有点儿翕动，似乎做好要倾诉心肠的准备。她挺了下腰，伸了下脖子说："金龙，今天我们是第九次见面。前些年，在城市中心公园第一次和您打过招呼，您很热情，很潇洒。于是，我就在那一刻喜欢上您。后来，又碰到过几次，但您没认出我，还是给了我极深的印象。后来，我越发喜欢您，到不可自拔的地步。尹老是我老乡。近来，他讲到你的婚姻很不幸。我听后还大哭一场，我不知是喜还是悲，像您这样优秀的男人，在婚姻上不应该遭遇那样的磨难。这或许也是老天爷给我的机会，是让我能拥有您的机会。你说呢？金龙……"

钱金龙不好意思地看着戴雯雯，似乎被她的述说所感动，他慢吞吞地说："小雯，你真是位善良的好姑娘。我配不上你。""年龄并不是问题，只要我们是真心的。""这……""我能理解您的苦衷……我是真心爱您的，和任何人都不同。我现在的公司规模并不亚于你的。到时，咱们联手搞个集团公司，扩大经营。我一切都听您的。""你还是保留你的公司，那是你发挥才能的人生舞台，我不想干涉。像你这样的好女子，在现在这样的社会太少见了，好人哪！你喜欢我，是我的福分。""像您这样的实在人，大老板，也太少见了。我们还是有些共同之处的。""是吗？那太好了！"

钱金龙两眼放光地端详着对面的戴雯雯，似乎有千言万语想要诉说，戴雯雯也用同样的目光回应着。

钱金龙有点不好意思，他连忙打岔道："咱们到外面走走。"

"好吧！"戴雯雯爽直地应着。

钱金龙和戴雯雯交往了三四次后，俩人的关系便基本确定下来。

钱金龙想在近期把他和戴雯雯的喜讯，试探性地告诉女儿，以察女儿的反应。

这天，钱雯丽正好在家。

戴雯雯来的时候，雯丽正在书房。她是听保姆说家里来了客人，还是个女的，这让她感到很好奇，也很兴奋。父亲的应酬多半是在外面，因此，有很长一阵子，家里没有来过客人，尤其是女客人。

在好奇心的驱使下，钱雯丽扔下手中的什物，兴冲冲地来到客厅。

女客人正坐在客厅的沙发上与父亲面对面交谈。钱雯丽的出现也让钱金龙和戴雯雯的眼前为之一亮。

钱雯丽对戴雯雯的初次印象是：漂亮妩媚，丰腴有致，个人气质不属于香娇玉嫩的那种，而属于富有社会经验的那种成熟女性，吸引眼球的突出身体部位是她饱满高挺的胸部。雯丽还疑惑于她怎么就能长出那么一对挺拔的双乳，简直比自己的母亲有过之而无不及，再想想自己……大有相形见绌之感。

而映入戴雯雯眼帘的则是位透溢着浓烈书卷气的清瘦小女生，虽稚气未脱，但眉宇间总放射出富有理智的聪慧光泽。从外表看，她的身高及体重显然与年龄不相符，看上去更像是位初中生。像她这样一位清纯可爱、小巧玲珑的小女生，定会让任何人看后会顿生怜爱之心的。

此时此刻，戴雯雯很自然地对雯丽生出许多的好感来。她连忙站起来，用无比欢欣的目光和温柔悦耳的声音，甜甜地说："这是雯丽吧！来！来！快坐到阿姨身边……小靓女一个……又聪明又懂事，你看阿姨给你买了身衣服，作为咱们的见面礼。"

钱雯丽大大方方地接过礼物，满心欢喜地盯着戴雯雯俊秀的面孔，仔细打量着，说不上什么具体原因，雯丽对戴雯雯仅一面之交便产生了好感，这或许是一种缘分。或许是由于雯丽缺失的母爱能从戴雯雯这里得到补偿，甚或是一种心灵的慰藉，情感得到满足后的一种欣喜心绪，或许是由于因长久生活在缺失女人关爱的畸形家庭中，她的心灵受到重创后所引起的一种心理反应，也或许是想改变父亲孑然一身的痛苦生活，进而成全他俩琴瑟之缘的一种美好臆想。种种想法都在雯丽的脑海里带着欢愉的幸福感一闪而过，撩拨着她久久沉闷了的大脑细胞。此时,有一种念头在雯丽的心底骤然明晰起来,她希望有像这位阿姨一样的女人,在她的家里,最终成为这栋别墅的女主人。

雯丽的想法很快便毫无遮掩地在她的脸上表露出来,是那样直接,那样灿烂。

她带着羞怯、非常懂礼地呢喃道:"谢谢阿姨! 你们慢慢聊,我去书房。"

戴雯雯本想挽留住雯丽,没能留下。钱金龙见状,笑盈盈地解围说:"就由她去吧,她现在学习很忙。"

戴雯雯用柔和的目光端详了一会儿钱金龙,而后又瞅了瞅雯丽,她始终都抿着嘴点头微笑着。

雯丽去了书房。

在偌大的客厅就只剩下钱金龙和戴雯雯。他俩相视而笑,一时都想不出可说的话题。钱金龙抬头看了眼戴雯雯,目光掠过她那鼓鼓的胸部,心底里就不由得擦划出几道激情的电弧,伴随着一股燥热感,向周身散射般蔓延。钱金龙稳了稳神,故弄深沉地说:"那孩子就是这样,学习迷! 哎! 就是被胃病搞垮了身体。"说时,钱金龙的脸上不由得流露出几丝惆怅和无奈。

钱金龙的心思,戴雯雯了解得一清二楚。她看在眼里,痛在心里。

戴雯雯挪身坐到钱金龙的身边,几乎是偎着他说:"没事! 咱们为她治病,请世界上最好的医生。你要相信现代医学,她会好起来的!"当她用饱含真情的目光注视钱金龙的双眸时,四目相对,钱金龙竟流下理解与感激的泪水。钱金龙怀着极其复杂的心绪,向戴雯雯肯定地点点头,而后,他又补充道:"谢谢你! 你太善解人意了。"

这天,钱金龙异乎寻常地高兴。

从半天时间的观察来看,雯丽在内心不仅接纳了戴雯雯,而且还表现出浓烈的好感来。

钱金龙心知肚明:这一切能顺利发展,全然是天作之合。至此,他心中那块沉重的顾虑包袱现在得以释怀了。

续弦一事让钱金龙觉得天随了人愿。尤其是,上帝安排他遇到了一位非他不嫁还有一定经济实力的老处女,这就更让他感到忐忑不安,他不知该如何好好地对待她。他是位有神论者,尤其相信有超自然的神灵存在。因此,他在心中已祷告过无数次,也祈求保佑过无数次,而今,居然应验了,这不能不使他感到万分的惊喜。

早年婚姻败挫的阴霾，霎时一扫而空。他仿佛又年轻了二十岁，对生活充满着无量的激情与活力。

吃过钱金龙亲自下厨的晚餐。晚上十点，钱金龙送走了戴雯雯。

他俩关系发生质变是在此后的第三次"幽会"。

钱金龙应邀，与戴雯雯一行去洽谈一个工程项目。谈判进行得很顺利。之后，他们在一家西餐厅共进晚餐，说了许多情意缱绻的心底私语，俩人的情绪都受了很大的鼓舞，显得更加心心相印。十点钟，他们驱车到戴雯雯的住所，相拥长吻。就是在这一夜，钱金龙得到老处女戴雯雯的丝丝温柔。而她，也最终完成了由处女到女人的转变。这其中，让钱金龙感觉惊骇的是：在现代社会中，素有老处女之称的戴雯雯，竟然还是真正的处女，这多少让钱金龙有些手足无措。虽然他对她是不是处女并无奢望，只求能得到些纯真的感情来弥合婚姻破败后的心灵创伤，想不到，想不到他得到的是这样的十全十美，是这样的弥足珍贵。

这不由得使他又一次想到了上帝。

他俩的婚礼是择在一个吉日举行的。盛大、喜庆、热闹，几乎本市所有的商界名流都到场表示了祝贺。在当天的报纸上也刊登了他俩结婚的新闻消息。

至此，钱金龙那原本缺乏生气的别墅，在新女主人的安排设计下日益焕发出勃勃的朝气；钱金龙本人也在女主人情感的滋养下，不断展露出原有的青春与活力；雯丽则在和谐家庭氛围的熏陶下，病情趋向稳定，且有好转的种种迹象。这，无疑是钱金龙夫妇所希冀的，也是所有善良的人们所期望的。

不过，到此我们的故事并没有完结，相反，新的序幕正向我们徐徐地展开。

钱雯丽很喜欢戴雯雯说话的声音和做事的方式，她能给这个家庭带来无尽的欢笑和彼此心灵的慰藉，这让雯丽充分体验到家庭的温暖和幸福。

在婚后的第一个周末，戴雯雯以这栋别墅新女主人和雯丽继母的身份第一次下厨为全家人做了团圆饭，保姆只给她打了下手。雯丽几次冲动，想过去帮忙，都被继母婉言谢绝。在继母眼里，这是一次具有划时代意义的晚餐，应该由她亲自来完成。

戴雯雯这样固执地认为着，也身体力行着。

雯丽非常兴奋、激动、骄傲地看着继母在厨房里忙来忙去……

戴雯雯的菜，道道色鲜味美，或清脆醇香、或酥软可口；或滑爽益腑、或健脾养胃。精美的饭菜，几乎使出了她浑身解数，也发挥出她最好的水平。

当雯丽看到如此美味如此丰盛的晚餐时，竟禁不住舌根生津，这是她极少有的生理反应。她强忍着想吃的念头，焦急地等待着团圆餐开始的那一刻。

这一餐，对雯丽来说，是新的家庭生活的开始；对戴雯雯来说，是以继母的真正身份，第一次为全家，特别是为雯丽精心准备的周末团圆餐。

餐桌上，戴雯雯体贴入微地为雯丽夹菜，又含情脉脉地为钱金龙添饭……整个就餐气氛和谐、安详、其乐融融。

雯丽很喜欢这样的家庭氛围。

或许是因情绪的使然，雯丽的胃口"大开"，食量"大增"，她吃了几口菜，竟也喝了两碗粥。其实，她还是没怎么多吃的，只是对吃的兴趣显得比平常浓点而已。钱金龙看到女儿的吃相，蜜饯浸泡过的心甜美得难以言表，他一直面带微笑，怔怔地看着女儿。雯丽在第二碗粥下肚后，便感觉胃坠胀得隐隐发痛，此时她的脸色有些难看了。当戴雯雯看到雯丽的脸色变惨白后，惊恐地用眼光向钱金龙示意，处在幸福美感中的钱金龙差点被愉悦的生活冲昏了头，几乎淡忘了女儿已达重度下垂的胃。此时此景将钱金龙的思绪拉回现实，他以无比痛苦、无比爱怜的目光急切地看着女儿，失声询问道："宝贝女儿……这又怎么啦？……"

雯丽的病症与以往相似。

钱金龙轻车熟路地处理完毕，在一阵忙乱后，他忍不住长长地吁了口气，在不经意间，有几滴苦涩的泪珠从眼角滚落下来。他面部的这些细微变化，戴雯雯看得真真切切。她难过地瞧着丈夫，一时语塞，竟不知该说些什么好，她只好用挂满泪珠的眸子默默地注视着，相互凝视着……

而后，戴雯雯拖着沉重的脚步，走到钱金龙面前，低头自语道："这，都是我的错。"

"你做得很好，我很感激你。这事，根本就与你无关，你不要难过。"

"应该给她看病。"

"国内什么样的一流专家都请过了，他们也都无能为力。"

"国外有没有更好的胃病专家？"

"我正在联系……"

戴雯雯真情地瞧着钱金龙，四目相对，炽烈的情感通过目光的传导，两颗颤动着的心紧紧地连接在一起。戴雯雯环抱着钱金龙发福的厚腰，头左倾奄拉着依偎在他的胸前。

雯丽的突然发病，虽把团圆餐搅得一塌糊涂，但钱金龙却从这件事中看出戴雯雯的真爱。不管怎么说，他还是痛苦并幸福着。

十五天后，戴雯雯在朋友的朋友的引荐下，在互联网上认识了目前世界上治疗胃病的权威专家。紧接着，她与钱金龙又通过网络，对这家医学科研机构做了更为详尽的了解。

两天后，钱金龙带着女儿雯丽远渡重洋到那家医学科研机构，进行了为期六个月的胃病治疗。

雯丽的病情牵动着学校领导的心，更牵动着班主任甄爱升老师的心。

在得知钱雯丽要远渡重洋治病的消息后，甄老师立刻挥毫题写了"潜心养病，共祝康复"的横幅书法赠予雯丽同学，并叮嘱她一定要听从医师的教导，配合治疗。

钱雯丽在深深的感激中欣然应诺。

临别时，她还得到好朋友罗纯纯的一个笔记本，其扉页上的一首小诗，淋漓尽致地表达了310室友们对钱雯丽的眷眷关切之情：

> 春秋二度同窗情，
> 依依惜别藏在心。
> 莫道去君逾千日，
> 梅花开时寄相思。
> 汝罹病体牵众心，
> 情愫一片祈痊愈。
> 来年春回福寿日，
> 体康才溢盼佳人。

42. 唐晓慧的噩梦

自从钱雯丽休学治病后，班主任甄爱升老师牵肠挂肚了好几天，他是真心希望雯丽能早些康复尽快返校的。这不仅因为她是他的学生，更自私点说，是因为雯丽极有可能会在一年后的高考中卫冕状元，她有这样的能力，她是一位顶尖级的优秀学生。这样的学生，在教师的教学生涯中，是可遇而不可求的。

甄老师的想法假设能如愿以偿，那他在教师生涯中将会留下辉煌的一笔。为了这样的理想和信念，为了一种荣誉，每时每刻，他都在努力拼搏着、认真工作着……

今天，甄老师深沉地坐在自己办公室的电脑前，带着一种蒙娜丽莎式的微笑，静静地，愣愣地思索着。他那若有所思的专注神情，也犹如一尊新版的《思想者》。

五天后的同一时刻。

甄老师同样坐在自己办公室的电脑前，有些心乱如麻，也有些忧心忡忡。他根本没什么心思去想雯丽的病情，而是为他自己的事唉声叹气着。

他无奈地挪步踱到窗前，掏出那盒保存了许久的香烟，眺望着远处紧蹙着眉头，是一阵地猛吸。他大口大口地吞吐着浓浓的烟雾，不多会儿，他便被几层乳白色的烟雾包裹着，仿佛是腾了云驾了雾一般。末了，他又愤愤地将烟蒂砸向地板。猛地一转身，不顾及任何礼仪地大步冲到座位前，将死沉沉的背重重地摔到办公椅上……许久，他才微转头，瞥视了一下办公室，没有几位同事。这会儿，平常是应该有很多人的时候，怎么突然就没了呢？甄老师有点儿纳闷。他转而又一想，似乎是明白了什么道理。

昨天下午，学校开了将要实行综合性评教评学末位淘汰制的教育改革动员会，引起了所有教师的慌乱和惊恐。为了提高自己的绩效评价成绩，许多老师都纷纷行动起来。甄老师苦于社会关系的浅薄和"应对点子"的匮乏，加上对评价成绩过于担心，他有些茶饭不思，即便是在上课期间，也时常难以集中精力。他也听其他老师讲过：一定要讨好学生，甚至不吝啬去巴结学生，因为从某种意义上讲，老师的命运就掌握在学生手里。作为教师，只有该管的不管了，该说的不说了，该批评的表扬了，该纠正的默许了。似乎这样，学生才会高兴，才会投你一票。

甄老师虽不同意这样的观点，但也没有别的更好的选择。

甄老师呆呆地凝视着天花板，痛苦的表情布满面颊，他眯着眼，仔细回忆着自己曾经获得的类似省优秀教师、学科带头人的各项荣誉和作为班主任勤勤恳恳付出时的情景。

他就这样尽情回忆着，猜想着……

良久，终于有一丝儿不易觉察的微笑在他僵硬的嘴角闪了几闪。

几分钟后，他索性把这些恼人的思绪抛到脑后，戴上耳麦听起劲爆的摇滚歌曲。此时此刻，这种音乐，或许是他心灵最好的安慰剂，或者是麻醉剂了。

这几天，唐晓慧总是乐呵呵的，她终于可以和陶然光明正大地在校园里搂肩搭背了，根本不用担心被老师撞见。即便是撞见，老师也会热情地点头示意，表示"首肯"的。

在这段时间，唐晓慧不但做了几回媒人，促成了几对，而且还发展了她与陶然的关系，初步完成了自己由少女向女人的转变。她虽然不完全明白：这种转变意味着什么，会有什么后果。用她的话讲："觉得好玩，就是生活的一切！"

周二的晚自习。

唐晓慧捎话给值班的老师，说自己肚痛，不能上晚修；陶然则捎话说头晕，也不能上晚修。俩人相约到图书馆的公共阅览室秘密幽会。

公共阅览室，白天八点开放晚上七点结束。陶然不知从哪里弄得一把钥匙。晚七点后，他俩偷偷地溜进阅览室。借着月光，他俩到靠里的墙角处坐下。陶然后脑勺倚着墙脸朝着天花板；唐晓慧佝偻着身躯，低头斜视着陶然。在相距八九厘米处，俩人默然无语地相视对峙着。

十分钟后，唐晓慧突然打破沉默道："还记得那次咱俩在教室约会的事吧，那真是有惊无险啊。我发现你急中生智后，一些点子还是蛮特别的。"

"你这话就有些过了,那是没办法的办法。现在想起来,还挺后怕的,万一……""你是贵人相,不会有万一的。""贵人相?""我看中的人就是贵人。说你是贵人就是贵……"唐晓慧突然停顿住,她若有所思,良久又带着好奇感,不紧不慢地继续说:"听说,当时你还追求过钱雯丽?被人家拒绝了?"陶然愣了一下,继而又眨巴着眼睛回应道:"没,没有的事!没把握的事我才不会做!我的爱情观就是姜太公钓鱼,愿者上钩。这不,还是钓出一条美人鱼?"说时,就想抚摸唐晓慧的粉脸蛋。唐晓慧起初听得有点儿生气,听完,气又消解了一大半。于是,她一扬手,轻轻一挡,噘着嘴娇嗔地说:"别想着占便宜。人家在说正经事呢。哎!提到雯丽,不知病治得咋样啦?""不看就挺好的,省得去减肥。不过,真得胃病,还是要治的。她是个幸运女孩,有个有钱的父亲,真幸福。""后悔啦?""那怎么可能,女人就是好吃醋。学校领导、班主任对她都挺好的,好学生就是这样。听说甄老师还给她题了字?有这事?""可能吧!你看这几天学校搞绩效评价,老师们都快疯了,当教师真可怜,谁做谁倒霉!""你怎么菩萨心肠了,都像你我一样,老师不就更可怜了吗?有操不尽的心,还有责任。咱们以后要坚决改正。""我怎么啦?我是爱你才这样的,难道爱你有错吗?"

唐晓慧说时,便将头侧靠在陶然的胸前。他颤抖了几下,顿感周身的血液在沸腾,血脉在膨胀……接着,陶然顺势搂住了唐晓慧的腰……唐晓慧直起腰,在三厘米远的地方静静地盯着陶然。

这时,整个阅览室悄无声息。除了他俩的喘息声和怦然的心跳声,似乎还能听到空气嗞嗞的流动声。有几缕月光透过玻璃窗倾泻在地板上,用反射出的微弱光芒朦胧地照亮着周围的一切。陶然能隐隐约约地看到阅览室课桌椅的大致轮廓和虚无缥缈的固有色彩。对近在咫尺的唐晓慧的姣好面孔,他还能真切地看到……

陶然在观察中猛然发现,唐晓慧平静的眸子中突然放射出明亮的"光束",带着能量,直射进自己的眼睛。他从未感受过这样的目光,它是那样的炽烈,那样的富有穿透力,似乎已经看穿了他的内心世界。

他稳了稳神,仔细分析着、欣赏着那饱含了爱之能量和信息的情感之光。至此,他只觉得周身的血液沸腾到了极点。便蓦地,以闪电般的速度将唐晓慧更紧地更牢地揽进怀里。四片唇似有磁性般地粘在一起,深深地吻着……

这种幸福的美妙的感觉,不知持续了多久……

赶在下晚自习后宿舍楼门将要上锁的前二十分钟,唐晓慧和陶然才从阅览室里小心地溜了出来。

唐晓慧回到宿舍,众姐妹已经洗漱完毕准备就寝。

唐晓慧顾不上招呼,到冲凉房匆匆洗了澡,便像泥鳅一样滑进被窝。她想在床上再次温故刚才的感觉,于是微闭着双眼,带着表情回味着。

熊莹雯看到唐晓慧躺在床上面有赧颜,似乎想起了什么,便顺口问道:"病好些了吗?""好多了!""做女的就是这样,肚痛是常见病。"

唐晓慧莞尔一笑,点头应着。

恍惚间,唐晓慧好像记得:她是与几位同伴到街市去购物。她们从繁华的闹区拐入坊巷街町,去搜寻出售个性化物品的小摊档。好像是迷失了方向,她们左拐右拐后,便不知东西南北了。她们出了一条町巷,不知怎地就来到一个清幽死寂的空谷。唐晓慧左右环视时,已不见同伴的踪迹。她急忙返身寻找来时的路,只见周围皆是黑森森、连绵起伏的一抹轮廓,说不清是山峦还是森林,它们是那样密密匝匝地包围着自己。从天色看,像是在明亮的月夜,又像是在发生日全食的白昼。总之,感觉是那样的朦朦胧胧。唐晓慧再一次认真地环视周围,还是空无一人。

此时,有一种说不出的恐惧感从她的心底滋生、蔓延、升腾、扩散开来,身体也不由自主地战栗起来。

就在此时,一声洪亮高亢、深沉伤感的吼叫从不远处的山口里传来,似炸雷般在唐晓慧的耳边鸣响,她一时被这突如其来的响声惊吓着。虽然内容听得不够真切,但这也足以吓得她两腿发软,差点儿跪倒在地。

时隔不久,那种划破寂静、久久回荡在空谷里的恐怖声音再次响起:"还我儿回阳间!"那长长的拖音一直在山谷里瓮声瓮气地迂回震响,更增加了几分恐惧的气氛。

唐晓慧鼓足勇气,略微伸直了腰,仔细地眺望山口的方向。只见一行人正抬着一口棺材,迈着缓慢的大步,仆仆而来,扬起的浮尘在脚底下弥漫着,犹如驾着一团浊黑色的恶云,徐徐向前飘动。他们每向前迈一步,都会像船夫嘶喊号子一样吼叫:"还——我——儿——回——阳——间!"

大约十分钟后。唐晓慧蓦然发现:抬棺材的那一行人,正是朝着自己走来。她真想拔腿就跑,找个地方躲藏起来。就在这时,她激动地发现自己身边站着一位慈祥的老奶奶,她也正伸长脖子向那山口处张望。唐晓慧不知哪来的勇气,赶忙冲到老奶奶身边,恳求道:"我是你孙女,我是你孙女。快救救我……"说时,她便躲到老奶奶的身后。老奶奶突然转过身面无表情地说:"是的,别怕!我会保护你的……走,咱们回家吧。"

老奶奶牵着唐晓慧的手朝一个小岔路走去。唐晓慧感觉越走光线越阴暗,越走感觉越恐怖,似乎觉得空气中还散漫着尸体腐烂的臭味。唐晓慧眼前一亮,她终于看清了周围的环境,是望不到边际的墓地,有旧的,也有新的。唐晓慧顿感神经一阵紧张,她蓦地用力从老奶奶手里挣脱出来,拼命地向大路狂奔,她边奔边惊呼着:"有鬼,打鬼啊!"

她这一声吼叫,也把宿舍的其他几位给惊醒了。

罗纯纯倏地翻身开了灯。只见唐晓慧面带惊慌满头虚汗地喊叫着:"救救我,有鬼啊!"罗纯纯走到唐晓慧的床前,轻轻地推醒了她。大约过了十几秒,唐晓慧才缓过神来。她几乎是用哭声诉说道:"吓死我了,我梦见鬼啦,她拉住我的手不放……"罗纯纯听后满腹好奇地询问:"梦见鬼啦?鬼长什么样?""鬼呀,恐怖死了,和人长得一模一样……""鬼和人一模一样?那怕什么?""……梦起来就怕了……""哦?"

这时已是起床的时间。唐晓慧和罗纯纯顺便早早地起了床。她们洗漱完毕后,同宿舍的几位室友才慢悠悠地起了床。

早读后的课间十分钟。

唐晓慧找陶然叙说了昨夜的噩梦,谈到动情处,她不禁有些泪眼潸怅。陶然像一位大男子汉似地安慰了她好一会儿。临上课时,唐晓慧还没完全摆脱噩梦的阴影。于是,就与陶然坐在后排靠墙角的空位上。甄老师上课时,也发现了这一情况,他本想说两句,而后转念一想,到嘴边的话又咽了回去。他清了清嗓音,便开始了讲课。

唐晓慧从甄老师精彩的讲解中逐渐淡忘了对梦的回忆,她的情绪变得正常起来。她面色红润地盯着黑板,专心致志地听着。陶然意外发现唐晓慧粉面桃花的脸蛋和鼓鼓挺挺的胸部,不由得动了邪念,觉得全身莫名其妙地发热发胀起来。他看了一眼全情投入讲课的甄老师,又用手臂碰了碰唐晓慧,递过了一张纸条:

被旭日东升的霞光照耀着的我
要展开理想的翅膀去追逐心中爱人
那在心海深处性感的你
没有忧愁没有痛苦唯有快感和幸福的暖流
在你我的血脉中迅疾穿梭
两颗纯情之心结成天长地久的连理枝

唐晓慧看到陶然的纸条是一阵的欣喜。虽然诗中暗藏的玄机，她心知肚明，"我要你没商量"，但陶然的馊主意和良苦用意，她却不想点破。说到底，她喜欢被陶然所愚弄，这或许就是爱情的一部分。她缩回脖子侧转头低头问陶然："你真是位风流才子！""不敢当！"陶然不好意思地谦虚着。"意在'金龙摆尾'！"陶然听后有些懵然，他反问道："什么是金龙摆尾？""你自己的杰作！"他纳闷地取回纸条琢磨着。随即恍然大悟道："真是，我在创作时怎么就没有发现？那是鬼斧神工！神假吾手也，天意！"

陶然的热情迅速感染了唐晓慧。唐晓慧非常感兴趣地看着陶然，似乎已经被他的才华所折服。陶然一看时机成熟，在课桌椅的掩护下，手臂像蛇一样探进唐晓慧的裙底，在她的大腿根部轻轻地捏了一把。唐晓慧本能地一挺腰一夹腿，差点卡住陶然那双不听话的手。

他俩自以为这样的动作神不知鬼不觉，没想到却让站在讲台上的甄老师看得一清二楚。他蓦地停顿住讲课，两眼平静地看着陶然。陶然低下头，缓慢地摆正上身，驼个背端坐着。甄老师一时不知该说什么是好，他只是那样静静地站着。他头一次遇到这种情况，真没想到城里的孩子竟然开放到这等程度。他自己在想时，都不觉有些面红耳赤。他下意识地调整好情绪，又环视了一下教室，整体情况良好。陶然与唐晓慧也是一本正经地坐在那里，没有丝毫违规乱纪过的痕迹。甄老师像是突然清醒了似的，他站在讲台上，自个儿微笑了一下，引得全班同学都莫名其妙地跟着发笑。接着，甄老师轻微活动了下筋骨，清了清嗓子说："活跃下气氛，大家都是好样的，刚才讲的古诗句需要背下来，在将来的考试中有可能出考题。"

43. 甄爱升获评省优秀教师

　　下课后，甄老师有点悻悻地回到办公室，昏头昏脑地躺在办公椅上，脑海里不断翻腾着刚才上课时看到的那一幕，他在心中不断自语着："太过分了！简直不知羞耻！现在的学生怎么会成这样？是教育的过错？不，不！"他终于发出声来，是那样的低沉哀叹，像是从地底深层勃然冒出的声响，简短、肯定，又戛然而止。

　　他圆睁着双眼，紧锁着眉头，看着窗外的操场和更远处的群山。他似乎显得十分愤怒，又似乎显得无可奈何。

　　他机械地举起茶杯，豪饮了几口，然后用手背抹了抹嘴巴。接着，他打开电脑浏览起学校的重要通知，没有任何有关学生评教评学的相关信息。于是，甄老师忐忑着心，惴惴不安地点击着鼠标。

　　甄老师对这种评价结果过分在意又过分堪忧的态度，使他的心绪备受着折磨。他真有点儿麻木不仁地盯着电脑显示屏。突然，他发现右下角有图标在闪烁，有新的 E-mail，于是，他习惯性地双击图标，打开了信箱。

　　信是钱雯丽从国外发的，内容如下：

尊敬的甄老师：

　　您好！感谢您对我的厚爱！

　　您的题字就挂在我床头，它时时能给我以勉励和鼓舞。

　　回想起高中有限的生活，深深感觉到您的确是位学识渊博敬业爱生的好老师，我能以拥有您这样的老师而自豪。为了您的这份真情，我一定配合医生，接受治疗，力争早日康复。

　　医生说我的病本不是个病，就像眼睛患近视一样，到一定程度就无法彻底根治。我的胃膈肌悬吊力不足，才直接导致胃下垂到腹腔达十多厘米，属于重度胃下垂。除了要加强身体锻炼，或放置胃托以帮助缓解病情等必要的措施外，再别无他法了。

在国外已近两个月，我的课程也落下了不少，为此我很着急……如果我的病情得以稳定，我便很快返回学校。

顺祝您全家人幸福快乐！

您的学生　钱雯丽

甄老师读罢信，顿感心情爽朗了许多，刚才心中的阴霾顿时一扫而空。他抖擞了下身体，精神焕发面带微笑地挺直腰身轻敲键盘给雯丽回复道：

钱雯丽同学：

你好！来信收悉。谢谢你对我的评价。

得知你的病况详情，我深感痛心。这里我还是建议你要安心治病，不要错过治疗的最佳时机。听老师的话，一定要尽最大的可能把病治好。落下的课，到时我们给你补上。

切记，身体是主要的。代向你的父亲问好。

衷心祝你早日痊愈！

班主任甄爱升

甄老师满怀欣喜地回复完毕，却有几分惆怅地盯着显示屏发愣，他总是隐约地觉得心里乱得发慌，像是有股郁闷之气在意识里窜来窜去，使心情始终难以宁静下来。他试图运用心理学的些许放松方法，想尽力摆脱这种不愉快的情绪。结果，他失败了。似乎这些方法对他一时间都失灵了，都不起作用了。他也似乎觉得这些方法都只是对别人有用，只是开导和做别人思想工作的工具。他又似乎觉得，能让他忘掉烦恼的最好工具，就是听音乐，音量很大的劲爆的摇滚音乐。

他紧锁眉头，表情痛苦地将耳麦套在头上，顿觉有股强劲的旋律灌入耳鼓、深入大脑、进入意识的深处。他感觉有点陶醉般随着节奏轻微地晃动着脑袋，脸上还不时显露出不易觉察的笑容。他什么也不去想，更不想去做没写的教案、没批改的作业、没来得及完成与问题学生交谈的记录、没来得及撰写的教学札记。堆积的任务使他感觉到工作的繁重与劳累，这些需要做的事都没能激起他的工作欲望。他就是这样如痴如醉地听着音乐，心里盘算着，就这样得过且过罢了，如果领导来催促，他便即刻完成，对他来说，完成是件极容易的事，只是谈不上什么质量。他也不想要什么质量，因为他只想做个平庸的人，根本不奢望能功成名就。

功成名就，似乎对他很遥远……

他的思绪好像进入到混沌状态，许多颓废的念头一下子都在他脑海里滋生繁衍开来，几乎控制了他的心情。

他就这么情绪低迷地漫想着。身体犹如泄气的皮球，软软地耷拉在椅子上，足足有三十分钟。

"甄老师，电话！"

不知谁轻轻地推了一下甄老师，他在晃动中猛然清醒，头脑发胀地听到"电话"二字，便机械地从椅子上弹起朝着电话机冲去。

他轻轻地端起话筒，尽量用温柔和富有涵养的声音询问着。电话是教务主任打来的。甄老师立刻清醒地警觉地聆听着话筒里的每一个字眼，大脑迅速地旋转着，思考着每一字每一句的内涵。不多一会儿，他的双眼便开始敏锐地翻转起来，还不时焕发出熠熠的光泽。接着，他几乎是用饱含了兴奋与迷茫两种琢磨不定的眼神，扫了一眼办公室，然后，匆匆离开，径直去了主任办公室。

甄老师有些忐忑不安地坐到主任面前。

"老甄呀，恭喜你啦！这次综合性评教评学，全校所有的老师中你的分数最高。经校长办公会议研究，决定申报你为省优秀教师。这是些表格，你把它认真地填写下。另外，在表彰会上，你要作为优秀教师代表发言，讲话稿，你也得准备下。"甄老师瞪大了双眼，因激动而语无伦次道："这是吗？太好了！谢谢！"

甄老师只觉得心胸在猛然间豁然开朗起来，似乎有一道带着喜悦能量的光束，透射进心堂，明亮地照耀着心灵的每一个角角落落，先前的忧郁、痛苦、烦闷与担心的阴霾，在刹那间挥发殆尽，不留任何的痕迹。此时此刻，在他愉快的心境里悠然地飘过一个念头，他终于体会到类似于佛教中"顿悟"及"醍醐灌顶"的感觉。虽然他曾多次荣获过这个称谓，但他自个儿总认为：这次是具有非凡的价值，考核末位淘汰制，是残酷的！而他目前就可以确定，自己不是末位，而是首位。

这恐怕就是他由衷感到欣慰和得以安心的地方。

他一身轻松地从主任办公室出来，舒坦地躺到自己的办公椅上，蜜饯似的心情难以言表……

他在一种因愉快而略显澎湃的激动心境中平静地忆着旧事，思绪又一次陷入到情感的波涛中……他想到自己为学生所做过的种种努力；想到此后同事间微妙的情感变化；想到此后可能会变得愈加自私和保守的亲密师友；想到一段时间来的紧张心态；想到自己辞去稳定工作独闯南滨都市的心酸往事；想到两地分居的妻儿；想到三年都未曾谋面的双亲；想到自己渺茫的未来；想到自己昔日的浪漫生活，舒坦与惬意；想到自己目前依然漂泊不定的生活……

哎，转正难哪！

一天后，所有老师都得到一件封口的信封，里面是这次考核的绩效成绩单。

老师们都怀着异常忐忑不安的心绪，小心翼翼地打开属于自己的信件。表露出或平静、或麻木、或欣喜、或惊恐、或伤心、或痛苦的表情……

在内心涌起一阵情感的波涛后，很快又趋向平静。

生活就是这样：有时波涛汹涌，有时风平浪静；有时风和日丽，有时电闪雷鸣……

44. 家长头疼的早恋问题

"请问，甄老师在吗？"
"在那儿呢。"
"您是甄老师，我是唐晓慧的妈妈。"

正当甄老师情绪澎湃地愣坐在电脑前思前想后的时候，突然的询问声将他从沉思中惊醒。他蓦然回转头，在一瞥间上下打量了来客，礼貌地站起来，笑盈盈地说："噢，您好！请坐！"

"甄老师，我是来求您帮忙的。"

"孩子……孩子她早恋了，我没办法管教。"

她说时，早已是泪迸肠绝，痛苦情愫溢于言表。她哽咽着低声诉说道："真是作孽！我不怕您笑话。不瞒您说，自从她爸有外遇、我们离婚后，晓慧就归我抚养。小时候，都是挺好的孩子。不知怎地，长大后，就变得不听话起来，我不让她找对象，她偏找。前段时间我出差，她竟然和男朋友在家过。哎，不说啦。"她擦了把流淌到下颌的眼泪，看着甄老师停顿不语。

甄爱升紧皱着眉头，沉痛的心也生出不少酸楚与无奈。他稳了稳神，安慰着："您说的是事实。学校对早恋问题也相当重视，也采取了不少措施。从人的生理发育规律来讲，高中阶段正值第二性征的发育或完善。对异性都比较渴望，出现些早恋现象是正常的。关键是要正确地引导。如果采取强硬的态度去制止，往往会适得其反，孩子会产生强烈的逆反心理。""对呀，她现在的逆反心理就特强，竟与我唱反调。孩子是听老师话的，所以，我来请您帮忙。""我会尽力的！我们是寄宿制学校，相对封闭，管理严格。""是呀，地方上一些学校的问题就更大，早恋成风、打架斗殴、上网成瘾、帮派之争，个别的问题学生，谁都无可奈何！你们是好学校，应该有些好的办法来解决早恋问题的。""是的，我们的最大问题也是学生的早恋。早恋，这也是本时代中学生的共性问题。我们通过开展专家讲座、报告会、班会、报栏、艺术体育等活动形式，让学生了解青春期的生理知识，或分散他们的注意力，或从正面去引导学生，让他们学会正确地与异性交往，但绝不排除个别极端的学生。""嗯，我明白您的意思。""在学校与家庭的关系上，二者要密切配合。从某种意义上讲，甚至，家庭教育尤为关键，家庭是孩子的第一所学校，直接塑造了孩子的性格。这种性格一旦形成，就具有强稳定性，以后很难改变。学校教育有它自身的局限性，并非万能。像晓慧这孩子，学习等其他方面都还不错，就是早恋！我们双方配合，应该会起些作用的。"

"我该咋办才好？"

"首先，再不能强行去制止孩子的早恋，其次要软化母女间的关系，建立相互信任的感情，再潜移默化地从侧面去引导，使她树立起正确的爱情观。剩下的事情，她自个儿会处理的。父母一定要给孩子留有充足的个人空间，千万不要管得太死。现在都是一个孩子，爱之过切，反倒害了她。这个度，一定要掌握好。"

"甄老师，听您说的这些道理都绝对没问题，这个我也懂点，但就是做不好。我给她讲，她一捂耳朵，不听，我能咋的？"

"比方说：在周末，您在客厅摆上一些鲜花，做好一桌丰盛的晚餐，再放点轻音乐，营造出温馨愉悦的气氛。孩子回来时，心情自然会好点。这时，您不妨非常关心地询问询问她谈对象的一些感受。您要附和她，为她排忧解愁，她会很吃惊。然后，您再讲些自己初恋的故事，甚至把失恋的事也讲给她听，她的兴趣肯定会很浓的。接着，您再现身说法，谈谈自己早恋后的懊悔感受，早恋多半成功不了。就谈您自己，不提孩子。这样您试试看，如何？"

"故事太精彩了，真不愧是名校的老师，具有导演家的风范。听得都让我好感动！"

"不敢当！这不，在给您出谋划策。"

"我明白了。太谢谢您，打扰您了。"

"对不起，打扰下！甄老师，这里有个文件，学科带头人要去省里培训。主任让您准备下，明天出发。"甄爱升从办公室文秘手里接过文件，表情沉静，若有所思。

"那您忙吧！不打扰了，这是我的名片，有事请及时与我联系。"

送走唐晓慧母亲后，甄老师坐在办公椅上仔细地阅览了文件。

十六天后。

甄老师从省城培训回来，一到学校，便听见老师们在议论纷纷，似乎是"张老师家出事了……"甄爱升大为吃惊，他连忙询问身边的同事，才得知事情的缘由。

原来高一数学骨干张老师，向来对学生挺严格的，可能是在前段时间，有对学生情侣在活动课时间溜到教学楼楼梯底层拐角处拥抱亲吻，被张老师发现后进行了严厉批评，他们承认了错，还写了份检查。在学生评教评学时，那位学生发动周围的同学投了张老师的不满意票，结果，张老师的不满意率超过20%，成为这次学校综合性评教评学的末位。按照学校的规定：连续两次末位就要被停职接受培训。张老师在给学校解释未果的前提下，想到即将被停职的自己，想到没工作的妻子，想到四十多万的房贷，想到八岁的儿子，想到身体欠佳的双亲，想到……他一着急，加上一时又想不开，于是精神发生了崩溃，得了紧张型木僵性精神分裂症。学校把他送到市人民医院的精神病科诊治。由于他病情严重，当天就又转到市精神病院接受治疗。张老师的爱人接受不了如此沉重的打击，便上吊自尽了，只留下孤苦伶仃的儿子。前天晚上，电视新闻广播了此事，社会反响很大，迅速成为这几天的热门话题。后来听领导们讲，张老师的精神病是遗传的。后来也听人们讲，在学校领导的组织下，依靠社会的捐款，给张老师还上了剩下的那四十万房贷，业主易名为张老师的儿子。后来又听说：张老师的儿子去了孤儿院，生活得不错。

甄老师闻知事情的缘由后，心里一阵发酸，泪水便顺着眼角潸然而下。

这天，甄老师的心情沉重极了，他不仅为自己的自私想法而感到羞耻，也为自己第一的考核成绩而自责不休，似乎张老师的不幸是自己一手造成的，是自己第一的成绩直接导致的。

他就这样漫无边际地想着，紧锁着眉，阴沉着脸，一言不发地呆坐在座位上，用一种深沉的思考折磨着自己。

两天后，甄老师去市精神病院看望了张老师，还把自己仅有的二万元积蓄交给医院，作为张老师的治疗经费。

张老师的事曾在一段时间里闹得沸沸扬扬。时间一长，由于工作忙碌等原因，人们便很快淡忘了此事。

甄爱升老师也同样如此。

这件事作为最痛苦的一段记忆，被甄爱升老师搁置在意识的深层，用新的带有美好色彩的记忆信息，层层地覆盖，深深地掩埋。

几日后，甄爱升老师静坐在电脑前，凝神定睛，心静如水。舒展的眉宇间偶尔还会微微地抖起蹙额后的涟漪，更突显出几分中年男人的成熟、深沉、稳重与机智，他的深思熟虑后的思绪如跳跃着与欢腾着的涓涓细流，在双指轻快、有力、极速、准确的敲击中，正逐渐汇聚成能彰显智慧与灵感的认识之洋。

他极尽所能地伸长脖颈，用力地眨巴着眼睛，盯着桌面的显示屏，仔细地端瞧着，嘴角还时不时流露出会心的微笑。他在写完准备要投稿的教学论文并长呼一口气之后，仰躺在办公椅上，伸了个懒腰，一种通筋活络后的快感便迅速弥漫了周身，他轻松地挺了挺腰，顿感脸上绽放出神情愉快的光泽。

这时，他突然发现屏幕上闪烁的绿点，于是轻击鼠标，打开了邮箱。

信是钱雯丽发的，内容如下：

尊敬的甄老师：

您好！很长时间没给您去信，请见谅。我的治疗已近结束，估计在五天后回国。

您的学生　钱雯丽

甄爱升老师看罢信，似乎有点儿欣喜，又似乎有点儿若有所思。他微皱了几下眉毛，努着嘴回复道：

钱雯丽同学：

你好！

得知你痊愈回国的消息后，我由衷为你而高兴。现赠小诗一首，以表达老师对你的关爱之心：

风儿掠过静谧的山林
鸟儿警觉地振翅飞翔
生活的波澜与挫折
是人生征途的号角
纵使你的心很苦、很彷徨
只要跌倒的记忆化为纪念
前行的目标便成温馨的花朵
只要站起来不会倒下
寻觅花香的路
便会抵达希望的绿洲

甄老师于年级办公室

甄老师在心中默念了几遍，惬意地咧了咧嘴，右手食指在不经意间潇洒地轻微一击，信便发送完毕。

他挺直腰身，坐在办公椅上，猛然觉得像是丢了什么东西似的，心里空旷得难受，一种酸楚感正从内心恣意地流淌而过……他神情怅惘地前倾了身躯，将下颌抵在办公桌台面上，两眼使劲地上翻，圆睁睁地盯着电脑液晶屏发愣。不知突然从哪儿来的灵感，他蓦地抬起头，佝偻着躯体，用力地伸长脖颈，不眨眼地瞅着屏幕上的聊天网页，急速地敲打着键盘，兴趣盎然地向所有人发出问候语。不出十秒钟，就有位"貌若天仙"的女性聊客向他打了招呼。甄爱升一时性起，几乎是神情饱满、专注致志地与"她"聊了起来。

不知过了多长时间，在甄老师聊得正起劲时，教务处文秘小张气喘吁吁地跑来。

她边喘气边断断续续地说："甄老师，你的课！"

"我今天没课啊！"

"是的！刚换的。主任让我通知你，打你手机关机，现在，刚打二分铃……"

甄老师看了下表，又看了眼小张，面无表情地"嗯"了声，他忙低头，有些依依不舍地向网友说明缘由后，便急匆匆地向教室方向奔去。途中，甄老师觉得脑海忽而一片空白，忽而又超速地思考着……至此，他还拿不定主意该向学生讲些什么，对于这个班，他刚刚才讲完新课，进度又比其他的平行班快。教务处的突然安排，真的搅乱了他的思维，也搅乱了他的教学计划。

他虽不能埋怨什么，但觉得万分的仓促，这使他有点儿不悦。

甄老师沉着脸，凝神屏气地走着……

在进教室的一刹那，他想好了讲课内容。霎时，他便觉得浑身轻松畅快了许多……

他像往常一样迈着坚实的步伐笑盈盈地站在讲台上，迅速将整个身心都调整到讲课状态。

甄老师微笑着环视了下教室，稳了稳神，清了清嗓子，用铿锵有力的声音解释道："物理老师病了，本节课由我来上，接着上节的内容，我补充个材料，大家请看屏幕……"

甄老师接着用激昂洋溢的语调引导学生，在引导中设疑，在设疑中牵动着学生的心。

由于补的是课外内容，在好奇心的驱使下，学生们的兴趣普遍显得浓厚。接下来是小组讨论和组代表汇报。

甄老师在学生中转了几圈，回到讲台，煞有介事地解释道："今天，我们改变提问的方法，点学号。据教育专家的研究发现，这种方式是最科学最公平的。如果我点2号，那么下一位回答的就是12号、22号、32号……依次类推，这样，每位同学都有回答问题的机会……下面，我们有请3号同学汇报本小组的讨论结果……"

"这篇文章如果让我写，我就不这样写。我认为：作家应该关注他所生活的那个时代的社会现象、审美观念、社会问题，主题应有益于促进人类灵魂的健康发展和社会的和谐与文明，或者是对人类未来命运的深沉思考，这类题材，我们书本上所选的中外名作，选题就是这样。我们现在在欣赏时，好像有点儿历史感，但对当时的创作者来说，都是具有现实意义的，现今作家写的现实题材，将来就是反映这个时代的历史资料，我不欣赏当今的作家写历史题材的小说。我的观点是有些偏激，但我认为是有道理的。"

甄老师听后，表情有些愕然地愣了片刻，随即拍手表示赞许。接着，教室里也爆起热烈的掌声。甄老师略加思考，便点评道："有独到见解。现实题材的作品，将来就会成为历史资料，而今人写的历史小说或多或少会歪曲历史。所以，主张今人写今事或写未来的题材作品，有道理。好！下面请13号谈谈自己的想法。"

"我也觉得有道理，如果不是为了纯粹取乐或搞笑，你想想看，今人写历史题材的小说，未来的人也写历史题材即今天的题材的小说，有些不顺，道理我说不上。"

"很好！很诚实！也算是自己的独到认识。请23号谈谈……"

坐在23号座位旁的同学解释道："23号没来，钱雯丽病了！"

"钱雯丽病了？"甄老师自语着。似乎这名字牵动了他的某根神经，此时，有几丝不易觉察的痛苦表情从他的脸上掠过，他轻微地晃了下头，而后又点头道："是的！我们请33号谈谈。"

"我不同意他的看法！作家写历史小说，如果取证准确，在能真实反映历史真面目的前提下，也是可以的。当然，对于有意歪曲历史事实或戏谑历史的一类小说，我也不赞同，历史本来已成为历史，有的已经是非难断了，你再戏谑它，那不是乱上添乱吗？后来人怎么认识历史啊！我看历史的真面目永远都会成为谜团的。"

"历史小说应该由历史学家来完成，非历史学家应尽量写现实题材的作品。我们就少给500年后的历史学家添乱了。"43号同学迫不及待地抢了言。

他的俏皮话引逗得全班同学一阵乐笑。

甄老师站在讲台上,也情不由衷地笑出了眼泪。

接下来,在相互情真意切的交流中,同学们专注的神情和孜孜的态度给甄老师留下了极深刻的印象。

在临近下课时,有位小女生突然冒出一句:"甄老师,我们好喜欢你!我们都爱你!"

甄老师吃了一惊,忙回头看时,只见一群小女生和个别小男生正冲着自己发笑。

甄老师礼貌性地回了笑,摆手和同学们告辞了。他在转身的一瞬间,脸上荡漾起一种类似于获得成功后的那种极富满足感的喜悦之情。他是那样自信地昂首,精神饱满地举足,轻快地迈出教室,朝办公室走去。

45. 30万酬金

在四楼教师办公室。

甄老师疲倦地耷拉着脑袋,身体软软地压在办公椅上,只有那对泛着些许活力与朝气的眼睛,还眨巴着。他是那样无精打采地瞅着放在电脑显示屏旁的日历,有点儿发呆的目光缓慢地在台历上游走着。当他的目光停顿在6月11日星期一的位置时,他像是被施了魔法似的,忽而来了精神,他蓦地挺直腰板,伸长脖子,两眼放光似地盯着台历,愣愣地瞧着。他好像是忆起什么似的,忽地端起台历,用红油笔在6月11日的位置上画了个圆圈,并在其右下角批注"钱雯丽返校"。写罢,他有些欢喜地仰起身,呷了口白开水,惬意地躺在办公椅上,脸上散发着愉快的神色。

对于钱雯丽,他毫无隐讳自己的自私性和功利性,他渴望钱雯丽能卫冕高考状元,为自己和学校争得荣誉,也为自己今后评先评优进而提拔任用捞取政治资本,这不只是他一个人的想法。在这个渴望暴富、拜金唯上、浮躁务虚、追求功利的变革年代,这种风气已经侵蚀到学校这块净土。教师为了自身的生存发展，适应残酷的就业环境，争名夺利，甚至尔虞我诈的事，也时有发生。

一时间，教师的职业似乎已不那么神圣，似乎已衍化成一种谋生的手段。

追求绩效和名誉，已成为教师的立身之本。关于这一点，不止甄爱升老师心知肚明，所有的老师也都心知肚明。只是大部分老师，因苦于能力欠佳，或是没有适时的机会，只好平庸地活着。甄爱升老师则不同，他已经拥有这样的机会，那就是——钱雯丽，这个可能会给他教师生涯画上辉煌一笔的女孩。

甄老师每每想到这里，都会情不自禁地有些激动。此时此刻，甄老师的心绪已趋向平和，他心静如水面带微笑地坐在办公椅上，认真地批改着学生的作业。

这一天，甄老师感觉是愉快的、充实的。

这个周六，甄老师打车到机场，去迎接钱雯丽及她的父亲钱金龙。在机场，他同时也认识了钱雯丽的继母戴雯雯小姐。他们在一阵情真意切的寒暄后，甄爱升搭乘他们的车回到市区。

周一升旗前十分钟。

钱雯丽被父亲送到学校。她除了携带随身的行李及书籍物品外，还带了一大包的东西，这是她给同学及老师的小礼物。

在当天的课间操时间，钱雯丽像雀儿一样穿梭在老师的办公室，凡是代过她课的老师都得到一份精美的礼物。甄爱升老师自然不会例外，不过，他是最后一位给的，礼物稍稍有点儿特别。甄老师谦让地接过礼物，关心地询问道："病好了就好！我们都盼着你返校。几个月了，课也落下不少。看看什么时候，我们给你补课？"

"谢谢老师的挂念！麻烦您了……顺便向您打问个事，以前代过我的数学张老师的办公室在哪？"

"张老师，张老师！对！他，他病了……"

钱雯丽有点不可思议地反问道："病了？……"她眨巴着长睫毛双眼皮的大眼睛，自言自语着："他的身体那么好，怎么会生病？"

"张老师得了什么病？"钱雯丽进一步询问道。

甄老师瞅着钱雯丽那真诚的眼睛，不忍心欺骗她。于是，啜嚅了老半天，才压低声音诚恳地告诉她实情。

"精神分裂症！……"

"怎么会？他可是位好老师……"

钱雯丽诧异地睁着她那漂亮的大眼睛，瞠目结舌地愣站在那里，一丝忧郁、惆怅和不解的表情鲜明地挂在她的脸上。甄老师看了雯丽一眼，心情一时因难过而不能自语，他缄口捶胸地静坐在办公椅上，许久才打圆场道："他真是位好老师！我们相信好人必定有好报！学生对老师最好的报答就是学习成绩。我相信，你有能力创造人生的第二次辉煌。你，一定行的！"

钱雯丽似乎听懂了甄老师的言外之意。

她稳稳地点了点头，默然转身，离开了老师办公室。

早课结束后，钱雯丽在七位室友的簇拥下，正说说笑笑地朝宿舍方向走去。

唐晓慧瞅准时机嘟囔着问："国外是不是比国内好？听人说，国外的月亮都比国内的圆。是吗？"

"当然一样啦！只是，国外资本主义的进程较长，经济发达，文明程度较高而已。"

曾玉珮接着说："我看，你比以前胖了些，这可不是个好兆头，女孩还是瘦些好！古人云：窈窕淑女，君子好逑。女子一定要窈窕，我一直都在减。"

"是吗？医生说我太瘦，应多长些肉才行。"

熊莹雯愤愤地说："医生的话并不都对，这肉又不是长在她的身上，说话自然就轻松了。哎……"

罗纯纯看了看雯丽和几位室友说："好啦！这都是些老话题，就不用再说啦。因人而异嘛！最好换个新话题，愉快点的。"

黄卓莹看着罗纯纯说："我最近看了本书，名叫《只是昨天不明白》，写的就是有关中学生审美方面的事。看了之后，很有些感触，你们有没看过？"

"没！真的好看吗？"刘荫雪反问道。

"写得不错，文笔隽永，很有思想性。看后，觉得收获颇丰！有关审美悲剧类小说还是比较少见的。"黄卓莹感兴趣地解释着。

"说起悲剧……唉，不说了……"罗纯纯欲言又止。

钱雯丽若有所思地询问道："哟，我想起件事，正好询问你们，以前代过我们数学的张老师病了，到底是咋回事？唉，真是可惜！"

"都是那家伙搞的，不过，话又说回来，也不能全怪他们。"肖慧美自我解释道。

"雯丽，你还不知道吧，学校对老师实行末位淘汰制，张老师正好是末位……他一着急，就疯了。他的爱人，一时接受不了，就上了吊……留下八岁的儿子，进了孤儿院……惨哪，好好的一个家庭就这么完了。"罗纯纯还是忍不住把事情的原委抖搂出来。

钱雯丽听后，感觉万分震惊，她用颤悠悠的声音接着问："这是真的？张老师可真是不幸，原来是这样？"

"他教育我们要如何如何地坚强，他的心理承受力怎么会这么脆弱？"曾玉珮补充道。

唐晓慧看着四周，不冷不热地说："天下可怜之人，自有可怜之处。这，都是老天注定的，人类没法子改变。"

几位小女生听到唐晓慧的终结性评价，一时无语。

她们默无声息地拾级而上，回到了宿舍。

从国外医病回来的钱雯丽，除了身体放置胃托，以减轻坠痛感外，在学习、生活等等方面，与以前并无二致，她早晨照例喝碗粥，中午照例喝羊奶，晚上照例免吃饭。学习照例如痴又如醉。

钱雯丽唯一的老大难问题仍是吃饭，也是钱金龙最头痛、至今仍迷惑不解的问题，到底是因减肥思想作祟而节食？还是因胃坠胀而难以进食？他搞不懂，医生们也搞不懂。

至此，为了给女儿治病，钱金龙已请遍了世界最好的肠胃医学专家和心理学专家。结果，都无济于事。

他真的有些无所适从，无计可施了。

在钱金龙回国的第二天，他连续接到十几个圈内、社会各界和政府各部门的一些好朋友们的慰问电话，他们都对钱雯丽的病况寄予了深切的同情和关心。

应钱金龙的盛情邀请，在当晚的一家高档餐厅，由钱金龙夫妇做东，宴请了诸多高朋，大股东尹老、史文钧董事长、文化局张局长、史芜蕰医师、建设局王处长、教育局李主任、作协彭亮燕主席、文联杨副主席、社保局房局长、刘明祥律师等十三位参加了夜宴。

宾客就座后，钱金龙迅速收敛起发自内心、永扯不断的幽幽愁思，脸面带着浅浅的笑容，对大家说："这位是我夫人，戴雯雯。承蒙各位兄弟、尊长对我女儿病况的牵挂，我钱某在此，真诚地敬大家一杯！"说完就举起酒杯一饮而尽，众人也附和着干了那杯酒。

说来也怪，中国人对酒就是情有独钟的。

历经数千年之久的传统酒文化，之所以能流传至今且长盛不衰，不仅因为它是粮食的精华，可以强身、提神、壮胆、热身、醉人、激发潜能、打开话匣子，而且，它还传承着悠久的华夏文明，它是为数不多的能贯穿整个华夏文明史且现在仍延续不息的历史见证物。

这，或许就是中国人钟爱酒的原因吧！

一桌人不论男女老幼都觥筹交错，气氛显得相当融洽。

接着，便是口无遮掩式的畅所欲言。他们似乎都被钱金龙的表情和举动所吸引、所感染，在内心都生发出不同程度的同情心与怜悯心，每个人都积极地思考着、沉思着，尽力地帮助钱金龙出谋划策。

王处长说："处于转型期的社会大环境就是这样，审美混乱，良莠难分，一些年轻人很容易被浸染。我爱人单位也有两位同事的孩子在缩食减肥，身体都瘦成那样了，还在减，一男一女，他们的父母也是愁死了。看过医生，也看过心理医生，都没起多大的作用。这是思想病，雯丽的问题还和他们略有不同。"

"您说的太对了，雯丽现在已是重度胃下垂。她的节食还说不上什么原因，她自己说，胃胀不能吃。我自个儿分析：她也有几分思想因素在作祟，我是担心她垮掉身体，她现在学习紧张，加上身体又营养不良，高二的孩子体重才80斤，胸部还未发育开来，例假也还没来。我是担心啊！"钱金龙沉重地叙述着，忽而又戛然而止，向前斜视的目光里流露出浓浓的无奈与悲恸，他的左手在不经意间揩了下眼角的泪珠，而后带着哽咽感继续说着。戴雯雯见状，忙递上一块餐巾纸，并用脚在钱金龙的脚背蹭了三下，钱金龙恍然醒悟。他自觉有些失态，慌忙在嘴边挂了些微微笑容，招呼朋友道："来，来！大家趁热吃……这道菜，是招牌菜，极富特色……"

大家边夹菜边絮叨着。

"我认为雯丽的两种可能都存在，胃胀痛是真的，残余的瘦身思想在作祟，也是真的。从主次上来讲，思想问题应是第一位，应采取恰当可行的教育办法。可思想问题太难纠正，有什么好的法子没？"李主任逐渐放大音量，自言自语道。

"对！有道理！胃下垂目前不可治愈，但听老人们讲：只要将夹怀孕生子，胎儿会把胃顶回原位。到时多注意些，应该不成问题。关键就是这思想病。"史芫萧医师感叹地说。

"不如这样吧，换个新环境。让雯丽到我家住段时间，说不准会好的。到吃饭时，我就佯装不知道，说：雯丽，咱们吃饭吧。她出于礼貌，肯定会过来吃的。这样，慢慢地，她的体重会增加的。她最爱吃些什么，我给她做，就是这个星期六，你让雯丽到我家去串门。"彭主席茅塞顿开似地动情地述说着。她的真诚与热心，在她富态而白净的脸孔上表露无遗。

钱金龙认真地倾听着朋友们的锦囊妙计，看着朋友们扼腕叹息的神情，他也深受感动，瘪着嘴不住地点着头，盈盈的一汪泪水在眼眶里不住地旋转着。戴雯雯看在眼里，听在耳里，痛在心里。她神色凝重地看着钱金龙，对大家说："谁要能让雯丽的体重增加，我愿出30万酬金……"

30万，对普通的老百姓来说绝对是一个极具诱惑力的数字。在这个就业难，一度出现研究生、大学生近乎与民工同工同酬，社会财富日趋两极分化的特殊年代，用30万来犒赏能让一个人好好吃饭进而增加体重的良方，这事件本身就有点儿天方夜谭。然而，这等荒唐的事的确发生了。当十多位见证人看到戴雯雯真切、诚恳、善良、纯朴的双眸时，他们便真真切切地感受到这一点，这一切，竟都是真的！

在确信后，朋友们多少有些不好意思，顿时大家伙儿都三缄其口，默然地看着放在胸前的精美箸具，面色深沉地思考着。钱金龙见状，连忙打破沉寂道："来，咱们为这次相聚而干杯。夫人的意思，也是我的意思，大家不要客气！都是应该的。"

随后，餐宴的气氛再次趋向平和，显得更加其乐融融。

史文钧见机行事，忙举杯说："我们为钱董事长的千金身体早日康复，干杯！"

这句话就像是一针兴奋剂，彻底激活了每个人的中枢神经。

李主任扫视了下餐桌，若有所思地说："雯丽这个案例，极具典型性，它代表了社会部分青年人的审美趋向，只是他们的程度不同而已。可见，青少年的审美问题已是日益凸显的一种社会问题。我们的新闻传媒，是有很大责任哪。哎，您有没有推荐给女儿一些有关青年人心理问题方面的报告文学、杂志或心理学专业方面的书籍？她从中可以受到些启示。"

"自然有啦，家里该有的书都有。只是，大人推荐的书，她不爱看；大人参与的事，她不想做；大人忠告的话，她不想听。这就是现代年轻人逆反心理的表现！哎，现在的年轻人怎么都这样？孰之过？咱们那个年代哪会有这等事？有了好吃的，抢都抢不到，又单纯得很。"钱金龙万分感慨地回答着。接着，他看了眼彭主席，又补充道："噢，对了，就按您刚才说的试一下。这个周六，不过，我不能送；我送，她肯定不去。这样吧，她爱去书城看书。到时，你也到书城，装成邂逅的样子。然后，建议她顺路到你家看看，因为她好长时间没到过你家了。到那时，你不妨先留她吃饭，再留她住下。我想：她是不会吃的。她会说：我刚刚吃得饱饱的，不饿。其实，她根本就没吃什么。你绝对不要相信她的话。如果她愿意待在你家，你定要说她怎样怎样的好，你是如何如何地欣赏她。先表扬，而后，再建议她在你家小住几天。让她来给我打电话，我肯定会同意的。千万不要说这是我的主意，她要是知道了，她会想：这又是她老爸设的圈套。她会认为：你和我站在同一个立场。那么，从今以后，她都不会信任你的。"钱金龙絮絮叨叨地说了一大堆，慈父之情溢于言表。

史芜黼听后深表赞同道："对！说的有道理。在前期，我们的操作仅仅从医病处考虑。一些做法可能伤了孩子的心，使她产生了不少的逆反情绪。这都全怪我考虑欠周全。"不等史芜黼说完，钱金龙打断道："您不要这么说，您的出发点是好的，我们是很感激您的。至于出现的'副作用'，也是难避免的，主要是我的责任，和您没有任何的关系。"钱金龙看着肝胆相照的朋友，动情地说。

"好啦，都是铁杆的哥们，连世界级的专家都奈何不了，自然就和你没了干系！我们想想看，有没有一些能触及雯丽心灵深处的事或物，并以此为切入点来矫正她的顽固认识？这件事或物，是难找了些。哎？雯丽她有无特别的爱好或对个别事物极感兴趣的？"文联杨副主席饶有兴趣地问钱金龙。钱金龙眨巴着眼睛，沉思了片刻道："也想不出什么。就是爱看书，爱写文章，对什么吃、穿、玩、用等，都不感兴趣。"

"书？写！我们能否在这上面做些文章？现在最流行的一本小说叫《身在福中》，写的就是有关都市中学生在审美方面产生误区的事。文笔不错，写得情真意切。小说通过一个个浓缩的人生，给观者呈现出因审美偏差使心灵产生扭曲，到后来饱尝苦果的痛苦经历，令人感触颇丰。让雯丽看看或许有些好处。再有，孩子不是爱写作嘛，可以把文章推荐给报社的朋友发表发表，进一步增强雯丽的自信心。"

"好！好主意！"

钱金龙与戴雯雯几乎是异口同声地叫好。

戴雯雯看了眼钱金龙，微笑着继续说："你们都是老钱的好朋友，这样尽心尽力地为我们出谋划策。我代表雯丽，代表我们全家，敬诸位一杯！"说完，起身一一与列位碰杯，而后，一饮而尽。

已有几分醉意的戴雯雯，正值粉面桃花情意迷蒙之际，她端庄秀美地静坐在钱金龙的身旁，气质优雅，举止大方，比平时更增添了几分妩媚与婀娜之态。她对钱金龙女儿雯丽的炽烈感情及对她身体健康的高度关注与体贴，令在场的朋友们肃然起敬。钱金龙见大家伙儿都瞧着自己和夫人戴雯雯，真有点儿不好意思地搭讪道："够吃不？不行，我再点道菜，一定吃好、尽兴！尽兴！……"

大家忙推辞着，真的已经是酒足饭饱了。至此，钱金龙才罢休。

餐宴结束时，早已是华灯初上。高朋相继离散后，司机才将他们夫妇送回别墅。

钱金龙对戴雯雯今晚的表现极其满意，他的满意不仅源于夫妻彼此间真挚的情感，更源于她对自己女儿雯丽的真心呵护和纯情接纳。钱金龙坐在宽敞的客厅中央的真皮沙发上，心中充盈着浓浓的感激之情，他含情脉脉地望着对面忙碌着的妻子，大脑不由自主地漫想着……几乎是与此同时，在不经意间，或许是出于真情的感激，或许是出于丈夫对妻子的爱恋，钱金龙默默地起身，主动给妻子沏了杯解酒的浓茶，放到妻子手边的茶几上。没有言语，只是咧了咧嘴，浅浅地笑了下。而后，他便顺势贴着妻子的身体坐了下来，轻声、深沉、缓慢、真诚地说："谢谢你！我的爱妻！"

戴雯雯的双目似乎放着能量似地，盯着钱金龙的鼻尖说："都是一家人，还那么客气……我喜欢雯丽……"

钱金龙闻着戴雯雯的呼吸，字字句句都听得真真切切，他没有吭声，只是觉得有股汹涌的泪水想要夺眶而出，他强忍了忍，最终还是有几滴泪珠顺着脸颊滑落到戴雯雯的额头。她鲜明地感觉到那颗泪珠的冰凉，欲仰头端详时，却猛然被钱金龙紧紧抱住……片片热吻，吻在额头。她身体不由得一颤，绷紧的神经顿时松弛下来。她软软地倚在钱金龙的怀抱里，任由他由额亲到目、由目亲到颊、由颊亲到唇。至此，戴雯雯才有所觉悟，她蓦地用玉臂缠绕住钱金龙的脖颈，深切地热吻起来。

几分钟后，戴雯雯羞涩地说："咱们洗了澡，上床去……"钱金龙心领神会，两人牵着手，愉悦地去了浴室。

46. 失败的较量

本周六，钱雯丽依然独自到书城去看书。

按照与钱金龙的事先约定，早晨十点左右，彭主席赶到书城，在科普书架处佯装选书，倾心营造出与雯丽邂逅的契机。

看书正酣的钱雯丽突然瞥见一抹熟悉的身影在眼前晃过，几近淡忘的信息瞬时从大脑的深处翻起，几经加工，霎时变得灿烂明朗起来。正是这种朦胧的感觉，在好奇心的驱使下，钱雯丽匆忙地抬起头，她还是认出了正转身闪过书架的彭主席。在钱雯丽的记忆中，彭主席是位和蔼可亲的阿姨，小时候经常逗自己玩，只是升入高中后，她们往来得渐渐少了，连印象都似乎有些模糊。她连忙起身快走了几步，想进一步确信。

"彭阿姨，是您吗？您好！能在这儿碰到您，真是太巧了……您买书？……"

彭主席故作惊奇地问："这不是雯丽吗？几天没见，都长成大姑娘了……来，过来！让阿姨好好看看，真是个好姑娘，礼拜六还要到这儿充电？"钱雯丽虽被说得有点儿不好意思，但心里头仍旧是美滋滋地乐着。她稳了稳神，泰然自若地说："学校要求写科学小论文，我查找些资料，您老也买书？"

"我不买。我最近出了本书，过来看看卖得咋样？"

"卖得咋样？正好我可以买一本以增加书的销量……"

"还行！傻丫头，怎么能这么想。我肯定是要送你一本的，我已经签好名，放在家里，准备抽时间送给你。正好，咱俩一会儿顺路到我家。好不好？"

钱雯丽犹豫了一下，嘴里嘀咕着："这个……"

"这个什么呀？你小时候不是经常到阿姨家玩吗？有好几次，一住就是好几天。"

"我不是担心这个，时间不早了，我得早点回家，怕我爸着急。"

"真是个好姑娘，这么懂事。给你父亲打个电话不就行了。我这儿有手机。"

彭主席说时，便把手机递给雯丽。雯丽也不好意思推辞，便给父亲去电话说明了原委。父亲在电话中欣然应诺。于是，钱雯丽完全释然地跟随彭主席到了她家。

彭主席一进家就直奔书房，旋即便折回身，愉快地将书交给雯丽说："这是给你的书，一本散文集。"钱雯丽有点儿激动，这是她第一次接收这种赠物。她微微颤抖着双手，捧着它，小心翼翼地打开扉页，只见一行秀丽端庄、大气稳健的硬笔行书耀入眼帘："钱雯丽学友惠正"。雯丽顿感有点儿面红耳赤，她觉得彭主席称自己为学友，有些不自在。她情不自禁地呢喃自语道："不敢当，您太谦虚了！"彭主席看懂了雯丽的心思，忙解释说："都是年轻时写的，现在整理成册。将来你肯定比我强。来，看看我的书房。"雯丽似乎受到很大的鼓舞，她下意识地点点头，很配合地在彭主席的指点下参观了书房。

书房宽敞明亮，学术氛围浓厚。三面半临墙的书架上密密匝匝地摆满了不同开本、内容丰富的书籍；地上，也依着书桌摆放了好几摞。总计也有六七千册吧，雯丽在心里盘算着，一不小心便脱口而出道："您家的藏书可真多！"彭主席看了一眼雯丽，笑眯眯地说："你爸爸不仅是商家，也是书迷，你家的藏书也会不少的。""是的！但比不上您家的。""那当然啰，阿姨是凭这吃饭的。"

雯丽甜甜地笑了笑，似乎明白彭主席的意思。她仰起头环视了书房，发现在唯一的一处空白墙上挂着一幅遒劲的行草书法横幅："学海无涯苦作舟"。雯丽走近几步，伸长脖子认真地欣赏着。"这是您的座右铭？"雯丽用目光指着墙上的字画问，"可以算是吧！你真聪明！"彭主席笑容可掬地表扬着。雯丽边咧嘴，边点头地看着彭主席，动情地说："我今天收获可真大。从您这儿，我又获得了学习的动力，我得向您老学习！""不敢当，还是后生可畏啊。来！咱们到客厅喝点什么？"

雯丽没说什么便跟随彭主席来到客厅。

小保姆殷勤地摆上冒着热气、茶香四溢的精致茶杯，雯丽看了眼茶杯，又瞥了眼保姆，发现她的年龄与自己相仿，就低声问彭主席："你家小保姆多大？"彭主席沉吟片刻认真地回答："比你大两岁。""就大两岁？"雯丽轻声地反问着。

彭主席看着雯丽嘀咕着："看你多幸福啊！""是啊，我有位好父亲，能挣钱的。我也要自强自立点！"彭主席看着茶杯点点头，忽而她一扬头，惊奇地说："呀，时间过得可真快。雯丽，中午在阿姨家吃饭。我去厨房看看，做好了没……""这"不等雯丽回答，彭主席已到厨房，并大声地对雯丽说："好了，咱们马上开饭啰。"随即，她从厨房出来，亲昵地拉着雯丽的手说："走，我们到餐厅。小时候你最爱吃阿姨家的饭了。"

"这，彭阿姨，我吃得饱饱的，不饿，你们吃吧！"

"这怎么行？到阿姨家就别见外了，又不是外人。"

雯丽没办法，只好跟彭主席来到餐厅。

钱雯丽看着满桌的饭菜，皱了皱眉头，垂着双手静静地坐着。小保姆见状，忙用欢快的语调说："小妹妹，这是您的汤。请尝尝我的手艺吧！"雯丽本想推辞，看到同龄人如此热情，盛情难却，也不好说什么，忙低头扫了一眼彭主席，用小勺呷了口排骨海带黄豆汤。彭主席见状，甚是高兴，她又忙里忙外地给雯丽盛了些吃的。

雯丽喝了些汤，吃了些香米和一些绿菜。时间不长，就称饱了。

彭主席不管如何规劝，都无济于事。

不等彭主席吃完，雯丽便声称下午有事，要急急忙忙地告辞。彭主席忙放下碗筷，本想再劝雯丽小住几天，看到这情形就咽回话茬，着急地说："给你爸爸打个电话，让司机过来接你。""不用啦，我爸知道我每次出来都是坐公交车，要自强自立嘛。"彭主席一时语塞，她停顿了片刻才说："要注意安全，小心点。让小保姆送你到车站。""不用，我自个儿行，您老放心吧！"

彭主席见雯丽的态度如此坚决，也就只好作罢。

送走雯丽，彭主席立即拨通钱金龙的电话并述说了情况，钱金龙在电话里明确地预测道："汤是有可能喝了，米肯定没怎么吃，她很可能将米和菜倒进口袋的小塑料袋啦，你是没看到，问问小保姆，她可能看到。"彭主席问时，小保姆说："具体动作没看到，可能趁咱忙的时候。刚才出门的时候，我看见她的裤兜儿鼓鼓的，我也不敢多说什么。"彭主席看了眼小保姆说："怪不得她那样猴急……"

彭主席摇了摇头，表情凝重地回到客厅的沙发上，感觉心里很不是滋味。

她觉得：她和雯丽真的说不出孰对孰错。冥想时，她的大脑顿觉一片空白，没了意识。半晌过后，她又莫名地生出一些为钱金龙夫妇感到悲哀的念头。她觉得：钱金龙在生意上，说得好听点，在事业上，他是成功的；但在家庭和对儿女的教育上，他是失败的，失败的主要原因很可能不在钱金龙，而在他的前妻邢嘉琪。当她想到这个跟外国男人跑了的女人时，就有些来气，她的脊背就不由得一阵发凉，着实觉得钱金龙可怜。作为多年的好朋友，她觉得，她帮他是理所当然的事，不论遇到多大的困难，或是出现多尴尬的事，她都在所不辞。她虽是女流之辈，为朋友两肋插刀的道理，她还是明白的。

彭主席独自无语地静坐在客厅的沙发上，几近半个钟头，她实在想不出更好的法子去对付雯丽。她只觉得今天的较量是失败的。

雯丽进家时，钱金龙和戴雯雯正在客厅的沙发上边聊天边吃水果。雯丽礼貌地一一打过招呼，便怀揣着新书直奔书房。

钱金龙忙起身询问："还没吃饭吧？饭在厨房。"不等钱金龙说完，钱雯丽便忙解释道："今天在书城遇到彭阿姨，顺便到她家吃得饱饱的。她还送书给我，是她写的。我有些口渴，喝些水就行。"雯丽一口气说了许多事，张嘴间顺手从保姆手里接过温白开水，一口饮尽，转身进了书房。

钱金龙看着女儿，本还想说些什么，嘴唇没发声地翕张了几下，只好盯着女儿的背影发呆。戴雯雯看到钱金龙的神情，悄悄地端起茶几上已削成块状的一盘芒果进了书房。戴雯雯出来时，钱金龙急切地问："她在做什么？""看刚拿回的新书。"钱金龙自言自语道："这孩子，嗜书如命，中了什么邪？"戴雯雯接住话茬说："爱看书又不是什么恶习，只是，吃饭让人操心了。"钱金龙看了眼戴雯雯，情绪立马缓和下来。他抬手拿了颗荔枝，剥了皮，放进她嘴里，戴雯雯含着荔枝肉，眯了眼，微笑地看着钱金龙。

此时，正望着书房发愣的钱金龙使劲挤了挤眼，慢吞吞地说："我有个想法……""什么想法？""你说雯丽这样节食……她饿不饿？""这个？""我想试一下，就从今天开始，亲身体验下那种感觉，或许能找出医治雯丽疾病的良方。"戴雯雯愕然地抬起头，看到态度如此坚决的钱金龙，出于对丈夫的担忧和一份责任，她的心情陡然变得沉重起来。于是，满腹疑虑地说："非要？"钱金龙注视着戴雯雯，默默地点了点头。戴雯雯觉得鼻子一酸，似乎有泪水要涌出来。她忙低头，强忍了忍。此刻，她心里清楚，作为雯丽的继母，对于这件事，她是不能多说什么的，唯有默许以表示支持。钱金龙看出戴雯雯的心思，心里也觉得挺内疚的，但又觉得这事不得不做。情急之下，他轻轻地伸过手牵住戴雯雯的粉手说："别担心……没事的……就感觉这一次……"戴雯雯含泪默然无语地点了点头。

当天下午，钱金龙按照女儿雯丽的饭量酌情进餐，喝了一小碗粥，吃了几口菜。

雯丽惊奇地发现父亲饭量的变化，于是瞪大眼睛疑惑地问："老爸，你怎么吃这么少？这可不是您一贯的风格啊？""你吃多少，我也吃多少；你不吃，我也不吃。""我是个小女孩，而你是个大男人。能一样吗？你这是何苦呢？这样会垮掉身体的，我不吃是因为我胃痛。"雯丽心疼地解释着。"你还知道这一点，不错！即便胃痛不能吃，身体也总是需要营养的。你要想法子吃呀，你这样做，爸爸看着就心痛。""你看，我健健康康的，该吃我会吃的，不是你想的那样糟糕。""不糟糕就好。反正，你吃，我就吃；你不吃，我就不吃。""好吧！我吃，胃痛起来我可不管噢。"说完，就端起碗狠狠地喝了几口，很快就喝了个底朝天。她边放碗边自言自语着："这下该满意了吧……"

钱金龙看到女儿在使性子，怕出什么意外，就不敢多说什么，只好随声附和着："不错！真不错。"

钱金龙吃到女儿在初一的减肥日记里所描述的那种微微有饱的感觉辄止，保持在能维持生命的底线状态。时间不长，他的感觉好像很奇妙，腹中虽觉得空空如也，但又觉得略有充实感，并无胀感。这似乎是饭后感觉的另一种境界。自己在平时没有多加体会，这种感觉可能又一闪而过，代之的，总是沉甸甸实实在在的饱胀感，而自己始终认为这种感觉才是吃饭的原本境界。

钱金龙在饭后，就用专注的心体会着，品味着，比较着……

饭后两小时，几经消化，钱金龙便感觉腹中空虚无物，似乎饥饿感正从腹底隐隐袭来。又过二十分钟，他开始觉得饥肠辘辘起来，似乎有东西在腹部从上至下，一遍又一遍地刮来刮去，让人心慌地难受。又过十分钟，饥肠辘辘声消失，腹部好像充了气似的，有些胀，但没有饱的感觉，也没有饿的感觉。又过十分钟，饥肠辘辘声再次响起，似乎比前一次来得更猛、更凶，声音更响。嘴里还不自觉地分泌出大量的津液，偶尔竟可以大口地吞咽一下。又过五分钟，饥饿感再次消失，腹部感觉气量增大，肚子胀鼓鼓的。这时，钱金龙喝了杯水，似乎有些饱的感觉。就这样，他在感觉饥饿时就不停地喝水，一直待到下餐开始。

钱金龙就这样坚持了三天。

有时候饿劲上来，真觉得腹中空空，两腿发软，两眼发黑，头脑发晕，走路时身体都有轻飘之感，双腿软绵绵的，没了力气。有时候，钱金龙还觉得腹腔有些肿胀，用手叩之有声，他把这归结为肠炎，肠胃在没有食物的滋养下，加上胃酸等物质的作用，致使肠黏膜发炎，这便是久饿之人为什么不能吃得太急太饱的原因。也是常饿之人的饭量会越来越小，消化和吸收功能衰退，导致身体消瘦的原因。

推想女儿最初的节食，也是因为长时间饥饿导致的慢性胃肠炎，他依稀地记得女儿那次的肠胃检查结果，确是慢性胃肠炎。

至此，钱金龙认为终于找到了女儿的病因。由于在这一阶段，没有及时地治疗和调理，在身体相对虚弱的前提下，女儿的膈胃、肝胃韧带松弛，膈肌悬吊力不足才导致今天的胃下垂。由此看来，要彻底根治女儿的胃病，就必须从饮食上进行调理；而要让女儿配合饮食调理，就又必须端正她的饮食思想。这思想的症结，恰巧在于瘦身减肥的观念上。

要让女儿改正这一切，谈何容易啊！钱金龙一边自我总结挨饿的感受，一边思忖着寻求解决女儿疾患的方法。

他一个人静静地坐在书房，海阔天空，异想天开地漫想着……

不知过了多长时间，也不知在什么时候，钱金龙已站在窗前，静静地眺望着窗外满目的丛林和大块的人造湖泊，心想：是它们阻隔了城市的喧嚣与纷杂，除了偶尔传来昆虫的啼鸣和均匀的轻微的空调声外，就是自己的呼吸声。接着，他又茫然地回头环视了一下静谧的书房。说实在的，他喜欢这样安静的居所，身在其中，很容易进入深沉的思考状态。但，今天例外，他总觉得这种缺乏生命活力的寂静，静得让人心烦，静得让人喘不过气来。他索性打开窗户，让外面清新的空气流淌进来，而他，则站在冷热空气交汇的地方，大口大口地吸着……

现在，偌大的别墅里，就只有钱金龙一个人。戴雯雯出差，雯丽上学，保姆上街。

在百无聊赖时，他下意识地打开电脑。先浏览了一会儿自己的电子信箱，又看了会儿自己的博客留言，然后进入到自己以前发过帖子的健康时尚论坛网站，他以昵称为"菊花"的女性身份与广大网友聊过天，发表过评论。在留言板上，也有不少朋友发表了对瘦身减肥问题的独到见解，也自然涉及胃下垂的治疗话题。

"我也是位瘦身减肥的受害者,以前因过度减肥患了胃下垂,痛苦异常,也后悔莫及。自从结婚生子后,胃下垂症状消失,我以过来人的身份劝告正在瘦身减肥的少男少女们:美丽诚可贵,身体价更高,若为生命故,美丽也可抛。"

"楼上说的对极了。得了胃下垂,据说女性通过怀孕,有10%的治愈概率;男生可就惨了。想想看,还是不减为好。"

"胃下垂不是真正的病,就像人驼了背一样,不会影响生命指标,只会影响生活质量。"

"着迷瘦身减肥的人,首先是思想问题,虚荣心较重。其次是对自身的信心不足。君不见那些冒着生命危险去整容、去变性的人,都是缺乏自信心的人。所以要彻底纠正她们的顽固认识,必须从以下三方面入手:其一,树立自信心;其二,消除虚荣心;其三,形成正确的审美观。必要时进行心理辅导。"

"楼上的,我认为一般的心理辅导并不是万能的。必须找到能触及她们心灵深处的事物为切入点,只有这样,才能撼动她们那顽固的瘦身意识,这个切入点是因人而异的。"

"罪魁祸首是社会风气。想想看,三四十岁的成熟女性,或为了留住青春,或为了讨得男人们的欢心,不惜一切代价去美容和瘦身,这本身就具有典范的榜样效果,影响着下一代人的审美观与择偶观。于是,少女们狂热地减肥,只为了能打动白马王子的心,再推而广之,就连不明事理的幼儿园小朋友都会奶声奶气地说:'妈妈,我不能吃了。我怕发胖!胖了就没人喜欢了。'"

"他妈的……这是什么!简直就是毒害!"钱金龙愤愤地骂了几句,情绪忽而低落到极点。他用力猛地敲击完鼠标,关闭了论坛。在一阵长吁之后,他缓慢地戴上耳麦,边听劲爆的音乐,边欣赏起随处可见的MM图片,那些穿着三点式的媚态十足的少女写真照,因人而异,千姿百态。钱金龙看得有些头晕目眩,他不知和女儿一般大小的好端端的靓丽少女,怎么会是这副打扮,又怎会不知羞耻地摆弄出那种姿势……这难道也是在引导时尚的审美潮流?分明是妓女或三陪的姿态,有损人格的做法。

他有些愤懑地想着、看着……

忽而,从他心底涌起一股恶心感来,令他作呕、令他不悦。他虽不是什么正人君子,更不是什么圣贤之人,也干过称之为卑鄙的一些事情,看过地地道道的 A 片，甚至还和漂亮的小女生发生过一夜情。但他绝不能容忍在公共网站的醒目位置，光明正大地展示三点式的 MM 照，尤其是对于清纯的淑女而言，更不该如此。这就是他的道德底线，也是他的固执认识。至此，他同样用力地愤怒地关闭了"色情网页"。于是，无所事事地慌乱地按着鼠标乱点了一通。最后，他索性关掉电脑，激情万丈地铺开纸，若有所思地写下一首诗：

> 世风混浊令人昏，
> 邪毒无处不叩门。
> 年少不知真善美，
> 老大醒悟徒伤悲。
>
> 欲令儿时洁身好，
> 幼教获益保平生。
> 双亲庸碌忙日常，
> 悟时才叹后悔晚。

写罢，他仔细朗读了几遍，觉得还颇有些气势，只是韵押不上，有些遗憾。突然，他似乎感觉到什么，自言自语道："也罢。"随即将纸揉了团，丢进纸篓。

47. 瘪人意识流

一天后，戴雯雯出差回来，一进门，先不说生意情况，而是兴冲冲地告诉钱金龙向朋友打听来的解决雯丽心理顽疾的良方。钱金龙听罢，甚是高兴。于是，在周末，一家三口买回雯丽最喜爱的宠物，一对刚满月粉嘟嘟胖乎乎毛茸茸的小狗。

钱金龙夫妇决定在小狗身上大做文章。

两只小狗，一只叫小白，一只叫小黑。小白喂最好的食物，不限时不限量供食；小黑喂最普通的食物，限时限量供食。雯丽最喜欢小黑，并送昵称"黑旋风"。每次周末或补课回来，雯丽都要逗逗心仪的小动物，只有在此时，小黑才能从她这里得到美味的食物。

期末考试临近，雯丽的功课也显得紧张起来，有好几次周末都没回家，更无心照料她喜爱的小黑。

考前，尽管雯丽拼力地复习，但由于前期落了些课程，故这次期末考成绩滑落到历史最低点，班级排名第十八，年级排名第六十六。

她决定利用升高三前的这半个暑假，好好补补功课。

暑期在家的雯丽，在学习之余，再次关注小白和小黑时，她惊奇地发现，小白长大了许多，而小黑只有小白的三分之二大小。这令雯丽十分震惊。

钱金龙在暗处留心观察女儿的情绪变化，等到雯丽满腹疑虑地问："'黑旋风'怎么长得这样小？"钱金龙挠着头皮，思忖片刻说："或许，它是在减肥吧！"雯丽信以为真，照例每日在书房学习，隔天到老师家补课，偶尔也照料下小黑。

日子就这样一天天地过着。

终于有一天，两只小狗不知为何反目为仇，趁主人不在时厮打起来。小黑受伤较重，后腿被咬得鲜血直冒。钱金龙回来后，赶忙把它们送到宠物医院治疗。六天后，小白康复，小黑成了瘸子。雯丽抱着瘸了腿的"黑旋风"，难过地流下了眼泪。她似乎找到了小黑受伤的根本原因。有几次，她在喂小黑牛肉时还动情地说："你要听话，好好地吃呀！能吃，身体才能强壮起来！"

这种做法，虽然对雯丽的教育已初见成效，但钱金龙再也不忍心用异样的待遇去对待它们，更不愿意人为地增加小黑和小白间的冤仇，毕竟钱金龙还是一位有神论者。经雯丽同意，钱金龙决定将小白和小黑送人，小黑送给城南的一位朋友，小白送给城北的一位朋友。

至此，钱金龙一家又恢复到往昔宁静与安详的生活。

爱狗，并不是雯丽的嗜好，只能算是浅浅的爱好而已。尽管如此，刚没了小狗，雯丽总觉得生活有点儿恍恍惚惚的。虽然她心仪的"黑旋风"走路始终都未能旋起风来，而是有点儿弱不禁风，但她依然有些留恋。甚至在冥想中，她还看见她的"黑旋风"在某天夜里，终因体力匮乏瘫倒在一个荒山野坡，等着成为豺狼的美味。她又仿佛觉得她的"黑旋风"在临终前两眼可怜巴巴地凝望着自己，像是要诉说什么似的。

雯丽的良心受到极大的谴责。于是，她不顾一切地朝城南奔去，她要寻找她的小黑。即便是死了，也要找到它的尸体。她就这样拼命地跑着，跑出了城，来到城南的郊区。

这里，虽不及城里热闹，倒也安静祥和。街市里没几个人，虽见着几位，个个都丰满结实。

她想：她的小黑生活在这里，受其影响，应该会变胖些了吧。

雯丽漫无边际地走着。她不明白，父亲为什么要把小黑送到这个地方而把小白送到那个地方。而当她步入街市，看到来来往往的人时，她好像就明白了什么，明白为什么要把小黑和小白分开、小黑为什么要送到这里以及不让它俩相见的原因。

突然，她听到一声刺耳的吼叫："来呀，快来看呀，这里有个瘪人，太奇怪了，大家快来看啦！"雯丽正想躲藏，已经来不及了，她被许多丰满的胖子围困得水泄不通。那些人的兴奋与好奇，就类似于看耍猴的城里人的心态，其中一个说："你看！这样瘦的人实属罕见……是不是外星人？""是不是新的物种啊……""咱们得赶快报告野生动物协会！把她抓起来，研究研究。"雯丽一听慌了，忙解释道："我和你们一样，是从城里来的。""什么城里？我们从来就没见过你这样的人。是不是秘探？来干什么的？""我是来寻找我的小狗，它名叫'黑旋风'，被我父亲送到你们这儿，我父亲叫钱金龙。""钱金龙？没听说过！'黑旋风'倒是听说过。是不是一条狗？""是的，是的！……"雯丽急切地点头应着。"是同类！把她抓起来关到一块儿一起处理。"不等雯丽再解释，突然就被身后的人用布蒙了眼，被一壮汉像拎小鸡似的提着往前走。

大约过了十几分钟，她被放到一个台子上。

雯丽睁开眼，揉了揉，果然看见她的小黑蹲在不远处。她惊喜地叫了声："小黑，过来。"小黑晃了晃脑袋，动了下身体，但始终未能移动一步，果真如她所感觉到的一样，小黑真的瘦得筋疲力尽，已经没了站起身来的力气。雯丽轻轻地晃动着身体，俯下抱起了小黑，同时她也真切地感觉到自己也有些力不从心。

这时，她依稀地听见："快来人哪，这个外星人不行了，赶快抢救！"

随后，她被一位硕大无比的人，用手掌捧起，放到急救台上，其中一位医生说:"测她的基因,看是什么物种! 立即注射生命能量,让她强壮起来……"

一位医生拿着奇怪的针管,给她注射了一种绿色液体。

注射得如此缓慢,足足有一刻钟。

注射完毕后,其中一位医生惊奇地说:"不见反应…… 不好! 她的基因具有扩散性…… 带好保护罩,谨防传染。"

"不好! 她的基因活动性太强,会传染给我们的,得了这种病只会皮包骨头!"

"赶快处理! 发射到宇宙空间,以免污染整个星球!"

雯丽和小黑被放进一个密闭的容器,接着又被迅速送到一个巨型的特殊的设备中。一声轰鸣后,她们被发送到宇宙空间。强烈的紫外线很快令她和她的小黑成为银河中的一粒尘埃,她的肉体消失了,她的灵魂因失去肉身而悲恸欲绝,凄惨的哭声回荡在整个宇宙空间。

雯丽一翻身,意识逐渐清晰。

她喘着粗气,受惊吓般地从睡梦中惊醒,惶恐地揉着惺忪的迷眼……而后,怔怔地看着被泪水或虚汗沾湿的枕巾和蹬掉在地的被单。她用力地晃了下头,连忙拉上滑落的被单,还拼力地回忆着梦中所发生的荒诞、离奇和虚幻故事。

可是,对于梦境中的虚幻景象,她怎么也回忆不起来……

自从狗事件后,雯丽对吃饭和身体锻炼问题有了明显的重视。但钱金龙对女儿身体状况的忧虑仍然耿耿于怀。

这个假期,雯丽因要复习功课,在家由保姆照料。钱金龙与戴雯雯回了趟老家。

家乡方圆50里,流传着一位自幼失聪的神秘人物——贾半仙,给人算卦看命,是一个准,而且还能逢凶化吉,避祸降福。这位因女儿的胃病曾拜访过世界一流专家,真的有些无可奈何的钱金龙,听说此事,是一阵儿窃喜。这,无疑又是能使女儿身体痊愈的一线希望。

他认为:科学也罢,迷信也罢,只要能医好自己女儿的病,他就崇拜,他就视它为上帝。

不久,钱金龙便自备厚礼去拜谒贾半仙。

在栅栏围成墙的农家小院，香火萦绕，画有神符的旌幡在屋顶、树梢、围栏上随风飘舞。在那阴云遮日的天气里，更增添了几分神秘、幽深、肃然、恐怖的气氛。

钱金龙依程序抽了签。半仙闭目、掐算。忽而振振有词，时快、时慢、时高、时低、时清、时浊地说："你，有一女，现病魔，缠，身，虽无大，碍，但不得自，在……"钱金龙听后不由得惊出一身冷汗，不等他发话，半仙又说："我刚才，看到，有一不能转世，的落魄孤魂，在时时，纠缠着她，你要，再行善事，帮她安家立业……"说罢，口中再次念念有词，听不出说的什么……突然，他手又一挥，一股浓烟过后，一张纸条从空中飘然落至钱金龙的身旁，半仙闭着眼说："这是神的，旨，意！你，照做就是，便可逢凶化吉，祥福平安的，切记！看后，用明火烧掉，天机，不可泄露！……"钱金龙不由自主地跪倒，叩头致谢。

退出后，在另一间小屋，钱金龙看过纸条，并按要求做了处理，而后才虔诚地离开半仙的宅院。

三天之后，钱金龙夫妇回到城里，他们准备了冥币、阴间的金银细软、别墅及小车等什物。钱金龙择吉日于每晚的三更时分，身穿道袍，面涂朱色，头带牛犄角，在别墅区四周的十字路口，跪地念念有词道："雯丽，回家吧！请放开我家雯丽，安家度日去吧。"他每念一句，都要烧一摞冥币，共念九九八十一句，共烧九九八十一摞冥币。最后，再将用纸做得精致非凡的别墅和小车等什物，在当街口烧掉，才算作罢。这样的仪式，共须连续进行九九八十一天，每九天要烧掉一栋纸做的别墅和一辆小车，八十一天共烧了九栋别墅、九辆小车。

钱金龙把它视为一件神圣的事情。每天夜里三更时分，躬身必行并虔诚地认真地完成每一步骤。由开始的艰难度日，到后来的时光飞逝，钱金龙终于做完九九八十一天的仪式。在这八十一天里，钱雯丽经过了紧张而快乐的假期生活和繁忙而充实的一段高三学习，变得比以前更成熟，更稳重，甚至更会懂得生活。

钱金龙发现女儿雯丽的些许变化，或许是心理的作用，他觉得：女儿的体重应该是增加了。

48. 唐晓慧之死

自从那次期末考失利后，钱雯丽就憋了一肚子劲，全情投入到学习之中，基本上对外面的世界不闻不问。不过，尽管如此，她还是发现同宿舍的罗纯纯同学进入高中后学习也相当卖力。久而久之，她俩在学习上也成为彼此能相互交流的好朋友。

晚餐，钱雯丽喝完足量的羊奶后，便和罗纯纯结伴去教室。

这时已是华灯初上。夜幕降临，浮华悄悄引退，凉风习习吹拂，正是一天中溽热消去温馨宜人的好时光。她俩边走边眺望着远处那群星星点点的灯火和隐匿在暗夜里的黑魆魆的建筑轮廓，在沁人心脾的凉意中，尽情地享受着一天难得的一刻，周围的一切，都显得是那样的静谧与安详……

教室在六楼，是教学楼最高的一层。

她们沿着楼梯缓缓而上。她们的教室，在走廊的尽头。她俩穿过连廊，顺着长长的摆满鲜花及绿色植物的甬道走进教室。在这所学校，她们养成了良好的自习习惯，从高一到高三，整栋楼在自习时间都静悄悄的，她们高三的课室更是如此。学校虽然会偶尔爆出打架、谈对象的猛料，这些，在年轻人聚集的地方，都是极其难免的"正常事"，也是和谐音符中的组成部分。

整个晚自习，钱雯丽都在专心致志地复习，如饥似渴地做题，她想充分利用每一分每一秒，以补回落下的课程，因而她总是觉得时间过得飞快，也觉得时间总是不够用。每每下晚修时，她总想拖延点时间，不到关灯时刻，她绝不会离开课室。罗纯纯和她有同感，于是，每晚灯将熄之时，罗纯纯准会重复同样的话："雯丽，我们走吧！……"这时，雯丽便会迅速地收拾好书桌，与她匆匆地离开课室回到宿舍。

她俩沿着来时的路线返回。在经过操场时，眼尖的罗纯纯突然看见了什么，便兴致勃勃地轻声说："看！那边树下有人。"雯丽顺着她手指的方向随意望去，看到有对男女学生紧紧地搂抱在一起，像是在热吻，又像是在进行更深入的事情……雯丽不好意思多想，就碰了下罗纯纯说："我们走吧！让他们看到多不好。"

"你看，那女的像不像唐晓慧？"

"看不真切！……"

当她俩经过离他们有十米远的最近点时，雯丽断定出那女的就是同宿舍的唐晓慧，男的就是同班的陶然，她几乎都能真切地看到：女的坐在男的腿上，男的手掌插进女的衣服内，从里面搂抱着女孩的腰，他们亲热得很专注、很投入，对钱雯丽和罗纯纯的经过没有丝毫的觉察。雯丽看着就不禁有些面红耳赤，她不敢再多看，忙说："纯纯！我们走吧，这样看人家多少有点儿不道德……"罗纯纯看了眼雯丽，低声爽快地说："好吧！"

宿舍里，除了唐晓慧，人已全部到齐。至此，钱雯丽和罗纯纯就更加确信：那女生就是唐晓慧，她俩心里明白，只是不好言语。

在钱雯丽快睡着时，唐晓慧才蹑手蹑脚地进来，不吱声地溜回床上。

昨晚那一幕，或许是钱雯丽和罗纯纯看到的唐晓慧和陶然最浪漫、最温情的一幕，它很可能会像电影胶片一样牢牢地定格在她们的大脑，任凭时间怎样流逝，也都依然清新明朗。

在一个三天的长假后。

钱雯丽惊奇地发现：同宿舍唐晓慧的床铺空了，她的所有物品也都消失殆尽。她在诧异之余，才从同学们隐隐约约模模糊糊的言辞中了解到唐晓慧消失的点点眉目，她死了！

这是令任何人都为之震惊的噩耗。

这天，钱雯丽的心情异常悲痛、沉重、低落，她默无声息地上课、吃饭、休息，若有所思地回忆着任何令自己伤感的往事。虽然，在一个人的一生中都会不可避免地遇到同学、同事、朋友或亲人相继离世之事，但亲身，近距离地感知一个鲜活的生命毫无任何征兆地悄然离去，这对活着的人的心灵打击以及给活着的人的心灵造成的难以愈合的创伤，都是不可避免的，也是自然而然的事。

初中同学史匡胤的死，是模糊概念里同班同学的死；而唐晓慧的死，是同室密友情同姐妹的死。

雯丽对这俩人的情感，是不能同日而语的。

一天后，雯丽打听到唐晓慧出事的真正原因。

原来，唐晓慧被陶然搞大肚子后，又被她的母亲发现。唐母在羞愧之余控制不住情绪，就骂了几句："你太不要脸了……今后，该怎么见人……"唐晓慧也觉得很委屈："又没结婚，怎么搞过几次居然会怀孩子？……"结婚才能怀孩子，没结婚怀孩子是奇耻大辱的道理唐晓慧也明白。她自己至肚大才清楚不结婚也会怀孩子的事实，她已预感到自己闯了大祸，也自感羞愧难当，自觉天理不容。于是，她在当晚写完遗书后，于夜深人静时跳楼自尽。

她想通过死，以洗刷自己的耻辱。

唐母发现后，自然痛苦异常，也后悔莫及。

后事处理完毕，人们发现唐晓慧的遗书：

亲爱的妈妈：

您好！

我对不住您的养育之恩，做出这等伤天害理之事，让您老也蒙受羞辱。

在我无知的认识中，只有结婚才能怀孩子，不结婚，即便真的做了男女之事，也不会有事的。我与陶然相爱后，他对我很好，我也很爱他。于是，我俩肆无忌惮地贪图享受，经常在一起幽会、拥抱、接吻，那种感觉很美妙，令我周身都兴奋异常。陶然很想得寸进尺，我自己也想进一步去尝试。暑期，您正好加班，我和他在家第一次做了那事，我流了血，也很害怕，但那种舒服感很快就让我战胜了恐惧，我越来越渴望拥有那种感觉。于是，我们在不同场合、不同地点，做了多少次，也数不清了。追求享受，死爱面子，是我人性的弱点，也是我走到这一步的关键因素。

好了，我要走了，永别了，养育我的妈妈。如果下辈子有机会，我再做您的好女儿；永别了，令我销魂和伤感的男人。现在，我不知道是爱你还是恨你，如果下辈子有缘分，我再做你的爱人。我们正正当当地恋爱，有分有寸地交往，决不越雷池一步，直到结婚的那一天。永别了，我的老师，朋友，同学，我让你们感到失望。我现在真的很后悔，但后悔已经没有丝毫的用处。……再见，永别了……

唐晓慧　绝笔于深夜

在钱雯丽及宿舍其他成员的电子信箱里,也有一封唐晓慧的临终遗言:

室友们好!

你们是我最好的朋友、亲人。我想念你们,铭记着你们……

我这样做,或许会让你们觉得不可思议,这是我的选择,唯一的选择。这结局,似乎是我的宿命,我去而无憾。我的遭遇,是女人的不幸,希望你们从中汲取教训,能以我为鉴,也算是送给朋友们的一份厚礼。

相处几年来,大家情同姐妹。虽然有过小小的摩擦,我想,大家的海量早已把它消释殆尽了吧。我只希望,我走后,大家不要怨我,更不要骂我;最好还能惦念着我,那我也就不枉活此生了。

再见了,我在天国里会保佑着大家。

你们的朋友 唐晓慧

钱雯丽怀着沉重的心情看罢信,已是欲哭无泪。突然,她的心中莫名其妙地变得坦然起来,说不上爱,也说不上恨,只有无尽的忧愁在心头。

当她回到宿舍,看到空荡荡的下铺时,这种心情就愈加浓烈。

在唐晓慧走后的第二天,学校考虑到种种因素,给钱雯丽她们几位重新调换了宿舍,学校希望她们能在新的环境里,淡忘此事,全身心地投入到高三的复习之中。

毕竟活着的人还有许多的事情要做。

唐晓慧的离去,不仅给唐陶两个家庭带来牵扯不断的纠纷,而且,也给陶然的身心造成不可拯救的创伤。虽然唐晓慧在临终前也给陶然留下几千字缱绻难舍的遗言,这种安慰,对处在这种环境,身心双重打击下的陶然,就显得苍白无力,也无济于事。陶然在这样一个熟知的环境里,迫于种种流言蜚语和无端的心理压力,只能被迫转学。

唐陶二人的爱情悲剧,一度在学校里闹得沸沸扬扬,也在社会上引起巨大的反响。

在社会媒体的关注和评论下,此事作为热点,曾经持续了一段时间,尔后,很快就趋于平淡至销声匿迹了。

唐陶事件在此后好像起到一定的儆戒作用,那些在校沉湎于恋爱的学生,在行为上也收敛了不少，学风一度趋于好转。

解决中学生的恋爱问题，单靠学校严格的管理和监督机制是不可能完全杜绝的，而更主要是依靠社会的、家庭的、学校的普遍性的说服教育，最终通过个体的自律性来实现。

当然，也不排除有极个别极端的事例出现。

而那些类似于唐陶事件的极端案例，从广泛的儆戒性和借鉴性来讲，对促进社会秩序的和谐发展和良好氛围的形成，无不具有一定的积极作用。

对个体而言，是祸；对整体而言，或是福。这就是事物的两面性。

雯丽她们所属的群体，似乎就深谙此理。

经历这件事后，同学们都引以为戒，放弃个人情感的纠葛，全情投入到高三的备考之中。

雯丽在紧张的学习生活中，不仅没有累垮身体，而且生活得更加富有规律，身体健康趋于平稳，到高考体检时，她的体重还增加了一斤。

经过高三一模二模后，时光荏苒，很快就到了高考放榜之日。

雯丽与高考状元擦肩而过，以高分考取到国内的一所名牌大学。罗纯纯有幸获得省高考状元，取得免费上大学的资格，和雯丽就读于同一所大学。

其余同学都考入自己理想的大学。

学校高考升学率为百分百，是历年来的最高水平。

第三部分 忐忑的恋情

49. 大学新篇章

　　大学生活对钱雯丽而言,就是高中生活的延续,她顺利地从一个学习环境转移到另一个学习环境。只是,这里的校园更美丽,树木更苍劲;专业更明确,知识更丰富;上课更自由,学习更自觉;人员更繁杂,交往更宽广……

　　这是北方某城一所历史悠久的综合性重点大学。九月的学府,秋高气爽,心旷神怡。马路边,一棵棵笔直的白杨树,树叶在秋风中摇曳、飘荡着,发出哗啦啦的声响。在这里,充裕的自由时间,灵活的个人空间,使钱雯丽顿感轻快舒坦了许多。

　　钱雯丽住的是学生高级公寓,每四人一房间。与她同住的徐令仪、李敏、阮丽婧都来自于不同的省份。

　　经过一个月简短的军训后,这些刚结束高中生活的年轻人便开始了真正的大学生活。

　　军训一结束,女生们立即褪去汗渍累累的军装,换上能彰显女性魅力的裙装,花枝招展得像一只只色彩斑斓的漂亮蝴蝶,在校园里飘来飘去,引逗得许多荷尔蒙充裕的男生,不由得回头驻足垂涎关注。

　　她们才不管这些,只顾自个儿尽兴地张扬。

　　晚饭后,钱雯丽也换了件裙装,相约罗纯纯去图书馆看书。

　　钱雯丽是外语学院,罗纯纯是文学院。两院相隔不到五百米。

　　时间不长,见面后,因去图书馆的时间尚早,她俩就边攀谈着边溜达到学校的公园里。

　　她俩顺着一条青砖铺就、两旁长着一人高的茂密灌木丛的羊肠小道,来到一个用水泥做成的、色彩明显斑驳脱落的,署名"博思亭"、顶为六面攒尖的园林建筑入口处,里面正有一对情侣相互偎依着坐在水泥石凳上,亲昵地嘀咕着悄悄话。她俩知趣地绕到亭的后面,有约十米高被植满高高矮矮参差不齐各色植物的土丘，土丘侧翼有两条不十分明显的土台阶，弯弯曲曲地通达丘顶。钱雯丽望去，只见丘顶也有一对情侣正指点着向远处观望，她又看了一眼丘顶，示意罗纯纯绕过一畦开满鲜花的树丛，转到公园的右侧。那里有座约2米高的假山，山旁有一水池，池里有几条不大不小的金鱼在自由自在地游走。她俩沿着池边走了半圈，看了会儿水中的游鱼，觉得没什么好玩的。

整个公园，除了一处正在安装、至今还未投入使用的健身器材外，几乎没什么可以玩的什物。

这是典型的北方小型的公园景象。

由于水资源严重短缺，适合耐寒冷干旱的植物种类又相对较少，加上经营难度大，管理成本高和缺乏应有的资金，就只能是这副模样了。对于从南方过来的学生，从小就过惯了富裕的生活，乍到北方，都有一段艰难的适应过程。

钱雯丽和罗纯纯就深有体会。

从公园出来，她俩就直奔图书馆。学校图书馆的藏书量，据说是全省第一，基础设施，也堪称一流。钱雯丽第一次感受，就被图书馆浓郁的学术氛围所吸引。她喜欢上这里。

升入大学的钱雯丽，保持了对学习的那份执着与狂热，她一拿起书，就有一种如饥似渴的感觉，坐在那里一动也不想动……直到闭馆时，她俩才依依不舍地离开。

回到宿舍，三位室友正躺在被窝里聊天。

钱雯丽推门时，三人的目光都齐刷刷地盯着她。徐令仪眯着眼，伸出脖子，饶有兴趣地问："你太厉害了。老实说，和谁约会了？"钱雯丽环视了一下大家，忙解释道："没……哪能呢？在图书馆……""吞吞吐吐的，约会了，还不承认？"李敏补充道。钱雯丽没吱声地笑了笑，拉上门去了盥洗房。等她洗漱完毕，躺到床上时，只听见徐令仪兴冲冲地说："今天，我遇到一位身材高大魁梧、英俊潇洒的男生，而且还很有才，据说是学校诗刊的特约撰稿人。他还主动和我打招呼哩。""哪个系的？叫什么？"阮丽婧按捺不住激动的心情，抢了话题。"我也不知道，只是一面之交。"阮丽婧不悦地回道："哼！小气……就知道你是这话……"李敏思忖了片刻，打了个圆场："那是属于个人的隐私，咱们姐妹们可以相互谈谈自己的择偶标准。"大家沉默了少刻，徐令仪不紧不慢地说："有位婚姻专家做过调查，所有不幸福的家庭中，有80%是因性生活不和谐引起的。所以，我的择偶标准首先是，身体既要高大又要壮实。其次是要有才。"阮丽婧听后，插话道："我的也差不多。身体强健的男性，想必那个部位也特别强壮，那才是性生活得以和谐的有力保证。试想，有哪位女生喜欢又细又短软弱无力的？""你咋这样黄呢？不过，说的都是些大实话，我们说话也要实事求是嘛。我支持！"徐令仪说。李敏看了一眼大家，撇着嘴说："雯丽还没开口，我想听听她的高见，她肯定有经验！"正缩着头佯装睡觉的钱雯丽转动了一下头，若有所思地说："这个，我不太懂……不过，我认为：人品好应该是第一位；其次是才学；再次是身体。""倒是与众不同噢，高见！这是传统的审美标准。"李敏在揣度中进一步肯定着钱雯丽的看法，她继续说："现在的男生，也很狡猾，色迷迷的，净想占我们女生的便宜。所以，我看雯丽说的也有些道理。今后，哪位男生要追求我们，必须进行严格的考验，考验他的诚意究竟如何。古代还有三顾茅庐一说，也让他们多顾几次，不要让男生一下子就追到手，太便宜了他们。""对，考验考验他们，让他们的本性尽量显露出来。"阮丽婧随声附和着。徐令仪激动地光着上身，挺着沉甸甸的胸部，长篇大论道："这样不好吧！这不是苦了自己，我们确实也需要男人的呵护。你没听过来人编的顺口溜：大一高傲不屑一顾，大二寻觅已有所思，大三渴求寤寐思服，大四悲凄孤苦伶仃。大学里，人才相对集中，年龄也都不差上下，容易找到高素质的理想男人。虽说大四有因分配不到一块儿而分道扬镳的可能，但就目前的统计来看，大学时谈的对象，成功率也不算很低。况且，一旦进入社会，加上交际面变窄，工作紧张等因素，想认识个男朋友都不容易，还谈什么选择？你可以问问她们，都后悔死了。所以，我一定要在大学时就物色到我的白马王子，虽有风险，也值得尝试！干什么没风险，你们说是吗？"

众人瞬时沉默无语……

阮丽婧突然用了一连串的"太"感叹道："你太有才了，说得太对了。听了你的一番话，觉得太有收获了。""咱姐妹们要相互照应，就这样计划着：大一我们先寻寻觅觅，大二开始行动，保证大三谈到对象。雯丽你说呢？"雯丽听后，头有点儿昏昏沉沉地应道："有道理，我看行。"徐令仪一看自己的话题得到大家的认可，一时便来了兴致，她钻进被窝，又拉开新的话题："女大学生，是个多么响亮的名称。我们应该好好利用这个契机，与人多交往，运气好的话，还能遇上一位未婚的适龄大款。到时，不仅不愁找工作和上班，而且，还能做专职太太，纵使年龄大十来岁，也不算大，关键是要解放思想，转变观念。"李敏想象着徐令仪的话，勾画着自己的宏伟蓝图，不禁有些气馁地说："咱这人长相一般，能碰上这么好的事？""没事的，你可以美容呀，减肥呀。更何况，年龄差，是可以消除这些的。不过，你是谦虚了，你长得非常不错，要长相有长相，要身材有身材的，担心什么？简直就是杞人忧天……"

李敏和徐令仪你一言我一语地应着，渐渐地，也都进入了睡眠。

钱雯丽心怀讨论的话题，晚上做了个奇怪的梦。她梦见唐晓慧也上了大学，但不知道是哪所大学。

唐晓慧来串门，她对自己说："千不该，万不该，在高中时就谈对象。要是在大学，你想怎样谈，谈多少个，怀多少次，又打胎多少次，别人都管不着。"钱雯丽惊诧地问："你，你不是已经死了吗？"唐晓慧洋洋自得地说："我是死了，可我又活了，也考上了大学。我特意来看看你。这是给你的礼物。"钱雯丽接过礼物，喜出望外地说："那就好！那太好了。""那个老太太是我奶奶，我是她孙女。她不让我乱跑，我得回去了。""唐晓慧，哪个老太太？……""我以前梦见过，告诉你们的那个。"唐晓慧说完，便带上门出去了。钱雯丽追出门外，走廊里却是空荡荡的……

她只好折回身，将礼物小心翼翼地放置在床头，便倒头睡着了。

第二天起床时，钱雯丽感觉，梦中的事情是那样真真切切。她慌忙看自己的床头，想寻找那份礼物，却是踪迹全无。她有点儿惴惴不安地在收拾自己的床铺。

徐令仪赤条条地从床上坐起，睡眼惺忪地问："你在找什么？一大早的，神经兮兮的。"

钱雯丽不好意思地解释道："真的有些精神恍惚……我在找梦中之物，总觉得真真实实的……"

"梦那玩意儿，再邪乎都是假的。我从不信那一套，标准的无神论者！"

"是的！我本来也是。但它和生活连在了一起。"钱雯丽说完，笑了笑，便夹着书本出了宿舍。

今天，钱雯丽感觉颇为郁闷。

她昏头昏脑地上了几节课，散乱潦草地做了些笔记。对老师所讲的内容，懵懵懂懂的，一片模糊。这倒不是因为昨晚她梦见了唐晓慧，也不是因为睡眠的质量不高，精神有些萎靡，更不是因为室友们谈论了各自的恋爱策略问题。她说不出什么原因，其实根本就不知道是什么原因。总之，她就是高兴不起来，感觉总有些颓丧的念头在心中徘徊，人往往就是这样：有时候会莫明其妙地来气，而后气又莫名其妙地消失，这不是什么外部原因引发的，而极有可能是自身的代谢紊乱，或气脉不畅所导致的。

钱雯丽一边无所事事地听着课，一边漫无边际地猜想着。

此时，她正在用心地感觉着：深深地吸气，长长地呼气，气息流进鼻孔、鼻腔直至肺腑的感觉。

她接连如此，深呼吸了十几次之多，情绪渐渐地稳定下来。

她端起课桌上的水杯，呷了口，继续聆听老师讲课。

旁边有位男生睡熟了，打起轻微的鼾声。不远处，还有几位小女生低着头，凑到一块儿，边叽叽喳喳边兴致勃勃地嗑着瓜子儿。钱雯丽皱了皱眉，看了她们一眼，没有言语，而后又回过头轻轻地捅了下身边的男生。他转动了下头，鼾声虽停止，但他又以另一种姿势继续着睡眠……

钱雯丽看了眼讲台上的老师。他真像一位相声演员，正声情并茂地表演着。对台下的观众，似乎视而不见。但依他的视角与高度，应该对下面的情况一览无余，甚至了如指掌的。那他为什么对下面睡觉的男生、嗑瓜子的女生，不闻不问呢？是出于尊重？出于担忧？还是……

钱雯丽听着听着，不仅有些触景生情，而且也有些分神。她勉强写了几行笔记，又拼力地调整着自己的思绪。这一次，她做到了专注，直到结束。

午休时间。

钱雯丽接到父亲的电话。在电话里，父亲总是那样嘘寒问暖，知道自己喝羊奶上了瘾，他又重新找了雇用司机，从郊区往学校定时送奶。父亲说话的语调，总是那样哀婉柔肠，雯丽听着就有些感动，她不停地对着话筒点头"嗯"着，泪水也似乎在她眼眶里徘徊着旋转着。她强忍着，故作镇定，认真地听着。

许久，她才通完电话。

她的右眼角挂了颗泪珠，有些软软地坐在床沿，凝神贯注地思考着。

她想到，对财富贪婪成性而弃女抛夫的母亲；想到含辛茹苦为养育自己而舍弃事业的父亲；想到为治疗自己胃病寻求全球名医而破费金钱的父亲；想到为滋养自己的身体而让雇用司机定时送奶的父亲；想到……她一时难以用语言精准地表达出来。

她的思绪如翻江倒海般把往昔的旧事全都抖搂出来，像纪录片一样，一下子都在脑海里一一闪现出来……

此时，钱雯丽早已感动得泪流满面……

她索性趴在床上，痛快淋漓地哭了起来。

室友吃完饭，回到宿舍，都惊恐万分地询问道："雯丽？发生了什么事？""谁欺侮你了？""到底怎么啦？"

雯丽止住哭，抹了把眼泪微笑着说："什么事都没发生……我只是觉得，想哭，哭一哭，感觉痛快些……"徐令仪随即哈哈大笑着说："钱雯丽，你可忽悠了我们一把。还有无缘无故想哭的？咱们女孩子的性格，的确说不准，真像是夏季天空的云彩。"接着李敏看着雯丽说："刚才，可把我给吓坏了。我还以为是宿舍里进了贼，贼又把你给怎么啦？现在，社会治安很不好。这类事情以前就发生过。陌生人进来，可要提防点。"阮丽婧说："你和我一样，有时候，我也想无缘由地痛哭一场，痛快！好啦，睡一觉醒来就会没事的。"

她们插上门，按晚上睡觉的规格睡了个中午觉。

钱雯丽很快就进入了快速睡眠期，睡得很沉，也很香。

50. 吕迪来信

一小时后，钱雯丽被一阵急促的短信铃声惊醒。她在迷糊中抓起手机，一看，正好是上课时间，大脑顷刻间便清醒了许多，她立睖着眼看了会儿天花板，迅捷地从床上弹起。李敏睡得正酣，在梦中告诉雯丽："替我签个到，晚上我请你客，我再睡会儿。"钱雯丽哼了声，便与徐令仪和阮丽婧相伴赶往教室。

钱雯丽边走边查看了短信。

信是初中同学吕迪发的，内容如下：

雯丽老朋友：

　　你好！我刚从国外培训回来，没赶上你的大学饯行聚会，实属抱歉，请见谅。现将我的礼物寄去，略表寸心，望笑纳。我给你发了封电子邮件，抽时间看看，希望能得到你的肺腑之语。谢谢！

　　顺祝大学生活开心，愉快。

好友　吕迪

第二节课是计算机。

课上，钱雯丽顺便打开了电子邮箱：

雯丽老同学：

　　你好！得知你顺利考上名牌大学，我由衷地为你感到骄傲和自豪。在我眼里，你是上帝之子，有着人间最美好的辉泽与晨晖，虽然也遇到些小小的困难和挫折，但那都是天降大任于斯人前的预兆。你的聪慧，结合了对学习的执着，终于赢得社会的认可。

　　你目前在学习上能获得成功，将来也必将在事业上能获得更大的成功。

　　我为你欢呼，我为你喝彩，我为你助威。

　　希望有鸿鹄之志的你，能忆起胸无大志的我。

　　我已经与大学无缘，只能做一个平庸的人，做些碌碌无为的事。我已在外企上了班，认识了一位外籍华人，母亲为中国广东人，父亲为美国人。

　　我们相爱了。

　　中学时的恋情，只能化为泡影。

　　人，在新的爱情巅峰面前，总想勇敢地去爬越，去追求爱情的新目标……

　　附件里有张他的全身照，请你参谋，并提出宝贵的意见。

你的朋友　吕迪

钱雯丽随手打开附件。

一张高大魁梧、英俊倜傥、外国男人味十足的照片跃入眼帘。他的面相，结合了东西方人的特征，看上去，多少有些不伦不类。在钱雯丽的意识里，不知为什么，突然蹦出一个词——"杂种！""又是杂种惹的祸！"她愤愤地在心里重复了一遍，这使她不由得想起父亲的情敌——约翰•汤姆森，他是个混血儿，更是个杂种。钱雯丽又愤罟地重复了一遍，有点来气地给吕迪回了邮件：

吕迪老同学：

你好！谢谢你对我的挂念与祝福。得知你已在外企上班，我也替你感到高兴和自豪。

在时下就业艰难、竞争力日趋白热化的今天，你能找到如意的单位，说明当初你的选择是正确的，你所学的专业是实用的。看到你的白马王子，人倒尚可，只是我建议，作为中国人，还是找个同胞为好，这样既有相同的文化背景，便于交流……也算是为延续我们的炎黄子孙尽了份微薄之力。

我的意见可能不中听，望见谅，也希望你的第二次选择能够正确。

顺祝你工作顺利，身体健康！

你的朋友 雯丽 复

钱雯丽如释重负地回复完毕，长长地轻松地舒了口气，在她凝重深沉的表情中，还掺杂着些许的惆怅与担忧。她无所事事地轻轻点击鼠标，有些无聊地浏览着网上形形色色的新闻报道。有个帖子引起她的注意：在沿海城市女大学生的婚姻意向调查统计中，有40％的女性想嫁给外国人，10％的女性在付诸行动，3％的女性已获得成功。

3％，这已是不小的数字。

她又一次想到自己的母亲，想到老家小区那几对异国恋人，想到同班同学的谈论，这又使她不由得陷入沉思的泥潭，她在思考着整个华夏民族的文化：审美时尚、道德标准、人生观、价值观、爱情观……

她就这样狂想，思绪在任意驰骋着。

这种想法，以前她偶尔也有过。但是，当步入大学校门后，她经常有事没事地做这样的思考，或讨论些忧国忧民及有关世界和平的大事。更多的时候，是与几个好朋友聚在一起，一侃就是几小时。如果全是女性，有时她们的话题，又往往以时尚审美、时尚爱情为主题。虽然她并不渴望爱情的到来，更没有需要异性朋友的冲动，但从纯学术的角度考虑，作为一种容易迸射出创意思维火花的辩题来讲，这样的活动，她还是乐意参与的。

正因为她有些辩论的功底和演讲的才能，加上相对敏捷的思维，在大一新生竞聘班干部和系学生会干部的活动中，她以80%的票数，赢得学习委员一职，以90%的票数，赢得系宣传部部长一职。

在学校的文娱活动和学习方面，钱雯丽是有能力的，也是成功的。但在生活上，尤其是在身体健康上，她却是失败的。由于身体素质平庸，她的大学体育课，至今令她堪忧，好在，交够足量的补考费后，成绩往往会及格的。这一点，又让钱雯丽感到十分欣慰。

上课的时候，她总是这样没头没脑地想着，直到课结束为止。

钱雯丽和室友从计算机房出来，说说笑笑地向女生高级公寓楼走去。

当穿过运动场旁的一块空地时，在树下阴凉处狂侃的六位无聊男生，便立刻屏息定睛凝神，伸长脖子，两眼都齐刷刷地盯着她们几位女生，用目光肆意地扫视着她们俊俏的面孔、丰满的胸部、摇摆的臀部和有致的曲线……钱雯丽被看得有些不好意思，她用眼角狠狠地瞪了男生们几眼，并本能地向前快走了几步。其中一位男生冲钱雯丽笑了笑，双眼仍然紧盯不放。徐令仪和阮丽婧继续优哉游哉地走着，还不时地用目光暗示钱雯丽，不要理睬他们。其中一位富有专家派头的男生，晃着脑袋拉着长音说："这三位，我一看，就知道哪位不是处女。"有位男生惊异地非常佩服地请教道："厉害！你怎么看的？快告诉我方法。""处女走路时胯是这样扭的，而非处女走路时胯是那样扭的。一看就很明显。""到底哪样扭？哪样动？我咋看都一样啊。""这是一门学问，很深奥的。凭经验判断，是一门学问。哪能一下子就学会？""少忽悠我，我才不相信你能看出来，瞎掰！""信不信由你，你若不信，想验证，你去问问前面的靓女。问她：你是不是已不是处女了？""傻子才会问，这不是找劈吗？""你不想学就算了……"

他们的对话，被顺风吹到钱雯丽的耳朵，她听得真真切切，她们三位也都听得真真切切。

徐令仪边扭着臀，边咯咯地笑着，向钱雯丽和阮丽婧使眼色说："咱们仨，谁不是处女啦？"

"不是处女是咱们自己的能耐，又不是他搞的。这帮臭小子，找揍！……"

"早该修理了，欠扁！"

走了好一会儿。钱雯丽扭头看时，离他们已是甚远。这时，她们才舒了口气。

51. 遗产 8000 万

就在钱雯丽她们一行人穿过运动场向女生高级公寓楼行走的时候，几乎是与此同时，在遥远的南滨都市，钱雯丽出生的地方，在一家外企的办公大楼里，邢嘉琪正呆坐在办公室。

几分钟前，邢嘉琪慌乱狂躁地看着一张张私家侦探交给她的照片，那是自己的现任丈夫刘东方与多名姘妇偷情的证据：有的是在宾馆的包房，有的是在豪华的别墅，有的是在开放式的酒吧间……从肤色上分，有白种女人、棕色女人、黑色女人以及肤色特征不十分明显的混血女人。嫁到刘家后，她才知道刘东方有这样的嗜好。按照丈夫刘东方的话说，就连邢嘉琪自己目前的处境，也都是这种爱好的产物……

邢嘉琪凭借自己迷人的姿色和动人的曲线，成为刘东方猎取的价格最昂贵、决定长期厮守的漂亮女人。至今，她已完全成为他的掌中玩物，既然是玩物，总有被玩腻的那一天，玩腻了往往就会被抛弃，这是一般的规律。

邢嘉琪总觉得自己正处在即将被抛弃的前夕，尤其是当她看到那些形形色色的乱伦照片时，这种感觉就变得极其明显。

她就这样悲恸地回首着前尘，心情压抑得几乎感觉到世界的末日即将来临。

邢嘉琪怔怔地看着那些照片，想着自己的处境，想着自己的未来……想着想着，她就觉得有点儿头昏脑涨，感觉实在不想再看下去，于是就把照片抛向一边，一个人静静地愣愣地坐在办公室，回忆着与刘东方这几年的感情历程，他的花言巧语以及信誓旦旦的话，似乎还在她的耳边萦绕，到现在依然清晰明朗。她不知道，当初为什么要抛弃一个相当稳重的男人和相当富裕的温馨的家庭，而去重新选择这样一个虽更加富裕但人心浮躁的花心男人？是自己的贪欲？是自己的虚荣？是自己的无知？她不知道是什么原因，更不知道是什么力量驱使她这样铤而走险的。而现在，在这个所谓的家庭，她几乎丝毫都感觉不到家的温暖与幸福，相反，只有一种痛苦的不和谐的强烈感觉，自己只是匆匆的过客，如同漂泊不定的浮萍，又如同是丈夫的附属品，呼之即来挥之即去的物品。虽然她有花不完的钱，住有面积足够大的房子，但感觉不到家的一丝温暖。

渐渐地，她又想起自己的前夫钱金龙和女儿邢雯丽，她回忆着过去任何的相当美好的生活片段，陶醉在温馨的回忆中。她的嘴角微微露出些许的笑容，看上去或多或少有些留恋那些过去的日子。可当她想到自己的前夫钱金龙已经重新组建家庭时，她最后的一丝希望便迅速化为泡影，她的面庞顿时暴露出颓丧的神情，她痛苦万状地将头陷入双掌之中，泪水顺着她的指缝蜿蜒地流淌着……她哭丧着脸，从办公桌抽屉里的一个很隐匿的盒子里取出日记本，含着泪，时而哽咽着，在本子上写着什么。

这些日子，不知什么原因，她越来越觉得心里慌得难受，越来越想念自己的女儿和已不可能再恢复的那个家庭。在经历了这些事后，到现在，她才恍然大悟地认识到：自己先前的丈夫钱金龙，原来是天底下最难求的好男人，好丈夫。以前，自己拥有他时，没有好好地珍惜，对他不冷不热，还给他绿帽子戴……

她现在觉得十分地对不住他……

她像是在回忆……又像是在忏悔……

她心里清楚：事情一旦过去，就会成为历史。既已是历史，就很难重演，她还明白这一点。所以，原来她生活中美好的东西，而今留给她的，已演变成无尽无际的后悔与痛苦。如果有来世，她会把它作为前车之鉴的，认真地规划好自己的人生，走好人生的每一步棋。

她的思绪如翻江倒海般倾泻而出，在大脑间同时闪现，好多令人心酸的不堪回首的画面，重叠在一起，交织着、合并着、重组着。有一件刻骨铭心的往事翻上心头：那一次，为了上亿买卖的卑鄙勾当，自己作为公关人员，作为女色和诱饵，被自己的丈夫在酒里下了药。在昏迷中，丈夫把自己作为礼物送给他的生意合伙人，身体粗壮、肌肉硬得似铁块的混血儿老板，玩了整整一宿……等自己醒来时，已成事实，也无力反抗。已是心力交瘁的自己，悲愤到极点。而丈夫知道自己的愤懑后，只是稍做了些安慰，为了生意，这点牺牲算不了什么。

那次生意合作成功，为公司赚了近半个亿。

早该到上班的时间，她的办公室却门庭冷落。也不知从什么时候起，她作为公司的总经理，其职务形同虚设，只是在生意最关键的时刻，才会派上用场，那就是公关。

邢嘉琪每天就这样静静地坐着，胡乱地想着，想得十分疯狂。

现在，她几乎能感觉到大脑在疾速地旋转着，而且越转越快，自己根本控制不了，也停止不了。她清醒地觉得，头胀痛得即将迸裂，大脑里各种意识胡乱地交织在一起，几乎乱成了一锅粥。

沉重的压力如万钧之石搁置在她的头顶。在既有重压，意识又失控，神经紧绷得"噌噌"地作响而她又完全无力控制的当儿，她像是疯了一样，两眼圆睁，扩大的鼻孔抖抖地翕动着……化妆后的脸颊在泪水的冲刷下，显得既铁青又有些阴森恐怖。此时，邢嘉琪的身体开始猛烈地颤抖起来，这种颤抖，或许是源于对她现任丈夫刘东方的愤恨，也或许是源于对自己的懊悔，也或许是源于说不上的什么原因……

总之，随着时间的推移，她的身体便抖动得愈加强烈，神经紧绷得愈加强劲，思维旋转得愈加疾速，思绪交织得愈加混乱。她觉得有些受不了，但又控制不住。渐渐地，她觉得，就在那一刹那间，她的意识比先前更混乱了许多，思维比先前更疾速了许多，神经也比先前更紧缩了许多，几乎到了无以复加的地步。就在她想控制又控制不了的当儿，她的大脑蓦地一声轰隆，顿时，意识停止了旋转……神经变得分外松弛，思维变得趋于混沌，也异常轻盈，好像是飘浮在什么物体之上似的。这里，时间是静止的、空气是凝固的，意识也将随之消失。

在空荡荡的意识空间里，唯有她自己，赤裸裸的自己，不知道什么是羞耻，也没必要知道什么是羞耻。

她就这样孑然而行着……

突然，她觉得自己不知被什么力量推着，快速地前行着。猛然间，视野变得无比开阔起来，有许多和自己一样赤裸着的男男女女，表情呆滞，动作僵硬、意识单纯的人，聚集在她的周围。她仿佛又回到了生命之初，赤条条地准备进入到这个充满邪恶的世界，而那些已经进入生命通道的生灵，无一例外地都在嘶声哭泣……

邢嘉琪目中无人地观望着，怯生生地独自琢磨着：那些和自己一样的"人"，或许就是准备轮回成人的"人"吧！同时，她又有些纳闷，自己怎么会来到这种地方。她用简单的意识思考着，不知不觉间，她迅速撕裂掉身上所有的衣物，赤条条地从办公室里窜出，下了电梯，冲出办公大楼……而后在大街上狂奔。……她秀美的长发，随着身体的摆动，在风中飞舞着；她优美的曲线，随着身体的扭动，在风中展现着；她凹凸有致的肌肤，随着身体的震动，在风中抖动着；她姣好的面容，随着身体的开放，在风中绽放着。她始终都保持着轻松的微笑……她觉得，自己轻松了许多，爽朗了许多，仿佛是置身于一个奇妙的世界。这里旷无人迹，唯有她自己。

她就这样肆无忌惮地狂奔着……

邢嘉琪的一举一动，形成了一道亮丽的风景，引来许多闲杂人员的观望，有人为之叹息，有人为之沉思，有人为之呐喊，有人为之欢呼，形形色色的。

她对周围人的注目，视而不见，照例疯狂地奔跑着。

就在这时，邢嘉琪突然觉得身体像是被什么东西猛烈地撞击了一下，自己的身体也随之像棉花团一样飞了起来。这种感觉似乎很美妙，有一种飞驰的感觉……瞬时她便觉得身体轻飘飘地浮了起来……她亲眼看到，有一群人正围着自己的身体动手动脚，先是被盖上了不知从哪里搞来的脏兮兮的被单，而后是被人抬上了救护车。

在救护车的嘶鸣中，自己像是被送进一家医院的急诊室……

医生们立刻紧张地忙碌起来……

此时，邢嘉琪的意识在空中随风浮动，飘荡在空中，一阵大风吹来，她的意识被吹撞到一棵大树上，意识被撞得七零八落……在炽烈阳光的照射下，她仅有的意识，也被周围的空气、树木、风儿和阳光，吸收得无影无踪。

在邢嘉琪出事的第二天，钱雯丽得到音讯，并立即乘机返回老家。

钱雯丽在机场与前来迎接的父亲一道直奔市殡仪馆。

当钱雯丽看到面色惨白、表情黯然的母亲遗容时，一时想到自己的亲生母亲撒手人间，不由得号啕大哭起来……大颗的泪珠自眼角和眼眶如泉涌般喷薄而出，顺着脸颊、鬓角直流而下。

钱金龙怕女儿哭坏了身体，轻声地走过去，徐缓地，沉重地，有力地，将女儿揽进怀里。此时，不知什么原因，他的泪水也不由得顺流而下，滴落在女儿的秀发上……俊俏的脸庞上……

他们悲戚地哭了一会儿，终于在亲人们的抚慰下，拭干眼泪，怀着沉重的心情离开了殡仪馆。

工作人员在清理邢嘉琪的遗物时，发现了那本隐匿收藏的笔记本。这本笔记本，成为了解邢嘉琪生前思想状况的唯一资料。

9月11日　　　星期二　　　天气晴朗

得知女儿考上重点大学，作为母亲，心情自然十分地高兴。

好几天来，我总有一种强烈的冲动在心中徘徊着，真想过去看看自己的女儿，真想亲耳听女儿叫声"妈，妈"。这种冲动是如此地强烈，以至于使我感觉有点儿精神恍惚……但有时候静下心来，回想往昔，觉得自己确实没付出多少爱给女儿。现在，女儿长大了。自己真有些无颜面对，更不敢接受女儿的那一声"妈妈"。

以前，自己做了许多事，可能伤害到女儿，女儿会嫌弃我吗？女儿会认我这个妈妈吗？女儿啊，不管你现在是怎样想的，也不管你决定怎样对待我这个不称职的妈妈，妈妈都是爱你的，尤其是现在。妈以前做的错事……现在，妈都懂了，醒悟了，你能原谅妈吗？雯丽，妈在和你说话呢，你能听见吗？

妈的一生是失败的。败在一个贪字上，因贪走错了一步棋而毁了一生，妈后悔啊！但后悔又有什么用呢？只能一个人独吞这个苦果。

雯丽，听说你后妈对你挺好的，对你爸也挺好的，这就好！……你能生活得幸福，过得快乐、高兴，健健康康地成长……就是当妈的最大心愿。

孩子，今生今世，妈是愧对于你的……如有来世，妈一定做一位合格的妈，标准的妈。

11月2日　　　星期五　　　阴天

我这几天的心情就像这天气一样阴沉，我的思绪常常混乱，精神常常紧张，总有一种歇斯底里的感觉，尤其是得知刘东方是位玩弄女性的色魔后，我的神经就近乎错乱……愤怒在我心中郁结，吞噬着我的灵魂……我总有一种发疯的念头，时时刻刻都萦绕在我心头。

我疯了，甚或是死了，倒不足惜。只是，我牵挂、放不下我的宝贝女儿。我得有一个向女儿忏悔的机会，得给女儿留下点什么，作为女儿对我的纪念。

女儿啊，妈总觉得有一种不祥的预感，这种感觉在日复一日中变得愈加强烈起来……在这几天，妈把属于自己的资产整理了下，大约有8000万左右，存折放在我办公室的抽屉里，密码你爸爸知道，这样即便我突然走了，这笔钱也会通过律师转入女儿你的名下。

女儿啊，如果妈妈真的疯了，或是真的走了，你会来看我吗？在这个世界上，你是我唯一的亲人。即使你不来看妈，妈也能理解，因为妈妈的罪孽太深重，深重得无法得到你的宽恕。

女儿啊，你长大后，一定要孝顺你爸爸，他是个好人。当初，要不是你爸看上我，在这个城市，我只能是一位匆匆的过客。是他拯救了我，给了我上流人士的生活和做人的尊严。只是，我不争气，听信了谗言……

这几天，我一直在忏悔，在愤怒，在思考……

我不知道我这是怎么啦，总有一种难以控制的感觉在心里肆虐着……

11月19日　　　星期一　　　晴天转阴

我的意识因愤怒而混乱到极点，大脑中所有的记忆都在同时显现着，憋胀的感觉越来越明显，有时候在大脑中还闪现着一些灵光……在灵光的尽头，有许多未知的生命体在活动，那是生命之门？还是地狱之门？我说不清楚。

现在，我的思维越来越不由我支配，倒像是被一种神秘的力量掌控着，但我还是尽力地去控制它，我想尽可能多地去回忆我的女儿，回忆值得回忆的美好往事……

　　虽然有时我会产生一种幻觉，我的身体软绵绵地飘浮在空中，鸟瞰着芸芸众生……每当此时，我在空中就可以看到我的女儿，她在校园里快乐地学习生活着，有时也看到我的前夫钱金龙，他在自家别墅区悠闲地散着步……

　　他们都是我的亲人，我得保护他们。

　　现在我觉得我的能量在增强，我获得了一种超人的本领。

　　我不知道这是否正常？还是，病情恶化后的一种幻觉？

　　我感觉快到了世界的尽头。

　　这本日记最终由钱雯丽收藏，以留作对亲生母亲唯一的遗有生命气息和情感信息的永久纪念。在事后的一段时间，按照法律程序，将属于邢嘉琪私人财产的8000万元，由其亲生女儿钱雯丽继承。至此，有关邢嘉琪死因之谜团及其巨额遗产继承问题，都画上了句号。

　　母亲的死，对钱雯丽的打击非常大。在此后的好长一段时间，她变得有点寡言少语，甚至有些郁郁寡欢。因经常性地凝神沉思，使得她那稚嫩的脸上开始绽露出几分成熟与深沉的神色，似乎在这几天里就长大了许多。之后，她开始关注有关人生哲理方面的书籍，经常性地思考有关人生观、价值观、世界观的问题。这些问题，她以前也曾思考过，只是思考的力度及侧重点不同而已。对于一些深奥艰涩的人生道理，她虽有点儿一知半解，甚或是懵懵懂懂的，但都对她的思想意识、行动产生过积极的影响，她开始对植根于意识深层、以瘦为美的审美标准产生质疑，开始对自己不到九十斤的体重担忧，开始对自己虽苗条但缺乏凹凸感的身材担忧，开始对自己因重度的胃下垂而导致的食欲不振担忧，开始对自己迟缓的身体发育担忧，开始……

　　在独自看书的时候，她想了许多，许多……

52. 男女之事

环境可以塑造出一个新人。

步入大学已近一个学期,在这半年里,钱雯丽也耳濡目染了许多事。这些在她的生活环境中发生的诸多事例,都或多或少潜移默化地影响着她,改变着她。

记得刚入学不久目睹过的那件浪漫新鲜事,至今还依然令她记忆犹新和匪夷所思。

那是九月末的一天夜晚,十点左右。参加完同籍朋友聚会的钱雯丽,独自穿行在校园那条垂柳飘飘的甬道,正向女生高级公寓楼走去。当时,月色朦胧,柳枝婀娜,总给人一种身游画中的感觉。钱雯丽陶醉其中,下意识地沿着垂柳踽踽而行,边走边欣赏着迷人的夜景。就在这时,她突然听到几声"嗞嗞,嗞嗞"的奇怪声响,好奇心使得她立即警觉起来,她屏息贯注地搜寻着奇妙声源……发现在不到十步远的前方树影里,有一对男女大学生在相拥接吻,女生娇小的身躯被男生那双有力的大手揽在怀里,她似乎已经悬了起来,两具身着单薄衣物的热血之躯紧紧地黏合在一起,两颗疯狂的头颅在左右摇摆着,忘情地亲吻着、吮吸着……

钱雯丽吓得止住脚步,她还是头一回如此近距离地观看这等水平的接吻……在她模糊的记忆里,中学所见的接吻,无非是在脸蛋甚或是在嘴唇上轻轻地亲一下而已……今天见到如此架势如此花样的接吻,真的让她大开了眼界,也真的让她不敢相信自己的眼睛,这种想都不敢想的事情,竟然活生生地在身旁发生着。

钱雯丽本想继续屏息凝神、蹑手蹑脚地从他们身旁溜过,唯恐惊着了他们。她这样想着,也这样做着。尽管如此,她还是被敏感的女主人公发现了,那女的侧转头,向男友耳语道:"有人来了……"男生从容地扭头看了一眼钱雯丽,俩人才相互偎依着向前走了十多米。等钱雯丽一过去,那对恋人便转向来到路旁的石凳上坐下，女生顺势躺倒在男生的怀里，迫不及待地亲吻起来。

钱雯丽被他两人的举动弄得十分尴尬，不好意思地又朝前快跑了几步，才远远地甩掉了那对情侣。

钱雯丽坐在床沿，陶醉地思想着……

巧遇这样的艳事，虽为数戈戈，但这极偶然的一次，对正处于青春萌动期的少女来说，无疑是颗深水炸弹，在她心灵世界的地沟里引爆，完完全全地触及灵魂的内核，并在心灵世界里产生剧烈的震动，从而极有可能会在她的思想意识领域里引起一场变革。

自从那次事件后，尚未发育健全的钱雯丽，开始在闲暇时间考虑男生女生之事，男生为什么喜欢和女生在一起？女生为什么谈起男生就很兴奋？唐晓慧肚大究竟是不是被男生搞大的？她的自杀原因是不是因为男生？母亲已有一个男人，为什么还要抛弃一个和谐家庭，去追寻那并不能得到真正幸福的另一个男人？继母戴雯雯为什么要苦苦等待七八年、非自己的父亲不嫁？最后，她终于如愿以偿了？自己未来要找的男生标准是什么？……这些有的看似幼稚的或是深奥的问题，在钱雯丽的脑际产生了许多。虽然她还没有想找男生的冲动，但触景生情，也会不由得令她思考起这种既严肃又浪漫温馨的爱情问题。

大学校园，除了是一个能提升人的智慧的绝佳学习场所外，还是一个能让人极容易产生情感故事的一块爱情乐土。

钱雯丽在大学里所见所闻的学生恋情故事，比中学时增多了上百倍，几乎每一位莘莘学子，在大学毕业时都会有一段或长或短，或成功或失败，或欢合浪漫或悲离伤怀的情感经历。这些刚入伊甸园不久的同龄人，个个身怀绝技，摩拳擦掌，跃跃欲试地准备着，决心在爱河里畅游一番，立志捕捉到自己心仪的情感猎物。

钱雯丽正想得痴迷时，宿舍门开了。徐令仪、李敏、阮丽婧哼着流行曲子，怪声尖叫着，嘶声嚷嚷着，似乎要把心中淤积的压抑情绪，一股脑儿吼出来似的。

徐令仪是一个长着瓜子脸、肤白、体形丰满，眼睛特别动人传神的女孩，性感妩媚，令人心仪。真是人如其名！李敏碰上门，在阮丽婧跑调小曲子的伴奏下，应着节拍扭起现代舞来。徐令仪看着她俩，哈哈大笑着问雯丽："大家伙儿静一静！ 雯丽告诉你件喜事儿 …… 我，要告诉大家件喜事，我要谈恋爱了 ……"

钱雯丽愣愣地眨着长睫毛的大眼睛，半天没反应过来。阮丽婧和李敏也立刻不动声色地安静下来，站在原地，像是被使了定身法一般，都被这突如其来的惊喜冲昏了头脑。沉静片刻后，大家才猛然醒悟过来，全都神情飞扬地用极其欣喜的语调说："哇！ 好幸福啊！"阮丽婧蓦地瞪起圆溜溜的大眼珠，指着徐令仪说："好哇！ 你小子！ 我们俩陪了你一路，你也没透露一丁点消息，非憋到宿舍才说啊？"徐令仪忙堆起笑脸，内疚般地说："不是，哪能呢？ 关起门来，咱们不就是一家人啦？ 我暂且还不想让外人知道！"阮丽婧重复着"外人"，忽而面色和悦地回复道："这还差不多，有道理！"钱雯丽看着徐令仪，一脸真诚地说："祝贺你，令仪，祝贺你找到自己的白马王子。"李敏眯着眼，瞅着钱雯丽补充道："什么时候带过来，让姐妹们给你审核一下。"徐令仪不好意思地噘着性感的小嘴说："八字还没一撇呢，人家才刚给我写了封情书。"阮丽婧眼睛一亮，一字一字地重复道："情书？"接着，她眼珠一转，扫视了一下大家，说："让姐妹们看看情书吗？ 共同分享分享。""好呀！"徐令仪爽直地说着，便从坤包里侧的拉链里抽出一个信封，翘着右手红指甲的小拇指，只用大拇指和食指的红指甲，从里面夹出一张信纸和一张照片，用手一抖，说："看，就是这 …… 还作诗呢？ 文绉绉的 ……"阮丽婧接过信，与李敏欣赏起爱情诗来，钱雯丽也顺手接过那张彩色照片端详起来。这是张全身照，体形还算强健威武，身高估计在一米七五左右，长相倒有些男子汉的气质，具体五官看不太清楚。有顷，钱雯丽把照片交还给徐令仪，笑嘻嘻地说："长得挺帅气的，哪个学院的？"徐令仪边思忖边眨着眼回答："嗯，应该是物理学院电子专业吧 ……""哟，写的还挺肉麻的 …… 来，看看照片。"阮丽婧瘪着嘴，挤着眼，向徐令仪叫嚷着。徐令仪没吱声地嫣然一笑，将照片递给了阮丽婧。钱雯丽趁势接过那封让人肉麻的情书：

　　茫茫人海里
　　有幸遇见你
　　像看到初春杨柳枝头的
　　第一片嫩叶

令我心仪、欣喜、神迷

那一瞬间
我想到了永恒
我们并立天河下
看着天，握着手
一阵神秘的微颤
经过俩人心灵的深处

那一瞬间
你给了我
生活的动力和希冀
一种发自心灵深处的深沉的呼唤
我——爱——徐令仪

钱雯丽左看右看，总觉得这诗有点儿眼熟，但具体在什么地方什么时候见过，又一时想不起来。她边仔细琢磨，边挠着耳垂，自言自语道："在哪儿见过，书籍？网络？哇塞！这情诗写得，把令仪的名字也嵌入诗里了，而且还是两次。看来你真是令小伙子动了心啊！""雯丽，你说什么呢？你，你见过这首诗？"耳尖的徐令仪听到钱雯丽的嘀咕声，脸红地问道。"没！有些眼熟……具体忘了……可能是搞错了，对不起！"李敏听后也有所体悟地插话道："现在都啥年代了，还需费脑去写？网上下载一个，略加改造，或重新组合一下，OK！要享受现代文明的成果吗！大家的思想该解放了！"接着她又轻快地解释道："就像咱们为朋友过生日或做什么的，要发个短信祝贺一下，不也是拿来主义？或加以改造！好啦，不要苛求什么啦。人好，比什么都强！什么时候让我们瞧瞧你的白马王子！"徐令仪转而眉飞色舞地说："那自然……到时，肯定会的……如果，如果求爱信可以网上下载，那感情能有几分是真诚的？"她停顿了片刻，又忧心忡忡地补充说："这，会不会……""怎么会是拷贝的？如此情深意切的爱情表白！这是发自心底的爱的呼唤……"钱雯丽不假思索地说。"不过，这又有什么关系啦，感情真，才是真的真，写得再好，天花乱坠。感情假了，什么都没用的。处一处，才知道感情真挚与否啦？你还担心这是真是假？现在的男生担心的更多……"阮丽婧以爱情专家的口吻，轻松化解了徐令仪的顾虑。徐令仪瞪大眼睛不解地反问："他们还担心什么？"阮丽婧进一步解释道："他们还担心，他找的女朋友是不是处女啦，在谈恋爱时又不能问'你是不是处女啦？'一问，肯定吹！……所以，他们只好将就着谈。运气好的话，还会遇到位处女；运气不好，你没听大三大四的男生感叹：现在的处女太难遇啦……"徐令仪有些愤怒地辩驳道："你太诋毁我们女生的形象了……谁说没处女了？再说，是不是处女真的有那么大的关系吗？"李敏笑着插话说："这就对了，在现代社会，不是处女，又不是什么坏事，说明你自己早有吸引男人的魅力！在国外，人家还以是处女为耻呢！……是处女也罢，不是处女也罢，并不代表一个人的品行，只要思想健康，做事不违背法律，不逾越道德底线，都是好人……不过，话又说回来，处女问题，毕竟还属于个人的隐私。这个话题，我们就谈论到此吧……""有道理。"众姐妹随声附和着。

钱雯丽似懂非懂地听着阮丽婧和李敏的高见，似乎她俩的话题离自己还十分遥远，她现在还大多以一片童真之心来处理身边的人和事。毕竟，她还没有经历过初潮，还不能算作一位真正的怀春少女，自然就体味不到其中的妙趣。

随着期末考试的临近，校园里平添了不少忙碌学习的身影。在白天的大多数时间，在教室、自习室、公共阅览室，几乎都座无虚席。甚至，在清晨寒意袭人的甬道边、校园广场、公园里，都随处可见身着保暖外衣、手戴保暖手套、捧书朗朗而诵的男女大学生。这会不由得使人想起学习紧张的高中生活。这景象，也会自然而然地为自由、轻松、浪漫的大学校园营造一种厚厚的浓浓的学习氛围，着实让人感到身处伊甸园的莘莘学子饱学之艰辛，这也多少让人有肃然起敬之感。

钱雯丽手捧着书本，正边走边想地寻找着较为清静的处所。

她姗姗来到草坪拐角处甬道边的石凳前，站着诵读起来。

清凉透骨的微风拂着她的面庞和秀发，沁人心脾的感觉带给她无比清晰、明朗、敏捷、高效的思维效果。她表现出如饥似渴的神情，全身心地投入着，专注忘我地朗读着……

53. 阅览室艳遇

不知什么时候，李敏气喘吁吁地跑来，着急地大声喊道："你让我好找啊！原来你在这儿，打你手机也关机！""什么事？看把你急的。""有个男孩找你。要为朋友两肋插刀呀！别误了你的好事！""男孩？""看起来很酷的。""什么男孩？一大早的……"钱雯丽看着李敏，将信将疑地轻声自语着。而后，她又冲李敏莞尔一笑说："谢谢了，好姐妹。""没事！我不正好出来晨练嘛，顺便帮忙而已。""真的感谢了！李敏。"说完，钱雯丽便怀揣书本匆匆地朝宿舍楼走去。

在女生高级公寓楼门口，正徘徊着一位长发垂肩，体貌高大魁梧，身着品牌服饰，气宇超凡的男生，他正拉着小巧便捷的行李箱左右观望着。钱雯丽起初并没有留意这位帅气的男生，径直向女生宿舍楼里走去。

"请问，你是钱雯丽吗？"那位男生疑惑地探寻着。

钱雯丽一愣，心想："难道这位素不相识油头粉面的家伙，就是找自己的那位男生？"她闻声驻足，回转头再次打量这位问话的帅气男生。只见有副锃亮的金丝边大框眼镜，十分明显、醒目地横亘在他那黑色瀑布般的秀发之间，秀发和镜框稳稳地遮住了他的上半部脸，整个头部只留下脸的一弯轮廓、似有点儿鹰钩形的鼻梁和长有稀疏胡髭的厚嘴唇，特别耀人的眼。这形象，就或多或少地勾起钱雯丽的些许回忆……

她在混乱的思绪中，还能依稀寻见旧时同学的影子。

她有些拿不准地询问道："你是蔡？……"

那位时髦的帅气男生迅速摘下眼镜，显然有点儿激动地说："钱雯丽？我是你初中时的同学，蔡漫君。""蔡漫君？噢，你好！什么时候从国外回来的？"钱雯丽一边转动圆溜溜的眼珠，一边用热情洋溢的语调回应着。"这不，刚下飞机。来这儿办点事，顺路看看你。几年不见了，你的风采依旧那样亮丽……"钱雯丽黯然地浅笑了一下，随之将话题一转说："你在国外怎样？

你这身打扮真够前卫的！""只是平常的装束而已，在国外还算可以吧，经常拿全额奖学金，没有给中国人丢脸。我在大学学的是生物基因学，导师是国际知名的生物基因专家，爱尔柏塔·乔治森。这次回国是要去黄土塬山区做考察。听吕迪讲，你在这儿，所以一下飞机就过来了。你在这儿生活得怎样？""外语系还算可以，很充实。来，咱们上楼谈吧，不要光站在这儿。"

钱雯丽把蔡漫君的行李箱托付给门房照管，在宿舍她与他就国外的风土人情、审美时尚、教育观念、教学理念、就业前景等话题深聊了近两个小时。

午餐后，蔡漫君有事便匆匆回到预定的星级宾馆。

送走蔡漫君后，钱雯丽心事重重地从校门口晃晃悠悠地返回公寓。一进宿舍门，李敏便冲着雯丽笑嘻嘻地说："男朋友走了？"钱雯丽真切地看着室友，正儿八经地说："他根本不是什么男朋友，只是初中时的普通同学而已，他刚从国外留学归来，顺路看看我。""噢，他真是酷毙了，帅呆了！他有没有对象？"阮丽婧饶有兴致地问，钱雯丽一脸真诚地回答："这个，不太清楚……"

阮丽婧眯着眼，无语地看着钱雯丽躺到床上。

这个中午，可能由于临近期末考试，宿舍姐妹们的思想压力变大，学习任务繁重之缘故，她们的聊兴锐减，都有些蔫头耷耳的，表现出恹恹欲睡的神色。

不多时，她们几位又都以晚上睡觉的标准，很快进入梦乡。

午休后，精神状态嬿好的钱雯丽与李敏，早早地来到公共阅览室。她俩择临窗、采光处选了位坐下。此时，偌大的阅览室只有稀稀疏疏的几位同学，更多的，近乎星罗棋布的，是放在座位上以表明主人领地的书本。

钱雯丽环视了一周，转身将靠垫放在座位上，舒舒服服地坐下，专心致志地看起书来。

不知不觉，几刻钟过去了。

钱雯丽突然感觉阅览室的人多了起来，走道上还有十多位同学正晃动着身体，探头张望着，寻找着自己的同伴或是放在座位上的书籍；门口，仍有不少人在进进出出。钱雯丽若有所思地正准备继续看书。这时，李敏蓦地伸起长脖子，向远处的一位陌生男孩招手。随即，她冲钱雯丽笑着打了招呼，便抱了书本，坐到那男生的身旁。钱雯丽孤单得有些怅然地摇了下头，而后又若无其事地埋头看起书来。

不多时，有位男生悄声地坐到钱雯丽身旁，斜楞着眼看了她一会儿。钱雯丽被这突如其来的压抑感和近乎冒犯般的注视目光惊着，十分不悦而又礼貌地对他苦笑了一下，算是打了招呼。那男生得到钱雯丽的首肯，眯着眼点头称谢后，便坦然地坐到与她并排紧临的座位上，认真地翻动起书本，佯装出对知识探赜索隐的神情。这种专注读书的举动，使得钱雯丽逐渐消除了对身旁这位陌生男同学的厌恶感，取而代之的是志同道合兴致上的亲近感。由于情感态度的变换，现在钱雯丽感觉已能十分坦然地舒畅地容纳身边这位冒昧闯进自己视野的陌生男孩，他们相安无事地各自复习着。

良久，那位陌生男孩探头探脑地瞧了眼钱雯丽，低声说："能否借您的字典一用？""可以！"钱雯丽爽快地应着，随声把字典推了过去。那男生喜得字典后，慌忙翻了几下，又缩着头低声询问："……请问，您，贵姓？哪个学院的？……"钱雯丽一愣，有些不悦地说："你问这个干吗？……外语学院的，有事吗？""外语学院？好专业呀！我一看您的气质，就知道您是学外语的……我太崇拜外语学院的同学啦！"那位男生忽而话锋一转，一句"您"的"您"的拍起她的马屁来。钱雯丽瞪了他一眼，认真地说："……后天就要期末考试，还不抓紧时间复习？胡思乱想些什么呀？"那位男生振振有词地说："这年头，谁还看书，考试带夹带不就行了。一会儿，我免费传授您带夹带的高招，考试保准通过。你看，我这夹带，体积又小容量又大，做起来是很隐蔽的。老师都是些傻大头，根本发现不了的。你再看……""好啦，谢谢你的好意，不要耽误我复习好吗？你不复习来这儿干吗？"钱雯丽强忍着，仍旧和颜悦色地打断陌生男同学的胡言乱语。"我吗？说实话！来这儿，主要是能和像您这样的美女聊天。我是个实在人，和美女聊天从来不绕弯子。"钱雯丽带着讽刺意味地说："你真的够实在的……好啦！我发现我已中了你的圈套，和你聊上了……我立马保持沉默！"那位陌生男孩笑嘻嘻地说："是的……我，我十分尊重您的选择，我也立即缄口……"

男孩心里很清楚，初次与美女交锋，往往就是这样的结局。

大凡美女者，都会显露出她的清高与孤傲来。所以，在男生找美女时，遇到闭门羹，甚或是吃瘪的情形，这，绝对是意料之中的事。

想征服美女，找到美女恋人，需要的是技巧和具有绅士风度的耐心。

陌生男孩正低着头，滴溜溜地转着小眼珠，静静地盘算着馊主意。有顷，陌生男孩还回字典，有情有色地说："你的字典真好用……太谢谢您了。能告诉您的宿舍号或手机号吗？到时，我一定登门拜访……""拜访什么？谁让你拜访啦……又来啦！你这人真是……"她咽下后半句话，抱起书本往前挪了好几排，重新择位子坐下。那陌生男孩眼看着招数已尽，灰溜溜地低下头自语道："她妈的……屌丝……王八蛋，老子的绝招一点儿也不灵！……"

钱雯丽拣择女生多的人堆坐下后，聚精会神地看书，到晚自习毕了，才独自沿着积雪的甬路彳亍而行在回宿舍的路上。

今晚，钱雯丽的思绪因受那位陌生男孩突然介入的影响，复习计划被搅乱了，还有一个章节没有看完。她带着懊丧的神情，长长地吁了口气，仰头深呼吸着，让清凉的空气肆意浸透自己的肺腑……此时，湛蓝深邃的夜空，在浮动着的白云和散落的星辰的映衬下，显得更加神奇莫测。她冥想着，在这幽邃空灵的蓝色世界里，定有能主宰人类的"神灵"在游走，她想试问：人间究竟情为何物？为什么有人为情而铤而走险；为什么有人为情付出了生命；为什么有人因情而如醉如痴；为什么有人因情而遗憾终生；为什么……到底是为什么啊？

钱雯丽一边回忆，一边畅想，一边扪心自问着……

她并不否认情带给人类和谐美好的一面，人类因情而组建了家庭，家庭与家庭又因血脉之情形成了种族；不同种族的人又因共同的信仰之情，聚集一处缔造了国家；不同国家的人又因对真、善、美共同的追求之情，形成不同国籍、不同种族、不同肤色的友谊。这，都是因情所使，是情的积极的广义的一面。但情的狭隘自私的一面，在某些时候恰恰也能害死人……想到这里，钱雯丽不由得忆起自己的母亲，忆起同学唐晓慧，不禁有些怅然若失。

她低着头，沉思怅惘地皱着眉毛，闷闷不乐地回到宿舍。

钱雯丽进门时，徐令仪、李敏和阮丽婧，彼此聊得正浓。

当她们看到钱雯丽愁眉苦脸的萎靡模样时，立刻都哑然地注视着她。

李敏眨了眨眼，左右转动着大眸子，打破沉寂问："又遇上什么烦心的事啦？刚才晚自习时，我还看见有位男生坐在你的邻座，你们怎么啦？"钱雯丽感受着姐妹们关心和期待的目光。她平静地说："没怎么！"她缓了口气，十分愤懑地一五一十地述说了事情的来龙去脉。徐令仪听后，用力地拍着床沿，哈哈大笑着说："好事情！真是好事情！说明你的吸引力已非同一般。那男孩长得咋样？哪个学院的？""长得还算可以，高高大大的，眉清目秀的，我也不知道他是哪个学院的？我没感觉，甚至，还有点儿反感。哎！刚才你找的那位男生是谁？"钱雯丽有气无力地说了半句，而后瞅着李敏问道。李敏看了眼钱雯丽，又看了眼徐令仪和阮丽婧，用抑扬的语调乐陶陶地说："是我老乡！在一块商量开老乡会的事。"徐令仪听后，有所感喟地沉吟道："你们这些幸福的人哪！是男生们的宠儿，哎！……"听到徐令仪的怅然叹息声，阮丽婧斜眼瞧着她，满含醋意地说："你不是都谈了好几个吗？哪像我，都不知恋爱是啥滋味呢？"李敏又把目光转向徐令仪，不解地询问说："原先那两位男生，学校诗刊的特约撰稿人没再联系你吗？还有物理学院的那位诗人，怎么样啦？"徐令仪一看自己成了关注的焦点，一时来了兴致，她眉飞色舞地解释道："那两个都扯淡，诗刊撰稿人，仰仗自己的才气，太花心，已有好几位美女在排着队追他；物理系的诗人，太小气，那天我们出去玩，消费了他六百元，可把他给心疼坏了，吓得都不敢再约我。你说这种男人有出息吗？穷鬼一个，我打心眼里就看不上。长得帅，有才华，能当饭吃？只能拜拜……姐妹们，你听我说的有道理没？"钱雯丽看到徐令仪盯着自己在滔滔不绝、声情并茂地演说，觉得有些不好意思。于是，她低下头，沉思片刻，嗫嚅道："这，怎么说好呢？一个人的追求不同，爱情观和恋爱标准自然会有所差异，好与坏的评价结论也就不会相同，顺意者为佳，别人没办法评判。或许，你的观点是正确的。""雯丽说的也是。虽每个人的爱情观各不相同，但有一点是相同的，就是都希望自己能找到真正的幸福。幸福的基础是什么？就是经济。所以，要做我的男朋友，首先就须有雄厚的财力；其次是身体一定要健康强壮，长得帅气且性感；再次是要人品好，不花心；再就是要有才华，幽默而不失文雅。我们都是好姐妹，我的恋爱教训，就是诸位的恋爱经验。只要大家互相关照，将来的爱情肯定是很幸福的。"徐令仪满脸堆笑，口若悬河地即兴调侃着。

钱雯丽、李敏、阮丽婧都怀着羡慕的心情暗暗地听着。

一会儿，阮丽婧恍然大悟地感叹道："太谢谢你的美言，很有思想性和启发性。我要上床了。托你的诚意，今晚，我定能做个黄粱美梦……"说完，她便边打哈欠边伸着长长的懒腰，拖着倦怠的身体滑到床铺上。

钱雯丽与李敏也都若有所思地去了盥洗室，去做临睡前的准备工作。

这一夜，阮丽婧真的做了个很浪漫的美梦。在梦中，她真的找到一个有钱有权有势有德有才有貌的白马王子。

虽同在屋檐下，但人心各异。

54. 世界流行瘦美人

对于日益临近的期末考试，钱雯丽魂驰梦想的是没有完成的学业复习，因此她总是在想办法挤时间赶进度。对于徐令仪的那番高论以及当晚所遭遇的陌生男孩的骚扰，她在入睡时分就早已忘到九霄云外。因此，她整晚睡得都很踏实，睡眠质量也很不错。

首次参加大学考试，钱雯丽在思想上是格外地重视。

经过几天紧张的学期考试，不久，就传来钱雯丽取得本学期年级综合测评第一的喜讯。按规定，还理应获得学校的一等奖学金16000元。同时，对于一等奖学金，按年级规定，还须扣留20%作为班费，到钱雯丽手里其实只有12800元。同宿舍的徐令仪、阮丽婧、李敏闻讯，都纷纷要求钱雯丽请客。钱雯丽二话没说便欣然应诺。当晚，她们四姐妹在学校附近一家不错的宾馆包间聚了餐，消费了钱雯丽800元。剩下的，钱雯丽悉数捐赠给学校的爱心基金会。

在时下，因区域经济发展不平衡而导致的贫富差距不断拉大，贫困生数目不断攀升，半途辍学或考上大学无力上学的社会现象日益凸显，成为全社会关注的焦点问题。作为一名普通大学生，一次性捐款上万元，这本身就是一条红色新闻。钱雯丽的善意举动，立刻就在学校里引起轩然大波，作为学校主流媒体的校报大块版面刊登了钱雯丽勤奋好学及慷慨解囊关心他人的先进事迹。一时间，钱雯丽成了大学的新闻人物、焦点人物、爱心人物和公众人物。

同宿舍的徐令仪、阮丽婧、李敏，一时间也觉得荣耀了许多。

她们随时都可以攫取，甚至是贪婪地攫取走在校园里那无数追捧的目光。其中，包含了来自于异性那种成分复杂和带有能量信息的目光，这是她们仨最感兴趣，也可能是收获颇丰的地方。

考试毕放假前，是大学生活最轻松最浪漫的一段时光。

这段时间，情人们开始肆无忌惮地卿卿我我，有的甚至搬离学生宿舍，干脆到校外租住的爱巢里去尽情享受爱情的甜蜜与快乐。

霎时间，学校的恋人多了，宿舍的情侣少了。

人们渴望恋爱的情绪，就像北方春天里随风飘荡着的柳絮一样，飞舞飘散，弥漫了整个校园，感染着每一位发育成熟的莘莘学子……那些还没得宠的单身学生，受周围情绪的感染，忽然间，就觉得周身的血液在奔腾，有阵阵的闷骚之情从心底里升腾漫散，他们瞪着色迷迷的大眼睛，总想随时打量到任何一位可以看到或接触到的异性朋友，进而浮想联翩……

男生如此，女生亦如此。

对于大一的学生，此时，正是彼此寻寻觅觅的黄金时节。

这段时间，大一的女生宿舍楼突然增加了许多衣饰整齐、头发光溜、腰杆挺得绷直、进进出出的男生，他们或相伴嬉笑，眉来眼去，或踌躇满志，意气风发，或忐忑忧虑，畏畏缩缩，或徘徊顿足，翘首观望……在进出男生们的喜怨哀乐、愁悲忧愤的丰富的表情变化中，昭然流露出他们爱情成功的甜美或爱情受挫后的艰涩与忧郁。

进出大一女生高级公寓楼的男生，有半数是找钱雯丽的。

应付这样的敲门声，徐令仪、阮丽婧和李敏也不知做过了多少次。

这天，徐令仪正准备出去参加同乡的聚会，敲门声响后，进来一位中等身材、秀气十足、文质彬彬，眼戴近视镜，长发中分的时髦男生，他用充满磁性的浑厚声音很自信地询问钱雯丽是否住这儿，徐令仪一看这形象……又听那声音……顿觉好感涌上心头，她礼貌性地将男生让进屋，倒水沏茶后，才慢吞吞地介绍起钱雯丽的情况。上课时间，她一般不会待在宿舍，近段时间也不例外。她可能在阅览室，也可能在图书馆或某一书店。只有中午才回来午休，但，这时候，男生是不方便造访的。那男生并不认识钱雯丽，即使在街上打个照面儿，他也浑然不知。所以，只能来宿舍里找她。徐令仪此时也明白这一点。她关切地问那男生，看有什么可以托付自己的，由自己转告钱雯丽，并让他放心。那男生借此笑容可掬地奉承她们宿舍净是些校花级的美女，听得徐令仪也是眉开眼笑。离开时，那男生将一张当晚的电影票交给徐令仪，让她转交钱雯丽，并希望到时能与钱雯丽不见不散。

他们聊了近二十几分钟。

男生走后，徐令仪觉得心里糟乱得难以平静，一种狂躁的妒意在怀春的血脉中穿梭、膨胀……

这种狂乱的妒意，很快就幻化成一种仇恨和怨气，并猛烈地牵拽着她的灵魂和良知，使它由平衡态位置漂移到一个极点，她立时以一种失衡的心态做出决定：对钱雯丽，要隐匿这张电影票，由自己来代替赴约。

钱雯丽回来后，徐令仪只是轻描淡写地说了这件事，点点滴滴的。钱雯丽听后十分不在意地说："以后再遇到此类事情，你就告诉他，我对这事毫无兴致，以后让他别来了。真是劳烦你了，谢谢了……"

徐令仪听着钱雯丽的话，觉得心里安然了许多，自然也就没提电影票的事。

不久前的仇恨和怨气，仿佛一晃就没了，毕竟，她也是位心地善良的女孩子。

到预定的约会时间，徐令仪喘着粗气一溜歪斜地急行到电影院，匆匆坐到指定的座位。

这时，电影刚刚开始。

那男生疑惑地看了眼徐令仪，徐令仪连忙搭讪道："雯丽有事来不了，我怕您等急了，就过来告一声。我来您不介意吧？"那男生在昏暗中露出白得发亮的牙齿，浅浅地笑了下说："当然不介意了！……"

他们时而沉默不语，专注地看着电影，随着剧情的跌宕起伏，时而小声地耳语着。

起初，徐令仪并没留意影片的名字，只是心不在焉地看着……

电影中的男女主人公正在幽会，俩人的情感进展神速，很快就开始拥抱接吻……徐令仪两眼圆睁地盯着屏幕，霎时就觉得胸口发憋，呼吸有点儿短促。那男生神神秘秘地看了眼徐令仪，随即也将目光转移到屏幕上。

徐令仪正看得入迷时，突然觉得手指被人牵动着，忙缩回手，看着那男生，笑眯眯地问："怎么啦？""没怎么！不小心，动错了，本来是动我自己的。不好意思啊。"徐令仪正想说什么，忽而觉得自己着实有些马大哈，匆匆忙忙的，始终都没能进入角色，至此她还不知道这位男生叫啥姓啥，哪个学院的，她忙噎住话头，咽了下口水，轻声地问："请问，你是哪个学院的……"那男生回转头，斜楞着脑袋说："住在研究生院，叫我小张就行，到时，我会告知你的……"徐令仪觉得话有点逆耳，不愿再多问，只好悄悄地看着屏幕，默默地想着心事……此时，屏幕早已由刚才的热吻镜头转为激烈的枪战画面，徐令仪的心绪也随着剧情的发展陷入到一种痛苦的矛盾之中。

许久，电影结束了，他俩随着人流出了影院。

那男生突然用低沉哀怨的语声愤怒地骂道："臭肥婆！瞎了眼！"同时，侧低头借着明亮的灯光看着脚上那双锃亮的黑皮鞋。徐令仪正低头往前走，忽而听到"臭肥婆"三字，还以为是说自己，不由得吃惊地回头质问道："怎么啦？我怎么啦？"那男生略顿片刻，恍然醒悟道："别误会！当然不是说你，刚才有个胖女人踩脏了我的皮鞋。"徐令仪顺声观望，只见周围十米范围内只有他俩站立不动。远处的人流像退潮般正快速地隐入到朦胧的暗夜之中，只留下灰蒙蒙的摇摇摆摆的黑影子，分不清是男是女。徐令仪扭头看了眼男生那黑亮得不留任何秽痕的皮鞋说："鞋子挺光亮的，也挺干净的。""刚才踩疼了脚，连声对不起都没有！我们走吧。"那男生抬头看着徐令仪，忙嘟囔着。

一路上，徐令仪大脑里都不间断，敏感地闪现着"臭肥婆"一类的词，她怀着郁闷而沉重的心情，回到了女生高级公寓楼。

徐令仪那哭丧脸的表情着实把室友们吓了一大跳。正在闲扯淡的阮丽婧看到她那副德性，一转话题便关切地询问说："今天你咋的这副模样，这可不是你的风格。有什么不顺心的事？"徐令仪看着地板，气冲冲地说："他妈的，我也不知道是不是在说我，他竟然说'臭肥婆'，我总觉得，他是在含沙射影。""他是谁？你男……""不要瞎掰，我老乡！"徐令仪忙解释道。"你又不胖，只是趋向丰满而已……咋的，就这样过敏？要知道，男生总是喜欢丰满的女孩。有心理学称，丰满漂亮的女人，能激起男人的性欲。我是有点胖的，该瘦的部位再瘦点，该凸的部位再凸点，就丰满了。我从高一时就注意减肥纤体，哎！就是不见效果，都是贪吃的嘴巴惹的祸，命苦啊！不过，你比我好多了！"阮丽婧指东道西地感慨了老半天。徐令仪听后苦笑着说："你说的也是！可我特在意男生的评价，尤其忌讳别人说我胖。我和你一样，都曾经减过肥。只是，近段时间没有注意，有些反弹。着实该加强减肥锻炼了。不然，真的会成了肥婆。你看人家李敏和雯丽多好，用不着减肥，真羡慕啊！""快甭提我了，我哪有你俩那长相，像仙女似的，别还不知足，不行，咱把脸蛋给换了？你肯定不愿意……知足者常乐嘛。我在努力改变着自己。我对我目前的现状持乐观态度。说到体形，咱宿舍还要数雯丽，她那体形可以与电视上的模特相媲美。你不见，找她的男生络绎不绝吗？"李敏用戏谑式的口吻大声地嚷嚷着。

钱雯丽环视了下宿舍，用凄楚的语调，哭丧着脸说："你们不要拿我开心了。我真的搞不懂，作为女人是该胖些好？还是该瘦些好？我在初高中时也曾减过肥，才瘦成现在这样子。大人们说我太瘦，还怀疑我身体有病；网络媒体及同学们说我是瘦美人，瘦得正好。我现在有胃病，我不知道是因祸得福呢？还是在雪上加霜呢？真的搞不懂……"

　　"那是你多虑了。你看看那些女明星、女名模，还有形形色色的选美大赛的冠军美女们，百分之九十九都像你这样的体形。你只需保持就行，大人的观点，受时代的局限，有失偏颇，这就是代沟。年轻人还是要向前看的，要用前卫的时尚的审美标准来衡量自己……"徐令仪用满含羡慕的目光瞅着雯丽，娓娓道出自己的观点。钱雯丽显出不知所措的局促神情，看着众姐妹微笑着说："上高中时，室友们也是这么说的，走一步，看一步吧！"

　　李敏瞧着徐令仪和阮丽婧，兴奋地说："绝好的榜样就在我们身边，你们不学着点，还发愁什么？你看人家雯丽，每天一大桶鲜奶喝的，既能保证身体营养的需要，又能保持体形，所以，我得出一个结论：多喝奶，少吃粮。这样，既养颜，又减肥……""谁能和雯丽比呀！她老爸是董事长，我可没钱喝那鲜奶……"徐令仪满脸泄气地嘀咕着。李敏接过话茬饶有趣味地说："你有那令男人垂涎的体貌，还发愁没钱？那就是天生的无价资本！如果给浪费了，简直就对不起上苍！找个董事长的儿子不就万事莫愁了？哪像我们，相貌平平，才学庸庸，自然要靠自力更生了。到时，一定不要忘了姐妹，帮扶着点……"徐令仪突然眼睛一亮，笑逐颜开地看着李敏说："你小子！点子还真不少。那怎么会忘了情同手足的姐妹们呢？"

　　听了李敏的肺腑之言，觉得不无道理的徐令仪在内心又无意将爱情的标准往上提高了一大截，一时间，她怀揣着一个甜蜜的梦想，在躺下不久，便进入到深沉悠远的梦乡……

　　钱雯丽不能自已，她反复思忖着姐妹们的经典对白，她的意识逐渐进入到沉重的思考状态：觉得徐令仪说的也不无道理，自己是董事长的女儿，又继承了母亲8000万巨额遗产，自然可以高枕无忧随心所欲地生活，没什么可后顾之忧的，这是不可更变的事实。在此前提下，自己可以什么都不去想，什么都不去顾忌，只管尽情地展示自己的个性。譬如，可以买车雇人给自己送羊奶；为了治病，可以请遍世界一流的名医。只要能办到，自己想办的，没有办不到的事，这是自个儿目前的处境。……假如自己不是董事长的女儿，家境贫寒，父母还指望自己大学毕业后能接济家庭，改善双亲的生活质量，在这沉重的厚望面前，而自己恰巧又逢在这样一个大学生找工作不如民工的时代，自己又能怎样？不也正如李敏所讲的：决心充分利用自身先天的固定资本，以求获得优裕的个人发展空间？……除此而外，还能有什么？想想看，也是！……数不清的女大学生傍大款、外嫁洋人或"卖身"给和自己父亲一般大的男人，还说这是什么纯真的爱情……这种事，不是比比皆是吗？她们为什么？为什么要这样做？想必也是有她们的难言之隐吧！在爱情上，她们有她们的人生追求……当看到徐令仪听了李敏点拨后眉飞色舞的神情时，便明白了她的人生追求是什么。那自己在爱情上的追求是什么？总是，感觉一片迷茫，自己从未思考过这个问题，更不想通过爱情谋取些什么。……有时候，自己也似乎觉得，在思想深处，自己在时刻回避着这个问题……是父亲的不幸婚姻造成的不良影响？还是母亲的所作所为及悲哀的命运结局给自己的心灵所带来的创伤？是唐晓慧无知的自杀举动触及了自己的灵魂，敏感的神经所引发的自我保护意识？还是……自己说不清楚。总觉得，对大学男生，这种雄性动物缺乏激情，缺乏感觉。……自己还发现，当看到其他女生对爱情神痴神往时，自己总觉得无聊和好奇。是自己的发育不健全？体会不到登临爱情之巅而小天下的感觉？还是……听说女孩子每月都有那么一次，到目前为止，自己还从未体验过，这是怎么回事？这是不是因为自己过度消瘦，身体有病的原因？

……想不通，还是想不通，想得头都发胀了，发麻了。

钱雯丽躺在床上，辗转反侧，尽力控制着自己的意识，归于平静。

在夜深极了的时候，她才朦朦胧胧地进入睡眠状态。

第二天，钱雯丽几乎是在昏昏沉沉中度过的。

中午的时候，她接到老同学蔡漫君的短信，说他的考察已经结束，预计今晚飞回南方，问她有什么东西可要捎的，她回复的意思自然是无，并表示了自己的感谢之情，同时还祝福他旅途平安、顺利、愉快。下午的时候，她接到校学生会的电话，说校学生会宣传部要召开紧急会议，要求各系的宣传部长务必参加不得缺席等类的废话。雯丽准备去开会的时候，正好舍友们要去逛商店。于是，她们四人相伴，出了女生高级公寓楼。

正走着，迎面过来一帮男生，边走边侃。他们立时用眼角打量着对面这四位清纯得楚楚动人的小女生，于是邪念顿生。有位男生忽然改换话题："嘘！今天，我们真的不虚此行，刚才与我们擦肩而过的那位精致美女，就是我校的爱心天使钱雯丽。"有位男生指着徐令仪说："哇，人长得靓，心眼还那样好？肯定是位清高的冷美人，谁找谁吃瘪。""胡说些什么啊？ 长得靓，心眼就必定不好吗？ 心理有问题！ 那位才是钱雯丽，瘦苗条的！""都是那样靓！ 到底哪位是啊！ 啊？ 太像林黛玉了，也是貌若天仙的，只是，有些弱不禁风。""你懂个屁！ 现在全世界都流行瘦美人，真是土老帽一个，说出来也不害臊！ 她可是咱校的校花、爱心大使、学生首富。据说，她老子原来是什么董事长，钱多得不得了。""为了钱，不嫌瘦，我也要找她……""白日梦！ 人家清高得很！才不会看上你这嗜钱如命的小子！""我才不要那么瘦的，抱起来多没感觉，只会做噩梦！""不至于那样吧！ 你这心理是吃不到葡萄说葡萄酸，你在诋毁人家，知道不？ 她可是我崇拜的偶像，再乱说，小心找揍！""她又不是你的恋人，发什么横？""是我的梦中情人！""哈哈，你这叫单相思，小心别病入膏肓，为情自杀啊……""乌鸦嘴！ 一派胡言……"

整个寒假，钱雯丽过得愉快而充实。

她参加了为期六天的由校学生会宣传部组织的"共建和谐社区"的文艺会演；回到家，又参加过昔日同学的聚会；拜访过亲朋好友……

55. 女大学生宿舍的隐私

星移斗转，转眼又到了新学期。

大家忽而觉得自个儿又长大了一岁，成熟了一倍，需求多了，变化大了，认识深了……

人的一生中，在想象力和幻想力最活跃、最丰富、最具有浪漫主义与唯美主义色彩的大学阶段，每位同学都在努力编织着自己灿烂而辉煌的未来之梦。

开学后的好长一段时间，钱雯丽虽遇到部分荷尔蒙分泌过盛或恋爱目的不纯的男生，有的甚至还找过她好多次，但都被她婉言谢绝了。久而久之，钱雯丽便在男生群中落下"冷美人"的口碑，许多底气不足的男生都对她敬而远之，只好望洋兴叹了。

至此，我们的钱雯丽一直是一如既往地、单纯快乐地生活着，天真纯洁地思考着，但最近发生的一件事，却深深地触动了她的灵魂，时常令她躁乱不安。

那是一个周六的晚上，李敏和阮丽婧去了市里的亲戚家，晚上不回来住。正值十点多，钱雯丽独自躺在床上，用笔记本电脑上网查找资料。十点半，徐令仪突然带进一位陌生男子，说是已经认识了两个月的男朋友，男朋友的父亲是一家实业公司的老总，家里只有这么一个儿子。钱雯丽礼貌性地向那位男生点头问好。经观察发现，那男生比徐令仪高出半头，长发侧分，国字脸偏长，眉浓眼大，短髭隐然；虽不十分英俊，但五官端正，机灵敏巧；肌肉壮实，精力充沛……

客套话过后，钱雯丽又全神贯注地上网冲浪。

徐令仪和男友坐在她的床铺上，小声嘀咕着甜甜蜜蜜的悄悄话，雯丽隐隐约约地听见他们只言片语的谈话内容和徐令仪低微爽心的笑声，这并没有妨碍钱雯丽。

随着所聊话题不断的深入，彼此间情感在不断地升温，俩人感情的洪流终于冲垮了理智的闸门。她的男友开始拉着徐令仪的粉手，放在掌心反复揉搓着。而后，俩人相拥而吻，并发出长短不齐的"吱吱"声以及时隐时现、衣物摩擦的窸窣声。声声都传入钱雯丽的耳鼓。她容忍地探头向下看了眼，只见那位陌生男孩正端着徐令仪微闭双眼的头脑，晃头晃脑地深吻着……这时，徐令仪配合着男友的动作，时不时发出一声舒畅的呻吟声。

这声音和动作，使钱雯丽不由得忆起入学初她所见所闻的那一幕……清晰的记忆加上正在亲眼目睹的，使钱雯丽一下子明白了什么是亲吻及其具体的动作，明白了天底下女人和男人接吻的标准表情和姿态，女生闭眼用心体会，男生主动拥抱亲吻。

钱雯丽就这样窥斑现豹、由点入面地做着想象、思考、探究……

亲吻了十多分钟后，徐令仪温柔地推开男友，给他沏了杯茶。接着，俩人又愉快地品头论足起来。

钱雯丽斜眼看了一下表，都近十二点了，可那男生根本就没有想走的意思。雯丽不好意思问，更不好意思去说，她相信，她的舍友徐令仪会给自己一个明确解释的。她相信，自己这样的沉默与宽容，其实就是对好朋友最好的情感支持与帮助。

钱雯丽静静地想着，悄无声息地打着哈欠。

十二点半的时候，徐令仪红着脸表情诡谲地说："……雯丽，宽容一下……他今晚……就住这儿，我们会拉上帘子，不会干扰你的……"说完，就用恳求的目光看着钱雯丽。雯丽在经过一阵诧异和迟疑之后，微微地点了点头说："我会尊重你的意见。"徐令仪听后，开心地冲钱雯丽笑了笑，她的男友也站起身向钱雯丽表示了谢意。

就这样，出于朋友的情面，在钱雯丽的默许下，在这个女生宿舍，破天荒地住进一位男生。

这种事，作为时代开放的产物，在现在的大学生宿舍，是时有发生的。

我们的钱雯丽以前虽从同学那里听说过，或在网上浏览过类似的帖子，但自己总是不确信，怀疑是他们的恶意炒作。现在，活生生的事例就摆在眼前，是自己亲口应诺的。接下来，自己还将亲身感受，亲耳目睹……

她不由得对以前的传闻或说法，深信不疑。

洗漱完毕，钱雯丽小心翼翼地和衣躺在被窝。

她虽然很理解徐令仪难抵男女之情的诱惑，但猛然间，睡觉的房间里突然出现了异性……一种出于本能、发自内心的戒备，还是令钱雯丽感觉紧张些。

徐令仪看到钱雯丽已躺到床上，自己也拉上帘子，与男友上了床。

几声嘀里嘟噜后，便传来窸窸窣窣的脱衣服声。

钱雯丽出于警觉与好奇，不由得竖起耳朵，屏息谛听。

在黑灯瞎火的宿舍一隅的床铺上，传来人体肌肤的摩擦声、亲吻声以及徐令仪时断时续轻微的喘气声。十几分钟后，床铺发出均匀的"咯吱"声、身体的撞击声、俩人大口的喘息声以及徐令仪明显的呻吟声，混合在一起，都清晰地传入钱雯丽的耳鼓。

钱雯丽以前在生理书上也了解过，知道男人和女人在一起能做什么，也知道男人和女人在一起做的过程也就是孕育生命的过程。高中同学唐晓慧之所以肚子能大，就是这样做的结果。钱雯丽一时醍醐灌顶地明白了这一点。

今天，从舍友徐令仪快乐的娇喘声中，钱雯丽有了新的认识，男人和女人在做的时候，是件愉快的事情，俩人都很兴奋，这是她以前未曾明白的，也是感到困惑的事。

床仍旧在响着，肌肤仍旧在相互撞击着，徐令仪仍旧在舒服地呻吟着。

这气氛，这情景，这声音，不知怎地就突然感染了钱雯丽。

钱雯丽明显感觉到周身的血液在加速流淌……产生燥热感……气息变得紧促……平时不怎么明显的胸部也在不知不觉间挺隆起来。她下意识地用手抚摸着胸部，一种发麻发酥的感觉迅速传遍了全身，这种感觉，她以前从未体验过，它是那样神奇，那样美妙……

钱雯丽忽而觉得很奇怪，疑心是自己的身体出了毛病。

她在不经意间顺势翻了下身，尽量使自己的感觉处于理性，她用意念努力地控制着。

这时，随着一阵剧烈的"咯吱"声和徐令仪长长的呻叫声后，宿舍暂时归于平静，霎时陷入到死寂的状态，连人的呼吸声似乎都销声匿迹了。

钱雯丽努力想象着他们间所发生的事，努力探究着造成宿舍死寂的真正原因。

随着她的好奇和想象，她浑身的燥热感也在不断地加剧。

她大气不敢出地佯装熟睡态，两耳专注地谛听着宿舍里的细微声响。仿佛造成这种死寂的原因，是她自己，是她自己做了什么见不得人的亏心事或是愧对朋友的错事。就在她专注于想象的同时，她又佯装梦呓般地翻了个身。这次翻身，她又意外地发现自己的下身，已是异常的溽湿。她本能地用手验证了下，立时害臊得满脸发热。她面对着墙，在暗夜里眨了眨眼，心里思量着这样的问题：男人和女人在一起，是不是很美妙？很令人兴奋和舒坦？不然，为什么会有那么多的男人想找女人，而女人做梦也想得到自己中意的男人？不然，徐令仪为什么这么疯狂？自己的高中同学唐晓慧为什么会那么疯狂？自己的母亲为什么会疯狂地爱上并不能给她带来真正幸福的杂种男人？

……钱雯丽不敢再想，想得脑袋都有些发胀，发痛。

她拼力地克制着，尽心地控制着。

三更过后，钱雯丽终于在迷迷糊糊似梦似真的思考中，进入到混沌状态。

第二天九点，钱雯丽醒来时，徐令仪的床铺被褥摆放得整整齐齐，像是没人用过似的。

钱雯丽揉了下惺忪的睡眼,真疑心是自己做了个放怀春情的美梦。

更换过内衣后,下床洗漱完毕,钱雯丽发现徐令仪留在桌上的纸条:

雯丽:

  你好!感谢你的宽容!打扰了。

  我们跑到外面去租房,中午回来请你吃饭,请赏脸为盼。

徐令仪即日

十一点半,钱雯丽从阅览室回到宿舍,徐令仪和她的男友已在等着。

钱雯丽笑盈盈地向徐令仪和她的男友打过招呼,却意外地发现,徐令仪粉嫩色的脸蛋上瞬时泛出红得有些发紫的颜色,像滴在生宣纸上的一团粉色,由脸颊处的那个点,迅速地向四周弥漫扩散,直至她那细长粉白的脖颈。钱雯丽像是突然意识到什么,作为徐令仪与男友偷情场面的唯一目击证人,掌握并洞悉着舍友徐令仪的性爱隐私……尽管钱雯丽是那样无意的一瞥,却让徐令仪感到有些惴惴不安,甚至有点儿无地自容。

这种想法在钱雯丽的脑际一晃而过,就立马被她不好意思地收回,钱雯丽非常小心地诚恳地询问:"找到房子没?"徐令仪一愣,紧张地回答:"找到啦,咱们出去吧!"

钱雯丽看了眼徐令仪和她的男友,轻轻地点了点头。

他们仨出了校门,打的士来到市里一家像样的西餐厅。这里,色彩设计简洁素雅,物品陈设考究悦目;在西方古典音乐的烘托下,环境越发显得优雅舒畅。现在还不到用餐的高峰期,里面的空位比较多。他们选择了一个临街靠窗的餐桌坐定。

钱雯丽眯着眼,时而随意地浏览着餐厅精美的陈设,时而眺望着窗外匆匆的行人及远处公园里那片茂密的绿色。

钱雯丽本来对外面的饭菜不感兴趣,尤其是西餐,但迫于情面,实在是盛情难却啊。所以她只好硬着头皮做这样一些社交活动。

钱雯丽边瞧边与徐令仪东一句西一句地聊着。

在闲聊中,钱雯丽得知:徐令仪的男友是本校经济学院大二学生,学国际贸易管理专业的，家境十分殷实。钱雯丽能隐隐地觉察到，徐令仪看中的不仅是她男友本人，而且更看中的是他的家庭和他当老总的父亲手中的权力和神通广大的社交能力。这，实实在在的东西，是能为徐令仪将来的工作及事业的发展奠定良好而坚实的基础。

所以，她才甘愿，认识这么短时间就奉献出自己的身体……

现在的女孩子，看中的就是这样的实惠。所以，非有房有车者不嫁，非有正式工作者不嫁，非有一技之长者不嫁，就成了很多女大学生择偶的硬性条件，也是最基本的条件。

钱雯丽静静地回忆着往事，周全而详尽地总结着。

不多时，有丰富恋爱经验的徐令仪的男友，很快就点上来一大堆美味可口的精美食品。他豪爽地招呼着钱雯丽与女友徐令仪。徐令仪满心欢喜地看看男朋友，又看看钱雯丽，而后，便俨然以女主人的身份忙乎地招待钱雯丽吃这吃那。

徐令仪男友的饭量很大，桌上百分之八十的食物都是被他吃光的；钱雯丽的饭量很小，没怎么吃就饱了。她在消磨时间的同时，也在细心地打量着徐令仪的男友：他的不算文雅的吃相并没有引起钱雯丽的多大关注，但她却意外地关注了徐令仪男友裸露在外的手臂上的肌肉，会随着手指或上肢体的运动，明晰地绽露出来，似乎还能分辨清是因什么动作而牵引着那块或那一条肌肉在运动。钱雯丽想，这样的肌肉，定是强劲有力的。这又使她不由自主，也不好意思地判断出，昨晚床铺发出的"咯吱"声，就是这种肌肉驱动的结果。想的时候，她只觉得自己的脸，因害臊而泛起了潮红。于是，目光主动地从那手臂上移开，佯装若无其事地眺望着远处的树林和高楼。

过了半小时，进餐结束。每个人脸上都显露出餍足的表情。接着，他们慢悠悠地离开了餐厅。

徐令仪和男友要去逛商店，钱雯丽执意不去，于是，她一个人乘车回到了学校。

钱雯丽推开冷冷清清的宿舍门，此时，一股倦意忽然浓烈地袭上心头。但出于敏感与好奇，触景生情，她又不能自已地忆起昨晚的那一幕……于是身不由己地瞧了一会儿徐令仪的床铺。凝视片刻后，她表情凝重地插上门闩，以晚上睡眠的标准躺进被窝。不消十分钟，她便酣然进入梦乡。

56. 晚来的初潮

经过这件事，钱雯丽在身心上都发生了很大的变化。它就像是一针催化剂，直接注入到钱雯丽的思想深处，并迅速发生着一系列的连锁反应。从此，在她内心深处，便隐隐约约地产生了对异性的渴望。虽然这种渴望还很微弱，朦朦胧胧的，甚至连她自己都难以觉察。但从她游离不定的眼神、捉摸不透的举动和些许显得躁乱的心绪上，能看出这样的端倪。譬如在暗地里，她开始留意观察，甚至是开始欣赏身边的男生；在网上，她也开始自觉或不自觉地喜欢浏览充满阳刚之气的男性图片，并把帅气的男性明星图片作为电脑的桌面；有时，她也会偷偷地到健康教育的成人网站看看，这里的许多信息，都令钱雯丽感到新奇和迷恋，也给了她耳目一新的感觉。平时，她还经常买些类似于《家庭》这样有成人味的杂志阅览。这些现象，对钱雯丽来说，或许是件好事……

在丰富的生理及成人知识的基础上，她懂得了许多，自然也就成熟了许多。

这些变化，其实并不能对钱雯丽的身体促成实质性的改变，但对于身体发育迟缓、连作为女性最重要的生理现象都未曾出现过的雯丽来说，这些行动爱好上的变化，对她的成长、发育及人生，都将起到分水岭的标志作用。

那是周六的早晨，下课后，钱雯丽正与三位室友一起回宿舍。

恰巧就是这个时候，她突然觉得腹部坠痛得难受。这次与以往胃下垂的坠痛感大相径庭。但她仍然疑心是自己吃得不合适而引起的普通腹痛。于是，无所谓地捂着腹部照常徐徐而行。

徐令仪突然看到钱雯丽佝偻着身躯，手捂着腹部的窘态和苍白得有些发绿的脸色，便惊恐地问："雯丽，你怎么啦？哪儿不舒服？"钱雯丽抬着无神的眼皮，有气无力地说："……不，不知道……腹部忽然坠痛得厉害，和以往都不一样……"徐令仪顺势扶住钱雯丽,蹒跚地边走边说:"要不? 带你去看校医?"钱雯丽回忆着先前的胃病说:"先回宿舍看看再说……"就这样,徐令仪搀扶着钱雯丽,在李敏与阮丽婧的陪同下回到了宿舍。

喝完热白开水后,钱雯丽感觉好了许多。

她仰躺在床上,向姐妹们说着许多感激的客套话。

阮丽婧看着钱雯丽的病况,思忖了片刻说:"该不会是痛经了吧?"钱雯丽有些天真地询问道:"痛经是什么样的?"她猛然想到以前在书本上看过的一个词"痛经",到底是怎么回事,其实她自己从未体验过。

钱雯丽边想边疑惑地看着阮丽婧,接着又纳闷地冲着徐令仪和李敏笑了笑。

徐令仪晃了下头,以专家的口吻说:"我在初中时,说来也巧,一上体育课就痛经,一痛我就请假……那老师一点儿也不关心女生,还以为我是在偷懒,装病而逃课。雯丽,你以前就没痛过?""没!"钱雯丽真诚无邪地回答。"奇怪,真幸运!"阮丽婧嘟囔着转身忙自己的事了。

午休将近结束时,钱雯丽在睡意朦胧的状态中突然感觉下身潮湿得有液体在往外流。随即,她不由自主地用手感觉了一下,当她看到满手殷红的鲜血时,不免就有些惊慌失措,于是她猛然大惊失色,带着浓浓的哭腔呼喊道:"……血……血! 我流血了……"徐令仪一抬眼,看到雯丽举在空中沾满鲜血的手,真以为发生了什么事。她立即从床上弹起来焦急地问:"怎么啦?……哪儿流血了……有坏人闯进来?"阮丽婧和李敏在昏迷中也分别拎起手边的台灯和水果刀高度警觉地问:"是坏人刺伤了你? 坏人在哪儿……"钱雯丽又气又好笑地更正:"哪里有什么坏人啊? 是我,是我的身体无缘无故地流血……太可怕了,流了好多……"阮丽婧揉了下眼,轻轻地掀起钱雯丽的被子,带着喷气地说:"虚惊一场,紧张个啥? 你以前又不是没有过。""……我,我,这是头一次,真不知道……"钱雯丽微声自语道。"啊?不会吧!……"徐令仪、阮丽婧与李敏,都不约而同地圆瞪着双眼,万分吃惊地反问着。"现在人都早熟,有的女孩在小学就有了……我是初一出现,你,你怎么才……""太奇怪了,简直不可思议……""你怎么发育这么晚? 太不对劲了。"

大家七嘴八舌地议论着……

徐令仪趁机把自己的女性用品给了钱雯丽,并指导她如何使用。

钱雯丽满脸窘相地看着众姐妹,边收拾被弄脏的床单和衣物,边轻柔地说:"父母一直担心我不来,疑心我发育不良,还请大夫看过,调理过,但都无济于事。这下可好,应该是件喜事。谢谢你们,我又长了见识。"阮丽婧异常开心地望着钱雯丽,爽朗地笑着说:"你这傻丫头,糊涂蛋。上帝总是在偏袒你,让你少受几年罪。"钱雯丽喜悦地冲大家眨了下眼说:"现在,我得去商场买些女性用品了。""好吧! 我正好也要采购些。我陪你去。"李敏应声爽快地应着。

钱雯丽经历了女性的初潮。虽比同龄人晚了许多年,但她仍然把它视为一件喜讯,打电话告诉自己的继母戴雯雯。她相信,继母会转告为此事而日夜担心的父亲的。在钱雯丽小学的记忆里,父亲一直是她最忠实的朋友,也是她唯一的依靠。在那时候,她对父亲几乎无所不谈,无话不说。她是个心中藏不住秘密的孩子,每次告诉完父亲,她总要叮咛父亲一定要保守秘密。在她天真的想象世界里,父亲的心,就是她珍藏秘密的可靠处所。现在,她长大了,有些话,便不好意思再对父亲讲。但具有这种良好品质的雯丽,还是想办法把这件重要的事传达给自己父亲,尽早让心爱的父亲为自己少一份担忧。

其实,钱雯丽在一个人的许多时候,她都会情不自禁地回想往事,着实感受着父亲的可爱与伟大。

这几天,钱雯丽在课余闲暇时,常觉得寂寞和空虚,总觉得有股无绪的烦躁的欲火在心中熊熊燃烧并肆虐着,有时甚至让她不能自已。尤其是当她看到徐令仪和她的男友携手搂腰徐缓而行时;当她看到阮丽婧和她的异性老乡眉来眼去时;当她看到校园里行走的无数恋人卿卿我我时……她就感到由衷的羡慕,产生对异性迫切需要的情感。

这是一种来自身体内部的生理需求与心理需求。

但她确实不希望尽快找到男友。

当她想到自己的亲生母亲找的那个杂种男人和她悲惨的命运结局时,当她想到自己昔日的同学唐晓慧因爱而殉情时,她的这种矛盾情结就会油然而生,并很快左右着她的思想。

她心里明白,像她这样的家庭,自己又拥有8000万的遗产。在这个充满浮华、崇尚虚伪的学生群体中,能找到自己的真爱吗?

她感到怀疑。钱雯丽有时候就是这样固执地认为着。

在现实生活中,像钱雯丽这样家庭的子女,成家往往都相对较晚,选择恋人的标准也十分讲究。这类事,她可能是耳濡目染得多了,神经有些过敏。也或许是,她还没遇到自己真正心仪的白马王子,情感的阀门还没有被彻底打开。

每当遇到情感困扰时,她都会想方设法,尽力地克制自己或努力地转移自己的注意力,或运用以前学过的心理调节知识,引导思绪朝向积极的方面发展。

在这方面,她寻找到一些成功的经验,开始撰写博客。

她用秀美的文笔,将自己的心路历程或思想的矛盾与困惑,以散文、随笔、感想等文体形式发表在自己的博客网站。在短短的三周时间里,她以"我是小花"为昵称的博客网站点击率就突破十万,在网络世界里都有了点小名气。不过,她对网络,绝对隐瞒了自己的真实姓名和身份。因为,博客文章所描写的内容,都完全是以她的真实生活和真实家庭为蓝本,以拥有8000万遗产和自己的身体及情感变化为依据撰写的。

她明白这种事败露后的结果。

钱雯丽在内心痛苦或思绪波动甚至迷惘的时候,便开始忘我地写作。

短短几周,她就撰写了近三十篇文章。其中,《二十岁的初潮,让我欢欣让我忧》一文,就受到广大热心网民的关注。从留言看,有医学专家的,也有心理学专家的;有当教师的,也有同龄人的……他们都对这一现象,提出真挚的看法和见解。雯丽看后,很受感动,也颇受裨益。

曾经很长一段时间,撰写博客成了钱雯丽生活的一部分。在博客里,她可以尽情地宣泄情感,排解忧虑,述说困惑,交流心得……

有位从事心理辅导的教育专家,在他的博文中这样写道:"……在'我是小花'的博客网站,我仿佛看到一位花季少女的心路成长历程……有苦、有乐、有欢笑;有思、有行、有见地……我发现她是位非常聪明、有个性、有思想的女孩……她的这种做法,也给了我通过网络宣泄情绪进而医治青少年心理问题的又一条有效的途径……"

全文共三千六百字,字字情真意切。

钱雯丽看后,也颇受感动。她觉得,能把自己生活中的成功与失败,撰成博文与世人共享,让更多的人从中汲取自己的经验与教训,提供前车之鉴,也算是自己对社会的一点微薄的贡献吧。

这天，钱雯丽从老乡罗纯纯宿舍回来，心情感觉异常爽朗和充实。因为在她混沌而模糊的理想世界里，她又寻找到人生新的奋斗目标，像罗纯纯那样从大一就开始着手准备考研，将来肯定会万无一失的。

这是个非常令人振奋的想法和计划。

钱雯丽在思索的时候，就觉得浑身立马充满了自信和力量，脚步都感觉轻盈和飞快了许多。

另外，从罗纯纯那儿，钱雯丽还得到本校学生的聊天群号。通过加入群号聊天，可以洞悉或了解本校学生的信仰与追求、谈论的热门话题与思想状况、审美趋向与时事点评。罗纯纯的考研计划，就是从聊天群，师兄师姐的考研心得中得到的启示。

钱雯丽对自己的学习，制订了周密的计划，并身体力行着。

钱雯丽信心百倍地回到宿舍。

她要做的第一件事就是打开笔记本电脑，以"柔情妮子"的昵称进入校内的学生聊天群。她礼貌性地用带"您"的问候语，向聊友们打了招呼。今天，公告栏显示的聊天话题有两个："考研是为提升自己，还是为躲避就业？"和"恋爱审美与爱情美学"。

有位昵称为"大嘴巴说事"的聊友异常活跃。他就这两个话题发表了自己的独到见地："单从就业与薪金讲，考研是桩不划算的买卖，考研、读研的费用加上读研时本应工作的薪金，这笔比本科毕业就业的同龄人多余的开销或损失的资金，在你读研就业后，用比本科生多拿的那点薪水去抵消考研读研所损失的资金，需要多少年能弥补上？我算了下，如果你正常上班的话，至少需要十年。这还算好的，而现在的事实是，有时候研究生的薪水比三年前就业的本科生还要少啊，这已是不争的事实。能找到工作就不错了。悲哀吧！"

"由恋爱所产生的爱情，是以双方的性舒服感与和谐感为前提的情感活动。没了性，情感也就荡然无存，形同路人。性，能让人舒服的一个条件是悦目，男性健硕发达的肌肉，女性前凸后翘，惹火的身材，就是悦目的基础。君不见，女孩子多爱美容与瘦身，男孩儿多爱运动和健身，不就是让知己者悦吗……"

雯丽看得起劲，不由得回复道："好有见地的'大嘴巴说事'，佩服了。""'柔情妮子',你的名字不错,但有悖审美潮流。有意的话,我们可以私聊吗?"在私聊窗口,钱雯丽连发三个"?",对方很快就有了回复:"现在都时兴'我的野蛮女友'、'母夜叉'、'午夜沉沦'等昵称,'柔情女子'在现实生活中越来越少见,真是男人的不幸啊!""你认为,咱校最柔情的女孩是谁?"钱雯丽带着恶作剧的心态,提出一个敏感的话题。"一个叫钱雯丽的女孩子,长得不错、心地善良、家境富裕,听说还是位学生首富。哎!那天目睹后,太让人失望了!我不是在訾毁人家,你一定要替我保守秘密噢。"钱雯丽看后,万分吃惊地紧绷起浑身的神经,急切地追问道:"为什么?听说追她的男生还真不少!""这个我知道,但是,见过一次面就没了信心,尽管她很富有。找老婆是一辈子的事,除非他贪财心切。她的确是个好女孩,只是太瘦了,抱起来像抱芦柴棒的感觉,男人哪还有什么性欲。倒贴再多,我也不会找她,我是个实用主义者和享乐主义者。"钱雯丽看后,脑袋一声鸣响,顿觉有五雷轰顶的感觉,差点晕过去,但她强忍着……故作镇静地继续回复道:"现在,不是流行瘦美人?""那是作秀用的,如果选老婆的话,还是要实用点的,丰满点的,性感!言重了,只是我'大嘴巴说事'一家之言,并不代表主流,请千万保密,如让钱雯丽知道,她肯定会伤心欲绝的。不过,我说的都是些大实话,有些逆耳。现在社会,能给美女讲实话的人少了。""谢谢您的大实话,我会替您保守秘密的……88。"

下线后,钱雯丽陷入无比悲恸的深思之中。

"大嘴巴说事",不经意的言辞,犹如一枚重磅炸弹,在钱雯丽的心灵深处和精神内核中引爆。强烈的震撼力,波及她身体的每一组织的每一颗细胞。在刹那间,钱雯丽深刻而明晰地领悟到多年来父母的劝告是那样的正确。而自己从初一时期在盲目从众中所建立的审美信念,是何等的偏激与荒谬,在这种错误信念的支撑下,自己肆意地节食瘦体,最终因身体瘦弱而导致让父亲担心的重度胃下垂及迟来的初潮。

想不到这种多年来令医学专家和心理学专家都头痛的冥顽不化的瘦身意识,在"大嘴巴说事"无意的闲聊中被土崩瓦解,最终烟消云散。"大嘴巴说事"不经意的言辞,这或许就是专家苦苦寻求的、能触及钱雯丽心灵深髓和精神内核、足以撼动并粉碎她顽固瘦身意识的切入点。

这切入点,还是钱雯丽在无意间轻而易举地找到的。这结局,不能不说是上帝的有意安排。解铃还需系铃人。

在一瞬间，钱雯丽清醒地认识到自己多年来所持有的审美偏差。

她泪流满面地回首往昔，发现自己多少年来一直被错误的认识观念与审美风向左右着，在审美上走了一个大大的弯路。

钱雯丽痛心疾首地呆坐在电脑桌前，思前想后，不由得悔恨当初。

沉思间，过去的一幕幕往事犹如翻江倒海般涌上心头……

她想到那次，在胃病初期，为了集中治疗而遭到自己强烈抗拒的"强行住院治疗事件"；想到父亲因自己病情加重而辞去董事长一职；想到为了自己的身体，父亲不惜浪费金钱精心策划和安排每日一次的新鲜羊奶计划；想到为治好自己的胃病，父亲开销上百万元请遍了各地名医；想到无可奈何的父亲去求神拜佛，甘愿每夜三更时分进行九九八十一天的招魂仪式；想到……

雯丽想着……想着……已是泪眼汪汪。

此时，一股浓厚的悔意感和强烈的愧疚感，瞬息都转化成无尽的感激之情，以无可阻挡的汹涌之势，冲上心头。

钱雯丽情不自禁，又一次想到自己可爱、可敬、可亲、可怜的父亲。

在一阵悲悲戚戚、痛定思痛后，一个通过医病进而增肥的念头，开始在钱雯丽的心中酝酿成形，她决心配合医师的治疗。首先在饮食上，保证做到定时定量，少吃多餐；增加营养，食后平卧。在非进餐时间，常食用些精美的营养丰富的坚果类小吃或一些鲜奶制品，改掉过去从不吃零食的习惯。其次，注意加强腹部肌肉的锻炼。每天清晨六点，到操场小跑两圈，接着再做十个仰卧起坐，以后随着体能的恢复，逐次增多。再次，按时服用中药补中益气丸等治疗胃下垂的药物。

钱雯丽的另一个念头是要好好地感谢自己的父亲，决心在父亲生日之时，送一份礼物，好好表达自己的感激之情。她要让父亲知道：女儿现在明白了……懂事了……正在努力着……

除此之外，钱雯丽还有个痴心未改的想法，坚持考研。不管别人如何看待这件事，也不管将来会有什么样的结局，她都不在乎，对她来说，也根本不需要在乎。

她只想在奋斗中收获一个心愿，一个能让父亲感动的心愿。这个心愿就是：将来成为能拯救人类灵魂的心理健康教育专家。

钱雯丽在对自己的人生重新构想和规划的时候，显然有些激动……

顷刻间，刚才她脸上痛苦悲切的阴霾就一扫而空，取而代之的，是洋溢着的自信和对美好未来的憧憬。

她面带笑容地望着窗外的一抹绿色，思量片刻，在自己的日记本上记下了刚才的计划和想法，作为每天必做的日程内容，做成表格，张贴在床头的墙壁上。

钱雯丽含情脉脉地凝视着床头的日程表，在微笑间，她的泪水哗哗地流淌下来。几分钟后，她拭干眼泪，在网上再次向"大嘴巴说事"表示了自己衷心的感谢和深情的谢意。

在此后的日子里，钱雯丽每天都精心地恪守着自己的奋斗计划，不苟地执行着……

57. 心理学博士的讲座

一直为女儿的身体疲于奔波操劳的钱金龙，早已忘记自己的生日。

这天，钱金龙正准备出去拜访一位医学界的知名人士，不料被笑容可掬的礼仪小姐堵在门口。钱金龙在惊诧中得知是女儿为自己送的生日礼物时，他感动的泪水刹那间就像开了闸的水龙头，溢出眼眶。半晌，他才用因激动而颤抖的双手郑重地接过鲜花，早已哽咽得说不出话来。

至此，钱金龙才恍然想起：今天是自己的生日。

一时被从天而降的惊喜冲昏了头的钱金龙，有些木呆呆地站在那儿，怔怔地盯着承载着女儿浓浓爱意的鲜花，思绪霎时陷入无尽的回忆之中。在那娇嫩的花瓣中，他仿佛看到执拗于减肥而瘦骨嶙峋的女儿；也仿佛看到已走出时尚审美误区、健康活泼的快乐的女儿；仿佛看到因身体消瘦而弱不禁风、神情呆滞的女儿；也仿佛看到神采飞扬、笑容可掬的女儿形象……

钱金龙的思绪狂乱地漫想着，他的目光在游离着，最后定格在一朵盛开的鲜花上。在这里，他又仿佛看到正在笑盈盈的丰满健美的女儿，他脸上的阴云顿时烟消云散。他用堆满笑容的开心的脸色给了礼仪小姐一百元小费，表示着自己的谢意与兴奋。

他在心里默默地疾呼道:"女儿为我过生日了！……女儿为我过生日了！……"感受着懂事女儿首次给自己生日礼物时的这份喜悦之情。这时,他突然想到爱森思塔特的《胜利之吻》,莫明地生出想要跳起来欢呼几声或是抱着礼仪小姐亲吻的冲动。几乎是在一念之间,钱金龙又理性地否定了自己的狂妄想法,友好地再次朝礼仪小姐做着拜拜的手势。

戴雯雯因公出差,保姆又上街购物。钱金龙只好蹩手蹩脚地将鲜花小心翼翼地插入客厅的水晶花瓶,摆放在客厅最显眼的位置。在摆弄时,他突然发现花束中还夹带着封信,于是就迫不及待地打开,信的内容如下:

世上最敬爱的老爸:

您好!

女儿衷心祝愿您,生日快乐！身体健康！永远幸福!

最近几天,我忽而明白了许多道理。同时,一种深深的愧疚感也时时令我生出无尽的感激之心。

回味往昔,我发现您确实是一位世界上最好最棒的父亲。您的伟大,不仅在于您为这个家庭做出了杰出贡献,而且在于您拥有一颗真诚、无私、宽广、博大的爱心,您是深爱我的。

我真想用心大声地对您说"我爱您,爸爸！您辛苦了,我让您操心了。"

爸爸,我现在懂事了,明白您的眷眷之心,我深深地感受到:您以前对我的教诲,都是出自肺腑之言,都是千真万确的真理。我为没能及时听从您的谆谆教导而懊悔。而今,我主动按医生的嘱托,为我的病情制订了详尽而周密的康复计划。我要在不久的将来,还您一个健健康康快快乐乐的女儿。

再祝爸爸生日快乐！健康长寿!

您的不孝女儿 钱雯丽

钱金龙瑟瑟地抖着双手,哽咽地读着有生以来女儿的第一封生日礼物致辞,感激涕零地自语道:"女儿啊！真是爸爸的好女儿！你现在终于明白爸爸的良苦之心了……"正当钱金龙被这突如其来的幸福感陶醉得神迷的时候，电话铃声响起，是女儿钱雯丽的。他大脑一片空白地抓起话筒，传来既爽朗又略带哽咽的语声："爸爸，是女儿。女儿衷心祝福您生日快乐！女儿不能回去为您过生日，请您谅解！蛋糕一会儿邮递公司会送到家的，女儿懂事了。以前，太让您费心了……"钱金龙惊喜地听着女儿以前未曾说也不可能说的肺腑之言，一时激动得不能自制地说："女儿啊！真是个好女儿！不要太自责……爸爸做的……都是爸爸应该做的，谁让我是你爸爸呢，现在明白就好……明白就好……一定要快乐地开心地生活，健康地活泼地成长……"

钱雯丽两眼饱含愧怍盈盈的泪水，凝神贯注地聆听父亲教诲的时候，她的那颗感恩之心也在内心滋生膨胀着……她在恍惚之间，感觉自己好像穿越了岁月的时光隧道，被引领着进入到未来的时空。也仿佛就在这一时间，她由一位涉世未深懵懂无知的小女孩，猛然醒悟成一位知情达理、深谙人间至爱的真情女子。那种醍醐灌顶的明显感觉，是从大脑内核迅速扩展蔓延到周身的每一颗细胞，从头到尾，从内至外，彻底净化了她的灵魂和浑身的血脉。

此时，钱雯丽顿感到自己的身体轻松、爽快、透明、干净了许多。

在情不自禁的惬意间，她继续用愉快激昂的语调，向父亲表达着自己的衷心祝福。

钱雯丽放下手机，用舒心顺畅的开朗目光遥望着宿舍窗外远处那青翠欲滴的夏绿，尽情地表露着由衷开心的微笑。

接着，她若有所悟地冲了杯奶茶，就着澳洲坚果边饮边吃。

忽然，李敏冒冒失失地推门进来，喘着粗气，顺手拣了几颗坚果抛进嘴里，边嚼边感叹："不错！挺好吃的，我还以为你在阅览室。找了半天都没找着。原来，你在宿舍……今晚有个讲座，是一位心理学博士谈《当代大学生的价值观及审美趋向——形象与服饰审美》，估计听的人不少。要不要早点去占位子？"钱雯丽一听讲座的内容，觉得还挺合胃口，又是心理学博士在讲，想必会很精彩。于是，眼神忽而闪着灵光，有点激动地说："好啊！那我们早点去占个好位置。""不用啦！我已经用我的书包占了两个好位子，我就知道你会去……"李敏用狡黠的目光瞥着雯丽，微笑着回答。

钱雯丽迟疑片刻，转过脸，用嗔责嬉笑的语气说："你小子，贼狡猾……"她俩提前半小时到达报告厅。

钱雯丽在入口处顾盼四周，发现已是座无虚席，没人的座位也差不多被书籍、书包之类物品占着。李敏找到自己的书本，俩人安心地坐了下来。

报告是按时开的，持续了近两个小时，效果也正如钱雯丽的所愿，博士讲得格外精彩，场面热烈，互动有致，感觉收获颇多。

结束后，她俩慢悠悠地边走边聊，用了很长时间才蹓回宿舍。

阮丽婧像中了邪似的，呼哧呼哧地喘着粗气，心神不安地在宿舍里蹀来蹀去。

真像是发生了什么大事似的。

钱雯丽和李敏一进门，便惊愕地瞪大了眼，疑惑地问："怎么啦？出什么事啊？小婧。"

现在，时间已经是晚上十点半。看样子，她已经在宿舍里待了好长一会儿。阮丽婧一看到她俩，两眼似乎就放着亮光，语无伦次地说："你俩到哪儿去了，打手机也关机，真吓死我啦！着急死我啦。"接着，她轻轻地吁了口气，两眼盯着地板说："晚八点半，我从老乡那里出来，回宿舍，路过男生宿舍楼时，忽然从空中掉下个人来，声音很响地摔在我身后，血肉模糊，吓死我哩。"阮丽婧端起桌上的茶杯，呷了口继续说："很快就有人围拢过来，保安来了，警察来了，拉上了警戒线，封了现场。我没有离开，吓得腿发软走不了，听几位认识死者的男生在议论。"阮丽婧抬起眼皮，看了钱雯丽和李敏一眼，面色凝重地说："可惜啊！他是来自农村的学生，也曾是当年入学的省考状元。就因为大四毕业临近，找不着工作，生了轻生的念头。他的大学成绩一直很优秀，本应保送读研究生的，被市里一位领导的儿子顶了。"阮丽婧忽然停顿不语，扭头看着黑魆魆的窗外。钱雯丽和李敏也沉默着，宿舍里顿时陷入死寂的状态。良久，阮丽婧又用低沉的语调讲："我不认识那男生，但我为他的离去感到可惜。他的心理承受力咋就那样脆弱呢？心事太重，心胸狭窄，这是必然的结局。"李敏看了一眼阮丽婧，说："这也由不得他。想想看，一个农村的孩子，父母省吃俭用的，甚至举债供他上学。现在毕业了，连工作都没找着，连自己都养不活，更别说报答父母了，真是无脸面对啊！真是走投无路时的下策啊，不过，那位领导也太卑鄙了吧。如果，哎，不说了……"钱雯丽有些愤激地说："我鄙视这样的熊包，这不是在逃避吗？父母举债供你上学，你这样不明不白地一走，父母不仅要继续偿还债务，而且还要忍受丧子的更大悲痛。这不是自私是什么？不过，话又说回来，即便没有工作，和父母一起还债总可以吧？打零工、做苦力总可以吧！毕竟，你还是位优秀的大学生，机会总会有的。"

李敏笑了笑，侧身躺到床上，半开玩笑半认真地说："每个人总想有番作为，他好不容易从农村出来，现在，户口又要从城里打回户籍所在地——农村。这不就彻底打碎了他的所有梦想和希望？设身处地地想一想，男孩子一般都以事业为重，一旦事业没了，就等于没了性命。不像我们，能靠老爸，甚至能凭借我们的姿色找到一位有权有势的富家子弟，甚或是傍个大款什么的，命运从此也就改变了。他们？他们唯一能依靠的，就只有自己的奋斗，别无选择。想想看，他的思想压力有多大。""这根本就不能构成自杀的理由！他自杀的症结是他缺乏责任心和面对生活的勇气，都是大学生了，早就应该明白这些道理。咋会出现这样的事呢？"

"在大学，这已不足为奇，几万人的校园，每年都有因车祸、疾病等意外事故以及自杀身亡的学生。大学教师都见怪不怪了。对有的学生来讲，死，倒是一种解脱。当然，大多数寻求自杀的学生主要是因为心理素质太差而引起的。有些事实不可否认，很多人，从小学到高中，真像温室里的花朵一样，受到严格的保护和宠爱，从来都没有人敢说半句逆耳之言，更别说受什么大的刺激了。到了大学，忽而被抛向社会，残酷的现实，惨烈的竞争，人与人之间的关系立马由一种理想的纯真状态沦为一种赤裸裸的金钱关系。对人生理想、事业的追求，也忽而由即将面临的纯粹的雇佣与被雇佣的关系衍变为谋求生存的唯一需要。各种打击、责难、挫折，甚至尔虞我诈的事也会接踵而来。在这时候，心理不堪重负，自杀，便成为一种解脱的选择，不然，每年怎会有那么多的学生自杀？"

"有位教育专家讲得好，教师心里都没有阳光，他拿什么阳光给学生？所以，这种教育的结果是出现大量的心理没有阳光的学生，他们的内心只有阴霾，心理处于亚健康状态。一旦某些事触发了他的伤痛或遇到大的挫折，便会萌生自杀的念头。据网上调查统计：我国每年约10万人中有22.2人自杀，每年约28.7万人自杀，还有约200万自杀未遂者。平均每两分钟就有一人死于自杀，太触目惊心了！"

"所以，专家指出：教育要从小学开始就推行挫折教育，从小磨砺意志，据说很难推行。我们的家长太疼爱自己的独生子，我们不是深有体会吗？"

"都是教育惹的祸！可我们的教师，活得已经够可怜，也够艰难的，他们很敬业、很清苦、很博学、很爱学生……"

"他们爱学生,不会是在作秀吧?"

"作秀也不错,那也是不得已而为之啊,为了给家长一个交代嘛。我记得小学课堂回答问题,不管答得对否,老师都会笑容可掬地说:'这位同学回答得非常好'之类的话,我知道,老师是在鼓励小学生,可时间久了,学生自个儿都不知道答的对不对,做的又对不对,至初、高中,一些做法,更不知道对与错,好像已经丧失了辨别对和错的能力。鉴于此,大学毕业,宁可摆地摊也不要当老师。误人子弟啊!"

"你这是啥心理?我偏要当老师。不过,听说,这几年当老师也很难呢。你不想当,我怕是当不了。如果能当,我一定要当好老师。"

"谁也不愿意当差老师啊!关键是什么样的才算是好老师?"

"我也不知道啊!"

她们仨你一言我一语地聊着。

这时,不知怎地,窗外下起了淅淅沥沥的小雨。

钱雯丽默默地注视着被灯光映照得发亮的雨线,不能自已地回味起刚才的那番言论,觉得自己有些站着说话不腰痛,体会不到的感觉。没有设身处地地考虑,这样的发言,往往是没有道理的。但有一点她坚信是正确的,那就是,要坚强地面对生活。

不过,话又说回来,谁都有犯糊涂的时候,自己以前不也迷茫过,做错也不知道?不也经历过美丑不辨的时候?再想想看,自己所享受的一切,哪一点不是仰赖会创造财富的父亲?如果没有这样的父亲,自己又身无分文,能这样气粗地评论人家?能不为自己的将来发愁?能不同病相怜?……

"爸爸!好爸爸,真是个好爸爸!"

钱雯丽情不自禁地在内心念叨着父亲,不由得生出许多的感触来,泪水也止不住地往外流。

她收敛起刚才的那副尊容,像阮丽婧那样怀着沉痛的心情,静静地躺在床上。

这一夜,钱雯丽的思绪如万马般奔腾,久久不能平静……

翌日,钱雯丽在昏头昏脑的萎靡状态中感受着因状元自杀而闹得沸沸扬扬的异样氛围。不管是口头的传闻,还是来自电台、报纸、网络媒体的传闻,她都以沉重的心态去接纳和面对。因为,在她坦荡无私、纯真善良的心底,一些难解的谜团和无法述明的道理一直在困扰和纠缠着她,令她生出许多难以释怀的深沉的思考，她再次想起自己死去的母亲，想起死去的同学唐晓慧，想起疯掉的张老师，想起自己在媒体上所了解的诸多不愉快的事例。她不由自主地在心中一遍遍地责问自己："这是为什么？究竟是为什么呀？"她甚至运用自己所掌握的心理学知识设身处地地逆向思维过，仍旧想不明白，也搞不懂这些事件的主人公究竟是怎么想的。

她在一片混沌的思考中，始终找不着可自圆其说的答案。

58. 初识郑昌兴

沉郁了五天后，钱雯丽渐渐地恢复到常态，专注地投入到紧张的学习中。

她以高中学习的热情和毅力，一丝不苟地执行着自己的人生计划，每天按时起床、锻炼、饮食、学习专业课程，还抽出至少两小时，到阅览室查阅大量的心理学专业知识，她的奋斗目标是：以外语系学生的身份考取心理学硕士。

这天，钱雯丽像往常一样背着坤包拿着笔记本，来到阅览室的指定座位，僻静角落的一张矩形枣红色防火板写字台前，将包和本随手放在靠墙角的台面边上，转身去查找自己中意的读物。不多时，她便抱着一摞心理学书籍，放到坤包旁，津津有味地翻阅起来，还不时地做着笔记。

不知不觉间，钱雯丽突然觉得眼前出现一个人影，她下意识地抬起头，看到一位男生正笑盈盈地看着自己。钱雯丽礼貌性地回敬以淡淡的微笑，之后，那位男生便款步坐到她的对面。

他俩都拿着心理学方面的书籍，相安无事地专心阅读着。他们除见面和再见时有眼神交流外，彼此从未多说过一句话，谁也没有多想，谁也没有多问，他们就这样，一直持续了十多天。

直到有一天，还是在那个时间那个地点，他们上演了一出精彩的对白，它使两颗寂寞、单纯、萌动、懵懂的心，彼此有了心心相印的默契感觉，就是这位身体还算健壮，两眼中度近视，勤奋好学，树有鸿鹄之志的农村小伙子，在邂逅之缘中，走进了钱雯丽的心灵世界。这或许缘于同病相怜的情结，也或许缘于琢磨不透的更深层次的情感因素。总之，他们开始有了无障碍的言语交流。

在阅览室。

看书近一小时后，那位男生的神情略显疲惫。于是，开始悠然地打着哈欠，伸着臂，扭着腰，还眯眼透过那层玻璃镜片，笑容满面地打量着对面的女孩钱雯丽。而后，他像是忆起什么似的，突然止住笑，满脸真诚、认真、疑惑、惊喜地瞧着钱雯丽，低声问："我好像在哪儿见过你。"

他的举动和目光早已扰动了钱雯丽的神经，她虽低着头，两眼盯着书本，但注意力已在警觉地扫视着周围。不等那男生发话，钱雯丽就缓慢地抬起长睫毛的大眼睛，上上下下左左右右地打量着对面虽已认识许久但还相当陌生的男生。她有些腼腆地反问道："你认识我？""噢，想起来，是在校报上！外使来访，是你做的翻译，在校报上刊过你和他们的合影，你的笑容很迷人，给我的印象尤为深刻。还有一次是，爱心人物介绍，算是见过面的。如果没猜错的话，你就是钱雯丽，才女、善女、财女、美女，我很佩服你的善良。"钱雯丽蓦地瞪大了双眼，随即平静地说："我是钱雯丽，你是？""我叫郑昌兴，来自大别山区，哲学系研究生，校爱心社理事，现正准备考博。"钱雯丽一愣，又一惊，而后她谦逊地解释道："当翻译是我的本行，碰巧遇到而已。你真有志气，还在努力攻博，真让我羡慕！""哎，惭愧啊！也是无奈之举。你是我的学妹，也实不相瞒，照我这能耐，工作难求啊，只能读书、读书、再读书，将来的出路在何方，只能听天由命了。虽然我是搞哲学的，是个无神论者，但有时，不得不服命运哪！"

钱雯丽突然想到避世求安的考试一族，他们大多都有着过人的考试才能，在应试考试的征途上，能过五关斩六将，勇猛无比。但就是不敢务实，一落到实处，就感觉不知所措。所以，这类人最好的处所，就是在大学一类的学术单位搞学问，搞些天马行空、深奥玄虚、令人匪夷所思的东西，是他们的强项，尤其是学哲学的……

钱雯丽看着面善的郑昌兴，猛然觉得，这样的八卦结论，有失偏颇啊！

事实上，人的能力因人而异，爱好丰富多样。只有各尽所能，才能使各行各业繁荣昌盛，蒸蒸日上。而需要至高学历、从事研究的学术领域，自然不需要四肢发达、动作敏捷、机灵乖巧、随风而动的人士，而是需要有点儿执着专注、坚韧不拔、鞠躬敬业、锲而不舍的人士，他们是事业苦苦的求索者，理想孜孜的实现者。

这怎么能说是避世？又怎能说是务虚呢？简直是诬蔑！

钱雯丽不由得想到……就不禁生出由衷的感触来。

钱雯丽看了眼郑昌兴，温情地说："你的喟叹之言差矣，这是甘愿牺牲眼前利益而怀抱鸿鹄之志的有识志士。你的叹息不仅没能令我退却，反而更增加我考研考博、不断进取的信念。我认为，我们有能力和义务担负起这样的使命。"

"你的观点独辟蹊径，高屋建瓴，令人刮目啊！"

郑昌兴扶了下泪光闪动的镜框，看着钱雯丽缓慢地说："我母亲精神有了问题，在我大学毕业考取哲学硕士的那一年，从此我接触到心理学，便迷上了它。心里随即滋生出考取心理学博士的念头。"

钱雯丽听到一半，惊愕地瞪大双眼反问道："你妈……她？"

"是的！"郑昌兴诚恳地点点头。

接着，郑昌兴的思绪霎时飞越了千山万水，回到遥远的过去。

他低下头，面色带着阴霾，沉思了片刻说："读过鲁迅的《狂人日记》吗？我就是那样的'狂人'，因为，我是清醒的，清醒的人才会痛苦。我要通过身体力行，让人们放松思想，舒缓神经，让人人都拥有健康的心理。"

钱雯丽的眼中似乎也挂着泪水。

她脉脉地看了眼郑昌兴，又默默地低下头，继续看自己的书本。

接着，他们又沉默无语地看到闭馆时分，才在管理人员的催促下，破天荒地在互致再见祝词中依依不舍地分手。

在回宿舍的路上。

钱雯丽反复思量着郑昌兴的肺腑之言。

她惊奇地发现：郑昌兴与自己多少有些相近的情感经历以及某些相似的求学观点，在抨击八卦结论的偏颇问题上，她虽高调地阐述过考学一族是舍己为民，不畏理想之宫阙，高处不胜寒，有崇高理想追求的有志之士，但她也认为会有因目标高大而招风招损的嫌疑。钱雯丽并不否认她对伊甸园、象牙塔等世外桃源的迷恋之情，她还隐隐约约地发现自己虚伪自私的一面，不禁暗自嘲讽地笑了一下，自语道："我坚信自己的信念和追求，是因为，我有这样的社会环境和资本，因人而异罢了。在这个真实的世界里，人无完人，走自己的路，让别有用心的人，乱评去吧！"

今夜，还是清凉透彻的。

天空，在群星的点缀下，已露出少有的瓦蓝色；白云，在不同高度和层次，如薄纱般飘浮着，慢悠悠地游走着……共同营造着神秘幽深、变化莫测的宇宙美景。

钱雯丽面带笑容，久久地仰望着苍穹。渐渐地，她觉得自己的思绪就犹如这无垠的宇宙一样，深邃和宽广。这种心旷神怡的感觉，只有在身临其境中用心体悟才会有的。

当钱雯丽踌躇满志地回到宿舍时，室友们正在专注地观看一档《名家讲坛》的电视节目。

阮丽婧双眼紧盯着屏幕，头也不回地向钱雯丽打着招呼。

钱雯丽面带微笑，好奇地凑过去，吃惊地嘀咕道："这不是咱校历史系的王教授？我还听过他的讲座呢。"李敏看了眼钱雯丽，眯着眼说："是呀，王教授潜心于学术研究，对历史人物和事件，往往有着独到的精辟见解和评价。通过百家争鸣的形式，还历史一个真面目，不然，我们学的知识，有些还是歪曲的事实。像三国时的诸葛亮、曹操、周瑜等历史人物，文学形象与历史形象，真是大相径庭啊，真让人搞不懂孰对孰错孰好孰坏，好郁闷啊！"

钱雯丽显得颇为激动地说："我太佩服这样的专家学者啦，我要不断地努力，向教授们看齐！"

电视中，王教授的声音突然高亢起来，远远压过钱雯丽信誓旦旦的承诺。

三人均不约而同地伸长脖子，眼光齐刷刷地瞅着屏幕。

宿舍熄灯后。

在电视屏微弱而斑斓色光的映照下，女孩们的脸面霎时都忽明忽暗地呈现出红橙黄绿青蓝紫的色光变化。

阮丽婧在王教授那句激昂的陈词后，转过绿莹莹的脸，对钱雯丽说："都大学生了，还像高中生那样用功。累不累呀你？我可是没那精力，能应付了考试就 OK 啦！学的东西将来又没用！看看人家徐令仪，多浪漫，多潇洒，那才是多彩的大学生活！好羡慕啊！"钱雯丽看着徐令仪的床铺，风趣地感慨道："是啊？徐令仪今晚又不回来了！咱们宿舍的活动空间越来越大了。"李敏伸着懒腰，含糊不清地说："好啦，讲完了，睡觉吧！"钱雯丽看了一眼电视，用眯成细缝的眼睛看着李敏说："讲得不错吧？""看后还是颇有收获的，值得一听，明天的同一时间还有一场。""噢？"钱雯丽若有所思地沉吟着。

一念间，她忙乱得有点阻滞的大脑蓦地闪过与郑昌兴交流的情景，有关他的形象及需要解开的疑团，赫然浮现于钱雯丽的脑海。她在一愣后，迅速锁定了行动目标，急匆匆地上床打开笔记本电脑。

在校园网的学报菜单栏目，钱雯丽搜索到刊载自己玉照和事迹的介绍版面，她小心地将它另存，算是做了备份。

此时，一种欣喜感，在鼠标不经意的点击间，自心底如涟漪般荡起，伴随着成就感、喜悦感、自豪感以及刹那间迸射出来的满足感，都一股脑儿地涌上心头。

她觉得鼻头猛地一酸，激动的泪水差点溢出眼眶。她自嘲式地笑了下，心态随后趋于平静。

钱雯丽顺手点了下校内论坛的快捷图标。浏览着新贴的几篇文章，其中三篇是"大嘴巴说事"的，是有关大学生恋爱、找工作、考研及传授给男生们的《索爱十八招》等内容，其见解独特，实施方法详尽。

钱雯丽好奇地点下《男生索爱十八招》热区，对着内容一项项地对号入座，细致耐心地品味着。只觉得有些古怪和好笑。她不由得想："这个'大嘴巴'，有时候说的还挺有道理的；有时候，竟是一派胡言。如果有男生真的按照他所介绍的方法来追自己，肯定是不会成功的。"

她觉得有些无聊，于是，轻击鼠标关掉论坛。

此时，一种莫名的空荡荡的感觉袭上钱雯丽的心头。她感觉无所事事地盲目地浏览着、搜索着。不知怎地，又返回到刚才的校报页面。

她鬼使神差地输入一些数字，狂乱地点击着……

忽然，郑昌兴三字在她眼前闪了下。钱雯丽诧然地集中精力，两眼闪着鹰隼般的目光，在返回的页面留意搜索着。竟也真的发现了有关郑昌兴的报道，是一年前的事情。

郑昌兴曾利用周末及假期外出打工的钱资助过两名山区的贫困学生读完高中，并考上了重点大学，他低调地处理了自己的爱心举动。后来，受助的学生及家长，为表示感激之情，才把他的事迹反映给学校。

郑昌兴的家庭并不富裕，日子过得紧巴巴的。在这种情况下，他能伸出援助之手，帮助那些急需帮助的贫困学生，更彰显出他人格的伟大。

钱雯丽边看边想着，不觉就有股暖流从心底悠然地漫上心头，她被感动着、熏染着，与此同时，在她内心，对这位农村来的穷学生产生了好感。

她入神地愣呆在床铺上，久久地陷入到悠远的沉思与遐想之中。

"雯丽？你在思春啊？发什么呆啊……"阮丽婧用尖酸刻薄略带挑逗性的语调发问。

钱雯丽在一念间回过神来，随口吟出一首小诗："长江水流不尽心事，终南山隔不断情思。想着你，夜深沉；念着你，人悄时；来时节三四句话，去时候一两篇词，记在你心窝儿里，直到死。"说完，回过头笑嘻嘻地看着阮丽婧说："常言道：哪个少女不怀春，哪个男子不钟情，是正常事。要是因怀春而发骚，那可就不得了啦。我看你呀，八成是……呀！"

钱雯丽不客气地反唇相讥着。

不想阮丽婧乐得哈哈大笑着说："你呀，雯丽，什么时候给学坏了。现在这时代，哪个女人不想发骚，可发骚也得有机会啊。你看那些通过网络媒体等形式一举成名的女人，哪个不是发骚的女人，连发骚也成为了时代的潮流。再看看现在的露脐时装，越来越靠下，一弯腰时就会暴露半壁江山，你说她们有多骚？男生能不发疯？在这种情况下，女人不发点骚，跟不上时代啊，不然是很难吸引男生眼球的。明白不？这是个竞争的时代。你看看这套服饰……"

阮丽婧随手递过一册女性时尚杂志，有位时髦女郎跃入钱雯丽的眼帘。

李敏嘴里不知嘟囔些什么，也从床上弹起，伸直脖子观看着……

画中的女郎穿着件暴露肚脐、卡腰鼓胸的上衣和卡腰束臀的超短裙裤，腿上是双十分惹眼的黑色及膝的长筒靴，在靴子和裙裤之间，还露出寸许白嫩白嫩的肌肉……

钱雯丽看罢惊叹道："这是什么打扮？简直不伦不类，不堪入目！"李敏听后忙插话道："这就是你土了，昨天上街看到一女孩，穿的仔裤那叫低呢，连我都好奇地回头多看了好几眼，更别说男孩子了。""说你们少见多怪吧，还嘴硬，国外就更加开放，还有穿泳装上街的，你看这。"阮丽婧说时，双手就摊开了本杂志，上面的摄影照片吸引着女孩们的眼球。在熙熙攘攘的大街上，泰然自若地行走着一位肩挎坤包、身着泳衣的美貌女子，正过十字路口。"是作秀吧？"李敏猜测着。阮丽婧指着图片辩解道："怎么会呢？你看这，真真实实的。""我在国外待过好几个月，见过很开放的装束，像这样，还是少见的，都快成行为艺术啦。"钱雯丽边回忆着边沉静地分析着。

阮丽婧斜视着有些目瞪口呆的两位室友，自豪地说："开眼界了吧，现代行为艺术与生活都融为一体了，这是世界的潮流。作为女性呢，就要把女性的特征夸张地表露出来。譬如：塑造高高耸隆的胸部，展露性感迷人的肚脐、白皙修长的粉腿和圆浑饱满的美臀等等。依我看，我还没做到，还需要再拼命地减肥，让腰细下来才会显得臀丰满圆浑。胸部不挺的话，可以戴厚些的胸罩，把它垫高，这样的曲线才会凸凹有致……"

她就像专家作报告一样，无所回避地侃侃而谈着。

李敏和钱雯丽似乎并不怎么反对她的观点。因为已成事实且具有潮流之势的东西，不仅存在着，而且能够发展，本身就体现着真理的性质，具有无可辩驳的特点。

李敏和阮丽婧正津津乐道地谋划着什么。

钱雯丽只是默然地认同这些观点。自从经历那次令钱雯丽伤痛的瘦身风潮后，当再次面对潮流和时尚时，她变得较为谨慎，可以接受或认同一些观点，但绝不再盲从。

等她俩谈论到山穷水尽时，钱雯丽已静静地躺在床上，正准备入眠。

此时，在钱雯丽的脑海，还残存着、活跃着几个细胞，对刚才的所见所闻仍在思考。她任由几缕兴奋的思绪在意识的畛域里飘荡游走，钱雯丽又一次想到打扮入时、身材标致的母亲的悲惨命运结局，想到在少女时就为爱情痴狂的唐晓慧和她为爱而殉情的生命轨迹，想到曾经的全省高考状元、少年时就一向得志的优秀学子，却因生活琐事，碰到一点儿挫折就绝望得结束自己年轻生命的心酸往事……钱雯丽想得有点儿迷茫，却又似乎明白了些道理，她以前虽走过些弯路……但她确信，面对形形色色的审美诱惑和滚滚而来的时尚潮流，她已学会选择，学会抵触、甄别、扬弃……

冥想时，有关女孩为谁而美丽的念头，恍惚间也窜进自己混乱的思绪。她顺势便思索起这个问题，从前经历过的往事，都历历在目地呈现在脑海，那些为了美丽而舍财、舍身去瘦身、纤体、整容、美颜的都市丽人，及穿着高档得体、别致入时，美丽得动人的时髦女郎，她们究竟是为谁而创造这样一道亮丽的风景？是为她自己？还是为别人？是为了满足自己的虚荣心？还是为了博得他人的喝彩声？是为了吸引异性的眼球？还是为了展露天生的丽质？……

可能是为心仪的男生吧！钱雯丽拼力地猜测着……

想想看，女人在为自己能更美丽的同时也为商家创造了无限的商机，这种商机又为商家引领时尚的审美潮流，开拓更广阔的市场空间，提供了一种可以相互依赖和发展的可能。彼此间推波助澜，使时尚文化时时都充满着勃勃的生机活力。

事实上，譬如一款新产品的问世，都要想方设法地创造出"现在流行……"之类的溢美词句。有的甚至不惜搬出老祖先的招牌，说什么该产品在几百年前就已流行过，是多少年的老字号。于是，跟风追捧的人如潮。而后，依附于该产品的某种审美时尚便真的流行起来，该产品的需求量大增，商家则乐此不疲。

这样的事例，真是屡见不鲜啊！

钱雯丽的思绪，转了几道弯，突然想到这一点，感觉不由得大吃一惊，一种被忽悠的感觉在心底油然而生。此刻，她蓦然明白了一个道理，时尚流行的，并不都是正确的、实用的、利于健康的。

在仿佛间，钱雯丽似乎觉得自己长大了许多，也成熟了许多。

深沉而缜密的理性思考，是促进思想成熟的催化剂。钱雯丽在这样的思维状态中，获益匪浅。

在第二天的日记中，钱雯丽这样写道：

……淤积在心中年深日久不易觉察的迷雾，在不知不觉间，烟消云散。云开雾散后的意识，犹如秋高气爽的莽原，清新、疏朗、透明……

在刹那间，我忽然明白了一些道理，感觉能在真真切切的回忆中，清醒地望见自己已走过的人生之路，是坎坷的、曲折的、充满哀怨忧伤的……

这是昔日不曾有过的感觉……

在恍惚间，我也似乎明白往昔迷雾笼罩的原因。一种悔意感，正完完全全地升上心头。前方的路还很长，我还是将那些晦涩的记忆，化作有益的信息，封存在灵魂深处，作为座右铭和前车之鉴，再努力演化为照亮未来人生之路的动力，时刻鼓励和警示着自己。

随着思维不断地清晰，一时间，混乱庞杂的意识，逐渐条理化，有用的、有益的、有损的、有害的……各色信息，都分门别类、整齐有序地排列在意识的空间里，我不仅能透彻地分析和了解自身，而且，对外部世界之时尚，有了更清醒的了解,也拥有更独到的见地……

这种感觉,虽至此才来,但为时不晚……

再次想起自己的母亲;想起跳楼的高考状元;想起现在还为情为美而发疯发癫的部分同龄人……

自己能及时地醒悟,不能不说是一种幸福。

我为自己的突然顿悟和清醒而庆幸……

此时,一种醍醐灌顶后的热血冲动,忽然汹涌澎湃地涌上心头。我止不住如涌泉的热泪,任由它自由地流淌,沾湿了大半个枕巾……

写罢,钱雯丽凝重的心舒缓下来。她放松地扭回头望着窗外……

鱼鳞状平铺的白云,星星点点地透露出蓝幽幽的天空……煦暖的阳光,温和地照耀着眼前的绿树、建筑、无名的飞虫及另一个微观的世界。几丝儿微风掠过,惊着了栖在枝头的小鸟,叽叽喳喳地飞上了天空。

钱雯丽欣然地推开窗户,大口地大口地呼吸着带有阳光味的空气。

这一刻,她陶醉了。

59. 健康快乐的大学生活

只要健康快乐地生活着,就是幸福的,美好的。

正当钱雯丽陶醉在对人生的美妙憧憬时,忽然开门的撞击声惊得她不由自主地扭头定目,只见李敏慌慌张张地蹲到自个儿的床铺下,从一大堆杂物中抽出一个鞋盒,边换边自言自语道:"……生活真他妈平静得难受!好在今天下午学校体育场举行大二与大三'栋梁杯'足球对抗赛,太精彩了……凑凑热闹,顺便运动运动,放松下……要不,咱们一起去?你一个人待着也是无聊……"

钱雯丽眼睛一亮,带着光泽似地注视着李敏。

接着,她爽快地答应了。

偌大的足球场，密匝匝里外三层都围满了兴奋的学生，吆喝声、嘶喊声、尖叫声、叹息声，甚至还伴有些许的谩骂声、咆哮声……这种情感宣泄的混声此起彼伏，激昂的情绪渲染着整个运动场面。

在不经意间，似乎感觉空气中都早已弥漫起热情与活力的紧张气氛。

钱雯丽与李敏盯着背影的人墙，短促地呼吸着、叫喊着……像鹿儿般跳跃着……钻进声音最响的一处人群。

身材瘦小的钱雯丽，发挥着自身的优势，见缝插针，很快便挤到李敏的前面，进到最里层可以看得见球员的位置。此时，一位身体健硕的男生，猛地一踢，球以迅雷不及掩耳之势，从守门员的胯下斜穿而过，侧射入门，引来场面一阵喝彩的轰响声，女生们用细高刺耳的尖嗓子，齐声嘶叫着那位球员的名字或编号，将这种火热的气氛推向了高潮。

忽然，一位在浓密人群中蹦着跳着喊着的熟悉身影，映入钱雯丽的眼帘。她下意识地脱口而出道："……那，那不是徐令仪？"顺着钱雯丽的视线，李敏立时在人群中找到了徐令仪。李敏随手挥舞着举在空中的书本，瘪着嘴用尖嗓子呼喊着。在此起彼伏的声浪低谷，她的音调迅速从这边传到那边，一直传进徐令仪的耳鼓。徐令仪眨着眼，转着头，左右顾盼着，凭着一点五的好视力，轻而易举地发现了十米开外的室友，并用眼神与手势比画、暗示着。

钱雯丽与李敏心领神会，她们退出拥挤的人群。

在外围，三人相聚了。

钱雯丽有些冲动地嗔责道："这几天你都死到哪去啦？几日不见，如隔三秋嘛，也不回来看看姐妹们，大家可念着你啊。""那就谢谢了！这几天太忙，只要一歇停下来，我会即刻去看大家的。"徐令仪堆着笑容，脸乐得像盛开的菊花，她用朗朗的语调轻快地应和着。李敏带着醋意，若有所思地说："听说学校现在查得很紧，要坚决取缔校外租房。一旦查出，要给以记过，甚至是开除处分。你可悠着点，千万别让逮着。"徐令仪撇着嘴，有点气冲冲地回答："谢谢你的关心和提示，谁怕谁？你们姐妹们都放心好了，我肯定会没事的！"钱雯丽盯着体形有些改变的徐令仪，诚恳地应着："那就好……没事……生活得好，也是我们姐妹的心愿。"说罢，她回头望了望如丛林般的人堆，又看了看李敏，而后把目光重新转移到徐令仪那粉里透红的脸蛋上，轻声地说："你有些发福了。""我胖了吗？哎呀，不得了啦，我得注意减肥了。这几天少运动，就这样……"徐令仪有些慌里慌张地自言自语道，算是给了钱雯丽个答复。接着，徐令仪目光游离不定地扫视了一下周围，反问道："可体重没有增加啊？怎么会胖呢，不会吧？""可能是我俩的感觉出了偏差，想你了呗！也可能是有点儿浮肿。多加休息就会好的。我看过一些书：咱们女人啊，休息，其实就是最好的美容。休息不好，导致了代谢紊乱，皮肤缺水，就会直接影响皮肤的健康，致使皮肤浮肿、粗糙什么啦，这不算个什么大事。充裕睡眠后，就会有所好转的，会恢复到健康的状态。""有道理。昨晚在影院看了一宿，那片子，真叫人过瘾！"思想释然后的徐令仪在轻松的解释中，无意间转换了话题。李敏好奇地瞪大眼睛，瞅着徐令仪问："什么片子？这么有吸引力，说说看⋯⋯"徐令仪瞧着表露出好奇与渴望之心的李敏与钱雯丽，略带着羞涩表情慢悠悠地说："那是地地道道的言情片，表演得很真实，但又不是A片，是能在影院上映的那种⋯⋯题目叫⋯⋯什么？我给忘了，我只关注故事的情节与内容⋯⋯不好意思啊⋯⋯""是不是《色戒》？或类似的什么片子⋯⋯"不等钱雯丽提示完毕，徐令仪恍然瞪起发亮的眼睛，惊奇地说："对！对！对⋯⋯不错，就是它⋯⋯你看过了？比我还清楚！""哪里呢，我只是看过相关的新闻，炒得很凶呢？我一个人，没甚看的！"钱雯丽嗫嚅着说。李敏用略带羡慕的口吻，平静地问："你和他看的？""是的，那肯定是，很少有独身去看的⋯⋯"徐令仪看着她俩，说了半句，不知怎地戛然而止，她无语地看了一眼钱雯丽和李敏，少顷又补充道："一会儿我请客，就到校门口的那家菜馆，六点十分，不见不散⋯⋯""不了⋯⋯就不让你破费了。正好，我一会儿有事⋯⋯你的诚意，我心领了，改下次吧⋯⋯"钱雯丽歉意地解释着。

李敏不知为何也随声附和着。

告别徐令仪，钱雯丽顿觉心里怪怪的，有股浓浓的失落感在心中漫游，滋扰着本来清静的心绪。她下意识地用怅然的目光看了李敏一眼。此时，李敏正阴沉着脸，缄默不语地亍而行着，她目中无人地回头朝徐令仪的方向望了眼，而后有点坏坏地朝着钱雯丽笑了几下。仍旧低视着前方，默默无声地走着。

钱雯丽本想说些什么，到嘴边的话不知怎地又连同口水一起被咽回肚里。她只好闷闷地跟随李敏走到另一处运动场地。

运动场不大，人也不多。

她俩相随沿运动场地的外围慢悠悠地跑着。

一阵沁人心脾的凉风拂过面颊，吹乱了荡在额头上的刘海，摇曳的发丝，轻柔酥痒地刺擦着光滑细嫩的皮肤，传递着连续不断的异样感觉。钱雯丽本能地用手捋了下飘在眼前的发丝，心情有些释然地仰望着白云浮动的天空。

此时，一队信鸽带着响哨从头顶掠过。钱雯丽猛然惊醒，蓦地眨了一下绽放出神彩的大眼睛，紧盯着鸽子远去的背影，轻声自语道："……鸽子，多有规律的队形啊！"李敏顺声木然地抬起眼皮，突然兴奋地说："哎？今晚你有事吗？"钱雯丽似乎被这忽然的变故惊着，有些愕然地瞪着李敏笑容可掬的面颊。少顷，她才用颤巍巍的语调回答："怎么啦？有事吗？"李敏愉快地说："没，晚上咱俩蹦迪去，我请客！""蹦迪？……我不喜欢那场合，那好吧！舍命陪君子……"

她俩在操场小跑了三圈，又在健身器材区停停歇歇做了三十几次仰卧起坐，钱雯丽已累得气喘吁吁香汗淋淋了。

钱雯丽笑眯眯地朝满头冒着热气儿的李敏看了几眼，说："够了……累死人了……咱们回宿舍吧……"李敏停下动作，回头看了看钱雯丽，微笑着收拾好东西，随雯丽一道向宿舍方向走去。

"这不是雯丽吗？好几天都没见你，还以为……"

钱雯丽顺声瞧着迎面过来的男生，惊奇地放大声音说："郑昌兴？是你呀！这几天有事，就没去阅览室。怎么，在这儿碰上你啦？""噢，去这边看一位同学……看样子，你们刚运动完毕，好事呀！只有锻炼，身体才会健康。雯丽，你今天气色就很不错，好像胖了点。这位是你同学吧？"郑昌兴迫不及待地说了一大堆。钱雯丽看着郑昌兴，认真地说："这位是我同学、室友。你刚才说我胖了，真的？""我感觉是，应该是真的！"郑昌兴突然收起笑容，同样认真地回答。钱雯丽思忖了下，平静地说："好吧！你忙你的……以后见……"

郑昌兴走后，李敏飞快地凑近，眨着圆溜溜的大眸子神秘兮兮地问："老实说……这位是谁？是不是新认识的男朋友？我看，他的眼神不对劲！""胡说些什么呀？我是那种人？有，肯定会告诉你的，是在阅览室认识的，可以说，一面之交……"钱雯丽带着委屈地表白道。李敏看着钱雯丽真诚的表情，蓦地大笑着说："急什么吗？不就是说说而已，我看这男生还不错，不是替你操心吗？""那，谢谢了。不过，我还是我自己，和你一样……好啦！赶快回去冲个凉，这种感觉太难受了……"

冲完凉，吃罢饭。

当她俩乘车来到市区的一家迪厅时，时间尚早。于是，俩人便漫不经心地沿着附近的大街闲逛着。

都市的夜生活，华美、丰富、热闹、前卫。

在花花绿绿霓虹灯的照耀下，在熙熙攘攘的人流中，穿梭着许多打扮得花枝招展的女孩子，有独自一人的，也有成双成对的……共同构成了都市夜景中又一道亮丽的风景。

钱雯丽徜徉其中，感觉自己是在景中游……

李敏拉直了目光，艳羡地瞧着她们。那种感觉，像是饥饿之人盯着一盘盘散发着浓郁香气的美味佳肴，垂涎欲滴了。

钱雯丽和李敏闪进一家时装店，东瞧瞧，西看看。李敏的眼睛始终都闪着亮光，她爱不释手地抚摸着、啧啧赞叹着、欣赏着，最后又依恋地离开那里。

在一家药店门口，钱雯丽瞧见一台体重计，触景生情，于是，她若有所思地走过去，称了一下体重。

钱雯丽不由得瞪着长睫毛的大眼睛，惊叹道："哎哟，太棒了，体重增加了二斤……太棒了，这下爸爸该高兴了……"李敏回转头盯着时装店对雯丽说："什么？长肉了？太不幸了！你看我，体重又减少了半斤……腰细下来后，就可以穿那样的时髦时装了，你该减减了……"钱雯丽听后一怔，静默地看了一眼李敏，平静地说："你是需要再减点，就是个标准的衣服架子，穿啥都是美的……好了，时间到了……"

她俩转到迪厅时，舞曲正响得浓烈。

买了票，穿过黑黝黝约三米长的狭窄通道，一转身，便见在闪烁不定的霓虹灯光亮的照耀下，一群似隐似现花花绿绿的人影，正随着迪斯科强劲的节拍和旋律，前后左右上上下下地摇摆着，跳跃着。

钱雯丽起初看得不太真切，一味使劲地牵着李敏的手，轻轻地往里挪着碎步。忽而她觉得有根绳样的东西悬在眼前，于是本能地缩头抬手，企图拽开那恼人的阻碍物，不想什么都没抓着，定睛细瞧时，才发现那是条极细的绿色光束。钱雯丽下意识地自嘲了一番，神情故作放松地朝人群中望了几眼。

此时，李敏正强硬地拉着钱雯丽的手来到水晶弹簧舞池。

地板的颤动，立刻让李敏如傩神附体般，两肩前后左右交替地耸着，全身也无规律地抖动起来。

钱雯丽有些不适应，怯生生地退到就近的沙发上坐下。更加强劲的迪斯科声音袭来，震得人的胸腔颤动、发慌，似乎要把跳动的心脏震出胸腔。钱雯丽下意识地用手捂住胸口，喘着粗气，瞪睛瞧着。

与此同时，舞池中的彩影更加疯狂地扭动起来。

钱雯丽忽然觉得一个与这场面极匹配的词跃入脑海——群魔乱舞。……她在心中默念着，不觉令她都微微有些发笑，自己不巧也成为这群魔中的一分子。

她随手揉了揉着实有点发雾的眼睛……而后用明晰的双眸清楚地观察着周围的一切，DJ 台上闪出身着异服的黑衣男子，以极度疯狂的高难度动作，将舞池中的男男女女引入一种痴狂的境界，每个人都忘乎所以地摇晃着，癫狂着……李敏在那样的晃动中好似渐入佳境，动作大度而优雅，肢体协调而轻柔……很快便成为整个舞场的视觉中心，有好几位不怀好意的男生围着她旋转着，摩擦着……李敏披散的头发像黑色的幽灵，在闪烁的霓虹灯中忽悠忽悠地飞扬着，流动着。她一反常态的举动，真像是喝了摇头丸似的。

钱雯丽担心地站立起来，伸长脖子观望着舞池。

这时，一位陌生男子窜到钱雯丽身边，想邀请她跳贴面舞，她像受了惊吓般婉言谢绝着。在昏暗的舞池，钱雯丽瞥了眼刚好站在身旁的保安后，那男子才知趣地悻悻地溜走。

一曲过后，李敏汗淋淋地来到钱雯丽跟前，大叫着累死啦，便一屁股，瘫了似地坐到沙发上，抓起啤酒杯便饮。杯底朝天后，才喷着酒气，笑吟吟地对钱雯丽说："今天玩得痛快，太痛快了！你怎么不去跳？很爽的……来来，咱们一起跳……"说着，不由分说地拉起钱雯丽便来到舞池。

钱雯丽无奈地推脱着，勉强地伴着李敏小心地扭动着。

这种气氛、旋律、设施、场景、灯光……如一股潜流，吞噬着人们的心理防线和道德底线，钱雯丽由起初的迁就心态，变得主动，而后又产生出一种成分复杂的惬意感……

她们在舞池跳了二十几分钟。

钱雯丽气喘吁吁地回到刚才的沙发上，兴奋地欣赏着继续疯狂的男男女女。

这一晚，她俩玩得极为尽兴。

晚十点左右,她俩打的士回到了女生高级公寓。

洗漱毕,李敏突然愁容满面、表情痛楚地说:"雯丽,对不起,今天如有过头之处,请你谅解……这几天,不知为啥,心情压抑得难受,总想找个地方发泄……你能理解的,是吗?"钱雯丽沉静地注视着李敏,真诚地点了点头。李敏的嘴唇抖动了几下,似乎想要说点什么,蓦地,她又回转身,低头抽噎了几下,快步离开了。

60. 现代审美误区

钱雯丽怔怔地站在盥洗室,思绪翻腾,情感澎湃。

在这个审美思潮泛滥的年代,究竟谁是时尚文化的引领者和开拓者?是年轻的新新人类?是她们这批莘莘学子?是设计公司?是主流媒体?是专家学者?还是……

钱雯丽头昏脑涨地琢磨着一连串的棘手问题,力求在自己的意识领域里寻求一种真正能自圆其说的解释……

现代超前的艺术设计作品,能以全新的视觉语言,为艺术领域注入新鲜的血液和生命的活力。它在推动现代艺术整体向前发展的同时,又产生着全新的艺术理念,为其推波助澜。这种新文化思潮又以某种时尚为载体,以一定的审美观念或理念为形式,影响甚至支配着人们的思想或行为,潜移默化地改变或影响着人们的世界观、价值观、人生观、生活观、审美观,从而引起人们思维习惯、生活方式、审美风格的改变,进而使人向更文明、更高尚、更理智、更聪慧的方向转变,或是向更低俗、更荒诞、更变态、更畸形的方向蜕变。

这里提及的现代艺术设计,不仅包括物质形态领域的设计,同时也包括意识形态领域的设计,它影响甚至左右着人们的思想和行动。那些现代设计大师的作品,在主流媒体的配合和渲染下,开拓并引领着社会的时尚审美潮流。譬如说服装设计,假如设计大师从古希腊的传世名作《维纳斯》雕像中汲取了创作灵感，设计出一款时髦的与众不同的露脐装，推入市场后，再通过各种媒体的大肆渲染，将一种性感、迷人、时尚、前卫的美学理念深植民心，那么，大街小巷的男男女女就可能穿上各式各样的露脐装，露脐装就可能风靡这个城市。因为，追求时尚是人的天性。

着装的进一步暴露与开放，会对人们的思想、观念、思维乃至行为举止的开放产生巨大的影响，使人们变得容易接受新鲜事物。相反，人们思想观念的开放，又会为现代设计师追求更时尚更富思想内涵的作品提供了相对稳定的产品市场与消费群体。

在这个资讯发达、文化多元的时代，现代的许多男女青年在情感上出现了相对早熟与性冷漠两种极端化的趋势。这种趋势大有愈演愈烈之势。一方面是对情感和性的过早渴望，社会上不时会出现学生怀孕、堕胎甚至由此而酿成一些悲剧事件；另一方面是对情感和性的绝对回避，甚至是恐惧，社会上出现许多大龄的未婚男女，终身不娶不嫁的剩女现象、剩男现象，以及虽然结婚却不主张生育的丁克现象，引领着当下都市白领的婚姻观念。两种极端的心理表现，从严格意义的心理健康标准来讲，是一种异于往昔的新的婚姻人生观。如果简单地将这两种新的婚姻观念视作一种病态，显然是草率的。但是，这两种心理的形成，从某种意义上讲，也必是受到充斥于现代生活中的各种时尚理念及由此所倡导的时尚生活影响的结果。

如果这种具有前瞻性或开放性的时尚理念，承载的是一种格调向上的积极的文化，那对促进社会更加趋于文明和进步是有益的。事实证明，人文的、高雅的、健康的、人性化的时尚产品，可以营造一种积极向上、和谐乐观的文化氛围，这对于培养健康的审美观、科学的人生观、正确的世界观、合理的事业观，是大有裨益的；相反，低级的、野蛮的、庸俗的时尚设计理念及产品成为社会的文化主流，那么，就有可能把一种消极的、落后的审美意识传播开来，影响甚至阻碍整个社会的文明进程。譬如，社会上一旦出现许多以性为题材的造型别致、精美得无与伦比的时尚工艺品时，就极有可能会把人们的思想观念与审美标准导入一个极其庸俗混乱的时尚风潮，其影响是不言而喻的。

生活中所出现的形形色色的审美误区或偏差，究其渊源，都与某些现代设计作品的负面影响有关。例如，自己以前就遭受过各种瘦身产品、广告宣传及时尚审美的影响，才形成昔日极端、顽固的瘦身纤体意识和行动。在初中、高中的很长时期内，一直很消瘦、得了胃下垂乃至初潮晚来，正是这种负面影响的结果。假如世上没有瘦身产品，假如商家不宣传所谓的瘦身理念，假如社会上不盛行减肥瘦身之风，自己便无瘦身意识，更无瘦身行动，自然就不会有人生的这段痛苦弯路。

钱雯丽的思想，带着迷茫与困惑，颠前倒后，漫无目的地漫想着。现今，正陷入情感误区的舍友徐令仪等人所出现的反常的言行与举止，也可能是受了这种负面的审美时尚的影响。

钱雯丽在一种深沉的思考状态中，表情凝重地回到宿舍。

说不上是什么原因，有好几天来，阮丽婧都没有回宿舍。

钱雯丽静静地将宿舍重新审视了几遍。看见李敏床侧的帘子已经拉上，宿舍里静得死寂，想必是她已经睡熟了。钱雯丽蹑手蹑脚地踱到床边，轻柔地爬上床铺，仰面躺到床上，尽力平息着杂乱的思绪。她这种有意的抑制意识，反而激起大脑皮层的过度兴奋，她又进入到刚才那种思绪澎湃的状态中，大脑细胞显得异常的活跃。

已经过了好长时间，钱雯丽还在床上辗转反侧，始终都未能进入睡眠状态。

钱雯丽意识到，自己要失眠了。

在不经意间，她的手臂滑过胸部，带来一阵微妙的特殊感觉。这种感觉，又像是一波涟漪迅速地向周身扩散、漫延、浸透。……此时，一种燥热感正从她的心底徐徐涌起。……她不由得睁开双眼，拼力地瞧着被浓黑笼罩着的宿舍，周围显得幽黑深远，无边无际，仿佛一下子进入到能使神经欢愉的冥冥之界。她浑身潮湿地翻了下身，面朝墙，急促地呼吸着。

在翻腾的思绪中，一个个熟识的男性形象一一闪过，最后，图像定格在郑昌兴的身上，他还算实在、勤奋、朴实、高尚。不象别的纨绔子弟，一面之交，就想着要做什么似的，他们那些人猥亵的眼神和动作，直觉得要让人吐口水。

与郑昌兴认识已半月有余，但他们真正的交流还不到三次。钱雯丽专注地想着郑昌兴，仔细地搜索着他的那些留存在记忆中的只言片语和残损不全的语言形象，他的友善、和气、纯朴、透明的眼神与他谈话时与众不同的口型……都在她的脑海里进一步明晰起来，并逐渐地胀大，最后充斥了她的整个意识空间。

钱雯丽冥想着……

就在这一刻，她与他形神相融着进入了梦乡。

那是一个阳光明媚的早晨，钱雯丽正踽踽而行在幽深的柳荫小径上。修长的柳枝轻柔地在空中摇曳着，画出许多优美的"S"形弧线……

此时，有一小朵白云，悠然地从树梢飘过，并徐徐地从她的头顶划过，打湿了头顶几缕昂扬的发丝。

她兴奋地一抬手，将白云揽进怀里，大口地一吸，将那朵湿漉漉的小白云全部吸进自己的肺腑，那种沁人心脾的清凉感与舒适感，一下子就蔓延到了周身。

就在钱雯丽欢呼雀跃的时候，郑昌兴身着一身洁净的白西装，在鹅黄色的点点绿雾中款款地走着，他是那样精神、那样开心、那样坚定、那样执着地朝着钱雯丽走来。

钱雯丽平静地呼吸着白云浮过的湿气，扬着粉红色的脸，深情地盯着郑昌兴。

郑昌兴走来了。

他们没有任何语言，只是默默地激情地冲动地相拥长吻，那是一种让周身细胞都震撼不已、舒服不已的感觉……

钱雯丽被郑昌兴紧紧地抱着……她颤抖着身体，急促地呼吸着。

他们边走边吻，俩人消失在浓荫的绿色甬道中……

第二天，当太阳升起的时候，钱雯丽自然而然地从睡梦中醒来，带着神秘的微笑。她揉着惺忪的寐眼，摇晃着脑袋，拼力地寻找着梦的影子……

很快，她便发觉自己行为的荒诞。于是，自我解嘲地笑了笑。

早晨第二节课毕。

钱雯丽的手机响起，是父亲钱金龙打的。

钱雯丽急促地穿过走廊，来到拐角处的一盆花木树下，揭开手机。不等钱雯丽问候，电话里便急匆匆地询问道："雯丽，恭喜你啦！这可是件好事情啊！听你戴阿姨讲，你胖了二公斤……太棒了，真是……孩子长大了，就会懂事。身体是本钱，爸爸为你感到高兴。这段时间，在学校还适应吧？是艰苦了点，但那是个锻炼人的好地方。爸爸当年上大学时的条件，还不如你，可我学了不少知识，最后还留了洋，学到东西才是最实在的，有用的。你是爸爸的好女儿，我想，你会秉承爸爸这一优良传统的。听说：这次大学生英语口语大赛，你还得了全国一等奖。爸爸听了，甭提有多激动了。一并向你表示祝贺。哎？在学校还有没零花钱啦？昨天，我又给你的卡里转了5000块，想吃什么，想买什么，就去做！不要太委屈自己噢。"钱金龙像是生怕电话断了似的，口若悬河地唠叨了一大堆。钱雯丽悉听入耳，不住地点头哼着……她找准时机插进话茬道："爸爸你放心，我知道自己该怎么做的。我更正一点，我的体重只增加了二斤，不是二公斤……我呀，在这里一切都很顺意，爸爸，你就不用多操心了，我过去已经让你操了太多的心……""谁让我是你爸爸，那都是我分内的事……你能开心健康地成长，就是爸爸最大的快乐和幸福，这点操心，不算什么的……"

通话毕，钱雯丽心中自然荡漾起乐滋滋的喜悦情怀。她欢快地转身欲返回课室，突然在她清澈透明且泛着灵性光彩的大眸子中，映入一位中年男子的身影。

此人个头中等，身材魁梧；四十开外，精神饱满；衣着考究，气质儒雅；面带官相，谈吐有致。面容保养较好，只有微笑时才会在眼角隐隐现出几道浅浅的鱼尾纹……眼睛大睁着，却还依然眯成细缝……他就以这副尊容静静地伫立着，专注地透过一层薄薄的金丝边镜片，探究性地打量着钱雯丽。

钱雯丽忽闪着长睫毛的透亮眼睛，疑惑地看着那位中年男人时，那男人就优雅地往前迈了一步，询问道："请问阮丽婧在340课室上课吗？能否麻烦您给通知下，好吗？"钱雯丽轻声地"哦"了一下。于是，边注视着那位中年男人，边微笑着转身走进340教室。钱雯丽碰巧和阮丽婧坐同桌。钱雯丽不慌不忙地走回座位，轻声地对阮丽婧说："你爸爸在外面……"正在专心致志阅读女性杂志的阮丽婧惊吓般抖动了一下身体，便开始伸长脖子向教室门外张望。阮丽婧蓦地挤出座位，涨红着脸自言自语道："……是我叔，我叔找我……"话音落时，人已蹿到教室门外。钱雯丽瞥了一眼阮丽婧的背影，带着欢愉心情，低头继续钻研大部头的心理学著作。

61. 女大学生怀孕

　　几个月以来，钱雯丽一直认认真真地践行着自己的考研与锻炼计划。

　　在这段时间，钱雯丽每天都会如约而至两个地方。天麻麻亮时，她出现在操场的跑道上；夜幕降临时，她出现在学校的公共阅览室，只要决定去看书，她总喜欢早早地动身，早早地抵达公共阅览室。

　　这天晚饭后。

　　校阅览室。

　　钱雯丽怀抱一摞考研资料，来到自己看好的座位前，将书和笔记本一股脑儿倾倒在书台上。而后她十分释然地眯起眼，缓缓地转身，扫望了一周，除了不远处有几位同学也将书摊在书桌外，其余的，都还是空荡荡的。

　　这景象，多多少少给人以冷冷清清的感觉。

　　说不上什么原因，钱雯丽并不讨厌这样的感觉，她可以确保万无一失地选择到自己中意的位置，还可以在寂静中深入思考一些问题，这正是钱雯丽所希冀的，譬如：可以对当晚的阅读内容进行些规划和安排。她自个儿认为，这是个好习惯，而且坚持不渝，多年未辍，且日益觉得受益匪浅。

　　钱雯丽斟酌后，从那摞书中抽出一本，直接翻到书签所在的页码处，铺开笔记本，眨着眼，噘着嘴，轻松专注地阅读着。

　　一个小时后，阅览室已经座无虚席。

　　钱雯丽下意识地看了眼满当当，但还相对安静的学习环境，舒心地低下头，做着笔记。

　　这时，她猛然听到对面桌椅摩擦地板的轻微声响，于是，神情紧张地翻着眼皮向上瞅着。突然，她像是吃了一惊似地瞪大双眸，额上也顿时渗出涔涔的虚汗，她情不自禁地佯装抬手斜捋垂在鬓角的发丝，却是真真实实地用手背揩了下额头。

　　郑昌兴正身着整洁的素装、精神抖擞却也略显慌张地注视着钱雯丽说：

"你，你来啦……不好意思，我来晚了，刚才碰巧是有事来着……不知道……"郑昌兴眯起眼瞅着钱雯丽，带着愕然与兴奋混杂着的些许表情。在情急中，不知该如何措辞，他搜肠刮肚、语无伦次地挤出一句半句后，突然止住话茬，轻轻地微笑着，怔怔地、含情脉脉地注视着钱雯丽，而后，默默地走到钱雯丽对面的空座处。他不敢准确地判断，这座位，就是钱雯丽留给自己的，但他情不自禁地抱起钱雯丽放在座位上的坤包，茫然地将它搁置在阅览台上，急速地冲钱雯丽笑了笑，然后迅速坐下。钱雯丽似乎看出郑昌兴的窘相，吃吃地嫣然一笑，瞅着他的滑稽动作说："是给你占的，还以为不来了呢。"钱雯丽话没说完，便低头继续看那本厚厚的心理学著作。郑昌兴回头望了周围静寂的阅览室，不好意思地低下头，也翻开本厚厚的心理学著作，津津有味地阅读着。

阅览结束。

钱雯丽同郑昌兴一起随最后一股人流慢慢地走出阅览室。

他与她，在保持一米的间距下，沿着通往女生高级公寓楼的甬道，缓步地溜达着。

这是一个寥若晨星的夜晚，黑黝黝的苍穹，展示着自己深邃莫测的神秘面纱，不由勾起人无穷的遐想。

几阵夜风吹来，郑昌兴不禁打了个寒噤，他本能地扭头问："你不冷吧，雯丽？"钱雯丽正低头默默地走着，突闻此言，便仰头望着天空，十分肯定地说："不冷，这种凉意会使我的头脑越发清醒，思维也越发敏捷。你看这天空，使我想起……"钱雯丽在暗夜里闪着长睫毛的大眼睛，突然咽下后半句。她扭头望着郑昌兴。此时，郑昌兴正凝望着夜空，并没有感觉到钱雯丽注视的目光，他的思绪像是回到遥远的过去……他接住钱雯丽的话茬，无不感慨地说："是啊，记得小时候，天空经常是群星璀璨的，而今太少见了。就像今晚，难得有几颗星星……它们究竟去了哪里啊？"钱雯丽突然提高嗓音，用无比钦佩的语调，激动地说："哇，你不是在吟诗吧？你的措辞太有诗意了！"郑昌兴自觉不好意思，饱含歉意地搭讪道："献丑了，怎敢班门弄斧呢？你现在复习得怎样？"他言未尽时，话锋却一转，眼中充满关切地询问钱雯丽。"这……我也说不清，都认真看过好几遍了，心里总觉得不踏实……考上考不上都无所谓，只要是尽力了，就不觉得遗憾。""有同感……和我当年考研时的心情差不多，你肯定没问题，我敢保证。"郑昌兴说时，钱雯丽一努嘴便反问道:"是吗? 我真能考上研? 那,你拿什么保证呢?"郑昌兴一看话很投机,不由得来了兴致,他拍着胸脯动情地说:"凭你的禀赋、勤奋、专注和毅力,要是考不上,我都不用姓郑了!""那你姓什么呀?"钱雯丽眨着眼睛坏坏地问。"干脆,也姓钱算了……"

郑昌兴爽朗地应着,逗得钱雯丽一阵"咯咯"地发笑。

说不上什么原因,钱雯丽觉得和郑昌兴在一起,总有一种喜悦和冲动之感,时时溢在心头,就像有一种能引起兴奋的酶,作用于周身,令周身的每一根神经和细胞,都舒坦、愉悦、爽快、尽致……

钱雯丽需要这种感觉,需要和男生在一起的特殊感觉。这种感觉,是她以前未曾有过的奇妙感觉。

此时此刻,钱雯丽虽还不能把这种感觉称之为爱,因为在她的内心深处还存留着几颗拒绝爱甚至排斥爱的细胞,它在作祟着,也在起着作用……但在冥冥之中,在朦朦胧胧的意识之中,钱雯丽似乎明白了这种感觉的价值所在,也似乎一下子理解了舍友徐令仪的所言所行。

在此后的好长一段时间里,钱雯丽保持并逐步延伸或拓展着与郑昌兴之间的感情。……直到有一天,学校发生了一件令她震惊与沉思的事件之后,钱雯丽的情感之网,才慢慢地有所收敛。

那是几个月后,更准确地说是大三第一学期的一个午后。

煦暖明朗的阳光静默地沿着蔚蓝苍穹中的轨道,正处于穹隆的正中央,徐缓地挪着小步。钱雯丽和李敏愉快地从钱雯丽的老乡、高中时的同班同学罗纯纯那里返回宿舍,俩小女生几乎是相互依偎着,边走边聊……一阵带泥土芬芳味的清风吹来,有些寒意地拂过钱雯丽的面颊,她微微打了个喷嚏,不好意思地朝同行的李敏笑了笑。钱雯丽洁白剔透的肤色,在凉风的作用下,泛起了一层薄薄的红晕,像熟透了的红苹果,越发洋溢着青春迷人的风采。李敏无意中瞥了眼钱雯丽,惊奇地询问道:"哇! 红扑扑的小脸蛋,好漂亮哟……这使我联想起一首诗:是什么'粉面桃花……'来着,忘了。"钱雯丽笑嘻嘻地回应着:"咱们彼此,是'人面桃花'典故的出处:唐朝崔护的诗句'去年今日此门中,人面桃花相映红。人面不知何处去,桃花依旧笑春风'。这首诗太棒了,足以看出诗人对生活的敏感和入木三分的洞察力。哎,你有没有发现,我老乡罗纯纯比先前漂亮了许多?""那当然啰,女大十八变嘛,她是变好了。你看刚才请我们吃饭的，是她对象！也挺帅气的……哎，人比人，气死人，不能比！他们多幸福啊，哪像我，变得都不如从前了，只好孑然一身。""谦虚什么呀！你那男老乡不是对你挺好的？他一直在暗恋着你。依我看，你俩挺般配的。我才是，这身体，病恹恹的……""她们都成双成对了，就剩咱俩，同病相怜……这样也罢！哟，那不是徐令仪吗？""我发现：她现在发福了，有着成熟女人的风韵。""瞎掰……告诉你个秘密，千万别再告诉其他人。听说，小徐怀孕了，有好几个月；还听说，她最近心情很不好……""你真是个灵通人士……怀孕了，怀孕了那太可怕，是个麻烦事！""没啥！有啥？做了不就完事了？……"

听到李敏轻松的解决办法，钱雯丽不由得苦笑了两下，她的思绪随之陷入到迷茫的深思之中。

在钱雯丽的意识中，未婚先孕，绝对是件奇耻大辱之事。高中舍友唐晓慧，不就是因为肚大，顶不住来自于社会的各方压力，含羞自尽的？

作为女性，钱雯丽想起这件事就有些不寒而栗。

钱雯丽紧锁着漂亮的柳叶眉，表情凝重。她郁闷地思索着，愣愣地自语道："她怎么就不注意呢？这家伙……"

不知啥时候，李敏早已盯上钱雯丽脸部丰富神秘的表情变化，乐得吃吃地笑着说："又不是被你搞的，你要注意啥呀？享受了，就该付出代价。这叫事物守恒定律，这才叫公平！懂吗？哎，你有没有发现，网上最近又爆出两条大新闻：一是少女未婚上环避孕，二是大学生毕业不找工作却跑婚介所，你说怪不？""也看到了……是挺奇怪的，那可能是真的吗？炒作！无厘头的炒作！""这就是你土了，咱校大四就有，甚至，我们这届就有跑婚介所的。想想看：现在工作这么难找，能找个有钱有权的，去做专职家庭主妇，那多时髦！小徐傍的不就是总经理的公子？现在……观念都变了，年龄不是问题！只要有能力，有才，会赚钱就行。所以，女孩们要随时准备付出。对于我自己，你看，那个东西要随身带，以防万一时使用，保护自己嘛。但目前，还始终没机会使用……"李敏这一席话，听得钱雯丽瞪大了眼珠，她张嘴倒吸了口凉气，结结巴巴地说："这是真的？怎么会是真的？"李敏看着钱雯丽，十分郑重地说："千真万确！时代所需，保护自己是不得已而为之……其余的，也是有真人真事的。现在这帮丫头，一个比一个开放，一个比一个机灵，在关键时刻，该出手时就出手，谁在乎什么呢？""我平时真没注意，也没去考虑，太孤陋寡闻了。""你是大家闺秀，什么事都会有人安排，工作更是不用考虑，哪像我们，全凭自己打拼天下。如果你肯帮忙的话，将来我到你爸爸的公司去应聘，你给说个人情。我现在就谢谢你了。""我爸现在退任了，不是董事长，不过，能帮忙的，我会尽力而为的。""那太谢谢了。你和那男孩现在咋样了？他可是个不错的男生。""哪个男生？噢，他呀，就是同学关系，仅此而已。""他有没有邀请你看电影或逛公园什么的？""没，这和恋爱有关系吗？""关系大得很！有人编了恋爱三部曲顺口溜：见面拉手前奏曲，影院公园搂着亲，神魂颠倒出租屋，多人都是快节奏……""哎。"钱雯丽若有所思地应着，似乎已是心领神会了。

她俩缄默无语地穿过初雪覆盖的草坪小径，一阵凉风伴随着"哗哗"的落叶声响，迎面拂过她俩的面颊。钱雯丽本能地缩回脖颈，用搓得温热的双掌捂住粉嘟嘟红扑扑清凉透骨的双颊，轻声地言语着："……风太冷了，咱们赶快走吧！"李敏没吱声，而是缩着脖子，用眼角瞥着钱雯丽，俩人便默契地慢跑着。

于是，在灰黄色阴冷色调寒意料峭的图景中，就快速滑动着两道优美的暖暖的弧线，犹如冬日里一幅亮丽的风景。

徐令仪的出现使宿舍里增添了几分热闹与欢快的气氛，仨小女生也真像叽叽喳喳的雀儿，她们从东扯到西，又从西扯到东。钱雯丽在说话的当儿，并没忘记打量徐令仪的体形，身体除腹部有隆起的迹象外，胖瘦高矮，较以前并无二致，或许正是因为这一点，才能让熟识的细心人轻而易举地发现徐令仪腹部的微妙变化。钱雯丽关注得有些痴迷，以至于谈论时都有点偏题。

几分钟后，浮在徐令仪脸颊上灿烂的笑容逐渐隐去，一些倦怠的表情正从她的眼窝处向四周扩散。

眼尖的李敏用手指在钱雯丽的背后轻轻地捅了下，这种暗示，就是一种无声的语言，一下子让钱雯丽意识到自己的失态，她抿着嘴微笑说："你好长时间都没回宿舍，可不要把我们姐妹们给忘了，我俩可想着你呢……"徐令仪的眼睛突然闪着亮光，脸部瞬息也荡漾着一层喜悦的灵光，她转动着圆溜溜的黑眼珠，看了一眼钱雯丽和李敏，微微点点头笑了笑，没有言语。

她们又聊了一些学校发生过的一些事，便都慵懒地躺到自己的床铺上。

钱雯丽的思绪有点儿混乱。

她在几次无奈的翻身后，头脑依旧能清晰地映现出徐令仪那微微隆起的腹部和李敏所侃侃而谈的恋爱三部曲的内容。

在深深思虑时，钱雯丽有几分恐惧，也又有几分兴奋，二者交替着，重复着，令她的神经一会儿清醒，一会儿混沌。她翻过几次身，还在心中反复默念着："安静安静！"长长的拖音，在钱雯丽的心中荡起悠悠的回音，感染着周身的每一颗活动着的细胞。

半小时后，钱雯丽终于进入到甜美的梦乡。

钱雯丽依稀地记得，时光是倒流到入学军训伊始时。

她们一群来自五湖四海的莘莘学子，刚穿上崭新的军装，兴奋并好奇地相互对视着陌生的面孔，万分小心地闲谈着。……无意中，方队形渐渐地分解为三五一组的自由队形，在她们聊得正酣时，班主任老师突然喊出口令，队伍霎时在一阵骚乱中缩变为刚才整齐有序的方队。班主任老师看了看，满意地笑着说："很不错，蛮有素质的！"接着，他面对全体同学，很响地清了清嗓子，继续说："为了能从容面对日益复杂的社会形势，也为了各自的身体健康，经学校领导研究决定，给每位同学发一份材料，里面有《自卫防身手册》。下去后，要好好地研读，运用自己的智慧，分析一切新情况、新问题，决不能上当受骗。其次，还有几盒避孕套，你们一定要小心保管，随身携带。不到万不得已时，绝不使用。绝不能传染上一些疑难杂症，身体是主要的，健康更是主要的。你们记住没有？"话音未落，队伍中霎时爆起一阵骚乱声，有打口哨的，有惊叫呼喊的，有拼力跺脚的，有举手欢呼的。场面显示出一发而不可收拾的态势。班主任老师狂喊了几声，混乱并未得到有效制止。突然，班主任老师嘴一撇，轻轻抽泣起来，继而声音越来越大，眼泪如决堤的洪水，从眼角处沿着面颊倾泻而下。

似乎就是这平地冒出的哭声，立刻震住同学们的呼喊与骚动。

大家立马站在原处，鸦雀无声地瞅着班主任老师。

班主任老师看着同学们，哽咽地说着本校发生过的系列故事，有被人贩子拐卖掉的女大学生；有未婚受孕被人抛弃的女大学生；有成帮结伙吸食毒品的大学生；有因一时受挫而自尽的大学生；有因不洁性事染上不治之症的大学生；也有同居几年最终分道扬镳的大学生……班主任老师列举了一些令新生感到骇人听闻的事例，同学们听得很专心，队伍也很安静。……突然，队伍中传来一声哭泣，这声哭泣，就像是能引起人们悲痛欲绝的烈性炸药的导火线，一旦被点燃引爆，人们的情感之堤，就会荡然崩溃……顷刻间，同学们的哭声此起彼伏起来。

钱雯丽站在队伍最前面，在从众心理的支配下，她也跟着大哭起来。

哭声响亮而清脆，足以穿越九霄之外。

钱雯丽情不自禁地用手摸了把脸上的泪水，一骨碌从床上坐起，发现泪已沾湿了大半个枕巾。

她回过头，又看了看徐令仪和李敏，仍旧沉醉在甜美的梦乡。于是，钱雯丽长长地吁了口气，摇摇头好奇地笑了。

62. 徐令仪出家为尼

北方冬日的早晨，寒意总显得格外的浓烈，干涩透凉刺骨的西风，总能轻而易举地穿透人们的好几层衣物，似千万枚针芒，或轻或重，或密或疏地向人们提着醒儿，无时无刻不诉说着自己的凛冽与威严。

此时，在偌大的操场，正稀稀拉拉地晃动着几个人影，或急或缓，或顺风或逆风。在与西风的较量中，彰显着她们不畏严寒的倔强性格和坚忍不拔的优秀品质。在这群人当中，有位身材瘦弱，也是运动得最舒缓的一位，她就是钱雯丽同学。她穿着件厚实的高档南极绒外衣，臃肿地包裹着她纤纤的躯体；一条长长的厚羊毛围巾，分好几圈地缠绕在头顶，只留下乌亮的一闪一闪的大眼睛。她慢悠悠，似跑似走地沿着跑道的外圈行进着，她大口喘出的温润湿气，透过松软、有间隙的围巾，在寒风中迅速凝结成乳白色的雾气……雾气随着晃动前进的身体，被拉成长长的白白的几道，抖抖地在空中飘散着，在离开身体不远处的跑道上空，隐隐地消失在充满冷意的空气中。

她的步履有些黏滞，看样子，是已经跑了好几圈，真的有点倦怠了。

一阵风儿吹来，钱雯丽不禁打了个寒噤……她不由得放慢脚步，晃荡着走了一会儿，很自然地来到跑道附近的健身器材区，做了会儿扭腰踢腿伸臂的动作。

此刻，钱雯丽正践行着她所制订的每日必进行的锻炼计划。

实施半年来，还大有成效。

钱雯丽自己都明显感觉到身体较以前强壮了许多，食量也大增了许多。

虽然她还离不开每日一餐养胃健脾的鲜羊奶……虽然她的食量还不能与正常人相提并论……虽然她的胃下垂还没得到有效的恢复……虽然她有时不得不忍受胃病的困扰……但能恢复到目前的水平，已是很不错了。

钱雯丽明白自己的身体状况，在锻炼与健身问题上，她明智地做到量力而行，而且恰到好处。

钱雯丽赶在李敏起床、洗漱完毕，准备早餐前，喘着粗气，赶回女生高级公寓。

不知从什么时候起，钱雯丽养成了与舍友结伴进餐的习惯，起初是同她们仨一道，后来徐令仪搬住出租屋，她就同阮丽婧与李敏一道，再后来，阮丽婧也时不时住市里的亲戚家，而每天必陪她的就只有李敏了。或许是因为这个缘故，在宿舍的三位女生中，钱雯丽自己觉得与李敏的关系最铁，在许多事上，她俩配合得都相对默契。

钱雯丽回到宿舍，李敏已准备好热腾腾的洗漱水。

钱雯丽迅速地褪去外衣，毫不客气地接纳了李敏的美意。

起床、运动、上课、吃饭、学习、写作、聊天、洗漱、睡觉……这样的生活，按部就班，单调地重复上演着，直到有一天，钱雯丽首次遭遇到她人生中足以让其刻骨铭心的情感经历。虽然钱雯丽以前也收到过类似于信件或手机短信的求爱信，但那时的她一味沉溺于减肥和纤体的审美狂热中，对异性的求爱信号反应得冷漠。更准确地说，是因为她当时的体内还没有萌生出情爱的细胞，由于是男生的一厢情愿，钱雯丽此前所经历的情感故事，还根本不能算作爱情。……而今，升入大学后，钱雯丽的情窦已渐开，在彼此的情感能相互呼应的前提下，她所经历的爱情故事，这算是头一遭。

那是个晴朗的午后。

钱雯丽从教学楼的洗手间出来，坤包里的手机突然响起，她起初以为是父亲打来的，于是兴冲冲地取出手机，显示的是个陌生号码，钱雯丽有点惴惴不安地接了，从话筒里的磁性声音判断，她听出是本校研究生院郑昌兴的声音。

钱雯丽立时带着好感，用欢快的语调打着招呼，相互嘘寒问暖着。

钱雯丽在纳闷的同时，还依稀地记得，在前不久，是自己把手机号告诉郑昌兴的，郑昌兴也似乎告诉过他的手机号。相互告知后，钱雯丽并没有在意，因而她也并未将郑昌兴的手机号存入手机。

在简短的交流中，钱雯丽知道了郑昌兴的真正意图，他想约她今晚看电影。不知为什么，钱雯丽却突然想到舍友李敏述说过的恋爱三部曲之二，"影院公园搂着亲"。蓦地，她不由得生出几分羞涩与怯懦之情，情急之下，一时语塞，也没拿定主意。钱雯丽在电话里吞吞吐吐了好半天，最终还是未能明确表态，在"嗯，哈"声中挂断了电话。

挂了电话，钱雯丽便觉得心脏一阵紧似一阵的狂跳，撞得胸口儿都隐隐地发痛，似乎要冲破胸襟的阻隔，想蹦跳着跃出胸膛似的，这种感觉既新鲜又紧张，既好奇又恐惧……

钱雯丽回到课室，表面虽显得平静，内心却是思绪翻腾，情感澎湃……

她静静地坐在座位上，心不在焉，稀里糊涂地听了几节课。

快到相约的时间。

钱雯丽礼节性地给郑昌兴去了电话，说明了不能去的缘由。她的表情，显得是那样的忐忑，对于这份相对纯真的感情，她既想拥有，又想摆脱，既表现出渴望的情愫，又表现出逃避的举动。

经历一番深思熟虑的思想斗争后，钱雯丽最终选择暂时的回避。

打完电话，她如释重负地长吁了口气，步履轻盈地向女生高级公寓楼走去。

在宿舍门口。

钱雯丽瞥见一位身着素色西装的男子，他手捧鲜花，很英俊地在那里徘徊着……

这情景，多多少少让钱雯丽依稀地忆起从前的一个梦境，郑昌兴在白云浮过的湿气里，身着素装，款款地走来。他们没有过多的言语，也没有手势，唯一做的是，紧紧地拥抱和久久地令人窒息的深吻。

在片刻的回忆之后，钱雯丽似乎感觉自己很兴奋，有股热血忽地从心底直冲脑门。她觉得有点儿晕眩，于是驻了足，理了理思维，而后又徐缓地向前挪动着……

钱雯丽并没有看错，这手捧鲜花的男生，正是郑昌兴。

钱雯丽绯红着脸，怔怔地看着郑昌兴，多少显得有点不知所措。

郑昌兴好像也看出钱雯丽的窘相，似乎对自己的冒昧造访，也怀有几分歉意。

郑昌兴用略带羞涩的颤抖语调轻声地说："……祝你身体健康……"然后傻笑了几下，脉脉地注视着钱雯丽。钱雯丽足足愣了有几分钟，才恍然醒悟道："谢谢！请进去坐会儿……""不了，还有事……"郑昌兴口是心非地说完，便含着笑告辞了。

钱雯丽双手捧着鲜花，兴奋地走进宿舍，把花插到自个儿床头的一个水晶花瓶里。

在整理时，钱雯丽猛然发现鲜花中夹带的纸条。她万分小心地取出，打开。"钱雯丽：我爱你！"字并不多，是用清秀的行楷认真书写的；落款是用较主体字小一号的行书写的"郑昌兴"三字。

霎时，钱雯丽顿感大脑一片空白……

此刻，钱雯丽的心情，根本无法用言语准确地表达……她只觉得有股苦涩的、甘甜的泪水，从眼角潸然而下。她没有去揩拭，而是任由泪珠悬在眼角，挂在面颊……

晚餐后，钱雯丽没有去阅览室，而是去找自己的老乡罗纯纯聊天。不过，很不凑巧，罗纯纯和她的男友出去不在。钱雯丽只好怅然地走在校园的小径上，漫不经心地踽踽而行着。迎面还碰到过几位男生，钱雯丽向他们热情地打过招呼，其中一位是以前曾对她们一帮小女生是否是处女而品头论足过的；还有一位是在校园论坛上以"大嘴巴说事"而名噪一时的。

与他们的谋面，还多少勾起钱雯丽的一些往事，让她心中生出些许或鄙视或感激的念想……这些额外的念头，如浮游在空中的一缕袅袅青烟，只需一丝儿风，一会儿工夫，便会消失殆尽。

占据钱雯丽庞大心灵空间的，仍旧是有关郑昌兴的情感，或是些爱慕的困惑，或是些深沉的思考。

钱雯丽想了会儿，更是"剪不断，理还乱"。于是，她索性就不去想他。当她真的做到不去想他的时候，她却又忽而觉得百无聊赖起来，心中顿感一片空寂。

钱雯丽鬼使神差地回到宿舍。本以为到宿舍就可以安安静静地休息，顺便还可以理一理混乱的思维。不料，却被躺在床上嘤嘤啜泣，眼睛哭得鼓得像两盏灯泡似的徐令仪吓了一大跳。钱雯丽顾不上多想自己的事，她连忙快走几步，紧皱起弯弯的柳叶眉，焦急而耐心地询问道："你，你怎么啦？哪儿不舒服……令仪……"徐令仪看了眼钱雯丽，哭得比先前更厉害，在钱雯丽的万般抚慰和开导下，徐令仪才在哭声中挤出几个字："……王八蛋……畜生！不是人……"

钱雯丽猜想到可能是情感方面的事，就不敢多问，只好抱着徐令仪，陪着她一起哭泣。

钱雯丽的猜测并没有错。

自从徐令仪傍上总经理的儿子后，两人很快就同居在校外的出租屋。这一年来，徐令仪总共流产过两次，她将自己的青春及全部的情感都奉献给她所仰慕的总经理的儿子身上。……没想到的是，那位总经理的儿子，是位玩弄女性感情的高手，在他和徐令仪同居的同时，还和另外一名女生保持着同居关系。这个秘密被徐令仪发现且被证实，是最近的事，她有些接受不了。在万念俱灰间的一次仇视对仗中，徐令仪用瓷花瓶砸破了总经理儿子的头部，同时她自己也稳稳地吃了他的一巴掌。……事发后，徐令仪悲痛欲绝地回到宿舍，在静寂中，她思前想后，不觉已是泪如雨下，她哭了好长时间，眼睛哭得又红又肿。后来，她不哭了，觉得实在没有哭的必要。于是，她用凉水洗了个脸，坐在床头，望着天花板发愣。这次情感挫折，对爱情专一纯真善良的徐令仪来说，打击太大，以至于她的神情都有点呆滞。

钱雯丽的到来，使徐令仪有见亲人般的感觉。一时间，强烈的委屈感涌上心头，徐令仪的泪水又止不住夺眶而出。

钱雯丽静静地抱着徐令仪，任由她在怀中恣意地哭泣或是尽情地发泄。

第二天，徐令仪向班主任老师请了病假，一个人，足不出户，在宿舍里躺了三天。

到第四天时，徐令仪突然失踪了。只在空荡荡的床板上留下个纸条：

亲爱的舍友们：

大家好！和你们相处的日子，我是快乐的，也是幸福的，谢谢大家的关心和照顾。

我的尘缘已了，我应去该去的地方。再见！

徐令仪

钱雯丽不知道徐令仪的下落，消息灵通的李敏也不知道徐令仪的下落。

十天后，有小道消息称，徐令仪已看破红尘，到五台山出家为尼。又十天后，在本市的一家报纸上，有赫然标题为"女大学生情感受挫，遁入空门而不悔"的新闻报道。这事很快在社会上引起轩然大波。与此同时，校园里也传得沸沸扬扬。

报纸披露两天后，在社会的各方压力下，学校做出决定：开除那位滋事学生，总经理儿子的学籍。

此事作为大学生茶余饭后的谈资，长达一月有余后，才渐渐地被人们所淡忘。

钱雯丽在震惊之余，又一次审视了学生时期男女间的性爱情感，对爱情能否纯真专一的担忧，成为她心中永远的痛。

她时刻都会提醒自己，对待即将发生的爱情，应慎重，慎重，再慎重。

面对瞬息万变的现实世界，对于那些类似于徐令仪和唐晓慧所遭遇的事件，钱雯丽自觉难以理解。这些钱雯丽熟知的亲人或朋友所表现出的反常举动及其难解的动机之谜，使得钱雯丽对即将到来的爱情始终保持着一份迷茫与困惑。而这份迷茫与困惑，也正像一个个座右铭，时时警戒着她，影响着她，也改变着她。

经历徐令仪出家事件后，钱雯丽在深思熟虑的基础上，冷处理了她与郑昌兴之间不断升温的感情纠葛，仅仅把它定格在朋友间一份纯真的友谊标准上。

在此后的好长一段时间，钱雯丽与郑昌兴之间的情感，回归到发展普普通通的感情状态中，普普通通地交往，普普通通地关爱……

在一晃就是半年多的时间里，钱雯丽坚持着自己的人生信条与学习计划，平平常常地生活，认认真真地复习。

63. 迷茫的大四

在钱雯丽硕士考试与郑昌兴博士考试都结束后,他俩约定了第一次幽会。那是适值大四的一个星期天的早晨。

钱雯丽舒心惬意地睡到早晨九点多钟,才哼着小曲,精神焕发地跳下床。……此时,她身心都备感异常的清爽,连日来繁重的复习备考给身体所带来的疲惫,似乎一夜间就消除殆尽了。

钱雯丽转身面对绿意盎然的窗外,情不自禁地伸了个长长的懒腰……顿感有股旺盛的激昂的能量,正从自己周身的血脉中滋生、繁衍并扩散着。当她以无比放松的心情,再去重新打量周围的人和事时,她惊奇地发现,原来的生活已改变了许多,而且还在继续改变着。

钱雯丽虽是个富家小姐,但由于性格、家庭教育等因素,外表显得相对保守和矜持。加上最近半年来,她潜心于学习,几乎对外面的世界不闻不问。现在重新审视时,不免有些陌生,感觉有些事情不是她不明白,而是因为外面的世界变化得比她想象得要快很多。

此时,情急之下,钱雯丽自嘲式地对着镜子莞尔笑了笑,高高兴兴地离开宿舍。

刚出宿舍楼的时候,钱雯丽恰巧碰到几位熟悉的学友,在与她们热切的交流与匆匆的步履中,钱雯丽明显地觉察到周围的同学,除热衷于考研外,还近乎狂热地从事着另外的一些事情,找工作,找对象,聚会。

大部分的毕业生,一整天都浸泡或奔跑在社会各个角落的单位或办公楼里,也有大量的女生出入于城市的各大婚介所,将自己的信息散布到他们的档案里。当然,也有为数不少的学生,可能工作已经有了着落,整日悠然自得地在校园里踱着方步。这中间,可能也有压根儿就没想找或根本就找不到工作的男女大学生,他们整日沉溺于聚会、喝酒和行乐的事情中。

整个大四都弥漫在慌乱、迷惘,甚至是一种颓废的思想氛围中。

钱雯丽深切地感受到这一点。

此时，钱雯丽或许也怀着类似的心态，课是不用上了，整日整日的时间，都是由自己支配，你可以做任何想做的事，想任何想做的事……当然也可以忙你想忙的事，甚至可以忙得不亦乐乎……你也可以无聊得无所事事，整日整日地睡觉，或整日整日地泡吧，在录像厅、歌舞厅或网吧等等地方。

这，都是你所拥有的绝对权利和自由。

钱雯丽边走边想地穿行在校园。

这时，有一帮小女生在不远处边走边叽叽喳喳地议论着，钱雯丽本来对此事并不甚感兴趣，可当她听到"阮丽婧"这熟悉的名字时，还是不由得放慢了脚步。

钱雯丽不经意地回头望了眼。

只见一位瘦高个戴眼镜的小女生伸长脖子说："那天，我去婚介所，在信息库中还看到好多熟悉的名字，像阮丽婧，还看到你的名字啦。""是吗？怎么那么不保密？你有没有结果？"一位体态丰满面容可爱的小女生瞪大了眼睛探问着。"没有结果！倒是见过几位，一见就倒胃口，穷酸相，自然就没戏啦……现在的好男人都去哪儿了？""关键是有没有财力，长相、身材和年龄都无所谓！""可怜兮兮的工薪阶层，凭那点儿工资，就想吃天鹅肉？简直不知道天高地厚！""世上竟也有那样不知廉耻的男人。"一位瓜子脸抹着玫瑰色口红的靓丽小女生带着怨气插话道："不知我明天要会见的，是怎样一个人，但愿是位有能力还有钱的主儿。哎，看看人家那位阮丽婧小姐，多聪明！太有心计了。""你真幸福！又可以见面了。""幸福个鬼！我们都下手晚啦，到这时候，全都涌向婚介所，能有好的吗？想想那些情场上的成功女生，一夜间就拥有房、车和大额的存款，我就来气！""来气什么呀？那个阮丽婧不就是个骚狐狸精吗！你有她骚？谁骚谁成功啊！""对，就是她，听说找的是个经理……他爱人前些年因病去世了……""死得好哇！不死，我们哪能有机会……""那女孩就是聪明！比咱们先行一步……情况就大不相同……你看看咱们，哎，落后了！"

钱雯丽实在听不下去，于是，有意地快走了几步。

凭钱雯丽的直觉判断，她们所说的"阮丽婧"，应该就是和自己同宿舍的阮丽婧。前段时间因自己忙于复习，没有留意她的事，对她的传闻也没有深思细究，现在回想起来，还真是的。此时，在钱雯丽的脑海里迅速闪现着半年前曾向她探询过阮丽婧的中年男子的形象。当时，钱雯丽还真的以为是阮丽婧的叔叔。……不想，阮丽婧在那时，就和那位长辈有了情感纠葛。

钱雯丽对此种事也太不敏感。她在自责的同时，也加快了脚步。

不知为啥，钱雯丽突然生出想立刻见到郑昌兴的冲动，虽然她自个儿也觉得十分莫名其妙，但她还是有点儿情不自禁。

一阵湿热的风儿吹过，抖起钱雯丽粉红色及膝的连衣裙……她下意识地用手护了护裙摆，此时，一种燥热感正从心底冉冉烧起，不断炙烤着她的思维和意识，让她的呼吸有点急促，也让她的脸颊有点发烫。

钱雯丽就这样迈着错乱的脚步，急行在校园的林阴大道上。

钱雯丽与郑昌兴幽会的老地方是学校唯一一个公园的入口处，在它两边，各有几棵约四米高的歪脖子松树，松树中间是条碎砖头铺就的弯弯小道，两边有及膝的灌木，在它相伴下，路从门口一直延伸到绿树掩映的公园深处。

郑昌兴正兴致勃勃地站在公园入口中央的绿阴下，伸长脖子朝公园的前方张望着。不多时，他便望见钱雯丽从一处学生公寓楼侧的绿化丛中闪出，郑昌兴激动得眼睛都有点儿发亮，他一边朝钱雯丽拼命地挥手，一边敏捷地躲着路上的行人，向钱雯丽狂奔而去。

钱雯丽远远地望见活力四射的郑昌兴，激动得都有点儿喘不过气来。

在不经意间，她也快走了几步……

不知为什么，突然她感觉没了刚才的心跳感，一种理性的漫流正从心底向上蓬勃蔓延，肆虐地吞噬着钱雯丽狂热的激情。

郑昌兴似乎也有着类似的情怀。

两人在相距一米的地方驻足，理智地相视而笑着。

郑昌兴灿烂地露出两排洁白但微微有些内敛的牙齿，带着几分腼腆，小心翼翼地问："你好，雯丽，多日不见，研究生考得怎样？""感觉还行，但有时，心里总觉得空荡荡的，有些不踏实。我爸爸说了，考上考不上都无所谓，量力而行就无遗憾。你呢？""感觉还比较顺，就看评委老师的态度了，题出得太活，我也说不准。只好听天由命了，你毕业后有什么打算？""现在还没有，不过，我爸爸会为我安排好的。考不上就回。"郑昌兴轻微地"哦"了下，同时他的眉宇间掠过一丝不易觉察的忧虑和痛苦，犹如划过天穹的一道流星，霎时又消失得无影无踪。郑昌兴转而微笑着说："你真幸福！对我来说，生活的唯一选择就是考博，这是我人生的奋斗目标，也是我人生唯一的选择和出路。"说着，他的表情变得异常严肃认真起来，他几乎是一字一板地说完后半句话的。而后，他仰头望了一眼青翠欲滴的绿色，突然又兴奋地说："咱们先不讨论这沉重的话题，关键是我们都刚考完，应该好好地放松一下。今天，我请你看电影，或逛公园，由你选择……"

钱雯丽一听，顿时又忆起李敏说过的"影院公园搂着亲"，不觉就有些紧张，她在沉思的当儿，就已表现出面红耳赤的迹象。此时，郑昌兴在企盼钱雯丽选择结果的同时，也格外留意地观察着她的面部反应。郑昌兴分明发觉了钱雯丽面部的细微变化，他怯生生地探问道："是不是身体不适，要不，就别去了。""……没，没有……还是去吧！我请客……""哪能呢，我来……"

他俩在爽朗的说笑中，乘车来到市区的一家豪华影院。

郑昌兴去购票。钱雯丽紧张地观察着周围的人群，不时又端瞧着郑昌兴忙乱的背影，而后，她又下意识地看了一眼大幅的宣传海报，心里不觉掠过一丝浅浅的"凉意"，感觉心脏在紧缩着……她不禁打了个寒战。这时，钱雯丽看了眼已买好票、正朗朗地笑着朝自己走来的郑昌兴，她连忙在感觉僵硬的脸上堆出些许的笑意，同郑昌兴一前一后进了漆黑的影厅。

在影厅，钱雯丽始终处于紧张状态，她丝毫没有心情留意电影的内容。

四年大学生涯……单独和一位男生去看电影，对钱雯丽来说，这，还是头一遭。

作为一位富家女孩，她游历过世界各地的名胜古迹，饱览过异国情调的风土人情，享受过温馨宜人的品位生活，体验过激动人心的感人场景……就这点来讲，她所享受的生活是时髦的、开放的、前卫的、浪漫的……但从男女情爱上讲，她所受的教育，对现代爱情的理解，又是趋于保守和传统的。

钱雯丽虽两眼目视着前方，但注意力却集中在周围的人和事上。

在黑黝黝的影厅里，她凭直觉能依稀辨认出相拥相依的情人倩影和混杂在音乐里的窃窃私语声，凭第三直觉，她还能隐隐约约地感觉到发生在包厢里和黑暗掩护下的影厅里的一些亲昵举动。

钱雯丽低头轻缓地环视了下整个影厅，进一步证实了自己的猜想。

钱雯丽目睹着像是热恋中的一对对男女。这情景，使她不由得想到提早坠入爱河的熟识朋友唐晓慧与徐令仪，以及发生在她们身上的不同的爱情遭遇……想到此，也不由得使钱雯丽的思维定格在李敏的顺口溜"影院公园搂着亲"上。

钱雯丽极不自然地揩了下额上的虚汗，又用余光打量了下郑昌兴，他是那样一本正经地端坐在软椅上，没有表现出丝毫的非分之想。

钱雯丽将信将疑地吁了口气，耸了耸肩，正准备继续欣赏时，猛然听见郑昌兴用关切的声音问："是不是有些不适？要不，我们出去吧！由你来做主。"钱雯丽愣了一下，略微沉思后回道："没关系，既来之，则安之。就看完呗！"郑昌兴在黑暗中浅浅地笑了一下，用目光传递着心中的感激之情。钱雯丽羞怯而会心地回敬了个笑容……

俩人都心不在焉地继续看着电影。

电影将近结束时，他俩仍然相安无事地保持着应有的距离。

钱雯丽扭头看了眼郑昌兴，突然对李敏的话产生出几分怀疑，那种总结性的顺口溜并不见得都是真理啊！

钱雯丽在心中嘀咕着。

不知什么时候，影院里传来一阵骚动。钱雯丽机械地站起身，惆怅地随着人流、朝发着亮光的出口涌去。在微弱灯光的照耀下，她清楚地看到许多对情侣，或牵手、或搂抱、或交头接耳、或相视微笑……每对都或多或少地表现出缱绻缠绵与喜形于色的浪漫表情。

看到此景，钱雯丽既而又想得有点发呆，觉得总有些地方对不住郑昌兴，只好步履蹒跚地走着。在朦胧中，她感觉不知被什么东西绊了下，再加上后面人流的驱动，钱雯丽自觉身体迅速地失衡，便身不由己地向前倾倒而下。正在钱雯丽力不从心的危急关头，猛然间她的手被一只有力的大手拽住，整个身体似腾空般从那个人缝里拔出，稳稳当当地落在郑昌兴宽大厚实的怀里。钱雯丽在一声虚惊的刺叫后，心灵很快便得到一种安全感的寄托。轻薄衣服的贴肤之痒，似一股电流，从身体的表层似涟漪般迅速传遍身体的角角落落……沸腾的热血，使钱雯丽用面红耳赤的绯色脸颊，朝郑昌兴脉脉地笑了笑。

在相距十厘米的地方，相视几秒钟后，钱雯丽从郑昌兴的怀抱里挣脱出来，而后他们又随着涌出的人流，款款来到影厅外的小广场。

人流似退潮般迅速隐到周围的建筑和街道中。

在小广场的一棵浓阴小树下，钱雯丽怔怔地看着郑昌兴，嘴唇翕动着说：

"谢谢你！刚才帮了我。不然，后果不堪设想！"郑昌兴盯着娇小可人的钱雯丽，心中顿时滋生出无限的情感，想到即将毕业分道扬镳的情感结局，想到自己坎坷的求职之旅和求学之路……不免就有些怆然泪下。此时此景，郑昌兴不知道该不该表白，也不知道该如何表白，他嗫嚅了老半天，始终都没能下定决心。他带着浓浓的爱慕之意答道："约你出来，保护你是我的天职。我为未能尽心尽责、让你刚才受惊而道歉。""你言重了，不过，我是很感激你的。我从不与我不喜欢的男生独自出来看电影，我这样做的，你还是第一位。"郑昌兴喜形于色且动情地说："是吗？谢谢！"钱雯丽看到郑昌兴的表情，自觉有点失口，她突然一转话题，显得认真地说："我有些困了，想回学校。"说完，就静静地看着郑昌兴。郑昌兴怔怔地点点头，爽朗地说："那我陪你回去。"

郑昌兴将钱雯丽送回到女生高级公寓，一个人又折回了研究生院。

钱雯丽回到宿舍。里面虽空无人迹，但桌上放着杯新沏的还冒着热气的茶水和一张当天的报纸。她环顾四周，感觉有些怅惘若失。于是，就十分慵懒地顺势倒在床上，百无聊赖地望着天花板出神。这时，她突然灵机一动，立马抖擞起精神快步走到水房，打了盆温热的清水在宿舍里舒舒服服地泡了泡脚，而后，惬意地和衣躺在床上，随手拿着那份当日的报纸浏览起来。她向来对报纸上的新闻内容不感兴趣，因此就随手呼啦呼啦地翻着，一直找不到能吸引眼球的内容，正当她有些失望，准备随手一丢时，她猛然发现在版面的左上角有赫然醒目的标题："夸富洋人中国征婚觅娇妻，女大学生骗财失身染性病"。她情不自禁地关注起来。突然，她蹙起柳叶眉，愤愤地骂道："一帮爱虚荣的蠢蛋，没骨气的东西！真是贱到骨子里啦！"她愤懑地将报纸重重地抛回桌面，气呼呼地躺进被窝，嘴里仍喋喋不休地骂着"贱货"。忽地，她抬起头小心翼翼地打量了一番宿舍，像是觉得刚才的结论有什么不妥似的，又好像是生怕被第二者听到似的，她小心地缩回脖颈，仰望着天花板静静地思索着。

这时，钱雯丽想到从小就浸染在日益开放的现代娱乐媒体环境中的学生；想到为形形色色的选美选秀选才等公众活动而发狂发癫的学生；想到许多才学平庸心比天高只求一时的投机就能轻松图谋事业成功的学生；想到面对猝然严峻的就业形势显得无可奈何的学生；想到春情萌动过早涉足爱河最终酿成悲剧的学生……

"现在的学生都怎么啦？这，难道全都是他们的错吗？"

钱雯丽在冥想时，不断地自言自语着。

她想：假如中国人没有现在这么多，那么就业的形势就不会是现在这么严峻；假如电视、报纸、网络等媒体传播的都是有利于学生身心健康发展的内容，假如每位学生都能面对现实，从实际出发考虑问题，假如我们的教育都能培养出实实在在对社会有用的人才，假如我们国家的经济比现在再发达十倍甚至二十倍，假如社会的保障体系能真正覆盖到每一位失业的公民，假如每一位大学生都能安下心来真真正正地学习四年，假如这些假如都能够梦想成真，我们的生活将会怎样？我们的学生又将会怎样？

钱雯丽不敢再想，她总觉得自己的思绪有点儿虚无缥缈，自己所建构的大厦有些摇摇欲坠。

我们国家这么大，要做到绝对的公正、平等，同等富裕，让每位公民都心满意足……这，太难了，难得有点儿不切实际。

钱雯丽翻了一下身，结束了不切实际的空想……她长吁着从坤包里掏出耳麦，听起舒缓的轻音乐来。

悠扬、流畅、华美、有力的旋律，将钱雯丽带入一片无垠的绿色旷野，那是属于自己理想的充满生机与活力的旷野。……她像一只欢快的蜻蜓，自由而敏捷地飞翔在弥漫着清新与湿气的旷野中。……在这里，钱雯丽遇到了郑昌兴，他也长着蜻蜓样的眼睛和一双透亮的翅膀……

两只人样的蜻蜓，比翼飞翔在绿色的旷野里。

64. 相爱的人热血流在一起

翌晨，天空蓦地下起淅淅沥沥的小雨，在不易觉察的微风吹拂下，雨丝均匀地洒落在大地的角角落落，打湿了青灰色的建筑物、翠绿可人的树叶及慢悠悠散着步的行人。钱雯丽打了把铝合金杆带防紫外线的粉色花伞，匆匆行走在校园中的林阴小径上。

钱雯丽从圆形花伞中探出头，深深地吸了口饱含雨水的空气，用极为惬意的表情，冲着天空微微地笑了笑。

天空仍旧是泛着些许白雾的湛蓝色，极像是有着浓密阴霾的晴天，苍穹中还有似隐似现，微微闪亮，依稀可见的太阳轮廓，这就给生活平添了几分朦胧感与诗意感。

钱雯丽怀揣着笔记本和一摞参考资料，边走边用余光扫视着所能看到的风景。

她总觉得，今天有点儿特别，甚至是非同凡响。

钱雯丽带着疑虑，风尘仆仆地走进教室。

这是一节公共课，是由口碑不错的留学归来的博士生讲的。

钱雯丽对所讲的内容并不感兴趣，她是为了消磨时间才来这里的。

钱雯丽似听非听地坐在教室后排的座位上，思绪在不经意间早就飘到对现实生活的深沉思索与回忆之中，那是生活中发生的难解与未解、带有谜一样色彩的事件……那是对稚气的思维所构建的大厦在轰然倒塌后给心灵留下的阴影的反思……那是作为觉悟者对仍旧执迷不悟的同伴的深深忧思与伤感……那是对类似于阮丽婧同龄人的爱情观的担忧与无奈之思……那是处在社会转型的泛审美时代的年轻人的迷惘与困惑……

钱雯丽想得有点儿头昏脑涨。

她长长地做了几次深呼吸之后，看了看讲台上的老师，低头胡乱地做了些笔记，便又陷入到茫然的思考与回忆中……

钱雯丽突然觉得有点难受，她稳了稳神，并没太在意。

多少年来，一直处于重度胃下垂的钱雯丽，似乎已习惯这种感觉。到现在，她的确还有点不以为然。

正当钱雯丽准备继续狂想时，突然觉得眼前一黑，大脑霎时变得一片空白……不知怎地，她的身体陡地像发软的面片一样，身不由己地顺着椅子轻松地滑入桌底。

"有人晕倒啦！"不知谁喊了声。

教室里顿时陷入混乱状态。

在喧闹中，有人过来搀扶钱雯丽，有人焦急地给校医打了电话，有人飞快地去找钱雯丽的同学及班主任，也有人惊慌失措不知所为……总之，老师与学生们都竭尽所能地表现出他们的善意举动和解决问题的应对能力。

钱雯丽是在第一时间，被担架送到校医院的。

校医在做了初步诊断和简单的急救处理后，钱雯丽又被火速转送到省内知名的北方医科大学第二附属医院。

此时，钱雯丽的班主任、同宿舍的李敏和阮丽婧，还有远在数千公里之外的父亲钱金龙及继母戴雯雯女士，都已闻知此事。

听到女儿晕倒的钱金龙，比热锅上的蚂蚁还着急。他立马拨通正好一同在国外留学过的北方医科大学第二附属医院院长朋友的电话，恳求他组织最好的专家医师为女儿的病况进行会诊，并恳求他不择一切手段、不惜一切代价去挽救女儿的生命。

随后，钱金龙偕同夫人立刻乘坐当天就近的航班，急速赶往北方医科大学第二附属医院。

钱雯丽静静地躺在医院的重症监护室。

她白中透绿的脸色和紧闭的双眼，无时无刻不显示着病情的严重。各种监视生命指标的先进仪器，在闪闪烁烁地工作着，及时向医师们传递着钱雯丽的生命状况。里面，三位医术精湛的医生正在忙碌着，他们不时地留意观察着仪表并及时记录着什么。

当钱金龙和戴雯雯冲进医院，透过门上的玻璃窗，看到憔悴不堪的女儿时，都不禁心痛得泪如雨下。稍后，钱金龙和戴雯雯，两眼依旧挂着泪痕，与前来看望的学校领导、班主任、同宿舍的李敏及同班同学等，一一握手致谢。而后，钱金龙和戴雯雯都表现出焦躁和无奈的神情，在钱雯丽的病房外来回不停地踱着碎步。

此时，在医院急诊部的小会议室，十几名国内知名的医学专家，正在就钱雯丽的病况展开紧张而激烈的磋商。他们专业知识扎实，从医经验丰富，在侃侃而谈间，显示出对病人病情的独到分析与对治疗方案的独到思考……

时间在一分一秒地流逝……

虽然专家们的讨论仍在进行，还没有确定最终的治疗方案，但钱雯丽的病情刻不容缓，稍加延误，后果将不堪设想。在钱金龙院长朋友的亲自指挥下，专家们就诊疗方案很快达成共识，同意进行手术治疗，这是一项史无前例，目前仍还处于科研阶段的前沿技术。

手术存在很大的风险，但对钱雯丽的病情而言，这也是唯一的解决方案。

　　院长朋友迈着沉重的脚步，表情肃穆地将一张手术通知单交给钱金龙，语调肯定而缓慢地说："……孩子胃部溃疡……出血……穿孔，急需手术……"钱金龙用极其悲痛的表情看着院长朋友，理解地点点头，而后他若有所思地拿起笔，颤抖地签了字。钱金龙知道：女儿以前因盲目跟风减肥瘦身，导致身体营养失衡，胃肠功能紊乱，微循环阻滞，胃动力不足，膈肌悬吊力不足，进而，胃重度下垂。考入大学后，孩子如有所悟，注意了身体锻炼。虽有好转，但考研繁重的课业负担，加上情绪压抑和火气攻心等因素，最终引发急性胃溃疡，以至于出血穿孔的严重后果……

　　钱金龙不敢多想，签完字，不觉已有几滴浑浊的泪水滴洒在手术通知单上。

　　院长朋友看在眼里，也痛在心上，他满面同情地拍拍钱金龙的胳膊，认真地说："钱总放心，我们会尽全力治疗的……"戴雯雯不忍心看到钱金龙悲恸欲绝的样子，赶紧搭讪道："金龙，要相信专家的医疗水平！……雯丽会没事的，你也要保重身体呀！"

　　语毕，戴雯雯便搀扶着钱金龙，坐到重症监护室门口的长椅上。

　　在院长朋友的主持下，钱雯丽很快被推进手术室。

　　时间在静静地飞逝着……

　　钱雯丽的亲人及朋友，也在手术室外焦急而担心地等待着……

　　就在钱雯丽躺在医院重症监护室的同时，住在大学研究生院的郑昌兴，像往常一样来到与钱雯丽约定的幽会地点。

　　郑昌兴无聊地凝望着随风婆娑起舞的树叶、湛蓝深邃的苍穹以及来来往往行色匆匆或悠闲信步的学子身影。不知怎地，他却反常地生出几缕莫名其妙的或浓或淡的忧愁，这让他心慌，更让他意乱……

　　他焦虑地皱起眉头，一边不停地看着表，一边不停地在原地转着圈子。

　　约定时间已过了十多分钟。

　　郑昌兴情不自禁地伸长脖子，朝女生高级公寓楼频频地眺望。突然间，他觉得心脏一阵突突地乱跳，憋得他早已是面红耳赤……他下意识地用手捋了捋感觉发烫的耳垂和火烧火燎的脸颊，便身不由己地向女生高级公寓楼飞奔而去。

钱雯丽的宿舍门，严严实实地紧锁着。

郑昌兴敲过几次后，不见动静，只好郁闷地低下头，准备离开。就在此时，正好路过一位曾经是一面之交的钱雯丽的同班同学。郑昌兴抓住时机，彬彬有礼地向她打探，从那位同学口中，他才得知钱雯丽在课上晕厥的事。……听毕并道谢后，郑昌兴蓦地感觉头脑一胀，有一种念头倏地统治了他的思想，并左右着他的行为……

郑昌兴饱含着眼泪拼力地奔跑着，飞快地穿过校园，径直来到街上，打车直驱北方医科大学第二附属医院。

进院后，郑昌兴逢人便打问。当他跌跌撞撞地跑到手术室门口的时候，手术已进行了两个小时。

手术室外。

戴雯雯正搀扶着钱金龙坐在走廊侧旁的长椅上；李敏与几位同学坐在他们对面的长椅上。

郑昌兴紧蹙着眉头，用颤巍巍的声音与李敏她们打过招呼后，又在李敏的介绍下，与钱金龙夫妇也相继握了手。

此时，钱金龙已隐隐约约地感觉到，来的这小伙与自己的女儿有着非同寻常的关系，由于是处在特殊时期，钱金龙没有心思多加考虑，只是怔怔地看了郑昌兴几眼，觉得还有几分好感。

钱金龙客客气气地要给郑昌兴让座，却又被郑昌兴婉言谢绝。

郑昌兴坐不下来，他不停地在手术室门口踱来踱去。

钱金龙看了眼郑昌兴，又开始低下头，深深地为女儿担忧起来。

这时，手术室的门陡地打开，一名医生从门缝里探出头，用一对唯一不加遮掩的清澈透亮的大眼睛，向众人扫了几眼，而后语速急促但颇显铿锵地问："病人需要输血，你们如有合适的血型，新鲜的血液更有利于患者康复，不然，只能用血库的……"钱金龙刚一听到"病人需要输血"，额上便渗出涔涔的汗珠……他哆嗦着，身不由己地站起，双手不经意地在空中抖动了几下，两腿一软，一个踉跄，幸好是及时扶在戴雯雯身上才幸免跌倒。钱金龙稳了下神，故作镇定地直起腰，不等医生说完就迫不及待地抢话道："我是她父亲！就抽我的血吧！……"

钱雯丽的七八位女同学，加上郑昌兴，一时间都明白过来。

有两位女生和郑昌兴都立时站出来，用同一种语调抢着说："我和钱雯丽同一血型，就抽我们的吧。"医生的眼睛向下弯了弯，似乎是微笑着说："你们四位到隔壁……等化验后再确定……"钱金龙抖擞着精神，同郑昌兴及雯丽的两位女同学一道跟随医师来到"隔壁"接受了抽血检查。

不消一刻钟，化验结果出来。

医师目视着郑昌兴说："那位小伙，你的血红细胞圆润饱满，就选你了，请跟我来……"郑昌兴听后有些发愣，一种喜悦感似霰弹般霎时从心底炸开并迅速感染了周身的每一颗细胞。郑昌兴惊喜地想道："真是太碰巧了，谢天谢地！我心爱的女人的身体里将要流淌我自己的血液……我爱你，雯丽……我的血液所到之处，将会带给你健康和平安的……亲爱的，等着我，我来了……"这种思虑似闪电般在郑昌兴的心灵世界里一闪而过。

郑昌兴用瞬间溢满泪花的明眸，看了一眼雯丽的同学和父母亲……

而后，又冲大家微笑着点点头。

钱金龙尤为感激地端详着这位气质儒雅的年轻人，心中顿时溢满了浓浓的喜悦之情。他情不自禁地冲郑昌兴默默地点点头，没有言语。

穿过两道门，郑昌兴终于看到在无影灯下忙碌着的可敬可爱的医士专家们。

郑昌兴毕恭毕敬地站在那里……但脖颈和眼睛因担忧或好奇而迫切地前伸着，他根本看不到他心爱的雯丽的表情，她的头被白布遮挡着，只能看到在她的身体上有堆血色的东西，分辨不清是什么。郑昌兴万分心疼地看了几眼，再也不忍心看下去……他便扭转头朝向地板，强忍着眼中的泪水，而后他又将目光徐徐地转移到自己身上，心想："我的雯丽此时此刻正在接受死神的挑战，正在与死神进行顽强的拼搏，我一定要助她一臂之力……"郑昌兴颇显焦急地看了一眼刚才带他进来的那位医师。

在医师的示意下，郑昌兴被安排到与钱雯丽并排的一张床上，中间被白布隔开。

郑昌兴根本看不到钱雯丽。

很快就有医生将针头刺入郑昌兴左腕的动脉。

郑昌兴亲眼看到殷红的鲜血，通过细细的管道，穿过隔布的阻挡，流淌到他心爱的钱雯丽的身体。……郑昌兴静静地闭着眼，想象着：自己的鲜血流入心爱的钱雯丽的身体后，与她身体里的鲜血胜利会师，并肩作战……开始共同铸就她强健的身体机能……

不知过了多长时间，郑昌兴被医生提示后，结束了这次输血义举。

当郑昌兴重新回到手术室外的时候，钱金龙、戴雯雯及钱雯丽的七八位女同学，都呼啦地围拢过来，个个都瞪着急迫的眼睛注视着郑昌兴。钱金龙焦急地询问道："你看到雯丽啦？她没事吧！她咋样哩？"七八位女同学中的一位也焦急地补充道："对，快说呀，都快急死人啦……"

众人见郑昌兴不吱声，也都紧张地缄口静观着。郑昌兴在众目睽睽之下，感觉极不自然，也无所适从。

他嗫嚅了老半天，才从牙缝里挤出几个字："我也想知道呀！但是，我确实没看到她的脸，手术台上血肉模糊，一片狼藉……"郑昌兴说完，不觉已落下几颗眼泪……他怔了一下，觉得有些后悔，几乎是在话音落时，他又悄然补充道："看样子，手术进行得比较顺利！"钱金龙听后愣了愣，随后，双腿又软得有点儿发抖。戴雯雯连忙搀扶住钱金龙，让他坐到长凳上。

钱金龙始终都低垂头凝视着地板，悬空的脚掌急速地颤抖着……

钱金龙的神情和举动，钱雯丽的同学及郑昌兴都看在眼里。他们像是商量好似的，很知趣地退到自己坐的长凳上，生怕自己过分的举止，再次惊扰到钱金龙，给他老人家添乱。

郑昌兴瞥了眼已坐满员的长凳，便没加思索地蹲坐在手术室的门口，他也低垂着头，陷入一种深沉的忧思之中。

65. 钱雯丽重获新生

钱雯丽平静地躺在手术台上，意识随之由混沌状态进入到迷离状态，由游荡飘浮状态进入到虚无缥缈状态，她依稀能看见自己的身体被白布遮盖着，一位德高望重的医师，正在指指点点……而后她的胸腔被打开，部分脏器都看得真真切切。钱雯丽有些木然地看着，没有表情、没有痛苦、没有疼痛、没有恐惧，自己就像个铁石心肠的旁观者。……她还看见自己心仪的男生郑昌兴走进手术室，和自己并排躺在一起……随后，她便觉得自己的身体里多了些生命物质，虽然是外来的，但很快就与自己的鲜血融为一体，在周身粗粗细细长长短短的血脉中强劲地流淌着。

钱雯丽突然觉得自己的肉体获得了一种能量，像是一种吸力似的，将自己的灵魂吸食了回去。钱雯丽的灵魂和肉体又合二为一了。

钱雯丽有点儿兴奋。她想微微地动一下手指，做出点反应。可是她的手指像断了线的话机，根本没有动静。她索性就不去关注这些……

不知什么时候，钱雯丽忽地觉得意识有些模糊，随之又变得昏昏沉沉起来。

等待的感觉是漫长的。

钱金龙在紧张、担忧与恐惧中，战战兢兢地忍受着时间的折磨和煎熬……

后来，钱雯丽的几位女同学有事回了学校。在手术室门口，只留下钱金龙夫妇和郑昌兴。

郑昌兴坐在钱金龙的对面，左右肘呈上窄下宽型放在膝盖上，两手掌心稳稳地托着显然已昏沉涨痛的头颅，一动也不动，煞像一尊已经成型的雕塑。钱金龙缓缓地仰起头，怔怔地看了眼郑昌兴和身边多少显得憔悴的妻子戴雯雯，回转头对郑昌兴说："年轻人，太谢谢你了，你……"钱金龙本想询问这位年轻人与自己女儿的关系，一时想到还危在旦夕的女儿，猛然觉得十分的唐突，便没了心思，只好无奈地咽了后半句话。

在钱金龙的心目中，女儿向来是诚实守信的，心中藏不住什么秘密。许多年来，不论遇到什么事，女儿都会征求自己的意见。像谈男朋友这样天大的事情，女儿岂能守口如瓶？……但话又说回来，女儿现在长大了……钱金龙这样想时，便对这位年轻人与自己女儿的关系有了几分感觉……他叹了口气，无不惋惜地接着说："不错的年轻人，好小伙啊……可怜的女儿，谢谢你，对我女儿的付出……"钱金龙不知怎地，突然冒出这颠三倒四的话来，而后又忍不住潸然泪下。

处于悲恸中的郑昌兴,触景生情,不觉便进入到对美好往事的回忆中:他想起,在学校阅览室一隅的课桌上,他与自己心爱的钱雯丽促膝谈论,相视而笑,心心相印;他想起,在学校的绿阴小道上,他与自己心爱的钱雯丽并肩缓步,边聊边行。谈笑间,情意浓浓;他想起,在运动场、电影院、公园里,他与自己心爱的钱雯丽默契相处,侃侃交谈;他想起那些美好的瞬间。

想到情深处,郑昌兴不觉已是泪迸肠绝,苦涩的泪水,顺着手背流淌过前臂,沾湿了衣袖。他浑然不觉。

钱金龙两眼呆滞,长时间地缄默,长时间地凝视着地面。……朦胧的阳光透过远处的窗户,映亮了他佝偻着的半个身躯,平时犀利闪烁的眸子终因久未翕合而略显暗淡甚至是有些微的晦涩。戴雯雯头发有些散乱地歪斜着脑袋,时轻时重地俯在钱金龙的臂膀上,微闭的眼角挂着残留的半滴泪珠,似浊夜里的一颗明珠,在不经意间,竟也散发着熠熠的辉泽。此时,不知什么原因,有一滴滚烫的热泪,从她似寐似醒的眼缝里挤出,带着酥痒的痛感,一路翻腾地划过她的脸颊,跃过她的鼻梁,掉落在她白皙细嫩的手背上,她下意识地抬起左手,连揉带擦地揩拭着泪痕。戴雯雯的轻微举动,扰醒了钱金龙,他活动了一下颇显僵硬的躯体,眼皮缓缓地眨了眨,直了下腰板,双眸立时闪出昔日有神的光彩来,抬头间,他一眼就瞥见了泪水涔涔的郑昌兴。这景象,恰巧就诱导出一道火热透亮的光束,直直射进钱金龙的灵魂深处,并在刹那间激活了周身的经络和细胞。钱金龙猛地抖动了下身体,万分清醒地继续凝视着郑昌兴,而后,他迈着沉重的步伐,徐缓地走到郑昌兴跟前。

郑昌兴像是有感应似地站起来。两个大男人便不约而同地拥抱在一起,泪水随之如决堤之水,滔滔地溢满了面孔。

郑昌兴像是忽而悟到什么似的,他胡乱地用手背抹了把眼,故作镇静地对钱金龙说:"伯父,雯丽不会有事的,您也要保重身体!"钱金龙很理解地止住泪,郑重地看着郑昌兴,认真地说:"谢谢你,好小伙……有你的这份痴心,雯丽会度过这一关的,请相信!"不知何时,戴雯雯已悄然站在钱金龙的身后,她不失时机地接住钱金龙的话茬说:"是的……有我们的祝福,雯丽会很快痊愈的……"

郑昌兴和钱金龙的脸上都罩着一层微笑。

他俩闻声都回转头,微笑地瞅着戴雯雯。与此同时,郑昌兴礼貌地问了声"伯母好!"之后,三人在相对宽松的气氛中,都怀着沉痛与担忧、平静与紧张掺和着的复杂心绪，默无声息，焦急热切地等待着钱雯丽的手术结束。

钱雯丽进去八小时后，在华灯高照之时，手术室的门打开了。

钱金龙的院长朋友带着一帮面色憔悴不堪、浑身疲倦至极、步履踉跄蹒跚……但目光仍炯炯有神，才思仍敏捷奔放的专家医师护士从手术室急急地走出。

郑昌兴和钱金龙夫妇惊愕得爆睁着眼珠，圆雕似地愣愣地伫立在那儿，表情说不上是欣喜，还是痛苦。几秒钟后，钱金龙突地醒悟过来，用颤音打问道："院长，雯丽，她……她？"院长盯着钱金龙笑盈盈地说："手术进行得很顺利，也很成功。我们采用的是世界上很先进的新技术，胃切除修补再生手术。如果手术彻底成功的话，病人将像正常人一样，不留任何的后遗症。不过……"钱金龙骤然欣喜的脸上又陡然布满了忧愁，他用怯生生的口吻问道："不过什么？""手术是成功了……不过，病人还没有脱离危险期。到明早十时，病人苏醒了，就算成功了；否则，得重新考虑手术方案……"院长朋友用喜忧参半的口吻客观地陈述着。

钱金龙理解地点点头。

而后，钱金龙满脸堆着笑容客客气气地说："承蒙各位专家学者朋友对小女的救命之恩，我钱金龙实在感激不尽，八小时的超强度工作，实在累坏了身体，我在本市圣廷苑酒店，备薄酒一份，车我已安排好，一会儿到，请各位多多赏脸……"以院长为首的一行专家学者朋友，看上去，实在是太累了，他们个个眨着已黯然失色的眼睛，微微地点点头。这时，戴雯雯及时递上随身携带的高级饮品，让他们解渴和恢复体力。

此时，钱金龙、郑昌兴和戴雯雯都密切地注视着从手术室出来的钱雯丽。

钱金龙是第一个冲过去的。

钱雯丽双目紧闭，脸色苍白，平静地躺着。

钱金龙一眼看到，又忍不住掉了几颗眼泪。

钱金龙突地伫立在那里，微闭着双眼，面目既虔诚又贯注地在心中祷念着：祈求神灵保佑他心爱的女儿雯丽能平安地苏醒。戴雯雯和郑昌兴也都表情凝重地目视着，心中同样滋生出许多的祝福来。

车来后，钱金龙陪专家学者去了星级酒店。郑昌兴和戴雯雯执意要留在医院里陪着钱雯丽。钱金龙不好勉强，只好点头应允。

在医院的重症监护室。

钱雯丽像睡熟了似地安详地躺着，在她煞白的脸色中已透露出些微的血气。郑昌兴双手捂着钱雯丽有点凉意的粉手，怔怔地端详着各种生命监视仪上跳动着的数字或图形，听医生讲，仪器显示的各项生命指标，都接近正常。

郑昌兴平静地环视了下重症监护室，微微地笑着说："伯母！您累了……到外面休息休息，吃点饭，这里有我呢……"戴雯雯眯着眼看了看郑昌兴，思忖后说："嗯，也好！顺便给你打些饭回来，你也饿了吧？"郑昌兴笑着说完谢谢后，戴雯雯便离开了医院。

半小时后，戴雯雯给郑昌兴捎回热腾腾香喷喷的西式小吃和一锅极富营养的广东浓汤；两小时后，钱金龙也急匆匆地赶到重症监护室。

三人略微寒暄后，便都相对无语地坐在那里，把目光齐刷刷地投向尚未苏醒的钱雯丽。

在夜深极了的时候，郑昌兴看出钱金龙的倦意，他恍然醒悟后，小心翼翼地说："伯父伯母，要不，您二老先回宾馆休息，这里有我，还有值班的护士呢，不会有事的。"钱金龙看了一眼郑昌兴，又看了看处于昏迷状态的女儿，深沉地说："你一定不能睡着，万一仪表上有什么反常，一定要及时通知护士和我，我一会儿换你的班……"郑昌兴看出钱金龙的顾虑，十分爽朗地说："伯父伯母，你们放心就是，我一定按照您的要求做好此事，这也是我的分内之事！"钱金龙站起来，在离开前又看了看郑昌兴，放心地说："小伙子……谢谢你了！"

钱金龙夫妇走后，郑昌兴眼瞅着钱雯丽，彻夜未寐，直到天亮。

66. 甬道深处的阳光

翌晨。

六时，钱金龙夫妇赶到医院。

八时，钱金龙的院长朋友及部分专家医师来到重症监护室。

九时，钱雯丽的手指尖开始有轻微的动作反应。

十时，钱雯丽从昏迷中苏醒。

郑昌兴、钱金龙和戴雯雯，三人都尽可能长地伸着脖颈，身体围拢成一圈，整个儿罩在钱雯丽的头顶，个个都带着望眼欲穿的神情，目不转睛地盯着钱雯丽的五官出神。……良久，钱雯丽徐缓地睁开双眼。……渐渐地，钱雯丽看见了自己慈祥的父亲、仁爱的继母和心仪的男友。

她不由得欣慰地微微咧了咧嘴，笑了笑。

钱金龙无比欣喜地圆睁着双眼，在说笑时，满溢的喜悦泪花不停地滴洒在医院洁白的床被上。钱雯丽看了看，备受感动，她突然轻轻地抽泣起来，伤心而歉意地对钱金龙说："老爸……真对不起，都是孩儿不好，让您和戴阿姨担心受累了……都怪我小时候无知，没听从您的劝告……得了胃病，才酿成现在这灾难，我很后悔……""傻孩子……醒来就好，明白就好，爸爸不会怪你……"钱金龙泣不成声地应着。"要不是您不惜一切代价……不然，我早就没了性命……我，这是重生，重生……"钱金龙一边笑眯着眼瞅着女儿，一边向专家医师们打着感激的手势，含泪欣喜地说："傻孩子，不要瞎说！你的第二次生命是专家医师给的。我们要真切地感谢他们！孩子，有这样好的医生，你不仅重生了，而且不会有任何的后遗症，你会彻底痊愈的。"钱雯丽环视了一下救命之恩的医师，动情地说："谢谢您！我会珍爱我的第二次生命……太谢谢你们……"钱金龙的院长朋友看了一眼钱雯丽，笑着对钱金龙说："病人才刚刚苏醒，不可太激动。一会儿，转到独立的病房。我已安排妥当，那里环境好，又很舒适……"

钱金龙感激地看了眼专家医师，会心地点点头。

在高档的独立病房。

此时，只剩下郑昌兴和钱雯丽。

郑昌兴以蹲姿依着床边，双手紧攥着钱雯丽的嫩手，皱着眉头，一往情深地说："听到你病了，真的吓煞了我。你整整昏迷了两天，这下终于好了。"钱雯丽轻启笑脸，略思片刻，便眨着闪亮的大眼睛，动情地说道："谢谢你给我输了那么多血……不然，我早就没命了，我当时看着就很感动……"郑昌兴谦虚地说："不算什么，碰巧一样嘛……真是天意，这都是我应该做的……"刚说了半句，他突然噎住话，惊奇地圆瞪着眼问："医生告诉你的？还是你爹妈？他们没时间呀？"钱雯丽看着郑昌兴，调皮地笑着说："我自个儿看见的。记得，当时，恍恍惚惚的，我隐隐约约看见你进来为我输血，我

还向你打了招呼 …… 不知为什么，突然，我什么也看不见了 …… 但，我仍能感觉到你的存在 …… 这，或许就是人们所说的心灵相通吧！"郑昌兴怔怔地瞧着钱雯丽翕合的嘴唇，一种欣喜与惊愕交织着的古怪情绪，从丹田处升腾，迅速地膨胀，而后，又在瞬间化为乌有。郑昌兴有些鬼使神差地，猛地狠狠地握了一下钱雯丽的手，两眼放光地说："你太幽默了 ……"接着，他轻轻地"嗯"了下，清了清嗓子，而后用低沉、肯定、有力的语气说："雯丽，我爱你！…… 我会好好待你一生的 …… 请接受我的请求 ……"钱雯丽蓦地收敛起笑容，深思片刻，然后轻轻地答道："我也是，我的身体及思想，已经被你占领了，同化了 ……"

郑昌兴会意地冲钱雯丽甜甜地笑了笑，接着又在她的手背上温柔地亲了亲。

霎时，一股激动的洪流，在俩人周身的血脉中，漫流着 …… 肆虐着 …… 令他们的神经活跃，精神亢奋；呼吸紧促，皮肤红润；双眸生光，泪花翻腾。

四目相对时，秋波传递着彼此浓浓的爱意。

这时，钱金龙夫妇正好赶来。郑昌兴借故学校有事，相互亲切地问别后，他便匆匆地告辞。

两天后。

郑昌兴臂弯里夹着个蓝色的塑料文件袋，兴冲冲地来到钱雯丽的病房。

郑昌兴进门时，钱雯丽正靠在床头，愣愣地眺望着远处飞翔的一群信鸽，钱金龙和戴雯雯也站在床边观看着。郑昌兴的出现，顿时激活了病房里的气氛，钱金龙夫妇忙客气地给郑昌兴让坐，钱雯丽也两眼光亮地用手臂撑直腰板，满目春光地看着郑昌兴傻笑。钱金龙看了看女儿，又看了看郑昌兴说："小郑，过来啦，今天课不忙吧！"郑昌兴环视后爽朗地说："正好有闲暇时间，忙赶过来看看。雯丽，你看我带来了什么 ……"说时便从塑料文件夹中抽出一张硬纸递给了钱雯丽，雯丽看着便瞪大了眼珠，惊喜地向父母亲嚷嚷道："…… 我考上研究生了 …… 爸爸，这是录取通知书 ……"钱金龙忽地眨着圆溜溜的大眼睛，用乐得久未闭合的嘴继续说："我们家雯丽从小就爱学好学，到大学依然如故 …… 真不愧是爸爸的好女儿 ……"

郑昌兴瞧着钱雯丽一家人兴高采烈的神情，自己也有些乐开怀。在情不自禁中，也顾不上谦虚什么，郑昌兴早已从文件夹里抽出另一张硬纸攥在手心，望望这个，瞅瞅那个，乐呵呵地笑着。钱雯丽在一阵欣喜过后，她蓦地如有所领悟地迟疑了片刻，表情庄重认真，颇显谨慎地抬头瞥了眼郑昌兴，接着，她更加兴奋更加柔情地呼唤道："…… 昌兴！看看你的录取通知书 ……"话音落时，钱雯丽已从郑昌兴手中抽走那张硬纸，用无比钦佩无比激昂和爱慕的口吻热情地宣告道："…… 祝贺你！你也如愿以偿了，考上自己中意的博士研究生 ……"钱金龙随着话音，依次将目光扫过女儿雯丽、郑昌兴和戴雯雯，用平生最开心的口吻朗朗地说："大喜临门，真是大喜临门！可喜可贺啊！"

责任护士闻声进来，她顺口搭讪道："真是个值得开心的好事 ……"

众人立马都毕恭毕敬地将目光聚焦到护士身上。护士优雅地微笑了下，甜甜地向众人贺了喜。

少顷，护士给钱雯丽拔了输液的针头，喂了些药，还亲切地询问了些问题，钱雯丽都一一如实地回答。护士点头记下后，正准备款款离开时，钱雯丽转了下眼珠，颇为嗫嚅地问："医生 …… 我 …… 我可不可以到外面 …… 走走，特想沐浴下 …… 重生后的第一缕阳光 …… 吮吸下带有泥土芬芳的青草气息，还有 ……"钱雯丽似乎觉得自己的奢望过重，近乎贪婪，她不好意思地咽下后半句话，神情忐忑、怯生生地将目光从护士脸上转移到洁净的被单上。

护士好像看出钱雯丽的窘相，她沉吟片刻，爽直地说："这样也好，有利于康复 …… 我给安排下 ……"

这是个雨后放晴的下午，如鱼鳞状的片片薄云，成条状抑或成块状，高高悬在蓝幽幽的空中；暖而不燥的阳光，均匀地照耀着大地的角角落落；几丝儿微风吹过，惊扰了镶着阳光金边、绿得几乎晶莹剔透的树叶，在头顶上沙啦啦地作响 ……

钱雯丽看了眼散溢着泥土醇香味的草坪，又环视了下生机盎然的自然景致，情不自禁地提起胸，深深地吸了几大口沁人心脾的空气。

她怀着无比惬意的表情，回头冲郑昌兴开心地笑了笑。

眼前是一条蜿蜒到小树林的水泥甬道。

钱雯丽坐在轮椅上，入神地瞧着前方满目的翠绿色。

恍惚间，钱雯丽仿佛觉得树叶儿绿得有些朦胧，有些耀眼 …… 绿雾一样的云气，在不知不觉间渐渐地升腾，包裹了她的身体，也包裹了她的意识。……她仿佛又回到那闪烁着点点鹅黄色与流动着湿漉漉雾气的梦境中，在那里，她与她心仪的郑昌兴相拥长吻……

郑昌兴似乎已注意到钱雯丽脸颊上浮过的那一层绯红，像是心有灵犀似的，他下意识地将轮椅慢悠悠地推向葱绿的甬道深处。

（全书完）

后 记

木棉花盛开季节的凋零
—— 长篇小说《风中的栀子树》创作谈

安裴智　薛俊强

　　2006年仲春，南国鹏城的木棉花开得极其艳红，树枝上挂满了密密麻麻橙红色和鲜红色的花骨朵，火红一片天，显示了一种旺盛的生命力。然而，新学期开学不久，鹏城教育界就传出了一个大新闻，有几所名校的中学生相继自杀，或是迫于学习压力，或是由于情感受挫，或是缘于家庭分离。数名特区中学生，在一个相对集中的时间内，在春天这样美好的时光内，在木棉花美丽盛开的季节里，在这座朝气蓬勃的年轻城市，竟然连续放弃宝贵的生命，毁掉灿烂的青春，掷弃火红的岁月，引起鹏城教育界与全市的强烈地震。当时，我正在《深圳特区报》专刊副刊编辑中心担任文艺副刊主编、记者，兼"校园文学"版主编，与几所中学联系较多，曾经给20多所深圳的中小学做过大规模的专题教育报道，对深圳各中学的情况比较熟悉。多起中学生自杀事件发生后，深圳教育界在全市各中、小学开展了一系列关爱生命、热爱生命的教育活动。我参加了一些中学举办的中学生心理健康、关爱生命的讲座，采访了心理学专家、部分教师与中学生，发现生理疾病、抑郁症、学习压力大、早恋问题、单亲或重组家庭独生子女教育问题是造成经济特区中学生自杀的主要原因。这些问题大部分集中反应为自杀行为主体的生命质量低和心理应激能力低。感到经济特区中学生普遍面临的心理压力比较大，许多中学生热衷于追求社会风尚，面对种种诱惑，缺乏理智的态度，多数学生处于心理"亚健康"状态，这一现象非常严重，应该得到家庭、学校乃至全社会的关注与重视。

　　我自2001年2月南下鹏城，相继在深圳市特区文化研究中心、《深圳特区报》文艺副刊部工作，负责编辑"罗湖桥"副刊的文艺评论版，担任深圳市文艺评论家协会副秘书长，多年关注与跟踪深圳的文学创作，多次参加深圳"打工文学"、"新都市文学"研讨沙龙，也经常参加深圳一些中学的文学社团活动，参与深圳青春文学的研讨活动，采访、报道与评论过深圳21世纪以来许多有代表性的青春文学写手与少年作家，在"校园文学"版刊发了大量深圳中学生的文学作品。觉得深圳仅有"打工文学"、"新都市文学"是远远不够的。深圳的校园文学、青春文学应该关注、反映特区中学生、大学生的心理健康问题，关注特区青少年的心灵成长。说起"成长"，深圳曾有过描写中学生阳光成长的长篇小说，但正面描写中学生放弃生命的自杀事件的深度心理小说，这样的长篇小说几乎没有。频繁的深圳中学生自杀事件启发了我，深圳似乎也应该有一部全方位、多视角反映特区大、中学生心理健康问题、关注特区青少年心灵成长的长篇小说。于是，我与曾经给《深圳特区报》文艺副刊提供美术作品、也多年从事文学创作的深圳外国语学校美术教师薛俊强先生商量，决定联袂合作，创作一部反映特区中学生、大学生心理健康问题的长篇小说，以配合当时全国举行的"关爱生命万里行"活动，唤起全社会对大、中学生心理问题的关爱。

《风中的栀子树》是我与薛俊强先生近十年来合作创作的"沿海经济特区青少年心理健康长篇小说三部曲"的第一部，也是我国第一部反映沿海经济特区青少年心理健康问题的长篇小说。这部长篇小说以地处改革开放前沿窗口的经济特区南滨市为大的社会背景，以一个特区少女钱雯丽在受到来自学校、社会的各种时髦风尚与不良信息的滋扰，尤其是在遭遇家庭发生重大变故的事件之后，生理与心理的双重嬗变为核心主线，以钱雯丽从初中、高中到大学三个人生阶段的学习、生活和心理成长轨迹为纵轴，描写了在父母离异、缺失母爱的家庭环境下，钱雯丽的心理创伤与身体异变，落笔重点是钱雯丽在特殊的青春成长期所产生的心理困惑与情感迷茫，以及审美观与世界观发生的潜移默化的改变。该书详细描写了女主人公钱雯丽初中时受美容减肥风潮影响、高中时迷恋瘦身、被公认为校花，后得了严重胃下垂，到国内外看病治疗，读大学时又得了急性胃出血，被送到医院抢救，恋人郑昌兴献血救美，手术成功，钱雯丽与郑昌兴收获了丰硕的爱情；同时，双双考上研究生，走向了人生的阳光地带。重点描写了一个特区富商家庭中的少女钱雯丽的青春成长轨迹与心理嬗变历程。同时，全书还塑造了史匡胤、唐晓慧、徐令仪、蔡漫君、吕迪、陶然、刘利胜、李敏、阮丽婧、郑昌兴等一批中学生和大学生的生动形象，深入刻画了钱金龙、邢嘉琪、戴雯雯、史文钧、约翰·汤姆森等一批国际商海与情海中人物的悲欢离合与情感纠葛，侧重描写了初中生史匡胤之死、高中生唐晓慧之死与大学生徐令仪出家为尼三件大事，通过细腻而有特色的描写，揭示了社会转型的特定历史时期，大、中学生普遍存在的心理及情感问题，展示了一幕幕动人心魄、发人深思、催人泪下、令人警醒的大、中学生成长故事，提出了如何在充满诱惑的物化时代，引领大、中学生树立健康的审美观，正确看待流行于大、中学校园的各种时尚风潮和时尚文化的非常迫切的现实问题，从社会学、心理学、医学和文化学的高度，对特区"富二代"子女教育问题、单亲家庭独生子女教育问题、应试教育与素质教育的关系等作了全方位的深度剖析。

书名《风中的栀子树》，以散发着淡淡清香的栀子树和栀子花，比喻天真无邪、处于青春成长中的大、中学生，"风"隐喻社会转型时期各种风生水起的社会风潮和审美风尚。

这部长篇小说共计34万字，一反传统的校园文学、青春文学的旧有写法，而是以人物的情感心理的发展为主线，以意识流的手法，通过独特的梦境描写，糅入大量的文化思辨，既有一种文化思考的深度，又有非常强的可读性和趣味性。从小说的素材来源与描写对象看，是一部校园青春文学作品；但从其思想内核看，又是一部雅俗共赏的哲理小说、文化小说、心理小说，从社会、学校、家庭等多个侧面，来揭示大、中学生在成长中的情感与心理问题，揭示特区"富二代""问题少年"在青春成长中的烦恼苦闷与心理障碍，让读者在扼腕感叹之余，产生深深的思索。小说寄托着作者对当代大、中学生的美好祝愿和真切祈盼，在环境描写、心理描写与潜意识描写方面，很有特色，文笔秀美、意境深远、情感跌荡、幻化有致。这就适时调节了人的兴奋点，让读者在激情澎湃中得到一流的阅读享受。

近十年来，个别中学生、大学生自杀、放弃生命的现象，在全国各大城市、尤其是沿海经济特区表现尤为突出，成为一个不容忽视的社会现象。笔者2012年进入深圳一所高校工作后，也耳闻了许多大学生很轻率地放弃生命的事件。以长篇小说的艺术形式反映这一突出的社会问题，就显得特别紧迫，也显得尤为重要。而长篇小说《风中的栀子树》第一次以沿海经济特区中学生、大学生的校园生活与心灵成长为题材内容，第一次关注经济特区中学生、大学生的心理健康问题，在选材与内容上具有重大的创新意义。

"西方医学之父"、古希腊杰出医生希波克拉底最早以誓言的形式记录了古希腊医生的职业操守,这篇《希波克拉底誓言》浸透着对生命的尊重和大爱。"病家有所求亦不用毒药,尤不示人以服毒或用坐药堕胎。为维护我的生命和技艺圣洁,我决不操刀手术,即使寻常之膀胱结石,亦责令操此业之匠人。"在2400年以前,古希腊尚处于人类无法认识自然、战胜自然的古朴、粗砺的奴隶社会,虽然欧洲初民们的经济生活、物质生活还很低下、简陋,但那种视生命为圣洁、对人的生命的尊重意识却十分强烈、浓郁,令人感动。相反,在科学技术迅猛发展、经济发达、网络化、信息化、全球化的今天,人们的物质财富得到了较大程度的满足、生活水平也得到极大提高,但人的生命意识、生命的圣洁意识却往往被削弱、淡化了。人类利用自己的智慧创造了科学技术与物质财富,但有时候高科技与物质财富反而成为压迫人类精神生活、束缚人的精神心理的一种沉重负担,这不能不说是一种物化时代人类的悲哀。异化现象的存在,虽不能说"今人"不如"古人",但对人的生命的关怀、对人的生命的尊重,却应是我们提倡与呼吁的,是我们这个时代应该强化的一种声音。"富二代"独生子女的轻生问题,就是这方面的一个突出事例。在经济高度发达、物质财富得到极大满足、生活水平也相对较高的经济特区,我们尤需将文学的笔触伸向那些懵懂、青涩的青春生命,表达我们对"祖国花朵"的人文关怀、生命关怀与终极关怀。

长篇小说《风中的栀子树》共分三个部分,以特区中学生钱雯丽的日常生活与心理成长为纵向线索,第一部分《成长的困惑》,共24章,重点写初中阶段学生自主意识和逆反心理的形成;第二部分《无果的迷情》,共24章,侧重描写高中阶段学生春情萌动,恋爱与爱美之风日盛;第三部分《忐忑的恋情》,共18章,描写大学阶段,情侣同居成为时尚,傍大款结婚成潮流,以及这种社会风尚对大学生的影响。这三个部分就是以钱雯丽为代表的特区大、中学生心理成长的三个阶段。在小说的素材来源上,我们采取"杂取种种,合成一个"的典型化方法,对生活中的原有个案进行了合理的艺术加工与艺术改造,充分利用艺术想象与艺术虚构,以文学的笔法来架构全篇。在表现手法上,纵向与横向交错,突出意识流、梦境等心理描写,个别篇章使用倒叙、来信、诗歌与日记体的形式,在长篇小说的艺术表现手法上具有一定的创新价值。

长篇小说《风中的栀子树》被立项为深圳重点题材创作扶持项目

2009—2010年度重点扶持作品，我们二人携手合作，从构思、酝酿、讨论小说提纲、搜集素材、形成故事主干框架、完成小说初稿，到修改二稿、修改三稿，直至四稿、五稿、六稿，几乎用了十个寒暑的时间。十载六易其稿，真可谓"十年磨一剑"了。近年来，常常是夜半三更，四周寂静一片，我们仍伏案灯下，凝神修改，沉浸于小说那绚烂青涩、酸甜苦辣而五彩斑斓的青春世界里。

这部长篇小说的付梓出版，得到了深圳职业技术学院学术著作出版基金的立项资助和人文学院"三育人"课题项目立项经费的资助。在此，我衷心感谢深圳职业技术学院原党委书记、校长刘洪一教授，感谢人文学院领导，他们对我多年从事学术研究给予了大力支持！也衷心感谢深圳市文联原副主席、学者杨宏海先生，深圳市文联副主席顾焕金先生，深圳市作家协会副主席、评论家于爱成博士等人对这部著作的关心与支持！

2017年3月22日于深圳香蜜湖